Staread
星文文化

金沙古卷

JINSHA ANCIENT SCROLLS III 古蜀蛇神

鱼离泉 著

浙江出版联合集团
浙江文艺出版社

图书在版编目（CIP）数据

金沙古卷．古蜀蛇神 / 鱼离泉著．— 杭州 ：浙江文艺出版社，2017.5
ISBN 978-7-5339-4809-2

Ⅰ．①金… Ⅱ．①鱼… Ⅲ．①长篇小说－中国－当代
Ⅳ．① I247.5

中国版本图书馆 CIP 数据核字（2017）第 050135 号

责任编辑：瞿昌林
责任印制：朱毅平

金沙古卷·古蜀蛇神

鱼离泉 著

出版 浙江文艺出版社
网址 www.zjwycbs.cn
经销 浙江省新华书店集团有限公司
印刷 北京毅峰迅捷印刷有限公司
开本 700 毫米 × 1000 毫米 1/16
字数 370 千字
印张 20.5
版次 2017 年 5 月第 1 版 2017 年 5 月第 1 次印刷
书号 ISBN 978-7-5339-4809-2
定价 38.00 元

目录

CONTENTS

第一章　敌友难辨　·001

第二章　青铜箱子　·012

第三章　鬼影重现　·023

第四章　象牙盒的秘密　·035

第五章　测试者　·048

第六章　异蛇　·059

第七章　五妇岭　·071

第八章　腹中人　·083

第九章　食物链　·095

第十章　太岁王　·107

第十一章　石像　·119

第十二章　巨骸骨　·131

第十三章　鳖灵童尸　·142

第十四章　复生　·153

第十五章　三个核桃　·164

第十六章　宝敦童祭　·177

第十七章　黑竹沟　·190

第十八章　石门关　·204

第十九章　野人　·214

第二十章　雾起　·224

第二十一章　世界暗面　·238

第二十二章　雾傀儡　·250

第二十三章　鬼蛇　·260

第二十四章　蛇神殿　·272

第二十五章　六方铜棺　·284

第二十六章　蛇侍之谜　·296

第二十七章　烛龙　·308

后　记　·324

第一章

JINSHA ANCIENT SCROLLS

敌友难辨

从丛帝墓深处的青铜之城归来后，很长一段时间，我都处于一种精神恍惚的状态。

和敖雨泽认识不过短短的几个月，这女人大部分时候对我也是凶巴巴的，可我从来没有想过，当有一天她处于连植物人都不如的封印状态时，我却比谁都要难过。

我不时会回想起我和敖雨泽所经历的一切，从一开始遭遇戈基人袭击的鬼影事件，我们第一次相见，到共同经历废弃精神病医院底下五神地宫的冒险，一起击杀余叔所豢养的巴蛇神复制体，再到长寿村雷鸣谷的艰难险阻以及丛帝墓、青铜之城中的生死相随。

这些经历都透着惊心动魄的危险，只要稍不注意就有可能身亡，但只要有敖雨泽在，这些危险似乎也不算什么了。这个六七岁时就成为孤儿并坚强得要命的女人，完全不会顾忌她身边同伴的自尊，无论有什么危险都会冲在最前面，用单薄的肩膀扛起所有的重担。

而我，虽然身体里流着传说中的金沙血脉，在一些特定的时刻也能起到一些作用，可在整个团队中的重要性，比起敖雨泽来还是远远不如的。

更不要说敖雨泽一手将我从平凡普通人的生活，带入到一个虽危险却更加多姿多彩的世界。可以毫不夸张地说，她是我走上这条险路的导师。

危险有时候也是会上瘾的，经历了这一切的我就算想回到之前普通人的生活状态，也还是会觉得难受。对我而言，这个充斥着神秘事件的新世界，如同哈利·波特第一次知道这世上竟然真的有魔法学校存在一样，充满了致命的吸引力。

然而现在，她被封印在无比神秘的时光之沙当中。按照肖蝶的说法，这种时光之沙是世界的错误冗余溢出的某种特殊能量具现化形成的晶体，甚至能够冻结被封印区域的时间，因此才能让本来重伤垂死的敖雨泽一直保持着被封印那一刻的状态，不生不死。

可凡事有利就有弊，在缺乏某种机缘的情况下，晶体外的人也完全无法通过外力来解开这该死的封印。

那是源自世界本源的力量，涉及最基本的时间和空间的某些法则，是人类目前科学认知的一个盲区，即便是掌握了最先进时空理论的顶级物理学家，面对这样的力量恐怕也完全束手无策。

不过，我深信，就算从现代科学理论的角度来讲，时光之沙的封印几乎是无解的，可在神秘无比的古蜀文明中，一定有解救的方法。

毕竟，时光之沙的出现，和古蜀王室有着莫大的关系。用句俗话来说，那就是解铃还须系铃人。

我开始疯了一样收集各种关于古蜀时期的资料，但是不知道为什么，铁幕对于我希望获得更多关于金沙王朝隐秘的要求却一直保持沉默，而缺少了敖雨泽这个桥梁，我的存在对铁幕来说似乎可有可无。

我不得不成天泡在图书馆查找文献，晚上回去后更是在网上不停搜索各种似是而非的和古蜀有关系的文章乃至小道消息。

我敢打赌，就算是高考前夕，我也从未如此认真过。不管是为了拯救自己的队友还是去救心爱的姑娘，都容不得我有半点放松，这对我来说是远比高考还要重要的事情。

大半个月很快过去，因为长期泡在资料中，饮食不规律不说，睡眠更是严重不足。这天我在图书馆查阅一本已经很有些年头的《华阳县志》，直到图书馆管理员来催我要关门，我才从位子上站了起来。

突如其来的动作，因长时间保持坐姿而让大脑有些缺血，我感觉脑袋晕了一下，随后朝旁边摔倒。在图书管理员的惊呼声中，我的脑袋撞到了桌子的一角，突如其来的疼痛过后，眼前的景象变得模糊起来。

我强忍着脑袋传来的疼痛，用手支撑着身体勉强坐了起来。身体还没有完全反应过来，那一瞬间我整个人都是蒙的，感觉头上似乎湿漉漉的，用另一只手一摸，滑腻腻的都是血。

我心中微沉，我不怕流血，可如果因为这个原因在图书馆这样的公共区域引来大量虫子，就有些麻烦了。当年旺达释比施加在我身上的封印，经不起时间的流逝，早已经弱化了不少，而我身上的金沙血脉依然有吸引虫子的可能，只是远没有我十二岁那年那样夸张而已。

我有些艰难地挣扎着站了起来，感觉到一阵天旋地转，周围的环境似乎在渐渐远离淡化，所有的书籍都化为碎屑被卷入一个看不见的黑洞，甚至连图书管理员的声音也只剩下遥远而细微的嗡鸣。

接着一个婀娜的身影出现在远方，这身影熟悉又陌生，一会儿变成敖雨泽，一会儿似乎又变成了小叶子叶凌菲，但在下个瞬间，竟然变成了曾背叛过我们的肖蝶。

在这身影背后的灰色雾霾中，一条巨大的蛇类虚影若隐若现。几乎有一间屋子大小的巨口就悬浮在女人身影的上方，似乎随时都能将看不清面貌的女人一口吞噬。

我使劲甩了甩脑袋，想要将这幻觉赶出脑子去，却怎么都做不到，耳边反而传来各种如同梦呓般的呢喃。

这呢喃越来越急促，一个字也听不清楚，就像是有人在低沉地念诵着某种听不懂的咒语，又像是某种类似向神灵祈祷般的祭文，透着苍茫和神秘。

我感觉脑袋的疼痛越来越剧烈，不过这一次不是后脑受伤的部位，而是脑袋深处，就像在脑子里，正有千千万万条小虫在啃咬着我的脑髓一样。

我想要大声地呼喊，却一个字也喊不出来。也不知道过了多久，连恐惧都感觉麻木了，一直在我喉头滚动着的叫喊声才终于发了出来。

我猛地从床上坐起，浑身上下都冷汗淋漓，首先映入眼帘的不是医生的身影，而是一个看上去十分性感的女人背影。这个背影和先前幻觉中的背影渐渐重合，最后定格在我最不想看到的那个女人的印象上。

我颤抖着抬起手摸了摸自己的后脑，脑袋上正缠着纱布，不过血应该已经止住了，要不然还不知道会惹来什么古怪的虫子。

似乎我醒来后发出的大声吼叫也让陷入沉思状态的女人惊醒，婀娜的背影缓缓转过身来。我瞪大了眼睛看着离我不远的女人，眼中渐渐被怒意所占据，最后强压下这股怒气，冷冷地说："果然是你，肖蝶！"

是的，这个站在我所躺着的病床前不远处的女人，赫然就是曾背叛了铁幕和敖雨泽的肖蝶，也是先前在图书馆的时候，我昏过去前看到的最后一个人影。

在丛帝墓的时候，正是因为她和真相派的人合作，才最终让我们获取金沙古卷上卷的计划功败垂成。即便我们最终也实现了救出小叶子的目的，可是失去的却是敖雨泽和旺达释比这两个人，明家雇佣的佣兵队伍也几乎死伤殆尽，可以说是完全得不偿失。

如果不是肖蝶出卖我们的话，真相派的人根本没那么容易找到我和敖雨泽所在的队伍，甚至连旺达释比本身，也是被肖蝶所伤才掉下悬崖生死不明的。

可以说，比起真相派的小王和老K等人来，我心中更恨的，就是眼前这个貌若天仙，但心如蛇蝎的女人。

我挣扎着从病床上坐起来，说："想不到你还敢出现在我面前，你就不怕我会杀了你为雨泽报仇？"

"你当然不会。"肖蝶淡淡地说，"毕竟敖雨泽和你姐姐都在我们手上。"

想起被封印在淡金色的如同琥珀一般的晶体中的敖雨泽，还有以培训之名被软禁的姐姐，我感觉心中一滞，那股愤怒更加强烈了，却一时间找不到任何宣泄的口子，憋得人万分难受。

真相派的人，做事果然完全不择手段，就是不知道他们的所作所为到底是为了什么，长生，抑或是统治这个世界？似乎有点像，但又似乎远不止这样。

“我留给你的信，你看到了？”肖蝶轻声说道。

我哼了一声，没有回答，只是警惕地盯着她。

肖蝶笑了笑，尽显妩媚，可是在我眼中却没有半分吸引力。

“想不到你会在图书馆因为查阅资料晕过去。不过你想过没有，图书馆这样的地方，怎么可能找到和这个世界的终极秘密有关的隐秘资料？”肖蝶说道。

“用不着你假惺惺扮好人。”我冷冷地回答。

“我是不是好人不重要，重要的是，在拯救敖雨泽这一点上，我们暂时有着共同的话语。”

“你会这么好心？”我心中警兆大作，面对肖蝶这样的百变特工，如果猜不透她的想法，那么最好的办法就是对她说的什么都不要去相信。

“当然不会。青铜之城中发生的事情，只是一个意外，虽然那之前我们也曾想过直接干掉你们，不过现在，情况不同了。”肖蝶微微皱眉说道。

“哦？你以为这样说我就会信你？”

“我们愿意表达一点善意，很快你就能和你姐姐团聚了，并且我们可以保证，今后绝对不会采取同样的手段对付她以及你的其他家人。”肖蝶抛出一个我无法拒绝的条件，噎得我连反对的意见都提不出来。

“这么说，我们是否有了继续谈下去的基础？”肖蝶笑着问。

我勉强点点头，深吸一口气说：“如果你们真的肯放过我姐姐，那么我们的确可以谈一谈。不过我依然觉得，连你们真相派这么大的组织都搞不定的事情，我一个不过是身负古怪血脉的普通人，也不一定能帮上忙。”

肖蝶淡淡地说：“杜小康，你太小看自己了，也太小看金沙血脉的真正力量了。当然，我也承认，之前我们也小看了金沙血脉的力量，才决定在丛帝墓的时候不顾你们的死活。不过前不久发生的一件事，却让我们改变了这个看法。”

我心中一沉，到底是什么事情，竟然能让三大神秘组织之一的真相派也改变了想法？要知道，真相派的实力就算比不上铁幕和JS组织，可也是绝对不容小觑的，哪怕是一般的小国家，怕是也没有他们这样强大的隐藏力量。

“我倒是想要听听，到底是什么事情能让顽固的真相派也得以转变。”我终于被勾起了好奇心，问道。

“作为一个四川人，我想你应该听过一个传说，‘五丁开山’。”肖蝶轻声说，神情有些茫然，似乎连她自己也没有想到前不久发生的事情，会和这个传说扯上关系。

五丁开山，这个传说我当然听说过，说的是战国中后期，秦惠王见古蜀第十二世开明王朝国力衰退，蜀王荒淫无道，便欲伐蜀，但苦于崇山阻隔，无路可通。大约秦惠王深知蜀人有崇信巫术鬼神的传统，于是心生一计，请人凿刻了五头巨大的石牛，并派人在石牛屁股下每天放置一堆黄金，声称这是金牛，能屙黄金，更将这个消息散布到蜀国。贪婪的蜀王听到这个消息，便托人向秦王索求，秦王马上答应了。

但是石牛很重，如何搬运到千里之遥的蜀国？这却难不倒蜀王，因为当时蜀国有五个力大无比的大力士，叫五丁力士。蜀王就叫他们开山辟路，一直将石牛拖回成都。这就是五丁开山的传说，而这条拖送石牛的道路，就是古金牛道，亦称剑门蜀道。

而今天的成都，六大城区之一就有一个区名叫“金牛区”，正是为了纪念这个传说故事而设立的，占地一百〇八平方公里，人口一百二十万，比一般的三四线城市还大。

这大半个月我查阅了不少和古蜀相关的资料，也绕不开这五丁开山的传说，毕竟这个传说差不多是古蜀国灭亡前夕最后剩下的几个传说之一了。

我心中一动，以肖蝶的智慧，当然不会无缘无故地提起这个传说，很明显，或许五丁开山的传说背后，还另有隐情。

“怎么无缘无故提起这个传说？不过是传说而已，你还真相信五个人的力量，就能开凿出几百里长的金牛道来？”尽管我心中也明白肖蝶不会无的放矢，可出于某种对抗的心理，我还是冷冷地回敬道。

肖蝶并没有生气，或许她这样的特工人员，早已经把自己真正的情绪完全隐藏起来，就算心底再怎么生气，表面上也绝对不会表露出分毫。

“这个传说其实还有后续，想来你也是听说过的。”肖蝶没有理会我话语中的讽刺之意，继续问道。

说起五丁开山的后续，就更具神话色彩了。当时五丁力士带着所谓的金牛回到成都，才发现它们不过是石牛。蜀王方知上当受骗，却也无可奈何，只能托人送信将秦王骂了一通。

秦王听说金牛道已打通，十分高兴，但又忌讳力大无穷的五丁力士，不敢马上进攻。秦王的谋士又生出一计，托人向蜀王讲：金牛这件事是秦国的过错，好在秦国还有五个比金子还珍贵的美女，愿意奉献出来向蜀王赔罪。

这最后一任蜀王本就好色，听了以后，再次叫五丁力士到秦国把五位美女及早接回来。五丁力士带着五位美女回蜀国的路上，经过一个名叫“梓潼”的地方，忽然看到一条大蛇正向一座山洞钻去。五丁力士中的一位，赶紧跑过去抓住它的尾巴，一个劲地往外拉，企图把蛇杀死，为民除害。但蛇很大，一个人拖不动，于是五个兄弟一起过来。这时蛇头已进入洞内，蛇尾巴正在洞口，于是五丁力士联合拖住巨蛇的尾巴朝外拽。

不料这巨蛇身子太长，大半身子都陷在山腹内，五丁力士这一用力，只听到一声巨响，地动山摇，大山崩塌下来，刹那间连同巨蛇和五个美女都被压死，一座大山也化为五座峰岭，也就是后来的五丁山。

传说的最后，秦王听说五丁力士已死，蜀道已通，知道进攻蜀国的时机已经成熟，于是派大军从金牛道进攻蜀国，很快便消灭了蜀国，把蜀王杀死了。

而整个五丁开山的故事，也就是李白《蜀道难》一诗中“地崩山摧壮士死，然后天梯石栈相钩连”一句的来历。

“直接说吧，这个传说，和你们改变主意到底有什么关系？又和我有什么关系？”我有些不耐烦地问。

“很简单，那就是根据我们得到的最新消息，这个传说虽然有着众多谬误之处，但那条挣扎之下能使山崩地裂的巨蛇，很有可能是真实存在的。”

“开什么玩笑？身长几百米的巨蛇？光是它的自重就能压得它走不动路了，这样的东西，怎么可能存在？你怎么不说它差一步就不是蛇，而是龙了？”我嗤笑道。

不过话音刚落，我的脑子里突然闪过一个恐怖而怪异的形象，那就是人身蛇尾，蛇尾部分还长着十几对如同人手臂般触手的怪物形象，巴蛇神！

“等等，你不会是想说，当年五丁开山传说中的巨蛇，其实和巴蛇神有关吧？”我脑子中灵光闪过，说出这句话后，自己也感觉到好笑。我们在五神地宫中遭遇过巴蛇神，虽然仅仅是余叔用古蜀时期的神秘召唤仪式加上某种生物技术复现出来的复制体，真实实力或许不及真正的巴蛇神的百分之一，但是也怎么都和巴蛇神扯不上关系吧？

“看来你还不笨嘛，不过你怎么就肯定，两者之间没有任何关系呢？”肖蝶幽幽地说。

我的心一颤，如果说当年五丁力士杀死的巨蛇，就是真正的巴蛇神，那么这样看来五丁力士怕也不是普通人吧？能够杀死神灵的家伙，怎么看都不应该是力大无穷那么简单……

“根据我们的分析，秦振豪带出的‘神躯’，很有可能是和巴蛇神有关。或许可以换一种说法，他带走的神躯也不能算是完整的神躯，而仅仅是神躯的一部分，但如果被他找到复活神灵的办法，那么真正的巴蛇神重现人间，也不是不可能……”

“开……开什么玩笑，真正的巴蛇神重现人间——等等，你们真相派不是从来都只顾着自己吗？什么时候变得这么好心要准备拯救人间危难了？”我冷笑道，觉得肖蝶一定还对我隐瞒了什么关键的消息。

“真相派的目的，用不着你来关心，既然我反出铁幕加入真相派，自然是认同他们的理念。不过这件事和你也不是完全没有关系，还记得上次我在留给你的信中说的话吗？”

“记得，你曾说过要解除时光之沙的封印拯救敖雨泽，需要用被秦振豪带走的神躯之血换给敖雨泽……”我狠狠地盯了肖蝶一眼，如果不是真相派的人，敖雨泽又怎么可能受伤并被时光之沙封印？

“其实那个时候我没有说清楚，那就是光是秦振豪带走的那部分神躯其实不够，真正想要解开时光之沙的封印，还需要真正的神灵之血。”

“巴蛇神的血？”我顿时明白过来，问道。

“是的，也就是说，你必须找到秦振豪和他带走的神躯。如果秦振豪真的是在进行复活巴蛇神的计划，那么你不仅不能阻止，还必须在他成功的瞬间取得巴蛇神的血液，这样你才有复活敖雨泽的可能。”

“那你到底是帮谁的？怎么看起来你是希望秦振豪复活巴蛇神成功？”我有些疑惑了，警惕地问。

“我帮谁并不重要，重要的是，这是你复活敖雨泽最好的机会。当然，如果你能找到神躯遗蜕的话，也可以不需要巴蛇神的血液，只是我觉得这个概率比直接获得巴蛇神的血液更小，毕竟，神躯遗蜕形成的条件要苛刻得多。”肖蝶又说出一个我没有听说过的名词，神躯遗蜕，听上去应该和神躯也有某种关系，只是不知道是干什么用的，又需要在哪里才能找到它。

肖蝶很快就离开了，只留下满腹疑问的我。不过或许是我体质特殊的原因，她离开后不久，我就感觉自己被撞伤的脑袋已经恢复得差不多了，就办理了出院手续，准备自己打车回家。

我刚走出医院大门不久，还没有打到车，一辆宝马X6已经停在离我不远处。车窗摇下，驾驶位上露出明智轩那张带着一丝贱笑的脸来，让人既感觉亲切，又恨不得一拳打过去。

“哟，这新造型不错嘛，看来是准备皈依上帝了啊。”明智轩笑嘻嘻地说。

我无从反驳，也不知道这家医院的医生是不是故意的，竟然在我脑袋上横竖各缠了一圈纱布，从侧面看上去就像一个巨大的“十”字。

我打开副驾位置的车门，毫不客气地坐上去，用力关上车门后，没好气地说：“少给我贫嘴，先带我去吃点东西，要饿死了。”

“没问题，我已经约了秦峰一起，咱们几兄弟可也有些日子没有聚过了。”明智轩发动汽车，笑着说道。

“对了，你是怎么知道我在这里的？”我突然想起我晕倒在图书馆后，第一个见到的居然是肖蝶，而肖蝶刚走不久我就遇到了明智轩，似乎这一切都太过巧合了点。

“肖蝶通知我的，不过我说你小子不够意思啊，什么时候和肖蝶搞到一块了？这样对得起雨泽吗？要知道雨泽至今生死未卜，可全是因为她……”明智轩严肃地说。

“去你的，什么叫‘搞在一起’这么难听！我还想问问，肖蝶为什么会直接通知你？你不会是叛变我们的革命队伍了吧？”我笑骂道。以我对明智轩的了解，自然相信他不可能背叛我们，尤其是他对敖雨泽的关心，也决定了他不可能轻易原谅肖蝶。

“肖蝶这女人非常狡猾，我就担心你抵御不住她的糖衣炮弹，所以她一打电话过来，我确认你在这家医院就马上赶过来了。现在看来，这女人是故意这么做，打算挑拨咱们兄弟间的关系，良心大大的坏啊……”明智轩连忙叫起屈来。

“她应该没有这么无聊。不过我也很奇怪，我晕倒在图书馆里，怎么醒来后第一个见到的居然是她。”我沉吟了一下说。

“很简单，因为你对她来说，或许还有利用价值。不要忘记了，秦振豪当时带走了神躯，加上敖雨泽使用了时光之沙，真相派在蚕丛王墓的战略目的达成不到一半，接下来自然需要你的帮助。”

“可是我不觉得自己有这么大的能力，如果说仅仅是金沙血脉的缘故的话，至少这些日子的经历，也让我明白血脉的力量并非一开始想象的那么强大。”我苦笑着说。

在青铜之城中的失败，尤其是敖雨泽生死未卜，旺达释比也重伤失踪，这些都极大地打击了我的自信。

金沙血脉应该就是神血后裔，不过可惜，这血脉的力量并没有完全激发出来。也正因为如此，秦振豪才不择手段也要获得神躯，只有真正的神躯中流淌着的，才是最纯粹的神血。

所以我对于真相派来说，现在也不过是一个可有可无的小角色，如果用得上，他们不介意使用一些见不得光的小手段，如果用不上，有机会的话他们或许会顺手将我杀死，如果没有机会，他们甚至不会因为报复的心理而故意另外派人来取我的性命。

虽然和真相派的接触不多，而且真相派的人在我心中的形象也是一直以不择手段著称，可我对他们的行事手段还是多少有了些了解，那就是一切都以他们自身的目的和利益出发，绝对不会因为仇恨之类的情绪做无谓的事情。

肖蝶作为曾经的铁幕正式成员，在铁幕中的地位仅比敖雨泽低上一线。她的反叛对铁幕来说是莫大的耻辱和损失，因此肖蝶的公开出现是冒了极大的风险的。

可即便如此，她竟然大摇大摆地出现在我所在的医院，专门等到我醒来，还告知我拯救敖雨泽的办法，这中间怎么想都透着古怪。

依照肖蝶目前的处境，她这样做当然不会是出于之前和敖雨泽的友情，而是站在真相派的角度，或许真的发现了能够利用我的地方，只是她以及真相派到底有什么打算我现在还一无所知而已。

想通了这一点，我稍稍松了一口气。钩心斗角并非是我所擅长的，如果要让我这样一个没有什么后台，比普通人也强不到哪里去的家伙一直提防着一个庞大组织的暗中窥视，那还真是一件让人头疼无比的事情。

“金沙血脉没有你想象的那么简单，它不仅仅是能带来单纯的力量。”明智轩见我沉默了许久，突然冒出这样一句。

我心中一动。其实真要说起来，我身负的金沙血脉，听起来似乎是和整个金沙王朝有着莫大的关系，但实际上我和身边的这几个人，敖雨泽、秦峰、明智轩、小叶子，似乎每一个人身上都具有某种和古蜀时期五神所对应的血脉力量，只是他们几人的血脉力量激发的程度还不如我而已。

或许冥冥之中我们几人的相聚，也是有着某种安排，就是不知道这种安排到底是天意，还是存在于某个不可知的存放世界冗余所在的意识世界里所谓的“神意”了。

还好今天不算堵车，半个小时后，我们来到明智轩位于东郊的私人别墅。秦峰已经等待多时。

看着我头上缠着的纱布，秦峰脸上也露出了一丝笑容。我注意到离他不远的沙发上还安静地坐着一个五官精致的美丽女子——正是我们从秦振豪手里救出来的小叶子，旺达释比的外孙女，叶凌菲。

望着这个儿时的玩伴，我心中有些激动和忐忑。尽管上次在蚕丛王墓的时候就见过她了，可那个时候毕竟情况危急，并没有仔细看清楚，也缺乏交流。

眼前的小叶子早没有了儿时的稚嫩和活泼，取而代之的是优雅和娴静，加上略带忧郁的神情和精致得近乎完美的脸庞，给人一种生人勿近的感觉。

我张了张嘴，却是一个字也没有说出来，尴尬了几秒钟后才讷讷地说了声：“小叶……叶凌菲，你也在啊。”

“小康哥哥，虽然我们上一次交流已经是十三年前，不过也不用这么生分吧？”叶凌菲嫣然一笑，就像最美的花瞬间绽放，连旁边的明智轩都微微失神。

叶凌菲的美貌程度，在我见过的人中只有敖雨泽能够与之相比，就连肖蝶都差了几分。

只是和敖雨泽冷酷中藏着几分妩媚不同，叶凌菲乍一看似乎仅仅是安静秀气的年轻女子而已，但相处的时间稍长，在不知不觉间会让人感觉越看越顺眼，甚至找不到任何可以挑剔的地方。

我心中暗叹一声，想不到当年的黄毛小丫头，居然也出落得如此动人，哪怕只是浅浅一笑，也让人在惊艳中感觉到心安。

如果，我没有先遇到敖雨泽，而是在长大后先遇到叶凌菲的话，或许一切都不一样吧。

只是这世上没有如果，哪怕到现在为止我和敖雨泽之间从来没有什么承诺，甚至连告白都没有，但我也知道，有些事情是再也回不到过去了。即便我现在面对的是比我想象中还要漂亮的小叶子也一样。

我稍微定了定心神，对叶凌菲说：“不是生分，只是这么些年没有见，一时间也不知道说什么好。”

“也是，毕竟年纪不一样了，你要是再喊我‘小叶子’，我反而会打你哦。”叶凌菲突然调皮地眨了眨眼睛，对我挥了挥拳头。这似乎更像我记忆中的小叶子应该有的形象。

最初的尴尬过后，很快我就和叶凌菲熟悉起来。不过再提到小时候的事情时，不可避免地谈到旺达释比，叶凌菲刚刚恢复了一点的情绪也因为这个话题而再度低落。毕竟到目前为止，我们都没有旺达释比的下落，很可能他还被困在青铜之城中，但更大的可能是被真相派的人抓住并秘密带走。

不过无论是秦峰还是明智轩，似乎都对青铜之城有一种本能的畏惧，竟然双双否决了我重回青铜之城的建议，就连本来站在我一边的叶凌菲，最终也犹豫着说：“现在还不能回去青铜之城，那太危险了。”

“为什么？”我好奇地问。虽然进入青铜之城的过程艰难无比，甚至其中还有不少巧合的部分，可毕竟经历了一次，第二次前去只要做好准备的话，应该比上次简单一些，为什么眼前的三人竟然都出奇一致地表示反对呢？难道说在我不停查找关于古蜀时期资料的这大半个月里，他们又经历了什么，并且还出于某种原因瞒着我？

叶凌菲静静地看着我，轻轻咬着嘴唇，似乎有什么疑难。我干笑了两声，说道：“如果有苦衷，就不用勉强说了。”

叶凌菲摇摇头，说道：“不是苦衷，而是我来这里之前，见到我二叔公了。”

我心中微动，叶凌菲的二叔公，也就是叶教授，之前我们得到的《金沙古卷》的残页，几乎都交给叶教授在研究。很明显，叶凌菲这次见过叶教授，是得到了什么消息。

我暗骂自己实在太笨，要想知道关于古蜀时期的各种隐秘，这个世界上除了旺达释比之外，恐怕没有人比叶教授更有资格来回答，可我放着在古蜀历史方面的大神级学者不去请教，偏要自己一个人逞强去图书馆查资料，这不是丢了西瓜捡芝麻吗？

“他跟你说了什么？”我很快缓过神来，问叶凌菲。

“二叔公说，我们不应该那么早就进入青铜之城，因为时机没到。而且，我们连打开青铜之城大门的钥匙都没有带上，就算去了，也找不到其中的秘密。”叶凌菲说。

“青铜之城的钥匙？那是什么？”我好奇地问。

“是啊，我们从来没有得到过什么钥匙。”一旁的明智轩挠了挠头说道。

“我想，所谓的钥匙，不一定是一把实体类的像钥匙一样的东西，或许只是一个代称吧？并且这把钥匙能打开的，不仅仅是青铜之城外在的金属大门，还是青铜之城深处通往另一个世界的门。”秦峰突然说道。

叶凌菲惊讶地望了他一眼，点了点头。

我对秦峰说：“你似乎也听说过这玩意儿？是你叔叔曾提到过吗？”

秦峰点头说道：“是的，他曾提到过这把钥匙。不过他也说过，那把钥匙在出土后不久，就落在了某个代号‘571’的研究所手里，而这个571研究所据说背景极为深厚。”

我心中一震。一直以来，我都有一个疑问，那就是JS、铁幕、真相派这三个组织，说起力量和势力来，都可以说十分惊人，就连国际上的老牌黑暗组织也不一定能与之相比。

虽然和金沙王朝相关的这三大组织总部都在国外，可在国内的力量也不小。面对这样的组织，要说全世界各个主要国家没有一丝一毫的忌惮，那绝对是不可能的。

JS组织还好说，一直宣称自己掌握着长生的秘密，和全球范围内不少权贵富商都有联系，可是另外两个组织，似乎一直以来只要不做出太过火、影响太恶劣的事情，几个主要的大国似乎也是睁一只眼闭一只眼。

当然铁幕所扮演的，差不多是类似于清理和消除所有和金沙有关的神秘事件影响的角色，从某种程度来说是维护了社会稳定，因此各个知晓内情的国家对此进行有限度的合作还勉强说得过去。

但真相派的一些极端做法，却是大大触犯忌讳的。他们似乎也不在乎别人会怎么想。可很明显的是，全世界知道内情的国家，对真相派均似有所顾忌，并没有直接将之清剿。

从这些国家对三大组织近乎默许其存在的表现看，他们对这三个组织存在的意义，以及对于古蜀金沙王朝背后所代表的神秘含义，应该说都是有所了解的。可我怎么也没有想到，能够打开青铜之城深处通往另一个世界大门的钥匙，竟然就直接掌握在某个背景深厚的研究所手中。

第二章

JINSHA ANCIENT SCROLLS

青铜箱子

“国内许多秘密研究所都是以三位数字来命名，钥匙掌握在571研究所手里？那他们对于金沙王朝的了解程度，或许远比我们想象中多得多……”明智轩喃喃地说。

“或许当年是这样，但是九十年代后期过后，就变了。哪怕是还记得当年事情的人，估计也会觉得那只是一个荒谬的传言而已。”叶凌菲叹了一口气说道。

“到底怎么回事啊？”我有些迷惑了，不知道叶凌菲所说的传言，究竟是什么。

“二叔公曾告诉过你们，一九九八年的时候，我父亲曾经从龙门山脉的一座墓穴里带出了一个青铜箱子。”叶凌菲好奇地看了秦峰一眼，似乎没有想到他知道的东西竟然这么多。

我猛然间想起当天和叶教授的对话，那个时候他就提到过曾让叶凌菲患上某种怪病的神秘男子，后来又指引叶凌菲的父亲叶暮然前往当时的墓穴取出这个青铜箱子。现在看来，那个神秘男子自然就是秦振豪，而当年曾被秦振豪带在身边的十岁小男孩，自然是秦峰无疑了。

“你的意思是说，那个青铜箱子，就是钥匙？或者换句话说，青铜箱子里面，装的就是打开青铜之城深处大门的钥匙？”我恍然大悟地说。

叶凌菲点点头说：“不仅如此，当年的青铜箱子问世后不久被军用直升机带走，然后直接落到571研究所手里，不管JS组织和铁幕的势力有多大，也不可能从拥有如此深厚背景的研究所手里抢走东西。”

我不由得高度赞同。国内禁枪几乎是全世界最严格的，就算铁幕或JS组织能从各个渠道弄到一些武器，甚至火箭筒这样的重型武器，可这些武器弹药面对有着背景的571研究所来说也不算什么。只要571研究所抬出自己的背景来，就算给他们十个胆子也不敢在国内乱来，因此说起来，这藏着钥匙的青铜箱子应该是十分安全的。

不过凡事也有例外，如果说当年叶暮然做的事情，让571研究所对这个箱子十分感兴趣，可现在一二十年过去了，这个秘密研究所是否还存在都不知道，就算还在，他们是否还对此感兴趣就说不准了，保密的程度也有可能大幅下降。

“那个箱子出现的时机其实不太是时候。本来八九十年代的时候，国内曾经对一些神秘事件的兴趣，比世界上任何一个国家都大，投入的精力也多。只可惜那个年代形形色色的骗子实在太多，尤其是一些所谓的气功大师，借机骗色敛财也就算了，有的甚至痴心妄想到一个可笑的程度，最后都被一一清算。”明智轩笑着说。

在这样的时代背景下，一九九八年才出现的青铜箱子，不管有着何等神秘之处，也的确有些生不逢时，可能还没被571研究所的科研人员焐热，就很快被打入冷宫收藏了起来。

以至于三年后的二〇〇一年金沙遗迹出土，无数神秘事件在暗中多次发生，却都被铁幕的特工人员悄悄消弭了影响。现实的文明世界依然一派平和，对此毫无所觉。

也幸好如此，如果当年571研究所的人就带着箱子前往了青铜之城，甚至用箱子里的钥匙打开了青铜之城深处的那扇无比神秘的“门”，那么我们的世界到底会变成什么样子，却是谁也不知道的。

当年叶凌菲的父亲叶暮然为了救自己的女儿，在秦振豪的阳谋指引下从一座墓葬里带出了这箱子。后来他自己却因为追寻其中的真相，死在了五神地宫的青铜大门下。那扇青铜大门后来突兀地消失，说不定就和青铜之城以及那个铜箱子有关。

“你们的意思是说，或许我们有机会重新得到那个箱子？”我的心怦怦直跳。如果说571研究所对那个青铜箱子已经没有了兴趣，那么那箱子在他们看来就是一件还算珍贵的文物而已，只要运作得当，不要头脑发热想着去强抢，那么还是有一定机会得到它的。

“我们不一定要得到那个箱子，二叔公说，哪怕只是让他接触到这个箱子一段时间，或许都有可能得到意想不到的消息。”叶凌菲有些不好意思地说。毕竟，就算571研究所里这个箱子的保密级别已经降低，可要重新找出它来，也不是一件容易的事情。

如果敖雨泽在的话或许还好说，通过铁幕的关系，很有可能将这个被571研究所封存的青铜箱子暂时借出来一段时间。可惜的是现在敖雨泽不仅被时光之沙封印，更是已经落到了真相派手上。这条路完全走不通。

“其实571研究所手里的箱子，应该只是个赝品。”叶凌菲突然说道。

“你说什么？这怎么可能？”我大吃一惊。

秦峰赞赏地看了叶凌菲一眼，说道：“叶小姐说得没错，当初571研究所得到这个箱子的时候，的确十分重视，甚至向科学院申请了大量研究人员协助研究。

不过很遗憾，571研究所对青铜箱子的破解工作刚刚取得了一些进展，就给否决了。后来571研究所的领导听从专家的意见将箱子彻底封存起来。可是不要忘记了，我叔叔秦振豪也并非普通人，当年他威逼利诱叶暮然从龙门山脉的墓穴中找出这个箱子，本来就是为了据为己有。”

想想也是，这个青铜箱子本身就具有某种神秘力量——那个年代经历了对气功等神秘力量的疯狂追捧后，在上面的人决定要扭转这种局面的大前提下，571研究所取得的那一点成果没有任何说服力——很可能是被打入冷宫了。

当科研人员重视一件东西的时候，自然守护得十分严密，可对于一件锁在秘密仓库的东西，只要有心的话，要将之偷梁换柱，也并非完全不可能。

秦振豪对于古蜀文明的了解，可能在任何人之上，就算是旺达释比和叶教授怕是也无法与之相比。他所制作的赝品，怕是连571研究所的专家一时半会儿都无法分辨，何况这青铜箱子已经被雪藏，没有特殊情况发生，也没有人会专门去检查。

从故意让当年才几岁的小叶子受伤，到不久前从丛帝墓中带走所谓的神躯，秦振豪似乎布局已久，而这个神秘的青铜箱子的出现更是其中的关键，当年的秦振豪甚至不惜牺牲才几岁的叶凌菲。

还好叶凌菲的父亲叶暮然及时找到这个箱子，才没有让叶凌菲被怪病夺去性命，可付出的代价是整支考古队的全军覆没。这也从侧面说明了这古怪的青铜箱子虽然能救人，但在杀人上更加具有效率，更像是某种不祥之物。

既然箱子已经落在了秦振豪的手里，也就意味着青铜箱子的钥匙也一定在他手上，我们更不可能将之找回来了。

“既然箱子已经落在了秦峰叔叔手里，我们怕是没有机会将之抢夺过来了。”

不料秦峰却摇摇头说：“这个箱子没那么简单，虽然我叔叔得到了它，但是并没有真正打开它。箱子里面藏着的或许是打开某扇门的钥匙，可是箱子本身，也需要正确的钥匙才能开启。”

我顿时反应过来，青铜箱子本身是作为锁住里面的秘密的钥匙而存在，可要得到这把钥匙，就必须打开箱子，但箱子的钥匙秦振豪并没有得到。

不过我还是有所疑问，不过是一个青铜箱子而已，就算没有钥匙，直接暴力破解不就行了吗？为什么不管是571研究所还是秦振豪，似乎都不敢这么做？

当我问出这个问题的时候，叶凌菲摇头说道：“这个箱子如果能够用暴力直接打开，就没有后来这么多事了。虽然箱子的材质是青铜的，就算不动用激光切割机什么的，哪怕是最普通的金属锯也能将它打开。可是你们不要忘记，当年我父亲带着我和母亲前往存放箱子的墓穴时，还有一个考古小分队。这支小分队几乎全部的人，在没有碰触到这箱子前，就已经因为青铜箱子中蕴含的神秘力量出现各种千奇百怪的死法。这个青铜箱子中虽然装的是打开青铜之门的钥匙，但本身也具有某种诡异的力量，用现代切割技术，根本无法打开。相反，想这么做的研究人员，甚至可能会死于非命。”

我打了个寒战，叶凌菲说得不错，这个箱子说起来的确诡异非常，那种超自然的不可思议的力量，就算是掌握现代科技的研究人员，怕是也无法对抗，更不要说用切割机将它切割开来。

“其实我这次来，最主要的目的，还是因为二叔公在研究你们上次提供给他的《金沙古卷》拓印件的时候，发现了一个可以说很惊人的秘密。”叶凌菲顿了一下说道。

我突然想起肖蝶来医院见我的时候，一再提到的关于古蜀国灭亡前夕五丁开山的传说。难道说在《金沙古卷》中，也有着类似的记载？可是也不对啊，金沙古卷的成书具体年代，虽然至今依然是一个谜，可真要说起来，应该是蚕丛王时期的，只是因为后来金沙遗址的出土，才如此命名而已。它和金沙王朝本来所存在的年代其实没有太大的关系。

而古蜀国被秦国所灭，差不多是公元前三一六年，和蚕丛王时期相差了一两千年。《金沙古卷》再怎么神奇，难道还能在成书的时候，就记载了一千多年后蜀国灭亡的事情？

没想到的是，就在我自己在心底否定了《金沙古卷》和五丁开山历史的联系时，叶凌菲却继续说道：“那就是《金沙古卷》中似乎曾有过一个预言，古蜀国的灭亡，将从蛇神被杀死开始！”

我的脸色猛地一变，刚刚还以为不可能发生的事，谁知道叶凌菲却给了我致命一击，让我一时间有些蒙了。或许，今天肖蝶到医院找到我，根本就不是一个偶然，而是她也从其他渠道知晓了这个看似不可能的消息。

“《金沙古卷》的神秘程度，甚至比西方世界的《死海文书》还要更甚。一直以来，我都以为《金沙古卷》记载的仅仅是长生的秘密和关于五神的传说，却没有想到《金沙古卷》也和其他一些神秘的文书一样，同样有着某种类似预言的功能……”我不由得感慨地说，同时心底对肖蝶以及真相派的目的，更加有些警惕。

“的确，二叔公是国内研究古蜀文明资深的专家之一，可是他对《金沙古卷》以及书写它的巴蜀图语的了解，依然停留在很浅薄的层次。这三本用羊皮纸作为材料，经过极其神秘的工艺处理过的古卷，据说不仅能看透过去现在未来，更是记录着沟通人、神、鬼三者的法门。甚至连命运线的存在和感知的方法，相传最早也是从《金沙古卷》中得来的。”叶凌菲轻声说道。

命运线，这已经不是我第一次听到这个古怪的名词了。相传这个世上能看透命运线的人不超过五位，就我们知道的也就只有秦峰的叔叔秦振豪、尸鬼婆婆姬巧玉，就连旺达释比这样的高人，也只能勉强算半个而已。

相传真相派和铁幕的首领，似乎也有这样的能力，不过这件事从来没有得到过证实。

现在，叶凌菲说出命运线竟然是出自《金沙古卷》，说实话我一点都不奇怪。很明显，拥有这样神奇能力的人，似乎多多少少都和《金沙古卷》有着某种联系，这也是他们唯一的共同点。

既然看透命运线的人都能够在某种程度上预知部分未来，甚至通过扰乱命运线的源头做到部分改变某个人原本的命运，那么作为记载命运线的感知方法的《金沙古卷》，里面提前一两千年记录了古蜀国灭亡的征兆，似乎也不是那么不可思议了。

“就算《金沙古卷》中提前预知了当年古蜀国灭亡的征兆，不过这对我们来说有什么用？”明智轩似乎还没有转过弯来，好奇地问。

“可能对我们没有直接的好处，不过根据二叔公的说法，那就是打开青铜箱子的方法，其实和巴蛇神有关。那么我们是不是可以据此推测，秦振豪从丛帝墓带走神躯，其实真正的目的就是为了打开当年我父亲貌似得到的青铜箱子，从而掌握打开通往另一个未知世界的青铜之门的钥匙？”叶凌菲提到自己死去的父亲的时候，神色有些黯然。

我心中微动，叶凌菲的分析，的确很有道理，如果说巴蛇神和打开青铜箱子的方法有关，那么秦振豪所做的一切，就说得通了。而且这也解释了为什么肖蝶会冒险前来找我，那就是她以及真相派的人，肯定不希望秦振豪能成功通过巴蛇神的灵体和神躯打开那个神秘无比的青铜箱子，这对真相派所奉行的理念，也是一种巨大的伤害。

“你的意思是说，我们现在必须阻止秦振豪的下一步行动，可是我们目前毫无头绪啊……”明智轩总算反应过来，恍然大悟似的说。

“也不是完全没有头绪，既然这一切和巴蛇神有关，和古蜀国灭亡前夕的传说五丁开山有关，那么我们只需要前去五丁开山这个传说的所在地，就有可能找到答案。”我看了明智轩一眼，这家伙平时也没有这么笨啊，怎么现在反而变得呆头呆脑的？

“五丁开山的传说，发生在绵阳东北方的梓潼，离省城不过才两个多小时的车程，这么近的距离，我们稍微收拾下，明天就可以出发。”明智轩对这个在四川地区耳熟能详的传说当然也不是全无了解，马上就说出我们需要前往的地方和时间。

我突然想起肖蝶在医院来见我时，曾说过会放了我姐姐，这件事我必须验证清楚，否则这件事对于我来说，始终是一个巨大的心结和威胁。犹豫了一下，我最终还是将这件事说了出来，然后苦笑着说：“我必须要确认我姐姐平安回来，只有这样我才能没有后顾之忧地前去梓潼，哪怕这个地方看起来十分平和，对我们没有什么威胁。”

幸好，在场的人现在都是经过生死的朋友，不会因为这个原因对我有什么不满。只有秦峰微微皱眉，纵然我们对秦峰的身份来历和一些做法还是有一些疑问，可是并不代表我们就完全失去了对秦峰的信任。面对情绪似乎有些低落的秦峰，我们几人散开后，我悄悄将他拉到一边，低声问道："怎么，不开心？是因为我们要去对付的是你的叔叔吗？"

秦峰摇摇头说："叔叔这些年在干的事情，大部分我都忘记了，其他的我也看不懂，我唯一记得的只是我的养父母，可惜他们都撒手而去。在这个世界上，我没有亲人，有的只是自己心爱的女人和你们这群朋友……"

他说的心爱的女人自然就是因为鬼影事件，被突兀出现又消失的戈基人伤害，至今依然在医院昏迷不醒的廖含沙。她曾经还是我的邻居，只是当时我还是一个一无是处的死宅，彼此之间几乎从来没有什么交流。

其实对于廖含沙的伤势，我多少是有些愧疚的，我总觉得如果不是当时的我在玩那个诡异的游戏，就不会引来那虚实难测的戈基人，廖含沙也不会受伤。可一想到这诡异的游戏中许多古怪的隐藏关卡，根本就是秦峰所提供，就觉得自己应该是想多了。

那个时候我和秦峰顶多算是还聊得来的网友，从来没有在现实中见过面，而且以秦峰对廖含沙的感情，他应该不会故意在游戏中做什么手脚，从而害了自己最喜欢的女友。

那么事情的真相很可能是和秦振豪有关，毕竟秦峰在完成那个诡异的游戏开发后，就被软禁在脑康精神病医院里。那里曾是JS组织一个很重要的据点，地下室更是直通五神地宫。秦振豪既然连自己的亲侄儿都舍得用如此残酷冷漠的手段，更不要说侄儿的女友了。

这么说来，廖含沙受到的袭击，就算和我正在玩的游戏有关，实际上真正的幕后凶手，很可能还是秦振豪，只是不知道出于什么原因，他必须要让当时的廖含沙和秦峰都闭嘴。他没有在意廖含沙的性命，只是对自己的侄儿手下留情了，仅仅软禁起来。

当然，这一切都不过是我的推测，想必秦峰自己也曾对这件事有考虑。或许正是秦振豪在这件事上暴露出来的冷酷手段，才真正将秦峰推向我们这一边，和他的亲叔叔作对。

可惜那个时候我并没有注意到秦峰说话的重点是"这个世界上"，在我看来这不过是一个很正常的范围泛指，直到许久以后，我才明白过来秦峰话中的深意。

当天晚上大家一起聚餐吃了晚饭。我和叶凌菲坐明智轩的车回市区，叶凌菲住的酒店在市中心附近，比我先下车。我住的地方在西边，还需要开二十来分钟才能到。

叶凌菲下车后不久，明智轩像是想起了什么似的，说道："对了，小康，还记得上次在五神地宫的时候，你从那个山寨的巴蛇神身上得到的象牙盒子吗？”

“当然记得，我得到的第一份《金沙古卷》的残页，就装在那个象牙盒子里。”我随意地答道。

明智轩似乎犹豫了一下，最后还是说道：“小康，你看，这个盒子对你来说应该也没有什么大用处，要不你将它卖给我？我爷爷生日快到了，他老人家就喜欢收集些稀奇古怪的古董，这盒子我看挺合适的……”

我笑道：“卖给你？当然不行，不过如果说是送给你，倒是可以考虑考虑……”

当时明智轩曾对这个象牙盒子估价四五十万，我曾想着通过明智轩将这个象牙盒子脱手卖掉，这样姐姐买婚房的钱就再也不用愁了。

不过说起来这盒子应该是属于我、敖雨泽和明智轩三个人的，只是当时他们两个都不愿意和我争才归我所有。现在既然明智轩想要，而且又是送给家里的长辈老人，我自然不好意思还谈钱什么的，何况这些日子明智轩在经济上也给了我不小的帮助，光是医好他大伯明睿德后明家送我的那套房子就价值百万以上，我更不可能去贪图这几十万了。

“别，亲兄弟，明算账。这象牙盒子市价在五十万左右，我也不给你溢价了，你小子就打个九折直接卖给我。”明智轩笑嘻嘻地说，似乎这事就这么定了。

我刚要反对，却正好遇到红灯，明智轩将车稳稳地停在斑马道外。前面有稀稀落落的几个行人从斑马线走过。

我的目光对准了其中一个身影，让我突然间有些恍惚。那是个女人的身影，从面相上看，竟然和小叶子叶凌菲有八九分相似，只是衣服和先前叶凌菲穿的稍稍不同。

我们和叶凌菲分别七八分钟，她比我先下车，按照道理讲她怎么都不可能走到我们前面，那么刚才从车前走过的女人又是谁？

“喂，你看什么？”明智轩好奇地问。

“刚刚走过去的，是不是叶凌菲？”我下意识地问。

“你眼花啦？怎么可能是叶凌菲？刚才就几个喝醉了的大老爷们儿走过去啊……”明智轩脸色很是奇怪地说。

我见他眼神十分古怪地看着我，心中“咯噔”一下，刚才不会是我出现幻觉了吧？

“喂，杜小康，你这样吃着碗里的想着锅里的可不行。雨泽还生死不知，你要是敢对不起她，我和你没完！”明智轩突然恶狠狠地说。

“你……胡说什么……”我干笑着回答。

“我没有开玩笑，我也希望你刚才只是开玩笑。叶凌菲早就下车了，你还念念不忘是不是？我知道你们两个是青梅竹马，如果一开始你选她，我当然举双手赞成，但是现在不行！”明智轩的语气中透着少有的激动。

我终于意识到事情似乎没那么简单。明智轩坐在驾驶位，而我在后排车座上，他的视野远比我好，如果说他刚才真的没有看到叶凌菲，甚至连一个女人都没看到过，那难道说，我又见“鬼”了？

我想起几个月前鬼影事件刚发生的时候，我曾经常性地进入到某个古怪的空间中，遇到我自己完全无法分辨真假的幻影。

那个时候我曾以为这要么是鬼怪作祟，要么就是掉入了某个平行世界。当然后来在丛帝墓的经历也让我明白过来，这并非是什么鬼怪或平行世界，而是某个和现实物质世界处于独立状态的意识世界，是世界运转过程中的冗余造成的。

这之间或许还涉及某些极其深奥的空间和时间理论，但这就不是以我的学识水平能够理解的。

见我有些沉默了，明智轩大概是以为我选择了默认和退让，冷哼了一声说：“你自己考虑清楚，脚踏两只船虽然是每个男人心底最隐秘的梦想，可是如果其中之一是雨泽，我绝对不会放过你。”

很少见明智轩如此正经地说这样的话，不过，就算现在的叶凌菲也出落得十分动人，她对于我来说，不过是个长大了的儿时玩伴而已。因为小时候的经历和旺达释比的缘故，我或许会冒险去救她，但是我们之间却谈不上什么太深的感情，尤其是男女之间的感情。

“可能是我看错了，不过有一点你可以放心，不管雨泽自己是怎么想的，至少我绝对不会对不起她。更何况她现在的状态，我唯一想的就是先救活她，其他的事情还没有精力去考虑。”我淡淡地说，没有因为明智轩的警告而生气。虽然从某种程度上说我们既是朋友也是情敌，可明智轩这个家伙对敖雨泽的关心却绝对是出自真心，这一点连我也无法抹杀，更不会因此而生气。

很快我就到家了。或许是还对我之前在车上看错了人而有些生闷气，我下车后明智轩没有多说话就直接驱车离开了。

我想了想，这些事情越解释越尴尬，过两天或许就好了，毕竟等我处理完姐姐的事情后，我们还要一同前往梓潼，看看在那里能否找到巴蛇神存在过的痕迹。

回到自己住的地方后，我从床底下找出明智轩想要的象牙盒子，前后左右看了一遍，也没有发现什么特别的地方。

算了，反正我欠明智轩的人情也不少，就算这盒子不止他曾经的估价，或者还有什么其他的秘密，只要他是真的想要这个象牙盒子，送给他又何妨。

我将象牙盒子收在书桌的抽屉里，准备下次和明智轩碰面的时候交给他。正准备洗个澡睡觉时，不知道出于什么原因，我鬼使神差地打开了电脑，然后进入曾让我经历了数起诡异事件的游戏。

尽管前些日子秦峰也曾解释说，这个游戏似乎是某种神秘的力量，将代码的信息灌输进他的脑袋，然后令他将之复现出来。可后来他又似乎不甘心如此受人摆布，因此才在游戏里面加了一些隐藏关卡，目的就是为了能在七个测试者中找寻某个能拯救他的人。

之后发生的事远远超出我和秦峰意料之外。不过秦峰也大致能确认，我应该就是他要找的人，我估计这大概是我身负金沙血脉的缘故。

我点开那个诡异的游戏，却进入了很长的读取进度条的阶段。不知道是否太久没有上线的缘故，这游戏竟然有着不小的更新包。我看看时间，至少需要十多分钟才能更新完成。

呆呆地看着进度条缓慢地挪动着，我的思绪再度回到自己的血脉上。一直以来，这血脉带给我的大多数时候都是麻烦，只有极少数情况下，血脉的力量能够让我得以爆发并摆脱危险。

在丛帝墓的时候，我本来以为金沙血脉的力量也就那么回事，只不过是当初五神之一的血脉后裔，是五神灵体所在的那个最庞大的意识世界的观察者，并没有太实际的作用。

就连当时的真相派也应该是这样想的，所以在我们五个人聚集齐全，并让秦振豪因为我们五个人的血脉设计获得“神躯”之后，曾试图杀掉我们。

可从青铜之城出来后，不知道出于什么原因，真相派竟然改变了这个想法，甚至不惜让肖蝶冒险和我接触，要缓和我与真相派之间紧张的关系。

我想这和秦振豪正进行的事情虽然有关，或许还有另外一个重要的原因，就是真相派的人发现我身上的金沙血脉，应该还有其他用处。

真相派作为一个理念非常古怪的组织，尽管表面上看，其外围是由不少极端环保主义者构成，可是这个组织核心的成员，却比任何人或组织都要现实，并非全都是理想派。

能够让这个组织的高层改变原先的想法，除了我自己有了新的利用价值的缘故外，不可能有其他原因。

或许之后在和真相派的接触过程中，我可以利用这一点。只可惜到目前为止，我对自己身上的金沙血脉的了解，依然停留在表层。或许旺达释比对此有着十分深入的研究，可惜现在连他也生死不明，根本无法联络上。

电脑已经打开了许久，进度条终于达到百分之百。游戏画面闪烁了一下，然后“开始游戏”的按钮被点亮了。

这个时候我注意到，在进入游戏的界面上，多出了一个选项。选项是一个高亮的按钮，上面是英文字母加中文组合的四个字——“VR模式”。

VR？

我不是第一次看到这个英文缩写，说起来一点也不新鲜，Virtual Reality，即虚拟现实，简称VR。

当然，目前的VR还处于初级阶段，只能勉强做到欺骗视觉，让人在虚拟空间中有一定的沉浸感，可是眩晕问题、延迟问题和数据传输问题，依然没有得到太好的解决。当前的体验只能说十分勉强，只有发烧友才会高价购买高性能的VR设备。国内了解VR的，大多也就买一个几十块百来块的VR眼镜盒子，然后插上手机用来看3D视频。

在资本市场上，VR已经被当成一种高科技概念来热炒，部分硬件厂商也发布了VR产品。可总的说来，对于消费层面来讲，VR都是一个太新的东西，还没有出现爆品。即便是一些号称大作的VR游戏，许多也只停留在Demo阶段，只能勉强体验不到半小时。

但现在，这诡异的游戏，竟然多了一种“VR模式”的选项。难不成这游戏竟然如此与时俱进，走在了多数游戏厂商的前面，率先开发出了VR版本？

老实说，尽管我心底知道这游戏十分诡异，不管是来历还是隐藏在暗处的游戏官方，都似乎在进行某个阴谋，就连秦峰和JS组织，在这阴谋当中或许都只是一枚棋子。可对于能够玩到一个大型的带有沉浸感的VR游戏的念头，却不可遏制地在心底蔓延开来，以至于让我不由自主地点开了“VR模式”的选项。

不过遗憾的是，我之前并没有购买连接电脑使用的VR设备，虽然我选择了这个选项，却被告知未连接设备而启动不成功。

也没有心思继续在普通模式下玩这款诡异的游戏了，我退出开始游戏的操作界面，犹豫了一下，点开了游戏的官方论坛。

官方论坛上依然冷冷清清，只是之前游戏官方电击杀死其中一名泄密玩家的视频已经被取消了，取而代之被置顶的是一个关于游戏VR版本的说明帖子。

我点开帖子，果然，里面介绍了游戏官方开发VR版本的大致时间节点。我算算日期，竟然是两天前才刚刚开放，并且还加入了多人组队模式。

之前的游戏差不多就是一个单机游戏，但是这个版本，不仅有了VR模式，还像《暗黑破坏神III》一样可以多人组队刷副本，无疑让游戏的可玩性提高了不少。如果不是这游戏本身诡异的表现让我心存疑虑，怕是以我之前的性子，已经满世界自发为他们做广告宣传了。

在帖子的最后，一个新副本的出现吸引了我的注意。这个新副本的所在地，赫然就在梓潼的五丁山，开启时间是后天晚上。

我的心怦怦直跳，如果说是巧合，那也未免太巧了：肖蝶、叶教授，还有这诡异的游戏，几乎所有的人和线索，都指向了几千年前发生在梓潼五丁山的那个传说故事。

我几乎没有太多犹豫，找到这个诡异的游戏目前支持的VR设备类型，立刻在网上订购了一台。幸好，这游戏也支持性能一般的国产VR设备，否则真要只支持国外的设备，光是等待漫长的海外代购时间，就足以让人抓狂了。

如果一切顺利的话，我可能后天就能拿到设备，刚好能赶上新副本的开启。

关上电脑后，这天晚上我怎么都睡不着觉，后来总算迷迷糊糊地睡了过去，但一晚上都被噩梦所困扰。

在这个噩梦当中，不再像以前那样是密密麻麻的无数虫子，反而变成了一条巨蛇。不管我从什么方向逃跑，最终的结果都是被这条百米长的巨蛇一口吞噬，然后冷汗淋漓地从噩梦中醒过来。

第二天一早，电话铃响起，因为晚上没有睡好，我的脑袋依然昏昏沉沉的，接通电话后，没好气地问了声："谁啊？"

"小康，是我，我们公司培训结束，我明天就回来啦。姐不在的这段时间你过得怎么样？"电话里传来熟悉而亲切的声音，不是对我最好的姐姐杜小鹃还能是谁？

"姐……"我的脑袋一下清醒过来，有些哽咽地叫了一声。虽然之前肖蝶已经说过真相派的人会放过我的姐姐，以后也不会用类似的手段对付我的家人，可光听是一回事，现在确切地得到姐姐依然平安的消息，又是另外一回事。

"小康，你怎么了？你声音有些不对，是不是病了……"电话另一端传来姐姐急切的声音。

"没事，就是昨天晚上玩游戏有点晚，没有睡好。"我连忙收拾了下情绪，撒了一个善意的谎言。

尽管之前以培训的名义将姐姐软禁起来是真相派的人干的，姐姐也至今对于所谓的封闭式培训深信不疑，根本就不知道这一个多月来实际上是受人控制。不过这样也好，至少姐姐就不会因此而担惊受怕了。有时候彻底欺骗一个人，或许真的比让他立刻认清冷酷的现实要善意得多。

当然，我也深信，如果不是我对真相派的人还有点用处的话，我简直不敢想象姐姐会面对什么样的命运。如果她最终被真相派的人伤害甚至是直接灭口，我想我除了无比的自责外，整个人都会疯掉，哪怕到时候我能找到小王、老K他们报仇，也无法减轻这种负罪感。

"你看你，这么大的人了，还玩游戏，什么时候赶紧找个女朋友啊。上次你说姐姐都没结婚你着什么急，姐姐马上就要嫁人了，我看你还是不着急啊……"姐姐小声地埋怨着。

我的心中一暖，当姐姐提到"女朋友"这几个字的时候，我的脑子里首先闪过的，赫然就是敖雨泽那张妩媚中带着几分傲娇的美丽面孔。

同时心中对于找到秦振豪以及他带走的神躯这件事，又更加急切起来；不管肖蝶说的话是真是假，至少这是我能够看见的、拯救封印状态中的敖雨泽最直接的办法。

第三章

JINSHA ANCIENT SCROLLS

鬼影重现

第二天，姐姐果然回到成都。临走前她还特意给我打了一个电话，在电话中小声地抱怨说公司没有像集训开始时那样派车送她们，还要自己去坐长途汽车。

问清了姐姐乘坐的长途汽车时刻，我算着时间准备去车站接她。走之前我将明智轩之前送的那套房产的产权证和房门钥匙带上，算是给平安归来的姐姐一份最好的礼物。

和我差不多时间到的还有准姐夫徐坤。与徐坤碰面后寒暄了几句，不知道为什么，我总感觉徐坤看我的眼神，多了几分躲闪。

我也没有太在意，老实说，我对总以为自己是本地人看外来者都带着几分不屑的徐家人并没有太多好感。如果不是看在他对我姐还算不错的分上，我连客套都懒得有。

房子的事我也不准备现在就告诉徐坤，毕竟徐家人这方面比较势利，而姐姐又太过善良，有时候耳根子也比较软，我怕她稀里糊涂地将徐坤家父母的名字也添加在房产证上。

这套房子是明智轩为了报答我救了他大伯而送的，中间也经历了不少危险，可以说是我拿命换来的。送给自己亲姐姐当然无所谓，可如果是本就不怎么瞧得上我的准姐夫一家，我还是有一些私心，不得不玩玩小心眼。

等了十来分钟，姐姐所乘坐的长途客车终于进站。我盯着出站口，等车上下来十几个人后，我终于看到了背着大包小包的姐姐。

我连忙上前将她身上最大的一个包接过来背在背上。姐姐看上去似乎比之前稍微瘦了些，不过精神很好，很明显真相派为了软禁她所做的培训也是花费了些精力的，怕是真的请了一些有真本事的讲师来进行忽悠，这让姐姐看起来比以前自信了许多，也让我对真相派的怨念稍稍减轻。

我们三个人打车往姐姐租的房子而去。徐坤是住在本地父母家，因为有老人在，两人在结婚前并没有住在一起。

将行李都放好后，徐坤因为有些拉肚子去了卫生间。等他走后，姐姐像是想起了什么，从包里掏出一个小盒子递给我，我打开一看，里面是一块男士机械手表。

姐姐笑嘻嘻地对我说："这是我培训结束考核得了综合第三名的奖品，是男士的，我拿着也没什么用，就送给你了。"

我稍微看了看，手表虽然说不是什么名牌，但看做工还不错，而且产地也是瑞士，估计价值还是要好几千。我将盒子递过去，笑着说："我可不习惯戴着一块累赘，要看时间直接用手机好了……要不你送给姐夫吧。"

"喊，你姐夫都有人要了，就不需要靠这些来装点自己。再说他那人你还不知道，死要面子，如果不是名牌的，宁愿不戴都不会用杂牌的。"

我想想也是，徐坤这人虽然收入一般，但在穿戴上还挺讲究的，就算是一件衬衣，不是品牌货也坚决不肯将就的。

虽然这块手表算不上名贵，可毕竟是姐姐的一片心意，我最终还是点点头，将它放在自己背包里。

看徐坤一时半会儿没有出来，我从包里拿出准备好的房产证、房屋赠予合同和门钥匙，朝姐姐晃了晃说："送你的新婚礼物，赶紧签字吧，完了后我找朋友尽快办理好转让手续……"

姐姐狐疑地接过这些东西看了看，眼睛先是一亮，继而将东西推过来，严肃地问："小康，你老实说，这房子哪里来的？我知道你是好心，但是我们家虽然不宽裕，可绝对不能做什么违法乱纪的事情……这么短的时间你就能挣回一套房子？"

"姐你想哪儿去了，我怎么会去干违法的事？"我哭笑不得。

"小康，你不要吓我，你到底干什么了？听姐的话，赶紧将房子退了，然后咱们去自首，我们杜家人穷也要穷得有骨气，要堂堂正正做人……"

我顿时有些无语，看来不找个好点的理由说服姐姐，她肯定不会放心。于是不得不将我拯救明智轩的大伯明睿德的事情，拣一些不重要的地方说了。

当然，我不可能说明睿德当时是中了某种神秘的蛊毒，只说是得了怪病，恰好我另一个朋友的老家能够找到人救治。

至于其中的危险，以及与金沙文明和三大组织有关的神秘事件，自然是一点都不敢透露，否则会引得她担心不说，更可能会给姐姐带来更多的危险。

在姐姐依然带着几分怀疑的目光中，我将赠予合同重新递给她。再三保证了房子的来历绝对合法合理后，姐姐的脸上终于露出了一丝欣慰的笑容，摇摇头接过文件袋，却重新装回我的背包。

"小康，我知道你是好意，姐姐也感谢你有这番心意。不过姐姐马上就要嫁给你姐夫了，你姐夫家虽然小了点，可还是有住的。这房子我不需要，就留着给你娶媳妇用……”

我的脸一红，正要再劝劝她，徐坤却已经出来了，脸色有些发白地说：“等会儿只有你们去吃饭了，我估计去不了，肚子一直不舒服……”

“算了算了，外面吃东西也不干净，我和小康去附近的超市买点菜，咱们今天就在家吃。你们两个也好久没吃到我做的饭菜了吧？”姐姐感叹了一声，也不等姐夫徐坤回答，就招呼我一起陪着她去超市。

我想了想，的确如姐姐所说，有好几个月没有吃到姐姐做的饭菜了。与其在外面去吃饭，不如一起在家里吃更加温馨，我至少能给姐姐打打下手，也不至于让她太过辛苦。

和姐姐一起出门后，我还想再说关于房子的事，不料姐姐已经抢先说道：“小康，就算这套房子来历没有问题，我也是绝对不会要的。我明白，你是怕我嫁过去后受欺负。不过你和徐家人接触得少，我那未来婆婆虽然嘴上不饶人，可只要平时多让让她，她其实也是个很好的人呢。还有你姐夫，看上去有些傲气，又死要面子，但实际上呢对我也挺好的，而且许多事只要我坚持，他其实是不敢说什么的。不然的话，你当你姐是这么好欺负的人吗？”

说到这里，姐姐对着我挥了挥拳头。我恍惚了一下，想起当年的姐姐可是有着面对虫群也悍然出手的壮举。

而且我刚上中学的时候，有次被学校附近几个退学的小流氓欺负，也是姐姐帮我出头。硬是拎着一根不知道从哪个柴火堆里捡来的木棍，姐姐将几个小混混追得鸡飞狗跳，从此看见她都远远地绕着走，再也没有找过我麻烦。

这样的姐姐，虽然本性无比善良，可真要有人威胁到她在意的人，或者把她惹急了，那发起火来连恶人也会害怕吧。

想到这里，我突然觉得我对姐姐的关心，反而让我忽略了她其实内心深藏着的坚强一面。大山里出来的女人除了淳朴善良之外，也绝对不缺乏彪悍，只是平日里这彪悍都被温柔所掩盖。

看来她是真的爱上了准姐夫徐坤，所以平日里才表现得处处都让着他。但温柔毕竟不是懦弱，姐姐骨子里还是大山深处出来的坚强姑娘，没有我以为的那么好欺负。

我顿时放下心来，看来真的是关心则乱。这几年来我表面看到的，都是徐家的人带着自以为高人一等的语气呼来喝去，所以一直为姐姐愤愤不平；却不曾想过如果姐姐从心底不愿意嫁到徐家的话，是绝对不会愿意受这样的气的。

房子的事我知道再多说她也不会答应，看来只好暂时留给自己住了。至于姐姐，只能从其他的地方补偿，毕竟这些年来她为我付出了太多。

我们从超市买了两大袋东西，其中一袋全是菜品，大部分是我喜欢吃的。不过想着准姐夫徐坤正闹肚子，也就只好委屈下他了。

回姐姐家的路上，我提着两个鼓鼓的塑料袋，因为重量不轻，觉得有些勒手。过马路的时候，我将袋子放在地上，甩了甩被勒得有些发疼的手，下意识地看向红灯另一端。

对面有十几个人在等红灯，老老少少都有，但是我的目光，一下就聚焦在了一个人身上。

那是一个十分美丽的姑娘，尽管戴着大号墨镜，我还是一眼就认出来了，那是小叶子，叶凌菲。

只是和昨天不同的是，叶凌菲的直发变成了微微卷曲，颜色也带着一丝金红色，应该是刚刚烫染过。

正当我要开口招呼她的时候，红灯时间结束，姐姐碰了我一下，我慌忙低头提起地上的袋子，然后朝马路对面走过去。

但是我刚走了几步就呆住了，不过短短的几秒钟时间，对面的人群中，竟然没有了叶凌菲的影子。

我转过头看看四周，就算她跑得再快，也不至于马上跑出人的视线。

可是，四周百米之内，都没有叶凌菲的影子。我的心一沉，想起昨天晚上坐在明智轩的车里时，也曾在一个马路路口看到叶凌菲的身影，而当时的明智轩却坚决不相信，还怪我不该在敖雨泽生死未卜时想着其他女人。

现在，类似的事情再度发生了，这到底是怎么一回事？

是叶凌菲真的在我心底占有一席之地，以至于让我大白天的都产生了幻觉？还是说，曾纠缠了我十几年的鬼影，再度出现了？

我扪心自问，尽管叶凌菲对我来说也是十分重要的人，但还不至于到日思夜想出现幻觉的地步，那么结果就只剩下最坏的那个。

现在我已经知道，这世上不会有鬼影之类的东西，就连民间传说中的鬼域也只是世界的冗余产生的一个纯意识构造的特殊空间，里面或许有无数不具备物质身体的意识体生活在里面。

所谓的鬼魂，一定程度上也正是这些意识体投射在人的意识里产生的幻觉。但叶凌菲明明是一个活生生的人，又怎么会如同鬼魂一样忽隐忽现，只让我产生幻觉呢？

突然感觉我被人狠狠地拉了一把，我一下清醒过来，这才发现刚才险些撞上一辆右转弯的汽车。

拉我的人是姐姐，看我一副神不守舍的样子，她小声抱怨说："小康，你想什么呢，过马路也不专心点！"

我连忙摇摇头，说了几个笑话重新逗姐姐开心，但心中却有些沉闷。先前发生的事，让我感觉到一丝阴霾。

在姐姐家吃过饭后，姐姐非得让我将那块没什么牌子但是做工还算精美的机械表戴上。准姐夫徐坤也好奇地看了一眼，确定这手表的牌子完全没有听说过后，就失去了兴趣。

“什么瑞士的，说不定是你们新公司的采购买的哪个国产山寨的吧？”徐坤嘀咕了一声，看起来十分不屑。

“没事，我习惯用山寨货了。”我见姐姐听到徐坤的话微微皱眉，于是扬了扬戴着机械表的左手，一副十分欣喜的样子。

姐姐似乎从我高涨的情绪中，觉得自己这些天的培训没有白费。哪怕得到的只是一件不怎么值钱的礼物，但能转送给我而且我看起来也还喜欢，脸上终于露出欣慰的笑容。

帮姐姐一起洗完碗，坐了一会儿，我拒绝了姐姐的挽留准备提前回家了，美其名曰留给姐姐姐夫二人空间。

坐上出租车后，我脑子里依然在回想着昨天晚上和前不久看到叶凌菲身影的事，越想越觉得这件事有些诡异。

我所看到的这个女人的样子，和叶凌菲的相似度绝对超过百分之九十九，只有发型和发色有轻微的不同。如果不是我五感敏锐，记忆和观察力都算过人，就连这些不同也未必能一眼看出区别。

我可以肯定，我看到的人绝对就是叶凌菲，不可能是别人，甚至连叶凌菲还有一个孪生姐妹这一点都可以排除。

我拍了下自己脑袋，暗骂自己太笨，如果真的有疑问的话，直接问问她不就得了吗?

拨通了叶凌菲的手机，对面传来清脆的声音：“小康哥哥，我还以为你将我当成陌生人了呢，没想到居然会主动给我打电话。”

听到这样娇滴滴的称呼，我感觉自己头皮都似微微酥麻了一下，不得不提醒自己千万不要胡思乱想。

“凌菲，你现在在哪里呢？”我故作镇定地问道。

“在万达广场这边购物呢，怎么，你要过来陪我一起？”

我回忆了下市区的地图，万达广场离我所在的地方，至少有十五六公里的直线距离，就算叶凌菲会飞，也不可能这么快飞过去。

“前天晚上你下车后，有没有去什么地方？”我不死心地问。

“没有啊，我直接回酒店休息了……怎么，出了什么事吗？”叶凌菲终于意识到有些不对劲了。

我沉吟了下，觉得在没有十足的把握之前，还是暂时不要向叶凌菲提起连续两次看到和她九成九相似的女子的事，否则只会让她担心而已。

“没什么，只是刚才看到一个人，背影和你有点像，还以为是你。”我敷衍地说。

“是想我了吗？”叶凌菲轻声说道。

我一愣，不知道怎么回答这个问题，谁料电话另一头传来咯咯的笑声：“小康哥哥，没想到你还是这么不经逗，和你开玩笑啦。想我也无所谓，明天就是我们再次碰面的时间，不要忘了。”

我苦笑着答应。明天的碰面当然不是我和叶凌菲单独见面，而是上次约定的处理好一些事后，我们几个人会一起去找叶教授，如果顺利的话马上就会起程前往梓潼调查关于五丁开山传说隐藏的秘密。

我回到住处不久，电话铃声响起，我拿起一看，是一个陌生的本地号码。接通后说了两句才明白过来，是快递公司，我先前订购的VR设备竟然提前到了。

对此我是非常疑惑的，我订购的这个型号的VR头盔虽说是国产的，来自于一家国内还算知名拿到上亿风投的VR硬件制造公司。但按照物流的速度怎么也还要等一两天才能到货，怎么这么快就到了，是为了让我赶上今天晚上VR版本正式开放吗？这也未免太巧合了。

虽然心中还是感觉到莫名的诡异，我最终还是没有按捺住心中的好奇，下楼签收了快递，回到家中迫不及待地拆开了包裹。

打开外包装后，呈现在我眼前的是一台银灰色外壳带淡蓝色呼吸灯的VR设备，磨砂塑料材质，造型略带流线型，看上去倒是有几分科幻感，不像有的设备那样方头方脑的十分难看。

重量大概四百克，勉强可以接受，如果真的能达到宣传资料中所说的参数，应该是一台不错的VR设备。

按照说明书的指示，我去官网下载了运行环境，然后将VR头盔和电脑连接，又下载了几个免费的VR小游戏，试着玩了下。

果然，除了屏幕是采用2K屏还算清晰外，延迟和刷新率都比国外的顶级设备要低一两个数量级，戴的时间过长的话还会有眩晕感，九十六度的视场角勉强可以接受。这些在我购买之前就已经有心理准备，因此也不算太大的问题。

等到晚上九点的样子，我曾下载的那个诡异的游戏在经过十分钟的短暂维护后，主界面上的“VR模式”按钮终于被点亮。

我迫不及待地点击了这个按钮，果然，在读取进度条后，游戏的画面变成了分屏显示的模样。

我一点儿也不奇怪，其实现阶段所谓的VR也就是虚拟现实，远远没有《黑客帝国》描述中的那样神奇。现阶段的VR不过就是在阻挡现实世界的光线后，只让头盔内的屏幕分屏显示同一个3D画面的不同角度，利用人眼的视差原理形成景深，欺骗人的视觉产生沉浸感。

即便是2K的屏幕，经过透镜放大后依然有晶格感，这在VR业界被称为“纱窗效应”。要规避纱窗效应，至少需要8K的超高清屏幕，估计至少还要四五年才能普及。

因此，进入游戏后，我总感觉游戏内的世界似乎隔着一层薄薄的纱雾，或许对于普通人来说，只要时间稍长眼睛就能慢慢适应过来。可我自十二岁后就变得无比敏锐的五感，反而让我觉得和眼前的虚拟世界格格不入，不能完全沉浸在游戏里面。

这就像鼻子灵敏的人，突然到了一个空气污浊臭气四溢的环境，那受罪的程度肯定比因感冒鼻子不通的人要强烈数十倍。

这让我多少降低了对游戏的期待。不过既然进来了，似乎不继续看看新的内容，也不是那么甘心。

我所进行的游戏进度，还停留在上次前往游戏世界内新发现的一个遗址获取黄金面具上。这个任务我已经圆满完成，还进入过秦峰暗中设置的一个隐藏关卡。

我看了看新的任务提示，是需要我前去一个叫作“蛇谷”的地方，寻找蛇王的秘密。

这条看似无比普通的任务提示，让我心跳速度为之加快了不少。

从肖蝶带来关于五丁开山传说的消息开始，到叶教授让叶凌菲反馈回来所破译的《金沙古卷》中关于蛇神的描述，再到眼前游戏刚更新完毕新的任务，这一切都指向同一条重要的线索，那就是关于古蜀时期蛇神的秘密。

我总觉得这之间应该有某个人或者势力在操控着一个巨大的阴谋，可是自己目前所获得的情报实在太少，根本无法将这一切背后隐藏的真相推敲清楚。

不过这个时候我也管不了太多，继续按照游戏的指引前往蛇谷。

因为佩戴VR头盔的缘故，现在游戏的视角被固定为第一人称视角，只是因为国产的VR头盔不支持激光定位自主行走，移动方式依然是采用比较Low的按住键盘WASD的方式，给人视力上的错觉就只是置身游戏内的环境而已。

游戏的画面精度似乎比之前提高了一些，因此看起来还是比较逼真的。进入蛇谷后，先是杀死了几条长相古怪的蛇拯救了一名受伤的NPC，接着根据NPC提供的消息，要进入一个山洞获取蛇王的遗蜕。

进入山洞后，周围的光线一下暗了下来，就算游戏中的我手中举着火把，也只能看清眼前几米远的地方。

如果是之前在电脑屏幕上游戏，这或许不算什么，顶多就是有一点点紧张而已。可我现在佩戴着VR头盔，昏暗的光线又降低了先前让我感觉不适的晶格感，有那么一个瞬间，我真的以为自己是置身于一个神秘而危险的山洞之中了。

每隔一段距离，我就能看到人或动物的骸骨。这些骸骨似乎被消化了一半，有的甚至还带着黄绿色的黏液。

部分骸骨中还有手臂粗细的蛇类在爬来爬去，不过这些蛇应该只是作为场景中的动态元素，增加游戏的恐怖气氛，并不具备攻击性，我自然也不会闲得无聊主动去招惹它们。

我小心翼翼地前行，如果不是移动的方式只需要左手按住键盘进行操作，我估计自己前进的速度要大大变慢。面对完全未知的区域，人本能地会比较保守和谨慎。

有的洞壁，带着巨大的划痕，似乎是某种长达四五米的冷兵器极其快速有力地劈斩而过形成的。

不过想想也不太可能，什么人能够使用四五米长的沉重冷兵器？光是重量就能把人压趴下了。除非是能够穿戴如同钢铁侠般的外骨骼机甲，否则就只有玄幻神话类游戏中的非人类角色才能使用了。

不知道是不是我的错觉，走过这些冷兵器留下的划痕的时候，我的心跳节奏，总是不由自主地快了一拍，就像这些划痕是有生命的一般，哪怕仅仅是戴着VR头盔路过这里，也能感觉到那股扑面而来的凌厉和杀意。

七拐八弯地往前行走了不知道多久，这个时候我突然想起幸好这是个冒险题材的动作游戏。如果换成是恐怖游戏，这样漆黑的环境下，人又处于精神高度紧绷的状态，要是突然冒出一张鬼脸来，那多数人都要被吓得惊声尖叫吧。

正这样想着，前方突然多了两盏昏暗的灯光，看起来像是两个“灯笼”飘浮在两米高的半空中。我心中“咯噔”一下，不会真让我料中，这冒险题材的游戏要往恐怖方向改吧？

不过看看任务提示，我似乎离任务目的地越来越近了，也就硬着头皮往前走，心想只要我早有准备，就算突然跳出个什么长相恐怖的怪物，也不至于被吓着。

离两个“灯笼”越来越近，距离十来米的时候，我发现在“灯笼”下方还有一条暗道。

不知道为什么，敏锐的五感让我感觉到了有一丝不对劲，浑身上下的鸡皮疙瘩都起来了。

这是一种发自潜意识的警觉，就像是猫遇到天敌时浑身要炸毛，我心中突然升起的那股恐惧的感觉怎么也挥之不去，几乎是本能地就停下了前进的脚步。

两个“灯笼”突然熄灭了，但是仅仅过了两三秒钟后，又再度亮起。我朝前又走了七八米后，这才惊恐地发现，这哪里是什么灯笼，分明是一头不知名怪兽的眼睛！

而“灯笼”下方的暗道，赫然就是它张开的血盆大口。这头怪兽光是脑袋就有三四米高，五六米长，张开的大嘴差不多有三米多，在昏暗的光线下看过去就如同一条山腹内的猩红色暗道。

两个灯笼大小的眼球微微转动了一下，我几乎能看到其中蕴藏的冷漠而残忍的神情。接着一条大腿粗细的红色绳索突然自这怪物的口中弹出，在我身上绕了一圈后，猛地朝后拉。

这条粗如大腿的红色绳索，应该就是游戏中巨大怪兽的舌头。游戏中的镜头开始快速朝前推进，我的视角也跟着移动，有一种正在坐过山车般的错觉。

我被巨大怪兽的舌头拖近它张开的大口，这才发现它的头像极了蛇类，而缠绕在我身上的粗壮绳索，前端也是分叉的。很明显，这怪物就是一条巨蛇，只有在神话传说中才有可能存在的庞然大物，就如同五丁开山的传说中，那条差不多有一座山峰长度的巴蛇一样。

虽然仅仅是视觉被VR游戏所欺骗，没有被巨蛇舌头缠住然后朝后拉的力的反馈，可仅仅是看着眼前巨大无比的蛇类头颅，还有冷冰冰的带着竖瞳的眼睛，甚至连灵觉都似乎被欺骗感觉到了危险。我几乎本能地挣扎着转身就逃，却忘记了现在不过是在玩游戏，并非是在现实当中。

如果是平时玩的普通游戏还好，可现在毕竟是在VR模式下，我转身挣扎的动作带倒了现实中正坐着的椅子。我自己狼狈不堪地摔倒在地不说，头盔也碰在了地上。

眼前的景象一暗，随即变成了灰白色，应该是刚才头盔碰触到地面的时候，里面的某个传感器松动了。

我呆了几秒钟，这才反应过来，摘下头上戴着的头盔，从地上爬了起来。

还好只是擦破了点皮，并没有真正受伤。我将倒地的椅子扶起来，头盔也放在电脑桌上。我看着电脑屏幕中正在播放的分屏游戏画面，里面代表了我的游戏角色正被巨蛇吞吃掉，很快游戏出现Game Over的提示。

我控制的这个角色已经死亡，需要回到上一个存档的进度。

退出游戏，我坐在床前发呆，诚然这游戏的VR版本也算做出了一些沉浸感，算是中上水平，可是和我曾经在体验馆里体验的国外VR设备和游戏还是有些差距的。可即便是国外最好的VR游戏，也不至于让我如此狼狈地完全沉浸进去，甚至差点在现实中受伤。

这游戏里的巨蛇虽然看起来恐怖而逼真，别的游戏开发商也不是做不到，但是那透着冰冷残忍的眼神，却绝对不是任何一个游戏公司能够表现得出的，如此活灵活现。

游戏画面只要肯用心，舍得花钱，怎么都不会太差，可这条巨蛇的眼神中传达出来的意图，几乎让我产生这就是一条真实存在的巨蛇的错觉。

这已经不完全是一个3D模型构筑出来的游戏角色，而似乎是真实存在的，有着自己的灵性甚至灵魂的生物！

想想这游戏曾一度让我和敖雨泽都觉得诡异，最后在游戏中七个测试者之一的“铁匠”因为泄露它的存在而被电刑处死。那以后我就对它保持着畏惧，几个月都没有再次登录。

游戏官方的警告我也置之不理，后来似乎也没有什么意外的事情发生。我原本以为这件事就这么过去了，可现在看来，是我太过天真了。

这游戏依然透着万分的诡异，它的存在并非仅仅是我和秦峰之前推测的，为了筛选幕后人员想要找寻的人而已，而是有着更深的目的。

想到秦峰，为什么不问问他到底是怎么回事？要知道这游戏最开始的代码，大部分都是秦峰完成的，就算他没有参与后续版本的开发，可是对这游戏的了解，也远远超过其他人。

连忙拨打了秦峰的电话，可奇怪的是，电话一直处于占线状态。等了几分钟再打过去，还是这样。

我只有继续无奈地等待，可随即我又想起参与这个游戏最初版本测试的七个人中，还有一个我也是认识的，那就是肖蝶。

最开始参与测试的七个人，被游戏的官方称为“七神”，是按照《冰与火之歌》，也就是《权力的游戏》小说版中的七个神灵来命名的。肖蝶当时的代号是“少女”，我的代号是“陌客”。

这是一个非常古怪的现象，明明是一个巴蜀地区神秘文化探险题材的游戏，对于测试者的代号命名，却用了一部外国的著名奇幻小说，这之间怎么想都感觉有些不对劲。

曾经我们也设想过，这会不会是古蜀时期的“五神”，或许不止五个，而是七个，但后来却没有找到更多的证据，加上后来几次冒险也十分忙碌，就没有理会这个问题。

现在看来，事情怕是远远没有我们所想的那么简单。我所经历的一切神秘事件，都是从这个游戏的出现开始。

现在，这个游戏经历了半年来最大一次更新，而且我这两天又如同那段时间一样，看到一些疑似“鬼影”的幻象，这是否也意味着我身边又会出现越来越多的稀奇古怪的事件了？

我迫不及待地拨打了肖蝶的电话，还好，电话铃声只响了几秒钟，肖蝶就接通了。

“这么晚了还给我电话，是要我过去陪你吗？”肖蝶在电话另一端带着些许挑逗。

这个妖精，鬼才敢让你陪吧？我心底暗暗吐槽，虽然肖蝶的身材样貌都非常不错，在我见过的人中只比敖雨泽和叶凌菲略输一筹，可想想她那反复无常的性格，狠辣的手段，我就什么欲望都熄灭了。

这个女人是真正的蛇蝎美人，别说是我，就算是007那样的超级特工都无福消受。

“还记得我们曾参与的那个游戏测试吗？”我没有理会她，开门见山地问道。

“怎么可能不记得，要不是我，说不定你比‘铁匠’还先死。”肖蝶有些得意地说道。

“这个游戏更新了，不仅有新的副本，还多了VR模式。你不觉得这个诡异的游戏选择这个时候更新，有什么深层的含义吗？”

电话另一端沉默了许久，过了好一阵，肖蝶才说道：“你不要告诉我，游戏更新的内容，也是和巴蛇神有关吧？”

当我给出了肯定的回答，肖蝶的语气前所未有地郑重起来：“你暂时不要再进那个游戏，尤其是VR模式……它会影响你的心志！”

我呆了下，一个游戏会影响人的心志？

不过当我想起几个月前我在游戏中用七个小孩NPC作为祭品献祭时出现的诡异情形，还有刚才我看到VR游戏中的巨蛇那活灵活现如同有灵魂的眼神，这一切都说明了这个游戏，的确有着某种迷惑人心的诡异魅力。即便是以我的意志力和身上的特殊血脉，也无法抵抗。

“你似乎知道不少，这游戏到底是怎么回事？我现在联系不上秦峰，要不然他或许能给我一些线索……”我有些烦躁地说。

“秦峰也不一定知道得比我多，这也是我为什么要叛出……算了，有些事你知道得越少对你越有好处，否则事情可能会更麻烦。你只需要记住，不要再进那个游戏，否则你身边还会发生越来越多的古怪事件。”肖蝶再次叮嘱道。

我将信将疑地又问了几次，肖蝶还是不肯透露关于这个游戏更多的消息，我只能无奈放弃。

挂掉电话后，我将VR头盔收起来，看来这段时间是暂时不能继续这个游戏了。

虽然这游戏处处都透露着诡异，可是我心中还是多少有些遗憾，毕竟它几乎是近几年来唯一让我有兴趣继续玩下去，继续去探索的游戏了。

正准备去洗澡睡觉的时候，电话响了。本以为是秦峰看到未接来电给我打过来的，可拿起电话一看，打电话的人居然是明智轩。

连忙接通电话，电话另一头先是沉默了几秒钟，然后才传来明智轩略带沙哑的声音：“小康，我上次给你说的，让你将那个古董象牙盒子转让给我的事，你看成吗？”

我强行让自己暂时忘却先前那诡异游戏带来的烦扰，笑着说：“转让当然不成，但是送给你没问题。”

“别，这钱我一定要给……”

“你如果非得要给，那套房子我就还你了啊。”我连忙“威胁”道。

明智轩再度沉默了，最终叹了口气说：“算了，这个象牙盒子真的对我很重要，既然你不愿意收钱，那算我欠你一次。等会儿我直接过来拿。”

我有些奇怪，明天不是就见面了吗，怎么明智轩连一晚上都等不及，非得现在就要拿走象牙盒子？难道说这个象牙盒子里面还藏着什么秘密？

也不至于啊，以明智轩和我的关系，就算象牙盒子的价值远不止几十万，他也不会对我隐瞒，反而会主动告诉我真实价值并给予补偿。

挂上电话后，我将象牙盒子从收藏的地方重新取出来，可是翻来覆去看了几遍，甚至拿出放大镜仔细看了，却什么都没有发现。

算了，既然明智轩想要，那就送给他了，就算这象牙盒子还藏着什么他不愿意说的秘密，那也是他的缘分，我就不纠结了。

想通了这一点，我的心情顿时放松下来，安心等待明智轩前来。

第四章

JINSHA ANCIENT SCROLLS

象牙盒的秘密

大概半个小时后，明智轩果然如约来到我所在的小区。我看看时间，已经晚上十一点出头，这家伙还真是个急性子。

换上外套，将象牙盒子装在一个不记得是买什么东西送的手提布袋里，很是随意地就出了门。

来到小区外，晚上十一点过的街面上已经没有什么行人。一辆宝马X5M就停在小区门口不远的人行道上。离宝马二十几米的地方，还停着一辆蓝色的厢式小货车。

还好这个时候也不用担心有交警查违章，明智轩正百无聊赖地待在自己的豪车驾驶位上。

我走上前去敲了敲车窗，明智轩将车窗玻璃降下来，看着我手中土得掉渣的布袋，苦笑了笑说："大哥，几十万的东西，你好歹也换个好点的包装吧。"

我微微一笑："正因为价值几十万，才不能表现得那么重视嘛。这小区内龙蛇混杂，万一被人看出来抢了，我可找不到第二个给你。"

"上次送你那套房子是装修好的，虽然不是高档小区，可是环境比你现在住这儿还是好得多，你随时可以搬过去啊。"

我挠了挠头皮，不好意思地说："本来打算那套房子送我姐姐的，可惜她没要。下次吧，等我们查清楚梓潼五丁开山传说和巴蛇神之间到底是怎么回事，回来后我就搬。"

明智轩点点头，接过我手中的布袋，打开来确认象牙盒子在里面，然后很是慎重地将它取出来，然后放入副驾位置的一个小型密码箱里。

我看着精巧结实的密码箱，有些好笑地说："明大少爷，几十万的东西对你来说不过是毛毛雨啊，怎么这么郑重其事的？"

明智轩没有回答我，而是很正经地对我说了声"谢谢"，看他的样子，似乎忙着将象牙盒子带回去。

我心底已经猜到这象牙盒子很可能另有乾坤，只是明智轩暂时不愿向我吐露而已。

或许这个秘密关系到他或者明家的隐私，并不是说这象牙盒子就远不止他曾报给我的价位。有钱到了明家这个程度，也是不屑玩这点小心机来坑朋友的。

我识趣地没有继续追问。和明智轩道别之后，明智轩发动了汽车，转了个弯想要进入主道。就在这时，我突然感觉到全身的汗毛都竖了起来，几乎是本能地朝前扑倒。

“噗”的一声，我原本站立的位置后面不远的大树上出现一个鸡蛋大小的洞，树皮和木屑四下炸开，空气中弥漫着一股焦煳味，我这才惊觉先前竟然有人试图用狙击步枪杀死我！

就在我一个翻滚准备躲在大树后面时，不远处一直停着的一辆小货车突然加速冲了出来，但目标并不是我，而是正准备进入主道的明智轩。

明智轩开的是一辆宝马X5M，在SUV中也算是大块头了，可是和小货车相比却只能算成年人相比小孩子，顿时被撞开了好几米远。车胎更是在水泥路面留下一串黑色的印迹，车门的位置也被擦掉一大块漆皮，出现明显的划痕。

明智轩也意识到不对，猛打方向盘并踩死油门。宝马X5M高达五百七十五马力的发动机发出沉闷的怒吼，竟然在快被小货车抵到小区围墙之前稍微挣脱出来，一个漂亮的甩尾，到了小货车的侧面十几米远处。

但就在这时，小货车的车厢后门打开了，从里面走出来一名穿着作战服，面色冷酷、身形干瘦的男人。

这个男人应该是亚裔和欧美人种的混血，看上去并不是太强壮，可他手中提着的，居然是一具产自俄罗斯的AGS-17榴弹发射器。我曾在军事论坛上见到过这件重武器的照片，还算有点印象。

这种榴弹发射器一般都有着巨大的用于稳定的支架，沉重的弹箱，通常是固定在阵地上使用。我从来没有想过，居然会有人放弃支架，就这样将它提在手上。

就算能这样用它的，也应该是强壮如同阿诺·施瓦辛格那样的彪悍人物，怎么看都不像是一个身高不超过一米七，体重最多六十公斤的干瘦男人能使用的。

已经来不及提醒明智轩，榴弹发射器的枪口喷出几十厘米长的枪焰，三十毫米直径的榴弹脱膛而出，以肉眼不可见的速度飞快地命中了明智轩所乘坐的宝马X5M，发出巨大的爆炸轰鸣，在寂静的晚上显得尤为惊人。

小区附近无数汽车的报警声都随即响起，许多原本已经关灯的窗户又重新亮起。我估计已经有居民选择了报警，留给杀手的时间肯定不多。

我趴在地上，虽然避开了四射的弹片，但还是被突如其来的冲击波震飞半米远，满头满脸都是灰尘。

我甚至不敢立刻起身，怕引起这个冷酷的男人警觉，只能满脸悲愤地咬牙看着已经翻了面，四个轮胎朝上的宝马X5M。

让我惊讶的是，宝马X5M并没有发生想象中的爆炸，只是命中榴弹的地方，瘪下去很大一块，周围都被熏黑，有的地方露出金属本来的颜色。

车窗玻璃布满了裂纹，却没有碎裂。我这才反应过来，明智轩的这辆宝马X5M怕是经过防弹改装的，被一枚榴弹命中虽然失去机动能力，却也保住了车中的明智轩一命。

冷酷的男子随手将榴弹发射器扔到货车内，然后拔出了背后的一把短刀。看得出这把黑漆漆的短刀重量不轻，带着夸张而冷冽的弧度，造型有点像放大了的狗腿刀。

他朝明智轩的宝马X5M走过去，宝马的车门打开了一条缝，先是扔出了那个装着象牙盒子的密码箱，然后满脸是血的明智轩从里面爬了出来。

防弹的车身虽然保住了他的命，但是车辆受到的冲击以及翻滚依然让他的头脸碰到驾驶台上，受伤不轻。

也不知象牙盒子中到底藏着什么秘密，明智轩都伤成这样了，居然还对它念念不忘。要知道他这辆经过防弹改装的宝马X5M，论价格的话起码是象牙盒子的五倍以上。

眼看着这个冷酷的杀手接近明智轩，我再也沉不住气，大吼一声从原地爬起来，朝他冲了过去。

我知道自己手无寸铁，这个时候只能寄希望于身上血脉的力量能够爆发。可是我很快失望了，我还没有接近他时，一股巨大的危机感让我本能地一扭身：一枚子弹从我的肩头擦过，带出一条七八厘米长的血痕，左肩的衣服碎裂，肩头更是肿了起来。

是那个躲在暗处的狙击手。我惊恐地想着，不敢轻举妄动，可也做不到眼睁睁看着明智轩被人杀死。

该死的，到底怎么回事，明智轩为什么会惹上这样的人，看样子很可能是职业杀手，而且还是那种胆大包天的亡命之徒，要不然谁敢在市区范围内采用榴弹发射器这样的重型武器？

持刀的杀手似乎也意识到我的存在有些碍事，冷冷地转过身，突然挥刀朝我砍杀过来。

危急时刻，我的脑子突然变得无比清醒，就像周围的时间都一下变慢了。我能清晰地看见他手中的加大号狗腿刀砍出的弧度，甚至他持刀的右手每一丝肌肉的跳动。

我深吸一口气，一脚朝他下身踢过去，这是所有男人的致命弱点。

我的思维这个时候非常灵敏，可我的身体却跟不上思维的速度。一脚踢出，眼前身经百战的杀手已经稍微扭身，这一脚不过踢在他大腿上，最多痛一下，却造不成太大的伤害。

杀手的脸上露出冷漠的狞笑。下个瞬间，那把加大号的狗腿刀就要砍中我的脖子。我的手脚冰冷，却连躲避的动作也做不出。

这个时候我无比痛恨自己的弱小，如果是敖雨泽，早已经有一百种方法应对眼前的危机。

狗腿刀很快就横到我脖子上，甚至脖子上已经出现了一条血痕，就在我以为自己必死无疑的时候，却传来明智轩的声音："你杀了他，我就毁掉象牙盒子。这个密码箱中有微型自毁装置，不要怀疑我的决心。"

杀手似乎犹豫了，手中的刀本来只需要稍微拖动或者下压，就足以划开我的喉管，这个时候却因为明智轩的话而停止了所有的动作。

"把箱子踢过来，我放了他。"杀手冷冷地转过头说。

"先放了他，我和你们走。"明智轩淡漠地说。

杀手犹豫了下，可看着明智轩的手一直放在密码箱的某个红色按钮上，终于艰难地点了点头。

"撤掉狙击手。"明智轩并不买账，继续说道。

杀手冷哼一声，对着对讲机说了几句，我背后那股如针芒在身的危机感终于解除了。

明智轩依然满头满脸都是血，再也不复原本花花阔少的潇洒，走路也一瘸一拐，应该是被榴弹击中车身时受的伤。

杀手将狗腿刀从我脖子上撤离，然后刀尖抵在明智轩腰间，押着他上了货车的车厢。

我朝前走了一步，心中万分的不甘，却看见明智轩对我摇了摇头。

货车很快开走，速度甚至比一般的小车还快。我站在原地呆了几分钟，直到远处传来警笛的声响，才重新回过神来。

顾不得身上多处擦伤和肩头被子弹掠过带出的红肿血痕，我知道如果自己再不走，后续会有数不清的麻烦。

我小跑着躲进黑暗中，然后开始拨打肖蝶的电话。不知道为什么，这个时候我首先想到的居然是肖蝶，当敖雨泽不在我身边的时候，处理这些事情肖蝶也一样擅长。

肖蝶似乎对我们的遭遇非常惊讶，不过还是答应调动自己的资源将这件事压下去，顺便追查这件事的幕后主使到底是谁。

她要我暂时不要使用自己的手机号码，另外发给了我一个界面极其简陋的手机聊天软件，只要有Wi-Fi就能使用，还能直接虚拟拨号以避免我的手机号被监听。

这个软件的安全程度应该很高，就是界面太过简陋，设置也不怎么人性化，估计是肖蝶所在的真相派组织中哪个技术高手自己做的，根本没考虑过美化这回事。

我躲进一个不需要身份证并有免费Wi-Fi的小旅馆，等待肖蝶的新消息，这个时候我才开始静下心来梳理刚才发生的事。

很明显，对方针对的人是明智轩，我只不过是顺带的。如果当时狙击手能够干掉我，或许对这次暗杀事件的主使者来说是个不错的结果，即便不成功，他们似乎也并不在意。

这充分说明了两个问题：一是这象牙盒子果然有着古怪，并非仅仅是个古董那么简单；二是明智轩在向我讨要这个象牙盒子前，就应该知道这盒子藏着的秘密，甚至已经料到可能会被人劫持，直接开了一辆经过防弹改装的车来不说，还用上了带自毁装置的密码箱。

明智轩能够用毁掉象牙盒子来威胁杀手不要杀我，说明派出杀手的人对这象牙盒子是志在必得。对象牙盒子的渴求，甚至比杀掉我以及明智轩还要重要。

会是谁呢？铁幕首先应该可以排除，他们真的想要这个盒子的话，只需要直接对我这个外围成员下命令就行了。现阶段我连讨价还价的余地都没有，根本用不着使用如此激烈的手段。

如果没有上次在医院和肖蝶的接触，那么我肯定会怀疑是真相派。但现在真相派似乎并不愿意看到我死去，他们还想要利用我去找到巴蛇神的秘密，更是想要通过我和秦峰等接近秦振豪，完成他们的布局。

对于真相派来说，现在的我还是有几分利用价值的，不至于这个时候就为了一个象牙盒子不顾我死活。

似乎也不应该是JS组织，这个象牙盒子原本就是从余叔控制的巴蛇神复制体体内取出来的，也就是说很可能是同样身为JS成员的余叔所收藏。JS组织对这个象牙盒子应该早有了解，如果想要的话，在我得到这个盒子后就应该有所行动了，不会拖到今天。

那到底是谁呢？我的脑子里闪过余叔毁容前那副看似憨厚的面孔，接着又浮现出余叔出现在五神地宫时那苍老而狰狞的相貌。

我不由得苦笑着将余叔的影子赶出脑海。几个月前余叔就死在我面前，是我亲眼所见，一个死去几个月的人，总不会突然就复活吧？

又过了十几分钟，肖蝶给我的简陋聊天软件开始出现新消息提示，我连忙打开看，是很简单的一句话：小区外监控记录已抹除，不会有人找你麻烦，你可以出现了。

我松了一口气，大晚上的，又是枪声又是爆炸，放在治安还算不错的省城里简直是一个令人震惊的大新闻。如果被当成当事人卷入进去，怕是案子查清之前都无法省心，到时候很可能耽搁我前往梓潼的行程。

不过这件事虽然处理好了，明智轩的安危问题却更加让我揪心。虽然说杀手针对的是象牙盒子和明智轩，可当初要不是明智轩以象牙盒子作为威胁，还搭上自己跟杀手一起走，我怕是早已经挂掉了。

突然想起上次解除姐姐身上的毒素后，敖雨泽曾给过我谭欣然的电话。谭欣然明显是铁幕中身份地位都不低的科研部门的人，或许通过她能够联系到铁幕追查这件事，顺便救出明智轩。

当我电话打过去时，对面传来的是很不耐烦的声音："谁？有屁快放，忙着呢……"

"我，杜小康，谭医生你还记得吗？"我气势顿时一弱，小声说。

"我管你肚子里是小康还是温饱，正忙着救人。想见你朋友最后一面的话，就赶紧来……"谭欣然应该记起我来了，只是她所说的正在救人，又是我的朋友，难道说她正在救的人是明智轩？

我无比惊喜地仔细聆听谭欣然报出的地址，然后马上出了小旅馆，打车前往这个地点。

这是一个老式停车场，我到了后，四下张望了下没有其他人在。正在犹豫是站在原地等还是去找找，附近一辆非常普通的银灰色高尔夫的车灯亮起，接着对我连续闪了几下。我反应过来，走过去，发现车门早已经打开了。

"上车。"司机是一个圆脸的年轻女人，看上去性格比较冷漠，也不喜欢说废话。

她长相十分大众化，唯一让我感觉到突兀的，是大晚上的，她的鼻梁上依然驾着一副不怎么协调的大号墨镜。

这种墨镜，据说能够看到一些诡异神秘的东西，敖雨泽也有一个功能类似但是外形稍微好看点的。这种大号的厚实墨镜几乎是铁幕成员的标配。

高尔夫很快发动。我本来想问问明智轩的伤势到底怎么样，不过圆脸的女司机明显缺乏交谈的兴致，我也就将快到嘴边的话咽了回去。

很快，高尔夫出了城区，朝西边的都江堰方向开过去。快到绕城高速的时候，在离路边不远的一家废弃的厂房外，我看到了那辆一个多小时前杀手乘坐的小货车。

车厢门已经打开，旁边还有另外一辆车开着大灯提供照明，能够隐约看见里面似乎有几个医护人员模样的人，居然就这样在现场做手术。

司机将高尔夫停在路边，我下车后慌忙跑过去，离小货车还有两三米的时候被后面跟过来的司机拦住了："谭教授正在抢救伤者，他受伤太严重，甚至没法移动。你现在过去，想害死他吗？"

我一惊，心都提到嗓子眼，这才看清在场的医生一共有两个，主刀的应该是谭欣然，此外还有一个辅助的年轻男医生和一个女护士。

这个手术台简陋到极点，就是一张可移动的病床，手术器械甚至只是随意地端在护士手里，更不要提无菌环境和无影灯等手术的基本标配了。

“这样的环境下做手术？”我目瞪口呆地小声对旁边的圆脸司机说。这里离路边才二十多米，虽然大晚上的车比较少，可是光是扬起的灰尘，就足以让最高明的医生都束手无策吧。

“不要小看铁幕的技术，菜鸟。”圆脸司机冷冷地说。

我被噎了一下。虽然在铁幕的一些高级特工眼里，我的确是一个名不见经传的菜鸟，可至少我在JS或者真相派眼里，多少还是受到过一些重视的。怎么在自己人眼里就这么不堪呢？

谭欣然突然抬起头来，有些疲倦地挥了挥手。我这才注意到，虽然这是一个简陋得不能再简陋的手术台，但是在整个手术台及周围，竟然存在一个直径两三米的巨大的透明泡泡，就像是放大了无数倍的肥皂泡一样。

再仔细看时，会发现货车顶和下方，布置着好几个拳头大小的不知名仪器。这巨大的透明泡泡，就是从这几个仪器中“吹”出来的。

怪不得敢在马路边做手术，原来是有这么先进的隔离设备。几乎不用多问，我也能明白这个放大了的肥皂泡里面，洁净程度甚至比普通医院的无菌环境还要高一两个等级。

谭欣然开始为伤者缝合伤口。虽然因为角度的关系，这个时候我看不清伤者的脸，但对明智轩的身形，还是比较熟悉的，一眼就认出来伤者就是明智轩本人。

他看起来的确伤得很重，不然也不会逼得谭欣然这样高明的医生也只能选择就地做手术，顾不得惊世骇俗。

不过，看谭欣然的神情，明智轩的命至少是保住了的，这多少让我心中的歉疚减轻了一些。

伤口缝好包扎后，谭欣然的助理开始帮着处理其他不致命的小伤，这个时候谭欣然反而是闲了下来。

她按动了手腕上戴着的类似智能手表上的开关，那巨大的透明泡泡顿时开了一个角。

谭欣然从里面走出来，摘下口罩和手套后，从小货车上跳了下来，径直朝我走过来。

“杜小康，你们这群人还真是会惹麻烦，什么时候招惹到黑水保安公司了？”谭欣然不客气地问。

“保安公司？不至于吧，什么时候保安公司都这么嚣张强悍了？”我不可思议地问。

“白痴，黑水保安是全球最大的私人军事公司，背后有美国支持，说白了就是一支军事素质比大多数国家军队还优良的私人雇佣兵组织，几乎全都是由各国精英特种部队退役后的成员组成。这家公司甚至有自己的武装直升机和常规动力潜艇，‘保安’两个字，不过是为了听起来低调而已。”谭欣然白了我一眼说。

我不好意思地摸了摸鼻子，这样的保安公司的确是第一次听说。不过既然是全球最大的私人雇佣兵组织，那么一个多小时前表现出来的凶猛实力也就可以理解了。

哪怕是现在，当我回想起当时那个杀手的身手，也不得不承认他的实力远远在我这样没受过专业训练的人之上。在我见过的人中，只有敖雨泽比他更强。

不管怎么说，就算凶手真的是黑水保安的人，但这个组织很明显是拿钱办事的，而且能做到世界第一，就算能抓住他们也肯定不会吐露雇主的身份，这条线很可能会就此断掉。

我估计就算是铁幕，面对号称世界第一的保安公司，怕是也会掂量一下，能不招惹就尽量不会去招惹。

“明智轩怎么样了？”我连忙岔开话题。

“命保住了，不过短时间内不太可能马上恢复，哪怕我对他使用JS药剂也是一样。嗯，我想这种药剂你不会陌生，最早是从JS组织中流传出来的，是他们制造长生药的一个副产品，敖雨泽身上一直有一两份备用的，你上次在五神地宫的时候也用过。”

我点点头，当然还记得这种淡蓝色的药剂，那几乎是对外伤有着奇迹般的恢复作用，说是起死回生的灵丹妙药都不为过。关键是这种药剂起效的时间非常快，可以将一个垂死的病人从死亡线上重新拉回来。

我无法想象，明智轩到底是受了多重的伤，居然连这种堪称神迹的药剂都不能完全抢救过来。而对于在这样恶劣的情形下，都能让明智轩脱离生命危险的谭欣然，我就更加敬畏了。

“他受的是刀伤，多达二十多处，致命的伤口在肺部，此外我们发现他的时候已经失血过多奄奄一息。如果仅仅如此还不算什么，JS药剂的力量足以救活他。关键就在于，伤他的那把刀上涂抹了一种神秘的毒药，这种毒药能够阻止JS药剂的治愈作用。”谭欣然脸色古怪地说。

我想起之前杀手使用的那把黑漆漆的大号狗腿刀，然后摸了摸自己的脖子，那个地方还有一条细微的血痕。当初只要杀手再稍稍用力，或者说明智轩的毁掉象牙盒子的威胁再晚一点，估计我已经被割喉了。

本来我还奇怪，因为血脉渐渐觉醒的缘故，我的恢复力是常人的几十倍，之前这条小伤口经过了一个多小时，早就完全消失了。

“这样强效的毒药，黑水保安中也不一定有吧？”我问道。要知道和金沙文明有关联的三大组织，如果光是论军事实力，或许比不上黑水保安这样世界排名第一的雇佣兵公司，可提到对一些神秘现象的研究，却是黑水保安这样的公司拍马也赶不上的。

“当然不可能，除了JS、铁幕和真相派这三大组织，能够研制出针对JS药剂毒药的人，屈指可数。”谭欣然回答。

屈指可数并不意味着没有，独立于三大组织之外，又熟悉JS药剂和毒药，我的脑子里顿时闪过一个人的名字，尸鬼婆婆姬巧玉。

上次她曾和JS组织的秦振豪合作，差点坑死我们几个，最终却也被秦振豪所骗，并没有得到她一直渴望的神血。

姬巧玉对秦振豪的恨，怕是还在我们之上，可这件事若真是她做的，又是出于什么目的呢？

不过幕后黑手到底是不是她也完全说不清楚。或许还有其他人，尤其是从某种程度上说深深影响了我的那款诡异游戏的真正开发者，他们对金沙文明蕴藏的秘密的了解，怕是还在三大组织之上，是三大组织外最神秘的一股势力。

“明智轩什么时候能够恢复？”既然想不通，那就暂时不去管它，只要明智轩能够保住性命，已经是最大的欣慰了。

“难说，危险期虽然度过了，但不能使用JS药剂，只能靠他的自我恢复能力。”说到这里，谭欣然顿了下，沉默了几秒才继续说道，“这是我接触的第二个不能使用JS药剂抢救的案例。上一个是秦峰的女朋友，你曾经的邻居，廖含沙。”

我一惊，尽管我知道廖含沙一直未曾醒来，当时还在奇怪为何秦峰和我们会合后，敖雨泽也没有找人帮助她。不承想敖雨泽早就让谭欣然医生去救廖含沙，只是因为JS药剂失效的原因失败了，以致廖含沙至今就算身上的伤势恢复了，可依然如同植物人一样没有苏醒过来。

我想起先前拨打不通秦峰的电话，心中隐隐升起一个不妙的念头，也顾不得谭欣然奇怪的目光，再次给秦峰打了过去。

果然，电话依然处于占线状态，我完全无法联系秦峰。

我感觉事情似乎越来越不对劲了。先是秦峰失联，接着明智轩又身受重伤差点就死去，加上敖雨泽更是被时光之沙封印，我们曾经热闹的探险队伍，这个时候竟然只剩下我一个人！

或许还要加上被我们救出的小叶子叶凌菲，可这几天不断看到的和叶凌菲极为相似的幻影，又让我深深觉得叶凌菲似乎也不安全。

似乎所有的事情，都在将我往一个孤家寡人的方向逼迫。有一股暗中的力量，似乎不希望我接受太多的外在的帮助，而是希望我独自去找寻关于巴蛇神的秘密。

这到底是为了什么？是他们在害怕我们几人的联合吗？还是说他们觉得有这些伙伴在我身边，会看出他们正进行的阴谋？

可我现在连自己的敌人到底是谁都不知道，只能隐隐猜到很可能是和当初的诡异游戏的开发者有关。

这个时候，货车上那个巨大的透明泡泡消失了，露出里面的医生、护士和依然躺在简易病床上的明智轩。

明智轩身上其他不那么致命的小伤口也被处理好了，全身上下被纱布包裹得像个大粽子。他依然没有醒过来，不过呼吸还算平稳，看来真的如谭欣然所说，他应该是脱离了生命危险。

“我会马上将他转入我们组织旗下的一家私立医院，需要再观察一段时间。不过他的脑波还算稳定，应该不会出现廖含沙那样一直昏迷不醒的症状。”谭欣然叹了一口气说道。

不知道为什么，我总觉得她看明智轩的目光，多了一分怜惜。不过这或许是我的错觉，谭欣然这人完全像是一个冷漠的机器人，无比理性，怎么会产生这样古怪的情绪？

谭欣然和其他医护人员将明智轩抬上刚刚赶过来的救护车，然后迅速离开了。我则乘坐圆脸司机的高尔夫返回市区。

晚上我依然住之前订的那家小旅馆，毕竟这个时候的小区大门口一定有不少警察在蹲守，现在都快深夜一点，回去的话少不得被一阵盘问。

好在小区附近的监控录像已经被肖蝶所代表的真相派的人抹除。我相信以真相派的技术水平，警方一时之间根本恢复不了数据，明天再回去，谁也不会知道我也是当事人之一。

我昏昏沉沉地倒在小旅馆的床上，尽管身体已经非常疲倦了，却怎么也睡不着，脑子里时而闪过敖雨泽被封印的画面，时而又出现明智轩被那个杀手连续砍了几十刀的血腥画面。

正当我开始试着数山羊想要赶紧睡过去的时候，迷迷糊糊当中，敲门声突然响起。

我皱着眉下床，来到门口通过猫眼朝外望了望，是一个戴着鸭舌帽和口罩的女人。

我将房门打开一条缝，有些警惕地问：“谁？”

门外传来娇媚滑腻的声音：“帅哥，要服务不？”

我一愣，随即反应过来这是什么意思，面孔一红，忘记了这样不需要登记身份证的小旅馆，其实就和鸡窝差不多。

我有些不耐烦地说了句“不需要”就打算关上门，谁知门却被外面的女人给抵住，接着一条白生生的长腿硬是挤了进来。

我不敢继续用力关门，怕伤着对方，哪怕对方只是因为金钱而堕落的小姐。

这女人的力气很大，我不敢用力关门，门反而被她给全部推开了，接着她很是麻溜地钻了进来。

“喂喂，你这人怎么回事，不是说了不需要吗？”我有些恼火地嚷道。

“这么大声干什么？吓着人家了……”那人可怜巴巴地说，接着摘下口罩和头上的帽子，露出一张还算熟悉的面孔来。

“肖蝶，竟然是你？你怎么找到这里来的？”原来是这个女人的恶作剧，我没好气地问。

肖蝶将门重新关上，冷哼一声说：“哼，有事求我就低声下气，现在事情办妥了却翻脸不认人，你这人太无耻了。”

我脸上一热，先前的确还算是欠了她一个人情。不过我依然觉得有些不对劲，怎么每次肖蝶都能准确找到我？

肖蝶对我这个问题置之不理，打量了下四周，很是鄙夷地说：“你这人太小气了，居然找这种地方住。到底是为了省钱还是为了这地方能提供什么特殊服务？”

我鄙视地看了她一眼。我明明就是担心在被黑水保安的杀手袭击后，怕万一警察纠缠这件事的起因才不敢使用身份证来的这里好吧？肖蝶又不是不知道这一点，怎么到了她嘴里就成了我故意来这地方？

“好啦，不逗你了。我来是要告诉你一件事，那就是我们的人，截获了一个原本属于你的东西。”

“那个象牙盒子？”我心中一动，有些惊奇地问。

“不错，原本我们也奇怪，到底是什么人这么大手笔请来黑水保安的人要抢这个象牙盒子，要知道这个盒子最多价值几十万人民币，但光是请黑水保安几个精英在国内出手，没有几百万美金想都不要想。”

“我也怀疑，这世上除了和金沙文明有关的三大组织外，其实还有一股隐藏在暗中的势力。”我说道。

“是的，这股势力就连三大组织都十分忌惮，甚至可以说正是因为他们的存在，三大组织之间才没有全面开战。”肖蝶又爆出一个让我惊讶无比的消息。

“先不说这些，象牙盒子呢？”我问道。

肖蝶眨眨眼睛，一副理所当然的样子说：“虽然这盒子落在我们手里，但是没弄明白它到底有什么用之前，你觉得我会还给你？”

我有些无语，在这个女人面前我老是吃瘪。既然要不回来这个疑点重重的象牙盒子，压在心底的那个问题也就脱口而出：“对了，你是怎么找到我的？怎么每次你都能准确找到我的所在。我记得我身上虽然曾被真相派做手术装过定位追踪器，可那玩意儿早就取出来了。”

“其他人需要借助外物才能定位你的所在，但是我不需要啊。你似乎忘记了一件事呢，当初在明智轩的别墅里，我们可是进行过一次深入灵魂的亲密接触呢……”

我一口老血差点喷出来，什么叫深入灵魂的亲密接触？听起来这么有歧义，实际上不就是她曾用催眠术进入过我的潜意识找到那所谓的“种子”吗？等等，催眠……

我有些惊恐地望向肖蝶，不安地问：“你不会在我潜意识中放了什么特殊的信息，因此才能精确定位我的所在吧？”

“宾果，答对了，不过没有奖励。另外，你怎么确定是我找到你，而不是你的潜意识在呼唤我前来？此外，你真的觉得，现在的我，是真实存在的？”肖蝶笑嘻嘻地说。

我身上的冷汗一下就出来了，似乎眼前俏丽可人的肖蝶，一下变成了某种洪水猛兽，身子不由自主地退了几步。

我的身后明明就是床的，尽管这家小旅馆格调不高，可这床也还算结实，可我怎么也没有想到，这一退后面突然变成了万丈深渊，下方还有地火熔岩在不停奔腾流淌，就像当初在丛帝墓时看到地缝深处的青铜之城一样。

眼看着我就要彻底从高空掉下去，吓得我手舞足蹈。接着手一痛，似乎撞到了墙上，整个人一下清醒过来，猛地从床上坐起。

我有些蒙地看了看四周的环境，依然是在那家小旅馆内，不过周围没有肖蝶，门窗也锁得死死的。

是梦吗？似乎又不完全是，至少梦里不会这么有逻辑地对明智轩以及象牙盒子的事作这么精确的描述。

那么答案就剩下一个，肖蝶这女人当初的确在我潜意识里动了手脚，她能够远程通过梦境和我联系。刚才我看到的肖蝶虽然只是梦境中的幻觉，但交换的信息，却很可能是真的。

我慌忙打开手机，肖蝶曾发给我的那个用于彼此联络的简陋通讯软件依然在，上面有一条新消息，只有五个字：“做个好梦哦。”

有些迷茫地看着手机上的这几个字，我突然有点搞不清肖蝶的立场了。这几个字从表面上看是一句简单的问候，不过却印证了我先前的猜测，肖蝶能够通过梦境远程和我交流。

我无法理解这是一种什么样的诡异力量。不过想着就连我自身也是身负金沙血脉，这世上还有旺达释比和尸鬼婆婆姬巧玉这样的异人，都充分说明了有些人的能力，无法完全用科学去解释。

或许这就是肖蝶所掌握的能力之一，毕竟当初我曾完全放开自己的意识，让肖蝶在我的意识中查看当年余叔留在我脑子中的某个所谓的“种子”。

对于肖蝶这样优秀的催眠师来说，这样千载难逢的机会，不从中做点手脚，留下犹如微软在操作系统中设置的权限“后门”，反而说不过去了。

我暗暗咬牙，却知道这件事急不得。这涉及潜意识以及高深的催眠术，在找到可以完全信任的更加高明的催眠师之前，我对肖蝶的这种梦境入侵几乎是没有太多防御手段的。

当时自己的确太大意了。

不过，肖蝶之所以通过这样的方式向我传达象牙盒子的下落，而不是通过这款简陋的通讯软件，之间是不是有其他原因？有没有可能是她知道这软件是被真相派的人所监控，有些事不方便直接说，才故意冒险通过这样的方式联系？

肖蝶在我心中固有的背叛者形象，又开始变得模糊起来。难道说她并非真的背叛铁幕，而是一个双面间谍的身份？

第五章

JINSHA ANCIENT SCROLLS

测试者

原本计划好的碰面，最终只剩下了我和叶凌菲两个人。

明智轩重伤，虽然被谭欣然所救，勉强保住了一命，却因为伤口上某种古怪毒素的缘故，不能使用JS药剂快速恢复。现在看来不说遥遥无期，至少也不是短时间内能够痊愈的。

秦峰貌似也突然消失了，电话一直打不通，他甚至没有留下只言片语。以秦峰的性格，原本是不会如此不告而别的，唯一的可能就是事态太过紧急，他甚至来不及通知我们，并且他现在处于某种无法联络我们的状态。

还有一种可能就是秦峰被人劫持，不过随着我们和真相派的关系表面上缓和，有人劫持秦峰的可能性不大。

不过，每当我回想起那个神秘的游戏，又对此拿不准，毕竟这个神秘游戏最初来到这个世界，是和秦峰有关。

按照他当初的说法，表面上他是某个神秘游戏公司的兼职员工，这个游戏是这家公司远程发给了他原始的代码，但接下来他似乎是能够冥冥之中得到某种类似梦呓般的指引，最后将这个游戏完成。

不过在这个过程中，秦峰当初被封印的部分记忆也因此复苏，让他感觉到自己的叔叔秦振豪似乎正在进行某个对整个世界都不利的阴谋，从而将得到的部分关于金沙王朝秘密的资料，放在游戏的隐藏关卡之中。

也正是这样的举动，让他被秦振豪软禁在精神病医院里。如果不是因为他是秦振豪的侄子，可能早就没命了。

如此看来，当初那诡异的游戏幕后团队，多少和JS组织也是有一点关系的，但这种关系应该并不紧密，似乎是一种合作的状态。秦振豪软禁秦峰的举动，其中未尝就没有保护他的缘故。

现在，这个游戏突然之间出现一次重大的更新，还增加了多人合作模式和VR

模式。对人的吸引力大增不说，更加重要的是在VR模式里，能够让人不知不觉间完全沉浸进入游戏预设的氛围，从某种程度上影响人的感知甚至是潜意识。

这一点就十分可怕了。从技术上讲，要达到这样的目的，除了对游戏开发本身比较精通外，对人类学、心理学、潜意识研究以及大脑运作机理等方面，都必须有着相当深入的了解甚至是超时代的研究。

在我的认知中，就连号称科技全球第一的美国都未必能做到这一点，除非这方面的研究从根本上就和现代科学有所区别，具备某种超自然的因素，譬如古蜀时期就对世界的冗余在特殊地形范围内产生的意识世界有所应用。

因此这个诡异的游戏背后，除了某个我们未知的神秘组织在操控外，很可能这个组织还掌握着某种能够影响人感知的技术或力量，而这种力量，能够通过游戏来进行表现，从而达到渐渐影响游戏参与者心智的目的。

VR技术的出现，由于能够欺骗人的视觉，而视觉是人体百分之八十七的信息获取渠道，也就是说能够在多数时候欺骗人的大脑。这种技术造成的游戏中的沉浸感，无疑让这个神秘组织正在做的事情极大地推进了一步。

而秦峰作为这个游戏的一个重要参与者，哪怕他仅仅是被利用的，可他对这个诡异游戏本身的了解也远远超出一般人。现在秦峰完全站在我们这一边，那么有没有可能是开发这个游戏的组织，不希望秦峰的存在影响到这个游戏VR版本的更新，因此才暗中劫持了他呢？

我越想越觉得这个可能性很大。在与叶凌菲碰头后，和她说出这个可能时，叶凌菲沉默了一阵说道："我不玩游戏，不过我曾经在一个人那里看到过他正在玩的游戏，和你描述的非常像……"

我一惊，连忙问："是谁？"

叶凌菲苦笑着说："老实说，我也没有想到他那么大的年纪了，而且又是堂堂高校的知名教授，居然还会玩电脑游戏……"

高校教授，年纪大，又和叶凌菲认识……不用她说出那个人的名字，我也知道是谁了，叶荣程叶教授，小叶子的二叔公。

我的心微微慌乱，当初参与这个诡异游戏测试的，一共是七个人，分别都有一个对应《冰与火之歌》中七神的代号。其中三个的身份都已经揭晓，那就是代号"陌客"的我，代号"少女"的肖蝶，以及被电刑处死的"铁匠"。

除了我们三个人外，还有四个测试者的代号分别是"天父"、"圣母"、"老妪"和"战士"。如果说叶教授也是这个游戏的测试者，那么他很可能是这四个代号中的一个。

"圣母"和"老妪"首先可以排除，毕竟这两个代号对应的应该是女人。我甚至一度怀疑尸鬼婆婆姬巧玉，应该就是其中的"老妪"，不过还未得到证实。

至于"战士"，似乎也和叶教授这样的文化人没有太大关系，而且从当初在语音群的短暂聊天来看，“战士”应该是一个十分自负的年轻人。那么只剩下一种可能了，那就是叶教授在游戏中的代号，应该是那个声音比较威严的“天父”。

这的确是一件十分出人意料的事情。当初我和叶教授也接触过几次，对那款诡异的游戏也不是没有提到过，但叶教授居然一点口风都没有透露出来。

我估计这其中有很大可能是“铁匠”的死，给了叶教授刺激。他大概是害怕透露出自己游戏测试者的身份，从而步“铁匠”的后尘。如果真是如此的话，倒也可以理解。

“那个游戏十分诡异，如果叶教授不希望人知道的话，就算你是他侄孙女，怕也不会让你轻易看到吧？”最终，我还是发现了一个不对劲的地方，若叶教授对他自己是诡异游戏测试者这件事讳莫如深，那么叶凌菲应该没这么容易发现才对。

“正常情况下是这样，但是你似乎太小看我了，我的电脑技术或许和秦峰比有一些差距，但是在知晓真实IP的前提下要入侵一台电脑却不是什么难事。”叶凌菲狡猾地说。

“你是说，你入侵了叶教授的电脑，从而得知他电脑中也有那款诡异游戏的？”我深吸一口气，感觉当年那个调皮的小丫头又回来了，居然连自己爷爷辈的亲人的电脑也敢入侵。

“还记得上次见面的时候，我给你们提起过，他已经破解出《金沙古卷》残页上的部分字符，其中就预言过古蜀国灭亡的原因吗？”

“当然记得，这和你入侵叶教授电脑有什么关系？”

“其实一开始他并没有告诉我这个消息，而是说还在破解中，直到我在他家中发现了一个快递盒子。”

“快递盒子……”我一呆，没有想明白其中的联系。不过很快我反应过来，之前我也是刚收到过快递的，那就是购买的VR头盔。

“快递盒子里面装的是VR头盔！”我脱口而出。

“不错。”叶凌菲赞赏地看了我一眼，说道，“你想啊，一个从来不玩游戏，甚至大半辈子都扎在故纸堆里的老古董，突然买了个连大部分年轻人都没用过的新型VR头盔，换了你不觉得奇怪吗？”

我一时间哑口无言，但是面对叶凌菲特有的逻辑又无从辩驳。的确，现在的VR技术作为一项刚刚有些热度的新鲜玩意儿，许多年轻人都没听说过，更不要说叶教授这样搞考古和历史学出身的老教授了。

“最开始我以为二叔公是想要借助这项技术重现某个古代场景，可后来我在他的书房又发现了一个面具，才感觉到事情没那么简单。”

“面具？不会是古蜀时期最著名的那个黄金面具吧？”我笑着说。

“不，那是一个普通的木质面具。如果我没有看错，雕刻面具的木材应该是槐树；而面具雕刻的，是一个相貌威严的西方宗教中的天父形象。”叶凌菲表情略显严肃地说。

我注意到她的话中透露出几个信息，一个是面具雕刻的形象是“天父”，这和我之前推测的叶教授如果是游戏测试参与者之一，那么最大的可能代号就是“天父”这一点是一致的。

第二个重要的信息，是雕刻面具的材质，竟然是槐木。

如果是其他木材，我不会这么吃惊，可是槐树就不一样了。木鬼为槐，槐树本身就被称为“木中之鬼”，极为邪行，几乎没有人会将之雕刻为面具戴在头上。

在从帝墓外的雷鸣谷，我们更是经历了巨大而古老的槐树出现的虚虚实实的诡异场景。

还有当年的秦振豪，也曾通过意识投射改变命运线的方法，影响数十年前的长寿村村民的记忆，让他们将长寿村村口的老槐树烧成灰混合陶土制作了无数的陶罐，用来安放喝过长生水的村民骸骨，而这些骸骨最后成为雷鸣谷中人面巨蛾的来源。

所以槐树不仅仅是在中原文明的各种传说中极为邪行，即便是在更加古老的古蜀文明中，也是一种十分诡异的存在。作为毕生研究古蜀文明的叶教授，不可能不明白这一点，可他的书房，偏偏放置着一副用槐木雕刻的天父面具，这一点就十分值得怀疑了。

“你怀疑叶教授隐瞒了某些东西，所以就入侵了他的电脑？你既然知道他家的地址和电话号码，那么得到他电脑的真实IP就很容易了。如果懂一点黑客技术的话，入侵的确不是太困难的事。”我叹了一口气说道，心中没来由地有些难过。之前我们对叶教授也是比较信任的，没有想到他居然还隐瞒了我们不少事情。

“是的，虽然他是我长辈，但是这件事牵扯太大了，我不得不小心一点，如果没有问题，事后我向他赔罪都可以。不过我本来仅仅是想要查一下他的电脑上有没有更多关于《金沙古卷》的消息，但是却意外发现了那个游戏，尽管这个游戏被他刻意隐藏在一堆学术文件中。我从本地的操作日志也可以看出，这个游戏他每隔几天就会上去一段时间，大多集中在晚上，而且他在游戏中的名字，也是和面具一样，叫作‘天父’。”叶凌菲轻声说。

我点点头，示意自己早就知道这个名字。我的心中隐隐升起不安，对于这个游戏新出的VR模式，以及这个模式所代表的更深的沉浸感对心智的影响，我都无法完全确认。

我只不过是玩了这个游戏几次，就感觉到内心的黑暗被激活了小部分。如果叶教授每隔几天都会上线一次，那代表他在线的时间远远超过我，那么他心智受到影响的可能性也就更大。毕竟我至少有好几个月没有上线过，直到昨天晚上才因为新增的VR模式而破例。

那么现在的叶教授，是否还是我们所熟悉的那个人，或者说表面上是，但内心里却已经变成了高高在上威严无比的“天父”？

这让我有些不寒而栗，如果我也被这个游戏长期影响下去的话，那么最终的结果就是成为一个行走在黑暗中，如同冷血杀手般沉默寡言的“陌客”吧。

“当初你对我们说的关于五丁开山传说的事，是他告诉你的，还是你在他电脑中看到的？”我想起上次碰面的时候叶凌菲所说的话，问道。

“是二叔公告诉我的。当时我没有细想，现在看来，这未必是他从《金沙古卷》的残页中得出的结论。还有一种可能就是他受到那个诡异游戏的影响，不知不觉间认为自己得出了这个结果。”叶凌菲神色有些古怪地说。

“也就是说，不管是真相派，还是这个诡异游戏幕后的开发者，似乎都希望我们前去揭开五丁开山传说背后隐藏的秘密，甚至不惜向我们暴露出某些疑点。”我想了想说道，总觉得这其中似乎有一个关键的问题被忽略了，却一时间想不起到底是什么。

“是啊，我也觉得奇怪，不管是叛入真相派的肖蝶，还是我二叔公，似乎都希望你前去查探巴蛇神的由来。一定是他们都发现了什么，而我们自己却对此一无所知。”

“我想见见叶教授，如果他真的是游戏中的‘天父’，我感觉他有可能已经被游戏所影响。”我最终还是决定要见一下叶教授才能放心，毕竟再次遇到一个身为七神之一的游戏测试者，不弄清楚游戏对测试者们的影响，是怎么都放心不下的。

叶凌菲点了点头，然后拨通了叶教授的电话。叶教授似乎犹豫了很久，不过最终还是答应见我们一面。

下午的时候，我们来到叶教授家。开门的是他家的保姆，一个四五十岁的中年女人。

我们没有在意，径直走向叶教授的书房。刚才到楼下的时候，他在电话里说过正在书房里，要我们直接过去找他。

叶教授家很大，是上下两层的复式结构，有两百多平方米。不过他这样的资深教授除了大学的薪资外还享受各种国家补贴，加上出书以及到各地走穴演讲，说起来收入不菲，有这样的家也很正常。

让我奇怪的是，我似乎从来没有见到过叶教授的子女，似乎这个装修得精致典雅的家，除了佣人外就他一个人。

进入书房后，首先映入眼帘的，是一株缩小的三星堆青铜神树，有两米高的样子，应该是找工匠手工打造的仿品。

墙壁上也挂了好几件诸如太阳神鸟金箔、黄金权杖等的镀金仿制品，墙角还有一个和人等高的青铜立人。

这样的书房，其实说起来更像是一个小型的古蜀文明古董展厅，只是里面的摆件，大部分是仿制品而已。

倒是放在书桌和书柜隔断上的几个看似不起眼的青铜或石雕小物件，我反而感觉是真的古董，看起来至少有几千年的历史。

当然其中最引我注意的，是那个挂在墙壁上的木雕面具。这个面具是西方宗教中天父的形象，和周围其他几乎全部属于古蜀文明的摆件相比显得格格不入，就像是一幅写意山水画中，突然加入了一个写实的西方油画人物。

叶教授正坐在电脑前，不过没有佩戴VR头盔，想来这个时候并没有玩那个游戏。不过这也不奇怪，叶凌菲是通过黑客手段侵入他的电脑才发现这个秘密，到现在为止他应该还不知道，在我们这两个晚辈面前，肯定不会“暴露”自己是游戏中的“天父”这个秘密。

“听凌菲说，你想见我？”叶教授开门见山地说。

我点点头，注视着叶教授的双眼，却没有从中发现被影响心智后的迷茫或者冷漠的感觉，反而是一片真诚，还带着那种学识渊博的老人特有的睿智。

我心中一颤，这样的眼神，怎么看都不像有被一个游戏所影响，哪怕这个游戏从出现的第一天起就处处透着诡异。

难道是叶凌菲在对我撒谎？不可能啊，完全没有这个必要。那么唯一的可能就是叶教授虽然是游戏中的“天父”，但至少现在还没有受到游戏太大的影响，还完全保留着清醒的头脑和神智。

我决定不再绕来绕去，直接问道：“叶教授，请问你……是否在玩一个游戏？”

“游戏？”叶教授一愣，随即笑道，“偶尔在网上下几盘围棋，不知道这算不算游戏。”

“那么你在游戏里的代号，也就是游戏中的角色名，叫什么呢？”我不死心地问。

“就叫叶落归根，很普通的名字。小康啊，为什么突然问这么奇怪的问题？”

“不是叫‘天父’？”我没有回答叶教授的问题，而是盯着墙壁上的天父面具问道。

叶教授顺着我的目光，看向墙壁上的槐木面具，手微微一抖，似乎明白了什么。

他微微闭上眼睛，然后重新睁开，眼里露出一丝挣扎，最后说道：“是的，我在玩一个游戏，游戏里的代号，就叫‘天父’。”

我松了一口气，他终于承认了。

“我想你应该也发现了，这个游戏除了题材是十分罕见的古蜀文明外，最重要的是其中有些情节设置十分古怪，能够诱发人内心潜藏的黑暗面，甚至从一定程度上影响人的神智……”

“哦？这我倒是没有发现。我只是觉得这游戏探险的部分挺好的，和古蜀文明比较贴切，就是有些地方暴力比较严重，有些血腥，不适合我们老年人……”叶教授笑着说，看上去似乎没有任何问题，反而给人一种坦荡的感觉。

“是啊，尤其是游戏第二关出现的巴蛇神，我感觉和五丁开山传说中那条巨蛇有着不小的联系。”我点头说道，同时注意观察叶教授的表情，因为那个诡异的游戏里第二关只是一个很普通的关卡，只需要击败一群金丝猴找寻一个石雕道具而已，根本就没有什么巴蛇神。

果然，叶教授不太自然地点点头说：“是啊，那条蛇的确很大，当时吓了我一跳……”

“你撒谎！”我静静地看着他，没有往下继续。

叶教授张了张嘴，沉默了几秒钟，最终似乎有些颓败地说：“为什么，我既然已经承认自己就是游戏里的‘天父’，你还非要问得这么清楚？就把我当成是那个鬼游戏的测试者，不就好了吗？”

“你不是游戏里的‘天父’，也不是那个游戏的测试者，测试者另有其人。你根本就对那个游戏不了解，只是知道它里面的内容和古蜀文明有着关系而已。”我冷冷地说，但却不明白叶教授为何刚才要先否认，然后突然又承认自己是那个游戏的测试者。

很明显，他对那个诡异游戏的了解只停留在表面上，绝对不可能是“天父”这个已经十分资深的测试者。

可是，既然叶教授并不是游戏的测试者，面对我的疑问的时候，为什么却要替真正的测试者掩饰身份？那个人到底是谁？

我望向叶凌菲，问道：“不知道叶教授还有没有其他亲人？”

“应该没有了。二叔公曾经有一个儿子，也就是我堂叔，但我从来没有见过我堂叔的面。听我妈妈讲，在我父亲还没有遇到我母亲的时候，堂叔就不幸去世了。后来叔奶奶大概是伤心过度，也离开了二叔公，至今都没有下落……”叶凌菲有些唏嘘地说。

叶教授在一旁淡淡地说：“都是些陈芝麻烂谷子的事，还提它做什么？”

我心中一动，突然想起这个面积不菲的家里，除了叶教授外就只有先前开门的中年佣人。如果说叶教授不是那个诡异游戏的测试者的话，那么能够用这台电脑进行游戏的人，就只剩下唯一的一个，也是看似不可能的那个。

“我明白了，在这栋房子里面的确有一个游戏的测试者，不过这个测试者并不是‘天父’，而是在一开始就被我们排除的另外一个女性测试者，‘圣母’！”我望着叶教授，大声说道。

叶教授的脸色，顿时变了，最后颓然说道：“想不到还是瞒不过你。从她口中，我早就知道你应该就是游戏里的‘陌客’。现在看来，作为七个测试者中最神秘代表的你，果然是他们想要找的人。”

“‘圣母’就是刚才开门的阿姨吧？怎么不让她进来？还有，为什么你能断定我是他们要找的人？这个‘他们’，又到底是谁？”我发出一连串的问题。

“首先请你们相信，她就像在游戏中的代号一样善良，从来没有想过要害任何人，只是因为一个意外，才成为这个诡异游戏的测试者。至于我所说的‘他们’，我想你多少也猜到一些，就是这个诡异游戏的幕后团队，一个似乎并不存在，又无处不在的神秘组织。”叶教授颓然说道。

这个时候，书房的门开了，进来的是先前为我们开门的中年阿姨。此时的她一扫先前唯唯诺诺的神情，反而透着一股慈祥和坚毅，脸上也似带着一层圣洁的光辉。如果不是她典型的东方人长相，换成一副西方女性的面孔，几乎妥妥的就和西方宗教中的圣母的气质差不多。

“老叶，到这个时候没有什么好隐瞒的。那些人虽然可怕，但是也不可能一手遮天，毕竟他们的存在本身就是个错误，不容于这个世界。连老天爷都不容他们，那点阴谋诡计，迟早都会败露。”中年阿姨，也就是游戏中的测试者“圣母”低声说道。

“小张，可是我还是害怕，他们的触手无处不在，连‘铁匠’这样的人，最后不也成为牺牲者了吗？”叶教授的语气有些激动，同时透着几分恐惧。很明显，他对那个游戏虽然一知半解，但是对游戏幕后的组织，包括当初“铁匠”的死，都还是有所了解。

看得出来，他对这个姓张的中年阿姨十分关心，这种关心早已经超越了主仆的界限，或许已经上升到了愿意为对方牺牲的地步。

叶教授早已经年近古稀，但想想他差不多三十年前就丧子失妻的经历，只怕到老了反而比普通人更需要精神上的依靠，哪怕是要为此付出相当大的代价。

这也是社会上许多丧偶的孤寡老人，为何七八十岁了还需要找一个老伴的原因——当然不是这些老人一把年纪了还向往年轻人的爱情，仅仅是因为缺乏关心和温情的他们，依然渴望着能够有人陪伴，需要一份心灵上的慰藉而已。

现在的叶教授似乎也是这个状态，将近三十年的单身生活，让他将全部的精力都放在学术上，从而在古蜀文明的研究上取得了非凡的成就。

但当他年老快要退休了，却遇上了眼前这个比他小上近二十岁的张阿姨，而这个中年阿姨更是不知道为何会成为那个诡异游戏的测试者，也让叶教授开始卷入到这场诡异的风波中来。

叶凌菲神色略显古怪地看了看张阿姨，张了张嘴，最终还是没说什么。不过说起来也不奇怪，张阿姨的年纪，和我们的父辈差不多，但叶教授已经六十多岁了，两人之间起码差着二十年的鸿沟。

而且张阿姨之前的身份，似乎是照顾叶教授的佣人，两人无论文化、身份还是年龄都差异巨大。这样的两个人居然会走到一起，作为叶教授亲人之一的叶凌菲自然会感觉说不出的古怪。

之前我和叶凌菲也一直以为叶教授才是那个诡异游戏的测试者，而且很大可能是里面代号“天父”的人，没有想到事情居然完全不是。测试者另有其人，还是我们从来没有想到过的佣人张阿姨。

不管怎么说，能够成为那个诡异游戏所挑选的测试者，也充分说明了张阿姨的身上，有着某种不同凡响的地方。要知道游戏的幕后成员，似乎是存着挑选某种特定的人的心态在进行所谓的“测试”，挑选的标准除了对古蜀文明有所认知外，其中还有一个很重要的因素，就是这个人本身的来历，也要和古蜀文明有着一点联系。

不管是我还是代号“少女”的肖蝶，都符合这样的特征。我身上流淌着神秘的金沙血脉，肖蝶是铁幕组织曾经的成员，就算前不久叛出铁幕加入真相派中，也是在和金沙文明有关的三大组织之间打转。

而死去的“铁匠”虽然身份未知，但我们也大致可以推算出他一定和我们有着差不多的身份，那么眼前的张阿姨呢，她又是什么人？

面对我们怀疑的目光，张阿姨淡定地说：“其实有一件事我一直瞒着老叶，那就是我之所以会成为你们所说的那个游戏的测试者，并不是我自愿的，而是和一个女人有关。”

叶教授听到这里，本来有些激动的面孔突然僵了一下，不可思议地望着张阿姨。我和叶凌菲也好奇地望着她，却听她继续说道：“那个女人你不会陌生才对，她的名字叫……姬巧玉。”

听到这个名字，我和叶凌菲的脸色顿时变了。姬巧玉，不正是尸鬼婆婆的名字吗？我们当然不会认为世上有这样的巧合，张阿姨口中的姬巧玉和我们认识的尸鬼婆婆会巧到是两个人重名。

两个都叫姬巧玉的老婆婆，又都多多少少和金沙王朝有关，除了她们根本就是同一个人外，不会有其他的结果。

“是她……我早该想到是她。她还好吗？”叶教授颤声问道。

叶教授听到尸鬼婆婆的名字，为什么会如此激动？而且他的声音中，竟然还带着掩饰不住的关心。我突然想起尸鬼婆婆也曾说过，她的儿子在八十年代就因为真相派的缘故死去了，而叶教授的儿子，也几乎是在同样的时间死去；那么两个人的关系，几乎不用多猜，也十分明了了。

尸鬼婆婆姬巧玉，就是叶教授失踪多年的夫人。当年因为儿子的死两人几乎反目，以至于尸鬼婆婆出走，隐匿在长寿村中。

想明白了这一点，我看向叶教授的目光都多了几分同情。说起来他也算是个可怜人。

“她很好，而且她还说过，她很快就会让叶安活过来。”张阿姨淡淡地说。

“开什么玩笑……死去快三十年的人，怎么可能活过来。对了，你们又是怎么认识的？她知道你和我……”说到这里，一把年纪的叶教授也忍不住扭捏了下，毕竟一个是失踪多年的前妻，一个是现任的没有名分的老伴。

“她当然知道，如果不是她，我也根本不会认识你。说起来，我可以算是她半个徒弟。不过老叶，你不需要在乎这些，她虽然对我有传道之恩，但我也不欠她的。而且她知道这些年是她亏欠了我，现在大家都一把年纪了，不会闹出什么狗血的事来。姬巧玉现在唯一的指望，就是复活叶安。”

我和叶凌菲总算反应过来，叶安应该就是叶教授和姬巧玉死去的儿子，而张阿姨和叶教授的相识，实际上也算是姬巧玉的撮合，这中间未尝没有姬巧玉补偿这些年对叶教授的亏欠的意味。

不过，对于尸鬼婆婆姬巧玉想要复活自己儿子叶安的这件事，我们多少是抱着怀疑的。

尽管我们也见证了不少神秘的事件，甚至连世界的冗余在特殊的地磁异常带产生的意识空间这么诡异的事情都经历了，而且我们也知道这世上真的存在能让人长寿的药剂；可真要说到让死人复活，尤其是要让死去近三十年的人复活，这还是太过惊世骇俗了点。

“我知道，她一直不肯死心，当年就是她要利用自己掌握的神秘力量复活我们的孩子，我才和她闹翻。你们不清楚她曾经闹出来的麻烦，我却是一清二楚的。为了复活叶安，她甚至使用了不少传承自古蜀时期的巫蛊禁术，甚至还在一个人的蛊惑下，制造出某种传染度极高的尸毒，最终在我们儿子死去的第九个年头，也就是一九九五年，差点闯出弥天大祸来。”叶教授神情苦涩地说。

一九九五年的弥天大祸，又是和尸毒有关，我马上就想起在前往长寿村前，我们几个人在明家那场关于“僵尸”的讨论。

按照这个时间节点和尸毒的特性，很显然所谓的大祸事，就是一九九五年的成都僵尸事件。而那个蛊惑尸鬼婆婆姬巧玉这样做的人，应该就是当年插手这件事的秦振豪。

可我没有想到的是，之前我们一直以为这件事是秦振豪引起的，不承想其中还有尸鬼婆婆姬巧玉的参与。而她这样做的目的当然不是为了制造什么恐怖的僵尸出来，仅仅是为了复活自己儿子做实验而已。

只是我们至今也不知道到底是她不慎将那些尸毒泄漏出来造成了一九九五年的僵尸事件，还是说尸毒是被秦振豪故意泄漏的，是他利用了姬巧玉而已。

不过这些已经不重要了。重要的是，如果张阿姨是七个游戏测试者中的“圣母”，并且还和尸鬼婆婆姬巧玉有着一点师徒情分，那么她接近叶教授的目的，真的仅仅是受姬巧玉指派过来，然后和叶教授长期相处日久生情吗？

“老叶，你相信我吗？”张阿姨突然对叶教授说道。

叶教授从先前的痛苦中回过神，眼中渐渐恢复了原本的清明和睿智，定了定神，上前握住张阿姨的手，一直微笑着，并没有回答。

这个动作已经代表了最好的回答。张阿姨点点头，然后说道：“虽然我之前瞒着你这些事，但是有些事，是作不得假的。只要你相信我，就够了。”

说完，她又对着我们说：“其实不只是我感觉到那个诡异游戏的不对劲，就连姬巧玉也感觉到了。她认为这个游戏的幕后黑手，对于命运线的掌握程度甚至比她还要高。那是比秦振豪还要可怕得多的对手。‘陌客’，或者说小康，我知道你，其他测试者也知道你，但是我们所处的地位和身份，却决定了有些事无法直接去做。顺便说一句，死去的‘铁匠’也不是什么普通人，并且他的死，从某种程度上说是为了保护你。”

我一下呆住了。其他游戏测试者之间似乎有着某种联系，并且他们都知道我的存在，可我却对除了肖蝶之外的人都一无所知，就连眼前的张阿姨也是第一次见到，第一次知道她在游戏中的代号。

而且听她的口气，似乎其他六个人都有着自己的苦衷，所以所有的重担都压在我的身上。那么这件事游戏的幕后制作人员知道吗？他们又是怎么看待我这个测试者中的异类呢？

还有“铁匠”的死，他明明是被游戏的幕后制作人员采用电刑杀死，为什么说他的死是为了保护我？难道说就为了当时发在网上的一张提醒我的截图，就送掉了“铁匠”的性命，还是说是因为其他的事？

我满脑子的疑问都得不到解答，只能苦笑着望着张阿姨，希望她能够解答。

可惜我没有等到任何答案。最后张阿姨交给我的，是几幅手绘的草图。其中一张草图我无比熟悉，那是一个盒子，确切地说是一个象牙盒子。尽管只是寥寥的几笔，但是我只看了一眼就能确定，草图中的象牙盒子和我在五神地宫下，从巴蛇神复制体那里得到的象牙盒子一模一样。

这个象牙盒子，看来还真的藏着不少秘密，怪不得有人要花大价钱买通黑水的雇佣兵，不惜在市区使用重型武器也要得到它。

幸好，肖蝶在梦境中已经告诉我，那个象牙盒子被真相派的人截获了。看来真相派的强大程度，也远在我之前的预料之上。

我现在只希望肖蝶能尽快找出这个象牙盒子的秘密，从而早点破解目前的困局。

第六章

JINSHA ANCIENT SCROLLS

异蛇

离开叶教授家后不久，我接到一个神秘的电话。这个电话没有显示任何号码，就像是使用某种特殊的网络拨号软件打过来的。

打电话的人我并不认识，但是对方说出的一句话，却让我不得不重视。那就是：“想要秦峰安全，明天带着象牙盒子来梓潼文昌庙蚕女神像下换。”

很明显，打电话的人，就是雇佣黑水保安公司袭击明智轩，试图夺取象牙盒子的幕后黑手。甚至，对方还有可能和那个诡异游戏的制作者是同一伙人，只是我现在暂时没有找到两者之间到底有什么联系。

对于这样的威胁，我原本没有放在心上，毕竟对方现在没有证明秦峰是否真的在他们手上。

但是很快，我的手机收到一条彩信，彩信中的照片正是被捆着的秦峰。秦峰看上去鼻青脸肿，应该吃了不少苦头，整个人更是已经昏迷过去了。

心中的怒气怎么也按捺不住，可是对方的电话号码都没有显示，我甚至不能回拨过去。

好半天才冷静下来，最终不得不联络肖蝶，希望她能暂时将象牙盒子还给我，否则秦峰真有可能遭遇致命的危险。

让我意外的是，肖蝶几乎没有太多犹豫，就答应了。

两个小时后，在肖蝶指定的位置，一个超市大门口，有个小女孩递给我一张纸条。

纸条是这家超市的储物箱条形码，我拿着它走近超市，然后在储物箱处用条形码靠近扫描处，其中一个储物格打开，里面放着一个黑色的口袋。

拿出口袋打开，里面除了我需要的象牙盒子外，还额外多了三支药剂，分别是蓝色、绿色和红色。据我所知它们的作用应该分别是治愈伤势、解除毒素以及短时间内让人在狂暴中增强数倍力量。

我的心微微一暖，这种药剂最早出自回归者组织之手。后来回归者组织分裂为JS、铁幕和真相派三个组织，其中JS组织继承了各种神奇药剂的制作方法，而铁幕和真相派中，这种药剂也有一部分，但数量十分稀少，即便是之前的敖雨泽也是极为慎重地使用。

肖蝶作为叛出铁幕到真相派的人，我估计多少还是会受到一些猜忌。可她依然能在这样的情形下，为我准备了三支药剂，不管我们之前有什么恩怨，至少这份人情是必须收下的。

这样的药剂，在关键时刻几乎能让人多出一条命来。如果真要去梓潼查询巴蛇神的秘密，中间不可能什么危险都没有，药剂的存在会让我安心不少。

我不动声色地将袋子以及里面的象牙盒子和三支药剂收好，然后和叶凌菲一起，开始大量采购户外用品。

虽然不知道前去梓潼是否会遇上麻烦，可是必要的准备是必须做的。

第二天，我和叶凌菲扛着大包小包来到明智轩的家。和已经清醒过来的明智轩道别后，我们开着他另外一辆越野车前往梓潼。

和明智轩比，我和叶凌菲都是穷人，甚至连自己的车都没有。我们带的行李中，有少量的违禁物品，又不可能坐长途客车过去，所以就只能暂时向他借一辆车了。

好在明智轩收藏的车不在少数，光是越野车就有三辆。只可惜他最喜欢的那辆经过防弹改装的宝马X5M已经报废了，这让躺在病床上的他心疼不已。

当然，他最懊恼的就是自己的伤势太重，这次没法和我们一起。不过想着被封印的敖雨泽和生死未知的秦峰，我们这一次似乎也不宜太多人一起前去。

好在不管是我还是叶凌菲，都学过开车，而且梓潼离成都的距离不到两百公里，不堵车的话，两个多小时就到了。

神秘电话中所说的文昌庙，应该就在梓潼的七曲山顶。其实这个庙被称为“梓潼庙”，俗称大庙，文昌庙不过是民间的叫法，确切地说应该是“文昌灵应祠”。

在中国道教的神话谱系中，梓潼的文昌庙，是文昌帝君的发祥地，最初是文昌星神和梓潼神结合的产物。

有意思的是，梓潼神其实也是有名有姓的，名叫张亚子。而张亚子这个名字，也是两个神灵合并而成。

东晋宁康二年（公元三七四年），蜀人张育自称蜀王，起义抗击前秦苻坚，英勇战死，人们在梓潼郡七曲山为之建张育祠，并尊奉他为雷泽龙神。其时七曲山另有梓潼神亚子祠，因两祠相邻，后人将两祠神名合称“张亚子”。

后来文昌星神的信仰又和梓潼当地的梓潼神张亚子合并，这才形成后来的文昌帝君，一直延续至今。

不知道为什么，在快到七曲山的时候，我默念着梓潼神张亚子的名字，心中没来由地想起在叶教授家遇到的张阿姨，七个游戏测试者中的“圣母”。

张在中国是个大姓，在百家姓中排名第二十四位，几乎每个人都会认识姓张的人。

在道教传承中，张又是一个十分了不起的姓氏。天师道的张道陵从四川鹤鸣山起家，最后成为一代天师，造就了青城山道教文化延续了两千年的繁盛；后续又有张角创立太平道，北宋张伯端创立内丹派南宗，明初张三丰更是开创了武当一脉。

这些在道教历史上声名显赫的张姓道士，都说明了这个姓在道教中举足轻重的地位。它是仅次于“老子”的李姓的重要姓氏。

正是有了这样的基础，文昌帝君的原型，同样姓张，似乎也不奇怪了。或许“圣母”张阿姨的姓氏，不过是一个巧合。

现在的梓潼文昌庙，已经是当地一个小有名气的旅游景点。我不太明白为何对方会选择这样人流量大的地方交易。

文昌庙，也就是俗称的大庙，就在七曲山景观大道的中段，交通也算便利。和叶凌菲将车停在景点的停车区，买了门票后，我们步行上山前往神秘电话要求的交易地点。

经过景区的百尺楼、文昌帝君铁铸像和翠云廊，我们一路前行，也没有任何心思游览景点。一直到了大庙东南方的鳌山之巅的天尊殿。传说那句“独占鳌头”成语的由来，就是登临鳌山的古代名士留下的。

天尊殿主殿中供奉的是道家的三清，居中的就是梓潼神张亚子的师父元始天尊。不过主殿并非我们的目的地，我们最终来到的是天尊殿左侧配殿，也就是太子殿，正中塑张亚子长子、次子座像，东为伯夷、叔齐二贤人，西为牛王、谷父、蚕女。

蚕女就是古蜀蚕丛王时期的蚕陵之女，同时也是黄帝元妃，在数千年前是古蜀国和中原联姻的纽带。蚕女也被称为“嫘祖”，最早教中原的先民种桑养蚕，人们以嫘祖为蚕母，祈求保佑蚕业发展。

如果说整个大庙以及天尊殿中所有供奉的神仙都属于道教神话谱系，那么眼前看似和古装的中原年轻女子没有区别的蚕女，却绝对是其中一个另类。

蚕女出自古蜀国，这不管是在民间传说还是史学界都没有什么争议，而在古蜀五神之中，蚕女也是一位极为重要的神灵。

和虚无缥缈的其他四个古蜀神灵不同的是，蚕女很可能是真实存在过的，是华夏地区蚕桑崇拜的产物，尽管在整个中原地区并非什么重要的神灵，可是在古蜀时期的地位，却绝对不低。

对方在电话中要求我们见面的地点，也正是在太子殿的蚕女神像下。

我们按照电话中那人的吩咐，在殿外的一个角落，留下了一个隐秘的符号，符号的造型正是巴蜀图语中代表蚕的形状。

其实我估计从我们进入七曲山开始，就早已经被监控了，因为我敏锐的五感一直断断续续地在提醒我，不管我们走到哪里，都有着被人注视之感。

在蚕女神像下等待了几分钟，一个戴着鸭舌帽和墨镜的年轻外国人走了过来。正当我们有些奇怪时，他将自己的手机在我们眼前晃了一下。尽管时间很短，我还是看出手机上显现的是一张照片，照片里面正是鼻青脸肿的秦峰。

年轻外国人什么话也没有说，只是朝外走去。我和叶凌菲连忙不动声色地跟上。

很快，外国人走到一个相对僻静的地方，然后越过景区拦截游人的绿化带，进入附近的山林。我和叶凌菲四下看看没有其他人，也硬着头皮这样做了。

跟着外国人在山林中穿行了几分钟，我们在一块凹地下看到了一个简易的帐篷。

那里还有三个身材壮硕的外国人在等待，其中一个是黑人。而在半开的帐篷里面，我看到了被捆住并用布条塞住嘴巴的秦峰。

不过这个时候的他，脸上的青肿已经消退了不少，人醒着，只是神色有些萎靡，看来这两天肯定吃了不少苦头。

“感谢‘天父’，你们总算来了。我们要的东西，带来了吗？”说话的是一个西方中年人，让我惊异的是他字正腔圆的中文，恐怕许多国人都不一定有这么标准的发音。

“带来了，不过我怎么相信你们拿到东西后，不会杀我们三个灭口？”我拍了拍自己带着的一个背包，警惕地说。

其实在背包里面，还有一个微型追踪器，真相派的定位技术一向不错。不放心我们带着象牙盒子前来和绑架秦峰的幕后人员会面的肖蝶，一开始就向我们说明了这一点。我估计此时的她正带着真相派的人在附近，只要时机合适就会马上合围。

“不要玩小聪明，我的朋友，你的援军要找到我们，至少需要二十分钟，这段时间足够让我杀死你们十次了。”另一个西方人冷笑着说，他的中文不是那么标准，不过还是能够勉强听清楚。当他说完这句话后，从帐篷中扯出一个老式录音机大小的仪器，我一时间没有看出来到底是什么。

“是大功率的信号压制器，方圆一点五公里内，被他们控制的频段，不会有任何电子信号传出去。”叶凌菲脸色有些发白地说。

我心中一沉，想不到对方竟然带着这样的东西，看来期盼肖蝶带着的援军这件事不是那么靠谱了。

我看着叶凌菲，总感觉她居然能够一眼就认出仪器的用途这一点有些奇怪。

不过我随即想起她和秦峰一样有着黑客的身份，也就释然了。

“你们可以放心，就算要杀你们几个，也不是现在。在找到神留下的躯壳之前，我们是绝对不会杀死神裔的。认识一下，我是艾布尔·爱华德，中文名董西延，你可以叫我董先生。”中年外国人微笑着说道。

我脸色古怪地看着他，要让我称呼一个金发碧眼的西方人为“董先生”，怎么想这一幕都感觉到别扭。

“还是叫你艾布尔先生吧。”我硬着头皮说道。

“随你的便。那么，现在我们可以交易了吗？”

“可以。”我点点头，将背包中的一个袋子拿出来，里面是那个熟悉无比的象牙盒子。

我将盒子递过去，艾布尔似乎在按捺住自己的激动，接过去后检查无误，挥了挥手，那个黑人立刻将秦峰从帐篷中拖出来。

黑人拿出一把匕首，我脸色一变：“你要干什么？”

谁料黑人只是露出洁白的牙齿一笑。不知道为什么，我觉得这笑容中透着一股子不屑和诡异，似乎看我们的眼神都像是看死人一样。

不过还好，他并没有伤害秦峰，反而是用刀割断了他身上的绳子。

秦峰获得自由，连忙将嘴里塞着的那团已经被口水打湿了一半的布扯出来，大口地呼吸着。等他调匀了呼吸，转过头狠狠地瞪了那个黑人一眼，这才挪动着酸麻的腿，蹒跚着朝我和叶凌菲这边走过来。

“你看，很简单明了的交易对不对？如果你们早一点识相就好了，也不会有这么多麻烦。”艾布尔抚摸着手中的象牙盒子，微笑着说，语气里藏着掩饰不住的喜悦。

“上次你们找这个盒子的时候，可没有这样和颜悦色，而是直接出动了黑水保安，甚至是榴弹发射器和狙击枪。”我冷冷地说。

“有些小意外发生并不能说明什么，至少现在你还好好地站在我面前，而那个倒霉的年轻人也并没有死去。如果我们真心想要你们的命，你觉得你和那个同伴，能够活到现在？”艾布尔淡淡地说。

我知道他所说的年轻人，很可能是指明智轩。的确，现在明智轩还活着，不过若不是谭欣然及时相救的话，恐怕结果就难说了。

我没有继续和他争辩。在他眼里，或许我们本来就是可有可无的棋子，能顺手杀死固然可喜，可只要不碍着他的事，那么大发慈悲放我们一条生路，似乎也不是不可以。

“那么我们可以进行下一个交易了，那就是你们三个要用什么，来买你们的命呢？”艾布尔突然说道。

我们脸色剧变，虽然事先预计着他会翻脸，可是没想到会来得这样快，而且是以一种压倒性的优势隔绝了我们可能的后援。

要知道我们三个人当中，没有一个具有敖雨泽那样的战斗力。我虽然在危机时刻可以选择爆发，但这种爆发时灵时不灵的，我完全无法控制。当然我也可以使用那支红色狂暴药剂，不过后果想来也十分严重，不到万不得已的时候，这样的药剂还是少用为妙。

“不如听听我的条件怎么样，你们加入我们，成为我们的一员，大家以后就是自己人，自然不会再有什么厮杀。”艾布尔开口说道。

“加入你们？你们是谁，又有什么目的？现在对你们一无所知，万一加入后的遭遇更惨，那还不如现在就拼个你死我活。”我冷笑着说。

对方说得太轻巧了，加入他们，鬼知道他们是些什么人。

“我们是‘天父’的子民，‘陌客’先生。”艾布尔突然语出惊人。

“‘天父’……”我其实不是第一次从他口中听到这个名字了，本来以为他作为一个西方人，这本身就是他信仰的神灵，完全没有往那个诡异游戏的方向想。

可是现在，他居然一口叫出我在游戏中的代号——“陌客”，那么他口中称的“天父”，恐怕就不是什么信仰中的神灵，而是和我差不多的一个游戏测试者，最神秘的代号“天父”的那个玩家。

很显然，这个人不是之前我们猜测的叶教授，而有极大的可能是一个西方人。

在西方，天父又被称为“圣父”，是三位一体学说中圣父、圣子、圣灵中的第一位格。在西方国家之外这个称呼被视为始祖的男性代表或阳性本源的天国主神，即便是在《冰与火之歌》的世界观里，天父也是一个类似至高神的神灵。

当初的诡异游戏，明明是以古蜀时期为游戏背景，却十分奇怪地选择了西方奇幻世界的七个神灵作为测试者的代号。

最开始的时候，我以为这是游戏官方的测试组织人员自己的恶趣味，可现在看来，似乎事情没有这么简单，这七个代号，竟然有着特殊的含义。

尤其眼前的西方人艾布尔，很明显是处于一种被宗教洗脑的状态，似乎他真的认同这个游戏测试者为“天父”的代言人。

甚至从他的话语中我可以推测出，这个测试者竟然还以此建立了不小的势力，这种势力更是以严密的宗教形式作为基础的。

“你知道我的代号？也就是说‘天父’已经把那个游戏的事情泄露出来，他就不怕遭遇到‘铁匠’的待遇？”我试探着说。

“你说‘铁匠’那个背叛者？我们怎么会害怕这样的待遇？‘铁匠’的背叛不仅仅是泄露机密那么简单，他本来就是被我们的人抓住并执行死刑的。顺便说一句，你对我应该很熟悉才对。”艾布尔一脸诡异地说。

我这才想起艾布尔的声音，的确透着一股熟悉。脑子里不停回想自己所认识的人，最终，这个声音定格在当初游戏测试时的语音聊天室里。

“你……你是游戏官方的人，会议的主持者！”我不可置信地大声说。

原来如此，怪不得他丝毫不担心泄密的事，怪不得他能够一口叫出我在游戏中的代号，原来他根本就是游戏官方的幕后人员，知道这些一点都不奇怪。

而所谓的“天父”，只怕不只是游戏的测试者那么简单，很可能就是那个游戏的幕后黑手之一，并非是像我和“铁匠”这样受人操控的棋子。

不过我心中隐隐感觉到了一些不对劲的地方，那就是整个游戏的幕后人员现在看起来似乎都是西方人，为什么他们竟然要选择一个完全是东方题材，并且在东方都属于小众的游戏作为切入点？或者说这个组织对古蜀文明的了解，甚至还在我们自己之上？

“我早该猜到是他，当初我作为这家公司的外包人员，和我接触的也是艾布尔这家伙！”秦峰在一旁气愤地回答。

“这是一款伟大的游戏，其核心代码，直接从世界的本源意识中发出来。你不过是作为一个特殊的人形接收器，应该感到荣幸才对。没有‘天父’对你的照拂，你以为凭秦振豪的力量，当初就能保住你的命吗？你在游戏中设置的隐藏关卡，别以为我们不知道，只是考虑到你透露的大多是关于JS组织的消息，我们才没有对你真正动手。”

秦峰脸色顿时变得更加难看起来，没有继续争辩，似乎是默认了这种说法。

“既然‘天父’都如此强大了，那么还找我们这些小角色干什么？”我冷漠地回答。

艾布尔看了看手表，说道：“还有五到八分钟，这一块区域就有可能被真相派的人找到，那么我们长话短说。秦振豪本来是‘天父’选择的合作人，然而很不幸的是，他背叛了‘天父’，带着神躯销声匿迹。‘天父’需要你们找到他，然后完好无损地夺回神躯。”

“既然你们势力如此庞大，连JS组织的首脑，都只是你们的合作人，还有什么事是你们做不到的，居然需要我们几个帮忙？”

“很简单，因为你们都是神裔，身上流淌着神的血脉，哪怕这血脉已经无比微薄。要想找到神躯，靠普通的手段根本不可能，只能是拥有神灵血脉的神裔才有可能完成。”艾布尔说道。

“如果我们不答应呢？”

“很遗憾，我想如果是那样的话，你们是走不出这个景区的。能死在一个风景还算不错的地方，我想这也算是一种幸运吧。”艾布尔耸耸肩说。

“你就不怕我答应了，却没有按照你们的要求去做？”

“当然不怕，因为我们会在你们身上做一点手脚，我想你们完全是可以理解的。”

不等我们回答，黑人和另一个壮硕的外国人已经冲了过来，将我们反剪着胳膊。我们想要挣扎的时候，却看见艾布尔和带我们过来的年轻外国人已经掏出枪对准了我们。从艾布尔冷漠的眼神中，我得出一个结论：如果我们的反抗超出他们的控制，怕是他真的会毫不犹豫地开枪。

我们挣扎的力度顿时因为两把枪的出现变小了，两个外国人趁机用注射器分别在我们手臂血管上打了一针。

我能看到那是一种银灰色的，如同液态金属一样的物质，虽然不多，看起来就两三克的样子，可是这股银灰色的液体进入血管后，很快就争先恐后地消散在血脉当中。

“这是什么鬼东西？”我有些惊慌地问。

“西方世界的最新技术结晶，一种还处于实验阶段的纳米机器人。当然，这种纳米机器人的材料比较特殊，我想你是见识过的。”

我想起当初余叔装药剂的金属盒子，似乎也是这种银色，而且敖雨泽手中也有类似的金属材料。

“是活性金属，又被称为有生命的金属，十分珍贵，炼制的条件之一就是每公斤活性金属都需要掺杂五到七粒时光之沙。”秦峰脸色十分难看地说。

“不错，不愧是秦振豪的侄儿，对这些东西都十分了解。活性金属是古蜀文明除了长生药及副产品外带来的最有用的技术之一，确切地说，它们的存在从某种程度上说也是你们体内神裔血脉的克星。如果你们没有按照我们的意图去做，很遗憾，这些小东西会渐渐占据你们每一个重要的脏器，最终让你们在极度痛苦中死去。”艾布尔让几个西方人放开我们，然后开始毫不犹豫地后撤。

他们的动作很利落，连地上的帐篷和能够压制信号的仪器都没有管。很快四个人就消失在密林当中。

几分钟后，肖蝶带着一队真相派的便衣外勤人员赶过来，除了地上留下的两样东西外，什么收获都没有。

简单和肖蝶交流了下，我们开始朝景区外走。肖蝶带着真相派的人继续朝几个外国人消失的方向追踪而去。不过对方计划如此周密，我估计被肖蝶追上的可能性不大。

就是不知道这个象牙盒子里到底藏着什么，竟然让几方势力都要拼命争夺。可惜我们之前完全没有发现其中的秘密，要不然也不会如此被动了。

一路上大家的情绪都有些低落，不管是谁，体内正肆虐着数以千万计的活性金属制作的纳米机器人，都开心不起来。

来到山下，现在时间其实还早，才下午两点过。如果马上起程回成都的话，等我们到了也不过才下午五点左右。

不过，既然已经来到梓潼，恰好这里又是当年发生五丁开山传说的地方，就这样灰头土脸没有任何收获地回去，可不是我们的作风。

最低限度，我们也要找出五丁开山传说的背后，到底藏着什么秘密。

我们驱车前往梓潼当地的县级图书馆。本来我们不是本地人，也没有借阅证，是不能进入的。不过好在县城的图书馆管理也不严格，而且我们来之前肖蝶也动用了一些关系，因此管理人员在稍微审核了下身份后，我们就顺利进入县城的图书馆内。

梓潼图书馆始建于一九七八年，馆内的藏书并不丰富，也就十几万册。不过我们看中的并非是里面购置的图书，而是那近六千册的古籍文献。

这个数量级的古籍，差不多相当于一个中等规模的图书馆的收藏量了，很难让人相信这不过是一个县级图书馆。

我们先从县志查起，尤其是秦灭蜀一战的前因后果，不过遗憾的是，收获并不大。

在县志乃至史书中，秦国灭蜀经过的金牛古道的开拓，当然不会是如传说故事中那样仅仅是靠五丁力士就能完成。

实际上当年的工程多采用“沿溪河成路，岭横越垭，陡峻盘旋，险绝而栈”的方法，动用上万民夫耗时数十年才完成。初始的目的也是为了秦蜀两国的经济交流，只是后来才让秦国利用作为进攻蜀国的坦途。

近年来在金牛古道上出土了大量重要的战国文物，似乎也证实了这一点，就是不知为何当年会有五丁开山这样荒诞的故事流传下来。

梓潼不过是两千里金牛道的其中一段，古称梓潼郡，境内多山。尽管山都不高，属于典型的丘陵山坡，可是作为天府之国的西北屏障，其地势依然十分险要，尤其是在两千年前的战国时代。

我们这样查询的效率本来是十分低下的，可是一次意外，却让事情有了新的转机。

这是我们待在梓潼的第三天，秦峰身上的伤也好得差不多了。叶凌菲百无聊赖地抱着一沓古籍资料从我面前走过。当时我正在看一份《汉中府志》，因为太累没有注意到有人走过，便习惯性地伸了个懒腰，不承想右手刚好碰到她抱着的资料，顿时撒了一地。

帮着叶凌菲捡这些资料的时候，其中一份只有两三页的古籍无巧不巧地飘到了书柜下方的缝隙中，我只能将手伸进去想要将资料取出来。

但在这个过程中，我感觉自己的手像是被什么东西咬了一口。等我本能地将手缩回来时，发现食指的指肚上，有四个血点，上面两个血点稍大，下面两个要小一些。

“什么东西？”叶凌菲吓了一跳，看着我受伤的手指，连忙用身上带的纸巾按住伤口。

“不知道，应该是老鼠吧？”我有些疑惑地说。不过我并不能确定，看血点的间距应该不大，说明咬我的生物体积也不会太大。并且书架下方的缝隙，本身就只能容许一只手勉强伸进去，就算有什么生物藏在里面，体积也不可能太大。就算是老鼠的话，似乎也不应该如此大胆才对。

我们请来工作人员，将书架上方的书搬下来一些，然后小心翼翼地将书架挪开。所有人一下呆住了，在那两三张古籍上面，赫然盘踞着一条只有拇指粗细的小蛇。

如果说只是一条蛇还不会如此惊奇，毕竟图书馆这样的地方少不了老鼠，尤其是这样七十年代末建设的老图书馆。有老鼠的地方，有时候也会吸引来蛇类，虽然概率不高。

可眼前的这条小蛇，竟然没有尾巴，首尾都有一个头。

双头蛇也不是没有见过，可双头蛇的蛇头，竟然不是长在分叉的脖子上，而是长在身体两端，这还是第一次看见。

并且这条双头蛇的蛇头顶上，还生长着一个肉瘤状的东西。这肉瘤并非完整一块，而是分了许多褶皱，颜色鲜艳如血，远远望去，就像蛇的头部，一前一后长着两朵指肚大小的小红花。

“这是什么怪蛇？不会有毒吧？”叶凌菲惊叫一声，说道。

或许正是这声惊叫，吓到了地上的怪蛇，竟然两个头一前一后地摆动，以极快的速度蹿出，很快就消失在无数的书架之中。

图书馆的管理人员也被惊动了，可是数百平方米的图书馆，十几万册藏书，上百个书架，就算是馆长亲自来，也不敢说为了一条蛇就要将这里的藏书和书架搬空。大家议论了一阵，最后似乎只能不了了之，最终的结果不过是带着我去医院检查了下。还好蛇似乎没有毒。

就在我们以为事情快要过去的时候，它又出现了。这天晚上，我在旅馆中刚洗了澡快要睡觉的时候，突然感觉到一阵毛骨悚然，下意识地一抬头，在房间的空调排水管上，再次看到了白天那条头上生着红色肉瘤的双头怪异小蛇。

我的心中顿时升起一股凉意，要知道我们虽然找的是一个离图书馆较近的旅馆，可是怎么也有八九百米的距离，这条怪异小蛇白天刚咬了我，难道还没咬够，晚上竟然还想来一口？

尽管小蛇不到一米长，脑袋也就和拇指差不多大小，四只眼睛也如同绿豆般大，可不知道为什么，我从它的眼神中，竟然看出了一股贪婪和疯狂的味道。

我深吸一口气，既然再次找上门来了，那么就没有这么容易放过这家伙，毕竟白天的仇还没有报呢。

怪异小蛇渐渐弓起身子，然后像是绷紧了的弹簧一样，突然松开，整条蛇顿时朝我弹了过来，速度奇快。

我顺手扯下身上的浴巾兜住弹过来的小蛇，然后牢牢裹成一团。正要找个什么容器装住它时，不料“刺啦”一声，浴巾竟然破开一个口子。那条怪异的双头小蛇其中一个头探出来，随后扭动着摆脱了浴巾的束缚，朝我的手腕狠狠咬了过来。

这一下动作实在太快，我竟然避之不及，手腕被咬中，吓得我另一只手抓着怪蛇的身子，就要将它扯下去。

可是慌乱当中，我忽略了这条怪蛇的两个头，是长在首尾两端，左手抓着的不过是它的中段。怪蛇的另一个头同样缠了过来，咬向我的左手。

两只手都被咬中，尽管咬合力不算太大，可是一时之间也无法扯开它。

然而更可怕的事还在后面，怪蛇头顶的两个带着无数褶皱的红色肉瘤，竟然真的如同花朵一般一片片盛开，接着一股紫红色的毒液从里面喷了出来。尽管我及时用手臂挡住了脸，手臂上还是不可避免地沾染了不少毒液。

被毒液溅射到的地方带着钻心的疼痛，我感觉手臂像是被王水溅到一样开始快速地腐蚀。而体内的血液在遇到毒液后，更是发生了某种未知的反应，像是被点燃的火药一样沸腾起来，那股热度让皮肤都发出焦臭的味道。

我痛得大叫，声音惊动了隔壁的秦峰，接着叶凌菲也赶了过来。秦峰手忙脚乱地用携带的刀具想要一刀将怪蛇砍成两段，却不料这条怪蛇的身体竟然无比坚韧，秦峰志在必得的一刀竟然失利了。

就在这个时候，门外似乎传来一声叹息，接着一张黄色的符纸飞了过来。符纸撞上怪蛇的身躯时，突然燃烧起来，怪蛇的身上被火焰缠绕，松开了我的手，然后掉在地上不停挣扎扭曲。

这火焰不管它怎么翻滚也摆脱不了，奇怪的是这火焰遇到易燃的地毯，却连火星都没有出现一个，竟然只是针对怪蛇本身在燃烧。

怪蛇很快就被烧成一堆扭曲着的灰烬。即便蛇类没有发声器官，可它临死前发出的嘶嚎，几乎让我们误以为这是一条巨大的蟒蛇在怒吼。

“谁？”尽管对方救了我，我还是忍住痛，有些疑惑地问。

没有回答，秦峰赶过去时，也只看到一个裹在长袍中的背影。等他追上去的时候，却没有发现任何人影。

只是在我房间的门口，放着一个玉石雕成的小瓶子，秦峰小心翼翼地打开后，里面是一种淡绿色的有着清香味的药膏。

我双手被怪蛇咬中的地方不过是在流血而已，但是被毒液溅射到的地方，却已经腐蚀了不少血肉下来，最严重的地方，甚至能够隐隐看到臂骨。

并且腐蚀还在继续，如果不赶紧采取行动的话，我的双手恐怕都保不住了。叶凌菲连忙将那支绿色能够解毒的药剂找出来，我们都没有想到这么快就会用上它。

喝下药剂后不过十几秒钟，伤口腐蚀的速度开始变慢，随后渐渐停止，接着黄绿色的脓水中带着丝丝紫色的毒液，从我手臂的伤口涌了出来。每被蠕动的肌肉挤出一点，我都感觉到如同刮骨疗伤般的痛楚，很快浑身上下都被冷汗浸透。

终于，毒液和脓液都不再涌出，我总算松了一口气，这才发现自己已经没了一丝力气。

“好厉害的毒液！”秦峰一脸的后怕，看看手中的药膏，犹豫了一下说，“这不会是治疗你手臂毒伤的吧？”

我想起刚才出手救了我的神秘人，无法确认到底是谁，只是对方的举动以及留下的这个精致的玉石瓶子，说明了对方应该对我没有恶意。不然的话，刚才他只需要置之不理，我这次怕是就交待在这条看似不起眼的小蛇上了。

秦峰帮我在伤口上涂抹药膏，一股清凉从伤口处传来，原来还残留的那股痛楚顿时消退了不少。虽然伤口还没有愈合，可是我能感到这药膏应该是有用的。

第二天我没有去图书馆，还好在肖蝶的帮助下，叶凌菲带回来了不少资料。

在浩如烟海的资料中，我想起当时掉在地上的那两三张残页，让叶凌菲重新找了回来。看着这两三张残页，我感觉有些眼熟，后来还是在秦峰的提醒下，我才反应过来，这几张残页，赫然和当初张阿姨给我的几张草图十分相似！

第七章

JINSHA ANCIENT SCROLLS

五妇岭

张阿姨当初给我们的草图，准确地说一共是五张。其中一张画着的是被艾布尔等人夺走的象牙盒子，我们至今都不知道这个象牙盒子当中到底藏着什么秘密。

可以确认的是，这个象牙盒子里面，很可能是藏着关于巴蛇神的秘密，毕竟这个象牙盒子本身，也是从巴蛇神的复制体腹中取出来的。

至于其他的几张草图，其中一张画着的是五丁开山的素描，另外两张分别画着一个巨大的茧状物和一条巨蟒。最后一张是一幅潦草的地图，但是地图没有标注地名，估计应该是在发生五丁开山传说的梓潼境内。

我第一次看到这几张草图的时候，不过是以为张阿姨在暗示我们，只要到了梓潼，就能揭开一切谜题，也就对草图没有太过在意，只是将之收藏好。

可现在，当我看到这几页残破的古籍上的图案时，才发现事情没有那么简单。

这几张残破的古籍其实并非是原图，而是民国时期的临摹本，要不然也不会被叶凌菲从图书馆带出来。按照残页上的描述，上面的图是上世纪三十年代中期画的，临摹的是当时一个墓葬中出土的石碑图案。

难道说，这个墓葬中竟然还藏着什么秘密吗？我心中一动，感觉张阿姨给我们的这几张草图，怕是有着不寻常的含义。

将几幅图一一对比之后，我发现一个更加有趣的事情。

临摹的残页其中相对完整的一张，是一份梓潼境内的古地图。看样子，地图上占据中央位置的山丘，和我们前几天去过的七曲山有几分神似。确切地说，是和站在七曲山主峰山顶看到的七曲山南麓的那几座山峰极为相似。

我马上从笔记本电脑中搜出梓潼的现代卫星地图，发现那个位置果然是有这样几座并不算太高的山峰。

而张阿姨所画的草图中那张地图，和古地图有着细微的差别。本来我以为是因为随手画而造成的差异，可如果将草图放在残古地图上面，会发现两张图大部分是重合的，但有差异的地方，连在一起竟然出现了一条弯弯曲曲的路径。

或许，秘密就藏在这几座山峰之间？而两张重合的地图中间出现的路径，就是揭开这秘密的通道？可张阿姨为什么不直接告诉我们？

我收起草图和那几张临摹的古籍残页，将心中的想法向秦峰和叶凌菲说了一遍。

两人对我大胆的猜想也十分认同，于是我们当天做了一番准备后，驱车前往七曲山南麓。

此地依然是属于七曲山的范畴。本来山上有不少古建筑庙宇的，却在上世纪六七十年代被毁，现有建筑是八十年代由民间集资修建的仿古建筑。

这个地方同样有着文昌神张亚子的传说。相传他为救父母，在二郎神的帮助下三箭射穿白杨洞借得涪江之水淹许州，将其父母救出。此时，观音菩萨见大水将要淹及良民百姓，便把滔滔洪水收进了宝瓶。

但真正让我们感觉到一丝兴奋的，是根据古老的传说，这个地方是五丁开山中的壮士“遗剑”之处。

五丁遗剑的传说，是指当年五丁与巨蛇搏斗时，将自身佩剑掉落在路旁，不料五丁佩剑并非凡物，剑身沉重刺破山体，一道泉水奔涌而出。每当夕阳西下，月漫大地之时，泉池也波光摇曳，明月树影都在池泮辉映成趣。这就是被誉为梓潼八景之一的“剑泉晚照”。

清光绪二十二年（一八九六年），县民在剑泉的基石处修建观音殿，俗称“水观音”。一九八六年，七曲山文物管理委员会根据文献记载，在剑泉东面十步远的地方恢复重建古五丁祠。

虽然五丁祠是一九八六年才新建的，距今不多不少刚好三十年，但五丁祠重建的时间点，却是让我心头一跳。

要知道一九八六年或许对于普通人来说，是一个极为普通的年份，没有什么特别的。可对于熟知古蜀历史研究的人来说，却知道这一年并不寻常。

一九八六年在全国范围内最重大的考古发现，就是当年七八月份，在成都附近的广汉发现了两处埋藏有丰富宝藏的长方形器物坑。这两个器物坑中出土了大量青铜器，引起了海内外学术界对位于中国西南的古蜀文明的重视。

在三星堆遗址大规模发掘的同时，一九八六年还对成都市区的十二桥遗址也进行了发掘。该遗址最下层的出土文物与三星堆遗址最晚期遗存相同，完美解答了三星堆文化的去向问题，那就是当年统治古蜀的蜀王将王宫从广汉搬到了今天的成都，并在不久后建立了更加辉煌的金沙文明。

也就是说，在一九八六这个对于考古界来说十分重要的年份，离成都几百里外的梓潼，突然重建了代表着古蜀文明终结传说的五丁祠。要说这完全是巧合，反而是让人怀疑了。

几乎不用再多想，我立刻明白过来眼前的这几个山峰，很可能就是传说中的五丁山，也曾被称为“五妇山”或者“五妇岭”。

“五”这个数字，已经不是第一次显现出其神秘。在古蜀时期最为尊崇的是五个神灵，在中原地区的学说中五行占据着极其重要的地位。而眼前的五丁山，似乎不仅仅是数字中带一个“五”那么简单。

按照传说，五丁是当年古蜀国末期的第十二世开明王麾下五个力大无穷的异人，数量不多不少正好五个。这个数字很可能和古蜀时期对应的五神有着某种关系。

最关键的是，根据我们之前查询的资料，五丁开山的传说似乎不仅仅是一个传说，而是在不少史料上都有清晰的记载。

清嘉庆版《四川通志》曾记载：“梓潼县五妇候台在县北。”

《蜀王本记》中也曾说：“秦王知蜀王好色，乃献美女五人于蜀王。蜀王爱之，遣五丁迎女。还至梓潼，见一大蛇入山穴中。一丁引其尾，不出。五丁共引蛇，山乃崩，压五丁。五丁踏地大呼，秦五女及迎送者皆上山，化为石。蜀王登台，望之不来，因名五妇候台。”

《华阳国志·蜀志》亦载：“周显王三十二年（公元前三三七年），蜀使朝秦（秦惠王因数以美女进，蜀王感之，故朝焉）。惠王知蜀王好色，许嫁五女于蜀，蜀王遣五丁迎之。还到梓潼，见一大蛇入穴中。一人揽其尾掣之，不禁，至五人相助，大呼拽蛇，山崩。时压杀五人，及秦五女并将从。而山分为五岭，直顶上有石平台。蜀王痛伤，乃登之，因命曰：五女塚山。以平台为望妇堠，作思妻台。”

明代曹学佺所著之《蜀中名胜记》也曾记载：“梓潼五妇山，碑志存，有五妇庙。”“又有隐剑泉，在五丁力士庙西一十步。古志云，五丁开剑路，迎秦女，拔蛇山崩，五丁与秦女俱毙于此。”

又有《五妇岭怀古》一诗，专吟秦美女之死一事，诗云：“娥眉欣然离秦廷，为求至尊西蜀行。不识秦王美人计，未入蜀宫先丧魂。”

这些资料都充分说明了古人对于古蜀国的灭亡，差不多就是从五丁打通了蜀地和秦国的天堑开始的。虽然五丁此举不过是奉贪婪的蜀王之命行事，但最终造成的结果却无可辩驳。

我们一行三人，将车停在山脚下，然后步行进入山中。

一九八六年新建的五丁祠没有太大的必要去参观，时间太短了，不太可能有什么有用的线索。

我们只需要以张阿姨提供的草图和古籍残页上的地图重合后新出现的路径作为指引即可。

这条路径自然没有按照现有的道路行进，反而是需要披荆斩棘，走入附近的山林。直到数十分钟后，我们才意识到这条道路很可能是被埋没的古蜀道。

古蜀道也就是传说中五丁开出来的通往秦国的道路，也被称为“金牛道”，以剑门关为核心，北起陕西宁强，南到成都，全长四百五十公里。如今剩下的遗迹不过断断续续的几十里，大都分布在剑阁县、梓潼县等地，残留的古蜀道至今依然能够容纳行人通过，这些地段一般都被规划为旅游景点。

只是古蜀道存在的时间太长了，两千多年下来，有些地段因地震、山洪等自然灾害，也不知道经历了多少次变迁，部分地段被自然的伟力重新覆盖也不是什么难事。

而我们现在所行走的路线，应该就是千百年来因沧海桑田变迁或是人为因素被废弃的一小段路，在数百公里长的古蜀道中完全是微不足道的一部分。

一边对比着草图和古籍的不同，一边艰难前进，也不知道在这条被野草埋没的古道上走了多久。中途休息的时候，我重新拿出那几张草图，视线再度移到了第一张草图上，也就是画着象牙盒子的那张。

它让我再次想起曾救过我又差点害死我的余叔。如果余叔还在的话，一定能够解释象牙盒子到底代表着什么。

可惜他太过贪心，甚至许多计划都是瞒着JS组织以及其头目秦振豪在进行，以至于在五神地宫的时候只有自己的人手，JS组织的精锐完全没有被调动，最后因为祭祀失败被涂抹了我和秦峰血液的子弹杀死。

现在看来，当时他所进行的祭祀，恐怕并不仅仅是想要复活鱼凫祖灵那么简单，而是有着更深远的目的。在余叔死后，这个秘密本来已经被带进地下，可是谁也没有想到，在国外居然还有这么一股势力，试图重新获得这个象牙盒子，从而将余叔未竟的事业进行下去。

那个时候我们一直以为余叔身为JS组织的高层人员，一定就是为JS组织服务的，却没有细想他既然许多事都瞒着JS组织，或许还有其他的身份。

这个身份无疑是和这几个外国人所代表的国外组织有关。我不知道为何会有外国势力卷入和金沙文明相关的神秘事件，要知道之前的三大地下组织，几乎每个都曾多少和三星堆、金沙王朝有一些联系。

那么这个几乎完全由外国人组成的神秘组织，很可能还是和游戏测试者之一的“天父”有关，甚至当时组织测试的人，竟然也是这个“天父”的手下。

这就让我百思不得其解了。一直以来，游戏的幕后人员都是以神秘、强大和冷漠的形象来面对我们这几个测试者，为何“天父”却偏偏不一样，反而连官方的测试主持者，都要听“天父”的话？

或许有一个可能，那就是游戏测试者本身只选出了六个，“天父”作为这个神秘的外国组织的首脑，自己就提前占据了一个名额。

甚至还有可能是他在这个神秘组织中的代号本来就是“天父”，但又怕人怀疑，才以此为名号，采用了《冰与火之歌》中七天神的设定，让“天父”只是代表七个游戏测试者的七天神之一。

正当我思索着这个问题的时候，前方传来隐隐的人声。我们顿时紧张起来，悄悄拿出背包中的武器，虽然没有枪械等热武器，但开山刀之类的还是准备了的。并且秦峰的背上，背着一张仿制的军用弓弩，那是我们从成都出发前肖蝶托人带过来的防身武器之一。

不过很快我们就放下心来，因为出现在我们面前的，是两个打扮得十分朴实的乡民。

他们两人看到我们后似乎吃了一惊。这里离景区不远，离梓潼县城也不过才十几公里，七曲山的乡民并不像有些大山深处的地方那么闭塞，因此突然看到我们几个游人打扮的家伙，本身不会如此意外，奈何我们几人手中都拿着武器，这才是他们吃惊的原因。

我们很快将武器收好，尤其是叶凌菲，收起武器后露出一副带着温柔笑意的面孔，很有迷惑性。

因此交涉的事就交给了叶凌菲，只听她娇声说：“两位大哥，我们是来这里旅游的驴友……嗯？什么是驴友？就是那种不喜欢走既定路线的游客啦。因为怕万一遇到危险才带了几把破刀吓人，你们不用紧张……”

我观察到其中一个年龄小些大概二十岁的乡民喉头动了动，大概是很少看到叶凌菲这样的美女如此近距离地说话，下意识地吞咽了下口水。

不过还好，美人计生效了。两个乡民尽管心中还有疑虑，至少表面上的戒心不是那么重了，和我们攀谈起来。

两个人分别叫张庆和张兴林，都是附近五妇岭的乡民，今天是来山里采柏树菌的。我知道柏树菌是一种较为珍贵的药用真菌，一般生长在高山特种树上，其中年老的柏树是其最主要的生长环境。

在梓潼段的古蜀道附近，最多的树种就是柏树，相传是三国时期张飞种下，号称“三百长程十万树”。

而有大量古柏树的地方，自然也容易生长出柏树菌来。也难怪张庆和张兴林会在古蜀道附近和我们迎面撞上。

这两人戒心渐去，很快就和我们熟识起来，甚至最后还邀请我们前往他们家里去做客。只可惜我们现在有重任在身，只好放弃了。

就在两人快要离开的时候，年长些的张兴林看到了我手臂上被双头怪蛇毒液溅到的伤口。

老实说我的恢复力本来远超常人，一般的伤口基本一两个小时就能恢复，但是被那条双头怪蛇的毒液溅射到身上留下的伤口，恢复起来十分缓慢，只比常人快一点。

就算是后来秦峰帮我涂抹了当时救了我的神秘人留下的药膏，祛除了毒素，可伤口也未能全部恢复。

“小兄弟，你手上的伤口，是咋个整的哩？”张兴林脸色有些严肃地问。

“哦，不小心被一条毒蛇的毒液溅到。不过没事，我涂抹了药膏，很快就会恢复。”我没有在意他的古怪神情，随口回答。

“是不是有两个头，头上还分别有一个花冠样子肉瘤的怪蛇？”张兴林紧张地问。

我诧异地点点头，不明白他为何会凭着一个伤口就认出“凶手”来。

两个乡民的脸色顿时变得惨白起来，惊慌地对望了一眼，然后几乎是步调一致地退开了两三步，和我保持了一些距离。

“怎么了？”我疑惑地问。

“还咋子了，你晓不晓得，你被那东西做了记号，就算当时没死，它的兄弟姊妹也要来找你报仇。你不跑远点躲起就算了，居然还敢到五妇岭附近来。你娃是在找死……”张庆在一旁气急败坏地说。

“莫说了，我们快些走，莫要连累我们两个。那可是鸭子蛇，是生长在黄泉边上的异蛇，一出现就要夺人命的……”张兴林赶紧拉扯了张庆一下，连告别的话也没说，就匆匆忙忙地从原路折返回去，很快就消失在树丛中。

鸭子蛇？这名字好古怪。

我们几人面面相觑，我心中更是升腾起一种不好的预感：不会让这两个乡民说中了吧？当真会引来更多这种名叫鸭子蛇的怪蛇？

想起这双头怪蛇那快捷无比的移动速度，还有头顶花冠状肉瘤中恶毒无比的毒液，我的心忍不住狠狠颤动了一下。这玩意儿一条两条小心点的话，或许还可以对付，可真要上了规模，一次性只要来上十几条，就算有天大的本事，也使不出来，只有被毒死的份。

“我想他们说的应该不是鸭子蛇，而是‘亚子蛇’。你们忘了，这地方民间崇拜的神灵是张亚子。”秦峰说。

“管它是鸭子蛇还是亚子蛇，不如我们先回去，至少带点雄黄之类的驱蛇药再进来？”叶凌菲有些打退堂鼓。

这也可以理解，女性本来就比男性更加害怕蛇这种冰冷滑腻的冷血动物，更不要说具有极大毒性的双头怪蛇了。

我看看手中的草图和古籍摹本重叠后出现的路线，眼看着就要到达下一个点，何况这山谷看起来也不大，只是周围的古柏树有些多而已。

“算了，或许那两个乡民是自己吓唬自己。双头蛇本来就稀少，何况是这种首尾两端长着蛇头，还奇毒无比的双头怪蛇。这样的东西应该是变异而来，数量怎么可能太多？我们赶在天黑之前继续前进，看看地图所指的尽头到底有什么东西。”我咬牙坚持道。

秦峰倒是无所谓，他脸上的瘀青已经消退了不少，现在看起来稍微正常了些。

而且不知出于什么原因，他对之前自己被人绑架这件事一直闭口不谈。我们和秦峰之间也因此有了些隔阂，只是现在有着共同的目标，才没有最终反目。

叶凌菲见无法说服我，也就没有多言。只是我能看出她心中似乎有些害怕，连手也在微微颤抖。

我上前轻轻握住她的手，低声说：“没事的，别怕。”

她先是一惊，继而感觉到双手交握传过去的温暖，白皙的脸上稍微一红，轻轻挣脱。

我尴尬地笑笑，其实也没有别的意思，就是不想看到她紧张而已。

不过很快，我的手重新被叶凌菲握住。她的手有些冰凉，但手心却有汗水，看来她真的有些害怕。

一旁的秦峰翻了翻白眼，忍不住干咳了几声，转过身去装作没有看见。两个人的手重新放开，很快那丝涟漪又被理性所埋没，只是默默地按照图纸上模糊的标记路线继续赶路。

大概半个小时后，我们走到这个小山谷的尽头。看看四周布满藤蔓的山包，一时间有些疑惑了。

在周围查探了半天，也没有结果。我禁不住想，或许这张草图和古籍上的绘本重合的差异显现出来的地图路径并不完全正确，以至于让我们走入一条死路。

就在我们准备离开的时候，原本还是大晴天的天色，却开始变了。太阳渐渐被乌云所遮盖，闷热的天气也因为起风有了一丝凉意。仅仅是几分钟后，豆大的雨点开始不停落下，我们三人很快就成了落汤鸡。

“必须找个地方避雨，不然这样下去就算我们几个血脉特殊也要感冒。”秦峰在风雨中大声说，声音小了就算人在对面也听不见。

“好，我记得先前我们过来的路上，有一个凹进去的石槽，勉强能够容纳三个人。”叶凌菲显现出自身不俗的记忆力。

打定主意后，我们开始加快返程的速度。

只可惜这里虽然是金牛古道，可数千年的时光，早让大自然的力量将植被占据了古道，就算是晴天要前行都比较困难，何况是在风雨之中，因此我们的速度根本快不起来。

六七分钟后，我们终于到了叶凌菲所说的凹陷的石槽。这个石槽凹下去的地方有二三平方米，高度也差不多有两米，能够容纳三四个人。

不过石槽下方已经有一层两三厘米深的积水，没法坐着休息，只能站着。而且按照这下雨的速度，这一摊积水只会越来越高，最终甚至有可能完全淹没脚面。

站了一阵，虽然淋不到雨了，但是站在积水之中的感觉却不好受，而且先前的大雨更是让我们几人浑身上下都完全湿透。在大雨中还不觉得有什么，现在有了避雨的地方，反而感觉湿衣服紧贴着皮肤十分难受。

我看了看旁边的叶凌菲，紧贴的衣服早已经将她凹凸有致的身材突显出来，有的地方甚至能隐隐看见一抹春色。

我老脸一热，连忙转过头去，正看见秦峰百无聊赖地抛甩着一把开山刀。这把开山刀长四十多厘米，但是刀身十分厚重，利于劈砍，本来是用来砍开坚实的藤蔓或灌木的，这一路上也带给我们不小的帮助。

“千万别手滑伤到自己。”我笑着说。

“怎么可能。虽然我不会什么刀法，但是这种程度的还是小儿科。你不知道，我小时候甚至能抛着两三把刀子玩……”秦峰说到这里，突然停住了，一只手接住正落下的开山刀，怔怔出神。

“怎么了？”我问道。

“我似乎记起一些事情。”秦峰脸色古怪地说。我也这才反应过来，秦峰原本是没有十岁前的记忆，但现在却说起自己小时候的事情。那是不是意味着他被封印的某段记忆，又再度苏醒了？

“什么事情？”我有些紧张地问。看秦峰的样子，这件事似乎和我们目前的处境多少有些关系。

“我想起小时候，我似乎在这附近的树丛中等我叔叔，也这样抛着刀子玩。”

“然后呢？”

“然后其中一把刀子飞了出去，刚好扎中了一条蛇。”秦峰苦笑着说。

“你不会告诉我们，这条蛇和昨天差点害死我的那条蛇，是一样长着两个脑袋的吧？”我的脸抽搐了一下，似乎还能感觉到手臂上被毒液腐蚀的伤口隐隐作痛。

“当然不是，不过这条蛇被刀子扎中后，很快就逃走。我当然不能眼看着它带着我的刀走，所以就追了上去。但是没有想到的是，它滑入一处低洼的草丛后，就突然不见了。后来我才发现，这处低洼的草丛附近，竟然是一个被遮掩起来的地洞入口。”

“然后呢？”

“然后我钻进这个地洞，但是刚进去不久，就似乎被什么东西咬了一口，昏迷过去。等我醒过来的时候，已经躺在后来的养父母家里，腿上的伤已经基本愈合，只是留下了一个疤痕。”

“你不会是想说，那个草丛就在离这里不远的地方吧？”我不可思议地说。

秦峰沉默了一阵，最后说道：“不是不远，简直就在我们脚下。如果这段记忆没有问题，那个时候的这里，就是一处草丛。”

我和叶凌菲面面相觑，无论如何也不敢相信，我们所站的地方，在十几年前还是一处草丛。这里分明是一个凹陷下去的石槽，看上去也没有人工的痕迹。

不过当我们开始仔细观察的时候，终于发现了不对劲的地方。

那就是按照目前大雨的程度，石槽中的积水早就应该漫过我们的脚面，可是下方的积水，依然只有两三厘米的样子，过了这么久，没有丝毫的增加。

秦峰开始用开山刀的刀背四处敲敲打打。大概两分钟后，我们发现脚下的石头，竟然存在一条细微的缝隙。这条缝隙在石槽侧面，离底部刚好有两三厘米的距离，积水就是在高过这个位置之后，才从缝隙中流出，因此一直未能如我们先前所想的那样漫过脚面。

只是这条缝隙周围长满了青苔，如果不是像我们现在这样拿着开山刀四处敲打剐蹭，是绝对没有可能发现这样一条缝隙的。

秦峰看着这条缝隙，愣神了半天，似乎想起了当年不愉快的回忆。

我们三人稍微退开了些，然后用开山刀将石槽底部的淤泥、青苔都清理了一遍，最后在我们原本站立的地方，发现了一块厚厚的青石板。

青石板长一米二三，宽度也有七八十厘米，虽然不太规则，但也多少能看出一些人工打磨的痕迹。

并且在青石板的两端，还被嵌入了两枚铁环拉手。这锈迹斑斑的铁环是活动的，被平行安置在青石板上，如果要使用的话，需要将之呈九十度拉起。

这铁环至少十几年没有动过了，加上一旦下雨，这里就多少会有积水，因此锈蚀得十分厉害，几乎和青石板完全连为一体，我们费了很大的工夫才将铁环和青石板分开。

随后我和秦峰各站在石板的一边，然后分别拉起铁环，一起用力，却失败了。

估计是石板和周围的环境也有不少粘连的地方。我们试着摇晃了青石板一段时间，再次拉起。这次石板终于松动了，很快被我们抬起来一段距离，然后吃力地挪动到一边。

雨终于下得小了些，可我们因为新的发现而顾不得高兴。石板完全抬开后，露出一条黑黝黝的通道来，这通道周围有着刀削斧砍的痕迹，十分粗糙，但能够看出来并非是天然形成的。

我们从背包中拿出准备好的狼牙手电，朝通道里面照过去，但只能照射到二十多米远，看不清远处的景象。

“下去吗？”叶凌菲舔了舔因为紧张而有些干裂的嘴唇，问我和秦峰。

“想来这里才是地图上有着标记的位置，按照张阿姨所画的草图以及附近关于五妇岭的传说，这里面很可能是通向埋葬五丁和巨蛇的地下世界。”秦峰失神地说道。

“不仅如此，或许里面能找到古蜀国被灭亡的真相。以古蜀国在那个时代所表现出的匪夷所思的技术水平，就算是中原地区强大无比的秦国，也没有那么容易灭掉古蜀国的。”我想了想说道。

三个人对视一眼，正准备下去，我的手机铃声突然响了。

我皱皱眉头，接通了电话，幸好现在外面没有打雷，要不然这个举动完全是在找死。

电话那头是肖蝶。我没有想到的是，肖蝶的声音竟然无比虚弱，听起来应该是受伤了。

“怎么回事？”我连忙问。

“出大事了，敖雨泽……不见了。”肖蝶有气无力地说。

“你说什么？”我的声音一下就拔高了。我想我当时的语气一定很坏，以至于旁边的叶凌菲也吓了一大跳。

“敖雨泽失踪了，我怀疑，是被前几天你们遇上的那群外国人劫走的。”肖蝶继续说道。说的时候，还连着咳嗽了几声。

我望望刚发现的地下世界入口，最后毫不犹豫地说：“你在哪里，我们马上过来。”

肖蝶报出位置，我挂上电话后，一狠心和秦峰一起手忙脚乱地再度将入口用青石板封上，然后又找了些被雨水淋透的烂泥敷在石缝上。

因为心中担心敖雨泽的安危，我的手几次都差点打滑。因此这工艺就实在谈不上精致，就算是傻子也能看出这个石槽有些不对劲。

最后秦峰犹豫了一下，说道：“你们先回去，我守在这里。放心，没有十足的把握之前，我不会轻易进去，我可不想又被里面的什么怪东西给咬伤了。”

我和叶凌菲点点头，然后匆匆朝肖蝶指定的地方飞奔而去，连身上被树枝抽出数道细小的伤口也全然不顾。

一个多小时后，就在我们快要狼狈不堪地走出这个小山谷的时候，却看见前方正围着一大群人，还隐隐有女人的哭号声。

我们放慢了脚步，这群人占据的地方是我们必经之路，就算我们觉得事情有些不对劲，这个时候也不得不走近去瞧一瞧。

很快，我们在人群中发现了一个熟人，那就是先前我们曾见过的乡民张庆，但没有张兴林的影子。正当我四下张望的时候，叶凌菲拉了拉我的衣角，悄悄指了下地上。

我这才注意到地上散落了不少柏树菌，而不远处人群围着的，是一具躺在地上的尸体。之所以这么肯定是尸体而不是摔倒的病人，是因为尸体的头部已经破开了一个拳头大的洞，就算神仙来了也救不活。

头部的破洞中红白相间，看上去十分狰狞恐怖。尽管如此，一个中年女人却毫不顾忌地趴在尸体上号啕大哭，她的身后是一个十二三岁也一起哭喊着叫爸爸的小姑娘。

再看向尸体已经失去血色的脸和熟悉的衣服，我立刻反应过来，这具尸体就是先前我们遇到过的张兴林。

谁也没有想到，在两个小时前还十分鲜活的一个生命，就这么突兀地离开了人间，而且还是以如此惨烈的方式。

这个时候人群注意到我们的到来，张庆也看到了我们，顿时像见了鬼一样惊恐得连连后退。

“是他，就是他！他被鸭子蛇盯上了，和他接触过的人都会遭到报应，兴林叔就是被拖累死的！”

人群中像是被丢了一颗炸弹一样轰然炸开，所有人都带着仇恨和畏惧交杂的目光盯着我，但是却没有一个人敢上前，反而是悄悄地在后退，试图和我们保持一定的距离。

只有那个趴在尸体上的中年女人猛地抬起头来，眼中闪过母狼一样凶狠的光。她的眼中有仇视，有绝望，但唯独没有畏惧。

我有些呆住了，要知道我平时算是一个十分和善的宅男，就连和人吵架都很少，这还是第一次面对这样的目光，还是一个手无寸铁刚刚死了丈夫的女人。

我讷讷地想要从旁边绕开，尽管我根本不知道到底发生了什么事，为什么这些村民要将我视为不祥之人，厌恶而畏惧。可眼前的景象又让我对这群人，尤其是正仇视着我的女人生不起半点怒意，只能选择离开。

“不许走，你赔我爸爸。”那个十二三岁的小姑娘突然冲过来，地上的中年女人脸色大变，连忙想要拉住她，却已经晚了。

小姑娘飞奔过来，还好被叶凌菲挡住了。她不停地哭闹，我只能无比尴尬地趁机离她远了些。

中年女人慌忙过来将小女孩拉在怀里，警惕地盯着我们，慢慢地后退。

“快走，哪个和被鸭子蛇盯上的人接触，就一定会倒霉当头，张兴林就是这样遭了哩。”也不知谁喊了一声，这群乡民四下散开，接着飞奔而去，现场只剩下张兴林的尸体和他的妻子女儿。

我们神色黯然地绕开地上的尸体，准备离开。如果我们还不走的话，估计张兴林的尸体就没人敢料理了。

“你会有报应的。”后面传来中年女人恶毒的诅咒。我苦笑一声，也没有放在心上。

因为这里都是乡间的小路，离公路还有一段距离，我们再度朝前走了几分钟，迎面碰上几个匆匆赶过来的警察。

警察急着赶路，错过我们后，突然停住，然后喊住我们。其中一个领头模样的中年警察说：“你们两个，不像是这里的人，干啥子的？”

“游客。”我的心情也有些不爽，干涩地说。毕竟刚被人视为害人的霉星。

“张队，别跟他废话，这里出了命案，这两个外来者有很大的嫌疑。”一个年轻警察带着怀疑的神色说。

其他几个警察依言散开，隐隐将我和叶凌菲包围在中间。

“打开你们的背包，检查。”被称为张队的中年警察低喝道。

我的脸色一变，要知道我们背包中可是有着不少违禁武器。虽然没有枪械等热武器那么夸张，可是刀具和飞爪、防毒面具等东西都有，又在刚出了命案的重要时刻，这怎么都解释不清楚啊。

见我们在犹豫，几个警察神色更加严肃了，有的甚至已经手摸到后腰准备取出枪支。

我长叹一声，取下背包，递给领头的张姓中年警官。张警官打开背包，一眼就看到了里面装在鲨鱼皮鞘里的短刀，正要吩咐其他警察将我们拿下，却似乎无意中看到了我塞在背包里的几张图纸。

这几张图纸是当初张阿姨所画的草图，后来我们才明白过来其中一张草图，和在图书馆找到的某张古籍残页摹本重合在一起有当地图的作用。

我刚要开口，却看见张警官盯着那几张草图，神色不停变幻。

我心中一动，张阿姨姓张，眼前的张警官也姓张，就连死去的张兴林，都是张姓。

而这附近供奉的梓潼神，俗家姓名同样姓张，甚至梓潼神的原型还是东晋时期的蜀王张育。因此真要说起来“张”这个姓，似乎和此地的梓潼神有着丝丝缕缕的联系。而叶教授身边的张阿姨，其身份似乎远不止游戏测试者以及尸鬼婆婆姬巧玉的半个弟子那么简单。

张警官合上我的背包，重新递过来，咳嗽了两声，对手下挥了挥手，说道：“没事了，一场误会。”

见手下脸色古怪地盯着他，张警官眼珠子一瞪，低声咆哮：“老子说没事了，还愣着干啥子？赶紧去出事的地方看看。”

几个警察在他带领下飞速地离开，只剩下我和叶凌菲满脸的莫名其妙。回想着张警官的转变，是从他看到这几张草图开始的。难道说同样都是张家人的张阿姨和张警官，有着某种血缘关系，并且是相当熟识的，他才能一眼认出这几张草图来？

第八章

JINSHA ANCIENT SCROLLS

腹中人

我和叶凌菲先是回到我们停车的地方，然后开车赶到肖蝶所说的位置。

我们并没有看到肖蝶，反而是见到了一个怎么也想不到的人——谭欣然，铁幕组织中最高明的医生。

和谭欣然一起的，还有明智轩。让我们无比意外的是，明智轩的伤势竟然已经恢复了大半，虽然看起来依然十分虚弱没法剧烈运动，但一般的行动和慢走等已经没有太大问题。

和明智轩一起的，还有两个一看就十分彪悍的保镖，双目中偶尔精光闪一下，让人心神都为之一凛。

很明显，这两个保镖都是罕见的高手，即便比不上全盛时期的敖雨泽，估计也不会差太多。我想应该是明家的老爷子为明智轩这个宝贝孙子请的保镖，害怕他再度遭到袭击。

“好久不见，想不到你恢复得这么快，一定是谭医生的功劳吧？”我轻轻在明智轩肩头打了一拳，明智轩夸张地做出痛苦的表情，惹得旁边的保镖大哥狠狠瞪了我一眼。

不再嬉闹，一旁的谭欣然淡淡地说：“这两天对那种古怪的毒素研究有点心得，只要那种毒素不阻止JS药剂的力量，他恢复的速度自然会大大加快。”

“对了，你怎么来了？不会是专程送明智轩这家伙过来的吧？”我好奇地问。

“想得美。我来是为了救一个本来不该救的人。”

“肖蝶？”几乎不用多考虑，我立刻说出肖蝶的名字。毕竟约我们前来这里的就是肖蝶，而且她是铁幕组织的前成员，对于谭欣然来说自然是属于“不该救的人”。

“是的。没看出来啊，你居然这么关心她。”谭欣然似笑非笑地说。

“我不是关心她，而是她之前在电话里告诉我，敖雨泽失踪了。”一想到敖雨泽，我感觉自己的心剧烈地抽搐了一下。

“我知道，要不是这件事，我也不会来救她。”谭欣然冷笑道。

“到底怎么回事？”我问道。

“你自己问她吧，就在那边的商务车里。不过在此之前，你确定你不需要先换一套衣服？”谭欣然歪着脑袋说。

我苦笑一声，示意自己没有合适的衣服替换，毕竟行李都放在宾馆里。

不料明智轩的保镖之一扔过来一个包，我打开看了后发现里面竟然男女衣服都有，连标签都没有扯，应该是新买的。

“厉害，居然预见到我们会被淋成落汤鸡。”我对明智轩跷起拇指。

“很简单的推理嘛。”明智轩得意地笑笑。

我和叶凌菲在一个保镖指引下，前往附近一辆大型房车，估计是明智轩的。先是叶凌菲在房车里换好了衣服，接着才轮到我上去。换了一身衣服，感觉浑身上下都轻松了不少。

肖蝶所在的商务车，和房车不过相隔二十几米的距离。我上前去，敲了敲紧闭的车窗，车窗摇下，露出肖蝶略显苍白的脸。看样子她伤势虽然没有大碍，但短时间内应该没法完全恢复。

“敖雨泽不是在真相派的基地中吗，怎么会被人劫走？”我顾不得她伤势没有痊愈，问道。

“是那个国外组织的人，‘天父’的手下。”肖蝶低声说。

“我知道是他们，关键是，他们的动机……还有以真相派的实力，我不相信那个组织能够如此轻易地做到这一点。”我冷冷地说。

“本来的确不可能的，但是别忘了，你亲手将那个象牙盒子交给了他们。”

“那个象牙盒子中，到底有什么？”我一呆，虽然我一直觉得象牙盒子有着古怪，要不然也不会这么多人争抢，可是一直没有猜出它的真正作用。

“那个象牙盒子中，藏着召唤巴蛇神的咒语。是用微雕的手法，将咒语雕刻在盒子的内侧，不用特制的放大镜的话，肉眼根本发现不了。”一个声音在我身后响起，是明智轩。

“你怎么知道的？”我转过头问。

“有人告诉我的，而且这个人还告诉我，如果我不将盒子拿到手，那么我们全家人都可能遭殃。很抱歉，小康，当初为了这个盒子，我骗了你……”

“你觉得我们兄弟之间需要说抱歉吗？何况那还关系到你全家的性命。”我说道。当时明智轩的表现已经足够好，甚至为了救我差点被害死，我怎么可能还记恨他？

“不过就算是这样，拥有了这个象牙盒子的人，就一定能召唤出巴蛇神来？那可是古蜀时期传说中的神灵，我可不相信一个盒子中的什么咒语，就能干出这么逆天的事情。”我不确定明智轩说的是否正确。

“当然没有那么简单，可哪怕是通过这些咒语沟通巴蛇神寄托在某个遥远意识空间中的一丝意念，对于脆弱的人类来说，也是了不起的力量。”车上的肖蝶说。

“你的意思是说，有人在真相派的总部召唤了巴蛇神的一丝力量，然后趁机劫走了敖雨泽？”我脸色大变。

“象牙盒子内壁的咒文只是一把钥匙。要真正使用好这把钥匙，还要配合一件传承自巴蛇神的法器。据说这件法器是巴蛇神遗留在人间的一片蛇鳞制作而成。”肖蝶继续说道。

“那个自称‘天父’的家伙，拥有这样的法器？”

“除了这个可能，我想不出谁能在真相派驻省会的基地里召唤出巴蛇神的力量，让上百名成员同一时间晕过去一个多小时。”肖蝶干涩地说。

“你又是怎么受伤的？”

“还记得当初和你交易的那几个外国人吗？除了他们之外，在梓潼还潜伏了不少人手。我的人被他们突袭，损失惨重。如果不是我见机得快，使用了某种禁忌的力量，估计你已经看不到我了。我其实没有受伤，只不过是使用了那种力量的后遗症。”肖蝶苦笑着说。

我估计她所说的禁忌力量，应该是那种能极大激发人体潜力，但有着严重后遗症的红色药剂。我曾两次使用过，要不是我有着特殊的金沙血脉，估计现在已经成为废人。

“一边是在真相派总部劫走敖雨泽，一边是突袭你带领的人，他们到底想干什么？”我喃喃自语道。

“我想，他们应该是想要还原封印敖雨泽的时光之沙。因为这个组织似乎对活性金属有着大量的需求，而这种金属的生产，必须使用时光之沙。”

“你是说他们能够将敖雨泽从时光之沙的封印中解救出来？”我眼睛一亮。

“他们对解救敖雨泽没有半点兴趣，想要的仅仅是时光之沙而已。敖雨泽当时的状态我想你也明白，一旦时光之沙的封印被剥离，那么她离死也不远了。时光之沙的存在虽然封印了她，但是也勉强保住了她一条命。”肖蝶冷冷地说。

我顿时垂下头来，的确如她所说，时光之沙的封印其实也起着保护的作用，尤其是当人采用某种特殊手段强行剥离的时候，怕是会更加速敖雨泽的死亡。

“他们拥有剥离时光之沙的方法？这么说起来他们在某些技术上岂不是比和金沙文明有关的三大组织还要先进？”我突然意识到一个问题，说道。

“或许他们之前不一定拥有这样的技术，可是他们已经获得那个象牙盒子，能够沟通巴蛇神。你觉得这对于巴蛇神来说会是一件困难的事情吗？”肖蝶苦笑着说。

我一想的确如此。虽然巴蛇神不属于这个世界，而是存在于某个未知的意识空间中，连实体都没有。但是它能带给这个世界的人最大的好处并非是降临一丝意识造成大范围的敌人昏迷这么低劣的攻击手段，而是它所掌握的无数古蜀时代的秘密和神奇技术。

这些技术无疑是和长生、活性金属以及空间与时间、意识甚至命运线相关的，其中任何一项公布出来，都足以震惊世界。

因此巴蛇神等古蜀神灵真正珍贵和强大的地方，不是它们所拥有的神秘力量，而是它们古老的知识和智慧。

“等等……如果巴蛇神的存在，只是一个意识世界里的虚拟神灵的话，那么它怎么可能留下什么鳞片作为制作法器的材料？”我突然想到一个问题。

“那是因为无论是巴蛇神，还是其他四个古蜀时期的神灵，曾经在这个世上都是有着物质化的躯壳的。只是当年发生的一场未知的变故，让它们不得不彻底放弃躯壳，重新躲入它们诞生的意识世界深处。”肖蝶说道。

“但是它们从来就不甘心这样退出历史舞台，所以时时刻刻想要传递出自己的意志，以长生甚至成神为诱饵，诱惑一批又一批的有野心又不怕死的人成为它们在人间的使徒。比如那个‘天父’，比如之前JS组织中的余叔。甚至，连带走神躯的秦振豪，也应该是受到了某种诱惑，只不过他的意志无比坚定，还有着自己不为人知的打算而已。”我沉吟了一下说道。

“应该是这样，只是我不太明白的是，‘天父’这个很明显主要成员都是外国人的组织，是如何和古蜀王朝终极的秘密扯上关系的。”一旁的明智轩感慨地说道，想来那几个外国人的事，他已经听肖蝶说起过了。

“这的确有些古怪，不过我们之前在金沙遗址附近地铁站下的祭祀坑中，不是也发现了两个外国盗墓者吗？当初就是他们在金沙遗址地下安放了神像，从而导致了鬼影事件的发生。当时我们还以为是巧合，现在看来，这两个盗墓者很可能就是天父组织的人。”我回忆道。

明智轩点点头，那次是我们第一次到和金沙文明有关的地下世界探险，奠定了我们之后的合作乃至成为至交好友的基础。

“我们要不要回去看看秦峰？要知道他现在一个人守在洞口，我怕会出问题。”叶凌菲突然在一旁弱弱地提醒道。

我一拍脑袋，不是她提醒，我还真差点将秦峰忘了。

“洞口，什么洞口？”肖蝶问道。

我将发现那处洞口的过程说了一遍。当我提到张阿姨给我们的草图其实就是地图的时候，肖蝶的脸色明显出现了变化。

难道说，她竟然也认识张阿姨？

“原来是张九红，传说中的天师血脉旁支传人。”肖蝶冷笑着说。

“原来张阿姨是叫张九红吗？天师血脉？这又是什么鬼？和我们身上的古蜀

五神的血脉有什么关系吗？”我发出一连串的疑问。

“其实所谓的天师血脉也不知道是真是假，相传最早是从张道陵张天师传下来的。传说太上老君在公元一四二年正月十五日降临蜀地，传授张道陵《太平洞极经》《正一盟威二十四品法箓》、三五都功玉印、雌雄斩邪剑等经书、法器，拜为天师，从此有了天师道的传承。而青城山、鹤鸣山等四川名山，也成为道家有名的洞天福地。虽然这不过是传说，也可以看出道家和蜀地渊源颇深。甚至可以毫不夸张地说，道家的传承多少是继承了当年蜀地的巫蛊学说的精华，而这些巫蛊学说，有九成九是从当年的古蜀国流传下来的。”

“所以所谓的天师血脉，很可能也是和古蜀五神的血脉有关？”我似懂非懂地问。

“这是其中一种可能。曾经拥有各种不可思议力量的古蜀国，就算是被秦国灭亡了，这些身怀绝学或者特殊血脉的神裔，可没有这么容易就跟着烟消云散。”肖蝶说道。

“如此说来，同属于道家一脉的文昌神，也就是梓潼神张亚子，也有可能是张家这个道家大姓的旁支，很有可能是觉醒了这部分血脉的力量，才曾经显现出某种非人的力量，被当地人尊为神灵。”我举一反三地说道。

“你们不是要赶去找秦峰吗，我和你们一起去。”肖蝶突然说。

“你不是受伤了吗？”

“以谭欣然的手段，这点伤也不算什么，只不过是力量反噬而已。如果那几张图真是张九红给你们的，而这里又是梓潼神张亚子封神的地方，你不觉得那个洞穴张九红很可能早已经去过了，并且里面藏着某个秘密，故意引导你们去揭开吗？”

我摸了摸鼻子，一开始余叔要引诱我进入五神地宫，秦振豪也需要我进入到丛帝墓去，现在，就连叶教授的忘年恋张阿姨张九红，那个诡异游戏的测试者之一的“圣母”也似乎抱着同样的念头。如果说这洞穴里没有古怪反而不可能了。

想到这里，我更加担心起秦峰的安危来，慌忙打了电话过去，却只有语音提示“你所拨打的电话暂时无法接通，请稍候再拨”。

“那个地方虽然是在山谷中，但是周围的山都不高，我当时还和肖蝶通话来着，可以肯定是有信号的。秦峰的手机却提示没有信号，那么很可能他已经提前进入那处洞穴了。”我脸色有些难看地说。

“事不宜迟，那我们也赶紧过去。”肖蝶也显出一丝心急。

一旁的明智轩犹豫了一下，最后说：“我很想和你们一起去，但是我还真怕现在这样子连累了你们。这样吧，阿华，你和他们一起去。我有猛哥保护，已经足够了。”阿华和猛哥，应该就是他身后的两个精悍保镖的名字。

叫阿华的保镖犹豫了一下，却看见猛哥微微点头，于是答应了一声。

“我叫周华，你们喊我阿华就可以了。放心，我会保护你们的。”阿华伸出手来，和我握了一下。他的手粗糙有力，食指上更是有厚厚的老茧，不问即知是个玩枪的老手。

而且我看他后腰微微鼓起，应该是携带有枪支。有这样一个保镖在，我们的安全程度也要高上不少。即便他还比不上敖雨泽的战斗力那么变态，我估计还是有敖雨泽六七分的本事。

匆匆收拾了一下，肖蝶竟然在我们的车后备厢里塞了一个一米来长沉甸甸的大旅行包。我从她吃力的表现看，立刻心照不宣地明白过来那里面很可能装的是枪械等热武器。

告别了谭欣然，我、肖蝶、叶凌菲和阿华开着我们之前的改装越野车前往我们刚离开不久的山谷。

很快到了山谷外。将车停好后，肖蝶将那个装着武器的包给了阿华。阿华接过包后也是吃了一惊，微微将旅行包的拉链拉开一条缝，证实心中所想后，脸上反而露出欣慰的笑容，不动声色地将袋子背在了身上。

我估计这旅行包算上里面的各式武器和弹药，总重量怕是将近五十公斤，阿华背着居然也不怎么吃力。看来明家这次还真是给明智轩找了两个十分给力的保镖，都快赶上在丛帝墓中遇到过的大力士佣兵铜墙了。

还好现在雨已经停了，尽管山路依然泥泞不堪，可并不影响行走。更何况先前的路早已经被我们探索出来，因此去的时间比我们预想的还要快一点。

或许唯一的意外，就是我们路过当时张兴林死亡的地方时，遇到几个看热闹的小孩。也不知道他们听家里的大人说了什么，竟然纷纷朝我丢着小石子。

反而是那些大人对我们的到来有些惊慌，尤其是看我的眼神，依然保持着畏惧。当然，这种畏惧的背后，是一种看死人般的幸灾乐祸。似乎在他们眼里，我早晚都会受到那种诡异的双头怪蛇的报复。

来到我们当时发现的石槽，这里果然没有秦峰的踪迹。我们先没有急着打开洞穴的石板，而是四下查看了一遍，并没有发现可疑的地方。

“他一定是已经进入这个洞穴内，我们快一点，或许还来得及追上他。”

“如果他真的独自进入通道，那么是谁重新将青石板盖上去的呢？”面对心急如焚的我，肖蝶突然问道。

我一呆，的确是这个道理。就算秦峰已经进入这个给他留下过童年阴影的洞穴，那么以他一个人的力气，是绝对做不到重新将巨大的青石板重新盖上的，尤其是人站在洞穴内部，更加不好使力。

那么，秦峰到底去了哪里？

“还需要进去吗？”阿华的眼中闪动着一种跃跃欲试的光芒，看得出离开了正式的雇主，这个家伙活跃了许多。

不过他应该是那种极度自信的退伍军人出身的保镖，对自己的身手和武器都有一种莫名但是强大的信心。这种人绝对不好惹，有时候哪怕是处于弱势，都有可能在下个瞬间突然转败为胜。

“先下去吧，我有一种预感，或许秦峰真的不是从这个入口进去的，但我们依然有可能在里面遇到他。”肖蝶突然说。

这个时候石板早已经抬开了，我看着黑黝黝的洞口，肖蝶和阿华都已经进去了，一咬牙也举着手电筒钻了进去，叶凌菲自然也跟了上来。

我原本以为，整条通道都是人工开凿出来的，但是只走了三十多米，就发现人工的痕迹渐渐减少，最后全然消失不见。里面的洞穴完全是自然形成的，而且比前面三十米的通道宽敞了不少。

人类似乎只是做了一件微不足道的小事，开凿了一段约三十米距离的通道连通了这个宽敞的天然地下洞穴而已。

不过当年到底是什么人开凿了前面三十米的通道，依然让我感觉到十分惊奇。因为这条通道开凿的痕迹十分粗陋，就像是一个力大无穷的人，一斧子一斧子将这条通道劈砍出来的一样。

我们一行人继续朝下走了一段距离，发现越是山腹内部的通道，越是显得圆润，那种刚开始的粗糙感完全消失，就像是内部的石壁经过了长年累月的精心打磨，偏偏这种打磨又看不出丝毫的人工痕迹。

要知道这条通道内部至少有五六米的直径，就算是一辆卡车都能轻松在里面行驶，就如同一条双车道的山中隧道。

若石壁真是人工打磨得如此精细的，光是想想其中的工程量就让人头皮发麻。

通道内部还有不少崩塌的痕迹，不过塌陷的地方又被重新开凿出能容人通过的窄口，因此并没有影响我们前进。

不过越是往里面走，越感觉到一股发自内心的心悸。我原本以为这是自己太紧张了，可是肖蝶却渐渐停下了脚步，然后脸色凝重地站在了石壁边缘位置。

“发现了什么吗？”我将电筒照射过来，问道。

随着电筒的亮光移到肖蝶脚下，我发现那里的地面微微发出反光，仔细一看，发现那里有一块巴掌大小、厚度仅一毫米多的不规则薄片。

肖蝶戴上手套，将这块薄片捡起来。我仔细瞧了瞧，不由倒吸一口凉气，这薄片，竟然是某种生物的鳞片。

“是蛇鳞？”想起这里出现过的关于巨蛇的传说，我几乎不用考虑其他动物，马上问道。

“十有八九是蛇鳞，只是到底是什么样的巨蛇，连鳞片都有巴掌大？”肖蝶喃喃地说。

“这样大小的蛇鳞也不算什么，比如在亚马孙丛林中的森蚺，体长最长可以接近十五米，体重接近一吨，这样的巨蟒有巴掌大的鳞片，一点儿都不奇怪。”

叶凌菲说。

“问题是这里是四川啊，四川历史上发现过的最大的蟒蛇还不到十米长。当然，传说除外，要不然那条被五丁力士抓住引发山崩的巨蛇，也就是巴蛇神的原型，肯定会拔得头筹。”我笑着说。

“传说肯定会有夸张的地方，或许当年修建金牛古道的时候，在梓潼地界真的发现了一条一二十米长的巨蟒并被蜀军斩杀，只是后来传说越来越夸张，才传出长六七十丈，能引发山崩的恐怖巨蛇巴蛇来。”叶凌菲反驳。

“你们两个还有心情在这里争吵这些问题？如果这山腹中真的存在巨蟒，哪怕仅仅是十米级别的，你认为我们四个人有把握对付？”

“如果是十来米长的巨蟒，只要小心一点不被它分别偷袭，我还能勉强对付，可真要再大一些，那就不是几个人拿着枪支能对付得了的。”一旁背着弹药的保镖阿华说道。

“先将武器分一下吧，免得万一有危险来不及。”肖蝶沉吟了一下说道。

阿华将背上的背包拿下来，肖蝶打开后，我发现里面有四把全自动步枪和六七把手枪，每把枪都配了四五个弹夹。此外还有一具榴弹发射器、十枚手雷和几个塑胶炸药包。

全自动步枪和手枪自然人手一把，那具榴弹发射器自然是被阿华额外拿走了，也只有他的体格能够背上它不至于成为累赘。

又将手雷和弹夹分了下来，最后几个塑胶炸药包，竟然是叶凌菲拿去了。

我感觉身上的汗水一下就出来了，连头顶都似乎有一只带着省略号的乌鸦飞过，叶凌菲这样的乖乖女模样的人竟然会使用塑胶炸弹？是因为她曾加入过真相派外围组织学会的吗？

说起来叶凌菲和肖蝶两人都属于真相派，而叶凌菲为什么会加入这个组织，我还一直没有问过她。难道说现在的叶凌菲已经不再是我认识的那个天真善良的小叶子，而是为了寻找父亲已经改变了许多的复仇女神？

我们已经在五神地宫中发现了叶凌菲的父亲叶暮然的骸骨。叶凌菲之前一直坚信自己的父亲没有死，这个结果给了她很大的打击，最后才在追寻JS组织的路上被秦振豪劫走，成为秦振豪获取神躯的一个重要祭品。

不过秦振豪在丛帝墓的时候是以获取神躯作为第一要务，才让叶凌菲逃过一劫没有被直接杀死，但是她和秦振豪以及JS组织的仇恨，是肯定解不开的了。

按理来说，真相派作为反对JS组织的一个重要势力，叶凌菲应该是对其有着极大倚仗的，可是一路上不知道为什么，叶凌菲和肖蝶之间却很少有交流，完全就像两个陌生人。

是因为肖蝶本身是从铁幕组织中叛逃到真相派的缘故吗？还是说当初的叶凌菲其实不过是真相派的外围成员，就如同我在如今的铁幕中一样，根本就不受重视？

其实我也明白，铁幕对我，依然是比较重视的，只是没有给我更高的权限而已。

要不然当初铁幕也不会派敖雨泽这样的顶级特工人员保护我，一直带我进入精彩纷呈的地下世界，而且提供了部分珍贵的药剂。

从这个角度上说，真相派对叶凌菲的重视，或许真的不太够，甚至有差点害死叶凌菲外公旺达释比的不良前科。

这样想着，我看向肖蝶的目光，就多出了一丝古怪。

真相派是个十分古怪的组织，我曾一度以为他们所谓的希望揭穿所有和金沙文明有关的真相这个理念，只不过是一层披在表面上的皮，真正的目的还是想像JS组织一样，依靠长生等手段控制政要权贵，以此来获得世界统治权什么的。

可现在看来，真相派做许多事情都不择手段，甚至有时候明明是在做着对大局有利的事情，却也不屑去解释自己的动机和目的。

或许正是这种如同疯子般的做法，一方面让其他两大组织心有余悸，另一方面也从某种程度上增加了这个组织内部的凝聚力。

分配好武器后，我们继续前行。这一次比先前小心谨慎了许多，因此速度也稍微慢了下来。

不久后，我们又在一块石壁下发现了半凝固的淡黄色黏液，这种黏液带着冷血动物特有的腥气。黏液附近还粘连着半块破损的蛇鳞，有半个巴掌大小，这让我们对前方可能出现巨蟒这个情况更加担心。

“不应该啊，这里离梓潼县城才十几公里的距离，而且附近就是旅游区，又有村民居住，如果真有蟒蛇，恐怕早就被人发现了。”叶凌菲低声说。

“的确是这样，这里又不是深山，周围就算有些小动物，要养活一两条巨蟒都比较困难，更不要说维持一个族群最基本的繁衍——族群繁衍至少要有数十条巨蟒才行——而且绝对不会这么悄无声息不被人发现。”我点头说。

“如果说这个地方真的和古蜀文明有关，那么也不是全然不可能的。要知道古蜀文明当中已经有了太多不可思议的事情，在大山的山腹中养活几条蟒蛇，比起那些事情来已经算小儿科了。”肖蝶说。

“前面好像有血腥气息。”就在我们几个对此表示怀疑的时候，阿华突然说道。

我们心神一震，都更加小心了，彼此掩护着，靠着石壁缓缓前行，还不时抬头望一下通道顶端，生怕什么时候突然垂下来一条巨蟒的脑袋。

很快，我们发现事情的确不太对劲，前方传来的血腥气味越来越重，似乎经历了一场惨烈的厮杀。我的心渐渐沉下去，不会是秦峰吧？

越是害怕什么就越是来什么。当我们再度朝前走了二十来米的时候，在前方的拐角处，看到了一个躺在地上的人影，电筒照过去看到的服饰，有极大的可能这个不知死活的人影就是秦峰。

我的心跳都似乎慢了一拍。尽管这些日子秦峰的一些古怪举动，让我对他的信任开始动摇，可是真看到他出事，以往我们共同冒险所经历的一切又在瞬间浮上心头。

我不停在心底告诫自己，不会是秦峰，就算是秦峰他也不一定有事……我几乎是有些恍惚地一步步走过去，这个时候根本就没有考虑到远处的黑暗中，是否会有巨蟒或者其他生物正虎视眈眈地盯着我。

等我走到躺在地上的男子身边时，才发现对方依然有微弱的呼吸声，不由得一喜。当我将电筒照到他脸上的时候，不由得松了一口气，这个人竟然是之前我们遇到的山民之一，张庆。

不过，张庆身上的衣服，却分明是秦峰的，这一点不会错。只是现在的张庆，少了一条腿，我们闻到的血腥气就是他身下的一大摊鲜血散发出来的。

他看起来似乎出气多入气少，估计就算我们马上将他抬出去，再联络谭欣然赶过来，也不一定能救活他。

心底带着幸好出事的人不是秦峰的欣慰，同时又有着一丝愧疚，因为先前不管是张庆还是张兴林，他们都曾提到过，我身上有亚子蛇留下的记号，是不祥之人，会给接触的人带来噩运。

难道说，这个说法不仅仅是说说而已，也不是什么封建迷信，而是有着真实存在的依据？

“怎么回事？”我蹲下来，这才发现张庆的脖子动脉上，有四个绿豆大小的伤口，正朝外冒着乌黑的血水。

很明显，这四个看似不大的伤口，是某种有毒生物造成的，而且有九成的可能是某种剧毒蛇类。

他失去了一条腿，看似会因失血过多加速死亡，但也因此让毒血没有马上攻入心脏，反而让他苟延残喘至今。

“是……是你……”张庆借着微弱的电筒光，看清楚是我，脸上露出怨毒的神色。

我看着他脖子上的伤口，脸色一黯。如果他和张兴林真的是受到我的影响，才被某种未知的力量害死，我估计一辈子都难以原谅自己。

“是什么东西袭击了你？亚子蛇？”我低声问。

张庆发出“呵呵”的笑声，就像嗓子里塞着一团麻布。他眼中的怨毒更加浓厚了，断断续续地说：“我知道你……你想问啥子，和你……一起的那个人，我不会……不会告诉你……他的下落。”

“你有什么话要给家里人交代吗？”叶凌菲看着地上的张庆问道。尽管他的语气中充满了恨意，可是对于这样一个无辜的人，却怎么也恨不起来，反而动了恻隐之心。

“告诉……我妈，就说……就说我不能……不能孝顺她了。”张庆眼中的怨毒渐渐消失，随之一起消失的，是他眼中最后一丝神采以及他的生命。

胸膛已经不再起伏，张庆的眼睛依然瞪得老大，眼中布满血丝。我用手搭在他双眼上轻轻一抚，低声说道：“如果这件事真是我引起的，我会帮你尽孝，即便最后证明不是，我也会让你母亲后半辈子衣食无忧。”

不知道是不是因为这句话让张庆的在天之灵听见了，他的双眼奇迹般重新合上。

我看着他身上穿着的秦峰的衣服，显得有些肥大，毕竟秦峰的体型比张庆要高大一些。

在秦峰的衣服口袋里摸索了一番，当摸到左边的口袋的时候，我找到一张只有拇指大小的纸片。

纸片微微发黄，看上去有些年头，是那种比较粗糙的草纸。上面没有字，只有两个暗红色的弯弯曲曲的符号。

如果我没有猜错，这两个符号属于巴蜀图语，我只能勉强看懂其中一个符号代表着大蛇的意思。

纸片上面的暗红色应该不是墨水，而是血迹。想必当时的秦峰也处于某种十分危急的状态，根本来不及留下更多的信息，只能匆匆用血迹留下这样两个符号，然后塞在自己左边衣袋里。

或许那个时候他已经知道自己暂时无法出去。也不知道他是怎么遇到张庆的，总之他的外套最后给了张庆，而张庆却莫名其妙地死在了这里。

“除了中毒以外，他失去的一条腿不是摔断的，而是被什么东西一口咬断的。”阿华蹲下身检查了下张庆的尸体，警惕地说。

“再朝前过去看看，大家小心一点。”肖蝶一脸肃然地说。

我站起身，心中有一股郁气在不停鼓荡。虽然我和张庆与张兴林这两个山民没有任何交情，仅仅是有一面之缘，甚至一开始张庆对我们的态度就不是太友好；可是现在这两个无辜的山民先后死在我面前，就算是被毒蛇咬死的，我也必须找到这些毒蛇的巢穴，给他们一个交代。

跟在阿华的身后，我强迫自己渐渐镇定下来。五感随着自己心静而变得更加敏锐，最终越过阿华，自己带头朝通道深处摸索过去。

前方不远是一条岔道，我几乎毫不犹豫地选择了左边。一方面是因为左边传来浓烈的夹杂着恶臭的血腥味，另一方面是因为那张纸条放在左边的衣袋。以秦峰的小心程度，他不会无缘无故将带有线索的纸条如此放置，很可能是在提示我们。

“前面那块大石头后面，好像有什么东西。”阿华突然说道。

他端着武器走过去，我们将电筒的光亮都对准了前方的黑影，那是一块崩塌下来的山石，有一人多高。

在山石的后面，有一个拖着长长的影子，一人粗细，长度却有六七米。

我们缓缓向前，当绕到巨石背面的时候，所有人都倒吸了一口凉气——在巨石的背后，正盘踞着一条八九米长的巨大蟒蛇，只是蟒蛇的七寸位置已经被什么东西咬得稀烂，彻底失去了生命。

而且这蟒蛇死去应该不止一天了，伤口已经开始腐烂，刚才闻到的恶臭就是从它伤口处发出来的。

但这个生命力强大的生物在临死前似乎剧烈挣扎过，因此周围蛇鳞散了一地，身上也血肉模糊。

最让人恶心恐怖的是，蟒蛇的肚子高高鼓起，就像在临死前刚吞吃了一头大肥猪。

我悄悄拿出先前捡到的蛇鳞，和地上散落的蛇鳞比较了一下，汗水顿时下来了。

地上的蛇鳞最大的也才鸡蛋大小，可手中捡到的蛇鳞却有巴掌大。按照地上死去的蟒蛇的比例来换算，我们捡到的蛇鳞的主人，岂不是身长至少有十几米？

正当我这样想着的时候，叶凌菲突然发出一声尖叫。

我们望着她，只听叶凌菲结结巴巴地说：“它……它动了，它的肚子动了！”

所有人都紧张起来，枪支全部对准了地上的蟒蛇，只有阿华开始警惕地看着四周。但是没有其他动静，反而是地上已经死去多时的蟒蛇肚子，真的动弹了一下。

我们几乎忍不住要开枪，却见蟒蛇的肚皮动弹得越来越厉害，似乎它肚子里有什么活物要挣扎着出来。也幸好它早已经死去，要不然光是这种在腹内挣扎带来的剧痛，就足以让它重新痛死过去。

蟒蛇肚皮上白色的皮肤越来越薄，因为腹部的蛇鳞也有大半被磨破了。我们借助电筒的光亮，甚至能清晰地看到，巨蟒的肚皮上，印出一张模糊的人脸来！

第九章
JINSHA ANCIENT SCROLLS
食物链

看着蟒蛇肚皮上印出的模糊人脸，所有人都被吓了一跳。这样的情形，别说是第一次看见，就连想一想都觉得不寒而栗。

我们下意识地退开了几步，阿华手中的自动步枪已经对准了那张人脸，只要扣动扳机，不管蟒蛇肚皮里面的东西到底是人是鬼，都会炸开一朵血花。

“等等。”肖蝶突然喊道。

阿华犹豫了一下，终究是没有动手。

肖蝶从背包后面摸出一把匕首，光是看匕首刀刃微微闪烁的寒光，就可以想象这把匕首的锋利程度。我估计这匕首很可能是用特殊的合金制作的，里面甚至有可能添加了那种神秘的活性金属的成分。

她轻轻靠近巨蟒，手中的匕首“扑哧”一声插入巨蟒肚皮。看得出来肖蝶刻意避开了巨蟒肚皮里面挣扎的活物，然后双手握住匕首的柄，用力一划，坚韧无比的蟒蛇皮肤连同血肉一起被划开，一个人形生物和一堆腥臭扑鼻的蟒蛇内脏顿时流淌了出来。

我们这才看清，在花花绿绿的蟒蛇内脏中不停颤动的人形生物，竟然是一个长发女人。只是现在的她不仅衣衫褴褛，身上和脸上也有多处被蟒蛇胃液腐蚀的痕迹，看上去犹如沾满黏液的厉鬼。

依然蠕动着的女人，嘴里发出“嗬嗬”的声音，很显然已经失去了说话的能力，甚至连一只眼睛的瞳孔也被腐蚀掉，只剩下一片缺了一角的眼白。

但我们依然被这女人强大的生命力所震惊。

要知道从地上蟒蛇的腐烂程度看，它死掉应该有两三天了，也就是说这女人很可能被这巨蟒吞吃了至少有两三天的时间。

换成普通人，别说两三天，恐怕两三分钟都坚持不了，因为被蟒蛇当作食物猎杀的过程极为痛苦，有可能在被吞吃前就被巨蟒缠绕，浑身骨骼断裂而死。

即便侥幸逃过了最初被缠绕致死，在被蟒蛇吞吃的过程中，全身的骨骼内脏都会受到巨蟒颌骨极大的压迫，最后将食物活生生拉长。否则不过八九米长的蟒蛇，原本也不过人的大腿粗细，怎么能够吞得下一个人去？

看着在地上挣扎的诡异女人，一时间谁都不敢上前去帮助她。最后还是叶凌菲看不过去了，将放在背包里的一件换下来的湿衣服扔了过去，刚好遮住女人半裸的身子。

“这女人不太对劲。”肖蝶警惕地握住手中的匕首，深吸一口气说。

“谁都看得出来。问题是接下来怎么办？是放着她不管，还是带着她一起？抑或是我们退出去找人来救她？”我苦笑着道。

“你们看她的肩膀。”叶凌菲指着女人的左肩说。

我这才发现，女人左边肩膀上，有一团模糊的文身，之前我还以为是一截蟒蛇内脏沾在上面，现在看来，这竟然是一个青色的文身符号。

这个符号十分古怪，就像是一个刻画着不知名文字的印章。

“这是巴蜀图语的符号，应该是一个数字。如果我没有猜错的话，很可能是数字‘5’。”肖蝶看着女人左肩的符号，脸上露出一丝凝重。

很显然，这个符号对于她来说并不陌生，要不然也不会一眼认出来。

数字符号“5”，还是用巴蜀图语写成的，而且做成印章的模样，这到底代表着什么？

前些日子我也曾潜心研究过这种只流传于古蜀时期的神秘语言，知道巴蜀图语实际上是三个部分组成。一般用于青铜器的巴蜀符图，用于武器的巴蜀戈文和用于印章的图语，合在一起才构成真正的巴蜀图语。

眼前的诡异女人肩膀上是代表着数字“5”的印章状的文身，很可能就是属于巴蜀印章的一种。打上了这样标记的女人，又具有远超常人的生命力，怎么看都不是普通人。

那么，她是如何出现在这里的，又是怎么被巨蟒所吞食，她的存在，和秦峰的突然失踪是否有什么联系？

这些我们都不得而知。可是看着依然在地上不停痛苦抽搐的女人，又觉得有些心有不忍。

最后还是叶凌菲看不过去了，拍板说道：“不管怎么说，都是一条人命，先救了再说。”

我们想想也是，眼前的女人虽然来历可疑，可毕竟是一条人命，就算有什么古怪的地方，也先救人然后再仔细探寻她的来历。

女人身上散发着巨蟒胃液的酸臭和腐烂味道混杂在一起的恶心气味。叶凌菲走上前去，强忍着不适用了一大包纸巾擦拭掉女人身上的蟒蛇胃液，然后帮她穿上衣服。

这个过程中阿华的枪口一直有意无意地对准了这女人的脑袋，只要她表现出对叶凌菲的攻击性，我估计阿华会毫不犹豫地开枪。

肖蝶犹豫了一下，最终还是掏出银色的金属盒子来，然后从里面取出一支蓝色的药剂。

这种药剂早已经见惯不惊了，拥有极强的愈合能力。不过按照先前那几个外国人的说法，我和叶凌菲、秦峰三人身上已经被注射了某种活性金属制作的纳米生化液，是专门针对我们身上的特殊血脉和这种强效愈合药剂的。

因此这药剂对我们的作用已经很小，只有肖蝶和阿华能够使用，现在用掉一支，也不是不可接受的事情。

药剂缓缓注入女人的动脉。这种药剂因为效力极强，不宜采用一般的静脉注射，动脉注射能让药剂更快发挥效果。

过了几秒钟后，女人还剩下的一只眼猛地瞪大，嘴巴也张开到了极限，狠狠地吸气。接着她额头和脸、颈部的血管开始凸起，就像皮肤下布满了密密麻麻的蚯蚓。

这样的反应让我们几人都有些吃惊，要知道这药剂的效力虽然十分强大，但是一直以来却没有发现什么副作用。

看她的样子，似乎更像是注射了那种能够短时间内提升人体潜能的红色药剂。不过想来肖蝶不会这么粗心大意，何况药剂的颜色我们也是亲眼看到的，是蓝色的无疑。

幸好，大约半分钟后，女人身上暴起的血管开始渐渐平复下去，呼吸也渐渐恢复了正常。这个时候，她身上和脸上露在空气中的皮肤，开始了肉眼可见的恢复。

之前她身上的皮肤至少有两成被巨蟒的胃液腐蚀，有的地方甚至能看到溶解了一小块的红色肌肉，看上去狰狞恐怖，和恐怖片中半腐烂的僵尸差不多。

尤其是她的脸上，受损最严重的左脸除了眼球被腐蚀瞎掉一只外，左边脸孔更是有一个硬币大小的恐怖孔洞。孔洞上下又有几根没有完全断裂的肌肉纤维组织相连，甚至能透过这个孔洞看到女人的牙床和口腔。

药剂的力量不仅仅是作用于她的皮肤，连她脸上的恐怖伤口也开始缓慢地恢复。肉芽不停生长纠缠，带来的痒痛让女人似乎忍不住要用手去抓扯，幸好被走上前去的肖蝶给制止住了。

很快女人身上的大部分伤势都恢复正常。大概是第一次看到如此强效的药剂，阿华的脸上露出震惊的神色，看向肖蝶的目光，更是多了几分渴求。

我们当然明白他渴望的是这种效果非凡的药剂，而不是对肖蝶这个人。之前阿华作为一名称职的保镖，看向肖蝶的时候完全是目不斜视。

“这次任务完毕后，我会赠送你一支这样的药剂作为报酬。”肖蝶也看出了阿华的意图，当即说道。

阿华狠狠地点头，咧开嘴笑了。大概对于他们这样的退伍特种军人来说，没有什么比这种强效恢复的药剂更具有吸引力。作为一个与危险打交道的保镖，有时候多出这样一支药剂，就多出一条命来，他比普通人更加明白这药剂的珍贵之处。

女人身上的伤势恢复得差不多了，只有脸上依然留下些难看的疤痕，像烧伤后又愈合的痕迹。并且被腐蚀的左眼也未能重见光明。

这已经算是恢复得很不错的，毕竟这药剂也不是万能，无法做到连瞎掉的眼睛也在短时间内愈合。

“谢……谢谢。”女人开口说道，声音有些沙哑，应该是原本受损的声带还没有完全恢复正常。

“你是谁，怎么会被蟒蛇吃掉的？”叶凌菲问道。

女人剩下的一只眼中露出迷茫的神色，似乎在努力回想什么，可过了半天，却似乎什么也想不起来，眼中更是透出一丝恐惧。

“怎么，想不起来了？”我问道。

女人点点头，下意识地靠近了叶凌菲，似乎站在叶凌菲身边，能带给她一丝安全感。

看她的神色不似作伪，我们也不再强迫疑似失忆的她去回想先前到底发生了什么。不过接下来的询问中我们发现她连自己的名字都不记得了，看来真的有可能是完全失忆。

“如果她真的被蟒蛇吞吃了两三天的时间，那么这样长的时间即便因为某些原因侥幸没死，可大脑长时间缺氧，足以让她的脑部产生永久性的创伤，造成失忆。”肖蝶遗憾地说。

肖蝶曾是铁幕中最精锐的心理学专家，精通催眠术，对于脑科学方面的知识自然也掌握得非常多，因此她这样说还是比较权威的。

“既然她完全想不起来自己是谁，肩膀上的巴蜀印章符号又代表着数字5，那么就暂时叫她Five吧，反正都一个意思。”叶凌菲说道。

我们没有说话，看向大体恢复了正常面貌，只是依然瞎掉一只眼，并且脸部有一片疤痕的女人。她犹豫了一下，最终还是点了点头。

“那么Five，我们现在要继续前往这个洞窟深处寻找我们一个失踪的朋友。你是和我们一起，还是先回到地面？”

“地面？什么地面？”Five脸上再度露出茫然的神色来。看样子她的确失忆严重，不仅记不起自己是谁以及发生的事情，竟然连一些常识性的东西，也给忘记了。

“地面就是洞穴外面的世界，有城市，有山，有河流和树木，当然还能看到日月星辰和其他人……”叶凌菲像哄小孩子一样轻声说道。

Five剩下的一只眼睛露出憧憬的光芒。不过她看了看我们身后黑暗的通道，最终还是摇摇头，说："和……你们……一起。"

"既然如此，继续前进看看吧。大家小心一点，按照我们先前捡到的蛇鳞大小来看，这洞窟里面很可能还存在至少一条十几米长的巨蟒。"肖蝶淡淡地说。

我们心头都是一紧，一条八九米长的巨蟒，就能活生生吞下一个女人了，十几米长的巨蟒，那是什么概念？估计像是阿华这样的彪形大汉，也能一口吞掉吧？不过这样一来，巨蟒本身也会变得无比臃肿，根本跑不远。

我们绕过地上巨蟒的尸体，开始朝前方前进。

Five的伤势虽然基本恢复，但依然无比虚弱，我们几个人当中又只有阿华体格最强壮，因此由他背着Five前行。

但是一路上并没有看到想象中的十来米长的巨蟒，反而是发现了不少个头肥硕的老鼠。

最先发现老鼠的是叶凌菲，她走在最前面，也不知道这丫头是如何练出这样大的胆量的，要知道小时候她可是连黑暗都害怕。

可即便是叶凌菲现在已经锻炼出一副好胆量，但我们在路过一个交叉的路口时，一个毛茸茸的东西突然从她脚面跑过，还是吓得她尖叫起来。

我们的电筒光照射过去，发现从她脚面跑过去的，是一只肥硕的老鼠。

这只老鼠竟然丝毫都不怕人，就停在离叶凌菲前面不远处，一双豌豆大小的红色小眼睛，带着好奇盯着我们。

老实说，之前我从来没有看到过如此肥硕的老鼠，它的骨架虽然只比一般的老鼠稍微大了一圈，却像是老鼠群体中的大胖子，已经变得十分臃肿。

我估计这老鼠的体重至少超过一点五公斤，都接近一只小花猫的体重了。

如果老鼠仅仅只有这么一只，我们顶多是有些好奇而已，可是随后，也不知道眼前和叶凌菲对峙的老鼠抽了什么风，嘴里发出"吱吱"的叫声。

仅仅是十几秒钟后，洞窟里发出窸窸窣窣的声音，伴随着同样的"吱吱"回应，接着几百只几乎差不多大小的老鼠从侧面一拥而出。那犹如万马奔腾的气势，吓得我们立刻拔腿就跑，连掏枪还击的念头都来不及兴起。

也幸好这些肥硕的老鼠似乎因为过度的肥胖失去了行动的快捷，连跑动都显得笨拙无比，而这也给了我们逃生的机会。

随着这群肥硕到极点的老鼠彼此呼唤，追在我们身后的老鼠越来越多，甚至连前方也偶尔出现鼠群，让我们不得不中途改道，窜入和主通道连接的其他更小的洞窟中去。

我们在山谷中的时候，看到这里的山其实并不高，我估计海拔最多几百米，可是山腹内的空间，却远超我们的想象。而且能感觉到地势一直在朝下，也就是说山腹内的洞窟面积还包括了很深的地下部分，宛如一座立体的迷宫。

刚开始进来的时候，还只有一条主通道，可在被鼠群追赶的过程中，我们遇到的纵横交错的通道越来越多，最后几个人竟然不得已跑散了。

和我一起的是叶凌菲，肖蝶单独一人跑进了另外一条通道，剩下阿华和Five则一起继续朝前方的通道而去。

我和叶凌菲在黑暗中也不知道跑了多久，体力消耗十分严重，如果换成几个月前的我肯定无法坚持。

反倒是叶凌菲一副体力充足的样子，一点都看不出是个手无缚鸡之力的弱女子。

后来我问她的时候她才告诉我，她懂事之后，为了寻找父亲，这些年一直保持着良好的健身习惯，虽然看着瘦小，可是体质堪比普通的运动员。

这样的结果让我有些无语，为什么我身边的女人都是如此强悍的存在。敖雨泽和肖蝶就不用说了，想不到现在连叶凌菲这个曾经儿时玩伴也能在体质上表现得比我还强。

等我们确定基本摆脱了身后追过来的老鼠，叶凌菲才喘着气说：“奇怪，这洞穴里面怎么会有这么大个头的老鼠？这里不应该是一个蛇窟吗？老鼠居然还有生存的空间？”

“说不定这些老鼠就是巨蟒的食物，要不然洞窟中的巨蟒靠什么生存？”我沉吟了一下说。

蛇本来就是老鼠的天敌。如果是一般的蛇，这样重达一点五公斤的大老鼠，估计还真不怎么害怕，若是老鼠成群结队的话，甚至有可能反过来把蛇当成食物。

但是巨蟒就不一样了，这洞窟中的巨蟒我们看见过的就有八九米长，甚至还有极大的可能存在十几米长的巨蟒。这些肥硕的大老鼠在巨蟒面前，完全就是没有任何反抗余地的小点心。

“不过说起来，就算这个洞窟是一个封闭的地下世界，巨蟒不会到洞窟外面去，但这些老鼠会打洞啊，怎么也没有听说有好几斤重的老鼠出现？”叶凌菲疑惑地问。

“这的确有些奇怪，按理说我们先前遭遇的鼠群，前后加起来怕是有数千只之多，这样的数量养活几条巨蟒应该是没有问题的，可是从概率上讲被人发现的可能也相应增加了不少。”

“还有一点，就算巨蟒是以这里的大老鼠为食，那这些大老鼠又是吃什么长得如此肥硕的？要维持巨蟒这样趋于食物链顶端的猎杀者的基本生存，这需要一个完整的生态链。”叶凌菲分析道。

“虽然事情有些古怪，不过这不正是我们进入这个洞窟的目的之一吗？”我说道。这个洞窟虽然入口并不算难找，按理说就算外人在不知道古蜀道路线的前提下很难找到这里，可附近的山民却不一样。

他们长年累月生活在附近，甚至往外走不了几公里就是七曲山旅游景区，距离世俗的繁华世界也并不算远，可为何千百年来偏偏没有人发现这里？

不管是我们遇到的蟒蛇尸体，还是数量不菲的肥硕老鼠，被当地人发现的概率其实都挺大的，可这么多年来，却从来没有人听说过。

反倒是那种体型小巧头长肉瘤的双头怪蛇，这里的山民却似乎听说过，并且十分忌惮。要知道双头怪蛇虽然罕见，但因为体型的缘故，反而没有巨蟒容易被人发现。

可偏偏这里的山民知道那种叫“亚子蛇”的双头怪蛇，却似乎丝毫不知道这里有巨蟒出没，可见巨蟒被困在山腹内这一点是可以肯定的。

以这些巨蟒能够吞吃一个活生生的人表现出的力量，要顶开洞窟口的石板，应该是一件非常容易的事情。那么会不会有一种可能，就是这个犹如迷宫般的洞窟内，有什么力量限制了这些巨蟒的自由活动，才让它们从来没有出现在世人面前？

我感觉这洞窟之内，似乎真的藏着一个巨大的秘密。这个秘密很可能真的如传说那样，是和古蜀时期曾出现过的一条巨大的蟒蛇，也就是“巴蛇”有关。

这条蟒蛇到底有多大，可谓众说纷纭。《山海经·海内经》中曾记载：“西南有巴国，又有朱卷之国，有黑蛇，青首，食象。”西晋时期的郭璞曾为《山海经》做注说：“即巴蛇也。”

《山海经·海内南经》中也曾写道：“巴蛇食象，三岁而出其骨，君子服之，无心腹之疾。其为蛇，青黄赤黑。”这是说巴蛇能够一口吞吃掉一头大象，需历经三年消化才将大象的骸骨吐出来。

此外还有记载说巴蛇即修蛇，长八十丈，换算成今天的长度那就是一百八十米长。

我觉得巴蛇这样的巨蟒就算在历史上真的存在过，也不太可能有一百八十米如此恐怖的长度，估计和史前能够猎杀恐龙的泰坦巨蟒差不多，最多不会超过二十米。

只是当时的蜀人看到这样的巨蟒，估计早就被吓傻了，后来以讹传讹，最终被夸张成一百八十米长的可怕程度。

我甚至进一步推测，这洞窟内很可能存在什么能让巨蟒得以摆脱地面的环境限制，生长到一二十米的长度的东西。这东西就犹如好莱坞电影《狂蟒之灾》中的血兰花，能让蛇类在短时间内生长得无比巨大。

很可能也正是这种犹如血兰花般的东西，才吸引这地下洞窟内的蟒蛇不愿意离开，要一直守护在附近，只以洞窟内的肥硕老鼠为食。

正这样想着的时候，我发现电筒的光亮稍微暗淡了一些，这才想起电筒的电快要用完了，而备用的电池又都在阿华身上。

“该死，电筒快没电了，我们必须想办法和肖蝶他们会合。”我说道。

“我觉得我们最大的困境，还是想想现在已经到了哪里，如果被困在地下犹如迷宫般的洞窟中，想要回到地面恐怕不那么容易。”叶凌菲有些沮丧地说。

“的确，如果不尽快找到出路，就算和他们会合也没有太大的作用。”我说道。

“我们一路留下标记吧，否则等会儿完全没有照明，再这样绕下去，怕是不被老鼠或巨蟒吃掉，也会被饿死在里面。”叶凌菲说。

“饿死倒不至于，这里面的老鼠一只比一只肥硕，实在饿得狠了，可以抓几只老鼠来吃。”我开玩笑说。

叶凌菲翻了翻白眼，啐道：“老鼠肉这么恶心的东西，我宁愿饿死也不会吃！”

我笑了笑，没说话，只能眼睁睁地看着手中的电筒光越来越暗淡。

叶凌菲犹豫了一下，最后伸手过来拉住我的袖口说：“我们两人等会儿千万不要跑散了……我一个人的话，还是有点害怕。”

“还是像小时候那样怕黑啊？”我笑着问。

“嗯，有点啦，虽然我也尽量去克服了，可真要一个人，还是感觉黑暗中会出现什么未知的怪物要扑过来。”

“这鬼地方或许不会有未知的怪物，但是巨蟒和老鼠几乎一定会有的。”我苦笑着说。

“小康哥哥，你做过梦吗，就是……就是被绑在祭台上，成为祭品的怪梦。”叶凌菲突然低声说。

我犹豫了一下，说道：“这样的梦我没有做过，不过我做过被无数虫子追杀，还有被一个戴着黄金面具的黑袍怪人差点杀死的梦。”

“是不是戴着黄金面具，但是双目却差点鼓出面具外，手中拿着黄金权杖的黑袍祭师模样的人？”叶凌菲问。

我仔细地回想这些年来不停重复的那个怪梦，发现头戴黄金面具的黑袍怪人的形象，一直都是模模糊糊的，但又和叶凌菲所说的有几分相似，于是点了点头。

“我也梦到过他，那个人，很恐怖，也很强大。就是他要将我当成祭品的……我梦到我被绑在一根粗大的木桩上，木桩下堆满了各种造型怪异的青铜祭器，下面架着柴火堆，祭台下方更是跪满了密密麻麻的衣衫褴褛的古蜀人。他们想要烧死我，和堆放的青铜祭器一起。而念诵祷文的，就是这样一个神秘的黑袍怪人……”叶凌菲梦呓般地说，我能够体会到她话语中的害怕。

“然后呢，梦就结束了吗？”

“不，当火烧起来的时候，我看到的却不是火光的红色，而是黑暗。周围一点光都没有，看不到祭台，看不到跪拜的狂热古蜀人，也看不到那个黑袍祭师，只有无边无尽的黑暗。而我就在这片黑暗中一直沉沦飘浮下去，甚至感觉不到时间的流逝……”叶凌菲打了个寒战，似乎还沉浸在那个不停重复的噩梦带来的恐惧中。

我的心微微一沉，我们这几个人，我、敖雨泽、叶凌菲、秦峰以及明智轩，似乎每个人身上都曾表现出不同的异象，真要说和古蜀国完全没有关系，反而是说不过去了。

“别怕，有我呢。”我低声说，重复着十几年前的话。

“嗯。”叶凌菲低低应了一声。

电筒最后一丝光亮终于完全暗淡下去，我们不得不放慢了脚步，只能靠着洞穴石壁艰难地摸索着前行。

朝前又走了十几分钟，我突然感觉脚下一空，然后朝下方掉下去。接着叶凌菲传来一声惊呼，也掉了下来。

我能听到耳边传来的呼呼风声，可见掉落的速度很快。如果下方也是山岩的话，我甚至能想象出自己会像一个装着血肉的口袋从高空掉落一样，和地面接触时发出沉闷的声响，死得像一个摔碎的破布娃娃。

那种随时都可能死掉的恐惧紧紧抓住了我，这股恐惧是如此强烈，以至于让我血脉中的某股力量也似乎被点燃了。

我能够感觉到血管中的灼热在瞬间升腾起来，接着无数银色的细小颗粒，开始和血脉中的金色沙粒纠缠。那应该是活性金属制作的纳米机器人在抑制我身上的血脉力量。

如果放在平时，或许这种被“天父”组织结合最先进的科技开发出的纳米机器人还真有可能起到设计的作用，但我现在处于生死关头，身体的潜能因为肾上腺素的分泌被开发出来，甚至不亚于使用了那种红色的狂暴药剂。

因此仅仅是短短的几秒钟，我感觉到血脉中奔涌的金色沙粒似乎占了上风。活性金属制作的纳米机器人似乎失去了赖以生存的活性，皮肤的毛孔不停有银色的液态金属被排出，就像是出了一身银色的汗水。

我大吼一声，一把拉过和我一同跌落深渊的叶凌菲，将她牢牢抱在怀里。即便掉下去是万丈深渊，生还的可能性为零，我也希望自己能够为叶凌菲多提供一丝缓冲，至少让她多出哪怕万分之一的生还希望。

这无关大义或者其他感情，完全是生死关头作为一个男人保护弱小的本能抉择，哪怕这样的选择或许不会起半点作用。

接着剧烈的冲撞传来，我感觉全身的骨头都似乎移了位，喉头一甜，喷出一小口鲜血。

所幸的是，我们掉下的地方并非是坚硬的石壁，而是一团软乎乎有着弹性的东西，就像是一个巨大无比的空气垫一样。

我们被再度弹飞了五六米，然后又重新摔下。这次因为距离近，没有先前的疼痛，终于让我们安全地“着陆”了。

我惊魂未定地躺在原地，直到叶凌菲在我耳边低声说：“笨蛋，还不放开我。”

我能感觉到她语气中带着一丝羞涩，还有呼出的热气吹得我脖子痒痒的。虽然小时候我也曾背过她，毕竟现在我们都长大了，这是我们重逢后最亲密的一次接触。

我慌忙松开抱着叶凌菲的手，然后挣扎着站了起来。我用脚稍稍用力踩了踩地面，脸上露出极为古怪的神色来。

地面软乎乎的，就像是踩在一堆有弹性的肥肉上，说不上舒服，但也搞不清到底是什么东西。

弯下腰用手摸了摸，质感和北方的著名小吃“肉皮冻”有几分相似，只是要稍微粗糙一些。而且摸上去有些冰凉，也没有动物应有的温度。

不知道是不是这里是很深的地下了，我感觉周围的温度比先前在洞窟中的时候要低上不少，估计最多六七摄氏度的样子。

而我们都穿着初春的衣服，因此感觉有些冷，并且这股冷当中还带着几分湿气，就更加让人觉得不舒服了。

“这下面是什么东西？踩着挺好玩的。”由于叶凌菲掉下来时被我抱在怀里，几乎没有受什么伤，很快她也发现了地面的不对劲，狠狠地踩了两脚，被反弹的力度差点带得摔倒。

“不知道，也许下面是个大果冻之类的。”我强忍着先前因为掉下来的冲击带来的不适，又将皮肤中分泌出来的活性金属构成的银色液体抹掉，对叶凌菲说道。

“幸好有这么个大果冻在，要不我们就完蛋了。”叶凌菲庆幸地说。

“是啊，如果手电筒还有电就好了，至少可以看看清楚。”

“电筒如果有电我们就不会掉下来啊，看到前面的路有坑，谁还会傻乎乎地跳下来？”叶凌菲鄙夷地说。这丫头一定是看周围安全了，先前表现出的柔弱的样子立刻掩藏了起来。

我们摸索着朝一个方向走过去，估计朝前走了十几米，才到了地面这诡异肉垫的尽头，摸到了泥土和石头。

让我们意外的是，在摸到石头的时候，我试探着将手中的石头朝远处扔过去，想要看石头能扔出多远。不承想石头落地的地方，竟然腾地燃烧起一堆幽绿的火焰，只持续了两三秒就熄灭了。

不过就是这两三秒，让我们看清先前扔出去的不是石头，而是一个小小的只有拳头大小的头骨。

头骨砸在了一具骷髅上，冒出的火星可能点燃了骸骨周围的磷，只是磷火的数量太少，只持续了两三秒就燃烧殆尽。

“鬼……鬼火！”叶凌菲结结巴巴地说。

“不用害怕，不是鬼火，只不过是骸骨碰撞点燃的磷火而已。”我安慰道。

可是我话音未落，从远处又飘过来不少星星点点的红色鬼火，而且这些鬼火汇聚得越来越多，一眼望过去就像是黑暗中突然多了一条红色光点构成的银河。

很快我们就注意到这些光点都贴近地面，并且都是成双成对地出现，加上隐隐约约传来的“吱吱”声，顿时让我们脸色变得苍白起来。

这哪里是什么红色的鬼火，分明是数不清的肥硕老鼠的眼睛！

我们这个时候没有电筒提供照明，在黑暗中，这些老鼠的眼睛就泛起红光，以至于被我们误以为是红色鬼火。

正当我们害怕得手脚冰凉的时候，却不料这些巨鼠并没有朝我们围过来，而是奔着我们身后的巨大肉垫而去。

接着细碎密集的啃噬声响起，成千上万的肥硕老鼠一起进食。这样壮观的景象也幸好处于黑暗中只能自己脑补，要不然真看到了估计会被恶心坏的。

“它们……它们在吃那个大果冻，所以放过了我们？”叶凌菲恍然大悟似的说。

“赶快趁机离开，晚了就来不及了。”我说道，然后捡起地上的两截枯骨，相互敲打磨出磷火勉强照亮前方的路，沿着老鼠来的方向，拉着叶凌菲朝前快速前行。

尽管因为看不清周围的情况，又怕惊动了鼠群，我们的动作不敢太大，可那群老鼠似乎被美味所吸引，竟然一只也没有追过来。

“怪不得这里的老鼠长得如此肥硕，原来这里有一堆几乎永远也吃不完的食物……”确定已经离开鼠群有好几百米，我才稍稍松了一口气，喃喃地说。

“怎么会，就算那一团大果冻有几十米大小，可这么多老鼠千百年地吃下来，只怕再过几十年还是会全部吃光。”

“你听没听说过一种特殊的生物，它的存在十分古怪，生长在阴湿的土中，却像是肉质的，而且割掉一小块，要不了多久又会重新长出来。”我想起一种几乎被神话了的生物，说道。

“嘁，以为我是白痴吗？不就是‘太岁’嘛，有什么没听说的——等等，你不会是想说，刚才接住我们的大果冻一样的东西，是一个巨大无比的‘太岁’？”

太岁，又称肉灵芝，《本草纲目》把它收入“菜”部“芫”类，可食用、入药，奉为“本经上品”，功效为“久食，轻身不老，延年神仙”。

据《神农本草经》记载：“肉灵芝，无毒、补中、益精气、增智慧，治胸中结，久服轻身不老。”《山海经》称之为“视肉”“聚肉”“太岁”“封”，乃古代帝王养生佳肴。

现代科学认为太岁是一种大型黏菌复合体，但其细胞结构为何形成和为何聚成如此规则形态仍然是个谜。东晋道家葛洪在《抱朴子》中记载：“诸芝捣末，或化水服，令人轻身长生不老。”因此太岁是古人认为的长生不老仙药，即便是现代也经常有某地村民发现太岁，然后卖出天价的小道新闻。

太岁一般生长在地底二十至一百米的厌氧环境中，生活于土壤中，靠水存活，放在水中也不会腐烂，靠孢子、菌丝繁殖，活性很强，随意切割都能够再生。估计正是这种再生特性让古人误以为太岁具有长生的作用。

但一般的太岁，也就一两公斤重，最大不过四五十公斤，从来不曾听说，有太岁能长到几十米的直径。

哪怕太岁的密度和水一样，几十米的直径，就算高度只有十米，那么换算下来起码都有上千吨的重量了。哪怕是和号称地球上最大的动物蓝鲸比，都要远远超出。

世上真有如此巨大的“太岁”？可如果说不是太岁，那么有什么东西能生长在地下洞穴中，又恰好具有这种如同肉类的质感，而且被无数老鼠当成食物却这么多年来依然没有被吃完呢？

这洞穴内的巨蟒很可能是以老鼠为食，而这些老鼠又是以不停生长的巨无霸太岁为食，那么就形成了一条简单而粗暴的食物链——巨蟒控制着老鼠的数量不至于让鼠群过度膨胀，老鼠控制着太岁的个头不至于让它无限制生长下去耗尽地下的养分，而巨蟒和老鼠的粪便，很可能又为巨型太岁的生长提供了一定的养分。

而太岁附近无数的骸骨，却不知道是何年何月被遗弃在这里的。或许正是它们的存在提供了这堪称巨无霸的太岁最初的养分。

第十章

JINSHA ANCIENT SCROLLS

太岁王

我和叶凌菲继续朝外摸索而去，走了不久后，前方突然出现了一点亮光。这亮光带着朦胧的淡蓝色，在地底显得十分突兀。

我们敢肯定，这个地方绝对没有灯，甚至连传说中的夜明珠或者萤石之类的也没有。

等我们沿着亮光的方向稍微走近了，我摸了摸山壁，发现这一段石壁十分潮湿，石壁上生长着一层淡蓝色的藻类，我们所看见的淡蓝色光晕，正是山壁上生长的藻类发出来的。

亮度并不太强，只能勉强照亮山壁周围两三米的地方，但因为是蓝色的缘故，让周围看起来竟然带着一层梦幻的美感。

只可惜离这里几百米的地方，正有成千上万的老鼠在啃噬一个巨大无比的太岁，只要想想这幅画面，眼前带着蓝色光晕的美感顿时就被破坏殆尽了。

“是一种罕见的地下藻类，能够吸收周围环境的一些稀土元素，然后像萤火虫一样释放出生物光。”叶凌菲说道。

“你认识这种藻类？”我回头问道。

“别忘记了我可是学生物学的，毕业后干的也是环境保护的工作。”叶凌菲带着小小的得意说。

“所谓的环境保护，其实是真相派的外围用的一个幌子吧？”我嘀咕了一句。

叶凌菲不高兴地说：“可是我当初是真心认同那群环保者的理念的。这个世界之所以会变成现在这个丑恶的样子，还不是因为人类对大自然过度索取，乱砍滥伐，排放各种污染造成的。”

我不想和叶凌菲在这个问题上争论，和一个极端者，哪怕是在环保上的极端者争论本身就不明智，更何况对方还是一个性格执拗的女人。女人真要不讲理起来，作为一个男人怎么争都是错。

“你说这里的老鼠之所以长这么大，会不会和那个地方的太岁有关？不然一般的太岁，你什么时候听说过有直径几十米的？”叶凌菲见我没有吭声，问道。

“有可能，这样大的太岁，本身就不正常。以太岁为食的老鼠，个头自然也比一般的大，而这里蟒蛇又以老鼠为食的话，超出一般的蟒蛇大小也可以理解了。”我沉吟了一下说道。

“那么有没有可能，这地下洞窟的秘密，其实就在那巨大的太岁生长的地方？我想那个地方一定是有某种物质，或者是某种特殊的环境，才让太岁长得如此巨大，否则根本说不过去。”叶凌菲说。

我点点头，认同她的分析。说不定这宛如迷宫的地下洞窟，还真的有秘密藏在那巨大的太岁下面。

只是这太岁太大了，而且周围还有鼠群正在进食，要想找出其中的秘密，怕是不太容易。

“咦，这里好像有些不对劲。”叶凌菲看着发出蓝色光晕的山壁，突然说道。

“怎么了？”

“你看，这里的蓝色藻类，似乎被什么东西划掉了一大块，这种有规律的图案，绝对是人为的。”

这个时候我才看清，在山壁靠下面一点的区域，的确有一块没有蓝藻。缺失的部分是一个近乎标准的方形，方形的边长有二十多厘米，因此照在地上的蓝色光亮，就出现了一个差不多大小的暗区。

我试着去查看那个暗淡的区域，这才发现那个地方竟然有一处凸起，离地面只有几厘米，如果不是因为现在这块凸起正好没有光亮照射，那么根本不会去注意。

我取出匕首，小心翼翼地趴在地上，用手中的匕首一点点将那块凸起周围的泥土划拉开。很快就露出一个边长十七八厘米，中间有一个圆形孔洞的人造物，而且看样子还有相当长的部分埋在地下。

这个人造物摸上去有些像石头的材质，确切地说，更像是某种黄色的玉石，如果下面埋着的部分足够长，那么很可能是一件玉琮。

玉琮一般都是内圆外方的造型，是古代用来祭祀时的六大礼器之一，它与玉璧、玉圭、玉璋、玉璜、玉琥被称为“六器”。《周礼》就曾记载：“以苍璧礼天，以黄琮礼地。”

一般学者认为玉琮是一种沟通天地的法器，上大内圆象征天，下小外方象征地，其内圆（孔）外方的造型，印证“璧圆象天，琮方象地”的道理。巫师也常用劣质的玉琮、石琮，或被烧过的玉琮，来镇墓压邪、殓尸防腐、避凶驱鬼。

因此玉琮的使用，一般都很慎重，要么是被用来进行祭祀，要么就是被用来镇压邪魔。

我看看周围的环境，这里明显不是什么祭祀的场所，如果这里的玉琮是另外一种用途，那么我将它从地下取出来，到底是对是错？

听到我的疑问后，叶凌菲说道：“没事，放心取出来就是了，这里不可能是镇压邪魔的地方。要知道真正需要用玉琮这样的国之重器来镇压的邪魔，周围更不知道会布置多少法阵和其他配套的祭器，根本就不是一个玉琮能够镇压的。”

我想想也是，于是费了好一阵工夫，终于将玉琮从地下刨了起来，玉琮的高度有十五六厘米。

清理掉圆形孔洞中的泥土和碎石，拿到布满了蓝藻的石壁前仔细观看，这才发现玉琮的表面，刻画着模糊的花纹。

这些花纹带着某种苍凉古朴的气息。花纹的一些转折处，以类似巴蜀图语的图案文字雕刻而成，让这件不知道存在了多少年的玉琮凭空多了几丝神秘的气息。

“如果我没有猜错，这件玉琮应该是古蜀国开明王时期的。”叶凌菲看着我手中的玉琮上的符号，说道。

“开明王？不就是明智轩祖上，古蜀国最后一个王朝吗？这上面的字你认识？”我好奇地问。

“认识一点，别忘记了我父亲，还有我外公、我二叔公他们都是干什么的。”叶凌菲微笑着说。

我想想也是，叶凌菲的父亲是比我们早了十几年发现青铜之门的考古学家，她的外公是羌族最资深的释比传人，而她的二叔公叶教授，也是著名的古蜀专家。叶凌菲在古蜀文化方面，可以说是真正的家学渊源，比起我来要强得多。

既然她都这样说了，那么有很大的可能，这件玉琮的确是来自于古蜀时期的开明王朝。

开明王朝是古蜀国最后一个王朝，十二世蜀王的时候，金牛道的开通相当于打开了古蜀国的天堑，也让秦国大军毫不费力地进入今天的四川地区将蜀国灭掉。

而这个地方本身就是位于古代的金牛道旁边，出现开明王朝时期的玉琮，似乎也毫不奇怪。奇怪的地方就在于，是什么人故意将山壁上的蓝藻挖下一块，然后指引我们挖出这个玉琮？

我总感觉这件事的背后，似乎孕育着一个阴谋，可是却想不通到底是谁会这么做，目的又是什么。

“难道说，这个玉琮还有特殊的含义？”我抱着玉琮，仔细看上面模糊的花纹，和十几个不知道含义的巴蜀图语符号，却丝毫看不出有什么特殊的地方。

“先拿着吧，我总感觉我们离真相应该越来越近了，如果能找到肖蝶他们几个，就更好了。”叶凌菲说。

我将玉琮放进背后的背包，因为玉琮本身的体积也不小，为此还不得不将几样暂时用不上的东西扔掉。

但是其中一件准备扔出去的东西，却引起了我的注意。那是一块拳头大小的犹如硅胶一样的东西，形状不规则，软乎乎的手感倒是不错。

我看着这团东西，心中没来由地感觉到一阵恐慌。这背包是我亲自收拾过的，我可以肯定背包里面绝对没有这样一团东西。

并且先前在县城里面的时候，我还换下身上的湿衣服并放在背包里面。那个时候我也没有看见眼前这团黄白色的硅胶一样的物品，那么这玩意儿是什么时候，又是被什么人放入我的背包的？

叶凌菲犹豫了一下，说道："我觉得这玩意儿有点像……太岁！"

我猛地点头，的确，这种疑似硅胶的软乎乎的东西，真要说起来和太岁确实是十分相似。

同时我的背心又升起一股寒意，太岁不过是我们二十几分钟前才看到过的，如果不是它的存在我们甚至已经摔死了。

可我却敢肯定自己绝对没有将这样一团太岁放进背包，这段时间也没有接触其他人，那么这玩意儿难道是自己跑进去的？

民间都说不能在太岁头上动土，否则冲撞了太岁，要倒大霉。我和叶凌菲直接掉在太岁的身上，真要说起来这恶劣程度比在太岁头上动土要严重得多，总不会是这玩意儿还真的显灵，要附在我身上给我带来霉运吧？

叶凌菲大概也有些心里发毛，弱弱地说："要不，将它扔掉？"

我点点头，将手中的太岁狠狠扔出去，然后拉着叶凌菲转身就朝前跑。我们跑的方向是顺着山壁，毕竟只有山壁的蓝藻发出的微弱的亮光，能够让我们勉强看清楚附近的路，不至于像先前那样完全在黑暗中摸索，最后掉下来。

朝前走了有两三百米，山壁上的蓝藻越来越稀疏，亮光自然也越来越微弱，最后终于完全消失了。

我虽然明白蓝藻不可能一直延伸下去，可这样的情况，还是让我有些慌乱。就在这个时候，前面突然出现刺眼的亮光，对于我们两个一直在微光环境下的人来说，这突然传来的亮光，就如同晚上开车遇到对面的人开远光灯一样，完全被刺得睁不开眼，只能看到白茫茫的一片。

这样的亮光当然不可能是自然存在的，而是强力手电发出的光芒。只是因为我和叶凌菲之前所处的黑暗环境的缘故，才觉得这亮光极度刺眼。

"是谁？"我大声喊道。

对面的手电突然灭了，大概是被我的喊叫吓了一跳。继而手电又再度打开，传来熟悉的男人声音："是我，阿华。"

我们松了一口气，继而大喜，阿华的身上背着不少备用电池，有他在我们至少可以保持数个小时的电筒光亮，不用再继续在黑暗中摸索。

和阿华会合后，我们发现Five就跟在他身后，怯生生的样子，不过精神已经恢复了不少，看起来除了脸上的疤痕和左眼依然看不见东西外，其余的伤势已经恢复得差不多了。

“没有肖蝶的消息吗？”我问道。

“没有。不过那个女人我虽然接触不多，也能看出来她的身手比你们两个要好许多，不用太担心。”阿华说道。

我想也是，肖蝶毕竟是出自铁幕组织的特工，后来又叛出铁幕，加入铁幕的对头真相派，如果没有两把刷子，是根本不可能被两个组织都重用的。

“对了，你们是怎么到下面来的？我们从上面的通道掉下来，很侥幸才没有当场挂掉。”我好奇地问。

“别提了，我们被一群老鼠追到一条地下暗河中，然后被暗河冲下一个地下瀑布，幸好下面是个水潭，好不容易才游到岸边。”阿华有些沮丧地说。

我这才注意到，他和Five身上的衣服，还没有全部干，应该所说不假。

“前面还是暂时不要过去了，我们过来的地方，很可能是这些巨鼠的巢穴。”我将先前我们的经历简单说了一遍。当阿华听说这世上还有直径数十米的巨型太岁时，瞪大了眼怎么都不肯相信。

好在我们已经见惯不惊了，毕竟连青铜之城这样的奇迹建筑，还有巴蛇神这样的神灵都见识过了，一个只是个头大点的太岁，实在不是什么太奇怪的东西。

“我们现在最好是能先找到肖蝶，我估计上面我们曾走过的迷宫般的通道，最终都会通到下面这一层来。下方远比上面的石窟要宽敞，即便是逃命，也要容易一些。”我说道。

“问题是在这里通信工具几乎都没有信号，要找到她可不那么容易。”阿华皱眉说道。

“我……我有办法。”他身后的Five结结巴巴地说。

“怎么？”

“我的鼻子很灵，我……我能记得她身上的气味。”Five小声说。

“不错，刚才就是她提醒我说，她似乎闻到你们两个的气味，我们才往这个方向过来的。”

叶凌菲看着Five，脸色有些古怪。我轻轻碰了她一下，说：“别这样看着人家，有什么直接说好了。”

“我想，你不是闻到我们的气味，而是能感知到我们的……精神波动吧？”叶凌菲说。

Five呆了一下，脸上露出一丝迷茫，然后似懂非懂地点了点头。

我的心微微一动，我算是六感都十分敏锐的。除了每个人都拥有的五感之外，作为第六感的灵觉，往往意味着一种神秘的直觉。这种神秘直觉般的第六感，其实就是和一个人的精神波动有关。

说起来精神波动什么的，可能感觉非常玄幻，但关于人的意识、脑电波以及和周围磁场的交互作用的研究，实际上早已经说明了即便人没有灵魂这种东西，也至少是有着“精神”这种特殊的非物质存在于脑海深处的。

而每一个人的精神波动，或者浅显点说每个人的脑波频率，实际上都不一样，当两个人的脑波频率趋近于一致的时候，这两个人就会产生犹如心电感应般的神秘联系。

而Five对我们身上精神波动的追踪，或许就源自于此。她很可能具有某种特殊的能力，那就是能识别不同人身上不同的精神波动。

当然，由于她在巨蟒腹中待的时间太长，因为大脑缺氧损失了大量记忆，现在整个人都处于懵懵懂懂的状态，就连她自己也不知道这种能力到底是怎么回事，所以只牵强地以为，是她能闻到我们身上的“味道”。

实际上这并非是物质化的味道，而是她记住了我们的精神波动的频率，也就是脑波的频率，所以在一定的范围内，她能像雷达一样大致定位我们所处的方位。

想通了这一点，我马上意识到Five既然能记住我们的精神波动，那么对失踪的肖蝶的精神波动，自然也不会轻易忘记。如果她说能够找到肖蝶，那么还真有可能找到她。

“你记住的精神波动，最远能在多远的地方发现对方？”我问出了一个关键的问题。

“如果没有阻碍的话，可以在两百丈的地方发现对方，当然，距离越远，定位就越不准确。如果阻碍比较多的话，有可能就隔着十几丈都发现不了对方。”Five低声说。

我注意到，Five在描述距离的时候，用的是一个很古老的单位“丈”，而不是现代通常所用的“米”或者“公里”。

不过现在似乎不是追究这些细节的时候。按照她的说法，她可以在最近二三十米，最远五六百米的地方发现被她记住精神波动的人，那么我们要想直接找到肖蝶是不太可能的了，至少我们都要接近肖蝶在五百米以内才可以。

“我们就在这附近等她，我相信如果她也到达这一层地下区域，早晚会找到这附近来。”我想了想，说道。

“那些巨鼠呢？万一它们追过来怎么办？”叶凌菲问。她毕竟是女孩子，对老鼠这种生物有着本能的害怕。

我想起先前成群结队的巨鼠，它们一起冲过来时那股要将遇到的一切生物都嚼碎的可怕气势，感觉头皮有些发麻。

先前在巨无霸太岁那里的时候，如果不是这些巨鼠急着吞吃巨无霸太岁，我估计我和叶凌菲当时绝对没有可能逃脱的。

想起太岁，我又下意识地摸了摸背包里面，然后整个人都僵住了。

我的手颤抖着从背包里拿出来，手中是一个犹如硅胶的还在微微颤动的小型太岁。阿华和Five还好，是第一次看见这玩意儿，根本就不知道它代表着什么，而一旁的叶凌菲却差点忍不住尖叫起来。

先前，她是看着我将这玩意儿扔出去的。真是见鬼了，它是怎么回到背包里的？就算这诡异的太岁长了脚能自己跑回来，可先前我明明已经将背包的拉链拉好，然后连锁扣也扣上了的啊。

叶凌菲看着我手上的太岁，犹豫了一下说："玉琮，会不会是刚才你放在背包里的玉琮？"

我猛然间惊醒，将背包里面的玉琮拿出来。当我抢过Five手中的手电筒，仔细用电筒照射玉琮的时候，这才发现这玉琮竟然比最开始我们发现它的时候，小了一圈。

要知道我五感敏锐，记忆也还不错，对于一件自己重视的东西的大小和重量，是十分敏感的，因此绝对不可能记错这件玉琮的大小。可是现在，玉琮分明比我最开始见到它的时候，直径小了约八毫米。

不要小看这八毫米，放在整个玉琮上，就相当于少了大概九分之一的体积和重量，而少掉的重量，又恰好是我手中托着的太岁重量的两倍。

这么看来，两次诡异出现在我背包里的拳头大小的太岁，很可能是从玉琮上面剥离下来形成的，换句话说，看似是玉石雕刻而成的玉琮，竟然能幻化成太岁？

对于这件玉琮，我再也不敢大意了，将它放在旁边一个石台上，然后咬了咬牙，拿出匕首狠狠朝玉琮扎过去。

果然，虽然玉琮表面的材质，几乎和玉石一模一样，但是匕首扎在上面，却并没有像碰触到光滑的石头一样被滑开，反而像是扎进坚韧的牛皮，进去一点刀尖，但是却无法完全将玉琮扎透，能感受到强大的阻力。

更诡异的是，匕首尖端扎入玉琮的部分，竟然在以肉眼可见的速度，被一点点挤出来，而且被挤出来的匕首尖端，竟然变成了死灰色，最后像是经历了千百年的时光，如同香烛烧过后的灰烬一样掉落细碎的灰色粉末。

这柄匕首是合金材质的，又经过十分严格的淬火处理和精心打磨，哪怕是一般的特种部队成员，都不一定能运用如此工艺精湛的匕首。

可是现在，只不过是将匕首的尖端扎入一个不明来历的假玉琮，取出来的时候竟然连尖端都在瞬间被腐蚀，这能够分离出两个太岁的假玉琮，到底是什么来历？

"要不将这个玉琮也扔掉？"叶凌菲咬了咬嘴唇说道。

我看了看石台上的玉琮，又看了看左手拿着的小型太岁，突然鬼使神差地将那个小型太岁放入了玉琮的圆孔中。

玉琮现在的圆孔直径大概十六厘米，我手中的太岁直径最多十三四厘米，因此很容易就放进去了。

太岁放入玉琮之后，竟然像是放入热锅的蜡烛一样，瞬间化开了。化开的太岁变成了一摊浓稠的淡黄色黏液，然后附着在玉琮圆孔的内壁，随后开始凝固，让玉琮的体积，肉眼可见地增大了一小圈。

不多不少，增大的幅度正好让玉琮多出了大约四毫米的直径。很显然，先前我扔出去的那个太岁，也是从玉琮之上剥离出来的。

“这是怎么回事？”看着玉琮诡异而神秘的表现，我感觉自己的智商有些不够用了。

“这不仅仅是一件祭器，很可能还是一件法器。”叶凌菲盯着玉琮看了半天，再也没有提要将它扔掉的话，反而是眼冒精光。

“何以见得？”我问道。

“玉琮外面刻画的纹路和巴蜀图语相关的符文，本来我只认识很少的几个，大致能确定它的年代是古蜀开明王时期的。现在看来，这玩意儿似乎能够控制太岁，或者说，太岁的存在，和它有着十分密切的关系。”

“既然是如此重要的东西，怎么会随手埋在先前那片蓝藻下面，而且还有人故意指出它的位置？”我反驳道。

“它也许本来就被埋在那个位置，只是不是每个人都能将它取出来。或许，指引我们取出它的人，自己根本就没有这个能力。因为如果这件玉琮是古蜀时期的法器的话，沾染了王国之力，除非同样是古蜀王的血脉后裔，否则是根本不会被唤醒的。”叶凌菲说道。

“你的意思是说，有人知道我身上的金沙血脉和古蜀时期的杜宇帝有关，能够唤醒这件玉琮模样的法器，所以才故意留下线索让我将它挖出来？”我明白过来，不由得身上冒出一身冷汗。

到底是谁？这个人看来对我十分了解，甚至将我的性格，以及我们所走的路线，都计算得清清楚楚，目的就是引诱我将这法器取出来。

现在想来，先前那些老鼠尽管个头和数量都非常可怕，可面对我们几个人的时候，并没有表现出太强的攻击性，反而像是有人在操控着一样，驱赶我们走入不同的石窟通道，然后让我和叶凌菲掉入深渊，落在了太岁头上。

甚至后来它们完成任务后，要扑过来吃掉我和叶凌菲时，也似乎受到某种力量的召唤，直接无视了我们的存在，而是扑向了那硕大的太岁，将太岁本身当成了食物。

就在我们疑神疑鬼的时候，玉琮上又出现了新的变化，那就是原本淡黄色的玉琮，其底部突然弥漫起一股蓝色的光晕。这光晕的颜色无比熟悉，和我们之前看到的能发出生物荧光的蓝藻几乎一模一样。

而在蓝色的光晕当中，有一些光点显得十分清晰。叶凌菲看着这些光点，突然惊呼道：“这是十二星次的星图！”

我也有些蒙了，要知道前些日子查阅资料，我恰好看到过关于十二星次的资料。

十二星次初见于《左传》《国语》《尔雅》等书，主要用于记录岁星的位置。据《汉书·律历志》记载，十二星次是按黄道等分的，和二十四节气有联系。

各次起点在星空间的位置因受岁差影响而不断改变。明末欧洲天文学传入后即以十二次名来翻译黄道十二宫名称，如称“摩羯宫”为“星纪宫”。各宫均按黄道经度等分。十二次在星占术中也被用作分野的一种天空区划系统。

实际上，十二星次中作为主要观测对象的所谓“岁星”，也就是太阳系中的木星。

古代不管东西方的天文学家，都曾以地球为观测点，以相对不动的恒星为背景来观测木星在天空的运动，正好约十二年绕天一周。也就是说，岁星每年要行经一个特定的星空区域。每一星空区域都有一个特定的名称，共有十二个这样的星空区域，即十二次，这样用“岁在××”就可以纪年了，十二年周而复始。

而西方国家更是根据黄道十二宫的观测点划分出了十二星座，只是由于东西方文化的不同，造成了对十二星次的不同理解。

在东方，这种以岁星为主要运行规律纪年的方式，又被称为“岁星纪年法”。采用岁星纪年法不仅把周天分为十二星次，用以观测日月星辰和节气，还以十二次的位置划分地面上州、国的位置与之相对应。就天文说，称作分星；就地面说，称作分野。

十二星次其名称以及对应的十二地支分别是星纪（丑）、玄枵（子）、娵訾（亥）、降娄（戌）、大梁（酉）、实沈（申）、鹑首（巳）、鹑火（午）、鹑尾（未）、寿星（辰）、大火（卯）、析木（寅）。

它们分别对应地上的吴越（扬州）、齐（青州）、卫（并州）、鲁（徐州）、赵（冀州）、魏（益州）、秦（雍州）、周（三河）、楚（荆州）、郑（兖州）、宋（豫州）、燕（幽州），同时也对应着西方黄道十二宫的十二个星座。

按照岁星纪年法的表示方法，如果岁星在某一年运行至星纪区域，这一年就记为“岁在星纪”，翌年岁星又运行至玄枵区域，该年就记为“岁在玄枵”，以此类推，十二年循环一次。

《国语·晋语四》中“君之行也，岁在大火”就是用岁星纪年的例子。

事实上木星围绕太阳的公转周期为十一点八六二二年，因此岁星并不是十二年绕天一周，而是每年移动的范围比一个星次稍微多一点，渐积至八十六年，便会多走一个星次，这种情况叫“超辰”或“超次”。

此外，岁星纪年的十二年周期，又分别和十二地支以及十二生肖对应。比如今年是二〇一六年，按照农历纪年是属于猴年，猴在十二地支中代表着“申”，因此对应的岁星纪年就是“实沈”。

巧合的是，“实沈”对应的地上区域是古代的“益州”，也就是今天的四川地区。也就是说，今年的“岁”，是在古益州，即四川范围内。

这个巧合让我感觉到心生寒意，要知道所谓的“岁”，其实就是指“太岁”，木星被称为岁星，毕竟离我们太远，可眼前的太岁，却是实实在在的存在。

如果说民间所谓的太岁，只不过是生长在潮湿阴冷地方的一种大型黏菌复合体，那么我们面对如此诡异的出现方式的太岁，却绝对不敢这样去想了。

玉琮上方的蓝色星图渐渐消失，接着原本已经化开的太岁，再度凝聚在玉琮的圆孔之内，只不过这一次凝结成的太岁，个头稍微小了一些。

我面色凝重地将这小巧的太岁取了出来，却不知道该怎么处理它为好。

同时我又想到一个问题，如果说岁星纪年法计算超次的时间真的是八十六年，那么这个时间段对于整个古蜀文明的发现过程来说，其实是十分诡异的。

因为八十六年前，也就是一九三〇年，是一个相当特殊的年份——三星堆是一九二九年被当地人发现，但直到第二年，即一九三〇年才被世人所熟知，在此之前对于古蜀文明的了解，不过是简短的史料，和一些诗人留下的诸如《蜀道难》之类的诗歌罢了。

如果说一九三〇年拉开了探寻古蜀文明的序幕，而在八十六年后的二〇一六年，恰好是一个岁星“超次”的循环年份，中间会不会有什么特定的事情发生？

按照岁星纪年法的规则来看，岁星超次的计算方式，和世界运行法则所产生的冗余，总感觉十分相像。那么有没有可能，世界冗余的产生，也和这种岁星运行超次是有关的？

我感觉到自己似乎触摸到了一点真相的边缘，可真正核心的东西，却依然犹如雾里看花，现在还无法完全看真切。

“我们需要返回那巨型太岁的区域，我敢肯定，那里一定藏着什么秘密。”定了定神，我对其余几人说道。

“我没意见，说实话，我还真想看看你们口中说的有近千吨大小的超级太岁。一个小太岁都如此神奇了，更不要说那个大家伙。别的不说，要是割下一块带回地面去卖，怕是都要值好几万块。”阿华笑着说，一副无知无畏的样子。

Five自然也没有别的意见，毕竟她失忆之后，脑袋还不完全清醒。

叶凌菲带着些许恐惧看了我们来时的路一眼，最终还是勉强地点了点头。

既然大家意见基本一致，我们也就不再耽搁，暂时放弃了先寻找到肖蝶的计划。

返回的速度比我们来的时候要快一些，毕竟现在我们拿到了阿华身上的备用电池，又重新获得光明。

不过为了节省电量，我们一路上还是只打开了一个电筒。

回到那巨大太岁所在的区域后，我们发现原来挤挤攘攘的鼠群已经不见了，也不知道是从哪条通道跑了。

不过电筒光照射到的地方，依然让我们倒吸一口凉气。在我们前方的地面上，无数的骸骨堆积在一起，几乎把上千平方米的地面都铺满了。

要铺满如此大的面积，还不止一层，那么这里的骸骨起码都有好几万具之多！

我们仔细看了几具离我们最近的骸骨，发现骨头上面有明显的刀兵伤痕，根本就不是自然死亡的。

也就是说，这些骸骨都是被人杀死后堆积在这里形成的，而他们生前的身份是什么，为什么会被集体杀死在这里，我们都不得而知。

我和叶凌菲更是脸色苍白。先前我们在黑暗中从骸骨山中一路爬下来，虽然也意识到周围有不少骷髅，毕竟我们曾亲眼见到过骨头碰撞后燃烧的磷火，可我们怎么也没有想到，骸骨的数量，居然如此众多。

“我曾经听到过一个传说，本来以为这不过是传说而已，现在看来，这传说怕是有几分道理。”叶凌菲看着遍地的骸骨，有些感慨地说。

“什么传说？”我问道。

“传说星次和分野对应的区域，每八十六年会产生一个太岁王，如果这一年没有人惹太岁王生气，那么就会平平安安地过去。可万一有人惹恼了太岁王，就有可能给整片分野范围内的区域带来巨大的噩运。”叶凌菲说道。

“你不会是想说，这些死掉的人，就是这种噩运的结果？”

“不，他们很可能是当时的蜀国王者因为害怕触怒太岁王，而杀死的奴隶祭品。嗯，这件事只可能是当时的蜀王做的，除了蜀王之外，没有人能够杀死几万人，却在历史上不留下任何记载。现在我开始相信真的有几十米大小的巨大太岁了。一个享受了上万奴隶作为祭品的太岁，就算生长得再夸张一些，我也不会感到奇怪。”叶凌菲苦笑着说。

我们看着眼前如山的白骨，想象着几千年前的某一任蜀王，因为害怕触怒太岁，而杀死了几万的奴隶作为祭品。如此酷烈的场面，即便只是想一想都感觉到震慑人心。

“不过，我想当时的蜀王，并没有因此而转走霉运，因为那之后不久，蜀国就灭亡了。”叶凌菲继续说。

“你是说这里死掉的好几万的奴隶，是被最后一任蜀王杀死的？”我问道。

叶凌菲点头道：“不仅如此，很可能正是他的行为，才真正导致了蜀国的灭亡。一次性杀死几万蜀人，哪怕都是奴隶，这样的罪行就算是能获得太岁王原谅，怕是也会触怒上天吧？更何况，谁知道他杀死这么多奴隶的做法，不是受人蛊惑才做出来的？”

“就是不知道当年蛊惑十二世蜀王的人到底是谁，总不会是这里的巨型太岁本身吧……”我笑着说，但是话音还没有落，身上的冷汗就冒出来了。

如果说，这里有几十米大小的巨型太岁王，并不是一团真菌黏合体那么简单，而是有了某种初步意识的特殊生命体，那么会不会就是它本身为了某个目的在蛊惑蜀王呢？

若这个推论正确，那么先前一直在引导着我们来此，并控制着老鼠行动的幕后黑手，似乎也呼之欲出了……

第十一章

JINSHA ANCIENT SCROLLS

石像

正当我们将目光对准了不远处那个数十米直径的巨大太岁的时候，我的鼻子动了动，闻到了一股腥气。这种腥气不像牛羊那样带着一丝燥意和臭味，反而是带着点土腥味，但能够感觉出来是某种生物。

我很快反应过来，在这见鬼的地下洞窟中，除了肥硕的老鼠外，怕是最多的就是蛇类。那么这股突如其来的腥气，难道是……

我的脸色顿时变了，似乎为了验证我的猜测，在离太岁王最近的骸骨堆下面，开始陆续有什么东西蠕动着爬出来。等电筒的光亮照射过去，立刻就能确定骸骨堆下面爬出来的，赫然就是密密麻麻大小不一的蛇类。

这些蛇类最大的也不过手臂粗细，看上去似乎没有巨蟒的威胁大，但胜在数量极为庞大，而且还有着源源不绝涌出的架势。我们只呆了几秒钟，就怪叫一声开始逃离。

接着从四面八方，开始有先前我们遇到过的鼠群朝太岁王所在的地方会聚。和之前的鼠群不同的是，现在跑过来的老鼠们个头要小上许多，甚至可以说是瘦骨嶙峋的，动作也更加迟缓。

有几只从我们的脚边跑过，吓得叶凌菲尖叫的同时，也让我们看清了这几只老鼠身上的毛都秃了一半，看上去在老鼠当中也应该是“高龄”的长者了。

其他的老鼠应该也差不多，并且我们在离开前也发现，这些年老的老鼠虽然在涌出的蛇类面前也害怕得瑟瑟发抖，但最后却像是傻了一样，在蛇群面前停下，即便被吃掉也不逃走。

这个样子，更像是这些老鼠在进行自杀式的主动喂食，只是投递的食物就是它们自身。

我们虽然感觉事情越发的诡异，不过却没有时间在这里多加停留，在蛇群吃掉主动跑过来的老鼠前，匆匆地离开了。

在朝前狂奔的路上，我突然想起之前看到的一个关于旅鼠的故事。说是在北美，当地的旅鼠因为超强的繁殖力，每过几年就会让当地鼠满为患，而且旅鼠族群本身也会面临食物短缺的窘境。

这个时候，族群中年老或者体弱的旅鼠，就会成群结队争先恐后地跳入大海中自杀，从而降低整个族群的数量，让剩下的年轻和强壮的能够获得充足的食物活下去，延续整个种族的繁衍。

而身后的这些年老的老鼠，正在干的事似乎和北美旅鼠一样，唯一的区别是一个是跳入大海淹死，一个却是主动来到天敌蛇类的旁边，然后呆呆地被吃掉。

我估计这可能就是这地下洞窟中的蛇类和老鼠以及太岁王三者之间的宿命循环。太岁吸收洞窟中的营养物质不停生长，提供老鼠赖以生存的食物，而随着老鼠族群的壮大终究会让太岁王有一天被吃光，所以洞窟内的蛇类就专门吞吃老年的老鼠控制鼠群数量。

而数以千计的蛇类，甚至还有不知道隐藏在哪里的蟒蛇，它们有着数量充足的老鼠为食，按道理说数量肯定也不在少数，那么在这洞窟内肯定存在一样东西，能够完美地控制蛇群的数量，不让它们的族群太过庞大吃掉所有老鼠，以至于让这脆弱的生态链失衡。

那么控制着蛇类数量的东西，到底是什么？是太岁王本身，还是说这里还隐藏着其他未知的生物？不等我想明白这个问题，后方的蛇群已经将大量老鼠吞吃完毕，可依然有不少蛇并没有得到食物。

吃下老鼠肚子胀鼓鼓的蛇类开始懒洋洋地缩回到骸骨堆中，而依然饥饿的蛇类，却似乎终于发现了前方还有一大群食物在奔逃。

因为地上骸骨的关系，加上周围的光线不足，只能依靠电筒光和石壁上的蓝藻发出的些微光亮照明，我们逃跑的速度并不快。

可是这些蛇类似乎早就适应了这里的环境，而且地下长久的黑暗，也早让它们不再依赖视觉来侦查猎物所在，仅仅是我们身上的气味就足以让它们捕捉到我们精确的位置，阴魂不散地快速追了过来。

我们在地下不停奔逃，面对数以千计的蛇类，早就感觉到头皮发麻，甚至比之前遇上鼠群还要恐怖。

就连我们之中最冷静的保镖出身的阿华，估计也没有见过这阵仗。就算手中拿着武器，可是我们携带的那点子弹对于蛇群来说完全是杯水车薪。

除非我们携带有大量的火焰喷射器或者炸药，否则面对蛇群来说光是枪械几乎是无法对抗的。

在蛇群的追赶下，我们也不知道逃到了什么地方，最后我感觉到脚下一软，整个人顿时陷了下去，直陷到大腿才渐渐遇到阻碍。

我感觉自己似乎踩进了全是稀泥一样的坑中，正要开口提醒其他人，却发现所有人都一下矮了一大截，都和我一样落入陷坑中。

“不要乱动，这里似乎是一个……沼泽！”阿华的声音传来，语气中透着一丝罕见的惊慌。

“见鬼了，这地下怎么会有沼泽？”我嘀咕了一句，随即发现一个让我们感觉到无比恶心的事，那就是身下的沼泽，赫然是一种暗红色，散发着阵阵腐臭的稀泥。

暗红色的稀泥上方，还漂浮着黏稠的膏状物，在电筒的照射下散发着油光，就像是某种接近变质的动物脂肪。

我连忙屏住呼吸，但是没用，让人闻之欲呕的恶臭还是不停钻进鼻孔，让我感到阵阵反胃。

最恐怖的是，我们刚掉进来的时候，不过是刚陷到大腿的位置，可刚说了两句话的工夫，竟然已经陷入到了腰部，而且看这趋势还在继续下沉，最多一两分钟，怕是整个人都会陷入这突兀出现的沼泽中。

而在我们身后不远处，电筒光亮能够照射到的地方，两米多外就是岩石结构的地面。可我们先前惊慌失措下冲得太快，一下掉进这恶心的沼泽当中，两米多的距离已经成为分隔生与死的天堑。

难道就要这样死去了吗？我的心一沉，这不是我第一次面对死亡了，可先前的死亡气息尽管也十分可怕，但完全没有像现在这样眼睁睁看着自己的身体一寸寸沉入腐臭沼泽中这般漫长。

要知道窒息本来就是最让人痛苦的死亡方式之一，而被腐臭的沼泽烂泥活埋着窒息，想必这滋味就更加酸爽了。

阿华这个时候已经冷静了下来，吃力地从背后的背包中翻出一小捆绳子，飞快地将绳子的一头打了个活结，形成一个简单的套索。

旁边的叶凌菲醒悟过来，连忙用电筒照射附近的石壁，看能否找到一个凸起的地方，让阿华将套索扔过去。

可是我们很快都失望了。这片地下沼泽附近，虽然说不上是完全光滑，可也找不到任何凸起的石头，而且头顶的山壁也至少有十来米高，就算有几根石笋，套索也不可能扔上去固定住。

阿华看了看我们几人，突然一咬牙说：“趁着我们还没完全沉下去，应该还能救出一个人，救谁？”

所有人都沉默了，面对这样的险境，谁不想活着？听阿华的意思，是要牺牲三个人，以三个人更加快速地被沼泽吞没为代价，让一个人踩着我们的身体爬上岸去。

如果运气足够好的话，有了生还机会的人还来得及带着绳子，再拉一个甚至两个人上岸去。

“凌菲，你先上去，不要推托了，我们两个大老爷们儿就不提了，肯定是让女士优先。”我对叶凌菲说道。

Five茫然地看了我一眼，似乎没有明白过来我这个决定对她来说意味着什么，这让我心底多了一分愧疚。

可人就是这样自私，和萍水相逢的Five比起来，我当然希望自小就认识的叶凌菲能够活着。

阿华沉默了两秒，点了点头，然后将绳子飞速地套在叶凌菲身上，然后一手架在她手臂下，一手伸入淤泥下抓住叶凌菲的腰带，猛地将她朝岸边扔过去。

因为太过用力，阿华的身子狠狠朝下一沉，淤泥已经到了他胸口。不过这一来，叶凌菲离岸边也只有一米远的距离了。

她在淤泥中扑腾着继续朝前，Five似乎明白了什么，也朝她靠拢过去，然后托住她的双脚，让叶凌菲能够借力再度朝前。

Five也因此大半个身子都沉入淤泥当中。可这样一来，叶凌菲终究是有一只手接触到了坚硬的石壁，有了着力的支撑点，她终于艰难地爬了上去。

这个过程无比漫长，此时淤泥已经漫到了我们脖子，阿华和Five更是连嘴巴都开始被淤泥遮盖，连呼吸都困难了。

叶凌菲站稳脚跟后，慌忙将腰间的绳子甩了过来，嘴里大喊着：“快啊，拉住绳子，我拉你们上来……”

但是已经来不及了，短短的几秒钟，我感觉到脚下似乎传来阵阵吸力，又像是淤泥下藏着什么恶鬼在拼命拉我下去一样，我哪怕是屏住了呼吸，也感觉到一阵腥臭扑鼻而来，接着眼前也是一片黑暗。

窒息带来的痛苦让我差点忍不住要吸入一大口腐臭的淤泥。就在我感觉到难受得快要死去的时候，突然脚下一轻，朝下掉落的速度突然加快。

接着我感觉自己似乎穿透了某种渔网状的东西，然后整个人恢复了正常的呼吸，随即又在几秒钟后掉入到水中，接连呛了好几口水。

我挣扎着从水中冒出头来，大口地呼吸着，这才发现自己竟然掉入了一个直径有三四十米的圆形水潭。

这让我惊奇不已，要知道我们先前可是陷入沼泽淤泥当中，本来以为是必死无疑了，谁承想居然会莫名其妙地掉入到一个水潭里，连先前身上沾满的腐臭淤泥也差不多冲洗干净了？

而且这水潭周围的石壁上，密密麻麻地生长着无数先前我们见过的蓝藻，让蓝色的光亮倒映在水潭中，显得如梦似幻。

如果光是这样的景象，足以让人以为误闯了仙境。可当我们抬头看看上方的时候，却发现上方哪怕照射着蓝色的荧光，却依然透着丝丝暗红色，像是游动的血肉。

这让我们心中打了个问号，这到底是什么地方？为什么上方的沼泽淤泥竟然掉不下来，反而成为这水潭上空的穹顶了？

阿华和Five也陆续冒出头来，彼此的眼中都是劫后重生的惊喜。我们失去了电筒和背包以及大部分装备，也似乎不那么紧张了。

“早知道让叶小姐也和我们一起沉入到沼泽底部。”阿华望着上空暗红色的穹顶，似乎也不太明白先前暗红色的腐臭淤泥，为什么会悬空存在，而不会掉下来。

“这些淤泥……是活的。”Five突然低声说。

我们吓了一跳，虽然头顶的沼泽淤泥看上去非常诡异，像是腐烂但依然带着血水的血肉，可要说它们是活的，这也未免太夸张了。

“怎么可能，别乱说啊Five。”我干笑着说。

“不，它们就是活的，我能够感觉到。”Five坚持说道。

“你是说‘它们’，不是它，那些淤泥当中，藏着很多生命？”

“我是说那些淤泥本身是活的，因为我能感觉到它们的精神波动。对了，这种波动，和我们先前遇到的太岁王非常像。”Five摇头说。

我心中大骇，虽然在黑暗当中，我们为了逃避饥饿的蛇群不知道逃了多远，但我估计离太岁王所在的地方，至少都有一两公里的距离。

如果说头顶悬空存在的淤泥是活着的某种古怪生物的聚合体，这还能勉强说得过去，毕竟在海底也有珊瑚这种由无数微生物聚合在一起形成的海底奇观。可要说这两三亩大小的腐臭淤泥，居然和先前我们遇到的太岁王之间有着类似的精神波动，这就太过离奇了。

不过不管Five的感知是真是假，我们都不可能就这样浸泡在水潭中，于是朝着一个看上去有点像是出口的方向游过去。

幸好周围的山壁，全都覆盖有能发出荧光的蓝藻，这才让我们轻松找到出口。

从水潭中起来后，只是简单整理了下衣衫，在岸边等了十几分钟，基本确认叶凌菲不可能再度跳下沼泽也从穹顶上掉下来后，我们开始试着沿通道出口的方位朝前继续探索。

走了一段距离后，我们渐渐发现前方开始出现不少蛇蜕。有的蛇蜕看上去还算正常，但有的居然长达数米，最长的竟然达到了十二三米的长度。很显然，这到处都是蛇蜕的地方，应该是这里的蛇群集体换皮的所在。

这让我们浑身上下的神经都绷紧了，现在我们手头武器有限，别说是巨蟒了，就算是普通的蛇群也无法对付。

但幸运的是，一路上我们尽管发现了不少蛇蜕，但却没有发现一条活着的蛇类，似乎它们这个时候都不在此地，像是集体被召唤走了一样。

紧接着我们发现了地上有不少锈蚀严重的残缺青铜兵器。看这些青铜兵器依稀露出的造型，应该至少是几千年前的东西。

铁器在战国时代就已渐渐普及，而采用青铜武器，且数量不少，那至少都是战国以前的时代了。想着梓潼此地关于五丁开山的传说故事，那么极大的可能，是当时的古蜀国军队留下的。

我找到一截保存还算完好的青铜戈，在上面看到了五六个熟悉的符号。这些符号都属于巴蜀戈文，同时也是巴蜀图语的一部分。

看着铜戈上的巴蜀图语，也证实了我心中对这些武器出处的判断。

再往前走，前方还出现不少披甲的骸骨，这些骸骨大多残缺不全，像是死后又被什么生物撕咬过。有的骸骨上还有细碎的齿痕，一看就是被诸如老鼠一类的啮齿目生物啃咬过。

这一类被老鼠啃咬的骸骨只是一部分，更多骸骨的死亡，似乎是被巨蟒绞断了全身的骨头，也有的骸骨部分部位发黑，应该是被毒蛇咬死的。

但更多的骸骨，已经破碎得不成样子，就像是被数十吨重的大卡车，以一百迈以上的速度给迎面撞上过一样。

我无法想象在遥远的古代，有什么样的兵器或者古怪生物，能造成这样的伤害，除非这些破碎不堪的骸骨，是被从几百米高的山坡上推下来的巨石给砸成这个样子的。

“前面有人！”阿华惊呼一声，掏出了携带的锋利匕首。

枪支在通过沼泽的时候就不能用了，短时间内被水泡过还没有什么问题，可枪管在沼泽中沉入时被淤泥塞住，如果强行使用的话，很可能会炸膛，得不偿失。

我顺着他指的方向看过去，果然发现前方的蓝色光亮中，正站立着几个人影。

这几个人看上去十分消瘦，高度应该不超过一米七，而且身形依稀显出几分婀娜，有九成的可能是女性。

我们警惕地握着武器缓慢前行，等我们走近了，却反倒松了一口气。

阿华也不好意思地挠了挠头，因为我们以为是有人埋伏在这里，实际上不过是四个石像而已。

这是四个古典美女的石像，高度一米六左右，雕刻得惟妙惟肖，即便过了几千年，也能看出当年匠人的高超技艺。

石像的材质应该是某种黄玉。看着石像，我突然想起背包中的那个黄色的玉琮。

鬼使神差地将玉琮拿出来，和石像对比了下，赫然发现两者的材质，竟然有六七分相似，只是石像没有玉琮那么光滑细腻而已。

我们的脸色顿时变得难看起来。这个诡异的玉琮，似乎就和太岁王有关，那么这几具石像，是否也是如此呢？

这个时候我们都没有发现，一直像个小尾巴一样跟在我们后面的Five，这个时候竟然呆呆地抚摸着四尊石像，眼中不知不觉竟然带了丝丝泪光。

“怎么了？”阿华问，他先前和Five单独逃生了一段时间，比起我来和她更加亲近。

“没什么，就是觉得，她们几个的气息感觉好熟悉，就像，就像她们曾是我亲人一样……”Five情绪低落地说。

我的心一动，随即发现雕刻得惟妙惟肖的石像，不管是长相还是气质，的确和Five有几分相似。

当然，前提是Five被毁容的脸能恢复正常。但不管怎么说，从Five已经恢复了大半的体型和脸孔来看，她在毁容前肯定也是一个少见的美人，不会比这四尊石像差。

我看着眼前的石像，又看看Five，嘴里念念有词地数着：“一、二、三、四……五，Five……”

我走到一尊石像旁边，仔细地查看这尊石像的左臂。先是没发现什么，可当我拭去石像左臂的灰尘后，上面依稀露出一个弯弯曲曲的字符。

这个字符我并不认识，随即我又看了另外三尊石像，果然，每个石像的左臂都有一个字符。尽管每个字符的形状不一样，可风格甚至是笔画的走势，都和Five左臂上的字符“5”几乎一致。

我和阿华惊恐地对望一眼，想着附近的山脉的名字，再看向Five的眼神，就有些不对劲了。

这里是历史上有名的五妇岭，是当年秦惠王送给十二世蜀王的五个秦国美女的葬身之地。而她们死去的原因，是当年蜀国的五丁力士在这里杀死了一条据说有山那么长的巨蛇，巨蛇临死前的挣扎引发山崩，将五丁力士连同五个美女都一起压死。

也就是说，眼前的四尊石像，很可能是照着当年秦国国君送给蜀王的五个美女的相貌雕刻的。这本来没什么，就算是少了一尊，也有可能是在山崩或者其他原因遗失了一尊而已。事情奇怪就奇怪在石像虽然少了一尊，可我们眼前却站着一个活生生的，同样是左臂有着诡异符号的神秘女人。

Five差不多完全是处于失忆状态，连她自己也说不清楚自己的来历，我们当时也是从蛇腹中将她救出来的，虽然也明白她来历神秘而古怪，可再古怪，也让我们无法和眼前的石像联系起来。

总不会Five也是五尊石像之一，只是在某种机缘巧合下复活，然后又倒霉地被一条巨蟒给吞吃了吧？

这样的事情，骗骗小孩子还行。现实当中就算有再多神秘事件，可石像复活这种，还是太惊世骇俗了一点。

最关键的是，Five虽然已经失忆了，但是基本的交流还是没有问题。她说的话，完全就是近现代的普通话，甚至连四川方言的口音都没有，这也从侧面证明了她不可能是当年秦国送给蜀王的五个美女之一的石像所化。

不过对于眼前的石像，我们还是多少有些怀疑的，如果说当年的五个美女和五丁力士都是被巴蛇临死时的挣扎引发山崩而死，那么他们的骸骨都应该被埋在山岭当中才对，又是谁在这地下石窟中放置了这四尊形态各异的美女雕像？

而雕像和我手中的玉琮极为相似的材质，加上先前玉琮中居然能够剥离出一小块类似太岁一般的血肉下来，这更加让我感觉先前遇到的巨大无比的太岁王，似乎没有那么简单。

“我们先离开这里吧，我总觉得，这四尊石像，像是随时都会活过来一样。”阿华说道。他是从特种部队退役下来的，身手不凡，先前就算遇到鼠群蛇群时，都似乎没有这样紧张，可见眼前的四尊雕像，的确是处处透着诡异，让阿华这样的铁汉居然也产生了一丝本能的害怕。

我想这大概是阿华曾经历过生死危机，已经有了一种近乎野兽本能的直觉，即便他不像我拥有强大的灵觉，可是也从这四个美女石像身上，感觉到了一丝不祥的气息。

我点点头，然后拉着Five一起，绕开石像想要尽快离开。却不承想我们刚朝前走了几步，我就感觉到手中一热，竟然是抱在手里的玉琮不知什么原因开始发烫，差点就让我将它扔了出去。

玉琮的中间位置，像是加热的黄油一样开始熔化，接着一团半透明的胶状物被剥离下来。让人惊叹的是，这一团胶状物居然像是有生命一般，在阵阵颤动，和轻轻触碰了一下的果冻有些类似。

玉琮的热度，就是从这团胶状物上散发出来的。还好胶状物形成之后，玉琮的热度开始降低，让我按捺住了将它扔出去的冲动。

而眼前的四尊美女石雕，看上去似乎没有任何变化，一动不动，但我总感觉她们和我手里抱着的玉琮，似乎产生了一丝神秘的联系。

她们的眼睛依然看向面部所朝向的地方，但是眼神却似乎总是在朝我手里抱着的玉琮瞟过来。这是一种很古怪的感觉，要知道我们附近的四尊石像就算再怎么像真人，可毕竟是石像，哪怕比段誉当年在琅嬛福地遇到的神仙姐姐玉像还要逼真，也不至于让人产生有眼神偷偷瞟过来的感觉。

这纯粹是一种精神上的错觉，就像是冥冥当中有什么东西的精神贯注在石像当中，让我产生她们已经活过来的错觉。

接着我怀里抱着的玉琮内剥离下来的胶状物，竟然开始拉长，然后像是一条鼻涕虫一样缓缓蠕动着想要爬出玉琮。我吓得连忙将玉琮放在了地上，方便这诡异的胶状物自行爬出。

这条半透明的胶状物爬出玉琮后，竟然一分为四，分别朝四尊美女石像爬过去，然后沿着石像朝上继续爬行，一分多钟后，竟然钻入石像微微张开的口中，彻底消失不见。

我们倒吸一口凉气，握紧了手中的武器，警惕而紧张地盯着石像。

很快，石像中传来“咯咯”的声音，就像是生锈了许久的机关又被重新启动。而随着这声音的传来，四个石像竟然按照一定的规律开始动起来。

我们吓得接连退后了几步，生怕这些石像朝我们攻击。

可是石像并没有朝我们做出任何攻击动作，反而像是在跳舞一样。只不过因为石像本身的关节不知道僵硬了多少年，这本应该很优美的舞姿，就越发显得僵硬而机械，更是带着几分诡异。

“这是魑巫招魂时跳的祭舞……”Five看着以古怪的节奏跳舞的四尊石像，喃喃地说。

“魑巫？魑是鬼怪的一种，魑巫是古蜀国时期专门侍奉鬼神的巫祭？”我问道。

Five有些茫然地用手敲了敲自己脑袋，最后摇摇头说：“我不记得了，我只是看到她们的动作，脑子里突然闪过这样一句话……”

我翻了翻白眼，也不知Five到底是真傻还是在装傻，关键时刻总是掉链子。

随着四尊石像的动作越来越快，她们的舞姿也似乎渐渐流畅起来，虽然还是免不了僵硬的感觉，但至少不像是几个关节损坏的提线木偶一样给人十分古怪的感觉。

四尊石像将一段舞姿接连循环了三四遍。接着地上的玉琮，竟然整个开始熔化，最后形成一个直径有二十厘米，厚度大概两厘米，中间有一个铜钱大小孔的光滑碟形物。

“这是什么东西？”阿华一脸蒙地说。

“你问我，我问谁去？”我苦笑着说，眼睛不由自主地看向Five。

“禹王锁蛟镜！”没有想到，Five竟然还真的答出来了。

我大吃一惊，要知道禹王锁蛟，是大禹治水时期的一个传说。当时天下洪水泛滥，大禹治水时需要打开龙门山。关于龙门山有两个地点，一说是位于山东泗水县的龙门山，还有一说就是今天四川地区的龙门山脉。

史学界一般偏向第一种说法。传说龙门山其实是一条恶龙，大禹为了导黄河洪水入海，凿穿了龙门山，同时也就斩杀了恶龙。而恶龙的子嗣中有一条蛟，继续在下游兴风作浪为父报仇，最后被大禹锁在了一口井中，这口井也被后人称为“禹王锁蛟井”。

但现在由玉琮熔化最后重新塑形而来的石镜，竟然被Five称为禹王锁蛟镜，到底是传说年代太远造成的口误，还是失忆的Five记错了？

Five到底是什么人，哪怕已经失忆了，居然还能凭着一些微不足道的线索，一口就叫出在我们眼里诡异莫测的石镜名字？

如果传说当中的“禹王锁蛟井”中最后一个字是从“镜”字演化而来，并且还是出现在这位于梓潼五妇岭的地下石窟中，如此看来，当年大禹凿开的龙门山，很可能也是指四川境内的龙门山脉。毕竟出身羌族的大禹，本身就是生于龙门山脉之中的石纽地区，那个地方至今依然有着被称为“禹穴”的遗迹。

这个时候四具石像已经停止了舞蹈，而周围的石壁，却传来明显的晃动。我们都以为石壁要坍塌了，却发现其中一面石壁，竟然缓慢地移开，然后露出一个大洞来。

我走上前去，将地上的禹王锁蛟镜捡起来，这才发现这石镜的背面没有正面那么光滑，但却密密麻麻地刻满了细小的铭文，看上去都是用巴蜀图语写成的。

只是以我的见识，只能勉强认出其中六七个字符的含义，当它们和其他陌生的字符连在一起，就完全不知道是什么意思了。

石壁中应该是有机关，而开启机关的方式，赫然就是原来还是玉琮模样的禹王锁蛟镜，而当初我们得到玉琮时，也似乎是受了某种神秘力量的指引。也就是说，很可能是同样的力量，指引着我们来到此地，利用玉琮开启了机关，而玉琮也变回了禹王锁蛟镜的形态。

或许一切的秘密都藏在这开启的洞口后面，只是我们面对这黑漆漆的洞口时，却失去了前去一探的勇气。

反倒是Five，竟然一个人独自上前，似乎里面也有某种力量在吸引她一般。

我和阿华对望一眼，两个大老爷们儿，怎么样都不能输给女人啊。于是也硬着头皮跟了上去。

我将禹王锁蛟镜放在背后的背包里，沉甸甸的似乎连重量都提升了一倍，也不知道究竟是什么原因。

新出现的洞穴里面十分黑暗，因为没有像外面石壁上那样布满了蓝色的发光藻类。幸好我们的背包里面还有最后一个备用的电筒，之前的那个早已经遗失在沼泽当中。

打开电筒后，沿着洞穴前进了一阵，发现里面十分干燥，没有外面那种潮湿阴冷的感觉。按理说这是不太可能的，这里离那地下水潭也不是太远，水潭中的水长年未干枯，很明显是连通了地下暗河，因此整个石窟中都充满了潮湿的气息。

而这个新出现的洞穴，却反而异常干燥，除了被密封得很好外，肯定还有其他原因。

过了四五分钟，我们沿着洞穴来到一个大厅之中。这大厅的高度有二十多米，用电筒照了照，发现这里起码有一两百平方米大小。

在大厅的正中，也有着几尊石像，不过这些石像明显都是肌肉虬结的壮硕男子，而且高度都在三米五以上，雕刻的手法也十分粗犷，远远不是之前洞穴外遇到的四尊美女石像那样精细。

石像的数量，一共是五个，身上都似乎穿着粗糙的兽皮衣服。五个大汉的面貌，都十分相似。五具石像几乎是一致用力地拥抱着大厅中央的一根上粗下细的巨大石柱，一下就让我们脑子中冒出了一个词语——五丁开山。

是的，这五个壮硕至极的巨大男子的石像，很可能就是传说当中的五丁，绝无可能是其他身份。

看着这五个怒目圆睁的石像，哪怕雕刻的技艺无比粗糙，我也能从中感受到他们身上那股力拔山兮的力量感。

这种纯粹的力量透过石像展现出来，没有丝毫的花哨，如果是在武侠小说中，怕是真的能做到一力降十会，不管对手的招式如何精妙，都抵挡不住这五个高大力士那纯粹的力量。

不知道为什么，Five看着这五尊巨大的石像，完好的那只眼睛，竟然无声地流下了泪水，就像是看到自己正在受难的亲人一样。

接着Five做出了一个谁也没有料想到的举动，她抱起地上散落的一块足球大小的石头，狠狠地朝其中一具石像砸过去。

以她的高度，就算举起石头，也只能砸到石像大腿的位置，最大的可能就是石头弹回来，然后伤到她自己。

可让我们目瞪口呆的事情发生了，石像的大腿，竟然直接被砸开了细密的裂缝，就像石像本身早已经像瓷器一样脆弱。

Five没有停手，而是继续双手抱着石头砸过去。五六下之后，那具石像的大腿位置开始不停有细碎的石头崩落，最后掉下了好几块，露出里面如同玉质一样的两根粗大的腿骨来。

腿骨上没有任何伤痕，就算石头砸在上面也一样，只留下了一些石粉。

我和阿华脸色古怪地开始检查掉落在地上的碎石，却发现这碎石只是看上去像石头而已，实际上成分就像是凝结在一起的黄泥块，只要稍稍用力，就能将之破坏掉。

接着不用Five动手，我和阿华也一起捡起附近的石头，开始砸向其他几具石像。

结果是令人震惊的，五具石像里面，竟然都包裹着如同玉质的骸骨，并且这骸骨和石像一样高大，就像是原本骸骨主人的血肉化成了不那么坚硬的石头，而里面的骸骨却依然坚如钢铁。

可是，目前人类破纪录的身高是一九四〇年去世的美国人罗伯特·沃德洛，曾达到惊人的两米七二，可那基本上是因为患有巨人症的缘故。

而眼前的五具渐渐显露出来的如同玉质的骸骨，却分明是符合正常人的完美比例，只是要高大一倍，有差不多三米六的高度，比起罗伯特·沃德洛来，都还要高上将近一米！

要知道就连漫威当中的绿巨人浩克，变身后都才身高两米四三，体重六百三十五公斤，那么眼前这五具高达三米六的骸骨，壮硕程度丝毫不比绿巨人差。也就是说他们生前每个人的体重差不多都超过一吨，这完全就是真正的巨人！

只是，世上真的存在巨人吗？如果有的话，早就应该被人类发现了。还是说这如同玉质的骸骨根本就是人为雕刻出来的，然后在外面抹上了一层泥土，经过了千百年的时间完成了一半的石化过程，看上去像是石像，实际上作为血肉的泥土并没有石头那样坚硬而已？

可随着玉质骸骨露出的部位越来越多，这些骸骨是人为雕刻的可能，却越来越小，因为我们无法说服自己，在几千年前，到底是什么人能够将如此坚硬的材料，完全按照人体骨骼的比例放大后雕刻得如此惟妙惟肖。

第十二章

JINSHA ANCIENT SCROLLS

巨骸骨

“他们，应该就是当年的五丁！”我声音有些沙哑地说。

之前我曾见过同样高大的巴蛇神复制体，半人半蛇的存在。可是即便是面对如此可怕的怪物，我也没有见到眼前五具巨大的骸骨这般震撼。

因为在正常人的眼里，怪物高大一些，当然是可以理解的。可一看到世上居然曾经存在过三米多高的巨人，还是五个一起出现，哪怕仅仅是骸骨而已，也让人觉得不可思议。

人们对和自己是同一个物种，但是在体型和力量上远远超越自己的生物，其实畏惧的程度要比对一个长相狰狞的怪物多得多。

我猜测这可能是“恐怖谷”效应的一个体现：完全不像人的怪物，不管怎么高大可怕我们都勉强能够接受；可一旦对方的外貌是无限接近于人类，但又和正常人有所区别，那么这种恐惧却反而会成倍增长。

我也终于明白过来，为何所有的民间传说当中，五丁都是力大无穷的力士，哪怕是当年的秦国国君，也曾忌惮五丁的存在。

如果眼前的五具巨大的骸骨真的是当年的五丁力士，那么在冷兵器为主的古战场上，他们几乎都是无敌的存在。

别的不说，哪怕是这五个巨人都只是抱着一棵大树在战场上发起冲锋，都没有任何一个兵种能够抵挡，哪怕是东南亚国家的战象都未必是五丁的对手。

也难怪在传说当中，五丁力士面对如山般的巨蛇，居然敢毫不畏惧地与之搏斗，最后引发山崩和巨蛇同归于尽。

这完全是因为他们本身就是非人的存在，很可能是历史上消失的巨人族最后的传承。五丁死亡之后，这世上再也没有出现过能够凭着几人之力改变战场局势的巨人了。

如果说五丁是真实存在过的力大无穷的巨人，那么新的问题来了：当年能够让五丁同归于尽的传说级的巨蟒巴蛇，是否也是真实存在过呢？

之前我们曾怀疑，五丁开山以及杀死巴蛇的传说，很可能是被夸张了的，当年就算真的有五丁存在过，杀死的也很可能最多是一条约二十米长的类似泰坦巨蟒的家伙。

可现在看来，五丁当中任何一个巨人面对这个级别的巨蟒，都丝毫不会输给对方，根本就用不上五丁一起出手。

也就是说，当年的五妇岭附近，还真的存在过一条巨大无比，连五丁联手都不一定能杀死的巨蟒。而这巨蟒，很可能是和巴蛇神有着某种特殊的联系，是巴蛇神为降临人间准备的肉身。

要知道巴蛇神这样的神灵，尽管只是汇聚了古蜀时期的生灵愿力——因为世界的冗余形成的某个特殊意识空间内自虚无中诞生出来的神灵，没有任何实体——可它的灵魂或者说意识，却强大无比。

天父组织的人，仅仅是掌握了召唤巴蛇神一丝意识的咒文，居然就能闯入真相派在省城的基地内，让好几百人一瞬间全部晕过去，由此可见巴蛇神的意志有多么可怕，根本就不是普通人类那点可怜的精神强度能够抗衡的。

而要承载如此强悍的意识，普通人的肉身肯定也不行，只能是真正的神躯或者巴蛇这样数百米长的庞然大物。

如此说来，传说当中长达一百八十米的巴蛇，很可能没有太大的水分。古蜀国灭亡前夕，在梓潼五妇岭或许真的出现过这样一条巨蛇，为了迎接巴蛇神的意识降临而存在，只是不巧被迎接五个秦国美女回蜀国的五丁发现，然后悍然斩杀。

只是五丁也因此付出了生命的代价，毕竟那是巴蛇神不知道耗费了多大神力在凡间凝聚的肉身，五丁就算是巨人的后裔，这样的举动也无疑是在屠神了。

像巴蛇神这样真实存在过的古蜀神灵，最终居然被五个高大的莽夫给毁坏了留在人间的肉身，甚至因此受到重创，巴蛇神心中的郁闷和恼怒，也可想而知。

想到这里，我看着上大下小被五丁力士至死都紧紧抱着没有松开的石柱，再回忆关于五丁开山的传说，当年的五丁曾经抱着巴蛇的尾巴让巴蛇无处可逃，而眼前石柱的形状……难不成，这如同石笋一样从上方延伸下来的石柱，竟然就是巴蛇神留在人间的肉身？

我脸色更加难看起来。Five失去大部分记忆，阿华又是个保镖，根本不知道多少关于古蜀神秘事件的秘密，就只有我了解部分内情。他们两人都根本无法想象，我们要面对的敌人到底是什么。

我开始疯了一样破坏石柱。果然，石柱的外壳，也和五丁石化的肌肉一样，脆弱不堪，反倒是里面露出的粗大的一节一节的骨骼，像是白玉雕刻成的一般，看上去晶莹剔透，但是又坚硬无比。

不过让我意外的是，石柱竟然很快断开了，接着完全垮塌。还好石柱并非是完全的石头，而是巴蛇的血肉石化了一半形成的，并不坚硬，我们又躲闪得快，只是被散开的石柱砸得有些狼狈而已，并没有受伤。

在散落的石化血肉中，我重新扒出了先前看到的那一段骨骼。这似乎是雕刻得很精细的玉质工艺品，只有一尺多长，形状像是微微弯曲的牛角，最粗的部分大概就拳头大小，另外一边尖端也有一角的硬币大。

整段骨骼一共由五截尾椎骨组成，环环相扣，连接得十分紧密，即便用很大的力气也无法将之拆分开。

如果不是事先知道这很可能是巴蛇神遗留在人间的骨骸的话，换个地方我恐怕真的会将之看成是一件艺术品。

不过，为什么五丁的骨骸几乎全部完整地保留下来，可巴蛇的尾巴，却似乎只剩下了一个尾巴尖？而且按照巴蛇可能存在的体型来看，这尾巴尖似乎都是浓缩了大半，实际上的骨骸应该要比眼前的玉质骨骼大好几倍才对。

“这是蛟尾，它能带我们找到神躯沉睡的地方。”Five恢复了先前的平静，看着我手里的玉尾骨说。

“这玩意儿要怎么用？”我不再纠结Five为什么会知道这些，总之她的来历十分神秘，我怀疑很可能还是和五妇当中消失的那个雕像有关。

不过她说这是“蛟尾”，而不是蛇尾，很明显，在Five眼里，曾经和五丁同归于尽的巴蛇，其实是一条蛟。

许慎《说文解字》卷十三中曾写道：“蛟，龙之属也。池鱼满三千六百，蛟来为之长，能率鱼飞。置笱水中，即蛟去。”

三国时训诂学家张揖在《广雅》卷十中这样描述蛟：“蛟状鱼身而蛇尾，皮有珠甖，似蜥蜴而大身，有甲皮，可作鼓。”

晋郭璞《山海经传》对“虎蛟”的解释是“蛟似蛇，四足龙属，其状鱼身而蛇尾，其音如鸳鸯，食者不肿，可以已痔”。

可以说，蛟在文献记载和民间传说当中，都被认为是最接近龙的动物。只是没有龙角和龙爪，更像是一条巨蟒，因此蛟又被称为“蛟蛇”或者“蛟龙”。

总之，龙算是一种神话动物，而蛟却是现实中曾数次被目击发现过的一种凶猛动物。当然，大部分目击或记载，所看到的要么是巨蟒，要么有可能是鳄鱼。

按照一般民间的说法，蛇类大到一定程度，经过雷劫后就进化为蛟，经过九次雷劫的就成为龙。可是要多大的蛇才能称为“蛟”，却是没有定论的。

不过我想，只要有二十米以上，世间几乎不可能看见的巨蟒，都可以算是某种意义上的“蛟”了。因此，如果巴蛇的长度真的有一百八十米长，完全是有资格被称为“蛟”的。

那么在这地下石窟中，居然出现了禹王锁蛟镜，而这镜子的原型，又是一件镇压邪祟的玉琮。那么有没有这样一个可能，就是这禹王锁蛟镜，原本是大禹用来镇压巴蛇的法器，后来巴蛇不知道什么原因尾部逃出了部分，刚好被带着五个秦国美女归蜀的五丁发现，于是与之大战，最后引发山崩。

时间一晃就过去几千年。五丁因为是巨人后裔的缘故，身上的血肉并没有腐烂，而是渐渐石化，被他们紧紧抓住尾部的巴蛇也是一样。

只是巴蛇的骨骼为何只剩下一小截尾巴，其余的骸骨又去了哪里，后来又是谁在石窟中设置了机关将五丁的遗骸封存在山洞中，然后将四尊美女石像和禹王锁蛟镜作为开启的机关钥匙，却不是我根据目前能得到的些微信息能够猜出的。

不过，我们所救下的Five，似乎对这件事知道一些内情。如果她的失忆不是装出来的话，我们或许能从她口里得到真相。

只可惜现在肖蝶不在，以她对催眠术的认知，有很大的把握能恢复Five的记忆。

“你将它给我。”Five突然说，还指了指我手中拿着的蛇尾骨。

我犹豫了一下，如果Five一直以来都是在演戏，她的目的就是得到这一截蛇尾骨，那么我们对她来说很可能就失去了利用价值。

但是不知道为什么，看着Five哪怕仅仅只剩下了一只，但依然清澈得没有任何杂质的眼睛，我却说不出任何拒绝的话来，便鬼使神差地将手中的蛇尾骨递给她。

还好，Five没有任何让我担忧的举动，而是轻轻抚摸着蛇尾骨，然后将它贴向了自己的额头，闭上了眼睛。

莹白如玉的蛇尾骨上，似乎开始弥漫起一层淡淡的蓝光。接着我感觉背心一热，慌忙把背包取下来，将里面的禹王锁蛟镜拿了出来。

果然，禹王锁蛟镜上面，也开始升腾起淡蓝色的光芒，似乎和同样正在发光的蛇尾骨有着某种神秘的共鸣。

接着禹王锁蛟镜上，开始出现模糊的画面，这画面先是呈现出一幅代表着岁星的星图，随即又变化为一条山峦。

这山峦上下起伏，看着有些眼熟，而且也并不高，估计最高峰也就几百米而已。

但是随着画面的拉近，我这才发现这哪里是什么上下起伏的山峦，分明是一条巨蛇，正盘踞在低矮的山谷之中。也不知在这里待了多长时间，连身上都有不少茂密的植被生长出来。

我稍微估量了一下这巨蛇的长度，骇然发现巨蛇起码有上千米长，比传说当中长达一百八十米的巴蛇，还要长上至少五倍。

这已经超越了人想象的极限，甚至可以说是极为不现实的。这样巨大的生物，要是生活在有着浮力的海水里还勉强说得过去，可在陆地上，光是它自身的自重，就足以将整个身体压成肉饼了。

更何况要维持如此巨大的身躯的消耗，恐怕时间一长，整个四川地区的动物都不够它吃的，这样的生物绝对不可能是存在于这个世间的。

果然，那巨蛇庞大的影子开始渐渐淡去，显现出低矮山峰本来的样子。最后巨蛇似乎缩小了很多，定格在一两百米的长度，头部是蓝色，而身体却是黑色，头顶两侧分别有一个高高的凸起，却并没有长出角来。

即便如此，长达一百八十米的巨蛇，也足够惊人了，这样的生物的确是无限接近于古人想象中的蛟龙了。

接着画面一变，五个高大的巨人，带领着一队士兵护送着一辆华丽的马车从一条栈道缓缓前行。

巨人看到正朝石窟中钻的巨蛇后，立刻停下了队伍。却不料一股妖风吹过来，竟然将队伍中间被严密保护着的华丽马车卷起，跌入深不见底的地穴当中。

其中一个巨人连忙上前，拽紧想要逃走的巨蛇尾巴。可是那巨蛇的力量，比起巨人来说依然要大上不少。接着其他几个巨人也上前去帮忙，却一同被巨蛇拖入到洞窟当中。

一队看上去还算精锐的士兵，也跟着冲杀了进去。看起来被劫走的马车对这支队伍来说十分重要，如果有什么闪失，很可能这支队伍的人会跟着倒霉。

接着大地开始摇晃震动，地穴深处传来阵阵沉闷的吼叫，最终地裂山崩。还留在地面上早就被吓得面无人色的大军也被崩塌的山石掩埋。

时光开始变幻，被压在山下的巨蛇血肉，一部分因为周围石头泥土材料的侵蚀渐渐石化，一部分却完全腐烂，最后形成一片数十米宽的小小血肉沼泽。

从腐烂的沼泽当中，部分血肉沿着一条地缝流淌到千米之外的一处空间，然后和地下石窟中的某种成分开始相互交融，形成肉块一样的东西，更是开始如同变异的癌细胞一样快速生长，最后形成一座奇大无比的肉山，也就是之前我们遇见过的太岁王。

太岁王通过绵延上千米的地缝，汲取着血肉沼泽的营养和力量，体型开始快速膨胀，最终似乎触动了这里留下的某种禁制，被蓝色的光晕给困在一个地方，完全无法移动。

我们看到这一幅幅画面，不由得目瞪口呆，想不到我们之前遇到的太岁王和沼泽，居然都和当年巴蛇死亡后的尸体有关。只是这禹王锁蛟镜，并没有让我们看到巴蛇和五丁具体战斗的过程，只知道在巴蛇的尸体附近，还有不少古蜀国战士的尸体。

现在我们也终于明白过来那些破损的战甲和兵器是怎么来的。还有那如同被火车撞过之后的碎骨，很明显都是被巨大无比的巴蛇给撞击得全身骨折，血肉成泥。

蓝色的画面渐渐模糊下去，最后完全消散，禹王锁蛟镜上的热度，也紧接着消失了，恢复了正常的温度。

Five将蛇尾骨从额头取下，递给我后说道：“从它上面我感觉到有一股力量，在召唤我。而且不知道为什么，我能看到这件事，似乎和你有关。”

我大吃一惊，这种感知，已经不仅仅是灵觉强大那么简单了，能够感知到自己和他人的命运，这几乎是勉强达到了看透他人命运线的地步。

要知道能看透他人命运线的人，全世界加起来都不到一只手的数目，而眼前这个被我们随便“捡”到的毁容女子，居然也具有如此神奇的能力？

“这股力量的源头在哪里？和我又有什么关系？”我问道。

“应该还是在这石窟的某处，我们沿着这条巨蛇的尸骨形成的通道，就能找到它。”Five说道。

我抬起头，看看上方将近二十米的高度，苦笑着说：“你的意思是说这条死去多年的巨蛇，因为失去了骨骼而形成的天然通道？”

的确，巴蛇的躯体死去之后，按理说如果部分血肉已经腐化，没有腐化的部分也早已经石化。骨骼神秘消失只剩下一小节尾骨的巴蛇，其身体内部却因为脊柱原本占据的空间太大，而形成了一条完全能够容人通过的通道。

只可惜这通道至少都离地面有十几米高，以我们目前的装备，要想爬上去十分困难。

“我有办法。”阿华看出了我的犹疑，说道。

他从背包中翻出另外一捆绳子，还有一把登山镐，将绳子拴在登山镐中段，然后飞速地甩动着登山镐，最后猛地放手，登山镐顿时带着绳子朝顶部扔过去。

他扔出登山镐的位置十分巧妙，正好卡在一块凸出的石头里面。使劲拉了拉绳子，没有要掉下来的迹象。

还好这是真正的石头，并非是巴蛇才石化了一半的血肉，否则仅仅是比凝固的泥土坚硬一点的硬度，根本就无法承受一个人沿着绳子朝上攀爬的力度。

阿华当先爬上去后，又分别将我和Five也吊了上去。还好里面的巴蛇消失的脊柱空出来的洞穴并非是笔直往上的，而是存在一个比较大的倾斜角，否则阿华连落脚的地方都没有，根本不可能使力拉我们上去。

我们猫着腰沿着脊柱的空洞爬过去，最开始的空洞只能容纳一个人弯腰勉强前行，到后面却越走越宽敞，很明显这是因为最初的空洞，是巴蛇靠近尾巴的部分。当我们走了一段距离后，开始来到巴蛇腹部，空洞自然就越来越大，最后甚至能够容纳两三个人并排前行。

走了四五十米的样子，原本的空洞消失了，前方很明显是天然形成的洞穴，似乎巴蛇尾巴部位的五六十米，是断裂在这里的。

不过带路的Five并没有停下，而是朝着自然的洞穴继续前行，最后来到一条只有二十多厘米宽，长度却有十几米的石质横梁上。

这是一处敞开的空间，但下方却是深不见底的地缝，周围也延伸了数十米才有其他石壁，包括上方也是一样。

如果我们不能从这狭窄的石梁上通过，就只能选择倒退回去。

看着眼前的石梁，Five也有些为难，毕竟按照这地缝的深度，谁也不敢保证万一掉下去还有活着的希望。

要知道先前我和叶凌菲从上一层地穴掉下来的时候，本来都以为我们死定了，如果不是正好落在太岁王身上有足够的缓冲，恐怕早摔成了肉饼。

“我先过去。”阿华看了看石梁，这对一个特种军人出身的保镖来说并不算什么。

他将绳子的一头固定在这边的一处凸起上，然后微微弯下腰，降低重心，双手伸展开来保持着平衡，开始快速通过石梁。只不过七八秒钟，阿华就一口气冲了过去。

我们都松了一口气，随后依照阿华的吩咐，将绳子拴在腰间。另一头的阿华早已经将绳子固定好，这样就算我们不小心掉下去，也不会摔死。

我和Five终于千辛万苦地通过石梁，和阿华一起继续朝前方摸索前行。可走了没多久，Five突然抱住脑袋，脸上露出痛苦的表情。

“怎么了？”我慌忙问道。看Five的样子，连额头和脖子上的青筋都绽出来了，不像是假装。

阿华也有些奇怪，毕竟我和他都没事，为什么Five突然头痛欲裂起来？

我们只能暂时停下。我摸了摸背包里还剩下的一支能解除毒素和异常状态的绿色药剂，有些犹豫要不要给Five使用。

就在这个时候，Five脸上的痛苦神色开始缓缓消退，似乎那阵突如其来的疼痛渐渐消失了。我们松了一口气，在没有找到关于巴蛇的真相之前，我们三人中唯一有着能够看透部分命运线能力的Five是不能出事的。

同时心底也升起阵阵担忧，肖蝶和叶凌菲都相继失散，也不知道她们找到新的路逃出去没有？

我注意到Five恢复之后，脸上似乎多了一层似笑非笑的古怪表情。不过当我再询问的时候，她却只是摇了摇头，并不多说，这让我不由得多长了一个心眼。

没过多久，我们进入一个庞大的地穴之中，接着看到了一幅让我们永生难忘的景象。

在这地穴的四周，也稀稀落落地生长着一些蓝色的藻类，不过这些藻类发出的荧光，和地穴顶端的一颗光球比起来，就完全不算什么了。

这颗光球，即便是站在我们现在的位置看起来，都有足球般大，但真要算上距离的因素，我估计它的直径怕是超过一米，就如同一张小圆桌。

光球发出的光，是绿色的，因此将周围的山壁，都照得一片惨绿，看上去十分瘆人。

而光球的下方，却是一个奇大无比的头骨，长有十几米，高度达六七米，光是那张巨口就有差不多五米长，里面布满了比牛角还要大一圈的牙齿。

这还只是普通的牙齿，靠近头骨嘴唇位置的四颗獠牙，更是有两米多长，别说是人了，就算是一头恐龙，也能一下咬穿。

巨头的头骨当然不是人类可能拥有的，就算是五丁的巨人骸骨，比起眼前的头骨来都如同蚂蚁一样渺小。

很显然，这头骨是巴蛇留下的。四周除了巴蛇的头骨之外，更是密布着不少青铜祭器。

其中就按照十二个不同的方位，分别矗立着十二尊方面大耳、眼睛凸出的青铜人像。这些人像高三米多，和五丁几乎差不多高，只是看上去没有五丁那么强壮而已。它们都面带神秘的微笑，面朝着中间的巨大头颅。

而且它们的手中，都握着一截青铜树枝。几乎不用细看我也能猜出，这些青铜树枝是扶桑神树的枝丫，代表着另一个古蜀时期的神灵青铜神树的力量。

青铜树枝的尖端，连接着十二条铜链。这些铜链上面都刻满了细小的符文，另一端被镶嵌进了巴蛇头颅之中。

在十二尊高大的青铜人像周围，还有鱼凫鸟和鳖灵的雕像，不过有些散乱，没有手持扶桑神树树枝的青铜人像站立得那么整齐。

地上更是被开凿出了无数符文线条，以铜汁浇灌，形成一个连接十二尊青铜人像的符文大阵。

很显然，这是在巴蛇被五丁力士杀死后，又有人来此设下了这个大阵，将巴蛇神的头骨镇压起来。

那么是什么人这样做的呢？当年五丁力士和巴蛇同归于尽之后，蜀国十二世开明王杜卢曾来此凭吊秦国所送的五个美女，更把此地改名为“五妇岭”，甚至因此留下十二世开明王爱美女轻江山的骂名。

可现在看来，既然身为一个王者，甚至在历史上曾和位于今天的重庆江北的巴国开战并一度取得胜利的蜀王，哪里可能是那么简单的人物，对于五个有着移山填海之力的五丁力士不去珍惜，反而会对五个秦国美女的死唏嘘不已。

当年十二世蜀王杜卢来此凭吊死去的五个秦国美女不过是掩人耳目，真正的目的，很可能是和蜀国的巫祭一起，在此设下这个神秘的法阵。

只是这个法阵的作用到底是为了镇压巴蛇神的头颅不让它复活，还是有其他的原因，就不得而知了。

“你们看它的头骨中心位置。”阿华突然说道，打断了我的沉思。

顺着他所指的方位看过去，我这才发现，巨大的巴蛇头骨中心，赫然有一个一米直径的孔洞，而孔洞的里面，似乎有红色的血肉在蠕动。

这大大勾起了我们的好奇心。要知道五丁开山传说发生的时间，是公元前三一六年，也就是两千三百多年前。巴蛇这很可能是地球陆地上有史以来最巨大的生物，就算再怎么强横，死后的血肉甚至都能化为泥沼和太岁王这样诡异的生命体，但也是以另外的形式苟活下来。

可巴蛇的头骨当中，明显已经被打破了一个大洞，难不成里面还依然保持着活性的血肉组织不成？

我们从洞穴口子沿着坡度下到空旷的大厅中，然后小心地攀爬过去，注意不去踩地上的符文线条，否则天知道会发生什么事。

接着阿华搬过来几个鳖灵的雕像将地面垫高，帮助我爬到了巴蛇的头骨上方。

我小心翼翼地抓着巴蛇头骨粗糙的边缘，发现这头骨和尾骨有着明显的不同：基本上就是骨质的，只是比一般的骨头显得更加坚硬而已，没有那种光滑的带着一丝温润的玉质感觉。

难道是因为这里的诡异法阵，才让巴蛇的头骨没有像那一小节尾骨一样凝聚成玉质的？还是说这头骨中缺少了什么成分，做不到这一点？

不过等我爬到头骨中心位置的空洞，朝下面看过去的时候，才发现我们先前的设想，都不太对。

在厚厚的头骨里面，并没有我们设想的各种蠕动的血肉组织，而仅仅是在一片淡黄色的黏液当中，竖立着一个有一人高的巨型肉茧。

这肉茧看上去和我们在蚕丛王墓外看到的肉茧有几分相似，但却没有任何被丝线包裹的感觉，而是带着犹如煮熟的茶叶蛋花纹的褐红色卵型肉块。

确切地说，是无数的网状筋络一样的结缔组织，包裹着一个卵型的肉块。还有不少青黑色的犹如血管一样的东西，从肉茧上延伸出来，然后扎入下方。也不知道最终通向哪里。

这肉茧似乎是将巴蛇的头颅当成了一个培养皿，至于肉茧里面到底是什么，我完全不敢去想象，只感到一丝深深的寒意。

“里面是什么东西？”阿华在下方问道。

“是一个肉茧，不知道有什么用。不过我估计，这个古怪的大阵要封印的东西，很可能不仅仅是巴蛇的头颅，而是里面的肉茧。”我答道。

“不，这不是封印的法阵，而是汲取。这个法阵的作用是汲取巴蛇头颅的力量，然后供应给里面的……肉茧。”Five摇头说道。

Five的来历十分神秘。虽然她失去了记忆，但是不知道为什么，在面对这地下石窟处处透着的诡异之后，我反而觉得她不会在这些地方撒谎。

“要用巴蛇神遗留在人间的肉身头颅作为培养的器具，还要汲取巴蛇的力量，这是明目张胆地和巴蛇神作对啊。是什么人这么大胆——等等，如果这里的法阵是十二世蜀王杜卢派人秘密设下的，那么这么做的人，会不会是……”我被自己的推测吓到了。

要知道开明王朝是继承自杜宇王朝，从建国到被秦国灭亡，国祚绵延三百多年，中间历任十二位蜀王。

而开明王朝的前身杜宇王朝，其国姓就是杜姓。如果旺达释比的解释没错的话，我们杜家其实是有着一丝杜宇王朝王室血脉的。

杜宇和开明两个王朝的更迭，却不像其他朝代那样血腥，反而是杜宇最后一个蜀王，传给当时的丞相鳖灵的。而鳖灵的后续子孙，为了纪念这样的传承，也改姓为“杜”。

如果说当年是十二世开明王杜卢在此建立了这个法阵，加上不久之后蜀国就被秦国所灭，那么这件事隐藏的真相，怕是不那么简单。

Five说得没错，这件事很可能真的和我有关，确切地说，是和我身上的杜家血脉有关。

我身上的血脉，因为古蜀金沙文明的缘故，又被称为“金沙血脉”，但这不过是后世的一个称呼而已。真要说起来，这血脉实际上就是杜姓的古蜀王室血脉，只是不是每一个古蜀王室后裔子孙都有机会觉醒这血脉而已。

可能是我运气不错，在我爷爷和父亲身上都没有半点觉醒迹象的血脉，反而让我在十二岁的时候就彻底觉醒了。虽然很快被旺达释比给封印住，可如今那封印也差不多被挣脱了大半。

而古蜀国当中，除了一直以来以五神作为祭拜的神灵外，还藏着一个关于长生的秘密。五神以长生为诱饵，换取古蜀国的历任国王的祭祀，而这祭祀也是让五神得以在意识空间内继续生存的信仰资源。

古蜀国被灭亡后，五神的祭祀秘密也随着亡国而被掩埋起来。五神失去了祭祀和信仰，不得不陷入沉睡，这让意识世界中原本只是起到辅助作用的人族意识体重新繁盛起来。

而传到我身上的金沙血脉，最终并没有传给开明王朝的成员，因为开明王朝的王室虽然也姓杜，但和杜宇王朝的王室之间并没有直接的血缘关系。

也就是说，从开明王朝的第一世开明王，丛帝鳖灵开始，这个王朝的成员就失去了之前的蜀王所拥有的血脉力量。

这对一个渴望长生和强大的王者来说无疑是无法接受的，因此古蜀开明王朝的十二代蜀王做出任何让人惊叹的怪异举动，其实都是可以想象的。

这个作用不是封印而是汲取力量供应肉茧的法阵，很可能就是十二世开明帝杜卢故意设置，用来剥夺巴蛇神神力的法阵。换句话说，十二世开明帝杜卢想要的不仅仅是长生那么简单，他甚至想要让自己也成为神灵！

那么肉茧当中到底藏着什么就呼之欲出了。那里面很可能就是十二世开明帝自己。正因为他在五丁力士死后耗费大量国力在这地下石窟设置了法阵，修建机关，才让秦国军队有机可乘，一举灭掉蜀国。

大概在当时的十二世开明帝杜卢看来，只要他能够继承巴蛇神留在人间的力量，哪怕是一小部分，就不仅仅是能够长生不死，更有可能获得非同凡响的神力，远远超越之前蜀王的血脉力量，成为能够行走在人间的真实存在的神灵。

这无疑是一个很不错的计划，只可惜杜卢在完成这个计划的过程中，或许是遭受天妒，或许是其他什么隐藏的条件没有达成，当他进入到这个肉茧当中，的确无时无刻不在汲取巴蛇神的力量，却并没有等到自己破茧而出的一天。

我想杜卢当时在不知道从哪里得到这个方法时，对方肯定是料想到这一点的，甚至很可能故意隐瞒了其中的一个关键——那就是时间。

汲取巴蛇神的神力成神的方法，很可能要经历几千年的漫长时光，而杜卢并不知道这一点，大概以为最多几年就能完成。因此当他进入肉茧，只暂时委派了一个傀儡担任蜀王。

他大概是想着当自己有一天携带神力破茧而出时，就能够轻松收回王权，从而与秦国争霸，乃至横扫整个天下。

我曾在图书馆查到当年灭蜀的是秦国的大将司马错，但居中协调定计的是大夫张仪。

张仪是什么人，想必大家都知道，战国时期最著名的纵横家、外交家，以横破纵，生生打下了秦国后来一统天下的基础。

可最让我感觉到心惊的，是张仪的姓氏。

他姓张，就是那个曾出过张道陵张天师、梓潼神张亚子的张，和道家有着某种神秘联系的特殊姓氏。

而在这五妇岭附近，至今张姓都是一个大姓。甚至连叶教授身边神秘的张阿姨，那个看到我们背包里有武器又放走我和叶凌菲的张姓警官，都属于张姓。

那么当年定下灭蜀大计，一手导致了蜀国灭亡的张仪，会不会就是在幕后误导蜀王杜卢的人？

也正是蜀王受到这个成神的诱惑，最终牺牲力大无穷的五丁杀死巴蛇，然后自己进入巴蛇头颅想要汲取巴蛇神的力量，才让张仪和司马错抓住机会，趁机灭掉已经存在了几千年的古蜀国。

想通了这一点，我顿时觉得叶教授身边的张阿姨，似乎比我们先前推测的身份还要神秘了。她们家族很可能在几千年前就在布置一个局，这个局先是灭了古蜀国，然后将古蜀国的秘密掩盖起来，一直等到了两千多年后的现代。

很显然，这个局似乎在近期到了一个关键点，因此张家的后人不得不重新跳了出来，要完成祖先张仪的遗志。

第十三章

JINSHA ANCIENT SCROLLS

鳖灵童尸

我正要将关于古蜀国和张家的推测说出来的时候，在一旁的阿华突然发出一声惊呼。

我顺着声音望过去，却见阿华已经绕到了巨蛇头骨的末端，也就是蛇颈的位置。当然，这个大厅中只有巨蛇的头骨，颈骨以及连接的脊椎都不存在。

“有什么发现吗？”我站在头骨之上，问道。

“这里有人来过。”阿华很肯定地说。

“这里当然有人来过，要不然十二个铜人和这个能够汲取巴蛇头骨力量的法阵，怎么会存在？”我说道。

“我是说这里不久前有人来过。”阿华说。

我好奇地从巨蛇头骨上爬下来，走到阿华面前。他正半蹲着身子，在他的前方是一个浅浅的脚印。

我终于明白过来为什么他说是不久前有人来，而不是说几千年前有人布置了这个法阵，因为这个脚印看上去很新鲜，而且一看就是现代社会才会出现的皮鞋鞋底的纹路。

脚印一直朝前延伸，那是一个黝黑的洞穴，有三四米直径，但却并不深，电筒照过去，只有十几米就见底了。

我们沿着脚印的方向走了过去，手上更是都捏紧了唯一的武器，最后在洞穴底部发现一块巨大的帆布。

帆布下面，似乎遮盖着一个一米五见方的东西，形状看上去像是一块大石头。帆布看上去很新，上面连灰尘都没有。

不管帆布下面遮掩的是什么，毫无疑问的是，古蜀国时期是不可能有帆布的。这更证实了这个地方在不久前的确有人来过。

阿华对我点点头，然后小心翼翼地上前，扯起了帆布的一角，随即猛地将帆布一把扯开。

我举着还剩下的唯一一个电筒，看着帆布下的东西，一下惊呆了。

帆布下面，赫然正是如同琥珀一样被封印在时光之沙中的敖雨泽！

我感觉自己的胸口似乎被人狠狠打了一拳，虽然和敖雨泽分开还不到两个月，但是当初她为了救我而被子弹击中，被时光之沙封印的情形还历历在目。

如同水晶一样的时光之沙晶体里，敖雨泽依然保持着当初中枪的样子。她胸口至少有三处枪伤，殷红的鲜血溅射出来，却并没有因为时间的流逝而变色，依然保持着鲜艳的色泽，就像三朵血色的花蕾瞬间绽放又被定格。

她似乎因为中枪带来的痛苦而眉头微微皱起，但是神情中却没有任何害怕和扭曲，反而是一脸的坦然，眼神中似乎还藏着坚毅。想来当初她决定打翻时光之沙瓶子的时候，已经彻底下定了决心，也明白她要面对的结局是什么。

我呆呆地看着纹丝不动的敖雨泽，双目不知不觉间变得模糊。

她的生命被定格在那个瞬间，而因为她延续了生命的我却对此没有任何办法。即便是跟着新得到的线索来到当年巴蛇被五丁击杀的洞窟中，我也不明白下一步要怎么办才能救活她，甚至连我自己也还在苦苦求存。

时光之沙很可能是世上最特殊的物质，任何物理手段都无法破坏，虽然算是保住了敖雨泽的命，却也彻底禁锢了她。

更让我感觉到心寒的是，听肖蝶说，先前敖雨泽以及包裹着她的时光之沙已经被一个神秘的组织从真相派的基地里劫走。这个组织甚至不惜召唤了巴蛇神的一丝意识，让真相派基地中的人集体昏迷过去。

后来在我们的分析中，这个组织很可能就是当初诡异游戏中七个玩家中的“天父”，也有可能“天父”本来就是那个诡异游戏幕后的开发者本人，只是扮演成了一个同样参与测试的玩家。

而天父这个组织，是完全独立于三大组织之外的，很可能大部分都是由非华裔的人组成，但是其内部似乎也掌握了不少关于金沙文明的秘密。

甚至因为西方国家技术上的领先，天父组织在对金沙文明所掌握的超自然技术破解上，很有可能走在了三大组织的前面。

我本来以为，“天父”劫持走敖雨泽，是想要研究时光之沙这种神秘物质，但我怎么也没有想到，他们居然神不知鬼不觉地将敖雨泽和时光之沙放置在了这里。

我的心中侥幸之余，又闪过一丝慌乱。“天父”当然不可能那么好心，牺牲了一次召唤巴蛇神意识的机会劫持走敖雨泽，就为了让她和我见上一面。

他们这样做，肯定有着自身的目的，甚至有可能是有什么阴谋。

“你认识她？”阿华看到我神情有些不对，奇怪地问。他应该也是刚刚从震惊中回过神来，就算他不知道时光之沙到底是什么，可是看到一个活生生的女人被封在一大块水晶中，显然这幅画面还是有着相当的震撼力。

“当然认识，她是我这一生中最重要的三个女人之一。另外两个，分别是我的母亲和姐姐。”我用手背抹了抹眼睛，淡淡地说。

阿华呆了一下，反倒是跟在我们身后的Five突然大声嚷起来:“时光之沙！”

“你认识它？”我的眼中闪过一丝锋芒，Five的出现，的确太突兀了，从半腐烂的蟒蛇肚子里被我们救出来，几乎被蟒蛇胃液腐蚀的皮肤，也在短短时间内好了大半。看上去她是处于失忆状态，可是面对一些和古蜀文明有关的关键信息，她知道的东西甚至比我这个当事人还要多。

“我也不知道为什么，看到这块大水晶，脑子里就闪过这样四个字。”Five看到我神色不善，缩了缩脑袋，声音微弱地说。

我冷哼了一声，知道“时光之沙”这四个字的，至少说明了和三大组织一样，都和古蜀文明有着千丝万缕的联系。如果加上“天父”这个更加神秘的国外组织，那世界上知道时光之沙的，就至少是四个组织了。

Five的身份，如果不出意外的话，很可能是这四个组织当中的一个实验品。之所以觉得Five是实验品而并非是这些组织的成员，这纯粹是一种直觉，尤其是她手臂上的用巴蜀图语写成的编号，更加让我对这一点深信不疑。

虽然不知道对方为什么会让Five出现在我们面前，到底是意外还是刻意的，但总的来说，Five在他们的计划中，应该是很重要的一环。

从理智的角度讲，我们根本就不应该将Five带在身边。这很可能就是一个定时炸弹，不知道什么时候就会引爆，将我们炸得粉身碎骨。

可每次看到Five那只仅剩下的纯净得几乎没有任何杂质的眼睛，不管是我还是阿华，抑或是叶凌菲，赶Five走的话却总是说不出口。

“你认识的人，怎么会出现在这里？”阿华有些好奇地问。

“我也不知道，但我想这应该不是什么好事。”我苦笑着说。随即试着搬动了一下被封印的敖雨泽，发现看上去很大的时光之沙晶体并不重，绝对不超过五十公斤。

很快我就反应过来，时光之沙这种物质，很可能本身是没有重量的，毕竟它是一种介于真实和虚幻之间的特殊存在。我搬动晶体时，所感觉到的重量应该只是敖雨泽自身的，而敖雨泽的体重差不多也就四十五公斤。

随着我搬动了一下封印敖雨泽的晶体，一个小巧的金属盒子，突然“啪”的一声掉在地上。

我好奇地将金属盒子捡起来，发现盒子的材质正是那种添加了时光之沙的活性金属。盒子很容易就打开了，里面装着的，是一幅奇怪的图纸。

图纸画得很潦草，但是能够看出最中央是巨大的生物头颅的样子。头颅的顶部破了一个洞，而这个洞的上方，画着一个多边形的晶体状的东西。晶体里面明显还有个女性人体蜷缩着。

看着这幅图，就算是傻子也明白过来。这幅图中的生物头骨就是不远处的巴蛇头骨，而封印着女性的晶体，自然就是指封印在时光之沙中的敖雨泽了。

在图的右下角，还写着一行娟秀的小字：欲救敖雨泽，献出金沙血脉。

我的心一沉，这行小字，以及这幅图的风格，这几天我已经非常熟悉了，这分明就和叶教授家的张阿姨张九红给我的几幅草图如出一辙。

那么张九红的身份几乎呼之欲出了，那就是她也是天父组织的人，甚至很可能是其中的高层。

想着叶教授书房里挂着的天父面具，而他又否认了自己“天父”的身份，如果叶教授只是一个傀儡的话，那么真正的“天父”到底是谁？张九红潜伏在叶教授身边，又仅仅是因为他对古蜀文明研究十分透彻那么简单吗？

或者说，实际上叶教授还掌握着我们所不知道的秘密，毕竟当初叶凌菲的父亲叶暮然生前，在古蜀文明的研究上交流最多的人很可能就是叶教授。

叶暮然很可能当年发现了什么东西，甚至将一些关键的线索留给了叶教授，然后自己死在了求证的路上。

那么五神地宫中突兀出现又消失的青铜之门，还有从帝墓深处藏在地缝岩浆间的青铜之城，似乎都还有着我们未曾发现的秘密，毕竟我们当时的探索也不算深入。

反而是真相派在青铜之城中几乎占尽了上风。敖雨泽被封印，我也昏迷过去，当时到底发生了什么我其实也一片茫然。那么青铜之城中藏着的部分秘密很可能已经被真相派所掌握。

我估计这部分秘密很可能牵扯到我身上的金沙血脉，这才让真相派有所顾忌，在我出来后没有继续为难我，反而是让肖蝶释放了和好的信息。

只是恐怕真相派自己也没有想到，螳螂捕蝉黄雀在后。这世上除了三大组织外，居然还有一个势力主要在国外的天父组织，居然先是设计取得了我手中的象牙盒子，然后又利用它召唤出巴蛇神的一丝意识，趁机劫走了敖雨泽。

随后张九红指引我们来此，天父组织又出人意料地将敖雨泽秘密运送到了这里，更是在眼前的这张图中指明了，需要将被封印的敖雨泽放入巨蛇头颅的空洞中，并需要我身上的金沙血脉作为引子。

我有些犹豫了，不是犹豫需要贡献自己的血，如果能救敖雨泽的话，就算是要我的命我也会舍得。我害怕的是如果一切都按照张九红的吩咐来做的话，那么就算救出了敖雨泽，可是随之而来的后果到底是什么？

从天父组织的表现看，很显然比起之前我认为不择手段的真相派来，都更加残忍和肆无忌惮。他们几乎没有任何顾忌，有恃无恐，这样的组织当然不会做慈善。

那么他们花了这么大力气和代价抢出来的被时光之沙封印的敖雨泽，就仅仅是为了让我牺牲一点自己的血来救出她吗？

如果我按照张九红的方法做了，先不说这条路是否能行得通，光是想想背后可能蕴含的阴谋甚至在古蜀国灭亡前后张仪就在酝酿了，我就有些不寒而栗。

不过，就算张仪学究天人，也不可能完全料定几千年后的事吧？他怎么知道几千年后，有古蜀时期王族血脉的后裔会为了救出被时光之沙封印的人而献出血脉来？我抱着这样的侥幸，看着手中的草图，一时间有些忐忑。

“这幅图有问题。”Five也看到了我手中的图，低声说道。

“有什么问题？”我心中一动。Five现在是敌是友我无法完全分辨，如果她劝我按照图中的来，我反而会怀疑有什么不妥，可现在她却主动说这幅图有问题，那就不妨听一听了。

“时光之沙藏着的时空之力会被法阵所汲取，不出意外的话真实和虚幻的空间大门会因此被打开，但是里面的女人也死定了。”Five认真地说。

我心中一寒，随即勃然大怒，张九红这个老女人太恶毒了，她竟然只是想要打开连通意识世界的大门。可这样一来，敖雨泽就死定了，根本不可能救她，反而会提前害死她。

“不过，如果有神血后裔的血脉中和，或许可以救里面的女人，但是只有三成的把握。而且这样一来，神血后裔的血脉会被剥夺。”Five接着说。

我的心一沉，这样一来似乎张九红又没有说谎，的确能够救敖雨泽。不过我需要付出的代价就不仅仅是一点血那么简单了，是需要付出整个潜藏的金沙血脉被剥夺的代价。

听Five的口气，似乎她还有着其他的办法，我不禁问道：“如果以拯救里面的女人为前提，有没有什么办法让神血后裔的血脉也保住？”

Five想了一阵，然后有些犹豫地说：“难道说你是……神血后裔？”

“如果古蜀国时期杜宇王朝的王室后裔所具有的血脉就是神血后裔，那么算是吧。”我说道。

Five脸上露出一丝惊讶，说道：“有倒是有这样的办法，不过这样一来危险是由你们两个共同承担。”

“到底是什么？”我连忙问。这几乎是我最后一根救命稻草，因为之前旺达释比曾对我说过，我身上的血脉只能暂时封印，根本没有办法被剥夺，否则后果就是我自己会因此而死亡，并非仅仅是变成一个普通人那么简单。

也就是说，为了那三成的机会救活敖雨泽，我几乎是必死的。

“你们两个人的血脉会融为一体，这个过程中你们两个都可能死亡。就算成功后，如果她将来不小心死了，你也会死。但反过来，你死后并不会影响她的生存，只是她会虚弱一段时间而已。”Five说道。

我呆住了，我怎么也没有想到会是这样的办法。

不过，这已经是比最坏的结果要好了，至少只要能够赢得那三成的存活机会，度过危险期，我和敖雨泽的命都能保住。就算是将来我的命并不长久，也不会影响到敖雨泽的生死。

我沉默了几分钟，最后对Five说："那就按照最后一个方法来。"

Five惊讶地看了我一眼，大概她不太明白，为什么我会为了一个封在水晶中的女人冒这么大的险。

"我需要用一些你的血来修改那个法阵。"Five说。

我点点头，到了这个地步，似乎也只有死马当活马医了。

接下来我和阿华一起，将被封印的敖雨泽抬到巨蛇头骨附近。然后我用匕首割开自己的手腕，鲜血喷涌而出，被拿在Five手里的禹王锁蛟镜给接住。

不知道是我血脉的特殊还是禹王锁蛟镜的确古怪，喷涌而出的鲜血竟然没有四处流淌，而是形成一个颤颤巍巍的球体，像一滴叶面上的露珠一样在禹王锁蛟镜上滚来滚去。

手腕的伤口渐渐收缩，很快血流就止住了，看来我身上的自愈能力并没有消失。

付出的血量大概有两百毫升的样子。在禹王锁蛟镜上的血球，差不多有拳头般大。

接着Five用我们先前得到的蛇尾骨为笔，尖端刺入血球，以血为墨，开始在时光之沙晶体的表面画着我们看不懂的符文。

其实说看不懂，确切地说是这些符文连在一起看不懂。如果是分开来，我还是能勉强看懂几个字符的，因为这些符文，本来就是巴蜀图语的字符所组成的。对古蜀文明探索的这大半年来，就算我再笨，没吃过猪肉也见过猪跑路，现在也多多少少认识了一小部分巴蜀图语，只是研究没有旺达释比和叶教授这样的专业人士那么深刻而已。

看Five专心画着符文的样子，我总觉得这个场景有些眼熟，可是却想不起来在哪里见过。

我估摸着这或许是我失血过多带来的后遗症，也就没有多想。等Five画好全部符文后，我用背包中携带的绳子将封印敖雨泽的晶体固定好。随后在阿华的帮助下，我重新爬上巨蛇头骨，吃力地将敖雨泽一点点吊上去，放在头颅中心的洞口旁边。

幸好巨蛇的头骨上面也不是一片光滑，而是带着一些凹凸不平，否则光滑的晶体很容易掉下去。

"接下来只需要将晶体放入下方的洞口吗？里面的肉茧怎么办？"我对Five喊道。

"当然不，你需要划开肉茧，然后让肉茧包裹住晶体。"Five说。

我有些头疼地看看正有规律地缓慢蠕动的肉茧，仿佛那是一个巨大的心脏，实在不知道应该怎么下刀。

不过这个时候似乎也没有其他办法了，尽管天父组织可能有着其他的阴谋或后手，但这很可能是我救出敖雨泽的唯一方法。如果失去这个机会，我实在不知道应该如何打开时光之沙的封印。

我跳下巨蛇头颅顶端的洞中，脚下传来软绵绵的触感，还有细密的如发脆的塑料被踩碎的声音，像是类似脑髓失去水分后形成的发硬凝固物被踩烂发出的声响。

我强忍着心中的不适，用电筒照了照四周，发现周围都是红白相间的生物纤维和结缔组织，只有中间的位置是一个一米多高的蠕动肉茧，而我就站在肉茧和周围的培养仓一样的肉壁之间，也幸好它们之间有一个半米多的间隙。

用手摸了摸肉茧，触感竟然还带着一丝温热，比人体的体温只稍微低一点。我一咬牙，掏出匕首，狠狠地扎向肉茧顶端。

锋利的匕首却像是扎到了硝制过的老牛皮上，虽然朝下凹陷了一点，却完全没有扎透肉茧的表层。匕首反而是朝旁边滑出，因为用力过度差点就刺伤自己小腹。

我仰起头苦着脸朝外面喊：“这肉茧韧性太强了，匕首根本破不开。”

“用你的血抹在匕首上……”Five的声音细细传来，毕竟我现在是在一个半封闭的空间，就只有顶端开着一个一米多直径的口子。

我依言用匕首在手腕已经收紧的伤口轻轻一抹，没有使太大的力气，否则手腕的伤口会完全崩裂。

匕首的锋刃上带着我的血液，看上去似乎微微泛着金光，但是仔细去看又和普通的鲜血没有两样。我知道那丝金光就是我血液中潜藏的金沙血脉，尽管无比稀薄，却蕴含着某种神秘的力量，即便传承了几千年依然有苏醒的可能。

如果能够将这丝金色的血液提炼出来，那就是完全的金沙神血。

不过我估计我全身的血液加在一起，也未必能够提炼出一滴完整的神血来。要不然当初尸鬼婆婆姬巧玉就不会轻易放过我了。对姬巧玉而言，一滴完整的神血是她想要复活她儿子最关键的道具。

可即便是如此稀薄的神血，所具备的力量也非同小可。原本坚韧无比的肉茧外壳，在神血的侵蚀下顿时变得和普通的猪羊皮没有两样，匕首轻松地划开了肉茧。

再用力朝下一拉，哗啦一声，匕首在肉茧中划开了一道八九十厘米长的口子，肉茧中涌出淡黄色半透明黏液。这些黏液带着类似蛋清一样的腥气，瞬间就没过我的脚踝、膝盖乃至大腿，最后一直淹过我的腰部才停止漫延。

我的脸色顿时变得无比难看，这些半透明黏液尽管没有在沼泽时的腐臭味，可我总感觉来者不善，生怕带着腐蚀性质。

不过还好，身体被黏液漫过的地方并没有感觉到不适，反而是我刚划开的伤口沾到一丝黏液，伤口愈合的速度竟然加快了。

我大吃一惊，要知道我的身体因为金沙血脉的缘故已经和常人有了细微区别，本身愈合速度就已经很快了，要想哪怕再加快一丝都无比困难。可这肉茧中的黏液，居然能对我的伤口起效，而且效果比铁幕的蓝色药剂还要强，那么它的珍贵程度，也可想而知了。

想着肉茧中可能还藏着蜀国十二世开明王，我强压下心中的惊奇，用手放在肉茧划开的口子两边，然后使劲拉开。

肉茧依然有生命一般微微蠕动，我拉着肉茧的双手，甚至能感觉到这股蠕动中奔腾不息的生命力量。可当我拉开肉茧的时候，却并没有在里面发现十二世开明王杜卢的肉身，只在肉茧中发现了好几条脐带一样的东西正绕着一个比拳头略大一圈的透明晶体。晶体悬空在肉茧的中央。

晶体的材质，赫然和封印敖雨泽的时光之沙晶体一模一样，只是里面封印着的并非是一个成年男子，而是一个蜷缩成一团只有鸭蛋大小的婴儿。

我嘴里咬着电筒，剥开晶体上缠绕的脐带，艰难地将晶体从肉茧中取出来，通过透明的晶体，发现这是个男婴。看上去刚刚成形不久还未到足月生产的地步，我甚至能看到男婴薄薄皮肤下细密的血管。

男婴微微闭着眼，像是陷入了沉睡，谁也不知道他这一睡到底已经有多少年。要知道这肉茧最早很可能是形成于两千多年前古蜀国灭亡前夕，那么这婴儿存在的时间是不是也有这么久？按照辈分算比现代所有人都要高上几十辈了。

这么看来这巨大的肉茧就像是一个母体子宫，里面孕育的生命就是眼前的男婴。那么先前从肉茧中涌出来的半透明淡黄色黏液，无疑就是如同羊水一般的营养液。

这个时候阿华也爬了上来帮忙。他看到我手中的晶体和里面的婴儿也微微吃惊。

“鳖灵童尸。”阿华的嘴里冒出一个我从未听过的名词。

“你认识这玩意儿？”我有些好奇。

“听说过，不过一直以为是一个传说，没想到是真的。”阿华有些感慨。

我将手中的晶石递给阿华，阿华仔细端详了一阵，最后很肯定地说：“没有错，是鳖灵童尸。你听说过当时的鳖灵出现在蜀国的故事没有？”

鳖灵的传说我当然听说过，要知道我先祖杜家的王朝，可就是交在了鳖灵手上。传说鳖灵本不是古蜀地区的人，而是生于多江湖的荆楚，精通水性。可鳖灵却掉入河中淹死，最后溯江而上，来到成都平原，见到当时的蜀王杜宇，被杜宇立为蜀相。因在位期间有着治水的大功，后来杜宇传王位给鳖灵。

《华阳国志·序志》就曾记载：“荆人鳖灵死，尸化西上，后为蜀帝。”

要知道这是一个十分奇怪的现象，历代蜀王更迭，要么是血亲之间王位相传，要么是通过战争一个部族推翻另一个部族，就如同杜宇王朝当年推翻鱼凫王朝。可到了鳖灵这一代，最后杜宇王居然选择了禅让这样古老的方式，可以说是自三皇五帝禅让外的首例了。

我相信既然我们杜家能传承到今天，当年的杜宇王肯定也是有后代的，要不然也不会有今天的我。那么到底是什么原因，让杜宇王选择了将王位传给鳖灵，而不是他的直系子孙呢？

鳖灵治水功绩巨大，这只是原因之一，可是功高震主，要因此获得王位未免太小看了治理了蜀国几百年的杜宇王朝。

而且在传位的过程中，鳖灵以及后续的十一代蜀王，都没有获得过古蜀国历任蜀王最重要的金沙血脉，也就是神血传承。实际上这样的得位过程，在古蜀国的传承中也未必就正式。

或许也正因为如此，历任开明王对于神血的渴望，可能比杜宇王朝之前任何一代蜀王都要强烈。这才有了最后一任蜀王，十二世开明王杜卢要让五丁设计击杀巴蛇，然后以周围的十二铜人大阵来汲取巴蛇神的神力获取神力。

只是或许连十二世开明王自己也没有想到，这个举动不仅没有让他得到神血和神力，反而葬送了自己的国家，让绵延了几千年的古蜀国，被秦国的张仪、司马错带领的大军灭掉，成为千古笑柄。

这中间很可能是身为张家人的张仪起到了误导十二世开明王的作用。张仪是靠着三寸不烂之舌能说动六国改变国策的纵横家，因此抓住蜀王的心理，定下灭蜀大计，也不是不可能。

那么眼前的鳖灵童尸，很可能就是十二世开明王的手笔，目的就是靠巨蛇头颅外的十二铜人大阵汲取巴蛇神的力量汇聚到鳖灵童尸上，最后将神力汇聚成一滴完整的神血，然后再想办法将这滴神血导入到开明王室自身的血脉中。

“传说当时鳖灵死后，沿着河水逆流而上到了今天的郫县地区的尸体，就是一个被封印在大冰块中的小孩。只是这个小孩被打捞起来后，包裹着他的冰块突然融化，小孩也迎风长大，成为善于治水的鳖灵。蜀王杜宇也是听说鳖灵出现时的神异，才拜他为相。”阿华说道。

“你怎么知道得这么清楚？鳖灵初到蜀国时是个被封在冰块中的小孩这件事，史书中似乎并没有记载。”我好奇地道。

“很简单，因为我就出生在郫县，而我的祖辈，就是当时将鳖灵从河中打捞起来的渔民之一。只是祖辈们当然不认识这古怪的晶体，以为是冰块。不过当时的晶体中封着的应该是一个几岁的孩子，没有眼前这个小而已，要不然也不会被渔民从江面上发现。”

我深吸一口气，突然意识到鳖灵及其后人，可能并没有那么简单。除了开明王朝的开国帝王鳖灵有着神秘的力量外，到了十二世蜀王，身边都还有五丁这样的巨人种族供其驱策，说明鳖灵和开明王朝的底蕴绝对不算浅。

如果眼前晶体中的婴儿就是阿华说的鳖灵童尸的话，那么是否有这样一种可能，那就是鳖灵及其后裔，都有着借助时光之沙的力量“假死”的能力。时光之沙能冻结其封印区域内的时间，从而让被封住的生命永远停留在封印的那一刻，那么鳖灵的死亡和复活，是否也是借用了时光之沙的这个特性？

甚至鳖灵一族很可能还掌握着控制时光之沙封印和解封的方法，要不然哪里会那么巧，刚被人从河中救起，就突然解开了封印？我当然不会觉得当时的鳖灵是被封在冰块中的，不管是什么冰块，从荆楚之地到了四川，也早融化了千儿八百回了。只有时光之沙这样的神物才能保持尸体完全不腐并让鳖灵瞬间满血复活。

还有一种可能，就是眼前这童尸很可能就是鳖灵一族的传人，是十二世开明王杜卢的直系后裔，是他在知道古蜀国快要保不住后的无奈之举，毕竟这样至少能为开明王室留下一丝血脉。

但这个推测又有一个漏洞，那就是开明王自己为何不藏在肉茧中等待窃取神力后复活，却要将这机会留给一个刚刚成形的婴儿？即便是婴儿成功获得神力，没有家族传承，难道将来就能夺回蜀国的统治权了？

而且像明智轩明家，似乎多多少少和当年的开明王朝有些血脉上的联系。明智轩从来没有提到过鳖灵童尸的话题，是他根本就不知道，还是另有隐情？

我感觉事情似乎越来越复杂了，尤其是眼前安静沉睡的刚成形的婴儿，有股让我不敢直视的气场。

“我还听老一辈的人说，鳖灵和他建立的开明王朝，有一个十分诡异的特点，那就是每一个家族直系后代，都是双生子，被称为‘日童’和‘月童’。要分辨日童和月童也很简单，日童的体型，会比月童大上不少，而且出生后是完全清醒的。月童则看上去像没有完全足月的婴儿，出生后一直沉睡。”阿华接着说。

日月为明，这是任何一个识字的人都明白的道理。开明王朝中本身就有一个“明”字，而鳖灵的后裔，又都是双生子，被分别称为“日童”和“月童”，似乎也说得过去。

不过这在史料中同样没有记载。而在中国的阴阳学说中，日为阳，月为阴，总感觉这样每一代都是双生子的古怪家族，似乎还藏着什么让人毛骨悚然的秘密。

“在古蜀国的祭祀体系中，以太阳作为至高神，因此每一任开明王，都是日童长大后担任。而日童和月童在刚刚出生进行区分后，月童就会被服下一种奇怪的药物停止生长并沉睡下去，最后更是会被放入一种透明的水晶中，成为鳖灵童尸。”阿华脸色有些发白地说。

“只怕你的先祖，不是渔民那么简单吧？这样的秘密，一个渔民会知道？”我盯着阿华的双眼说道。

阿华稍稍犹豫，最后无奈地说：“我的先祖的确是普通的渔民，但是他从河里打捞起鳖灵之后，当然不会再继续当渔民。他成为鳖灵的第一个仆从，更是在不久后获得鳖灵信任，最后成为守护鳖灵童尸这个秘密的人选。”

我不知道阿华说的到底是真是假，同时对阿华是鳖灵王朝秘密守护者的身份，也无从分辨。

“我知道你在怀疑什么，其实像开明王这样掌握着神秘力量的王室成员，如果是在有准备的情况下，就算是蜀国被灭，也有巨大的潜势力一直流传下来。明家是开明王室的旁系后裔，只是作为旁系，明家已经失去了家族成员出生就是双生子这种特性。而我当然不是一个普通的保镖那么简单，实际上我们家族世世代代都是守护开明王室后裔的守护者。”阿华淡淡地说。

怪不得，一路上我们也算是撞见了无数神秘诡异的事件，可是阿华的表现都太过镇定了，这已经超出了一个普通人心理素质的极致。可如果说他本来就了解无数古蜀时期的内幕，是明家这个古蜀开明王旁系后裔的守护者，那么一切就说得通了。

而以这样的身份，认识鳖灵童尸自然也不是什么难事。

“我想鳖灵童尸除了是沉睡的月童这一点外，怕是还有其他更重要的作用吧？”

“是的，这是开明王室最大的秘密，当然，开明王朝已经灭亡了两千三百多年，这个秘密也远没有那么重要了。那就是开明王室当中，存在一个十分诡异古怪的现象——血亲转生！”

第十四章

JINSHA ANCIENT SCROLLS

复生

听到“血亲转生”这四个字，我的心没来由地一跳，似乎这四个字中隐藏着极大的凶险，可一时间又想不出这凶险到底在何处。

“血亲转生，这是什么意思？”我问道。

“那就是身为日童的开明王其实没有生育能力，每一任开明王死后，实际上魂魄……或者我们今天说的人的意识，能够进入双生子弟弟从一出生就沉睡并停止生长的躯壳，从而获得一次新生的机会。当日童的魂魄注入弟弟月童的躯壳，这具躯壳会在短时间重新生长到成年的水平，然后继续统治蜀国。而月童重新生长的躯壳才具备生育能力，并且月童的魂魄其实也没有消散，会转到其子嗣的识海中，成为下一任日童，周而复始，直到最后一任开明王才打破这种循环。”

我不由得打了个寒战，想不到所谓的血亲转生，居然具有如此残酷的一面。哥哥的意识侵占弟弟的躯壳，而弟弟的魂魄更是会在下一次轮回中成为双生子中的哥哥，然后周而复始地循环。

如此说来，开明王朝明面上是有着十二世蜀王，但实际上只有六个，因为每一任蜀王及其双生子兄弟，都有机会转生一次。

那么眼前的谜题也揭开了，阿华手中的鳖灵童尸，实际上就是最后一任蜀王杜卢的双生子弟弟。就是不知道现在弟弟的识海中藏着的灵魂，到底是杜卢的，还是本来就是弟弟的。

我觉得是十二世开明王杜卢的灵魂的可能性更大。要不然杜卢牺牲掉五丁这样的国之柱石来击杀巴蛇，同时耗费大量的人力物力布置了周围的十二铜人大阵，当然不可能是为了给自己的双生子弟弟铺路。

很可能走到生命尽头的他已经完成了对弟弟的夺舍，然后利用十二铜人法阵的力量，要让弟弟的躯壳中诞生出完整的神血，从而将这具躯壳彻底转化为神躯，获得传说中的不死之身，不用再陷入血亲转生的轮回中。

不过杜卢在这个过程中明显是被人算计，以至于过了两千多年都未能如愿醒来。这么说来鳖灵童尸中的神血也绝对不纯净，或许还比不上我体内的金沙血脉浓度。

更何况我中断了鳖灵童尸汲取巴蛇神神力的过程，那么十二世蜀王怕是只有永远被困在自己弟弟的躯壳中，再也找不到复生的机会。

想通了这一点，我再看向鳖灵童尸的眼神，就没有先前那么害怕了。何况这玩意儿外面被时光之沙的晶体所包裹，就算当年的十二世开明王再怎么神通广大，都不太可能战胜时光之沙的力量。

“赶快，你的血画的符文快干了，再晚的话就来不及了。”下方传来Five催促的声音。

我慌忙让阿华将鳖灵童尸放好，然后小心翼翼地将封印敖雨泽的晶体缓缓放下了。这个过程中我突然想到，万一将来有一天敖雨泽知道自己被像个雕像一样搬来搬去，估计会直接抓狂吧？

想到这一点，我的嘴角露出一丝微笑。如果她真的能够安然无恙地醒来，那么就算是被抓狂的她到处追杀，我也认了。

我将正缓缓愈合的肉茧口子再度用匕首划开了一些，然后十分艰难地将敖雨泽塞了进去。幸好肉茧也算是十分具有弹性，终于在五六分钟后让我完成了这个壮举。

做完这一切后，我按照Five的吩咐，开始用自己的血滴落在肉茧划开的口子上，直到失去了将近五分之一的血量，我已经感觉到了头有些发晕，脚下也如同踩在云端一般有些虚浮，Five才喊停。她吩咐我用手舀起空腔中的半透明黏液浇在肉茧的口子上。

肉茧的口子加快了愈合的速度，不到十分钟竟然连一丝缝隙也看不见了。我让阿华将我拉上去，刚站稳不久，就发现肉茧上开始生长出无数细小的类似鞭毛一样的触手。这些触手接触到充满结缔组织的空腔边缘，很快就扎了进去，接着这些触手不停地轻微颤动，似乎在汲取着头骨中蕴藏的某种神秘的力量。

我和阿华都感觉到巨蛇的头骨似乎在阵阵颤抖，就像随时都要活过来一样，又像是巨蛇的灵魂并没有完全逝去，正被困在头颅当中，被当成营养一样不断抽取，因此发出阵阵无声的怒吼。

我知道这不过是种幻觉。要知道巴蛇神毕竟是古蜀五神之首，是汇聚古蜀时期上百万人的信念在虚空中所具现化出来的神灵，它所具有的神力，或者说信念之力比起其他四个神灵都要强大，哪怕是一丝意识降临都足以让封闭空间内的几百个人昏迷过去。如果它的灵魂或者意识哪怕只残留了一丝在这巨蛇头骨内，我们在场的所有人恐怕早就被强大的精神冲击震成白痴了。

不过巨蛇头骨的颤动却是实实在在的。我慌忙让阿华拉着我出去，然后一起跳下了巨蛇头骨。

接着巨蛇头骨上方的大窟窿中，竟然也生长出了无数相互交缠的肉须和结缔组织，最后形成网状，将头骨上方的窟窿给遮盖得严严实实。我有些庆幸自己出来得及时，要不然就被掩埋在里面了。

周围开始传来窸窸窣窣的声音。我们警惕地望过去，一时间腿都软了……从我们前来的通道，还有这空旷的大厅周围任何一个有着缝隙的地方，正不停涌来无数蛇类。

这些蛇类似乎受到某种力量的驱使，正前来朝拜自己的神灵，可又似乎畏惧着什么，没有任何一条进入十二个铜人连成的圆圈内部。

这些蛇中最小的不过筷子粗细，最大的，竟然是十多米长的巨蟒。我们先前只看到过尸体和破损鳞片但遍寻不见的巨蟒，这一次竟然出现了二十几条。光是看着它们闪烁着冷漠寒光的竖瞳眼睛，就已经让我们感觉阵阵心悸了。

“该死的，怎么这么多蛇？”阿华小声咒骂道。

“是蛇神的力量波动引来的，毕竟这个法阵要想解开时光之沙的封印，必须最大限度地借助蛇神的力量。”Five小声说道。

“它们不会攻击我们吧？”我略微紧张地说。

“现在不会。不过等会儿里面的女人从晶体中解封出来的时候，就说不准了。那是蛇神的力量最薄弱的时候，失去蛇神的威压，这些蛇类怕是会将我们都撕成碎片。”Five说道。

我正想说要不趁着它们现在停在圈子外不敢动抢先下手，突然感觉到身上一热，接着一股深入骨髓的痛楚传来，一下单膝跪倒在地。

“怎么了？”阿华吃了一惊，连忙扶住我问。

“法阵在抽取蛇神力量的同时，也会开始抽取你身上的游离神血，尽管这血脉十分稀薄。抽取神血的过程，会比你想象中还要痛苦，而且死亡的可能性高达七成，这个我先前提醒过你。”Five一脸无辜地说。

我不禁在心底吐槽，你就只告诉过我有很大的可能死掉好吗？不过身上持续传来的如同敲骨吸髓的痛苦，却让我根本说不出话来。额头开始渗出大颗大颗的汗珠，身体不停颤抖，如果不是阿华还扶着我，恐怕我已经跌倒在地。

我感觉到那股曾让我如同神祇般强大的力量，似乎正一丝丝离开我，这让我心底无比的失落。但与此同时，眉心也传来阵阵剧痛，似乎自己的脑袋被放入了一台水压机中，数吨的压力不停地在揉拧着脑袋。这样的痛楚让我恨不得马上晕过去。

我连话也说不出来了，身体不受控制地开始抽搐，这让阿华有些惊慌失措。Five小声地宽慰着他，可我连Five在说什么也听不太清楚。

痛苦如同潮水般一波波漫延，到了我承受的极限，我终于如愿以偿地晕了过去。当我再度睁开眼的时候，发现自己正悬空飘浮在一个周围都是红色的昏暗世界里。

在我身旁不远处，是蜷缩成一团的身材曼妙的女子。从那熟悉的脸庞，我一眼就认出是敖雨泽。

不过现在的敖雨泽，身上一丝不挂，如果不是双臂交叉抱住蜷缩的双膝遮挡在胸前，那一对傲人的“胸器”几乎呼之欲出。

可这样的景象依然让我有些承受不住，尤其是眼前的佳人还是我心仪的对象。不过很快我就意识到，自己这个时候并没有出现什么尴尬的状况，因为我根本就感觉不到自己的身躯。

我一下醒悟过来，这里并非是真实的世界，而是在某个意识空间当中。只是这个意识空间无比狭小，并不构成一个完整的世界，因为它很可能就是正在汲取巴蛇神力量的肉茧所形成的。

之前Five在时光之沙形成的晶体上用我身上淡薄的神血画满了神秘的符文。这符文所具有的力量，一方面抵消着肉茧对敖雨泽的同化，另一方面也在不停抽取我身上的血脉力量。

正是因为刻画符文的血和我体内的血是同源，所以彼此间的共鸣让我得以进入这个本来只有敖雨泽的意识才能进入的肉茧意识空间内。

其实之前我们就知道，任何一个意识空间的形成，必须满足三个条件：第一，地点必须是处于地磁异常带；第二，必须刚好是存放世界运转冗余的地方；第三，必须具有足够的“观察者”让意识空间得以延续。

这个肉茧周围有着十二铜人构成的法阵，很可能这个法阵的作用之一，就是制造出一小块地磁异常的区域。而巴蛇神本来就不是存在于人间的生命体，是属于某个巨大的意识世界内的神灵，哪怕是残留在人间的只在几千年前偶尔降临的肉身，也具有种种不可思议的特殊能力，其中之一就是作为虚实两个世界交汇的中间物，这就和世界运转冗余的区域类似。因此三个条件就天然满足了两个。

而我和敖雨泽身上特殊的血脉，都决定了我们两个人都是最好的“观察者”，因此在肉茧的区域内开拓出一小块纯精神的意识世界，也并非是什么奇怪的事情。

想通了这一点，我不再纠结，毕竟这里并非是现实世界。而且我估计现在的敖雨泽，意识应该还陷入沉睡中，或者说是被时光之沙的力量所“冻结”，怕是还停留在几个月前在青铜之城中中弹的那一刻。

那么要想真正让敖雨泽重新复生，除了解开时光之沙的封印外，最关键的就是让她的意识重新醒过来。

我默默地集中精神，费了很大的力气，才让自己的身体，得以在这个意识空间中重现。但或许是因为视角的关系，对于自己身体到底长什么样子并没有旁人清楚，因此我总感觉凝聚出的身体有些古怪。

接着我学会了将衣物也凝聚出来。尽管我知道这不过是一个诡异的意识世界，只要集中精神多想几遍就会生成想要的事物，可明白归明白，真要做到这一点却并不容易。

接着我又为敖雨泽凝聚出一件宽松的斗篷，将她曼妙的身躯勉强遮盖。这倒不是我不想多欣赏下敖雨泽美丽的胴体，而是害怕万一她醒过来发现自己一丝不挂，我估计那就不是抓狂那么简单了，我想我肯定会被她手撕了的。

尤其是在这意识空间里，被她杀死几次都有可能……我可不觉得以敖雨泽的性格会那么理智地放过我，哪怕她知道我为了救她而冒险，可皮肉之苦是肯定逃不掉的。

但是要如何唤醒敖雨泽，我却又不知道该如何做了。现在也找不到人帮忙，我甚至无法和Five以及阿华对话，要不然至少来历神秘的Five是能提供一些帮助的。

我想了想，开始试着在意识空间中幻化出各种能发出声响的乐器，结果无一例外地失败了。最后勉强弄出来一面难看的鼓，可敲了半天敖雨泽也丝毫没有醒过来的迹象。

我有些着急了，我不知道意识世界的时间流速和现实中有什么区别，或许我感觉过了许久，现实中也不过才过了几分钟。也有可能就这么一会儿，现实世界已经过去了几小时。

如果仅仅是几小时还好，时间再长的话我可不觉得包围着我们的无数蛇类还按捺得住。如果我的身体被无数蛇类吞吃掉，那么就算我身上的金沙血脉再怎么神奇，光剩下意识的自己也会很快随着这个空间的崩塌而消散掉。

我挥挥手将那面鼓散去，似乎找到一点类似造物主的感觉，接着靠近了敖雨泽，她依然静静地悬浮在这空间的中心位置。

我轻轻拉起她的手，尽管是在意识世界内，依然能感觉到她的手显得十分温软，只是在拇指和食指夹缝有轻微的老茧，应该是长期持枪射击造成的。

这让我的心微微一痛。敖雨泽和我差不多大，按理说像她这样的相貌身材的女神，是应该被无数人捧在手心里的。可她从几岁的时候就失去父母，在孤儿院生活了几年后又被铁幕组织的人带走，最后被训练成一名专门针对古蜀神秘事件的特工。

这中间敖雨泽吃了多少苦头可想而知，乃至于在意识空间中的躯壳投影，居然都潜意识地在手上带着持枪的老茧。

我不知道该说什么好，于是握着她的手，开始从和她的第一次见面讲起。那个时候我觉得她就是一个蛮不讲理又勾人心魄的妖精，让我仰慕的同时又让我无所适从。

后来她几次救我，带着我一起去五神地宫和丛帝墓冒险，每次有危险的时候都冲在最前面。一个女孩子要为我这不靠谱的金沙血脉传人遮风挡雨，而我唯一让她刮目相看的，仅仅是在五神地宫中的时候，突然血脉爆发杀死了受伤的巴蛇神复制体。

现在看来，如果巴蛇神留在人间的临时躯壳都是数百米长的巨蛇，那么五神地宫中所谓巴蛇神复制体，无疑是一个笑话了。那样的怪物根本不可能是巴蛇神复制体，很可能只是传说中保护蛇神的“蛇卫”——一种结合蟒蛇和人类基因的怪物，被巴蛇神的神力改造出来，用来守卫五神地宫中藏着的秘密。

我的讲述不知道持续了多久。当我不知不觉对沉睡的敖雨泽说出心中那份潜藏已久的爱慕的时候，我终于感觉到紧握着的手微微动了一下。

我先是一愣，以为是错觉，继而狂喜不已，因为敖雨泽的眉头也动了一下，然后缓缓睁开了眼睛。

敖雨泽对着我微笑了一下，接着周围的光影开始变幻。我一阵头昏脑涨，然后看到了一群慌乱奔逃的人影。一个只有六七岁的小姑娘，正坐在路面上抱着一具失去生命的尸体大哭。

那是一个十分秀气的小姑娘，而她抱着的尸体，和敖雨泽有七八分相似，明显是敖雨泽的母亲。而这个毫无形象地大哭的小姑娘，可以肯定就是二十年前的敖雨泽。

我的心一颤，反应过来这情景意味着什么：这是一九九五年成都僵尸事件时，敖雨泽的父母被僵尸咬死那天发生的事。

也正是那一天，敖雨泽失去了父母，她的人生轨迹被彻底改变。这对于当时才六七岁的她来说，无疑是人生中最灰暗的一天。不管现在的敖雨泽表现得多么坚强，可在那一天，她只是一个失去了双亲、只会哭泣的可怜小姑娘。

接着画面一转，我看到稍微长大了一些的敖雨泽抱着一个破旧的洋娃娃，独自一个人蹲在一间储藏室里默默流泪。

在她的脚边，是一张被撕烂又重新拼起来的画。画很粗糙，但可以勉强看出来是三个人，两个大人拉着中间的小女孩，背景是游乐场的摩天轮。

画的线条十分稚嫩，我能够猜到这幅画应该是敖雨泽小时候画的，里面是她和爸爸妈妈三个人。可这幅画已经被撕碎，就如同那个灰暗的日子里，她被撕碎的心一样。

接下来是一些零散的孤儿院的画面。敖雨泽在孤儿院里渐渐变得孤僻，也经常被其他调皮的孩子欺负。可是自从那幅稚嫩的画被撕碎后，在这些孩子面前，敖雨泽再也没有流过一滴泪。

最后，画面定格在一个戴着墨镜的中年人身上。他对看上去只有十岁左右的敖雨泽伸出手，嘴唇轻轻张合。我能勉强认出来他说的：来吧，我给你力量……

剩下的画面几乎全部是严苛到极点的训练，甚至要超越几乎所有国家的特种军人训练手段。从各种求生知识到贵族礼仪，再到各种机关破解、武器操作乃至千奇百怪的杀人方法，我想，如果不是敖雨泽在训练受伤后会被浸泡在一种特殊的溶液中快速恢复伤势和生机，这样的训练强度根本不是一个女孩子能够承受的。

这个表面上柔柔弱弱的小姑娘一天天长大，青涩和初期的惶恐渐渐褪去，取而代之的是能魅惑任何男子的美丽容颜，和比任何人都要坚强冰冷的心。只是这颗心自我封闭起来，被表面的绝色和嬉笑怒骂所掩盖，抗拒着一切可能的接近者，使其成为铁幕这些年来最优秀的特工人员。

一幕幕零散的画面，是从她六岁以来这二十年所经历的一切。我曾经想象过敖雨泽所经历的痛楚，但没有想到在毫无畏惧的敖雨泽心底，世界早就被灰暗所取代。哪怕是在铁幕参与训练的那十几年，身体因为训练带来的痛楚，甚至远远比不上失去亲人的悲伤。

不知不觉我的双眼已经模糊，哪怕现在的我根本就没有实体，只是意识空间中的一个投影。原来这才是真正的敖雨泽，怪不得明智轩一直无法真正接近她。身为富二代的明智轩，哪怕是有着开明王朝后裔的身份，哪怕当年曾目睹过敖雨泽亲人的悲剧，也无法真正理解敖雨泽这些年的所有痛苦。

但是，不知道为什么，我总感觉敖雨泽冰冷坚强的内心深处，始终藏着一丝柔软。让我感觉到一丝悸动的是，那丝柔软似乎和我有关，因为有几个一闪而逝的画面片段中，我隐约看到了自己的影子。

接着敖雨泽的眉心出现一条丝线。尽管这条丝线很细，我却依然能够感觉到它的存在。丝线一点点抽出，然后猛地扎入我的眉心，顿时让我感觉到脑袋一疼，接着一阵天旋地转，醒了过来。

我的意识重新回到自己的身体中，随之而来的痛楚瞬间让我清醒。我感觉全身上下像被无数柄小刀划过。不过幸好这痛楚已经比先前轻微了许多，初期的痛楚弥漫之后，接下来渐渐恢复了正常。

也正因为这股痛苦，让我恢复了对自己身体的控制，意识这才算是完全回到自己的躯壳上。不过这个时候我感觉到自己似乎比先前虚弱了许多。除了大量失血外，身上的金沙血脉被抽离应该是最大的原因。

“你终于醒过来了，你知不知道你已经昏过去整整两个小时！”一旁传来阿华松了一口气的声音。

我大吃一惊，原本我以为只在肉茧形成的临时意识空间中停留了十几分钟，想不到已经过去了两个小时。

看看四周，竟然垒起了数百条蛇类的尸体，其中还包括四五条巨蟒。剩下的蛇类，也纷纷昂起头吐着芯子，看来随时有可能进攻。

不过我也注意到在这些蛇类的附近，还有一层虫尸。似乎有不少连骨头都露出来的蛇尸，正是被无数的虫子给啃噬掉血肉的。

空气中还弥漫着一股浓浓的硫黄味。蛇类大多害怕硫黄等刺激性的味道，我估计这也是蛇群暂时没有攻过来的原因。

“怎么回事？”我脸色大变。

“你晕过去后，这些蛇就发了疯似的冲了过来，如果不是后来莫名其妙出现了一大群虫子，我们早就被蛇群淹没了。”阿华神色带着一丝恐惧说道。要让身为明家护卫者的阿华都害怕，我难以想象当时他和Five到底经历了何等可怕的冲击。

“光是这些虫子的话，我们也没有办法完全阻挡蛇群，还有人在这里布置了针对蛇类的陷阱。”阿华继续说道。

我顺着他手指的方向看去，发现那是一团炸开的区域，周围都是破布一样炸成碎片的蛇尸。但是爆炸的区域被控制得很好，弹片并没有四处乱飞，要不然估计阿华和Five都有可能被波及。

这样的区域有好几块，想来事先就被埋好了炸药，然后被定向爆破，破片和爆炸的威力都是向着蛇群去的。

我感觉到心中寒意缭绕不散，天父组织的实力竟然如此可怕吗？他们甚至都料到了在解救敖雨泽的同时，我们会受到蛇群的袭击，事先做了准备。那么我们几个人这个时候是不是正被人监视着？

他们付出了这样大的代价，要图谋的到底是什么？显然不仅仅是我从肉茧中取出来的鳖灵童尸那么简单。他们需要的东西，似乎是在解救敖雨泽的过程中才能取得。

就是不知道Five的参与，到底是他们的布置，还是一个意外。如果是天父组织的手笔的话，那么用我的血在时光之沙晶体上画下的符文，很可能也是计划的一部分。

我先前的确是太大意了，为了能尽快救出敖雨泽，根本没有考虑那么多。我开始担心起敖雨泽的安危来，如果她复生的过程中有什么事，那么不管我怎么内疚也无济于事。

“你爬上巨蛇头骨看看，我感觉时间差不多了。”Five在一旁疲倦地说道。她的手上拿着那根一尺多长的蛇尾骨，尖端还涂抹着我的血，不过现在已经干涸。

我这才注意到在十二个铜人的附近，还画着无数的血色符咒。Five应是在用她掌握的力量改变着十二铜人大阵的某些结构，引导从巴蛇头骨中汲取出来的神秘力量。

我咬咬牙，重新爬上巨蛇头骨。这次因为脚步虚浮的缘故，试了好几次我才勉强成功。等我到了巨蛇头骨顶端，中间的窟窿上方由肉须和结缔组织构成的网状物，已经开始干枯，似乎失去了代表生命的水分和所有活力。

用匕首轻轻将这层薄膜割开，几下将它全部撕开，我发现头颅空腔充满了淡黄色的黏液，比先前我站在里面时要多出好几倍，几乎完全将肉茧淹没。

我呆了一下，如果说这个古怪的法阵能汲取巨蛇头骨中蕴藏的神力还勉强说得过去，可是神力再怎么神奇，也是一种类似能量的没有实体的东西——最多只应该改造法阵中的生命体，却不可能凭空多变出这么多营养液出来。

我有些狐疑地看向Five。她正轻轻挥动着蛇尾骨，嘴里念叨着什么。

随即我看见地面上出现轻微的拱起，接着无数的触手状的东西从地面蹿出，直接扎入最近的蛇类脑袋。仅仅是几秒钟的工夫，这些蛇类的血肉就快速地被溶解，然后被吸食一空。

触手重新隐没在地下，而地面上多了几十条干瘪的蛇类尸体。我估计这些蛇的血肉内脏都被吸食干净，只剩下骨骼和一张蛇皮而已。

再看看四周，其实这样干瘪的蛇躯也并不罕见，而且多半都是三米以上的大蛇才能“享受”如此待遇。

联想到先前在头颅空腔中看到的疑似触手的吸管，我顿时明白过来这些淡黄色的营养液是如何来的。它们分明是头颅底部连接着的某种古怪的生物组织，这些生物组织附带的触手是通过吸食蛇类血肉转化而来的。

我感觉到胃部一阵翻腾，想要作呕，最终只能强忍下呕吐的欲望，生怕给敖雨泽的复生造成什么障碍。

这个时候我也多少明白过来，为什么在这地下洞窟中缺乏天敌的蛇群数量能够被控制。想来这巨蛇头颅中如同血肉培养皿一样的生物组织，很可能会每隔一段时间就吸食一些蛇类的血肉作为营养液的补充。

而被吸食血肉的蛇群数量被精妙地控制在一个可以接受的范围内，维持着地下洞窟中几种生物的简单平衡。

并且这些蛇群明显是受到法阵的力量所影响的。或许在它们看来，是为了自己种族的蛇神在做牺牲，却不知道这巴蛇头颅早就被作为一件特殊的法器成为大阵的一部分。它们的牺牲不过是成全了两千多年前布置这个法阵的古蜀十二世开明王杜卢的野心而已。

当然，杜卢现在很可能是沉睡在自己双生子弟弟月童的小小躯壳中，甚至因为时光之沙的保护，他的意识依然停留在两千多年前刚布置完法阵那一刻，但现在法阵的中枢位置被敖雨泽占据，杜卢醒来的时间，怕是永远没人知道到底要延迟到什么时候了。

蛇群开始渐渐退去，似乎冥冥之中有什么力量在驱赶着它们。我们稍微松了一口气，接着我发现巨蛇头颅空腔里面的肉茧开始大幅蠕动起来，似乎敖雨泽在里面挣扎。

我大喜过望，敖雨泽之前被封印在时光之沙中，根本半点都动弹不得，现在肉茧中居然有人在动，那至少说明敖雨泽已经摆脱时光之沙的封印，哪怕伤势没有痊愈，至少是有救治的希望，而不是被禁锢在某一个时间点了。

肉茧的顶端，突然裂开六条交叉的纹路。接着这些纹路朝四周卷曲着打开，形成十二片如同花瓣一样的肉膜。

接着一只白净的手伸了出来，拼命挥舞着将肉茧顶端的洞口扩大。尽管这画面看上去不无恐怖，可我却差点喜极而泣，连忙拉住伸出来的手，将里面的人拉了出来。

敖雨泽的头和半边身子都被拉出肉茧，大概是在肉茧里面如同胎息一样不需要和外界的空气直接交互，现在突然吸入空气，加上肉茧中依然充满羊水一样的营养液，敖雨泽被突然涌入肺部的空气呛得连连咳嗽。

将敖雨泽整个人都拉出来后，她趴在巨蛇头颅上，喘息了好一阵，才有些茫然地盯着我，低声说："我没死吗？真相派的人呢？"

"你当然没死，不过这段时间发生了不少事，等你恢复了我慢慢讲给你听。"我微笑着说道，语气微微颤抖——要说不激动那绝对是骗人的。

敖雨泽茫然地看看四周，大概是发现所处的洞穴和她被封印前待的青铜之城出入太大，于是狠狠摇了摇脑袋。

"这是什么鬼地方？"敖雨泽虚弱地问。

我注意到她胸前的三个伤口已经愈合。大概是眼见我盯着她胸前，敖雨泽脸上罕见地闪过一抹羞涩，接着故意挺了挺傲人的胸部，冷哼一声说："杜小康，你现在胆子越来越大了。"

我不禁在心底大喊冤枉，但表面上却只能笑呵呵地说："没有注意到吗，你的伤。"

敖雨泽歪着脑袋想了几秒钟，大概是反应过来自己之前是中了好几枪，现在已经全部恢复过来。我关心的是这一点，并非是在故意占她便宜。

不过敖雨泽的伤势尽管已经痊愈，但看起来却十分虚弱。我搀扶着她到了巨蛇头颅边缘，自己先跳下去后，又将自身当成梯子，让她踩着我的肩膀下来。

"这小浑蛋，居然什么都看到了。"我的脑子中，突然闪过敖雨泽恨恨的声音。不过我能够确认，这个时候敖雨泽根本没有开口说话。

我惊讶地抬头望着她，却发现敖雨泽的脸上也闪过一丝愕然。

"敖雨泽？"我没有说话，只是在心底默默地喊着。

敖雨泽沉默了两秒，有些抓狂的声音在我心底响起："浑蛋，到底发生了什么？为什么我们两个……会读取到彼此心中所想？"

我突然想起，在意识空间的最后一段时间，敖雨泽已经醒过来了，而且她的眉心还射出一根丝线，这根丝线的另外一头也扎入我的脑袋。难道是因为这个让我们两人有了一定程度的心电感应？

又试了几次，我们却发现这种感应其实是时灵时不灵的，就像是段誉刚学会六脉神剑一样，根本无法完全自主控制。

这多少让我们稍稍松了一口气，毕竟就算我对敖雨泽心中充满爱慕，可作为一个现代人还是多少希望保留一些隐私，哪怕面对的是自己心仪的女孩子。

而敖雨泽大概也感觉到了我心中的某些想法，在意识世界交流的记忆，大概也回到她的脑海。总之我感觉被我搀扶着的敖雨泽，偶尔望向我的眼神，竟然带着一丝从未有过的慌乱和羞涩。

这样的表情出现在她身上太罕见了，如果不是因为她正处于成为特工人员以来前所未有的虚弱期，连心灵都出现空隙，我估计根本就不可能看到。

更何况现在我们没有完全摆脱危机，我也害怕自己的心思完全被她读取到，因此不敢太过胡思乱想，要不然等敖雨泽恢复了，恼羞成怒之下恐怕会弄巧成拙。

敖雨泽的双眼，看向了阿华和Five，眼中的温柔顿时变得凌厉起来，尤其是在看向Five的时候，甚至带着一点冰冷。

“没想到能在这个地方看到你，五号！”敖雨泽冷冷地对Five说道。

之前我们就在Five的手臂上看到了代表数字“5”的巴蜀图语文身，猜想这可能是某种编号，但我们怎么也没有想到的是，Five居然真的就叫作“五号”。

Five看着神色不善的敖雨泽，用拳头轻轻捶打着自己的脑袋，似乎脑袋里面有什么痛苦的回忆，但一时半会儿又想不起来。

“你认识我？你是谁？我又是谁？”Five接连问出好几个问题。

敖雨泽呆了一下，似乎没有想到Five会是一副失忆的样子，嘴唇张合了一下，最终却沉默了。

“为什么不告诉我，我到底是谁？”Five尖声说道。

“我想，如果你真的失忆了，那未尝不是一件好事。你真正的身份，还是不要知道的好，那样只会让你更加痛苦。”敖雨泽淡淡地说。

我有些疑惑了，虽然Five的身份依然成谜，不过看敖雨泽的样子，她很可能是铁幕的某个实验品。至少这证明了她不是天父组织的人，那么复生敖雨泽的一幕，应该是她凭着本能做的，而并非是天父组织的安排。

老实说，对于天父组织，我现在充满了警惕。他们费尽心思才将敖雨泽从真相派基地中抢夺出来，而我为了救敖雨泽又不得不跟着他们的节奏走。我可以想象，他们真正要图谋的，很可能比我最大胆的设想都要大。

第十五章

JINSHA ANCIENT SCROLLS

三个核桃

就在我们打算离开地下石窟的时候，突然感觉到了轻微的晃动。

最开始我们没有在意，可是这晃动的感觉越来越强烈，后来甚至连顶部都有石屑掉落下来，我们这才反应过来，是地震！

四川是一个多地震的地方，在八年前还发生过震惊世界的汶川大地震，对于经历过那次地震的我们来说，对此的恐惧比其他地方的人还要强烈。

几乎是抛弃了一切累赘的东西，我们开始飞快地朝来的路跑过去。

敖雨泽虚弱得连走路都费劲，我不得不将她背在背上。很快，前方的洞窟被掉落的石头堵住，等我们再转身回到放置巨蛇头颅的石窟，这才惊恐地发现石窟已经坍塌了小半。

就连那巨大的蛇类头颅，也已经有大半掩埋在山石之下，周围的青铜立像更是东倒西歪，原来的法阵被破坏殆尽。

“想不到我刚活过来，就要死了。”敖雨泽在我耳边轻声说道。

“说什么胡话，我们不会死。”我低喝道。

“怎么可能不会死呢？如果不死，那不是老妖怪了吗？”这次敖雨泽没有说话，但声音却在我脑子里响起。我知道是我和敖雨泽之间那股时有时无的心电感应起作用了。我干咳了一声，在脑子里回答：“大难不死必有后福，我不相信你刚刚活过来，就又要面临死亡。”

敖雨泽似乎笑了一下，没有说话。过了一阵，等晃动不再那么强烈了，敖雨泽的声音再度在脑子里响起：“小康，这些日子，辛苦你了。”

我没有回答，要说不辛苦是假话，可如果这辛苦换来的是敖雨泽的复活的话，一切都是值得的。

就在我们惶恐得不知道该如何进退的时候，我们之前发现敖雨泽的那处通道，似乎被地震震开了一条仅能容纳一个人侧身通过的裂缝。从裂缝的另一头，分明有细微的风声传来。

“走那边。”敖雨泽十分果断地说。

想来那个地方本来就是有着另外的道路，只是后来被人为封闭，要不然敖雨泽当时被封印在时光之沙当中，也不可能如此突兀地出现在这条通道尽头，我们却看不出丝毫的痕迹。

我们分别从缝隙里钻了进去。只有敖雨泽身上没什么力气，在我和Five的帮助下，一个在前面拉着，另一个在后面推才钻进去。

好在钻进这条缝隙之后，里面的空间越来越宽阔，到后来本来只能让一个人侧身通过的缝隙，已经能让人稍微弯腰勉强通行。

走了一段后，地震似乎停止了，周围也不再有剧烈的晃动。只是有可能刚才的地震让部分山石变得松散起来，如果动静太大，还是有可能突然遇到一两块石头掉下来。

一路上我们更是遇到了不少惊慌失措的肥硕老鼠和各种蛇类，只是这些蛇类在逃窜的时候，甚至顾不得捕食老鼠，更不要说我们这一行人了。

不过也有一两条大型的蟒蛇，突然停下来，不怀好意地盯着我们，似乎跃跃欲试。

Five突然拿出洁白如玉的蛇尾骨，然后将尖端放入口中，鼓着腮帮子吹气。蛇尾骨细小的中空部分发出轻微的嗡嗡声，那两条巨蟒就像突然受到惊吓一样，尾巴一甩慌忙逃走，一路上有不少身型细小的同类也被蛮横地挤在一边。

见到巨蟒逃离，我们也松了一口气。现在的我们实在没有力气和两条近十米长的巨蟒较劲。

“也不知道肖蝶和叶凌菲怎么样了。”我叹了一口气，突然想起她们。肖蝶之前就和我们失散，在血肉泥沼的时候，叶凌菲也被我们推到了岸边，以至于没有掉到这下面一层石窟。希望她们都平安无事才好。

“如果我有什么事，你要小心一个人。”大概是听到我提起肖蝶和叶凌菲，敖雨泽突然在我脑子里喊道。

“谁？肖蝶，还是Five？”我问道。

在我看来，这两个女人都不是那么简单，一个是曾叛出铁幕的特工人员，更恐怖的是她精通催眠术，我的脑子还不知道被她做过什么手脚。另一个是来历神秘的疑似铁幕组织实验品的失忆女人，就是不知道她的失忆是不是装出来的。

“都不是，是一个和你很亲近的人，叶凌菲。”敖雨泽说。

“是她？怎么可能？”我有些惊讶地说，差点叫出声来。

“我知道你不愿意相信，毕竟她可是你的青梅竹马。”敖雨泽冷笑道。

“哪里有什么青梅竹马，不过是小时候的玩伴而已——等等，你不会是，吃醋了吧？”我瞪大了眼睛问。

“嘁，姑奶奶我会吃一个黄毛丫头的醋？”敖雨泽不屑地说。

“拜托，你也就最多比她大两三岁而已，不要一副老气横秋的样子。”

“你这是在帮她，不帮我咯？”敖雨泽威胁道。

可我没有觉得是在被威胁，而是突然感到一丝甜蜜。敖雨泽这家伙，尽管嘴里不肯承认，但这样子，分明是很在意我和叶凌菲之间是否亲密。

“到底哪跟哪啊，我和她十几年没有见了，现在就算重新相认，哪里还能像小时候那么两小无猜，多少都有隔阂的。”我笑着说，暂时忘记了我们目前正处于地震之后随时可能被松动的山石砸到的危险境地。

“哼，我担心的就是你还将她当成小时候那个单纯的小女孩。这么多年过去了，你知道她会变成什么样？”敖雨泽冷哼道。

我心中“咯噔”一下。要知道敖雨泽是一个十分骄傲的女人，她从来不屑在背后说谁的坏话，尤其是在这个人和她存在某些微妙的竞争关系的前提下。

也就是说她绝对不会在这个问题上无的放矢。既然她的口气中透露出叶凌菲似乎有些问题，那么很可能她真的发现了什么。

“为什么这么说？你刚刚醒过来，难道是在青铜地宫的时候你发现有什么不对劲？”我沉声问道。

“当然，只是那个时候我仅仅是怀疑而已，可现在，我基本有八成的把握可以确定，叶凌菲的立场很是微妙。她应该不仅仅是真相派的外围成员，很可能在真相派中拥有极高的身份。甚至，有可能比肖蝶这个背叛者还高。真相派前往长寿村外的丛帝墓，目的之一是为了青铜之城中的时光之沙和《金沙古卷》，但应该还有一个目的，就是救出叶凌菲。”敖雨泽说道。

“为什么这么说？”我有些不可置信地问。尽管我愿意相信敖雨泽，可她说的话未免太不可思议了。要知道当时真相派对我们的态度无比恶劣，甚至连旺达释比，叶凌菲的亲外公都因此身受重伤生死不明。

若说叶凌菲身份有问题我勉强能够接受，可若说是她为了隐藏自己，连自己亲外公都可以牺牲，那么这一点我无论如何也不相信是当年的小叶子能够做出来的。

“我只是说，叶凌菲有问题，而不是说她的本心是想害自己的亲人。也许，她是出于某种原因不得不这么做，还有可能就是她受到了某种力量的控制。当时我在她的身上，嗅到了鬼影事件中，那股和戈基人幻影身上类似的味道。”敖雨泽淡淡地说。

我的心一紧，如果她不提这一点还好。当敖雨泽提到当初的鬼影事件的时候，我猛然间想起不久前在成都的时候，我有数次看到叶凌菲突兀出现的影子，而当我给叶凌菲打电话的时候，她却分明在数公里之外。

到底是叶凌菲本身有问题，还是有人故意装扮成她的样子？抑或是那根本就如同当初的鬼影事件一样，是一个介于虚实之间的幻影？

我突然感觉到一阵深深的恐惧，似乎在我的身边，那股让我觉得窒息的力量又出现了。上一次它出现，是我正被余叔算计的时候。

“前面没路了。”正当我沉思的时候，前方传来阿华沮丧的声音。

我背着敖雨泽走上前去，用唯一还剩下的手电筒照了一下，发现前面的通道，已经被无数乱石堵得严严实实。

“怎么办？要不炸开它，我这里还留了两块塑胶炸药。”阿华自问自答地说。他上前摸索了一阵，又摇头说道：“不行，坍塌的范围太大了，堵得严严实实，塑胶炸药根本不可能炸开它。”

“那些蛇鼠呢？”我想起赶在我们前面的蛇群和老鼠，它们不可能凭空消失。

“一路上有不少能够容纳老鼠和蛇类通过的地缝，它们早就疏散开了。我们可没有那么小巧的身子。”阿华苦笑着说。

我皱皱眉头，摸了摸坍塌的石窟，发现石头比较湿润。

我心中一动，将敖雨泽放在一边让Five照看，然后顺着几块大点的石头爬了上去。

还好现在石窟的高度只有两米多，我很快就爬到了顶端，摸索了一阵，发现顶部果然有一条细小的缝隙在朝外渗水。

“发现了什么没有？”敖雨泽在下面喊。

“水质很清，上面应该是一条山泉分支，没什么用。”我说道。

“也许只是地下暗河呢？”阿华说道。

“那么只好赌一赌了，炸开上面的裂缝。如果幸运的话，上面真是地下暗河，或许我们可以沿着地下暗河找到出路。”敖雨泽说。

“不太可能是地下暗河。这里的地质结构十分怪异，就像是原本整齐得如同一本书的岩层，曾经被一个无比巨大的巨人给乱七八糟地揉成一团一样。就算有地下暗河，也早就断流形成无数的地下积水地，然后慢慢渗透出去。”我说道。

“Five，你觉得呢？”阿华转过头问一声不吭的Five。

Five脸色古怪地看着敖雨泽，张了张嘴，再次问道：“能告诉我，我到底是谁吗？”

敖雨泽有些不耐烦地说：“如果你真的失忆了，就算告诉你，你也找不回自己的过去，还不如像现在这样无忧无虑地活下去。”

“如果我带你们出去，能告诉我，我真正的身份，以及过去吗？”Five坚持说道。

敖雨泽有些诧异地望了她一眼，犹豫了一下，最终还是点了点头。

Five让我们都退开了一些，从我这里要回了禹王锁蛟镜，拿着巨大的蛇尾骨狠狠地砸向禹王锁蛟镜。她的举动吓了我一跳，正想阻止，却已经来不及了。

让我们惊讶的是，禹王锁蛟镜并没有如我们预料的那样四分五裂，蛇尾骨也没有崩碎，而是从两者接触的点，出现了一圈淡黄色的光晕。

这团光晕渐渐扩散，甚至渗透进山壁之中。正当我们以为没有什么作用的时候，隐隐听到远处似乎有闷雷的声音响起。

接着石窟再度抖动起来，只是没有先前的抖动那么强烈，可这足以让我们震惊了。正要阻止Five的动作，却不料前方原本已经坍塌的山石开始滚落，我们连忙后退。

后退的过程中我抱着敖雨泽。尽管她现在已经恢复了少许力气，可动作却十分笨拙，只能勉强维持站立而已。

Five就站在崩塌的山石附近，我们心惊胆战地看着她，她却没有任何后退的意思。说来也怪，那些崩塌的山石，都是险之又险地从她身边滚落，却没有一块砸在她身上。

不久后，从崩塌的山石另一端，出现了一条巨大的半透明的蛇类虚影。正当我们目瞪口呆的时候，这巨蛇的虚影似乎深深地看了我和敖雨泽一眼，又缓缓地消失了。

“鬼影……和鬼影事件的时候一模一样，介于虚实之间的诡异生物！”我喃喃地说。

在大半年前鬼影事件发生的时候，我曾见到过突兀出现又消失的戈基人战士，也见到过会随着时间流逝凝实或者变虚的尸体。可如此巨大的蛇类虚影，还是第一次见到。

“是巴蛇神！”敖雨泽的眼中，罕见地出现了一丝恐惧。从无畏惧的她，当初面对巨大的人面蜘蛛女皇的时候也不曾有过这样的表情，可眼前的巨蛇虚影仅仅只出现了短短的几秒，给我们的压力，已经远远超出当初的蜘蛛女皇了。

的确，这世上只有巴蛇神这样可以称为“神”的巨型怪物才有这样的力量，哪怕是一丝力量，都足以让几百人同时昏迷，足以让崩塌的山石瞬间被重新打开。这本身就是非人的存在。

这也说明了当年的巴蛇被五丁追杀的时候，为什么能引发山崩地裂。巴蛇神的力量完全无法用普通的生物纯粹的肉体力量来形容，那的确像神话传说一样，有着近乎神一样的强悍力量。

我简直无法想象，当初的五丁力士到底是用了什么方法，才能将巴蛇神留在人间唯一的肉身杀死。尽管巴蛇神的本体意志，也就是我们说的灵魂，一直存在于某个未知的巨大意识空间内，可残留在人间的肉身容器也不容小觑。

五丁能杀死神的肉身，要说只是力大无穷，怕是根本做不到。何况光是拼力气的话，我估计也不太可能超过巴蛇神的肉身，毕竟一两百米长的巨大体型摆在那里。

或许五丁高大的三米多的体型，本身就已经脱离了人类的范畴，并且他们可能掌握着某种足以弑神的力量。当然，这种力量本身也十分危险，或许正是如此，他们才付出了生命的代价。

而当年的古蜀国十二世开明王能驱策这样的勇士，而且还在此设下了诡异的法阵汲取巴蛇神肉身残留的力量，这也说明了鳖灵一脉当年即便没有取得金沙血脉，可能也从其他地方获得了某种神秘的传承。鳖灵童尸和血亲转生的存在，或许就是这种力量的体现。

石窟打开后，看似威风凛凛的Five，突然身子一歪倒在地上，手中的禹王锁蛟镜和蛇尾骨也跌落在地。

蛇尾骨没有任何变化，但禹王锁蛟镜掉在地上后，却像是遇到火光的蜡烛一样开始熔化，最后熔化而成的淡黄色黏液，渗透进地下，转瞬间消失不见。

“怎么回事？”我们到了禹王锁蛟镜消失的地方，捡起地上的蛇尾骨放入背包中。但用匕首向地下挖了几厘米，也没有找到禹王锁蛟镜的半点影子，只能无奈地放弃。

“快走吧，现在两个女人都要我们带着，再耽搁下去，天知道还会发生什么事。”阿华说完将晕过去的Five背在背上。

我点了点头，却见敖雨泽神色不善地盯着阿华。我不禁微微一笑，敖雨泽也太敏感了，大概阿华将她们两个女人当成累赘的话语激怒了她。如果她现在身体完全恢复，我估计就算以阿华的身手，都会马上被揍得满头是包吧。

前方的路被巴蛇神的力量打开之后，接下来我们竟然一路畅通无阻。当我们终于沿着这条道回到一条熟悉的通道的时候，很是惊喜地发现了一个熟悉的同伴，肖蝶。

“肖蝶，你怎么样了？”我惊喜地叫道。

“还好，没死呢。敖……敖雨泽？”肖蝶刚回答了半句，就看到我背上背着的敖雨泽，脸上顿时露出如同见了鬼的表情。

“怎么，没想到我活过来了？”敖雨泽冷冷地说。

“怎么会呢，雨泽，我……我是太惊喜了。”肖蝶有些结巴地说道。看起来敖雨泽的突兀出现，的确大出她的意料。

我们简单交换了下信息，才知道肖蝶在和我们失散后，遇到了一个我们绝对没有想到的人，秦峰。

原本我们都以为秦峰很可能是被天父组织的人抓住了，可肖蝶却在地底看到了秦峰。让我们都无比意外的是，和秦峰在一起的，还有一个神秘的黑袍人。

要知道现在的气温并不算低，白天穿一件长袖衬衣都觉得有点热了，绝对没有人会将自己裹在一件几乎不透风的黑袍当中。

最关键的是，按照肖蝶的描述，这个黑袍人很像当初我被亚子蛇咬伤后，曾留下解药的人。

只可惜当时肖蝶也急于逃命，并没有和秦峰以及神秘的黑袍人多交流，就逃入另外一条岔道，然后在迷宫般的通道中转了半天，直到不久前的地震才让她惊慌之下找到回去的通道。

“那个神秘的黑衣人，又是和秦峰在一起。你们说，他会不会是秦振豪？”敖雨泽分析道。

“我觉得可能性很大，毕竟真要说起来，秦振豪是秦峰的叔叔，还是从小就将秦峰带在身边的。”肖蝶说。

“我感觉不像。如果是秦振豪的话，当初他应该不会救我。我能感觉到，他似乎对我们没有恶意。”我摇头说道。

“我倒是觉得，秦峰身上藏着的秘密，或许比我们想象中要多得多。”敖雨泽说。

“不管怎么说，秦峰没事就好了。”我叹了口气说道。秦峰身上的确藏着不少秘密，或许这些秘密和他小时候的经历有关。只可惜这部分记忆已经被秦振豪封印起来，恐怕就连肖蝶这样的催眠高手也不一定能够解开这部分记忆的封印。

“先出去再说吧。这次的地震来得有些蹊跷，如果再来一次将唯一的通道给堵住，那么我们可没有办法再次召唤巴蛇神的力量来帮忙。”敖雨泽看了看后面漆黑的石窟，说道。

我们点了点头，开始朝外走。二十多分钟后，我们终于见到前方出现一丝亮光，大喜之下不由加快了脚步。

从石窟出来后，我们才发现外界居然没有半点地震的样子，而早已经等在洞口的明智轩和另一名保镖，更是眼神古怪地望着我们。

“怎么了？”我问道。

“还说怎么了，你背上背着的是……雨泽？”明智轩半是激动半是惊喜地问道。

“你眼睛应该不瞎。”敖雨泽在我背上懒洋洋地说。

明智轩高兴地说：“虽然不太明白到底发生了什么，但再次见到你真的很高兴，雨泽。”

“算你有点良心。对了，有没有看到叶凌菲和秦峰两人出来？”

“叶凌菲不是和你们一起下去的吗？她没出来吗？至于秦峰，我根本不知道他也在里面……”明智轩苦笑道。

“算了，先联系谭欣然，这两个病号现在都需要她照顾。”我说道。

“喂喂，你说谁是病号？”敖雨泽很是不满地嚷嚷道。

我没有理她，等明智轩联系谭欣然后，对他将先前经历的事情简单讲了一遍。

无论是明智轩还是肖蝶，都对我们的经历感到不可思议，尤其是敖雨泽的复生方式。而Five最后召唤出的一丝巴蛇神的力量，更是让所有人心里都蒙上了一层阴影。如果说巴蛇神的力量已经强悍成了这个样子，一旦它真的降临到这个世界上，哪怕是各国的军队，在不出动核武器的前提下，能够杀死它的方法并不多。

尤其是巴蛇神还有着躲入意识空间的退路，即便能杀死它，也不过像几千年前的五丁一样，杀死的不过是一具可以抛弃的躯壳，最多能让巴蛇神变得虚弱一些而已。

谭欣然很快带着人赶了过来。实际上她已经差不多准备离开梓潼了，一听说敖雨泽居然复生出现，立刻毫不犹豫地改变了行程，即便铁幕的某个上层人物似乎受了伤也需要救治。

我们回到县城，谭欣然用携带的装备为敖雨泽做了初步的检查。幸运的是敖雨泽的伤势已经完全恢复，现在虚弱的状况，更像是体力被严重透支。

不过这也可以理解，敖雨泽被时光之沙冻结了一两个月，又在那古怪的肉茧中消除掉时光之沙，更使伤势完全复原，要说不消耗大量的体力甚至是生命潜能，那反而说不过去了。

好在这样的结果，虽然有可能造成折寿几个月的状况，这毕竟比较遥远。而敖雨泽只需要静养休息一段时间，就能基本恢复过来，这多少让我们感觉欣慰。

谭欣然带着敖雨泽和Five回到省城的铁幕基地后，我们在梓潼滞留了几天，每天都会前往那个石窟查看。

让我们感到诡异的是，当初在地下我们觉得地震十分强烈，不少通道都被震塌，可地面上的人，除了很轻微的几下晃动外，根本不知道发生了什么事。

看来这只是一场范围非常小的局部地震，而且很可能不是地壳变动形成的，仅仅只是因为本来地质结构就复杂的地下石窟某几个点，无法支撑石窟上方的重量而引发了局部的坍塌。

这次局部地震发生在敖雨泽的复生仪式之后，最大的可能就是破坏了法阵原本的力量流动，让这些力量在这些点汇聚然后引发坍塌。

这样的设计估计是古蜀十二世开明王留下的。如果有人打扰了他在肉茧中的长眠，那么最终的结果就是被埋在地下。

不过说起来，疑似十二世开明王杜卢的鳖灵童尸，这个时候还放在我的背包内，尽管那只是一个拳头大小的时光之沙晶体，晶体里面是一个看似不足月的婴儿。

当我从背包里拿出鳖灵童尸的时候，脸色不由得微微变化，因为鳖灵童尸里面的婴儿，很明显地比我们发现他的时候大了一圈。

我有些毛骨悚然。要知道这具鳖灵童尸，是开明皇室中本来只隐藏在暗处的月童，已经存在了两千多年，即便是被封印在时光之沙中，可也不应该出现生长的迹象。

时光之沙是蕴含着时间和空间秘密的神秘物质，没有重量，只是细小的淡金色沙粒。正是它的存在，才让活性金属、长寿药以及快速恢复药品有了存在的基础。

可以说铁幕、真相派和JS这三大和金沙文明有关的神秘组织，甚至包括新出现的天父组织，都离不开时光之沙。这对于几个组织来说，是一种战略资源般的存在，哪怕是仅仅几粒时光之沙，都足以制造出大量的活性金属来。

当年的古蜀国，不知道是如何发现了这种极为神秘的物质，甚至我怀疑连五神的出现，也和时光之沙有着不可或缺的联系。

信仰是一种力量，可这力量更多体现在对一个人的心灵方面。这世上能够获得信仰的神灵数不胜数，有几个更是拥有数以十亿计的信徒，可除了神话传说，从来没有听说信徒数量远超古蜀五神的神灵们，有着任何显圣出世的消息。

唯有古蜀五神，明明是五个连人形都不具备的古怪生物，却偏偏在几千年前，仅靠着古蜀国几百万人的微弱信仰，在虚无之中诞生出来成为五个神灵。

而古蜀国最神秘莫测的就是金沙血脉的传承以及长生的方式，而它们都似乎和时光之沙有着千丝万缕的联系。因此我很是怀疑古蜀五神的存在，也有可能是因为时光之沙。也正因为如此，那个古怪的法阵和肉茧，才有解除时光之沙封印的能力。

如果说地底的法阵是为了汲取巴蛇神的力量，那么很可能这力量就是和时光之沙有关。因此月童外壳的时光之沙封印，很可能并非是一开始就存在的，而是在漫长的岁月中，十二世开明王通过法阵的力量，从巴蛇头颅中汲取而来。

或许十二世开明王杜卢的初衷，是让汲取的时光之沙力量融入自身的血脉中形成神血。可是他很可能是在当年张仪的误导下，算漏了某件事，最终让这法阵汲取的力量，不过是还原了时光之沙，最终反而将自身封印起来，长达两千多年的时间。

可现在，在不借助任何外力的情况下，我手中的鳖灵童尸，竟然不知不觉间长大了一点，外层的时光之沙封印，分明也略微薄了一些。

到底问题出在哪里？难道说敖雨泽走出时光之沙的封印期间还有我们没有想到的事情发生吗？

我脑子中灵光一闪，突然意识到我们都忽略了天父组织的作用。

他们处心积虑地抢夺我们当初从五神地宫带出的象牙盒子，明智轩甚至差点因此丧命。从象牙盒子中得到召唤巴蛇神意志的方法后，他们做的第一件事就是利用这股只能使用一次的力量前往真相派的基地，救出敖雨泽。

事实早已经证明，天父不是活雷锋，而是一个比JS组织和真相派还要凶残、还要无所顾忌的强大组织，他们这样做要说没有任何目的，估计没有人会相信。

那么问题来了，他们花费如此巨大的代价，将敖雨泽放入地下石窟，又让张家的后人、和叶教授关系匪浅的张九红引导我们来此，难道仅仅是为了拯救敖雨泽？

当然不可能。他们只会在我们拯救敖雨泽的过程中，获得他们想要的利益，这利益很可能也是和时光之沙有关。

很显然，他们的目的已经达到，甚至连地下石窟的地震，我怀疑除了法阵被破坏的原因外，还可能有天父组织的人参与。

他们能神不知鬼不觉地将敖雨泽运送到地下石窟，布置了帮助我们阻挡蛇群的陷阱，事后炸毁石窟形成局部地震，应该是为了抹除掉一切痕迹掩盖他们的真实目的。

想通了这一点，我觉得再继续待在梓潼已经意义不大，于是和明智轩等人起程回到省城。我有太多的疑问要亲自去问问叶教授，或许他以及他身边的张九红，会知道更多内幕。

和明智轩一起回到省城后，我们几乎是马不停蹄地赶到了叶教授的家。遗憾的是，叶教授家的大门紧闭。听叶教授隔壁的邻居说，他在一周前就已经出门，根本没有回来过。

这让我感觉到有些不对劲，可惜叶教授的电话根本打不通，而那个神秘的张阿姨张九红，我一时半会儿也联系不上。

失望地离开叶教授的家，谁知道刚走到叶教授家小区门口，我们却被一个神色带着几分局促的少年拦住了。

少年的身上穿着宽松的T恤和牛仔裤。牛仔裤破破烂烂的，头发也染得五颜六色，戴着夸张的耳钉。虽然不像是小混混之类的，至少也是一个罕见的“杀马特”。

“干什么？”我皱眉问。

“请问你是不是杜小康？”杀马特少年问。

我一愣，没有想到对方竟然认识我。我点了点头，少年脸上露出松了一口气的表情，递过来一个老旧的木头盒子，说道：“有人让我将这个交给你。”

我接过木盒子，发现木盒并不大，只有十多厘米长，宽高都差不多是七八厘米。可木盒不能轻易打开，上面有一个十分精巧的锁扣，是古代木匠中技艺极高的“玲珑锁”，属于密码锁的一种，不花点心思，一时半会儿根本打不开。

“谁让你将它交给我的？”

“一个四十多岁的中年女人。你问这么多干吗？总之你拿着东西就对了。”杀马特少年有些不耐烦地说。

四十多岁的中年女人，又是在叶教授小区附近出现过，那不就是张九红？我还想问问具体的情况，谁承想少年只给了我一个孤傲的背影，飘然远去。

我无奈地笑笑，估计对方也不知道是什么情况，应该是拿钱办事。只是张九红也太过神通广大了一点，居然已经料到了我会前来，提前让人等在这里。

回到家里，我试着打开木盒的玲珑锁。这是一种“吉”字形结构的锁，没有锁孔，只在正中间有一块可移动的木块，必须按照正确的走向移动它才可能解开。

试了几次都没有成功，我心烦意乱之下想直接砸开木盒。随即又想到张九红应该没这么无聊，让人交给我一个盒子，设下密码，却只是需要我简单地砸开它取出里面留下的东西。

或许盒子里有什么精密的机关，正常解开玲珑锁也就罢了，如果采用暴力破解，估计里面留下的东西就无法保存了。

我打开电脑开始在网上查阅相关的古代密码锁，可是效果不大。当鼠标无意中划过桌面上一个游戏图标的时候，我突然心中一动。

这个图标就是曾隐藏着无数诡异事件的游戏生成的，秦峰更是和这游戏关系匪浅。要知道张九红的身份之一，很可能就是七个游戏测试者中的“圣母”，属于身份很高的测试者，仅次于“天父”。

我们七个游戏测试者，现在看来都有着某种在现实中和金沙文明有关的身份。其中最为神秘的“天父”，更有可能是新出现的天父组织的首领，同时也是游戏官方的一员。

我一度怀疑，这游戏的出现很可能就是天父组织搞的鬼，只是现在还没有切实的证据而已。

鬼使神差地进入游戏，这次我没敢戴着VR头盔进行。可游戏的画面风格和配乐音效，依然让我有一种毛骨悚然的感觉，总觉得游戏中经历的一切，似乎能影响到现实中的什么事情。

这是一种极为古怪的感觉，不同于玩其他看起来画面恐怖的游戏带来的心悸，而是那种发自内心的隐隐不安。

玩了一会儿，游戏中新出现的一个任务，需要我去寻找一件看似普通的道具——核桃。

核桃可能所有人都看到过，不过是一种再普通不过的坚果。当然也有文玩爱好者，将品相良好的核桃当成收藏品。前些年很是火了一阵。

只可惜核桃这种文玩再生性太强，不像古董那样稀有和不可再生。当市场被炒作起来后，泡沫破灭，许多以前卖几千上万的文玩核桃，价格跌到几百块都没人要。

因此当游戏的要求是让我收集核桃的时候，我多少是有些奇怪的。要知道从开始到现在，这个游戏需要人收集的道具，要么是十分诡异的用于祭祀的东西，要么就是和金沙、三星堆等古蜀文明相关的器具，收集核桃这么普通的东西，还是第一次。

随着任务的进程，我收集到三个核桃。按照任务的描述来到下一个目的地，将三个核桃摆放进一段破损的古城墙露出的石碑上的三个小孔内，古怪的事情发生了。

游戏中的石碑开始发生震动，然后裂开，接着显露出一个古旧的木头盒子。

而这盒子的造型，几乎就是我放在电脑桌上的盒子的翻版，就连盒子的贴图颜色都一模一样。

盒子上同样有吉字形结构的玲珑锁，不过这次游戏却罕见地给了解锁的提示。我打开游戏里的玲珑锁，发现游戏里的盒子内，居然是一具小小的骸骨。一看就是刚出生的婴儿的。

我差点将桌子上的盒子扔出去，如果说这盒子和游戏里的盒子一样的话，那是否意味着盒子里面也是这样一副婴儿的骸骨？

我几乎是双手颤抖地用刚才游戏里提示的方法打开玲珑锁，犹豫了好半天也不敢掀开盒子的盖子。

之前我见到过的尸体也不少，有的甚至是高度腐烂的，对普通人来说有着极大心理压力，可对我而言已经算是习惯了。可人就是这样，能够坦然面对看上去很恐怖的大人尸体，可如果发现自己要打开的盒子里是一个小孩的骨骸，哪怕这件事和自己完全无关，也多少会有些负罪感和害怕。

最终，我微微闭上眼睛，掀开木盒子的盖子，然后深吸一口气，睁开眼睛，却呆住了。现实中的木盒子内，并没有什么小孩的遗骸，而是静静地躺着三个核桃。

与游戏中作为道具的核桃看上去差不多，是棕红色带包浆俗称“狮子头”的文玩核桃。换成前几年，这三个核桃价值不菲，足以让我小小地发一笔财，可有了先前游戏里的经历，我知道这三个核桃的来历恐怕并不简单。

将三个核桃取出来，又翻来覆去地查看盒子本身，都没有发现更多的线索。张九红为什么会将三个核桃莫名其妙地送给我？

我突然想起，背包里还藏着她当初给的几张图，它们分别画着象牙盒子、五丁开山、巨茧、巨蟒和潦草的地图。

现在看来，我们在梓潼地下石窟中所经历的一切，都能和这几张草图联系起来。

象牙盒子中铭刻的咒文能召唤一次巴蛇神的意念。我们前往石窟是靠着地图的指引。在石窟中我们分别看到了五丁开山和巨蟒巴蛇的遗骸，还有巴蛇脑袋中的巨大茧状物，以及汲取巴蛇头颅的力量，让敖雨泽复生的法阵。

张九红似乎早就预料到我们所经历的一切。不管她的真实身份和目的是什么，至少我可以肯定一件事，那就是张九红很可能和尸鬼婆婆姬巧玉一样，是一个能够看到别人命运线的奇人。

算起来她是姬巧玉的半个弟子，有这样的能力似乎也不足为奇。当初姬巧玉曾提到过，看透命运线这种神奇的能力，消耗的是自身的寿命，所以没有人会轻易使用。

张九红不惜付出巨大代价来为我们做出指引，为的又是什么？她现在突然送给我三个文玩核桃，又预示着什么？

正当我为此感到奇怪的时候，电话响起，打过来的是明智轩。他的语气有些古怪，但说出的话却让我震惊：“我找到叶教授的下落了，他去了大邑县三岔镇赵庵村的古城遗址。现场有新的发现，几千年前的古城，居然采用儿童祭祀……”

听到“儿童祭祀”这几个字，再联想起先前在游戏内木盒里看到的小孩骸骨，我不由得心头一跳，总觉得两件事似乎开始联系到一起。

大邑县发现的这个古城遗址，我之前也听说过，最早是二〇〇三年发现的，但遗址没有进行挖掘。直到二〇一二年，考古队做了充分的准备进行了详细的勘探，发现古城遗址总面积接近两百万平方米，被称为“宝敦文化”。

直到去年，考古学家发掘的面积也才八百平方米，和总面积比起来不过是九牛一毛。在发掘区内，考古人员发现了丰富的遗存，如墓葬、人祭坑、奠基坑、灰坑、灰沟、水井、建筑等等。

不等我开口说话，明智轩继续说：“这次发掘清理出大量墓葬，最关键的是还有人祭坑，里面除了将成人奴隶当祭品祭祀外，最恐怖的是居然还有儿童被当成祭品……另外，祭品里面还有三个山核桃，也不知道为什么会用核桃来进行祭祀。四千六百年前的核桃，如果放在几年前足以让文玩爱好者疯狂……”

我看了看眼前盒子里的三个核桃，一时间居然不知道该如何接话。我的心中升起一股隐隐的不妙，如果说叶教授就在大邑的考古现场，而张九红作为叶教授现在最亲近的人，很可能也在那里。

那么这三个核桃的来历，就十分可疑了。以张九红的大胆程度，她很可能有极大的机会接触到考古现场挖掘出来的核桃，并进行了调包。

也就是说，我眼前的三个核桃，有九成的可能是考古现场挖掘出来的。只是如此珍贵的文物，她为什么要让人送给我？这中间又藏着什么玄机？

挂上电话后，我立马将三个核桃和鳖灵童尸一起装好，朝大邑赶过去。好在大邑就在成都周边，不过是几十公里的距离，当我到了三岔镇，也才过了一个半小时，这还是因为到三岔镇有不少小道限制了车速。

在当地人的指引下，我来到考古现场的外围。这里已经被警戒线保护起来，除了工作人员，连当地的村民都只能在外侧看热闹。

远远地，我看到叶教授正和另一个老人争论着什么，而他的旁边，正站着一个中年妇女，赫然就是张九红。

似乎感觉到我的注视，张九红回过头来，十分诡秘地一笑。接着叶教授眉头突然深深皱起，捂着自己的胸口倒了下去，周围的人顿时一片手忙脚乱。

第十六章

JINSHA ANCIENT SCROLLS

宝敦童祭

我有些惊怒地想要靠近叶教授，却被附近的工作人员阻止，几个保安更是神色不善地看着我，似乎将我当成了叶教授突然倒下的疑凶。

“让他过来，他能救老叶。”出乎意料地，张九红替我解围。

我一声不吭地甩开几个保安，快步走到叶教授倒下的地方，发现他脸色带着异样的苍白，双目紧闭，但是眼皮在不停跳动，就像眼球还在不住地转动。

我很快反应过来这不是叶教授的眼球在转动，而是他的眼睛像是被人打肿了一般开始朝外鼓起。这个过程极为缓慢，以至于让我误以为是他的眼球在转动。

“叶教授怎么了？”我强压下心中的愤怒，朝张九红质问道。

“你以为是我害了老叶吗？如果我要动手的话，怎么会等到现在？笨蛋，他是中了诅咒，现在只有你的血能够救他……”张九红在我耳边压低了声音轻声说。

我无奈地苦笑了一下，冷冷说道：“先不说叶教授目前的状况到底是谁造成的，别告诉我，你不知道我身上号称神血的金沙血脉，早在梓潼地下石窟为了救敖雨泽而变得稀薄了许多。”

张九红的神色忽地一滞，似乎没有想到我会给出这个答案，最后咬牙说道：“不管怎么说，总要试试。先带老叶到一个僻静的地方，大不了，你就多放点血出来……”

我不置可否地看着她表演。不管怎么说，如果真的能救叶教授，就算我牺牲一点血液，也不是什么大不了的事情。可我担心的却是这不过是张九红自导自演的苦肉计，作为神秘的张家人，很可能叶教授的晕倒根本就是她造成的。

要不然哪里会这么巧，我刚到大邑的考古发掘现场，还没来得及和叶教授说上话，叶教授就突兀地昏迷过去了？

两个疑似叶教授学生的青年，将叶教授抬到了附近的休息区。休息区是移动板房搭建的，不过里面居然有一台小型空调。这在整个休息区都算是罕见的，毕竟为了这次的考古挖掘活动，现场只有两台柴油发电机在进行供电。

叶教授躺在简陋的板床上，依然处于昏迷之中，不过呼吸还算平稳，只是耽搁了这几分钟，他的双目朝外的鼓出似乎更加严重了，而且额头的位置也长出了一个包。就像是号称人体第三只眼的松果体也在朝外鼓出一样。

我突然想起在木盒子中发现的三个核桃，当时核桃排列的形状，和人的双眼以及额头正中的位置极为相似。

我不由得倒吸一口凉气，看向张九红的眼神，就更加觉得恐怖了。这个中年女人似乎早就预料到了我要去叶教授家，更是利用盒子中的三个核桃提示我前来后，直接让叶教授昏迷过去。

很显然，她需要的并不仅仅是我的血这么简单，而是在担心叶教授向我透露什么关键信息。如果叶教授一时半会儿醒不过来，那么她极有可能将这部分关键信息隐瞒下来，甚至释放出误导我的错误信息来达到她或者说神秘的张家的目的。

等叶教授的两个弟子退出休息室后，张九红脸上保持的镇定随之消失，对我说道："赶快，用你的血在老叶身上按照我给你的符文样式画出一模一样的……"

说着张九红从休息室的一个柜子里找出纸笔，然后笔走龙蛇，飞快地画出一张张符文。

我仔细数了数，等张九红停笔的时候，这些符文的数量，一共是十二张。

我感觉这十二张符文有些眼熟，想了半天才记起来，在梓潼五妇岭地下石窟中的十二个铜人身上，似乎也有着类似符文，每个铜人的胸口，都雕刻着不同的符文。

"你是张仪的后代？"我看着这十二张符文，问道。

"据说孔子的后代已经有至少八十三代，只计算男丁，都超过四百万人。中国是一个极为古老的国家，这样古老的国家能一脉相传下来，现代社会怕是多数人都能和一个有名的祖先扯上关系。我们张家存在的时间可是早于战国时期，要说我和当年的张仪有什么隔了几十上百代的血缘关系，这谁说得清楚？张家又没有孔家那样绵延两千五百多年的族谱可供查询。"

"你可真会狡辩，叶教授的诅咒，是你故意激发的？"我冷笑道。

"怎么可能，那不过是老叶自己不小心，中了童尸的诅咒而已。"张九红申辩道。

我自然是不相信她的鬼话，不过听她提起"童尸"这个词汇，顿时想起在我的背包里，其实还有一具真正的鳖灵童尸。这可和用于祭祀的童尸不同，这很可能是古蜀时期最后一个国王，第十二世开明王的双生子弟弟的尸体，而被时光之沙封印的鳖灵童尸，里面甚至有很大可能藏着十二世开明王的魂魄。

这东西尽管无比诡异，可一旦我们的推论是真的，那么它的存在价值就太重要了。如果能从其他途径打开时光之沙的封印，那么清醒过来的十二世开明王，或许会解开不少存在了数千年的谜题。

十二世开明王杜卢可是凭着手下的五丁曾屠神成功，哪怕屠杀的不过是巴蛇神留在人间的肉身，可比起其他历代古蜀国王来，已经十分了不起了。

因此杜卢的记忆中，很可能掌握着古蜀五神的某些弱点。如果我们能得到他这部分经验，那么在对付一直觊觎人间繁华的古蜀五神的时候，就多了不少把握。

“你让我怎么相信你？”我犹豫地看了昏迷不醒的叶教授一眼，问道。

“如果没有我的指引，你在五妇岭地下石窟中，早死了不知道多少次了。不管你觉得我是要害你还是有什么目的，总之，你欠我一个人情。”张九红说。

我顿时无语，同时又不得不承认张九红的确说得不错。我曾发誓哪怕付出任何代价，都要救活敖雨泽。我本来以为这需要我花费无数的精力，或许还会耗上数年的时间才有可能完成，但没有想到原本和我们敌对的天父组织，居然像是活雷锋一样将敖雨泽送到了梓潼的五妇岭地下石窟内。

这肯定不是巧合，我们分明是在张九红的引导下才前往梓潼的。如果没有她，我的确不可能这么快救活敖雨泽。

“你是天父组织的人？”我问道。

“天父组织……原来你说的是他们。我的确和他们有过合作，不过很抱歉，我不属于任何组织，就连你臆想中的所谓张氏家族，也没有你想象中那样庞大和团结。这只是一个松散的家族，如果不是因为那见鬼的血脉传承，这个家族早就和其他姓氏一样，没有任何特别的地方。”张九红先是愣了一下，随即说道。

“天父”这个组织名字，不过是我随口给起的，因为我遇到的几个外国人，似乎都对组织中的代号“天父”的头目十分恭敬。张九红对这个组织肯定十分了解，要不也不会做出完美的配合诱导我们前去。

不管天父组织和张九红能从这件事中得到什么，从救活敖雨泽这一点讲，她起到的作用以一个人情来形容，都有些轻了。

而张九红的话，我也不敢完全相信，毕竟她的来历太过神秘。我除了能够猜出她是历史上和不少神秘力量挂钩的张家人的后裔这一点外，其他的几乎一无所知。

或许尸鬼婆婆姬巧玉的半个弟子这个身份，也说明了她本身对金沙文明相关的神秘事件极度关注。更加诡异的是，姬巧玉曾是叶教授的正牌夫人，他们还曾有一个已经死去多年的孩子。

“你需要保证，我这样做不会伤害到叶教授。”我咬牙说道。不过我能够感觉出来，不管张九红表现得多么神秘，但她对叶教授的关心，似乎不是假的。

“放心，没有人比我更在乎他的安危。我并不是为了得到他在古蜀文明上的研究成果才和他在一起的。”张九红轻声说道。

我点点头，开始按照张九红的吩咐，割开手指，以自己的血在叶教授的额头和脸上画下十二道符文，形成类似十二宫的一个图案。

令人惊奇的是，我的血画下的符文这次不仅没有招来虫类，反而是渐渐隐没进入叶教授的皮肤，最后消失不见。

而叶教授鼓起的眼睛，包括额头的一个包，以肉眼可见的速度渐渐消了下去，最后恢复到了正常的水平。虽然叶教授依然没有醒过来，但是呼吸明显平稳了许多，脸色也多出了一丝红润。

张九红似乎也松了一口气，对我说道：“好了，让老叶休息一会儿。现在你有什么疑问，尽管问吧。”

“你让一个‘杀马特’少年送给我的三个文物核桃，是什么意思？”我警惕地问。

“三个核桃，在古蜀时代不仅代表着普通的食物那么简单，要知道‘三’这个特殊的数字，不仅代表着三星堆，在日后的中原地区象征着天地人三界；在人体内代表‘三魂’或者象征一切污浊阴秽之气的‘三尸’；在道家学说中代表着‘一生二，二生三，三生万物’；在佛教中代表着‘前生’‘今生’‘来生’的轮回……确切地说，三个核桃真正蕴含的哲理，是对时间和空间的某种特殊的阐述方式。”张九红缓缓说道。

我的心一跳，意识到张九红现在讲的不是无的放矢。很可能“三”这个特殊的数字，真的有某种神秘的含义，尤其是这个数字和看似普通的核桃结合起来的时候。

“核桃的形状，想来你也明白，最像人的大脑。中医讲究以形补形，所以通常认为多吃核桃能够补脑，但每天通常不超过三个，因为三是一个极数，超过的话物极必反。现代营养学的健康理念同样有类似的每天吃三个核桃的说法，不过是这种古已有之的方式的概念提取罢了。核桃因为形似大脑，在古代象征着智慧，三个核桃，代表的是无穷的智慧。”张九红继续说道。

“那么这和你先前提到的童尸有什么关系？”我问道。

“以儿童献祭，向神灵祈祷，以获得智慧。”张九红冷冷地说。短短的一句话语透出无尽的森冷。

我不由得倒吸一口凉气，实在无法想象古人居然为了获得智慧，会采用如此极端的手段。

要知道以当年元太祖的骑兵横扫欧亚大陆时表现出的残暴和血腥，在灭国屠城时也有不到车轮高度的童子不杀的规定。杀死象征着未来的儿童，从古至今都是让人无法接受的事情。

即便是现实当中，一些脾气暴躁的人可能会因为一件小事对成年人大打出手，可换成对方是一个调皮的孩子，多数情况下最多只骂骂咧咧几句，不会真正伤害孩子，只有少数反社会人格的人除外。

拿儿童作为祭品，不管是当初修筑城墙时的官员为了让城墙坚不可摧，还是为了乞求神灵赐予智慧，如此野蛮的行径，令人很是不解。

我想起自己最开始玩那个诡异的游戏时，其中最重要的一个隐藏任务，就是需要在游戏中杀死七名孩子作为祭品。

当时我玩这一段游戏时，也心惊胆战了好半天，甚至感觉连自己的心态也受到了影响。诡异的是，随后不久就发生了鬼影事件。我的邻居，同时也是秦峰的女友的廖含沙正是在那次袭击中受伤，直到现在都昏迷不醒。

想到这里，我的心中突然闪过一片阴霾。那个游戏中许多的隐藏关卡，都是秦峰一个人独自设计，并非出自游戏官方之手。如果说这个最重要的隐藏关卡设计并非是我猜测的天父组织的人完成的，而是秦峰自己设计出来的，那么秦峰当时到底是怎么想的？

虽然秦峰身上藏着许多秘密，但一直以来，我都没有怀疑过这个来之不易的朋友。甚至在面对秦振豪时，对他和秦振豪之间的叔侄关系我们也往往刻意回避。可现在想来，能设计出如此冷漠残忍的隐藏关卡，哪怕这个关卡是有着某种隐喻和来历，这样的心境似乎也和普通人的认知差得太远。

我之前也曾怀疑过秦峰，可这怀疑都是一闪而逝，从来没有一次像现在这样，在看到以儿童祭祀后，怀疑突然就落地生根了。

尤其是在梓潼五妇岭地下石窟的时候，秦峰突兀地消失不见。我们本来怀疑他是被天父组织的人抓走了。后来又听肖蝶说她曾见到过秦峰，只是很快失散了。那么秦峰明知道我们在为他着急，为什么不出来和我们相见？

“这样的献祭会有用？享受祭品的东西，又是什么？神灵，还是魔鬼？”

“古蜀时期的某种祭祀文化，认为只有儿童没有受到后天污染，是最纯洁神圣的祭品。其实不只是古蜀，就连后来的中原文化也受到类似的影响，比如在面对河神时，就有不少献祭童男童女的传说。”

“其实我想真正的原因，是因为儿童未经世事，意识更加单纯薄弱，方便那些躲藏在某个意识世界深处的所谓神灵捕食孩子们的灵魂吧？”我淡淡地说。

“说对了一半，不过不是捕食，而是捕捉。”张九红说。

“有什么区别吗？”

“捕食是将祭品的灵魂当成食物吃掉，用一句俗话说，就是彻底灰飞烟灭永不超生。而捕捉，是需要活着的‘灵魂’，用途就多了。”张九红纠正道。

我猛然间想起，上次和秦峰一起前往长寿村雷鸣谷中时，意识曾短暂进入过一个即将陷入沉寂的意识空间内，而支撑那个意识空间存在的，是数千个已经成为干尸一样的植物人和数量更加庞大的戈基人培养体。

而数量如此庞大的智慧生命存在的目的，就是为了给那个意识空间提供足够的精神“养分”。

换句话说，意识空间的形成是天时、地利、人和三者缺一不可的。天时是地球运转的某些隐藏的神秘规则；地利是这个地方必须是处于一个地磁异常带；而人和，则是必须要有一定数量的人来充当整个意识空间的“观察者”，否则这个空间就会陷入坍缩，被抹去存在的痕迹。

这种坍缩和崩溃几乎是永久性的，哪怕身为意识空间中的神灵都无法阻止。毕竟所谓的古蜀五神，也不过是古蜀时期的五个幸运儿在机缘巧合的情况下汇聚古蜀先民的信仰而形成的。

现在听张九红的口气，似乎以儿童献祭这件事，也和当年的古蜀五神有关。神灵需要这些孩子的灵魂作为意识空间存在的基石，甚至这些孩子的灵魂可能在这个意识空间中选择了另外一条道路在成长着，只是他们对此一无所知。

也就是说，古蜀时期为神灵献祭的孩子，最大的可能并非是灵魂被吞吃掉，而是成为意识世界内的一个“居民”。他们或许还会在那个世界中生老病死，然后陷入轮回。

经过几千年的时间，在意识世界中，最早成为祭品的那些孩子，有可能已经成为那个世界中无数人的先祖，并带领那个世界的人发展出一种截然不同的文明形态。

我终于明白过来，为什么在当初经历鬼影事件的时候，我总是感觉能“看”到和我们所处的世界格格不入的人。

这些人的长相和我们一模一样，但是语言、习俗和文字都全然不同，并且在文字上，明显是在使用巴蜀图语这种只流传于几千年前的古蜀地区的神秘文字。

很显然，这些所谓的鬼影，以及我所进入过的鬼域，其实很可能只是那个神秘的意识世界的投影。或许是因为我自身的金沙血脉的关系，这种投影只有我一个人能够看见，其他人根本无法察觉。在我们的世界某个角落，其实一直隐藏着一个看不见摸不着，犹如存在于不同维度的意识空间。

但这个空间又和通常意义上所说的次元空间或者多维空间不同，它完全没有任何实体，是由纯粹的意识或者说精神力量构成。也正因为如此，统治那个空间的是五个精神最为强大的异类而非人类。这五个异类意识生命，也就是传说当中的五神。

当然，即便是普通人，庞大的人口基数让不少人因为脑波频率刚好和意识空间内的某种状态重叠，以至于能够看见一鳞半爪的特殊景象。这些人在初次遇到这些现象时，都和当初的我一样，以为是见鬼或者神仙显灵之类的。

这个时候，叶教授悠悠醒过来，有些茫然地看了看四周。当他看到我在一旁的时候，显得有些吃惊。

“你怎么来了？”叶教授揉着眉心，用一只手撑在床边坐了起来。

“我也不想来，不过我心中有太多的疑问，需要你和张阿姨帮我解答。”我饶有深意地看了张九红一眼。

“其实老叶知道的，我差不多都知道；而我知道的，怕是比老叶还多。”张九红毫不避讳地说。

“你知道她的身份了？”叶教授脸色一凝，说道。

“上次张阿姨提到过，她是尸鬼婆婆姬巧玉的半个弟子。我这次在梓潼的时候，刚好遇到不少姓张的人。巧合的是，当年灭蜀的是秦国的司马错和张仪，而梓潼本地的神灵，又叫作张亚子。这么多巧合都聚集到一堆，就不是什么巧合了才对。”我淡淡地说。

“其实这也不算什么秘密，张家人，或者说纯正的张家人嫡系血脉，本来就不是普通人那么简单。张家和你们杜家一样，曾经获得过神血，而这神血在上古时代还有另外一个名字，叫作巫血。张家人的祖先就是一个神通广大的巫师，从巫身上继承了血脉的力量。此后血脉觉醒的张家后裔，在巫术式微后，又在后来的道家身上发扬光大。”张九红淡淡地说。

“果然如此，我早就感觉，张家人的神秘，如果和古蜀时期的秘密扯在一起，那么最终应该是和古蜀五神脱不了关系。这么说来，张家也是五神血脉的一支？”我问道。

“当然不是，在张家人的血脉面前，就算是古蜀五神的神血后裔，又算什么呢？你可知道，古蜀五神是在古蜀第一个帝王蚕丛王时期形成的，那么在古蜀国形成之前，统治当时的成都平原的是谁？”

传说蚕丛王建立古蜀国之前，当时统治整个四川地区的，是上百个大大小小的部落，这些部落被称为“戎伯”。当时作为古蜀国前身的蜀山氏，就是最大的戎伯。

这些部落文化习俗略有不同，唯一的共同点就是每个部落都有一个巫祭。

巫祭的权力极大，如果说部落首领管的是整个部落的吃喝拉撒，那么巫祭管的就是生老病死。

这些部落在巫祭的带领下，彼此征战，最终形成了一个较大的部落，也就是古蜀国的雏形。不过当时的部落还没有建国的意识，并且成都平原还不是如今的天府之国，地震、洪涝、山洪等灾害时有发生。于是这个大部落就经常在成都平原上迁徙，这个时间持续了八百年，一共建立了八处不同的城邦。

他们最早建立的城邦在新津宝敦，距今四千五百年。按照考古界对发现遗址的命名规则，这个处于公元前两千七百年到公元前一千八百年的文明被命名为宝敦文明，也叫宝敦文化。

这个古老的文明，比蚕丛王在三星堆建立的古蜀国，还早了将近一千年。

在宝敦文明发现的八处不同古城遗址中，规模最大，保存最完整的就是大邑县的高山古城，也就是目前我们所处的这个挖掘现场。

据说整个高山古城占地面积达数百万平方米。目前发掘到的仅仅是一小部分，可这一小部分所展现出的古蜀时期的生活形态，已经足以让整个考古界震惊。

其中包括了八十九座墓葬，之前用来埋葬孩子的地方还不算在内，因为孩子尸骨所处的位置是献祭用的坑。

那么这里就有一个问题，如果说古蜀五神最早是从蚕丛王时期才出现的，那么当时的宝敦文明的管理者，所献祭的对象又是谁？

我感觉到了一丝恐惧。

古蜀五神中任意一个，都是普通人绝对无法反抗的强大存在，尤其是当他们以纯意识体的形态降临，就连目前最先进的核武器都伤不到他们。毕竟核武器释放的能量再强大，也属于物质的范畴，不可能直接干涉到意识。

反过来，古蜀五神在面对现代文明的时候，有着极大的优势。他们能够培养一具暂时容纳自身降临的躯壳，而人类即便消灭这具躯壳，对五神来说也不过是多沉睡一段时间而已。

可是在五神之前一千年，竟然就存在某个未知的神灵。当时的宝敦文明就已经在向这个神灵献祭，还是以最高级别，同时也是最残忍的童祭的形式。

那么张家人身上流淌着的神血，是否就是来自于这个比古蜀五神更早一千年的神灵？这个神灵是陨落了，还是依然在另外一个意识世界内沉睡？张家人的目的是要复活它，还是唤醒它？

“古蜀五神是巴蛇神、纵目神、太阳神鸟、青铜神树和蚕女神。如果说古蜀五神都不是张家人血脉的来源……那么，它到底是谁？”我沉声问道。

“其实你多少能够猜到一点的。”张九红说道。

“那是一个连名字都不可言说的特殊存在，你真的确定你想要知道？”张九红的神色有些诡异。

“小康，你还是不要知道为好。”一直沉默的叶教授突然说道。

“因为知道这个神灵是谁，本身就是有危险的，对吗？”我问道。

叶教授点点头，叹了口气说道：“我很后悔知道它到底是谁。即便你毫无畏惧，我也不会将这件事的真相告诉你，因为告知你带来的变数和最终的结果，或许会比这件事本身还要可怕。”

“铁幕一直想要隐瞒的秘密，还有真相派一直想要追寻的真相，也是和它有关？”我突然想起保持着类似态度的铁幕组织，似乎他们一直在试图掩盖某件事的秘密，而这个秘密正是真相派千方百计想要探寻的。

“是的。不过不管是铁幕还是真相派，对这件事所知道的不过是一些皮毛，只是这点皮毛已经足以让他们充满了对它的畏惧。说句不好听的话，他们知道的内幕或许还不如JS组织的秦振豪多。只可惜连秦振豪自己也不知道，前面几十年所做的布局，其实完全都在它的预料当中。”

“而你们张家人，就是它的血脉后裔？或者说，是它的爪牙？”我问道。

“恰恰相反。”张九红说道，“身为它的血脉后裔的张家人，是最恨不得它彻底死亡或者永远沉睡下去的。”

“为什么会这样说？”

“因为对于它来说，具有它的神血的后裔，不过是为了延长它百无聊赖的漫长生命的道具。或者直白点说，所有血脉觉醒的张家人，对于它来说都是合适的时候可以直接吞吃的食物，而非是什么血脉后裔。”张九红神色冷漠地说。

我微微吃惊，不过想到开明王朝的时候，还存在血亲转生这么诡异的事情，那么吞吃血脉后裔似乎也不是什么了不起的事情。毕竟无论五神还是这比五神都要古老的未知神灵，都是非人的异类，而且在人间的时候，有可能具有庞大的身躯。

“你只需要知道一件事就知道它的强大之处了。杀死巴蛇神肉身的五丁，只不过是它的五个仆从而已。哪怕当时五丁杀死的并非巴蛇神本体，但是以人类的外形，杀死一两百米长的巨蛇，这样的力量你以为是普通人能够拥有？”

“我看到过五丁的遗骸，高达三米多。这样的特殊生命，几乎可以说就是完全和人类迥异的巨人种族，我当然不会认为他们是普通人。”我苦笑道，同时对那个古老的神灵到底是谁无比好奇。

只可惜不管是张九红还是叶教授，在这个问题上都闭口不言，怎么也不妥协。

我心中隐隐闪过一阵恐慌，似乎那个未知的古老神灵的存在，包含着一个远比古蜀五神还要可怕的大秘密。而知道这个秘密的人，几乎都缄口不言，似乎哪怕仅仅是说出这个未知古神的名字，都有大灾祸发生。

或许真相派一直所追寻的真相，就和这个秘密有关。古蜀五神的存在虽然也十分神秘和强大，但不管是真相派，还是JS组织，一直以来都抱着几分利用古蜀五神的力量的态度，并没有多少敬畏。

以这两个组织的强大，的确不需要对几个只存在于意识空间的强大精神生命保持什么畏惧，可他们在面对这未知的古神的时候，却称得上是小心翼翼。

如果说当年十二世开明王和五丁力士杀死巴蛇是等同于屠神的壮举，很明显这个壮举并非是凡人能够独自去完成的。

在梓潼地下石窟的时候，我还以为这是张仪利用自身三寸不烂之舌误导了十二世开明王杜卢。如果张九红说的是真的，真正帮助十二世开明王杜卢完成杀死巴蛇的，是那个更加神秘的古神，那么古神的力量或许要远远超出我们预料。

杀死巴蛇的五丁力士，居然都是从古神身上获得非人的力量，那么这个未知古神，到底强大到了什么样子？

“这么说来，目前你们正在参与挖掘的宝敦文化的高山古城，和那个神秘的古神有关？”我问道。

不管是张九红也好，还是叶教授也好，以他们两个人的身份，估计普通的考古挖掘工作，根本无法吸引他们。

只有和《金沙古卷》以及五神相关的考古遗址，才有可能让他们出现在这个地方。而宝敦文化比整个三星堆文明都早了将近一千年的时间，自然不可能是和三星堆金沙文明相关的《金沙古卷》以及古蜀五神有太大的关系。

那么唯一的可能，就是宝敦文化当中，或许藏着那个未知古神的秘密。这个秘密很可能是和童祭有关。很显然这未知古神对于用儿童作为祭品，有着非同一般的嗜好，怎么看都不像是良善之辈。

只是到了古神这个级别，大概也对祭品本身没有任何要求的。它真正想要的，或许只是被当成祭品的孩子近乎空白的灵魂意识。

那是它在未知的意识空间内，所有信徒的来源，否则那个意识世界可能早就失去了存在的基础。

“目前能够发掘的大邑高山古城实在太小了，还不到一千平方米。这个遗址如果真的完全发掘出来，其意义甚至不亚于发现三星堆和金沙遗址。不过真要说起来，高山古城的确是和那个连名字都不能说的古神有关，甚至可以说，如果不是它的存在，也不会有后来的古蜀国和古蜀五神。那五个所谓的神灵，其实不过是窃取了它的部分血脉而已。”张九红说。

“也就是说，从特殊血脉的角度讲，直接源自古神的张家，比我身上的来自杜宇王朝的金沙血脉，要高上一等？”我问道。

“差不多可以这样说。不过杜家人身上的金沙血脉是最特殊的，当年你们的先祖所获得的血脉传承是最完整的，要远远高于其他几个血脉窃取者。这也是为什么只有你身上的血脉有着各种特殊的作用，而其他人却比普通人也强不了多少。举个简单的例子，如果说那神秘古神的血脉属于最原始的一代，那么张家人和你们杜家身上的金沙血脉更接近二代，其他四个古神留下的血脉，差不多是三代了。”

“姬巧玉曾说过，她想要一滴真正的神血，可是她连我身上的血脉都看不上，认为是被稀释过无数次的。如此说来，她真正想要的，是那个神秘古神的血，而且是最原始的血脉。”我不由想起自己曾答应过尸鬼婆婆，要为她寻找这样一滴神血。

现在看来，这个任务远远没有想象中那么轻松。别说是神秘的古神，就连五神之中任何一个降临下的一丝意志，都不是现在的我能够对抗的。

“如果说你们张家的目的，是想要消除古神血脉带来的诅咒，那么为何还要频繁使用它的力量？我想这种源自血脉的力量使用的次数越多，恐怕诅咒也就越深吧？”我问道。

“一边是在将来被诅咒而死，一边是可能马上死，你选哪个？”张九红淡淡地说。

“那么为什么要和天父组织的人合作？他们的来历和真正目的到底是什么？”我问道。

“天父组织就是古神在人间的信徒组成的。当然，他们其实还有另外一个名字，叫作‘世界树’。”

“世界树？听起来倒是有一点世界大同的味道，怪不得这个组织当中有许多都是外国人。”我叹了一口气说。

“你就不觉得奇怪，世界树的人，为什么会对古蜀文明这么感兴趣？”张九红问。

“当然想知道，而且这个组织的成员能大摇大摆地带着军火进入严格禁枪的国内，恐怕能量也不小呢。”

“有着罗斯柴尔德等海外财团资助的世界树，能量怎么会小呢？如果不是当年那个叛徒，古蜀的秘密，又怎么可能泄露出去？”叶教授也在一旁咬牙说道。

“叛徒？”

“确切地说，不过是一个四川当地的向导。不过时间却是二十世纪三十年代，也就是三星堆第一次被人发现后不久。当时有一个名叫董笃宜的英国传教士得知三星堆的存在后，主动联系驻军保护失散的文物。不过可惜的是，董笃宜传教士当时找了一个不靠谱的当地人向导，这个向导窃取了部分从三星堆出土的文物。”叶教授说。

我想起之前敖雨泽曾提到过一件事。当时在初次发现三星堆的时候，随之出土的还有一个坛子，这坛子中藏着的就是其中一卷《金沙古卷》，也因此《金沙古卷》被称为“坛中书”。

实际上《坛中书》才是《金沙古卷》的正式名字，毕竟《坛中书》的成书年代要远远早于金沙时期，至少是三到四千年前的，介于宝敦文化和三星堆文明之间。之所以有《金沙古卷》这个称呼，还是源自发现金沙遗址的时候，也同样出土了这样一个神秘的坛子。

而最后一个坛子，就藏在雷鸣谷蚕丛王墓深处的青铜之城中，已经被秦振豪带走。也就是说现在JS组织掌握的关于《坛中书》的秘密，很可能是最全的。

而在三星堆第一次发现《坛中书》的时候，当时还没有人意识到这份羊皮卷的价值。看管的人不慎之下失窃了一部分，让它成为残页，而残留的部分却被JS、真相派和铁幕的前身，也就是回归者组织所夺走。

回归者组织分裂后，三大组织分别拥有了《金沙古卷》的一部分残页，也因此发展出不同的理念。

不过我倒是觉得，之所以回归者组织会分裂，很可能是对《金沙古卷》的阐述发生了分歧，就如同武侠小说《笑傲江湖》中华山派得到《葵花宝典》，最后因为各自理解不同分裂为剑、气二宗一样。

如果说当年的英国传教士董笃宜身边有一个向导窃取了部分《坛中书》，而这部分《坛中书》又辗转落到一个识货的国外组织手里，那么他们的确有可能借此建立起一个势力不亚于三大神秘组织的新势力。

更何况这一百来年，国外，尤其是西方国家因为长达数百年的积累，在经济和技术上都比国内要强上不少，如果能获得一些大财团在资金和技术上的支持，甚至有可能让这个被称为“世界树”的新势力发展得比三大组织都要快速。

“世界树这次来到梓潼，甚至不惜动用了一丝巴蛇神的意识力量，可是到底是为了什么？”

“如果我没有猜错的话，世界树真正的目的是为了烛龙。”张九红说。

“烛龙，烛九阴？”

烛龙，别名烛九阴，是中国古代神话中的钟山之神。据《山海经》中记载，烛龙是人面蛇身的形象，赤红色，身长千里；睁开眼就为白昼，闭上眼则为夜晚；吸气为冬天，呼气为夏天；又能呼风唤雨，不喝水不进食，不睡觉也不休息。

从形象上看，烛龙人面蛇身的样子和传说中的巴蛇神非常像。当然巴蛇神的另外一个形态，是长达一两百米的巨蟒。

“巴蛇神在历史上有过很多名字，比如巴蛇、修蛇、腾蛇，但最让人熟知的，就是烛龙。当然，烛龙是巴蛇神的完整形态，现在的巴蛇神，早已经是一个只留下意识苟延残喘的伪神，和当年全盛时期完全无法相比。”

“世界树的目的是想要窃取部分巴蛇神，也就是烛龙的力量？”我不可思议地说，毕竟比起巴蛇神这种古蜀时期的本土神灵来，烛龙这个神灵的知名度更高，哪怕是在中原地区都有着不少传说。

“他们真正想要做的，是借助巴蛇神的意识和它曾经的一个肉身躯壳，以及时光之沙的力量，重新在时光长河中回溯到属于巴蛇神全盛时期的某个时间点，然后获得烛龙的某项特殊能力。这种能力，有可能让他们所信奉的神灵，也就是那个古神从沉睡中醒来。”张九红说道。

“但是，他们想要完成这一切，必须要在一个特殊的地点完成基本的祭祀活动，而在整个成都平原，最合适的地方就是这里，高山古城。”叶教授感慨地说。

高山古城是宝敦文化最鼎盛时期的城邦，其建成年代距今四千多年。当时在地球上其他地方，也正是巴比伦文明和埃及文明兴盛的时候。

原来我还对北纬三十度附近必定有古文明的说法觉得不过是巧合，可是整个古蜀国以及比古蜀国更加遥远的宝敦文化的出现，却让我不得不承认，这个特殊的纬度，可能真的有某种神秘的力量。

如果说世界树真要举行什么祭祀，来唤醒他们信奉的神灵，那么这里的确是最合适的地方之一。

“最关键的是，如果他们真的想要唤醒那个古神，需要杀死大量的孩子作为祭品。如果让他们成功，那个古神醒来，我们张家人中有着特殊血脉的人，有可能成为虚弱的古神第一批血食。”张九红冷冷地说。

“既然如此，你还和他们合作？”我瞪大了眼睛，完全无法理解张九红的逻辑。

“很简单，如果不和他们合作，他们成功的机会依然很大，可合作之后，我其实也得到了我想要的东西。”张九红一副胜券在握的样子。

“什么东西？”我好奇地问。

“你已经将它带来了。”

我脸色猛地一变，想起我背包中的鳖灵童尸。难道说，张九红真正想要的是它？她又到底需要利用鳖灵童尸做什么？

第十七章

JINSHA ANCIENT SCROLLS

黑竹沟

当我从背包里面拿出鳖灵童尸后，张九红的呼吸，明显加快了一丝。

鳖灵童尸包裹在时光之沙形成的透明晶体中。童尸很可能是十二世开明王杜卢孪生子弟弟的躯体，也有可能是杜卢本人的意识。

鳖灵王朝的十二世蜀王，是双生子之间相互血亲转生而来。杜卢是古蜀国最后一任蜀王，作为亡国君主，虽然名分上不好听，但他也可能是掌握着古蜀国最终秘密的君王。

开明王朝和其他几个古蜀国时期的王朝不同的是，他们不曾获得金沙血脉的传承，是失去了神眷的一个王朝。但是开明王朝的手上，却掌握着一支神秘而强大的力量，那就是五丁家族。

五丁也称为“武丁”，传说每一代只有嫡长子能够留下血脉，但每一代都是五胞胎的古怪家族。这个家族的人身材高大，力大无穷，一直以来就是整个开明王朝的守护者。

当年秦惠王想要灭蜀，除了蜀道山高路险外，最为顾忌的就是五丁的存在。后来在张仪的运作下，连续设下金牛计和美女计，蜀道天堑被打通，五丁也在五妇岭击杀巴蛇时死亡，秦国大军这才能轻松灭掉蜀国。

如果张九红刚才说的话没错，五丁家族的力量是来自于那个未知的古老神灵，那么第一任开明王鳖灵能够上位取代杜宇王朝对古蜀国的统治，其中的真正原因就很值得推敲了。

而不管是我身上的金沙血脉还是张家人的血脉，或是其他五神留下的血脉，似乎都多多少少和那个神秘的古神有关。这个神秘古神的存在，很可能才是真相派一直追寻的终极秘密。

鳖灵当时取代杜宇王朝，除了五丁家族的帮助外，很可能是受到古神在背后的支持。要不然金沙血脉并没有断绝的杜宇，是不可能轻易将王位禅让出去的。

甚至，连五丁家族本身，很可能也是从古神身上获得的力量，最终不知道过了多少代，进化成身材超越普通人类的巨人。

如果说开明王朝取代杜宇王朝是古神在幕后操控，那么最终开明王朝被秦国所灭，也是古神希望看到的吗？以当时五丁近乎无穷的力量，在古代冷兵器战场上几乎无人能敌，如果五丁不在杀死巴蛇的战斗中身亡，那么秦国是不可能灭掉蜀国的。

因此蜀国的灭亡，除了知悉内情的张仪的布局外，另外一个幕后的参与者很可能就是这神秘的古神。

甚至，连十二世开明王杜卢当时受到诱惑，抛弃整个古蜀国的存亡不理，躲进巴蛇头颅的肉茧中，试图汲取巴蛇的神血，很可能也是受到古神的暗示。要不然光是靠张仪的一张嘴，没有可能说服杜卢如此取舍。

可是最终，杜卢却完全上了古神的当，并没有获得巴蛇神的神血，甚至在两千多年后的今天依然没有醒来，而是被时光之沙的力量冻结住了身体和意识。

更加让我感觉到不安的是，与杜卢的情况相反的是，同样被时光之沙晶体包裹的敖雨泽，却在进入肉茧后不久就顺利出来了。这之间尽管有Five用我的血修改了部分法阵符文的功劳，可Five作为铁幕的实验品，又是谁指使她这样做的？甚至连Five本身，是怎么到了梓潼的地下石窟中，还被一条巨蟒吞下肚子？

我感觉到这一切的背后，似乎有一个幕后黑手在操控着。这幕后黑手很明显和张九红说的古神以及来自国外的世界树有着某种联系。

而张九红所代表的张家人，尽管身上流淌的也是古神的血脉，但是从她的表现上看，张家人一直在试图摆脱这血脉的影响。因为若古神一旦苏醒，最先要对付的就是具有同样血脉的张家人，到时候张家血脉觉醒的族人，都会被当成古神的食物吃掉。

如果张九红没有说谎的话，生存的危机，的确有可能让张家站在和我们一致的立场上。就算张家人的血脉力量源自古神，可也不代表几十代过后，生活在现代社会的张家人，还有多少会在明知道自己会被当成食物的前提下，还保持着对古神尽忠的思想。

想通了这一点，一直以来张九红对我们暗中的帮助，也有了能够说得通的理由。而张九红所需要的鳖灵童尸，里面很可能隐藏着一个更大的秘密，而不只是开明王朝的鳖灵家族血亲转生这么简单。

“开明王朝的第一任国王，也就是鳖灵，曾沿河水逆流而上，在成都平原被人发现并捞起。这样的传说，想必你也是听说过了。当时鳖灵的尸体外包裹着的，并非是史学界和目击者所以为的冰块，很可能是时光之沙。而鳖灵童尸，作为鳖灵一族中月童形成的诡异祭品，实际上就是每一代双生子中被时光之沙包裹的弟弟。”张九红缓缓说道。

“这个我大概能猜到一些。不过鳖灵所建立的开明王朝已经覆灭了两千多年，现在就算你得到这最后一具鳖灵童尸，又有什么用呢？”我问道。

“具体的用处当然没有，不过，可以据此稍微延缓一下它的苏醒。”

“那个古神？”

张九红点了点头说：“它绝对不能醒过来，否则到时候倒霉的不仅仅是张家的人，整个世界，都有可能受到影响。”

我想起先前巴蛇神仅仅是一丝意志降临在真相派的基地，就造成了数百人突然之间晕了过去。如果换成力量比巴蛇神还强大的古神，真的苏醒过来并将自己的力量投射到现实世界，怕是足以让一座城市的人成为它的傀儡吧？

要知道几个机缘巧合成为意识世界神灵的家伙，虽然不能直接影响到现实世界的物质构成，但是影响人的意识，还是能够办到的。

“那么铁幕一直想要隐藏的消息，也是和它有关？三大组织这么多年来，就没有和世界树接触过吗？”我说出心中藏了许久的疑惑。

“铁幕组织的前身是回归者，是因为上世纪三十年代三星堆被发现后，坛中书的出土才建立起来的秘密组织。当然，还有一种说法是，坛中书是八十年代那次对三星堆考古挖掘后才首次出现的。

“可惜回归者组织后来分类为铁幕、真相派和JS三个，因为理念的不同反目成仇。铁幕算是和各国政府关系明面上最好的组织。JS组织泄露出长生的技术，因此在暗地里拉拢了不少权贵。只有真相派是个特立独行的组织，一直想要公开和金沙文明相关事情的真相，以挽救世界在将来可能遭受的伤害，这也让他们和铁幕的理念几乎完全对立。

“三大组织虽然彼此对抗，但在对付世界树这件事上，却是出奇的一致。甚至可以毫不夸张地说，如果不是因为世界树的存在，三大组织恐怕早就打成一锅粥。当然，因为世界树的存在严重威胁到三大组织，这在三大组织内部也算是极为机密的事情，我估计像你这样的外围成员，以前没有听说过也很正常。”

我对铁幕的保密原则有些无语。的确，之前我从来没有听说过世界树这个组织的半点风声，甚至连敖雨泽似乎也只隐隐知道这个组织的存在痕迹，没有直接接触过。

我估计这也有可能是和敖雨泽所负责的方向有关。她在铁幕之中的工作，大部分都是和金沙文明等古蜀文明引发的神秘事件有关，类似于好莱坞电影中黑衣人的角色，将所有神秘事件消灭在萌芽状态，不让普通民众知晓。

像和世界树组织的争端，很明显不是她负责的范畴，因此当时我们在提到遭遇了神秘国外势力的时候，她才没有任何反应。

“既然世界树组织很可能是那个神秘古神在人间的代言人，你们张家既然不想被苏醒的古神吞吃掉，又为什么要和世界树合作？”

“世界树需要那个法阵汲取足够数量的时光之沙，从而打开通向古神沉睡的未知意识世界的大门。而我需要鳖灵童尸来制作一件法器，如果能够侥幸成功，那么很可能会让张家人摆脱古神对我们血脉的影响，哪怕有一天它真的苏醒过来，也不用担心会将我们当成食物。”张九红淡淡地说。

对于她的说法我不置可否。至少到现在为止，张九红的表现算得上是十分神秘，我根本无法确认她说的话是真是假。

“如果它真的如你所说苏醒过来，那么张家人的血脉还受不受它影响已经不重要了吧？按照你的说法，那个时候连整个世界都会被颠覆。”我不屑地说。

“我自然有我的打算。只要你明白，不管是我还是张家，从来就不曾想要与你们几个小家伙为敌。至少在对抗古神这件事上，我们的目标是一致的。”

我不禁沉默，这世上到底有没有那样一个古神暂且不说，若真的存在，以凡人之力，能够和古蜀时代的神灵对抗吗？哪怕这所谓的神灵没有实体，只是沉睡的几个强大的意识生命。

如果我们真能做到这一点，岂不是比当年五丁消灭巴蛇的肉身还要伟大？

“实际上，你们这几个小家伙不是唯一觉醒血脉的一代，在整个蜀地的历史上，曾有数次血脉觉醒的案例发生。但是无一例外地，在对抗古神的过程中，他们都失败了。最大的原因就是，他们都不曾得到过《金沙古卷》。”一旁的叶教授突然说道。

“除了长生以及成神的方法之外，《金沙古卷》上面到底还写了什么？”我好奇地问。这部又被称为“坛中书”的羊皮古卷，上面只是用巴蜀图语写下了一些关于古蜀时期的祭祀咒文和特殊的药物提炼方法，但是隐藏的秘密却远不止这些。

只要想想三大和金沙文明有关的组织以及世界树，都仅仅是得到部分《金沙古卷》的残页就得以建立起来，就可以知道这份羊皮卷中记载的秘密是何等的惊人。

“谁也不知道完整的《金沙古卷》上写着什么，那是比《死海文书》还要神秘，比《启示录》还要强大的经文，是记载着这个世界奥秘的终极之书。甚至，连已经成为古蜀神灵的强大意识生命，似乎也对金沙古卷有所忌惮。我唯一可以肯定的是，《金沙古卷》上记载的文字不仅仅有成神的方法，同样也具有屠神的力量。”叶教授苦笑道。

“屠神？杀死古蜀时期那几个神灵的方法吗？要知道除了这几个神灵之外，其余的信仰，哪怕是信徒人数超过古蜀时期几十倍甚至几百倍的宗教，都不曾真正从虚无中诞生出意识形态的神灵来。这样的神灵无形无质，到底要怎样才能杀死它们？”我不禁问道。

“如果我们知道的话，这么多年来就不会躲躲藏藏了。”张九红冷冷地说。

“或许十二世开明王曾经尝试过这样的举动，不过可惜，他也仅仅是杀死了巴蛇神在人间凝聚的肉身。要想真正杀死巴蛇神，即便是倾古蜀国举国之力，也做不到。”叶教授说。

“如果我将鳖灵童尸给你们，我又能得到什么？”我盘算了一下，总感觉不能这么轻易将鳖灵童尸拿给张九红。

不管怎么说，先前叶教授中诅咒的时候，张九红那诡异的笑容让我感觉到她说的话亦真亦假，根本不足以完全相信。

“我可以用两个秘密来交换。”张九红说道。

“什么秘密？”

“秦振豪的下落，以及秦峰的真正身世。”张九红语出惊人。

“秦峰……不就是秦振豪的侄儿吗，他还有什么来历？”我心中一沉，比起秦振豪的下落，我更关心秦峰的来历。毕竟我一度将秦峰当成自己生死相依的兄弟，可是他几次在我们眼皮底下诡异失踪，加上他和秦振豪之间的叔侄关系，有些事情我想不怀疑他都难。

“虽然他的叔叔是秦振豪，可是，你不觉得他的生命中还少了两个人吗？”

“你是说，他的父母？”

“是的，不仅是他的父母，甚至整个秦家，都有着古怪而了不起的来历。”张九红说道。

“你是怎么知道的？”

“我想你应该也猜出来了，我能够看透人的命运线。实际上所谓的命运线，就是一个人大体的人生轨迹。这种轨迹从你一出生的时候就差不多注定了，就如同星空中的繁星看似杂乱，但是所有的运动都遵循了一定的规律。不管你也好，还是你们这群小家伙中的其他人也好，都是命运让你们会聚到一起。只有一个人例外，那就是秦峰。”

“你是说，他的命运原本不应该和我们交汇？”

“不，确切地说，是他根本没有命运线。”张九红淡淡地说。

我的心一紧，脱口而出：“怎么可能？”

“秦峰的存在非常特殊，严格地说，根本就是个错误。他是一个没有命运线的人，用佛教的话说，就是跳出三界外，不在五行中，是如同孙悟空那样天生就是来颠覆规则的。”张九红很是肯定地说。

“怎么可能有这样的人？除非，他不是我们这个世界的人……”

当我说出这句话的时候，我一下就愣了。

叶教授和张九红都没有说话，只是静静地看着我。我等了十几秒钟后，才有些毛骨悚然地说：“如果他不是这个世界的人，那是哪个世界的？”

“你认为，一个人的本质，到底是什么？是你的血脉肉身，还是你的意识或者说灵魂？”张九红问。

“一个人如果身体出现病变，可以更换器官，唯独脑部无法更换。这不仅仅是技术问题，而是人的脑子里面有人的意识和记忆。若说记忆可以被屏蔽篡改，可真正决定这个人之所以是A而不是B的，应该是他的意识。哪怕他失去身体，甚至失去记忆，他依然是他。因此一个人的本质，当然应该是意识或者灵魂才对。”我沉吟了一下说道。

“说得没错，一个人的本质并不在于他的肉身，也不在于DNA中隐藏的遗传密码，而是这个人的意识。如果说一个人的肉身只是一个活着但没有意识的躯壳，他的意识根本不是这个世界诞生的，那么你觉得这个人，还算是这个世界的人吗？”张九红盯着我的眼睛问道。

我顿时沉默了。如果真有这样的情况发生，那这个人的状态，的确不能完全说是这个世界的人。这完全就是道家中所说的“夺舍”，作为肉身的躯壳被不知道从哪里来的灵魂占据。

“你是想说，秦峰被夺舍了？”我问道。

“不，确切地说，真正的秦峰在十多年前就死了。你也应该清楚，秦峰没有十岁前的记忆。这并非是十岁前的记忆被秦振豪抹除掉，而是秦峰在十岁的时候就已经死过了一次。后来的秦峰，也就是你遇到的这个秦峰，实际上是被人将意识注入因为脑死亡变成一片空白的秦峰脑子。”张九红说道。

“也就是说，我认识的秦峰还是那个秦峰，只是他的意识不是从这个世界诞生出来的，而是来自其他世界。这个意识在十多年前占据了他目前肉身的孩童躯壳，然后一点点成长起来，因此才没有十岁前的记忆……”我感觉到一阵心悸。如果说秦峰在这么早的时候就被人“调包”了，那么一直和我们接触的人，根本就不属于这个世界。

而那个世界，当然不会是什么平行空间之类的，很可能就是古蜀神灵所潜藏的神秘意识世界。秦峰的真正身份，很可能是那个意识世界入侵的先锋。至于他本人是否知道这一点，就值得商榷了。

“是的。最大的可能，就是秦峰本人并不知道这一点。只是当初有人，或者说有什么强大的意识生命，在他的意识中做了手脚，他可能会在无意识状态下，做一些自己不知情、也完全无法控制的事情。”张九红说道。

我恍然大悟，终于明白为什么秦峰的举动，有时候总是透着诡异。如果说他根本就是那个意识世界入侵现实的先锋，并且是被人在幕后操控的，那么他的一些反常举动就可以理解了。

或许真的如张九红所言，秦峰在做这一切的时候，完全是被控制的无意识状态。他本人是没有想过要背叛我们，这多少要让我好受一点。

哪怕他的意识不是属于这个世界，而是来自未知的意识空间，可好几次的冒险经历，早让我将他当成可以生死相依的好兄弟。一边是潜藏阴谋利用，一边是他暗中被人控制连自己都不知道，我自然选择相信后者。

“这么说来，秦振豪是知道这一点的？怪不得他对自己的侄儿不冷不热，因为他明白自己的侄儿已经死了十几年，现在不过是一个外来的意识占据着自己侄儿的躯壳。”我感慨地说，同时心中原本对秦峰的怀疑减轻了许多。或许他真的是在占据这个躯壳之前，自身的意识就被做了手脚，有些事并非是他本心去做的。

“秦振豪是我见过最为厉害的人之一，当时他的侄儿死后，很有可能是和意识世界的某个强大的神灵达成了交易，让自己侄儿成为降临意识的灵魂容器。至于这个神灵到底是谁，我猜最可能是那个不可说出名字的古神或者古蜀五神中的一个。”张九红说道。

“既然世界树组织是被那个古神控制的，而JS和世界树虽然也存在一定的合作关系，但彼此都有所提防，并且古神没有必要同时控制两个超自然的组织，这样看来，和秦振豪达成交易的神灵，很可能是巴蛇神了。”我分析道。

“的确有可能，巴蛇神作为古蜀五神中最强大的神灵，实力可能是最接近古神的存在，要不然当初古神也不会设计利用十二世开明王杜卢来毁掉巴蛇神留在人间的肉身。不过真要说起来，你们在五妇岭的地下石窟中，除了巴蛇的尾巴和头颅外，有没有见到它的身躯？”张九红问。

“没有，只有石化了一半的骨骸。巴蛇的身躯虽然庞大，但是这么长的时间，它的身躯早已经腐化了吧？我甚至怀疑我们在五妇岭地下石窟中遇到的沼泽和巨大的太岁王，就是巴蛇的肉身腐化后形成的。”我想了想回答道。

“巴蛇的血肉化为太岁王和沼泽，这的确有可能，但是它的骨骸精髓，却绝对不可能完全朽坏的。神骨是仅次于神血的物质，坚硬程度甚至堪比钻石，几千年的时光，根本不可能出现石化。”张九红很肯定地说。

我一呆，如果说巴蛇的身躯骨骸并没有腐烂朽坏，那么长的骨骸，又藏在哪里？当时我们在地下石窟中探寻了许久，根本就没有找到更多的巨蛇骨骸之类的东西。

“巴蛇可能是世界上最大的蛇类，甚至连东方龙这种神话生物，也是以巴蛇作为原型幻想出来的。我之前之所以对高山古城的发掘这么重视，其实是因为一幅浮雕。”叶教授突然说道。

“浮雕？”

“是的，浮雕。尽管这浮雕十分简陋，但是我多少能够看出，上面所呈现的画面是古蜀宝敦文化时期，无数的古蜀人在膜拜一条飞在半空中的巨大蛟龙，也就是巴蛇。”叶教授说。

“可这和高山古城有什么关系？”我不解地问。

“当然有。这幅浮雕就是在高山古城发现的，但是根据我们之前的研究，巴蛇神这种神灵，是在蚕丛王时期才出现的。在蚕丛统一古蜀国之前的宝敦文化时期，当时的古蜀先民所膜拜的神灵，是那个神秘的古神以及各种原始的祖灵崇拜，根本不可能是巴蛇神。”

“真正让我们感觉到事情不对劲的是，这幅浮雕的背景所展现的画面，是一个我们曾有所耳闻的电磁异常的地方。”张九红说道。

“长寿村雷鸣谷？”我当即说道。我经历过的具有电磁异常这种特性的地方，就只有雷鸣谷了。

“不，比起雷鸣谷来，那个地方的电磁异常现象还要强烈。根据地球存放运转冗余的地理位置来判断的话，在这个地方形成意识世界的可能，几乎高于八成。最关键的是，这个地方就在四川境内，属于当年古蜀国所占据的区域。”

“肯定不是众所周知的塔克拉玛干沙漠或者神农架之类的地方……如果将地点限制在四川境内的话，我唯一能想到的就是黑竹沟了。”

黑竹沟位于四川乐山市峨边彝族自治县境内，传说无论是人还是牲口，只要靠近沟内一个叫石门关的地方，都有去无回。

由于黑竹沟藏有不少未解之谜，诸如指南针失灵、人畜失踪等神秘事件，加之正好地处北纬三十度，曾被称为“中国百慕大”。前几年研究黑竹沟地磁课题的科学家发现，这里有一条长达六十公里的地磁异常带。

要知道地球本身就是一个巨大的磁场，一般情况下，磁场都是有着某种规律性的特征，这才让我们能够得以进行最基本的电磁转换，人体也不会因为磁场变化感觉不适。

可是就像人总会有生病的时候一样，地球在一般情况之外，也会出现例外——那就是在全球各地陆续发现的地磁异常带，也就是熟悉古蜀文明的人知道的“存放世界冗余”的地方。

最著名的地磁异常带，是位于百慕大的魔鬼三角区域，千百年来不知有多少船只沉没，无人生还。

而在陆地上，也有不少这样的地方，只是许多地方太过偏僻，根本无人得知。比如我们之前曾去过的雷鸣谷，就是类似的区域，甚至连丛帝墓都修建在雷鸣谷内，还非常不可思议地在地底兴建了一座青铜之城，这完全超越了当时的生产力水平。

而黑竹沟无疑也是这样的地方。我第一时间没有想起它，并非是它太偏僻了，反而是因为它有不小的名气，被誉为中国的百慕大，因此有了点灯下黑的味道。

黑竹沟中有不少人畜失踪的传说，有的甚至在史料中有严格的记载。哪怕只算新中国成立之后的失踪事件，就有好几起。

一九五〇年初，国民党胡宗南残部三十余人不信黑竹沟“吞人”的传说，仗着武器精良，准备穿越黑竹沟逃避解放军战士围捕，结果无一生还。

一九七七年，四川森勘一大队到黑竹沟勘测。两位技术员上山之后再也没有回来。搜救了一个多月，只找到他们包裹馒头用的纸。

一九九五年，解放军测绘兵某部的三名战士，取道黑竹沟运粮时神秘失踪。派出寻找的部队只在溪水边发现了他们携带的步枪。

二〇〇七年，央视十套《走进科学》栏目到黑竹沟拍摄节目。拍摄组精心挑选了四只品种优良的信鸽到沟口景区放飞，这四只从未迷路的信鸽，却再也没有飞回来。

二〇一四年八月十六日，五名驴友进入黑竹沟探险。四天后，三人神秘失联。搜救人员只找到其中两人的遗体，均位于黑竹沟内最神秘的罗索伊达区域。

二〇一五年八月，重庆小伙李明山在黑竹沟景区内失联，至今仍无音讯……

这些都是有着严格的记载，甚至被写入档案的真实资料，由此可见黑竹沟的神秘之处，犹在我们曾去过的雷鸣谷之上。毕竟雷鸣谷被长寿村的人保护得太好了，除了当地人，外人根本就不知道其存在。雷鸣谷吞人的传说，也只在当地很小的范围内流传。

可黑竹沟是连央视都上过的神秘地域，近些年在探险圈子中有了不小的名气。

如果叶教授和张九红发现的高山古城浮雕中，被古蜀人膜拜的巴蛇是从黑竹沟出来的，那么最大的可能就是，这个地磁异常带很可能是我们一直在试图寻找的意识世界的入口。

而作为曾和巴蛇神有着某种协议的秦振豪，躲入这个地方继续自己的造神实验，就完全说得过去了。黑竹沟无疑是秦振豪最好的选择。

“所以你们希望我前去黑竹沟？”我敏锐地感觉到了张九红的暗示。

“不只是你，我希望你能带着敖雨泽、明智轩和叶凌菲他们几个一起去。当然，能带上秦峰的话最好，如果他还愿意和你们同行的话。”

“为什么这么说？”

“因为你们五个人，分别代表了五神的血脉后裔，其中只有你的血脉是处于半觉醒状态，其他人的血脉依然在沉睡。这次的黑竹沟之行，不仅有可能从秦振豪手上夺回神躯，更有可能了解到他到底和巴蛇神做了什么交易，这个交易为何连世界树的人都如此重视。”

“那三个核桃，是我让九红送给你的。虽然用它们和一点线索来换取鳖灵童尸还是我们占了便宜，但至少它们对你的黑竹沟之行，多少会起到一点帮助。”叶教授咳嗽了两声说道。

“这三个核桃，不就是几千年前的祭品吗？还有什么特别的？”我问道。

“当然有，当年直接献给神的祭品，你以为仅仅是食物或者是什么用来把玩的文物吗？”张九红鄙夷地说。

“它们不仅仅是祭品那么简单？”我问道。

“它们是祭品，但同时也是一次性消耗的法器，只是这法器的威力十分巨大，不到万不得已，你千万不要使用它们。”张九红很郑重地说。

我的呼吸稍微重了一些。如果张九红没有撒谎，这样的法器的确可以在关键时刻派上用处。

“怎么使用这三个核桃……哦，三件法器。如果只是简单的爆炸之类的话，还不如一个手雷好用。”

“这种法器使用前需要进行血祭，只需要用足够的血液浸泡核桃后，直接砸碎就可以了。它的力量可能超乎你的预想，并且需要三个一起使用。这种法器针对的是某些强大生命的意识本源，而不是直接破坏物质化的肉体。”张九红说道。

我听到“足够的血液”几个字，顿时感觉头皮有些发麻。如果启动这三个作为法器的核桃需要的血液超过一个人能够承担的分量，真要使用它还是比较麻烦的。希望这三个核桃的威力，真如张九红所说，能够带给我惊喜。

告别了叶教授和张九红后，我回到家中，然后联系了明智轩和肖蝶。当他们二人得知秦振豪可能在黑竹沟的消息之后，也十分兴奋，当即开始着手前往黑竹沟的准备。

我自然不会忘记通知敖雨泽，不过可惜的是，敖雨泽的电话怎么也打不通。

正当我疑惑的时候，接到一个陌生号码发过来的消息。上面只有一句话：她被组织软禁了。

我心中一紧。既然提到“组织”，又是发给我的，那么很可能是指铁幕组织。而短信中的“她”，除了敖雨泽也不可能是别人。怪不得我打不通敖雨泽的电话。

只可惜我在铁幕组织里，不过是一个可有可无的小角色，勉强算是铁幕的成员，还属于外围。说得不好听一点，就是一个没有过试用期的实习生，只负责给敖雨泽打打下手什么的。

这样的外围成员，在铁幕当中的权限自然不会太高，最多只能查询一下保密级别在C级以下的资料，根本接触不到核心的东西。

铁幕是一个对于保密极为看重的组织，即便是以敖雨泽的权限，保密级别也不过是A级。在她之上还有S级和双S级。

因此当A级权限的敖雨泽被组织软禁，以我的权限根本连通知都不会有，必须要由和敖雨泽同等权限的人提醒。

而铁幕当中，除了敖雨泽之外，我接触最多，同时和敖雨泽关系最好的，就只剩下一个人了，谭欣然。

谭欣然作为铁幕中首屈一指的医学类科学家，在铁幕中能获得的情报自然比同级别的人多，更何况她还是敖雨泽恢复的主治医生。

看着短信，我有些不知所措，毕竟就算我知道铁幕在蓉城的基地所在，可要想从中救出敖雨泽，除非我选择完全激发身上的血脉，或许还有一丝可能。

但我的血脉已经在拯救敖雨泽的时候被削弱到了极限，剩下的力量已经不足先前的三分之一。

不过这样的好处是血脉副作用也大大减轻，以后就算全面引发血脉的力量，也不会出现整个人失去意识的情况，并且血脉对虫类的吸引力，应该也会大大降低。

和谭欣然联络后，她那边很谨慎地只是和我聊了几句家常。我当然不可能直接询问她敖雨泽被软禁在哪里，只是从她的言谈中，感觉她在暗示我过几天会前往乐山拜佛。

我心中微动，黑竹沟所在的峨边彝族自治县就属于乐山市管辖，谭欣然并非是一个信佛的人，她做出这样的暗示，是需要我在乐山和她会合吗？

挂掉电话，我准备出门。刚走出小区不久，前面的一辆商务车打开车门，我看见里面一支黑洞洞的枪口正对准我，顿时全身的汗毛都竖了起来。

“上车。”对方简短地命令道，语气不带任何感情。

我硬着头皮上了商务车，这才发现拿枪对着我的是一个身穿灰蓝色中山装，戴着大号墨镜的人。

对于这样的装扮我自然不会陌生，这分明就是铁幕组织中负责消除各种神秘事件影响的别动队员的标准扮相。

“兄弟，大家都是自己人，没必要用枪对着我吧？”我干笑道。

“你现在还不算自己人，尤其是曾和真相派的人合作的家伙。”对方冷冷地说。

我有些无语，之前前往雷鸣谷的时候，我被真相派的人以姐姐和我自己的性命威胁，也的确做出了一些违心带路的事。可那毕竟过去了，并且事后敖雨泽也帮我打了掩护，铁幕当时没有追究，不至于还要秋后算账吧？

“很委屈是吗？你和肖蝶那个叛徒，还有联络？”对方冷笑着说道。

我不由为之一滞，不知道该怎么回答。如果说联络肖蝶就等同于背叛，那么在梓潼的时候，和肖蝶一起合作的经历，的确有可能造成铁幕的误解。

我突然想起谭欣然也曾治疗过肖蝶，这件事铁幕不可能不知道。可对方却以此为借口责问我，那么只有一个可能，就是铁幕中很可能出现了某种程度的内斗，代表敖雨泽和谭欣然的一派，应该处于下风。

不过悲摧的是，我完全就是敖雨泽的跟班，和谭欣然也算半个朋友，几乎天然地被打入这一个派系，很可能会卷入到组织内部的派系纷争当中。

“以我的身份和了解的机密程度，我不觉得能为肖蝶提供什么关于组织的情报。暂时的合作不过是为了救敖雨泽，至少，敖雨泽现在安全了……”我压制住愤怒说道。

现在外敌当前，就算暂时和真相派不会开战，可是世界树的出现，还有秦振豪正在进行的阴谋，铁幕可以说是危机重重。这个时候居然还有闲心在内部争权夺利，这些人脑子里装的都是狗屎吗？

“你跟我说这些没用，内务部会做出裁决。”对方只是冷冷地说。

我双手被束缚起来，眼睛被蒙上眼罩，然后乘车转悠了半个多小时。车辆似乎出了城区，路面明显有些颠簸，最后驶入了某个地下隧道，因为蒙着眼睛，即便看不清外面的状况，可是对明暗度还是多少有些感觉的。

车辆停下，商务车上的人押着我朝前走，经过了好几道铁门后，进入一台老式电梯，一直朝下降落了两分多钟才停止。我粗略计算了下电梯的速度，大概是两米每秒，也就是说这深度起码超过了两百米。

当眼罩被拿开后，我才看清楚，这里竟然是一个巨大的地下掩体改造的基地，看起来有些年头了。

“这里是铁幕真正的基地？我之前去过的，不过是一个掩人耳目的办事处之类的吧。”我自嘲道。

“可以这样说，毕竟像铁幕这样的组织，保密是第一原则。”押着我的人说。

“我可以见敖雨泽吗？”我问道。这个时候我们正进入一间只有十几平方米大小的密室。

“当然不可以，她正受到最严密的审查。”

“为什么？”我愤怒地问。

“因为我们需要先确定，她依然是她。”密室里有一张办公桌，桌子上放着几个古老的青铜摆件，桌子后面背对着门口坐着一位老人，发出声音的自然就是这个老人。

“很高兴见到你，古蜀杜家金沙血脉的传承者。”老人转过身来。那是一个身形瘦削、满头银发、脸色红润、精神极好的老人。只是他脸上和手背上稀稀落落的老年斑，出卖了他的年纪。我估计他至少有八十岁了。

“你是谁？”我问道。

老人挥挥手，押着我的人恭敬地一弯腰，然后小步倒退着出去。

“你可以叫我老张，或者张老头，铁幕内务部的主管。其实我们早应该见面，只是有些事比你和敖雨泽经历的还要重要，因为那关系到……世界的存亡！”老人淡淡地说。

“你姓张？那你和张九红，又是什么关系？”我问道。

“那是我的女儿。不过很可惜，很多年前，她就不认我这个父亲了。”张老头唏嘘道。

我脑袋不由得晕了一下，他是张九红的父亲，也就是说，同样是身具古神血脉的人，还是和我体内的金沙血脉一个级别的。

“你们觉得我和肖蝶的接触出卖了铁幕？”我问道。

“怎么可能？那不过是下面的人的臆测而已，更何况，谁说肖蝶就一定是组织的叛徒呢？”老人诡秘地说。

“肖蝶是假意投靠真相派？这……以真相派的精明，她怎么可能骗过他们。”我不太相信地问。

“很简单，因为真相派也知道她是假意投靠的啊。铁幕和真相派对抗了这么多年，可却从来没有真正出现大战，除了彼此的终极目的都是为了拯救这个日益衰落的世界外，最大的原因就是世界树的出现。那根本是个错误。”张老头说。

“那么敖雨泽呢？为什么说要确认她是她？”我问道。

“因为在世界树的运作下，那个世界已经开始朝现实渗透，而他们渗透的方式，就是在某些特定的条件下，让不属于这个世界的意识体降临，然后夺舍占据现实中人的躯壳。”张老头的脸上，出现一丝罕有的凝重。

我想起之前张九红说的话，似乎秦峰就是处于这样的情况，只是秦峰是在十几年前被夺舍的。我们遇到的秦峰，根本就没有变过，一直就有着不属于这个世界的意识。

或许是当时的夺舍出了不少问题，我们遇到的秦峰似乎有着自己的独立意识，并没有完全受另外一个世界的意识主体控制，只是偶尔会出现一些失控的状况。

如果说这样被夺舍的例子并非是不可重复的个例，而世界树的人正在一力促成这样的事情持续发生，那么事情真的有些棘手了。

尤其是之前敖雨泽在巴蛇的头颅中，利用那诡异的法阵破开时光之沙的封印重新复活。谁也不敢保证，故意从真相派中“救出”敖雨泽的世界树组织，有没有提前做其他的手脚，让敖雨泽的意识被人替换。

这应该就是张老头所要确定的事情，敖雨泽依然是敖雨泽，不是被其他意识占据的躯壳。

“结果如何？”沉默了一阵，我有些干涩地说。

“还好，现在有百分之九十八的可能可以排除敖雨泽的意识被外来者占据，不过我们需要一段时间确认下。”

“我可以见见她吗？”

“暂时不行，在我们百分百确认这件事之前，谁也不能见她。所以如果你真的打算去找秦振豪弄清楚神躯的下落，那么只能你独自前往，铁幕不会为你提供任何帮助。”张老头说。

我点点头，本来我也不指望铁幕有什么帮助，毕竟铁幕一直以来的做法，都是以息事宁人保密为主。

“不过，如果运气足够好，敖雨泽或许会随后赶过来，毕竟世界树这段时间的活跃程度，已经超出了正常的范畴。我们怀疑，他们或许掌握了更先进的技术，这项技术有可能唤醒那个不知名的存在。”张老头的眼睛中，闪过了一抹恐惧。

“古神？”

张老头沉默了一下：“那个不知名的存在，的确有这样一个代号，因为它是比古蜀时期的五神还要古老至少一千年的神灵。实际上，它很可能是这世上第一个纯意识形态的生命，是那个神秘意识世界的造物主。”

我说道：“我来之前，听你女儿提起过。”

张老头脸上露出一丝惆怅，很快被掩饰下来，说道：“她要做的事，我阻止不了。如果有机会的话，我希望你能帮她一把，她仅仅是想要做一个普通人而已。”

我点点头，不明白为什么张九红的愿望会如此简单。

“对了，刚才我来的路上，差点被吓死……”我吐槽道。

张老头顿时笑了：“每个前来铁幕基地的人，都有类似的经历。”

“这算是一记杀威棒吗？”

“算是吧。不过更多的是让大家知道，如果有一天真的背叛了组织，这就不是恐吓了。铁幕的存在对这个世界太重要，我们经不起背叛。”张老头的脸上，蒙上了一层神圣的光辉，似乎他深信自己正在进行的事业，真的能够拯救世界一般。

这种近乎狂热的表情，却反而让我的心中蒙上了一层阴影。不管是宣扬世界灭亡还是叫嚣着拯救世界的人或组织，其背后真正的目的绝对不会如此天真和理想化。

第十八章

JINSHA ANCIENT SCROLLS

石门关

可惜的是，我在铁幕中依然没能见到敖雨泽。

按照张老头的说法，敖雨泽目前最多恢复了三成实力，和一个普通人差不多，需要静养，否则有可能留下什么后遗症。

我在得到谭欣然的暗示之前，或许会相信张老头的话。但现在看来，不管是铁幕本身，还是眼前看似和蔼的张老头，在一些关键的问题上，肯定是对我有所隐瞒的。

明白了这一点，我也懒得和他太过计较。我目前在铁幕中的身份地位是比较尴尬的，重要性肯定比普通的外围成员甚至内部成员高，但是铁幕的人对我的信任度明显很低。就算我指出其中的问题来，也拿对方没有任何办法，完全是自取其辱。

不过在我离开前，张老头送了我一份大礼，是一幅简陋的地图。

黑竹沟的地图。

地图明显是手工画的。看这地图的线条和一些注释的字体，依稀是张九红的字迹。

不过地图看上去已经有些年头了，很可能是十几年前画的。也不知道当时的张九红，是否也曾进入过这片神秘的地磁异常带，然后又平安无事地回来，还画下了这幅地图。

这幅地图越是中心的位置，线条越是简陋，而且还有大片的区域是空白的。很显然当年张九红也未能一探黑竹沟全貌，只是勉强记录下她曾去过的区域。

向张老头道谢后，我离开了铁幕的总部。依然被蒙着眼睛带出来，对方不愿意我知晓铁幕总部的具体所在，哪怕我能勉强判断出离市区不远。

接下来的日子就有些单调乏味了，但是我和明智轩已经开始做着前往黑竹沟的准备，同时收集了不少关于黑竹沟的资料。

越是对黑竹沟了解得多，我们对这个很可能是国内最大的地磁异常带，就越感觉到神秘和不安。在这里失踪的人，近现代以来可以统计的，已经达到近百人之多。历史上到底有多少人被黑竹沟的神秘力量吞噬，估计是一个永远也无法找出答案的谜。

五天后，前往黑竹沟的准备工作做得差不多了。肖蝶却带来一个极为不妙的消息，那就是她放弃了前往黑竹沟的计划，要出国一趟。

这让我们极为震惊。要知道之前肖蝶一力促成了我们和真相派的暂时和解，最终目的是为了对付秦振豪。可现在肖蝶竟然如此突兀地前往国外，到底是发现了什么新的线索还是事情有了变数？

我的脑子中不由得闪过世界树这个神秘的组织。我估计肖蝶出国和这个组织有着莫大的关系，毕竟之前真相派在省城的基地差点被一锅端了。以真相派头目“小王”睚眦必报的性格，如果不还以颜色，就不是他的作风了。

失去了肖蝶的支持，我们在武器上显得捉襟见肘。明家虽然也是大富之家，可和地下世界的联系并不多，无法搞到足够的热武器。

最后还是阿华和猛哥通过自己当雇佣兵的经历，在边境的渠道拿到部分枪支，提前让人运到黑竹沟附近去。

就在我们起程前夕，一个意想不到的人，出现在我面前。

Five，疑似铁幕的实验者，我们在梓潼地下石窟中遇到的神秘毁容女人。

不过再次见到Five的时候，她脸上的伤疤已经消失了，只是瞎掉的那只眼睛依然没有恢复，带着毫无生气的灰白色。

和Five一起出现的是谭欣然。按照谭欣然的说法，Five现在已经差不多完全恢复了，除了眼睛和记忆。

不过，铁幕能够让Five这个实验品重新出现，多少出乎我的意料。我估计应该是他们暂时软禁了敖雨泽所给出的补偿。

Five尽管只是铁幕的一个实验品，但是所知道的古蜀时期的咒文和祭祀方式，却丝毫不比旺达释比差，可以说除了自身的战斗力不高外，其他方面完全可以和旺达释比媲美。

因此最后决定前往黑竹沟的队伍，一共就五个人：我、明智轩、Five以及明智轩的两个保镖，阿华和猛哥。

猛哥的名字叫曾猛，人如其名，个头比阿华还要大上一圈。之前在梓潼的时候也见过面，他也是明家的长辈为明智轩请的保镖。

听阿华的口气，猛哥应该只是单纯的保镖，并没有像他一样拥有明家守护者的身份。

阿华在见到Five的时候，脸上露出意外的欣喜。看来前些日子在地下石窟的经历，让这个明家的守护者多少对Five有些动心，尽管我没有想通他到底看上了

Five哪一点。

带着装备前往乐山市的峨边彝族自治县，车程大概是三百公里，但因为不全是高速，就算路上不堵车，也需要六个小时才能到达。

我们开的是一辆福特猛禽皮卡，除武器外的装备都装在后面的车厢。五个人乘坐在一辆车里还是有些挤。

开车的是猛哥。几个小时的车程，对于猛哥这样的职业保镖来说，最多中途休息一次，连换人都不需要。

到了峨边已经是当天下午两点过，再颠簸着进入黑竹沟镇。我们住进了镇上看上去还不错的一家宾馆，准备休息一夜，明天再进入沟内。

黑竹沟镇原名斯豁镇，彝语中“斯”意为“死亡”，“豁”即为“打摆子”，“斯豁”便是“打摆子而死”之意。

据说过去当地村民曾利用沟内流出的泉水种植水稻。不知何故，常有冷热怪病流行，人死畜亡，地名便由此更改为“斯豁”。

后来由于旅游发展需要，斯豁镇改名为“黑竹沟镇”，也就是我们现在所处的小镇。

当地彝族居民广为流传，在死亡谷最险要的地段“石门关”，其上部开阔的谷地是他们祖先住过的地方，彝族祖训禁止入内，否则会遭灾。

黑竹沟的外围已经在一九九六年就开发成旅游区。被开发的景区部分主要是三岔河流域，被划分为黑竹沟探秘览胜区、金字塔旅游观光区和杜鹃池度假休闲区。

供游客游览的区域，仅仅是总面积八百三十八平方公里的黑竹沟中极小的一部分。真正的核心区域，别说是游客，就连当地人都不敢深入。

当然也不排除专门慕名而来探险的，但是大多也只敢在稍微靠近核心区域石门关的地方进行一些简单的考察。真正深入其中的，十个中有八个再也没有回来。

我们要前往的自然不是外围的景区，而是最神秘的核心区域石门关内部。石门关是黑竹沟的腹地，曾有不少探险队历尽艰辛，最终也未能深入石门关这块险恶地带。当地彝族有“猎户入内无踪影，壮士一去不回头”的谚语。

根据我手上张九红留下的地图，石门关不过是通向黑竹沟内部的第一道关卡。这片对于其他探险队几乎是终点的区域，对我们来说仅仅是一个起点。

晚上，我们在宾馆中研究地图的时候，突然传来一阵吵吵嚷嚷的声音。

我好奇地推开房间的窗户，发现外面竟然来了一支车队，差不多有六七辆车，然后一群背着大包小包的人从车上下来，一起拥进宾馆，怪不得如此喧嚣。

这群人有二十来人，有不少人背上巨大的背包看上去都差不多，而且上面印着不同的编号，很显然都来自同一个队伍。

这些人中有男有女，有老有少，最惹眼的是其中的两个外国人。

这两个外国人一个是明显的西方人种，金发碧眼，另一个却更像是中亚一带的，就是不知道是什么族裔。

看着两个外国人的身影，我心中一紧，难道是世界树的人追来了？

毕竟世界树和我们几人也算是结了仇，被他们利用得极惨。在梓潼地下石窟的时候，不知道我们的举动有没有对他们的计划造成妨碍。

明智轩朝阿华使了个眼色，阿华立刻会意地出去。六七分钟后，阿华返回房间，低声说道：“是一个来黑竹沟考察的地质探险队。那两个外国人一个是有名的地质学家，另一个是西方隐修会的成员，一个虔诚的犹太信徒。”

“小康，你觉得他们会不会是世界树的人？”明智轩问道。

我沉吟了一下说：“有可能是，不过不敢肯定。世界树的人大部分是外国人，他们如果知道我们要来黑竹沟，按理来说不会直接出面，否则我们很容易怀疑到他们的身份。不过实则虚之，虚则实之，谁知道他们怎么想的呢？”

明智轩苦笑道：“就算真是世界树的人，我们也不好直接阻止他们吧。光是拼人数，我们就拼不过人家。”

“而且世界树的人曾在我和秦峰身上注入了活性金属制成的药物，如果他们没有撒谎的话，这种活性金属对我们身上的血脉有抑制作用，就连快速恢复的药剂都无法使用。不过在梓潼的时候，因为血脉的力量，我身上的活性金属被排出了一部分，估计要比秦峰好一点。”我叹了一口气说。

“真是头疼啊。不过我倒是觉得，与其在这里乱猜，还不如直接和他们接触一下。就算真是世界树的人，既然来到这里，肯定是抱着某种目的，说不定这目的和我们差不多呢？”明智轩说。

我点了点头，我们来这里是为了找到秦振豪以及被他带走的神躯，最好能够揭开他这些年真正谋划的阴谋。我甚至有一种预感，或许在黑竹沟中藏着的不只是秦振豪，有可能还会见到失踪的秦峰和叶凌菲。

一直以来秦峰有不少事情瞒着我们，而叶凌菲在梓潼和我们失散后，一直没有出石窟。不过我深信叶凌菲没有这么容易死掉，很可能是遇到秦峰或者世界树的人才没有出现。

这纯粹是一种直觉。不过我的直觉一直很灵，而且我感觉叶凌菲身上，也藏着不少秘密，尤其是前些日子我经常看到和叶凌菲几乎一样，只是部分细节有所不同的幻影。

来到宾馆大厅，探险队的人正在吃饭。这是一家没有任何星级的普通宾馆，一楼大厅其实就是餐厅，有六七张圆桌和五六个方桌卡位。

探险队的人占据了三张圆桌，那两个外国人在靠左边的一桌。

不等我们主动过去，两个外国人看到我们，居然自己站了起来。正当我们疑惑的时候，那个西方人已经激动地小跑过来，用古怪的中文口音对猛哥说：“猛，想不到在这里能遇见你！”

我们一头雾水，猛哥却摸着光秃秃的脑袋说："原来是詹姆斯先生啊，很高兴再次见到你。"

"你们认识？"我好奇地问。

"当然，之前我做国际雇佣兵的时候，曾受人之托将被绑架的詹姆斯先生从中东地区救出来。"猛哥乐呵呵地说道。

想不到猛哥还有这样的经历。不过这样一来，我们对詹姆斯和另外一个外国人的来历怀疑就减轻了许多。

以世界树所表现出来的实力，自己内部的成员怕是不需要请其他雇佣兵去拯救的。

这个时候另外一个中东人模样的人也过来了，自我介绍说叫施密特，是一个犹太人。

按照施密特的说法，他们这次来黑竹沟，并不仅仅是探险或者地质考察这么简单。他想要寻找的，是"消失的伊甸"。

伊甸也就是《圣经》中提到的伊甸园，在西方的宗教文化中，是人间天堂的所在。实际上所有的西方宗教典籍，都指出过伊甸曾经在人间存在过，只是后来消失了。

最新的说法是，位于土耳其东南部桑尼乌法镇的哥贝克力遗址，很可能就是西方传说中消失的伊甸所在。不过这一说法从来没有得到过证实。

还有一种说法更加古怪，那就是消失的伊甸其实是一个会移动的区域，在东方的青藏高原，又被称为"香格里拉"。

施密特作为一名虔诚的信徒兼考古学家，对于这种古怪的说法更加认同。他十几年前第一次到中国参观过三星堆遗址，更是觉得消失的伊甸和三星堆所代表的古蜀文明有着某种神秘的联系。

对于这样的说法，我脑子里闪过一个念头，那就是施密特所说的消失的伊甸，很可能并非是真实存在于这个世界，而是类似意识空间那样的地方。

要知道在意识空间内，由于能对特定人群的大脑施加影响，这世上有很小一部分人，是能够"看到"这个神秘空间的。

如果说西方宗教传说中认为伊甸园是人类的天堂，那么只有意识体存在，没有任何实物，能幻化任何心中所想的意识世界，无疑最符合人们对天堂的向往。

按照意识世界中特殊而神秘的规则，如果一个人想要黄金或美食，只要这个念头足够强烈，就有可能出现，在精神上满足人的一切欲望。尽管幻化出来的东西没有任何实体，可对人来说，只要能彻底欺骗大脑的感知，就已经足够了。

意识空间也要依附于现实中特殊的地磁异常带才有可能出现，只是大小和存在时间都有所不同。

而黑竹沟作为中国境内发现的最大的地磁异常带，很可能对应的也是国内最大的一个意识空间。因此施密特想要寻找的消失的伊甸，说不定还真的和黑竹沟存在某种联系。

不过，我也意识到，之前世界树的人一口一个“天父”，世界树组织明显带着某些类似西方宗教的性质。

而世界树的人，从当年的英国传教士董笃宜身边的向导手中，得到了金沙古卷的部分残卷和一件神秘的文物，从而也知悉意识世界的内幕。那么眼前的施密特和詹姆斯有可能是世界树组织成员的嫌疑，依然没有排除。

不过让我惊讶的是，我只稍微暗示了一下，施密特和詹姆斯居然就直接承认了，还炫耀似的给我们看他们左手臂上的世界树文身。

接下来我们才知道，原来世界树在国外的某些和宗教、考古以及生物遗传学相关的高知人群当中，有着相当大的影响力。多数世界级的专家，都以加入这个组织为荣。

当然，这里所谓的加入，差不多就是和成为外围人员差不多。听詹姆斯和施密特的口气，两人对于世界树内部的运作方式以及核心机密，几乎一无所知。

当我无意中提到活性金属的时候，施密特更是一阵羡慕。在他看来，当年作为西方宗教中的神物圣杯，应该就是这种活性金属制成的。

或许是因为彼此都对古蜀文明有一些了解，尽管目的不同，但是经过商议之后，我们最终还是决定，和整个探险队一起进入黑竹沟。

毕竟黑竹沟的神秘和恐怖已经不是第一次听说了，就算我们有着充分的准备，甚至有连探险队也不具备的地图，在黑竹沟内到底会遭遇什么，还是心中没有底。

我们对施密特和詹姆斯的怀疑依然没有降低。尽管两人只是世界树组织的边缘人物，可是谁知道这是否是他们故意透露出来的信息呢？

第二天一早进入黑竹沟。整个队伍用了差不多一天的时间，才来到黑竹沟的二号营地附近。

这一段除了前面的二十公里是碎石公路外，其余都是简易的栈道，车辆根本无法通行，只能下车徒步前进。也幸好探险队中有近一半的人都是负责背负物资的。

在二号营地休息的时候，阿华和猛哥半夜悄悄出去了一趟。等他们回来的时候，手上多了两个裹得严严实实的包裹，看上去沉甸甸的。

不用猜也知道，这两个包裹里面，装的都是违禁武器，是猛哥通过自己曾经的国际雇佣兵的渠道搞来的。这些武器应该没有上次肖蝶提供的武器威力大，可是用来防范山中的野兽，也绰绰有余了。

不过这里人多嘴杂，我们丝毫不敢声张。一旦暴露出去，就算铁幕的人为我们背书担保，也比较麻烦。更何况铁幕对我们此次的行动只能算默许，还不能说是支持。

第三天经过一片原始森林和马鞍山西南山脊，我们来到一个号称“阴阳界”的地方。据说过了阴阳界，前面的路途就充满了未知和神秘，随时有可能阴阳两隔。

可惜的是，我们在阴阳界经狐狸坪钻密林下坡到古基河口时，这里已是路的尽头。从这以下为近千米深谷，只能在急流的沟谷内迂回前进。有时谷内还会莫名地涌出一阵阵浓雾。

过了这道关口，前方就是传闻最恐怖、最凶险，令多数探险队望而却步的石门关。大部分探险者都会在这个地方，面对浓雾选择退却。

而且到了石门关后，我们明显地感觉到携带的电子设备开始出现时灵时不灵的状况。

“你们几个不是探险队的成员，再往前走会遇到什么，谁也说不清楚，我看还是就到此为止，先回去吧。”探险队的领队，人称李老的地质学家对我们说道。

李老是川南矿业大学地质学院的院长，享受国务院津贴的专家教授。这次的考察队，也是由他发起，聚集了众多的地质学家、生物学家和电磁学家。

不过这次探险的赞助者，却是施密特这个外国人。这家伙也不知道是干什么的，总之看上去很有钱的样子。明智轩曾私下猜测，这家伙如果不是受到世界树支持的话，很可能家里在中东有几个大油田。

当然，除了几个专家组的成员和李老的学生外，其余的人更多是承担护卫和打杂的角色。其中负责摄影跟拍的人也有一两个。

不过到了石门关外面之后，两个摄影师的单反相机和摄像机已经停止了工作。原本充满的电量，在开机短短几秒钟后就诡异地变成了零。

这让两个摄影人员大为沮丧，最后不得不和其他几个负责帮忙背物资的司机一起，从这个点返回。不过那台单反相机却被李老的一个学生留下了。按照她的说法，万一电池又突然有电了，岂不是错过了一路的大好风景？

最终确定要进入石门关内的探险队员，也就十三个人，连同我们五个一共才十八人。

这十三人中，除了李老外，还包括詹姆斯和施密特两个外国人，和一名当地的彝族向导阿木章依，以及五名身强力壮的力夫兼护卫——据说都是保安队或退伍军人出身。

剩下四个人分别是生物学家吴成光、电磁学副教授谢思奇以及李老的两个学生周楠、王若君。其中的周楠是探险队中除了Five外唯一的女孩子，一个颇有点女汉子气质的硕士研究生。

留下单反相机的，就是周楠。这个女生比我小一岁，还有一年才能取得硕士学位。

对于李老的提议，我们理所当然地拒绝了。李老也没有多劝，毕竟都是成年人，能对自己的生死负责。

一行十八人，一起进入前方的浓雾中。为了防止走失，十八个人的腰间绑着同一根绳子。

虽然这样比较麻烦，尤其是在经过树丛的时候，可总比迷失在这片神秘的地域要好。

这里几乎所有电子设备都出现异常，比起当初我们在雷鸣谷的时候状况还要严重。我估计就算是使用活性金属作为材料，一样不管用。

进入浓雾后，虽然说不上伸手不见五指，可是视野最多只能看出几米远。幸好我们想出将所有人连成一串的办法，要不然这样的浓雾很容易就会走散掉。

我们甚至怀疑，之前的许多失踪事件，除了这里电磁异常无法使用指南针外，更多的是由于在浓雾中分不清方向，再加上心中的恐惧，最后始终在山谷内徘徊，被活活累死饿死，或者被山谷中的野兽吃掉。

之前我们听说过，黑竹沟中是有野兽出没的，其中最著名的就是云豹。另外还有传言说黑竹沟中有黑豹，不过一直没有得到证实。

当天晚上，我们在一处平坦的地方扎营，晚上有人轮流放哨。本来我担心这里会像在雷鸣谷的时候一样受到袭击，还好一晚上什么事都没有，只偶尔听到一两声让人心悸的狼嗥。

第二天继续朝石门关深处前进。和第一天相比，雾气居然消散了大半，虽然还是看不清远方，但至少有二三十米的能见度了。

这让我们多少松了一口气。取下了昨天绑在腰间的绳子，这样前进的速度就快了一些。

一路上李老经常会停下来采集土壤和岩石样本。有时候那个电磁学的副教授谢思奇还会摆弄下携带的小型仪器，最终异常的电磁现象只能让他无奈地将仪器收起来。

这个地方，不仅是人迹罕至，看来还是现代技术的禁区。就算谢思奇有着满肚子的电磁理论基础，但是在不能使用任何仪器的黑竹沟内，也只能干瞪眼。

倒是周楠的单反相机，偶尔会恢复几分钟电量，但是拍出来的照片，却全是各种扭曲的光影，要么就是如同黑白电视没有信号时的雪花点。

当天下午，我们经过一条河沟的时候，前方突然传来一声惊呼。所有人都警惕地围了过去，结果发现是一头被啃得血肉模糊的动物尸体。

“是羚牛。”身为生物学家的吴成光说道。

吴成光接着解释说，羚牛是一种分布在喜马拉雅山东麓密林地区的大型牛科食草动物。由于产地不同，毛色由南向北逐渐变浅，分为四个亚种：高黎贡羚牛、不丹羚牛、四川羚牛、秦岭羚牛。

在我们眼前的这具羚牛尸体，就是典型的四川羚牛。它生前的身高差不多有一米二，体重超过三百公斤。

这样的庞然大物，哪怕是吃草为生，也不是随便什么动物能够猎杀的。

吴成光仔细查看羚牛残破不堪的尸体。尸体上的血迹还没有完全凝固，想来对方进食的时间，不会超过一小时。

“看不出来是被什么生物猎杀的，对方有长长的犬牙，但是我也发现了类似人类的切牙和磨牙的痕迹……”吴成光说。

阿华也跳过去，检查了下羚牛的尸体，最后喃喃地说：“致命伤不是被咬死或者抓死的，而是被拗断了脖子……”

这让我们大吃一惊。

体重超过三百公斤的羚牛，如果遇上几头云豹，被集体猎杀的可能性还是比较大的。

可这样一来，羚牛肯定是被咬死并出现多处抓伤。阿华居然说羚牛的死因，是被拗断了脖子，这就有些让人惊悚了。

能拗断体重三百公斤的脊椎动物的脖子，那要多大的力气？又是什么东西才能完成这样的壮举？

至少在我看来，能做到这一点的只有一种动物，那就是电影中的超级大猩猩，“金刚”。

我们现在不过是深入了石门关一天的路程，之前也不是没有人来到这个距离，怎么可能有如同电影中的金刚出现？

这个时候我注意到，队伍的彝族向导阿木章依的脸上，露出了一丝恐惧。

“你知道是什么东西干的？”我走到阿木章依身边，问道。

“不……我不知道……”阿木章依结结巴巴地说。

他的异常引起了其他人的注意。女汉子周楠冷哼一声说：“有话直接说就好了，婆婆妈妈的，像什么样子？”

阿木章依张了张嘴，最终还是摇摇头，什么都没说。

“尸体还很新鲜，那东西应该没有走远。大家小心一点，赶紧离开。”吴成光尽管也很好奇到底是什么生物猎杀了羚牛，可是能轻松杀死羚牛的猛兽，估计也不好招惹，因此连忙对我们说道。

大家开始快速地离开。吴成光细心地收集了几根掉落在地上的褐色毛发。

看着他放进真空袋的褐色毛发，我心中一动。这样的毛发，我似乎在哪里见到过。

走了十多分钟，队伍的最末，突然传来一声惨叫。

所有人都大惊失色，阿华和猛哥，更是毫不犹豫地将携带的武器拿出来。那是两把来复枪，威力还不错，只是用起来没有自动步枪那么顺手。

而我、明智轩以及Five，就只能一人分到一把仿六四的手枪和两个弹夹。

等我们赶过去的时候，发现队伍最末尾的一个名叫孙恒的家伙已经失去了踪迹。一个装得满满的登山包被扔在地上，登山包的带子被扯断了，上面还有血迹。

我心中一寒。从这血迹上看，似乎是什么力大无穷的怪物，一手拽着登山包，一手扭着孙恒，然后用力一扯……

结实的登山包带子虽然最终被扯断，可在这之间带子勒入孙恒的血肉，以至于断裂处被血迹完全浸透。

而这一切，不过是在短短一两秒内发生的，对方的力气之大，也可见一斑。

第十九章 ➤

JINSHA ANCIENT SCROLLS

野人

"孙恒呢？"李老焦急地喊道。

我看着明显被拖拽的痕迹以及一路洒下的血迹，最后消失在了前方十几米远的一株枝繁叶茂的大树上。

"那东西会爬树。"我有些紧张地说。

这里是原始森林，人迹罕至，有的大树生长了几百上千年，如果那东西真的如猜测中那样力大无穷，那么提着一个人在树枝间跳跃穿梭也不是不可能。这对队伍来说危险系数也大大增加，让人防不胜防。

探险队的人看着我们手中的枪，气氛有点古怪。不过这个时候也顾不得这么多了。有枪的话，面对未知的猛兽也多了几分安全感。

不过，施密特的解释，也多少让探险队的人心安。之前施密特在中东被当地武装绑架的事情，他完全当成了一段传奇的经历向人炫耀，而这段经历里面让他最终获救的，正是和我们一起的保镖猛哥。

因此在探险队的眼里，猛哥和阿华虽然拿着枪支，但毕竟是作为保镖的特殊身份，在处处是危险的黑竹沟里也不算奇怪。何况探险队中，也携带了三支猎枪，两支在两个保安模样的力夫手中，还有一把在詹姆斯手上。

听詹姆斯说，他在国外有着合法的持枪证，还是某个顶级射击俱乐部的金牌会员，枪法相当不错。

"到底是什么东西？"李老问道。

"我估计是某种巨猿，不过不敢肯定。没有听说过四川境内有什么远古巨猿出现……"吴成光说。

"诺神罗阿普……是诺神罗阿普……"彝族向导阿木章依带着惊恐嚷道。

"你知道它？"吴成光眼睛一亮。对于生物学家来说，发现一种未知生物带来的成就和荣誉，比什么都强。

可是阿木章依只是不断地重复着这个古怪的名字，并没有回答吴成光的话。

“他说的是古彝语，意思是‘山神的爷爷’。”Five在一旁低声说道。

我有些郁闷，Five到底是什么人啊，感觉只要是和古蜀有关的事情，似乎什么都知道。但平常不问或者事情没发生的时候，她又什么都想不起来。

“山神的爷爷？比山神还要厉害的生物吗？到底是什么东西？”吴成光惊讶地问。

Five看了他一眼，摇了摇头。她只能翻译这句彝语，也不明白到底是代表什么。

“应该是当地传说中的野人吧？”周楠有些不确定地说。

“野人？”我想起先前被吴成光捡起来的褐色毛发，脑子中闪过一个让人不安的念头，却无法确定。

“我来之前曾查过一些资料，据说一九七四年十月，勒乌乡的村民冉千布干，曾亲眼见到一个高约两米，脸部与人相差无几，浑身长满黄褐色绒毛的雄性野人。后来，当地的彝族居民陆陆续续曾多次发现野人踪迹，黑竹沟的某些区域更是被称为‘野人沟’。有部分失踪事件，也被人怀疑是被黑竹沟中的野人给抓走吃掉，因此当地人对‘野人’的敬畏，甚至超过对山神的敬畏。许多人至今说到野人，仍然心怀余悸。”周楠解释说。

我终于明白自己为什么会对那褐色的毛发感觉不安了。按照周楠对传说中野人的相貌描述，我的脑海中不可抑制地闪过了戈基人的形象。

第一次见到戈基人，是我在游戏中杀死七个小孩来血祭的那天晚上，当时我只以为遇到了什么怪物。也正是那一天，我认识了敖雨泽。

后来我才知道，那天晚上遇到的怪物其实在历史上是真实存在过的，是羌族人的死敌，被称为“戈基人”。

用如今科学的眼光来看，戈基人应该是一只进化不完全的猿人。可能在成千上万年前，残余的戈基人曾和羌族人的祖先发生过大战，可惜被新石器时代的羌人打败，在民间传说中渐渐被称为如同小丑般的“魔兵”。

野人的传说，世界各国都有，但是在形象上如此接近戈基人的野人，我还是第一次听说。当然，周楠所说的野人，个头要比戈基人高大得多。戈基人的高度，一般不超过一米五，两米高的戈基人，更接近戈基人王的体型了。

“到底有没有野人这种生物，一直是未解之谜。不过我深信，即便不是传说中的野人，对方肯定也是某种远古巨猿。我们，很可能发现了一种未知的生物，只要能找到它的踪迹，我们此行就一点不虚了……”吴成光激动地说。

“野人啊……如果真能发现野人，就算找不到最后的伊甸，也值了。”施密特也是一脸的兴奋。

“还是先救回孙恒再说吧。”李老叹了口气。

作为这次探险队的领头人，他之前预计到可能会遇到危险，愿意前来的人，事先都写好了遗书，就算真有什么事也怪不到他头上。可看李老的样子，对此还是心怀内疚的。

这让我对李老的为人多了一丝敬佩。犹豫了一下，我说道：“如果真的是野人的话，对方很可能有着一定的智慧，比没有理智的野兽更难对付，大家更加要小心了。”

我没有直接说出戈基人的名字，不过在场的人中，明智轩、Five以及阿华，应该能猜到这一点。

“沿着血迹追过去，就算是远古巨猿，只要还是生物，我不信能挡得住子弹。”拿着猎枪的力夫说道。他名叫甘弘毅，一路上和孙恒交流比较多，估计两人私下关系不错。

我不由得摇头。如果是普通生物，陆地上还真没有多少生物能够直接挡下子弹。

可是这世上的事情偏偏有例外，只要这些生物和古蜀国扯上了联系，会强大得不像话。不管是我们曾在雷鸣谷遇到过的蜘蛛女皇，还是数十米长的巨蛇，现代武器能伤到它们的也极少了，更不要说区区几杆猎枪。

不过毕竟是有人被抓走，尽管有很大的可能已经没了性命，可总要尽最后的努力才行。

可惜我们都不会也不敢爬树查看，只能扩大搜索范围。好在血迹从大树的另一面起又再度出现，一直滴落到另一株大树附近。看起来那东西是在大树之间跳跃前进，极为灵活，或许绝对力量没有戈基人王大，但比起普通的戈基人又要厉害许多。

这样的对手极为危险，尤其是在对方的主场，比我们更加熟悉地形。

怪不得几十年前三十名国民党残余部队进入黑竹沟却没有一个人跑出来。别的不说，光是这样的对手，足以让几十人的部队覆灭了。

五六分钟后，我们在一株大树的树枝上，看到了孙恒残破不堪的尸体。他的眼睛瞪得老大，似乎死不瞑目，左胸的位置更是有一个大洞，应该被那怪兽挖出了心脏。

孙恒的肩头也是血肉模糊，一条长长的勒痕完全嵌入肉中，也印证了我先前的猜想。最恐怖的是，当阿华将孙恒的尸体从树枝上抱下来后，我们发现孙恒的脑袋竟然空空如也——左边太阳穴的位置多了一个血洞，脑浆居然被吸食一空。

这样的死法惨不忍睹，比先前我们遇到的羚牛更甚，所有人都沉默了。李老的两个徒弟周楠和王若君，更是吐得稀里哗啦，最后吐到只剩清水，还在不停地干呕。

这样的情景，他们都是第一次看见，二十多岁的年轻人，难免如此。不过这个念头刚闪过我的脑袋，我就禁不住苦笑。貌似我比他们最多大上一两岁，而且一年前的我大概也差不多，只是这一年来我经历的恐怖事情太多，才对眼前血腥的画面显得淡定从容。

周围没有发现那怪物的踪迹。我们决定暂时将孙恒的尸体埋了，毕竟不能让他曝尸荒野。探险队中响起要先回去的声音，不过接着突然起来的迷雾，又让人暂时打消了这个念头。

所有人都更加小心翼翼，有什么风吹草动就开始疑神疑鬼，生怕是那力大无穷的怪物又杀上门来。

好不容易挨到晚上，大家找了一个背靠山壁的地方安置营地，周围生起篝火。

黑竹沟腹地内常年浓雾弥漫，空气湿度很大，篝火很不容易生起，捡来的柴火也都是湿漉漉的。

幸好探险队来之前预见到这一点，带了不少密封好的固体酒精，浪费了不少才让篝火熊熊燃烧起来。

现在大家只能寄希望于那东西像其他猛兽一样怕火，要不然这晚上就有些难挨了。

睡到半夜的时候，我被一个声音唤醒。当我迷迷糊糊地起身后，发现在帐篷门口站着一个长发披肩的女人。

“谁？”我问道，眼前的情景多少有几分恐怖。

“你不记得我了吗？”女人的声音幽幽传来，声音依稀熟悉，却实在记不清是谁。

女人朝后面退去，我不由自主地想要追赶，身体像是没有重量一样。等我到了帐篷外面，借着已经变得微弱的火光，这才发现这女人的身体微微透明，并非实体。

我不禁感觉到一阵毛骨悚然。没有实体的女人，难道是……鬼怪？

在古代野史中，都曾记载山野之中偶有精怪出现，总不会这里十多人当中就我最倒霉，居然遇上了吧？

我很快反应过来，对方不是精怪，而是如同我之前遇到鬼影时的处境一样，很可能是属于黑竹沟所在的意识空间中的人。现在我看到的，仅仅是在我精神世界中的一个意识投影，因此才没有实体。

当我意识到这个问题，突然感觉身体一沉，接着整个人似乎被一股巨大的吸力吸得飞速后退。我冷汗淋漓地从睡袋中坐起来，这才发现先前看到的，不过是一场梦。

细细地回味这个古怪的梦，我却怎么也想不起那女人的脸长什么样子，就连声音都变得模糊起来。

那个女人，到底会是谁？我有些心烦意乱起来，看了看不远处发出轻微鼾声的明智轩，悄悄起身，穿上外套来到帐篷外面。

“现在还不到你守夜的时间，怎么提前出来了？”不远处正在守夜的阿华见我从帐篷中钻出来，奇怪地问道。

“睡不着。对了，刚才，你有没有看到什么人经过？”我问道。

“没有，唯一看到的人，就是你。”

我苦笑了下。不管先前遇到的是梦，还是我在瞬间灵魂出窍和那个女人的意识产生刹那的共鸣，这样的状况不是第一次发生，并且也只有我一个人才能“看见”。

这和我身上的金沙血脉有关。不过不久前在梓潼地下石窟为了救敖雨泽举行了那诡异的仪式后，我身上的血脉被稀释了大半，按理说不应该再继续这样的梦境才对。

“对了，有件事我一直想问问你，上次和我们一起进入地下石窟的那个女孩子，后来怎么样了？”阿华突然问道。

我心中一突，马上反应过来他问的是叶凌菲。如果他不提，我还真的差点将叶凌菲忘记了。接着我想起刚才的古怪梦境，那个整个人显得朦朦胧胧的女人，声音和叶凌菲是非常相似的。

那个女人，是叶凌菲！

我的脑子中似乎有一道闪电划过，接着感觉脑海中原本存在的重重迷雾，也变得稀薄了许多。那张原本模糊不清的脸，渐渐变得清晰起来。我似乎看到了一个满脸泪痕的女孩子，被困在一个茧状物当中，口中低低地呢喃着：“千万，千万……不要忘记我……小康哥哥！”

我顿时感觉到冷汗淋漓，是叶凌菲，的确是她。她现在被困在什么地方了吗？为什么她最希望的，不是让我救她，而是不要忘记她？这中间有什么区别吗？

在梓潼的地下石窟，和叶凌菲失散后，她的身上，到底发生了什么？是世界树的人吗？

还是说和秦峰有关？就算秦峰心中藏着无数秘密，可他不至于伤害叶凌菲吧？要知道叶凌菲对我来说不仅仅是儿时的玩伴，更是如同妹妹一样需要保护的人，这是旺达释比几次救我之后，我所应尽的职责和义务。

看来黑竹沟当中，的确藏着和意识空间相关的秘密，而找到秦振豪的所在，才有可能解开这个秘密。到时候不管是秦振豪的谋划，还是神秘的世界树酝酿的阴谋，都可以知道其底牌。

最重要的是，不管叶凌菲是落在世界树手里还是重新被秦振豪控制，我都必须要救她。而救她的关键，是不能忘记她的存在。可先前的梦境，我连她的样子都快要记不起来了，那只说明了一件事——进入黑竹沟之后，似乎有什么力量在影响我的感知，甚至是记忆！

就在我提醒自己的时候，幽静的夜色中，突然传来一声惊怒的吼叫。这声吼叫声音极大，以至于所有人都被惊醒了。我们能够明显地听出，这声吼叫绝对不像是人类发出的，但是和人的吼叫，也有着某种近似的意味。

想起白天关于野人的传说，我几乎敢肯定，发出吼叫的应该就是向导阿木章依所说的诺神罗阿普，山神的爷爷，实力介于普通戈基人和戈基人王之间的“野人”。

听到这一声明显带着痛楚的愤怒吼叫，我们不禁有些茫然。以这家伙力大无穷且如同猿猴般敏捷的身手，我们这群人都要小心翼翼以免受到袭击。到底是什么东西能让它在瞬间受伤，还发出带着恐惧的痛楚吼叫？

很快，这个答案就揭晓了。不过对于我来说，这是最大的惊喜。

在摇曳的篝火照耀下，不远处的密林当中，走出来一个并不高大的人影。人影也就一米七出头，尽管背上背着累赘的背包，可并不影响对方婀娜的身形。

当我看清楚她的脸时，几乎要高兴得跳起来。但是，当所有人的目光都定格在对方手上那把两尺来长、凶悍无比且带着血迹的开山刀时，又不由得倒吸一口凉气。

“什么人？”甘弘毅端着猎枪，声音有些颤抖地喊道。

“不要慌，是自己人。”我连忙喊道，生怕他一激动开枪。

我早已经认出来，从黑暗中走出来的浑身上下凶悍和妩媚结合得天衣无缝的女人，赫然正是敖雨泽！

“你完全恢复了？”我强压下心中的激动，尽量让自己的语气显得平淡。

“应该说，比以前更强了。你要加油啊，菜鸟。”敖雨泽淡淡一笑，说道。

“刚才的动静是你搞出来的？”我敏锐地感觉到，先前那声大吼，很可能和敖雨泽有关。

“嗯，遇到一个大个头的戈基人，大概是想要偷袭你们。不过可惜，让它跑了。”敖雨泽很是遗憾地说。

我感觉额头顿时出现了几条黑线。在敖雨泽口中似乎弱爆了的家伙能随随便便就拗断羚牛的脖子，拖着一个人在树枝间毫不费力地跳来跳去。

这样强的实力，让我们十几人都要小心应对，可它遇到敖雨泽之后却只能委屈地带伤远遁。看来敖雨泽真的如她自己所说，不仅完全恢复，而且比以前更强了。

“说起来要谢谢你，没有你的血脉力量作为引子，我也不可能打破自身的极限。”敖雨泽走到我身边，低声说道。

“上面的人终于肯放你出来了？”我在心中问道。我和敖雨泽之间已经建立起某种程度的心灵联系，只是这联系时灵时不灵，而且对距离要求也比较严格。

“当然不肯，上面的人对于和世界树为敌还是心存疑虑。我是在谭欣然的帮助下逃出来的。”敖雨泽的声音在脑子里响起。

我心中顿时一凉。完了，就算这次能够活着回去，也少不了一个背叛组织的罪名。似乎感觉到我心中所想，敖雨泽继续说："放心，虽然在他们眼里，我们都是不听话的顽固分子，可是具有我们这样特殊血脉力量的人又有几个？组织暂时离不开我们。更何况，他们不是派了Five出来吗？至少说明了在对付秦振豪这件事上，组织的高层中多少还是有支持我们的人，要不然我逃出来也不会这么顺利，实际上就等于是默许了。"

我看了不远处的Five一眼。她的存在的确十分古怪，就是不知道现在的她，到底有没有恢复之前的记忆。

可惜现在人多，也不是交流的时候。虽然大家对一个大美女能提着刀赶跑一个潜在的野人心存疑虑，可队伍中多一名强者，却是谁都愿意看到的事情。

下半夜几乎没有什么事发生。大概敖雨泽的到来，让那野人吃了大亏，也就无心继续骚扰这支探险队。

第二天天气再度放晴，能依稀看到太阳，能见度比昨天还要好，这让大家心头的阴霾淡了一些。

让周楠惊喜的是，浓雾完全散去后，她携带的单反相机居然能用了，而且电池也从原本的零格电，变成了一半。

我们纷纷拿出进石门关前关闭的手机，重新开机后发现电子设备果然恢复了正常，只是这个地方没有信号不能打电话而已。

这个时候队伍中携带的卫星电话就起了作用。当李老联系到黑竹沟外大本营中的人时，大家都是一片欢呼。只是想起死去的孙恒，又有点难过。

我们所在位置的坐标被记录下来，队伍中有人放出无人机开始四处侦查。只可惜这里山高林密，无人机的视野也有限，只能侦查出大概的地形。

"奇怪，这里的野人受伤，浓雾就散去，总不成那野人能够控制雾气吧？"周楠摆弄着单反相机，嘟囔道。

我听到这话，感觉原本的疑惑得到了一点解释。

如果说黑竹沟中的浓雾除了天然的地理原因外，还存在某种程度的人为，并且这里的"人"并非真正的现代人，而是"野人"，那么整个黑竹沟中出现的一切异常，和在雷鸣谷时各种古怪的生物被操控着攻击我们，就显得差不多了。

当时雷鸣谷的古怪意识空间，支撑其存在的，就是数以千计的被包裹在肉茧中的戈基人。这些戈基人的大脑，就如同无数台联网电脑，最终犹如大型游戏所需要的服务器一样支撑着和网络游戏差不多的虚拟世界，只是这虚拟世界能够完全模拟真实世界的一切。

从中就可以看出，只要是类人的智慧生物，其大脑是有潜力可以开发的。生物学界所说的人类大脑开发程度只有百分之几，是有一定依据的。

而黑竹沟现在有着比普通戈基人更强大的野人出现，也说明了这个地方存在的意识世界本身的支撑者，很可能就是这里的野人族群。

为什么JS组织所选择的支撑意识世界的基础，是戈基人而不是现代意义上的人类，其实我和敖雨泽他们也私下讨论了多次。最终得出的结论是，现代人受到的教育、接触的信息都远比古人丰富，说白了所思所想都太多，哪怕是长寿村这样封闭的地方，里面的村民都有各自的算计和打算，思想不如古人那么单纯。

这样的人尽管大脑进化程度比戈基人要强上几倍，但正因为太“聪明”了，没有那么纯粹，反而不适合作为意识世界的观察者。

对于意识世界来说，需要的观察者更应该是像一台电脑那样精准，但是没有太多自我意识。

无数这样有着大脑潜力，却没有自我意识的观察者连在一起，才能保证意识世界的稳定运行。

而戈基人作为一种最接近人类的类人生命，进化程度介于类人猿和现代智人之间，又没有建立起真正的文明，是最好的观察者材料。哪怕他们的本体还保留着一定程度的兽性，可这点凶残程度对于整个意识世界中的智慧生命来说，也算不了什么，影响微乎其微。

“我们原本一直以为，JS组织培育戈基人，是为了打造一支完全受控制的军队。后来才渐渐明白，JS组织的人哪里会那么笨，用只是比人类强壮几倍的野兽来当成军队。这样的军队个体战力再强，在面对人类成建制的军队和热武器时，要消灭不过是分分钟的事。他们真正的目的，其实不是为了戈基人看似强悍的战斗力，而是为了构建一个新的意识世界。”敖雨泽说道。

“这对他们来说，有什么好处？”我一直不太明白，为什么JS组织以及秦振豪对意识世界这么热心。

“你应该知道，不管是什么样的肉体，总归有衰老死亡的一天。地球上存在的寿命最长的生命，也不过能活几千上万年，还大多是植物这种低等生命。对于秦振豪这样追求永生的人来说，肉体会腐朽，可是精神却有可能不灭。精神依附于肉身，就需要超脱。但这世上从来没有死后的天堂或者地狱，于是建立一个能够容纳人死后的精神继续永恒存在的世界，从某种程度来说，也近似于永生了。”

我不屑地说道：“听起来似乎有道理，不过这个人造的意识世界也有着相当大的缺陷。不仅对地域要求极高，需要天然存在的地磁异常带，而且同样需要智慧生命的大脑作为支撑，要不然也不会培育戈基人出来了。”

“其实最重要的是，意识世界不可能完全通过人为的方式被制造出来，他们只能是利用已经存在的意识世界。可偏偏已经存在的各个意识世界，又都有古蜀时期的神灵在守护。”敖雨泽冷笑道。

“那么秦振豪千方百计也要得到神躯，其实真正的目的，并非是想要自己成神或利用神灵的血脉，反而是想要……引诱神从意识世界中出来，然后彻底占据这个意识世界？”我眼睛一亮，似乎明白了秦振豪一系列古怪动作的原因。

“有这个可能，不过首先他应该要保证所占据的意识世界的支撑基础，不会那么容易被摧毁。其次还要防备那些有着几千年智慧经验的神灵留下后手。不过我依然觉得，秦振豪的所作所为并非单纯地为了长生这么简单。从我和他短短的接触看，他做的每一件事都是为了最终的目的，而这目的本身，似乎和长生无关，长生仅仅是手段而已。”敖雨泽说。

我点点头。的确，以秦振豪的所作所为，如果只是追求长生这样的目标，其实也说不过去。我们曾经怀疑秦振豪是想要自己成为神灵，就如同几千年前的最后一任蜀王，十二世开明帝杜卢一样。可现在看来，秦振豪貌似对自己成神也没有太大的兴趣，反而在酝酿着更大的阴谋。

这件阴谋，甚至有可能已经威胁到世界树这个海外组织。一直以来，世界树虽然和国内的三大与古蜀文明相关的组织明争暗斗，但大体上还是井水不犯河水。

可这次，世界树不惜暴露自己的存在，也要大规模地进入国内。世界树的行动从一开始就和真相派对上，甚至连铁幕也为之沉默，不敢在明面上和世界树对抗，只能默许我和敖雨泽的行动。

似乎也正是这个原因，肖蝶在临行前选择了出国。作为这次事件的主谋的JS组织，更是销声匿迹，将势力大大收缩。

这种看似退让的沉默，实际上蕴含着更大的危机。我想以世界树在技术上的领先，大概是比铁幕和真相派更加明白秦振豪的所作所为会带来什么样的危险，以及所包含的巨大机遇，因此才不惜提前暴露自身。

因此队伍中的詹姆斯和施密特，很可能并非世界树的外围组织成员这么简单。他们两人的身份，怕是比我们预想中还要高，否则也不可能明目张胆地进入探险队，直接和我们接触了。

胡思乱想下，队伍却按照既定的路线，继续朝前深入。这天没有浓雾，一切都比较顺利，直到下午两点过的时候，前方探路的人，居然带着两个村民模样的人返回来。

这让所有人都感觉到一丝荒谬和古怪。

这里离石门关入口已经有差不多两天的距离，完全是人迹罕至的地方，连飞禽走兽都很少看见。

异常的磁场，别说是人，连鸟儿都难以找到方向。

最近的山村，离这里也要步行两天才行，怎么可能有村民出现？

两个村民都是彝人。还好队伍中的向导阿木章依同样是彝族的，能够毫无困难地交流，要不然当地的方言彝语对于我们来说听起来还真有些困难。

阿木章依今天的精神已经恢复了许多，对野人的恐惧因为敖雨泽的到来被冲淡了不少。之前的民间传说，身高力大的野人几乎是当地无敌的象征，被认为是比山神还厉害的怪物，可敖雨泽居然能伤到对方，这让阿木章依对敖雨泽几乎敬若天人。

村民看到我们的队伍后，十分好奇，可我看他们的打扮，却更加感觉古怪。除了头上包着的黑巾外，这两人并没有穿彝族的民族服装，反而是穿着看上去像是六七十年代的绿色军装。

这种军装当然不是军人才能穿戴。在那个特殊年代，许多人都以穿着类似的绿军装为荣。

两个村民看上去很虚弱，一来就问我们要吃的喝的，看样子是饿了许久。

我们稍微松了一口气，很可能两个人是迷路的村民。等两个人吃饱喝足了，阿木章依和他们简单交谈后，脸上露出十分古怪的神色。

等我们询问时，阿木章依才结结巴巴地说："他们两个……他们两个，是七十年代初迷路的。"

看他一副见了鬼的样子，连身子都朝后退了两步，我们也感觉到了一股凉气从后脊背升起。

七十年代初在黑竹沟中迷路，到现在有四十多年，可两人的样子，分明才三十多岁，最多也不超过四十岁。那个时候，他们怕是还没有出生吧？这两个人，到底是什么人，是在故布疑阵说谎，还是真的七十年代初就迷失在黑竹沟中？可这四十年来，两个人是怎么存活下来，又保持着面容没有变化的？

一个个疑问不停冒起。看着同样茫然的两个村民，我心中一沉，他们两人是前不久误闯入黑竹沟的村民的可能性，怕是很小了。

第二十章

JINSHA ANCIENT SCROLLS

雾起

随着阿木章依与两个村民的交流，我们了解到这两个村民竟然都是一九七四年进入黑竹沟的，距今已经整整四十二年。

让我们脊背发凉的是，两人都说是在黑竹沟内迷路了四天左右，身上携带的干粮吃完后饿得头晕眼花，好不容易遇到我们派出去探查的人才被带了过来。

在这两人眼里，我们这群人身上穿的才算是奇装异服，还以为我们是从海外回来的。

看两人不像是撒谎的样子，而且身上的穿着，甚至两人口袋里摸出来的一九七一年发行的两毛四分钱，都说明两个村民不是这个时代的人。

得知真相后，两人依然一副不相信的样子，看向我们的眼光，有着深深的怀疑。那感觉就像是在看敌特分子，估计不是看我们人多而且手上还有武器的话，两个人都要马上反抗逃走了。

过了一阵，两人的力气恢复得差不多了，看上去也精神了些，连说话口齿都清晰了许多。

这个时候我却突然发现一个问题，那就是两人除了头脸外的肤色，比起阿木章依这个现代的彝族人来，都要白皙许多。

如果只是一个人这样也就罢了，可是两个生活在二十世纪七十年代初的村民，居然有着白皙的皮肤，那就值得怀疑了。

要知道当时的山村还处于特殊的动乱年代，还没实行包产到户，经济条件可以用恶劣来形容。有的人家甚至穷得一件衣服要穿十几年，所有人在大队公社劳作，就算是习惯偷懒的人也要装装样子。那个年代的山村中，不太可能有着这样堪比现代人肤色的人。

我朝敖雨泽使了个眼色，敖雨泽立刻心有灵犀地朝我走过来。我们一同走到一边，敖雨泽低声问：“你发现了什么？”

我说道：“这两个人，虽然装得很像，但是他们绝对不是七十年代的人。”

“你是说他们的肤色有问题？”敖雨泽问，看来她也看出了这一点。

我点点头说：“不仅如此，我不太相信，有人能在这里活上四十二年，可容颜一点都没有变化。”

“以前不也有类似的传说吗？在百慕大，有人曾看见过‘二战’前的船只完好无损地出现，这样的船只被称为‘幽灵船’。还有人甚至在船上看到过‘二战’的士兵……”敖雨泽反驳说。

“那样的状况，很可能是和我们之前遇到的鬼影事件类似，只是意识世界的虚影投射在现实世界人脑中产生的幻觉。可是现在不同，这两个人，可是活生生地出现在我们面前。就算意识世界的神灵，已经强大到能够影响人的意志，但是它们还不可能直接干涉物质。”我冷笑道。

“我虽然没有肖蝶那样强悍的催眠能力，但是我也受过严格的反侦察训练，学过相关的心理学。这两个人的动作和语言，甚至是他们不经意表现出的任何一个可以代表潜意识的神情，都说明了他们没有说谎。”敖雨泽淡淡地说。

“那你的意思是……”

“我觉得，他们没有说谎，这两个人，的确是七十年代初进入黑竹沟的。只是不知道什么原因，他们的身体和意识都被冻结了四十二年。但这么长的时光，身体可能还是有缓慢的新陈代谢，以至于皮肤表面的黑色素被分解，最终变成我们看到的样子……”

这样说倒是有点道理。我正要过去仔细核对两人的身份，可原本围着人群的地方，却传来一声惨叫。接着人群轰地散开。

“疯了，这两个人疯了！”有人大叫。这个时候我远远地看到两个村民的嘴边，流淌着鲜血。当我定神去看时，发现这血液是从他们嘴里叼着的一块肉上流出来的。

在地上不停翻滚惨叫着的，是李老的学生王若君。他的脸上少了一块肉，满脸的血，看上去极为凄惨。

而更加让我感觉到不安的是，那两个村民这个时候双眼通红，神情狰狞恐怖，一脸疯狂的样子犹如恐怖片中的丧尸一般。

只是两人丝毫没有丧尸的呆滞，反而显得无比灵活，在咽下口中那块人肉后，立刻扑向四散逃开的人。

好在这些人里面，阿华和猛哥并没有逃开，反倒是相继掏出身上的武器，毫无畏惧地朝两人扑过去，给其他人创造了逃生的机会。

敖雨泽冷哼一声，也拔出身上的匕首冲了过去，直接架住稍年轻的那个发狂的村民，对阿华说道：“你们两个对付另一个，尽快制伏他。”

昨天晚上敖雨泽击败在黑夜中窥探的野人，没有人发现她是怎么出手的。只能从野人拧断羚牛脖子以及轻松杀死孙恒这两点，推断那疑似戈基人的野人到底有多强。

而敖雨泽能够凭借一把开山刀，不使用枪支等热武器，击败近身搏斗能力极强的野人，她的实力的确比之前要高上一大截。

可这样的实力，也只能是间接推测其强大的程度而已。直到现在，当她独自一人挡下一个发狂后身上肌肉骨骼不断膨胀的村民时，才真正让我明白她这次苏醒之后，的确有了脱胎换骨般的变化。

敖雨泽手中没有拿昨天晚上那把夸张的开山刀，仅仅是一把匕首。可这把匕首在她手里就像是被赋予了生命，像穿花蝴蝶一样上下翻飞，在那个发狂的村民身上留下一道道伤痕。

尽管这些伤痕并不深，村民更不知道是受了什么药物刺激，居然连疼痛也不知道，而且伤口只流下一丝丝血就开始愈合收口。

可敖雨泽的动作太快了，村民愈合伤口的速度，根本比不上身上新添加的伤口的速度。很快，当村民的双眼被敖雨泽刺瞎，四肢的筋络和肌腱都被割断后，终于重重地摔倒在地。其他人扑过来，用结实的尼龙绳将他捆住。

而阿华和猛哥也不负众望，只比敖雨泽晚了一分多钟就制伏了另外一个村民，同样将其绑了起来。随后，他们用破布塞上两人还不停张合乱咬的嘴巴。

“到底怎么回事？这两个人怎么会突然发狂的？”李老心有余悸地跑过来，有些心疼地看着自己的学生王若君。

这个时候的王若君，已经被人扶着坐了起来。周楠为他勉强擦干净脸上的血迹。可这样一来，他脸上的伤口就更显恐怖了，能透过伤口隐隐看到牙床。

敖雨泽扔过去一包药粉，周楠犹豫了一下还是给王若君敷上。刚开始药粉被涌出的鲜血冲走，不过随着周楠一狠心抹上了一大把，伤口终于不再流血，只是王若君也因此疼得不停抽搐，差点翻着白眼晕过去。

“不知道，我也不知道……”阿木章依结结巴巴地说，刚才他差点被吓呆了。

“他们是突然发狂的？发狂之前，有没有提到什么？”敖雨泽问。

“没有，只是问了下，他们有没有遇到野人……”阿木章依说。

“我记得，刚才这两个人似乎小声提到了一个古怪的词汇，好像叫什么赛波莫……”

阿木章依听到这个词，脸上露出一丝古怪的神色，犹豫了一下，说道：“他们说的，应该是‘赛玻嫫’。”

“这是什么意思？

“‘赛玻嫫’这个名字是彝语，翻译成汉语就是人和蛇做夫妻，是彝族中口口相传的诗歌。”阿木章依说道。

“嗯，我听说过这首彝族的叙事诗，大概意思是说众蛇之王的龙神带着蛇郎巡游人间，蛇郎喜欢上了人间，决心在人间找个姑娘一起生活。后来他爱上了一个叫七妹的姑娘，与她结为夫妻，生了一男一女。可惜七妹的大姐嫉妒自己妹妹的幸福生活，设计害死了七妹，冒充七妹与蛇郎生活了三年。死后的七妹变成画眉，揭穿了大姐的真面目，惩罚了歹毒的大姐……”李老在一旁说道。

“远古彝族对蛇的依赖和崇拜在少数民族中都是不多见的，菜鸟你应该明白这种崇拜意味着什么。”敖雨泽在我的脑子里说道。

来峨边之前，我做了不少关于峨边的功课，也在一些资料上看到过，彝族的蛇崇拜，其实和整个中华民族的龙崇拜是一脉相承的。毕竟在古人看来，大蛇就是龙的一种。

在我们现在所处的峨边县，离黑竹沟不远的咱拉黑村的彝族有“玛贺尼”（意为未婚女）因梦龙感应生子繁衍百姓子孙的传说。因此像《赛玻嫫》这样的描述人和蛇结为夫妻的叙事诗，在彝族的民间传说中十分普遍。彝族蛇崇拜与生殖及繁衍人类有关。

可是，这样一个在彝族中算是十分普遍的信仰，为什么两个村民说出这首叙事诗的名字，就突然狂性大发，甚至连整个人都像是突然变异了一样？

正当我们为之不解的时候，两个村民却又有了新的变化。两人原本看上去很瘦，刚才突然暴起伤人的时候，全身上下的肌肉骨骼都出现大幅的增长，在短短一两分钟内，就如同某些肌肉畸形的强壮怪胎一样。

可现在，他们身上的肌肉虽然渐渐干瘪下去，取而代之的，是身体的表面，开始出现密密麻麻的细小鳞片。这些鳞片的形状，赫然和蛇鳞相差无几。

而且两个人的眼睛也瞪得老大，可瞳孔却不似人类的圆形，而是渐渐变成爬行类动物特有的竖瞳。伸出嘴外的舌头也开始生长，尖端像裂开一样开始分叉。

接着两人的头发开始不停掉落，上下颌骨更是朝外突出，犬齿也如同蛇类獠牙一样生长出来。整个人看上去，竟然如同半人半蛇的异类。

“巴蛇神……”我和明智轩对视一眼，低低地说。

如果他们的双腿也化为蛇尾，那么几乎就是我们曾在五神地宫下看到的巴蛇神的翻版。

“是蛇侍，传说中守护巴蛇神的侍卫。”敖雨泽纠正道。

其他人就没有我们这样镇定了，看到两个村民如此变化，再度开始散开。毕竟两人只是用看似坚固的尼龙绳绑着，谁也不知道两人变成半人半蛇的怪物后，能否轻松挣脱绳子。

不过幸运的是，大家很快就不再担心了。或许是这样的变化瞬间耗尽了两人的生命力，两人身上的鳞片刚长出来不久就开始脱落。最后连带着身上的肌肤也出现大块的溃烂，连里面红色的肌肉也渐渐变得乌黑，继而全部化为带着腥臭的脓水。

两个人的嘴里发出如同蛇类的嘶嘶声，很快眼中带着冷漠的光彩渐渐暗淡下去，最后失去了全部的生命力。

他们的血肉，在肉眼可见的速度下渐渐朽坏腐化，只剩下一堆灰白色的骨架。只是这骨架不少地方都扭曲变形，或者增生出多余的骨质。

骨架十分脆弱，敖雨泽只轻轻踢了一下，骨架就松散开来，不少地方断开裂成几截。

我试着戴着手套取了一小截肋骨。用手轻轻一捏，这一小截肋骨就像是回潮的饼干，被轻松捻碎。

“好可怕的时光之力！”敖雨泽喃喃地说。

“你是说，他们瞬间走过了四十二年的时光？”我想起两人如果没有撒谎的话，应该是四十二年前进入黑竹沟的，可年龄和思维却停滞在当年两人进入的那一刻，只以为过去了四天的时间。

但是时光只是被禁锢了，并没有真正消失。当符合开启这种禁锢的某种条件达成后，两个人几乎是瞬间度过了四十二年的光阴，彻底地腐朽。

只是两人并非瞬间变得苍老，而是变成半人半蛇的怪物，这一点就有些奇怪了。

我、敖雨泽、明智轩以及熟悉古蜀国内情的阿华还好，对这样的变故都有些心理准备。猛哥也是见惯了各种厮杀和血腥的人，因此也最多是有点好奇而已。

可其他人，尤其是李老等几个从矿业大学中出来的文化人，这个时候完全受不了。尤其是脸部被咬了一口的王若君，好不容易因为敖雨泽提供的特效药能够勉强说话了，一个劲地想要回去。

这也难怪，相对我们的经历来说，他们都是普通人。不过，让我们意外的是，施密特却一脸兴奋的样子，和詹姆斯嘀咕了几句，最后一脸兴奋地来到我们跟前，用蹩脚的中文悄声说道：“本来我还怀疑这里是否能找到消失的伊甸，可现在我能够确认了，消失的伊甸就在这里！我亲爱的朋友们，你们愿意和我们一起找到它吗？要知道这可能是震惊世界的发现……”

我不由得暗地里冷笑。如果施密特真的是世界树组织的人，这样的表现就太假了。世界树对古蜀国时期的秘密的了解程度，丝毫不在三大组织之下，而在技术和财力上甚至犹有过之。

要知道支持世界树组织的海外财团，其中就有相当一部分是犹太人所控制。而施密特作为一个致力于寻找消失的伊甸的信徒，要说仅仅是为了自己的信仰，和世界树丝毫无关，那也未免太高看他了一些。

“或许这里不仅仅是藏着消失的伊甸，连伊甸园里那条引诱亚当夏娃偷吃智慧果的蛇都在。”我笑着说道。

施密特愣了一下，继而脸上露出狂喜的神色，说道：“你说得很有道理。如果这里是消失的伊甸，那么当初引诱亚当夏娃偷吃禁果的蛇，的确有可能藏在这里。怪不得刚才那两个人身上会出现蛇鳞，因为他们闯进这里之后，可能接触到了那条恶魔化身的蛇，被恶魔的气息所影响……”

我本来不过是开玩笑才这样说，却没有想到施密特居然能自圆其说地讲出一番道理来。不过真要说起来，似乎不管是东方西方，都有着关于巨大的蛇类的神话。

西方国家中最著名的蛇有两条，除了在伊甸园引诱亚当和夏娃吞吃了禁果的蛇之外，最著名的就是尤尔姆冈特（Jörmungandr，也称耶梦加得）。

尤尔姆冈特是一条身型极为庞大的巨蛇，奥丁趁它还年轻时，就把它扔进环绕着人间世界的无底深海之中。它把身子伸展，竟然刚好在深海的另一端咬住自己的尾巴，可见巨蛇的体型有多么庞大。

巨蛇在海中不能挣脱，只好把身体紧拢着，把整个尘世围堵了，因而也被称为“尘世巨蟒”“围绕中庭的巨蛇”或者“世界蛇”。

传说中的世界蛇成长到一定程度，能够吞吃掉整个世界，最终已经没有东西可吃，所以只能吃掉自己的尾巴，因此衔尾蛇的形象又象征着极度贪婪。

而在东方，除了国内神话中的巴蛇、修蛇和腾蛇等巨大蛇类外，更多的是各种蛟蛇乃至蛇的最终进化物龙。纯粹以蛇的形象为世人所熟知的其实并不多，巴蛇已经算是其中的佼佼者了。

在日本神话中，最高等级的反派角色就是八岐大蛇，因此诞生出了无数的文学作品和近现代的动漫衍生物。

哪怕是在南美，都有着崇拜羽蛇神魁札尔科亚特尔的信仰，甚至一度被认为是类似东方人对龙图腾的信仰的延续：中美洲人有可能是殷商时期渡海而过的殷商人。

因此蛇这种总是带给人恐惧的生物，在神话传说中，其实有着尊贵的身份。

或许正是因为这种对蛇类的恐惧，古蜀人对巴蛇的信仰，最终诞生出巴蛇神这样的神祇——作为古蜀五神中最强大的神灵，几乎可以和比五神还要古老的古神比肩的神秘存在。

也正是因为巴蛇神的力量如此强大，才让古神也对它动了杀机，最终利用十二世开明王对长生和成神的渴望，派出五丁力士协助杜卢击杀了巴蛇神留在人间的肉身。

巴蛇神的意识太过强大，普通的肉身根本无法容纳它降临的意识，也只有长达数百米的巴蛇，才具有如此强的肉身力量能够承受神降的结果。

可唯一用来神降的肉身却被十二世开明王杜卢给灭杀掉，更是布置了极为恶毒的神力汲取法阵，让巴蛇的肉身无法重生。巴蛇神也因此渐渐虚弱下去，时不时陷入沉睡。

秦振豪作为熟悉内幕的JS组织头目之一，从多年前开始布局，最终在雷鸣谷中成功利用我们五个身具特殊血脉的观察者，通过烦琐而神秘的祭祀仪式，获得了一具能够勉强容纳神灵意志的神躯。

这具神躯，很可能拥有完整的神血，比我身上稀薄的金沙血脉要完整得多，也是尸鬼婆婆姬巧玉一直渴求的能够让死人复生的真正神血。

或许，这具源自巴蛇神的神躯，才是施密特的真正目的所在。毕竟世界树组织在这件事上已经投入了许多资源，甚至不惜和真相派彻底反目，差点灭掉真相派在国内最大的一个基地。

尤其是在梓潼的地下石窟的时候，世界树组织通过布局，让我不得不利用巴蛇头颅外布置的法阵救出敖雨泽。尽管敖雨泽也因祸得福获得更强的力量，我除了血脉浓度外损失也不大，反而和敖雨泽有了心灵相通的能力。

可世界树组织到底从中得到了什么，我却一无所知。只能推测他们得到的东西，肯定不只是时光之沙那么简单。很可能他们已经获得了唤醒信仰的那个古神的全部条件，只是等待最后的机会而已。

而这个机会，无疑是和黑竹沟中的意识世界，同时也和秦振豪有着某种联系。施密特作为世界树组织的成员，哪怕表面上只是外围组织的成员，在这一点上应该有着充分的准备。或许他真正想要寻找的，不仅仅是消失的伊甸，而是传说中的上古神灵，哪怕它仅仅是能够在意识世界中任意创造世界。

东西方文化虽然差异很大，但是在一些方面却有着一定的共通性。比如在神话传说中都有一场灭世的大洪水，而对蛇类一边崇拜一边警惕，也几乎是同时具有的文化符号。

西方世界中的蛇是恶魔的化身，是引诱人类始祖犯罪的邪恶存在。虽然在东方作为神灵化身的蛇邪恶程度要轻上许多，可至少都说明了无论东方西方，都承认远古时期的蛇类，有着某种强大而神秘的力量，并且这股力量还在某种程度上影响了人类先祖的认知，从而改变了世界的发展轨迹。

巴蛇作为整个东方除了龙凤等神话生物外最强大的蛇类，很可能也是唯一在神话中出现过，同时在现实世界拥有真实存在痕迹的生命体。如果说梓潼地下石窟中的巨大蛇类遗骸是巴蛇的肉身，那么作为古蜀五神之一的巴蛇神的意识，有很大的可能是藏在黑竹沟所在的意识世界内。

或许正是因为如此，巴蛇神的意志会偶尔因为地磁异常引起的空间变换泄漏出一丝。这足以让附近的彝族山民，对蛇类产生天然的崇拜和敬畏，因此谱写出无数人和蛇相关的传说故事。

据说在蛇崇拜盛行的村落，当地人举行订婚后，姑娘家要择吉日请一名长辈携带祭品到山上选定某棵马樱花树或松树，敬酒焚香献祭后将小树连根挖起带回家。削去树枝，截下四寸左右的树干，用小刀刻成蛇形。再用黑、黄、蓝等彩线缠绕蛇身九圈，蛇脖颈用红线缠七圈，并用黑布包裹好。

姑娘未出嫁前，木蛇放置在姑娘枕头下。出嫁时，木蛇是娘家最重要的陪嫁物之一。出嫁日木蛇放置于新婚夫妇枕下，夜夜相伴。等妻子怀孕后，娘家要送一只红公鸡，在姑爷家献祭祖先，念经祈祷蛇神，感激蛇神赐予了子女。

当地彝族认为，夫妻的第一个孩子是蛇神的。因此，孩子出生后要杀鸡祭蛇神，然后将木蛇用竹篮背出村外的三岔路口上烧掉，叫作送蛇神。

如此古怪的婚俗，一方面显示了当地人对蛇神的崇拜，另一方面也暗示出蛇神有“造人”的神通。这在其他民族的传说中也是有着某些影子的。比如传说中创造了人类的女娲，就是人首蛇身的形象，此外创造了八卦的伏羲，也是如此。

因此在东方，半人半蛇的形象，其实并非是一种异类或怪物，从某种程度上说，甚至是带着一定神圣性的形象。只是神话传说太过久远，现代人受到的教育也普遍接受了进化论，真看到这样的形象，还是会被惊吓住。

眼前两个已经化为骸骨的村民，和充满了神性的半人半蛇几乎完全不沾边，甚至连怪物都说不上，更像是某种实验失败，从而导致整个基因链崩溃的失败品。

这让我不得不联想起当年余叔所创造出的巴蛇神的复制体。现在看来，余叔想要干的事情，其实和秦振豪也差不多，并且在生物技术上，走到了前列。至少去年我们在五神地宫中遇到的那个巴蛇神，连敖雨泽都对付不了，最后还是靠着炸药和我体内的血脉爆发才勉强战胜。

如此算起来，余叔当年所创造出的巴蛇神复制体，或者更确切地说是拥有一丝巴蛇血脉的蛇侍，其战斗力比起昨天杀死孙恒的戈基人要厉害许多。

就在我胡思乱想的时候，一阵争吵传来。争吵的人居然是李老和施密特、詹姆斯三人。李老等来自矿业大学的学者们，在队伍中一死一伤的前提下，决定终止探险计划，提前返回。

全程赞助了整个探险队伍的施密特和詹姆斯两人自然不同意。在两人看来，如今的黑竹沟虽然危险，可也显得更加神秘莫测，这才是他们真正想要寻找的地方。

两个外国人作为此次探险计划最大的金主，按理说是有极大的话语权的。可惜现在的危险程度已经涉及人命安危，尽管其他成员也觉得提前终止探险计划不地道，可在生命威胁下，也选择了偏帮李老等人。

我们几人对此倒是无所谓，不管有没有探险队，我们终究是要进入黑竹沟的深处，找出秦振豪的所在。

施密特两人和探险队的争吵，最终不欢而散。周楠和我们还算是聊得来的，在劝说我们一起回去无果后，只能无奈地表示要支持自己导师的决定。

我们收拾了帐篷，将剩下的物资分配了一下后，施密特和詹姆斯毅然决定和我们六个人一起。

“希望他们能找到回家的路。”詹姆斯看着渐渐升起的浓雾，嘀咕了一句。

我心中一沉，李老所在的队伍都是普通人，也就几名背负物资的人是兼职的护卫成员，除了领头的人还有点战斗力外，其他几个也不过是力气比常人大一点而已。

最关键的是，先前两个异化的山民袭击王若君的时候，这几个人明显都被吓住了，连拼命的胆气都没有。这样的人，在危险环境下是最容易死的。

让我们没有想到的是，阿木章依犹豫了一下，最后也跑到我们这一边来，这让李老等几人气得发抖。毕竟他们也不熟悉地形，有阿木章依这个本地人向导还稍微好一点，如果没了他，尽管说不上寸步难行，可要想找到出去的路的可能，至少低了一半。

看着有些惶恐的阿木章依，我安慰了几句，最后低声问：“你看上去也很害怕，怎么不和他们一起出去？”

阿木章依摇了摇头，最后说道：“跟你们一起更安全。更何况，两个外国人才是金主，和他们一起说不定向导费都拿不到。”

我不由暗赞了一声。这年轻小伙子虽然胆子有点小，可是见识还是不错的。于是拍了拍他的肩膀，以示鼓励。没想到阿木章依的身体僵硬了一下，似乎不习惯这样亲密的接触。

不过我身边的敖雨泽却冷哼了一声，突然一把将阿木章依头上包裹得严严实实的黑头巾摘掉，露出一头如瀑般的乌黑秀发来。

阿木章依发出一声尖叫。我这才发现，这个我们一直以为是个腼腆秀气的彝族小伙的家伙，竟然是个年轻的姑娘，看上去不超过二十岁。

我不由得哭笑不得。一直以来我都以观察细致入微自负，没想到还是有看走眼的时候。

同时我也有些释然。彝族男丁一向以勇气著称，何况当向导要接触各种山间毒蛇猛兽的，那胆量更是比一般人大。阿木章依一直以来都表现得太过懦弱，现在看来，不过是一个小姑娘面对危险时的自我保护罢了。

不过敖雨泽的反应却有些出人意料，这家伙，不会是……吃醋了吧？

可惜当我戏谑地在心底发出疑问时，敖雨泽却没有任何反应。也不知道是心灵链接暂时失效，还是故意装作没有接收到这段信息。

最终李老等九人还是离开了，踏上返程的路途。不过这群人到底能有几人走出去，却不得而知。

我们的队伍原本是五个人，昨天晚上敖雨泽赶了过来，加上施密特和詹姆斯两个外国人，以及阿木章依这个女向导，剩下的人也是九个。

“他们可能会全部死在这儿。”等李教授等人走远了，阿木章依突然小声说。

“这么不看好他们？如果他们运气够好的话，或许两天就能走出去。”我皱眉说道。

“不可能，他们中有人被蛇奴咬伤，很快也会变成蛇奴……”阿木章依说。

蛇奴？难道她说的是两个刚变成半人半蛇形态，就因为基因崩溃而瞬间腐烂朽坏的山民？

如果说这种变身能够通过咬伤传染，那么王若君岂不是也危险了？如果王若君突然暴起伤人的话，其他人根本没有任何防备，这支队伍，就算没有迷路，还真的有全军覆没的危险。

我狠狠瞪了阿木章依一眼，想不到这个小姑娘居然见死不救，哪怕是通知他们一声也好啊。

我犹豫了一下，最终还是觉得人命关天，于是和敖雨泽一起朝队伍追过去。不管怎么说，就算王若君救不回来了，另外八个人的性命还是无比重要。

我们两人刚追出去不久，浓雾却加快聚集。明明看到前方还有稀稀落落的人影，可当我们赶过去的时候，除了雾气外什么也看不见。

我们在浓雾中大声呼喊李教授等人的名字，却得不到任何回答。敖雨泽一只手拉住我，低喝道：“不对劲，我们应该迷路了。这浓雾不仅仅是能隔绝视线，最关键的是能够隔绝人的灵觉。”

我试了试，自己原本敏锐的灵觉，在雾气下的确就如同被塞住的耳朵，遇到层层叠叠的阻挡。

这里的浓雾和雷鸣谷的相比，显得更加诡异莫测，或许唯一的好处，就是浓雾中没有各种乱七八糟非人的怪物袭击。

不过这一点也无法完全保证，毕竟雷鸣谷也好，黑竹沟也好，都是秦振豪精心选择的祭祀神灵的所在地，都有着地磁异常以及各种神秘现象发生。这样的地域不管是出现什么诡异的事情都有可能，这里是意识世界和现实物质的交汇处。

前方隐隐传来厮杀的声音，我和敖雨泽一惊，连忙手拉手赶过去。这倒不是因为浪漫，而是浓雾当中，稍不注意就有可能失散。彼此牵着手，是唯一防止失散的办法。

刚才我们已经发现，浓雾当中我们两人那种心灵相通的能力，同样受到压制，根本无法通过这种方式来定位彼此的所在。

等我们赶到发出厮杀声响的地方，却只看到几十个人影，像是突然间经历了千百年的时光，身上的衣物和血肉在一瞬间朽坏，化为灰烬，只留下几十具骸骨屹立在原地。

然而骸骨屹立的时间也不长久。只过了短短一分钟，骸骨就开始崩塌，最后成为一堆堆碎骨碴，又以极快的速度风化成为粉末。

这情景，让我们脸色大变。这几乎是先前两个山民身上出现的蛇化然后基因崩溃状况的翻版，只是进度快了四五倍而已。

敖雨泽闭上眼睛，精巧的鼻子轻轻扇动了几下，最后说道："我闻到了鬼影的味道。这个地方，已经不是我们原来所处的世界了，是鬼域。"

说完她从背包里掏出一副大号墨镜戴在眼睛上，仔细地观察周围的情况。可是很快，她将大号墨镜重新摘下，皱眉说道："不是一般的鬼域，这件仪器无法生效。"

我当然明白她手里这副墨镜并非是用来装饰的，而是能够看清肉眼看不见的鬼影和神秘力量的存在痕迹。

可现在，这副堪称宝物的墨镜，居然起不了任何作用。周围分明有诡异的力量笼罩，只能说明这诡异的力量对于三大组织来说是未知的，或者说力量的浓度已经超过了墨镜能够探查的阈值。

"这雾不对劲，不仅仅是能遮挡人的视线，还能影响人和仪器的感知。最重要的是，凡是有浓雾笼罩的地方，一些现实世界存在的规则似乎也发生了轻微的变化。"敖雨泽脸色凝重地说。

所谓现实世界的规则，其实就是通行的物理法则，比如在地表的大多数地方，重力加速度保持在九点八到十米每二次方秒之间浮动，再比如在一个标准大气压和十五摄氏度的条件下，音速一般保持在三百四十米每秒左右。

可如果现实世界的规则发生了改变，这些我们日常生活中普遍不觉得有问题的规则，却可能产生较大的偏移，音速有可能变成两百米每秒，也有可能变成四百米每秒。

这还只是最基本的容易被测量的物理法则，如果这些法则还涉及时间和空间等因素，所产生的改变足以让学院派的物理学家崩溃。

"是重叠现象吧，意识世界和现实世界的某些区域，因为浓雾的原因发生重叠，两个世界短暂接触，部分规则被模糊。意识世界原本的虚影有可能实体化，而现实世界的某些物质化的东西，却有可能突然被虚化。"我喃喃自语道。

随即我想起最开始时遇到的鬼影事件中的戈基人。很明显，那个戈基人和我们在雷鸣谷中遇到的拥有实体的戈基人完全不同，是处于虚实之间的古怪存在。只是被短暂实体化，它存在的本质却并非是我们所在的物质世界的实体。

"我终于明白巴蛇神这样拥有强悍意识的神灵，为什么能在人间留下血脉这样物质化的东西。因为这种诡异浓雾的存在，它们能够让自身短暂物质化从而降临到现实物质世界……我想我有点明白秦振豪想干什么了。"敖雨泽脸色苍白地说。

我也想到了这一点，怪不得秦振豪一直以来，都在暗示他能够让古神真正降临，原来他的底牌就是黑竹沟中的浓雾。这片浓雾拥有模糊两个世界边界的力量，能让完全虚化的意识生命，短暂获得实体。

尽管这实体随着雾气散开会很快崩溃，犹如瞬间经历千百年的时光，可对于拥有神秘力量的神灵来说，这个时间很可能被大大延缓。具有了实体的神灵，其力量更多地表现在能够轻易控制脆弱的人类意识，而不仅仅是造成多少栋大楼、多少个城市物理上的破坏上。

这对于整个人类世界来说，才是最大的威胁。

“这片雾气必须被清理掉，否则，还真有可能让秦振豪成功。他想具现化真正的神灵，而不仅仅是提供一具能容纳神灵意识降临的躯壳。”我说道。

“恐怕不只是如此，这个地方甚至有可能凝聚出一支神灵的虔诚信徒组成的大军。尽管这支大军是个体战力比人类强大一些的冷兵器部队，看上去似乎不是人类军队的对手。可别忘记了，他们的本体只是一种意识生命，即便死后也不会直接消散，而是会……”敖雨泽没有继续说下去。

“而是会在这片浓雾中重新复活，然后周而复始地投入战斗……”我喃喃地补充道。如果真到了那个地步，就算人类凭借现代武器的犀利，能够在初期处于绝对的上风，可随着时间的推移，能够无限复活的神灵军队终究会一点点扳回劣势，最终占据主动。

更何况还有能够轻松让数千平方米范围内的人类瞬间失去意识的神灵存在，这样的战争，从长远来看人类几乎是必输的。

“秦振豪为什么要这么做？这对他来说有什么好处？”敖雨泽有些沮丧地问。

“你别忘记了，他和秦峰一样，不属于我们这个世界……”我苦笑道。

敖雨泽猛地抬起头来，眼中闪过一抹决然，说道：“不错，从一开始，他就不是这个世界的人。仅仅是占据了现实世界中某个人的躯壳，或者说是通过某种特殊的方法，能够长久保持自己具象化的身躯。他真正的目的不仅仅是要复活意识世界中沉睡的神灵，更是要让整个意识世界入侵我们现有的世界。”

“或许这就是铁幕一直想要隐瞒的真相。这件事真要公布出去，整个世界都要大乱了。但我想各国高层一定知道这件事的后果，否则各个主要国家间，怎么能容忍铁幕这样的组织存在？”

“恐怕各国高层所想的还不止如此。你有没有想过，如果真的存在一个能够永生不死，同时能满足所有欲望的世界，那么即便是长生药与之相比，又算得了什么呢？而且，那是一个甚至几个和地球等大的世界，如果能够让其具象化，那是不是开辟出了无数个殖民星球？”敖雨泽冷冷地说。

我一呆，这才反应过来为什么各国政府在对待和金沙文明有关三大的组织，以及世界树这个组织的时候态度暧昧不已。

他们一方面警惕着这几个组织，另一方面又对这几个组织的技术和可能存在的星球级别的殖民地极为垂涎。这对污染日渐严重，资源逐渐枯竭，在几百年内星际殖民都几乎无望的地球来说，无疑是一条最光明的出路。

“所以他们默许了三大组织的行动，哪怕知道JS的动作，有可能会最终引发一场大战。但他们坚信科技的力量能让自己取得最终的胜利，从而战胜意识世界的入侵，并反过来夺得具象化的意识世界……”我说道。

“所以他们不会主动清理掉这里的浓雾，否则如果真能狠下心，黑竹沟不过才几百平方公里大小，只需要几场百万吨级的核爆，就能够夷为平地。失去了物质基础，这里的浓雾也自然会消散掉，意识世界的入口也会被封闭。”敖雨泽说。

“但也可能存在另一个结果，那就是意识世界的大门被打开，世界的冗余没有存放的地方，整个世界会失去正常运转的规律。到时候你或许会看见鱼在天空中游动、大象在海底行走、小孩长着胡须、大人躺在婴儿车中等光怪陆离的古怪景象。”一个声音突然说道。

“谁？”我们惊呼道，以我的灵觉和敖雨泽的身手，居然都没有发现有人接近。

浓雾之中，渐渐显出一个人的身形。是一个瘦弱的女性，背有点驼，似乎承受着巨大的压力。

“姬巧玉！”我不禁惊呼一声。

“你果然没死。”敖雨泽冷哼道。

尸鬼婆婆姬巧玉，说起来和我们也算是有缘了。当初为了救明智轩的大伯，曾在长寿村见过她，她也曾慷慨地赠送了噬魂灯给我们。

关于她有无数恐怖的传说，其中多半是和死亡、尸体以及鬼怪有关的。但最让我们震惊的，却是她的另一个身份，叶教授的前妻。

姬巧玉的年纪，比叶教授要大上十岁左右。他们曾经有一个儿子，却在八十年代突兀地死亡，这成了两人最终形同陌路的导火线。

后来张家的张九红曾受到过姬巧玉指点，又回到叶教授身边。三个人的关系可以说极为复杂。

在雷鸣谷的时候，姬巧玉曾和秦振豪合作，却又被秦振豪利用，并没有得到梦寐以求的能复活自己儿子的神血。

本来我以为再也见不到她了，却没有想到，在这样的环境下，她会突兀地出现。

“你也是来找秦振豪的？”我问道。

“我的目的其实你们都清楚，神血对于我来说才是最重要的。而且，作为之前交换噬魂灯的条件，你们也曾答应过我，要帮助我获得一滴神血。”姬巧玉淡淡地说。她看上去比上次见面的时候老了许多，但是精神依然极好。

“刚才这里是你杀死了那些人？”我心中一动，问道。

“确切地说，他们不能算是人类，只是意识世界中的鬼魂短暂具象化而已。”

“这个我也猜到了，怪不得这里老是有人失踪。或许失踪的人，就是无意当中进入两个世界的边界，然后肉身快速地腐朽，精神和意识却进入意识世界成为里面的一部分。”我说道。

“不，外面的人，根本没有资格成为意识世界的一分子。那个世界具有很强的排他性，死在雷鸣谷的人，其意识只会成为浓雾的养分。”

“养分？雾气需要什么养分。”

“当然需要。”姬巧玉的神色，变得有些诡秘起来，“因为这里的浓雾，是活的！”

第二十一章

JINSHA ANCIENT SCROLLS

世界暗面

当我再次见到有着尸鬼婆婆这个恐怖称号的姬巧玉时，心中早已经暗暗提高了警惕。

我首先想到的是，她是否依然在和秦振豪合作。毕竟秦振豪手里很可能有着她最需要的神血，而神血是她复活自己儿子的关键。

不过，当我看到姬巧玉显得越发苍老的憔悴面容的时候，我突然感觉到一阵悲悯。这个孤独的老人，三十多年来一直念念不忘的，就是复活自己的儿子。

如果她只是一个普通的母亲也就罢了，儿子的死亡只会悲伤一段时间，根本不会如此偏执。可姬巧玉偏偏掌握着源自古蜀国时期的神秘力量，能够操控尸体甚至人死后凝聚不散的意识体，这让她掌握着让死人复生的方法，前提是获得比我身上流淌的金沙血脉还要珍贵的神血。

可惜不管是古蜀五神，还是那个更加强大可怕的未知古神，在这个时代都不曾拥有能够行走世间的躯壳，仅仅都是些强大无比的意识体。或许秦振豪上次在雷鸣谷中，以我们五个具有特殊血脉的人作为祭品制造出来的神躯，是最接近于神灵躯壳的造物，这也是当初姬巧玉和秦振豪合作的基础。

后来秦振豪失踪，很可能是躲入我们现在所处的黑竹沟深处，继续未完成的神创计划。现在看来，他是想要真的创造出一个肉体和精神都具备的全新神灵来。

而姬巧玉的出现，很难不让人怀疑，两人之间是否依然有什么勾结。

“雷鸣谷中的雾需要人的意识作为养分这一点我们早就猜到了，你到底想要说什么？”敖雨泽冷冷地问。

“这里的雾气并不仅仅是现实世界的雾气那么简单。就像是加入了时光之沙的金属，能够变成永恒不朽的活性金属，这里的雾气也是受到时光之沙的影响，是‘活’着的雾。它处于虚实之间，确切地说，当雾起的时候，意识世界和现实世界，会出现短暂的重叠。现实世界的物质会被虚化，而意识世界的物质甚至生命，能够短暂地实体化。可是它和雷鸣谷中的雾气不同的是，雷鸣谷中的雾气仅仅是将人的精神意识作为养分，但黑竹沟的浓雾，就像一个巨大的母体，所有被吸收的精神意识不仅不会被消灭，反而会在雾气中不断重生。只是每重生一次，都会损失一部分记忆，直到最后失去全部的记忆，变成一个没有记忆的空白意识体，能够被意识世界的本源消化吸收，再诞生出新的符合意识世界规则的空白灵魂。”

“就像一块清除了数据的硬盘。”我喃喃地说道。

“可以这样理解。在黑竹沟中被吞噬的人越多，活性雾气获得的补充也越多，最终雾气会变得越来越强，甚至在雾气笼罩的地方，可部分影响现实世界的规则。其实这里失踪的人，古往今来已经不知道有多少。最近几年走失在黑竹沟中的人虽然不多，但是秦振豪和他所在的JS组织，却找到了替代人的精神意识的方法。”姬巧玉说。

“替代人的精神意识的办法？难道是培育大量的戈基人？戈基人可能是最接近人类的猿人种族，就算精神意识的质量比不上真正的人类，但却可以用数量来弥补。更何况JS组织还开发出了一种很难被检测到的新型毒品，让无数处于社会底层的瘾君子陆续失踪。这么说来，失踪的这些瘾君子，很可能都陷落在黑竹沟中，成为里面雾气的养分，在无数次的重生中被消磨成没有记忆的空白意识。”我不禁恍然大悟。

“这些空白的意识最终就像是神话传说当中，喝下孟婆汤忘记前尘往事的人类灵魂一样，重新进入轮回。只是这轮回不是在现实世界中发生，而是在各种规则都和现实世界完全不同的意识世界里。这些来自现实世界的空白意识，渐渐和意识世界中的土著意识体混杂在一起，经过世界本源的洗礼所产生的，很可能是能够适应两个世界规则的新的意识生命。”姬巧玉缓缓说道。

“并且这些新的意识生命体，有可能借助这里的浓雾重新凝聚出新的身体，在雾起的时候，短暂出现在现实世界。”我不禁有些毛骨悚然。这样看来，似乎秦振豪正在进行的神创计划，不仅仅是要创造出一个神灵那么简单，很可能还是和意识世界中的某个神灵勾结，想要让这些新的意识生命，真正降临到现实世界中来。

而这些新产生的意识生命，无疑都是意识世界中神灵的虔诚信徒。当他们真正出现在现实世界中后，最可能做的事就是开始重新宣扬这些古蜀神灵的信仰，从而为神灵的最终降临打下基础。

虽然这个庞大的神创计划的具体细节我们还不得而知，并且这些获得新躯体的信徒要如何长期存在于现实世界也毫无头绪，可如果一旦让这样的情况发生，那么整个世界要面临的就是一场入侵，来自意识世界的入侵！

“恐怕不只是这样。如果仅仅是出现几千乃至上万来自意识世界的生命实体降临现实世界——对于现实世界来说，或许要针对纯意识生命会更加困难——要消灭他们只需要一小支军队就行了。”敖雨泽在一旁苦笑道。

“你是说，来自古蜀五神所在空间意识体的入侵，很可能是其他更具威胁的方式？”我问道。

“有可能。不过从先前那两个村民出现的状况看，秦振豪并非没有做这样的事情，只是降临到现实世界的意识体所借助的躯壳肉身，会很快出现基因崩溃的状况。我暂时也没有想到到底会以何种方式代替这样的直接降临。不过，既然姬婆婆出现在这里，我想她一定是有需要和我们合作的地方，而我们彼此合作的点，很可能就是如何阻止这些意识体的入侵。”敖雨泽很是肯定地说。

“聪明的丫头。”姬巧玉赞叹了一句，继续说道，“的确，意识体的入侵差不多是板上钉钉的事情，但是方式很可能是我们都意想不到的。但有一点我可以确定，那就是只要毁掉秦振豪得到的神躯，他的阴谋就消散了大半。剩下的不管他还有什么后手，都无关痛痒。”

“你是想让我们一起，帮助你得到秦振豪获得的神躯，然后从神躯中提炼出真正的神血来让你儿子复生？说实话，一个死去三十多年的人，还怎么可能复活……”

“你懂什么？”姬巧玉打断了我，有些激动地说，“这世上对人的意识，或者换句话说人的灵魂的研究，能超过我的绝对不多。我自然有办法保存一个死去的人的意识。甚至给这个意识换一具身体也不是不可行，只是那样的方式获得的只是一个意识和身体不协调的怪胎而已，不是我的儿子。除非能获得神血，我才能让我儿子真正从身体到灵魂都彻底复生。”

我有些沉默了。姬巧玉在这个问题上，已经纠结了三十多年，可以说已经到了偏执的程度。如果没有复活儿子的信念在支撑她的话，天知道一个绝望的母亲会干出什么事来。

若是真如她所说，只要能从秦振豪手里夺回神躯，就有可能阻止秦振豪的阴谋，那么借此帮助她一把，也不是不可以考虑的事情。

尤其是现在连世界树这比JS更加强大的组织也卷入到这件事中来，更增加了我和敖雨泽的紧迫感。如果再和姬巧玉这样能看透命运线的强大人物为敌的话，就显得殊为不智了。

当然，经历了在雷鸣谷时姬巧玉的突然反水，我们对她的到来，还是带着怀疑态度的。不敢完全相信，只能走一步看一步。

“时间到了。”姬巧玉突然抬起头，像是在看着天空中的什么东西。我们顺着她的目光看过去，却只能看到一片灰蒙蒙的雾气。

“我们很快就会相见。希望下次见面的时候，我们能一起从秦振豪手中夺回那具神躯。”姬巧玉轻声说道，整个身影渐渐变得模糊起来。

雾气突然像潮水一般消退。可周围的景物不仅没有变得清晰，反而像是透过水面看到的一样，连空气中都似乎有轻微的水波在荡漾。空间出现了类似折射的迹象。

整个世界渐渐稳定下来，那种如同置身水底看着周围景色的感觉消失了。我和敖雨泽这才发现，自己所处的位置和先前比没有任何变化。我们在鬼域般的意识世界中做出的移动，并没有真实反馈到现实世界中来。

而且，连姬巧玉都一起消失了，就像从来没有出现过。

我和敖雨泽不禁面面相觑，不知道先前遇到姬巧玉到底是真的在两个世界的交界处经历的真实遭遇，还是意识世界中被古蜀神灵影响所产生的幻觉。

如果是后者的话，对古蜀神灵的力量，就需要更加警惕了。若是它们的力量能够影响到进入雾气中的人，那么如果让这片雾气的范围扩大，岂不是意味着连带着古蜀神灵的力量覆盖范围也会随之扩大？

而最让我们感觉到古怪的是，先前李老他们几人明明走出并不远，现在浓雾退去，我们却丝毫找不到他们的踪迹。

“不好，探险队的人，很可能是失陷在浓雾造成的两个世界的交界处。在这个特殊的区域，现实世界的人会被虚化，如果不及时救他们出来的话，他们就会像其他失踪的人一样，因为时间流速的不同而身体腐朽，意识会经过无数次轮回清洗掉记忆成为意识世界的一部分。”敖雨泽脸色微变。

“可是现在雾气已经消退了，就算等到下次雾气再度涌起，我们进入其中能否找到他们也是个未知数。”我皱眉说道。

这个时候明智轩等人赶了过来，看到我们两个都完好无事，不由得松了一口气。可是当大家得知探险队的其他成员消失了，也不由得有些难过。

“我们需要继续前进，这次如果不找出我们想要找的那个人，之前的所有努力也都白费了。”我对詹姆斯等人轻声说道。

既然已经知道詹姆斯和施密特是世界树的人，对他们也就不再客气，哪怕他们表现出来的，仅仅是世界树里面微不足道的外围组织成员。

“现在如果大家分散开来的话，很可能会像其他人一样失踪，我觉得大家还是待在一起的好。”詹姆斯微笑着说道。

我点点头，至少这两个外国人是摆在明面上的，只要保持足够的戒心，不用太过担心两人会突然闹出什么幺蛾子。

所有人收起帐篷，开始继续朝黑竹沟更加神秘莫测的深处进发。这里至少有数十年没有任何人迹，所有的植物都保持着相对原始的风貌。野草更是有二三十厘米深，没有路径。每前进一步，都要花费不小的力气。

走了小半天，前进了五六公里的样子。就在我们准备休息一下的时候，原本是晴空万里的天色，渐渐变得阴沉起来。

“快要起雾了。”敖雨泽皱眉说道。

我也感觉到空气中明显变得潮湿起来，那种极度的压抑，即便雾气还没有完全将山谷笼罩也能提前感觉到。

“雾气似乎是有某种规律。”施密特突然说道。

“你看出了什么？”明智轩问道。

“不知道你们注意到没有，这里的雾气，和普通的浓度极高的水汽以及污染物无关，而更像是某种能够被人所看见的负面能量形式。”

“的确有点像。不过在我们国家，这不叫什么负面能量，而是直接称之为‘阴气’或者说‘阴煞’。”我说道。

我之前以为自己能够看到鬼魂，因此对阴气什么的，还专门去了解了下。直到最近我才明白过来，这世上是不太可能有鬼魂存在的，我之前所看到的，不过是意识世界在我大脑中的投影而已。

这种投影普通人几乎完全感知不到，除非是身具和我一样的金沙血脉并且觉醒。即便是铁幕组织的成员，也必须借助一种类似大号墨镜的仪器才能看到这些没有实体的意识生命投影。

在整个人类的历史当中，不是所有人都具有这样的能力。可人类的数量基数实在太大了，总有一定概率产生某些特定的脑波异常的个例。这样的人偶尔能看到类似的意识体投影，因此也留下了不少关于鬼怪的传说。

甚至在不同的宗教体系中，对于雾气笼罩之处所出现的虚实相生的迹象，都有记载。尤其是在佛道二教中，将这种现象称为“中阴”。

佛教认为，人死了以后魂魄会来到一个叫作中阴界的地方停留至少七天，也就是民间丧礼上所谓的头七。

人死后的魂魄最长能在中阴界停留七七四十九天。在这段时间内，若这个人生前积累的功德足够，就会升入天堂；若是全被罪孽业力纠缠，则会堕入地狱。但大多数人功过相抵，会重新投生入六道轮回道当中。

因此，若雾气的确是某种阴煞之气，那么这些宗教中所谓的中阴界，很可能就是指雾气所笼罩的区域这种介于虚实之间的状况。

想明白了这一点，我明白过来先前为何我和敖雨泽明明追出了很长一段距离，可是雾气退去后却发现自己并没有离开帐篷多远。这只说明了在雾气所笼罩的区域，的确是如同宗教中的中阴界一样，受到了偏离现实世界法则的影响，仅仅是我们的意识追了出去，可肉身依然停留在原地。

这是一种极为恐怖的状态。要知道我和敖雨泽都是活蹦乱跳的大活人，意识被雾气所代表的中阴界挟裹，就如同一个人的生魂突然毫无保护地进入阴间，怎么都会有些影响的。

“这些代表着负面能量……哦，这些阴气所出现的时机，实际上和我们的心态有着一定的关系。当我们出现怨恨、恐惧、嫉妒等等负面情绪的时候，浓雾就会渐渐汇聚，而当我们被希望、快乐等正面的情绪占据时，浓雾出现的时间就会推迟。并且浓雾出现的时机虽然不固定，但是存在的时间，至少是两个小时。”施密特一边计算一边说。

“两个小时，也就是古代的一个时辰。我的确听说过，中阴界的出现，一个时辰才会开启一次大门。所以阳世的人如果死亡，刚好遇上中阴界处于未开启的状况，那么魂魄就无法进入中阴界也无法轮回，最后要么成为孤魂野鬼，要么在七天时间到后直接消散。”我皱眉说道。

就在我们讨论中阴界的实质时，前方原本开阔的道路渐渐被覆盖，尽管这道路原本也不过是树木之间的草丛。

很快，雾气没过我们身边。这次我们能明显地感觉到，雾气似乎变得沉重了一些，而且和之前不同的是，灰白的浓雾当中，隐隐透着一点血色。

可惜我们没有办法屏住呼吸，而且即便我们这次也带了几个防毒面具出来，可如果浓雾真的是由类似阴气的成分构成——不完全是物质化的存在，而是沟通物质世界和意识世界的中间成分——防毒面具这样纯物质化的防护方式是根本无法阻止雾气的渗透的。

队伍中的猛哥不死心地试了下，果然没有任何作用，反而戴着防毒面具，整个人更加不舒服。当他摘下面具后，连双眼都变得红红的。

接着猛哥的呼吸也沉重起来。我们能明显地看到他脖子上的青筋时而乍起，拳头也紧紧握住，骨骼噼啪作响。

我们下意识地离猛哥远了一点，阿华见机得更快，出手一拳打在猛哥的后脑。猛哥顿时晕了过去，捏紧的拳头也松开，我们这才松了一口气。

“这些雾果然有问题，大家赶紧找个雾气稀薄的地方躲避一下。我怀疑吸入这些雾气过多的话，我们的身体也会被虚化，直接进入类似中阴界的地方。”敖雨泽低声说道。

“难道在这个地方，就没有完全防护的办法吗？不管怎么说，我们可都是有着异于常人的血脉的人啊。”明智轩有些紧张地说。

“或许，激发我们自身的血脉可以勉强做到这一点。不过我身上的血脉上次为了救敖雨泽已经变得十分稀薄，你们几人的更是没有觉醒，我不觉得血脉对于这古怪的雾气有什么用。”我苦笑着说。

“也许要不了那么复杂。”施密特嘀咕了一句，“我之前研究古埃及的文明时曾经看到过，当地的祭祀受到过神灵的祝福，他们的血用来喂养某些特别的虫类的时候，能够激发这些虫类的古怪特性，从而让这些虫类掌握穿梭现实和冥界的力量。”

“就像是埃及神话中的圣甲虫？”

“是的。以血脉特殊的祭祀血液喂养的圣甲虫，能够存在数千年，关键就在于它们能够穿梭阴阳，寿命几乎无穷无尽。因为在类似冥界的意识世界内，由于规则的不同，时间线很可能是混乱的。”施密特继续说道。

“这也是我们加入世界树的最大的原因，不管是东方西方，还是几大主要宗教，对于人死后的灵魂的去处，都有着类似天堂和地狱的说法。实际上世界树认为，所谓的天堂或者地狱，其实都是一个东西，那就是世界暗面。和物质世界相反的是，世界暗面是纯意识世界。我们无法用现代的任何科技手段去观察它，但这并不影响它的存在。”詹姆斯接着解释道。

“我倒是听说，世界树的出现，和二十世纪三十年代在广汉的一次无意的考古发掘有关。”我冷笑道。

“这并不是太大的秘密。”詹姆斯冷静地说，“世界树的出现和三星堆的发现有关。确切地说，是世界树的创立者，当年无意中得到了英国传教士董笃宜的向导带走的两样圣物，这才有了世界树。”

“所谓的两件圣物，其实就是一件未知的古蜀宝物和神秘的坛中书吧？你们这是要直接摊牌了吗？我身上现在还有世界树的人留下的伤疤。”明智轩冷冷地说。阿华也悄无声息地将枪口对准了两个外国人。

“不，不，我想你们误会了。世界树虽然看似神秘，但实际上内部十分松散，分为只进行纯学术研究的学术派系和一个神秘得连我们都无法接触的派系。我想伤害你们的应该是那个神秘派系的人，而我和施密特两个，只不过是想要探求真理而已。”詹姆斯摇着手说，眼中一片坦诚。

但我不知道这种坦诚是装出来的，还是真如他所说，世界树的内部并不团结，分为两个松散的派系。不过两人一直所表现出来的对黑竹沟的兴趣，的确更类似于研究性质。

“其实我很想知道，当年董笃宜的向导，偷走的东西除了坛中书，也就是后来所谓的《金沙古卷》的残页外，另外一件古董到底是什么？”我问道。

詹姆斯和施密特沉默了一阵，最后詹姆斯说道：“那只是一件文物的残缺部分，但可能是最重要的一部分。”

“准确地说，那是青铜铸造的，结着果实的一段树枝，世界树组织名字的由来，就和这一截青铜树枝有关。”施密特补充道。

“青铜神树！”我和敖雨泽几乎异口同声地说。

三星堆中所出土的文物，最著名的就是青铜神树，被列为国家首批禁止出国展览的文物之一。青铜神树其实并非是二十世纪三十年代首次发现三星堆时出土的，而是一九八六年对三星堆进行大规模挖掘的时候才第一次现世。

可是按照詹姆斯和施密特的说法，世界树组织的创立者，居然早在二十世纪三十年代三星堆刚被发现时就得到一截青铜神树的残枝，而且很可能是最重要的一段残枝。因为一九八六年发现的青铜神树本身就破旧变形，树干断成三截，树枝断成十八截，无数专家花费了八年时间和无数精力，才勉强修复完成。

可修复完成的青铜神树中，只有疑似扶桑神树的造型和九条枝丫以及枝丫上的太阳神鸟，并没有最顶端的神树果实。这样看来，最重要的青铜神树果实，很可能是在三十年代被提前发现，然后被董笃宜的向导连同《金沙古卷》上卷的残页一起带走，最后落入世界树创始人手里。

世界树的创始人无疑也是一个天才，居然解析出了《金沙古卷》上巴蜀图语的部分信息，发现了青铜神树果实中藏着的秘密，从而借助时光之沙这种特殊物质获得了神秘的力量。

“是的，根据我们的研究，世界树获得的那件宝物，很可能是青铜神树顶端的一小截枝丫以及上面的果实。不过可惜，我们也没有见过这件宝物的真实样子。只是在世界树内部的学者中流传着一个说法，那就是这枚青铜铸造，外层镀金的果实，很可能就是西方神话传说中的禁果，或者说智慧果。”

我突然感觉到一阵悸动，如果说青铜神树上结出的唯一的果实，所象征的同样也是西方宗教中的智慧果，那么东西方之间的联系，很可能在几千年前就开始了，而并非是丝绸之路开通之后。

之前三星堆和金沙遗址中出土的文物造型，有不少明显和西方，尤其是中亚地区的艺术风格有近似的地方。其中黄金权杖这样的文物，在东方文化中很少出现，因此有少部分学者一度认为古蜀文明是外来文明。

可现在看来，古蜀文明不仅不是什么外来文明，最大的可能是在某种程度上影响了中亚的文明，这种影响进一步最终影响到了西方后来一些宗教中的神话传说。

当然，这一切不过是假设和推测，到底是否如此，谁也不知道。

敖雨泽盯着詹姆斯说道：“原本我对世界树的了解非常少。自从上次得知世界树的存在后，我从组织的隐秘文献中知道了一件事，一九三六年阿兰·图灵提出了现代计算机的雏形，也就是图灵机的概念时，曾接触到一个来自中国的张姓道士，正是这个张道士给了阿兰·图灵制造图灵机模型的灵感。有趣的是，和张道士过从甚密的另外一个英国人爱华德，是一个密码学家，曾在‘二战’时破译德军电报密码，更是世界首台真正意义上的计算机‘巨人’的研发参与者。后来，这两个人共同建立了世界树，我想两个人行为和追求的不同，也造成了世界树内部的两大不同派系。”

这个消息我还是第一次听说，尤其是张姓道士，更是让我不由自主地联想到张九红以及她所代表的张家。

如此看来，世界树和比古蜀五神更加神秘的那个古神，的确是有着某种程度的联系的。而这种联系，除了世界树所得到的《坛中书》被当年的张道士和英国人爱华德破译出来外，更多的是因为那件青铜神树的枝丫和果实。

加上这果实很可能代表的是西方宗教中的智慧果，对于那神秘古神的身份，我隐隐有了一种极为恐怖的猜测。

“是的，爱华德和张道士就是世界树的创立者。只是演变到后来，爱华德放弃了研究者的身份，转变成组织中至高无上的‘天父’，而张道士却隐入幕后，潜心研究那份写着神秘文字的古卷。”詹姆斯叹了一口气说。

我不由得想起之前绑架了秦峰的艾布尔·爱华德。这个人和世界树的创始人有着同样的姓，那么他和创立了世界树的爱华德之间，又有着什么关系呢？

当我问出这个问题时，詹姆斯犹豫了一下，说道：“那是世界树的九个圣子之一。据说世界树的续任者，会在九个圣子中选择一个。”

“当年的密码学家老爱华德还没有死？”我大吃一惊。

要知道当年的爱华德在二十世纪三十年代就得到了《金沙古卷》的残页，更是在一九四三年参与了英国第一台计算机“巨人”的研究，想必那个时候至少得三四十岁才有这样的实力。

也就是说，老爱华德活到现在的话，年纪至少超过一百一十岁，算得上相当长寿了。

不过考虑到连长寿村的村民中都不乏活到一百一二十岁的老人，作为世界树的首领，对于长生的药物肯定也是有着相当的研究的。毕竟这些年西方国家的科研水平，总体上比起国内来还是要强上许多。

我心中更加沉重起来，我们要面对的，除了秦振豪这样的对手外，很可能还有一只活了至少一百一十岁的老狐狸。

而且，老爱华德很可能是最早接触到古蜀文明神秘之处的外国人，更是利用远比国内和金沙文明有关三大的组织强势得多的资金和科技实力，取得了一定的先发优势。

如果不是因为三大组织诞生在本土，而且隐隐约约和古蜀五神有着某种联系，恐怕世界树的实力根本不是三大组织能够对抗的。

我心中大概有一个轮廓，那就是古蜀五神，似乎和那个神秘古神之间并不和谐，甚至可以说是相互对抗的。

按照之前张九红透露的消息，古蜀五神很可能是因为古蜀先民的信仰而诞生出来的，用道家的说法，就是后天神灵。而那个神秘古神却在极为久远的年代就存在了，甚至很可能是早于人类产生文明的时代，甚至连人类的智慧，也是由这个神秘的古神所启迪，应该是属于天生的先天神灵一类。

而且在西方的宗教传说中，当初引诱人类始祖偷吃禁果，也就是智慧果的，正是一条蛇。

古蜀五神当中，有代表着世界树的青铜神树，也有一条巴蛇神。这似乎从某种程度上说明了，当年人类的智慧能够在短短几万年中产生突飞猛进的发展，战胜其他的猿人近亲比如戈基人夺得世界的统治权，或许其中就有古蜀五神中巴蛇神的功劳，是它引导人类始祖窃取了智慧果实。

虽然人类因此失去伊甸园的庇护，获得了原罪，但也因此成为真正的人类，不再是神的玩具。

后来古蜀地区对巴蛇神的信仰，演变成了其他地区类似龙图腾的崇拜。这很可能是古代的先民，认为巨大的蛇类天生就是龙种。

而且东方造人的传说，也是由人首蛇身的女娲来完成。而第一个人文始祖伏羲，同样是人首蛇身的造型。这一切都说明了在东方远古时期，对蛇这种生物的极度崇拜。

可惜不管是现实的物质世界还是作为世界暗面的意识世界，信仰和空白意识这样稀缺资源的数量，都是有限的。因此古蜀五神之后，整个世界都不再有新的神灵产生。甚至连古神和五神之间，为了争夺信仰资源，都存在一定的竞争甚至是敌对关系。

这或许也是我们唯一的机会。信仰古神的世界树组织，和古蜀五神乃至三大组织终究是对立的，这种对立甚至没有调和矛盾的可能。

随着对世界树组织的进一步了解，我们的心情也越发沉重。世界树的目的，并不仅仅是要追求长生那么单纯，很可能真如张九红所说，是想要彻底复活古神，让整个世界都归于古神的统治，变成“人间的天堂”。

这样世界树的创立者们很可能会成为神灵行走在人间的代言人，从而获得远比长生还要巨大的利益。

甚至，在这些疯子的脑子里，连屠神都不是不可能的事情。毕竟当年最后一任开明王杜卢，还真的这样干了。

而屠神之后得到的神血和神力，甚至有可能造就一个新的神灵。至少我觉得秦振豪想的不仅仅是让神灵降临，而是有着自己成为神灵的企图，谁知道老爱华德是否也这样想呢？从世界树战斗部那近乎偏执狂热的信仰看，老爱华德似乎真的将自己当成“天父”了。

雾气中的红色，似乎越来越浓密，最后甚至形成了一片红色的光晕。在这看似美丽但实际上十分危险的雾气当中，我依稀看到前方有人影在晃动。

所有人小心翼翼地过去，看见周楠正搀扶着李老惊慌失措地狂奔过来。

两人看到我们的时候，脸上先是露出一丝惊喜，继而狂呼道：“快跑，快跑，他们来了。”

我们警觉地拿出武器，对准浓雾深处。可是两个人越过我们身边，连逗留都没有，就匆匆消失在背后的雾气中。

这个时候，从雾气当中显出七八个已经不能完全算是人类的诡异身影。他们上半身如同强壮的猿人，但身上除了褐色的毛发外，心脏和头顶又依稀长着蛇一样的鳞片。

下半身虽然没有完全转化为蛇形，但是身后一条长长的蛇尾却极为显眼。这些人，就像是被注入了蛇类基因的戈基人，一看就不太好惹。

“这种怪物竟然这么多？”敖雨泽有些意外。

“你不会告诉我，你昨晚上打伤的戈基人，就是长这个样子的吧？”我瞪大了眼睛问。

“还等什么，快跑啊。”明智轩大叫一声，连忙缩到了阿华的身后，随时想要逃走的样子。

之前这种变异的戈基人我们虽然没有见过真实面貌，可是战斗力也体会到了。一头数百公斤重的羚牛都会被轻松拗断脖子，战斗力比起严格训练的特种兵都要高上好几倍。

“不需要，我想，我有个办法。”敖雨泽心一横，从包袱中掏出金属盒子，打开后里面静静地躺着一支红色的药剂。

“你疯了，你说过，这种药剂的后遗症很大……”我连忙说。

这种药剂我当然不会陌生，上次在五神地宫的时候我就使用过一支，事后失去意识。等我醒来后，巴蛇神的山寨复制体已经被我杀死。如果不是我身上血脉特殊的话，按照敖雨泽的说法很可能要在床上躺大半年才能恢复。

“我和之前不一样了。”敖雨泽淡淡地说，将药剂注射进自己的动脉。

很快，一阵说不清的威压从敖雨泽身上升起，连带着我血管中的血液也似乎沸腾起来。

我诧异地看了敖雨泽一眼，敖雨泽的双目渐渐变红，却依然保留着一分清醒说道：“我们两个之间的血脉，因为上次你救我时发生了微妙的变化和感应，能够共享力量。当然，就算有什么后遗症，也会一起承担。”

说完，敖雨泽猛地冲了出去，所到之处，好几个变异的戈基人顿时人仰马翻。

我感觉到身体内也似乎有力量因为血脉的沸腾而涌动，大吼一声，也加入战团。在所有人的目瞪口呆中，七个变异的戈基人被敖雨泽解决了四个，而我竟然赤手空拳地收拾了其他三个。

很快，七个变异戈基人的尸体，不出意料地飞速朽坏。似乎有什么半透明的东西，从朽坏的尸体上升起，在空气中停留了几秒钟，渐渐消散。

我隐约听到一声犹如饿了许久的人，突然吃饱了肚子一般的满足的呻吟，接着雾气中的红色开始消退，雾气重新变成正常的灰白色。

敖雨泽脸色有些发白，好半天才说道：“我明白了，这片雾气果然是活的。它是故意驱使这些变异戈基人来送死，目的就是为了获得它们的灵魂意识作为食物……”

我一呆，随即想到，如果这片雾气真的是以吞吃人类或者近似人类的生命体的灵魂作为食物的话，那么世界暗面的可怕，可能还在我们先前估计之上。

世界的暗面并非是想要占据物质世界。它是活的，甚至可以说，那个神秘而强大的古神就是它自身的一部分，是代替它的意志行走在意识世界的使者。

古神或者说世界的暗面真正想要降临到现实世界收割的，是整个人类世界的意识。

当多达七十多亿人的灵魂和意识被收割，估计世界的暗面会发生质的改变。这远远不是当初只有数百万古蜀人的信仰造就出的古蜀五神能够比拟的。

这就是整个世界可能面临的危机吗？如果真是这样的话，那老爱华德为什么会选择毁灭世界来帮助古神？难道说是古神向他以及其他忠实的信徒承诺，会在两个世界融合之后，建立一个类似上古伊甸天堂的地方，容纳这些忠实的信徒永恒存在下去？

那秦振豪在中间又扮演了什么角色？他所创造出来的神躯，是借助了五神当中力量最大的巴蛇神的力量，这个有可能曾经借助禁果启迪人类智慧的神灵，对人类来说到底是好是坏？如果我们选择阻止秦振豪的话，那么有没有可能正好落入世界树老爱华德的圈套？

第二十二章

JINSHA ANCIENT SCROLLS

雾傀儡

因为和敖雨泽的血脉共鸣激发体内的血脉带来的强大感开始衰退，我感觉到整个人像是被抽走了力量一样变得虚弱起来。

之前也使用了好几次敖雨泽注射的红色药剂，我明白这种药剂本身不能带给人力量，它所起到的作用是激发人的生命潜力，在短时间内爆发出来。

如果是普通人，根本无法承受这种生命潜力被激发带来的后遗症，很有可能使用一次就成为植物人甚至直接因生命潜力被耗尽而死亡。这也是这种红色药剂最大的弊端。

我之前之所以没事，是因为体内特殊的血脉。可即便是我自己注射药剂，也不曾有现在这种虚弱到极点的感觉。

现在仅仅是被敖雨泽的血脉共鸣所激发了部分血脉力量，就让我显现出比之前还严重的后遗症，看来在梓潼地下石窟的时候，我身上的血脉力量至少被那个诡异的法阵抽走了三分之二。

这让我多少有些患得患失。之前血脉的力量全部存在时，我的血对虫子有致命的吸引力，同时能够看到来自意识世界的投影。

当时我曾无数次渴望自己变得像个普通人，可现在当这股力量失去了大半的时候，却反而感觉到遗憾了。不过幸好，血脉的力量是为了救敖雨泽失去了大半，和敖雨泽比起来，这点力量也就算不上什么了。

和詹姆斯以及阿华等人重新会合后，我们决定在浓雾散去之前，暂时不四处乱闯。毕竟现在的浓雾和我们刚进入石门关时已经有了极大的不同，会让我们随时进入虚实之间的交界。

可惜的是，这样的念头才刚刚升起不久，在雾气当中，又有无数对红色的“小灯笼”升起。

这些红色的“小灯笼”两个一组，离地大概一米五，很明显是属于某种动物的眼睛。

“不会是狼吧？一米五高的狼？那不是比狮子老虎还厉害……”阿木章依身子微微一颤，说道。

我冷哼一声说：“就算这里已经不是现实世界，有些基本的规则不太一样，可是正常的动物依然来自于这里的意识体的记忆深处，不会有大的改变。如果出现狼群的话，至少有狼嗥和腥臊味传来，可现在什么都没有，这种安静更像是某种具有智慧的生物……”

我自然怀疑这些红色的眼睛是来自于戈基人。尤其是这高度，和普通的戈基人极为相像，只是和先前遇到的融合了蛇类特征的变异戈基人有所区别，那是两米多高的庞然大物。

不过说起来，我在激发血脉后，居然能够战胜三个变异的戈基人，这连我自己都有些不敢相信。要知道这种变异的戈基人，战斗力仅次于我们在五神地宫中第一次遭遇的巴蛇神复制体。平时来一个都要头疼，居然能以一挑三，还是在血脉力量被削弱的前提下，这中间肯定有什么不对劲的地方。

虽然说它们很可能是雾气深处的意识世界所驱使来送死的，但是基本的实力并没有发生太大的变化，只是没有先前猎杀孙恒的灵动，而是有些呆滞。这明显是被控制的特征，那么现在遇到的这些红色眼睛的戈基人，是否也是受到控制的？

仅仅半分钟后，这个答案就揭晓了。随着红色光点的接近，我们这才发现，这次来的不是什么戈基人，而是一群目光为红色、神情呆滞的人类。

这些人身上的衣服，似乎都存在于不同年代。最久远的差不多是民国时期的。最近的，我甚至看到了前几年才出的名牌登山服款式，明显是几年前失陷在黑竹沟中的探险者。

最让我们感到震惊的是，我们在里面看到了死去的孙恒。我们明明已经埋葬了血肉模糊的他，可现在他却一副完全没有受伤的样子。

这些人除了眼睛是红色且朝外极度鼓出这个共同点，还有一个诡异的地方，就是所有人的脸上，都保持着神秘而祥和的微笑，就像正沉浸在美梦中一般。

“这些人的自我意识估计已经沉入识海最深处，以为自己正在天堂一样的地方实现自己的梦想，但是身躯却被控制……换句话说，他们早就没有真正实体的身躯了。这些躯壳只是在雾气处于虚实交界的时候被重塑，即便我们能杀死他们，他们也能不停重生。而即便我们不杀他们，雾气散后，这具躯壳还是有可能自然消散，然后等待下一次雾起的时间。”敖雨泽看着缓慢围过来的人群，有些头大地说。

我点点头，这个状况我也看出来了。黑竹沟的浓雾最神秘的地方，就是能够模糊两个世界的界限，然后吞吃掉死在雾气中的智慧生命的意识来壮大自己。

我甚至能够想象，或许当地的官方也多多少少知道这一点，因此才放出各种关于黑竹沟的危险传言，阻止探险者靠近。

“但如果不反抗的话，被他们杀死，或许我们也会和他们一样，成为雾气的傀儡，意识被自己心中最真实的渴望所迷惑，永远陷入沉沦……”我苦笑着说。

“雾气的傀儡，说得很形象。这些人被雾气控制，甚至在雾气中死亡之后都能很快重新凝聚复活，的确就像是雾傀儡一样。”敖雨泽低声说。

“这些都是死去后灵魂无法安息的可怜人，连上帝都不会原谅他们……不过，我们的任务是送他们去见上帝。”施密特突然说道。

猛哥已经摸着脑袋醒了过来，刚好听见他说这句话，不由得摸着后脑勺说：“施密特，我记得你连枪都拿不稳，就不要逞能了吧……”

阿华看了猛哥一眼，发现他眼中的血色已经完全退却了，只留下了细小的血痕，看上去应该没有太大问题了。

刚才猛哥的情形，很可能是被雾气侵入脑子，然后引发他心中的戾气和幻象。如果不是阿华见机得快，可能猛哥就会陷入疯狂当中，甚至把我们当成幻想中的敌人。

周围围过来的人，见猛哥醒过来，也稍微轻松了一点。毕竟如果阿华要照顾他的话，我们一下就失去了两个还算强大的战斗力。

尤其是阿木章依，不知道为什么，自从进入石门关之后，似乎一直在害怕着什么，可偏偏没有离开队伍的意思。

而且一开始我们都以为她是男的，直到不久前才知道，原来阿木章依竟然是女人。

“不，不能杀死他们。”阿木章依突然低声说。

“为什么？是因为里面有你认识的人？”敖雨泽问。

“不是，是因为他们被杀死后，杀死他们的人也会受到诅咒，最后会变成和他们一样的人。用你们的话说就是，变成雾气的傀儡。”

“这么说来，你是知道这里面雾气的古怪了？”我问道。

“不……我不知道，我什么都不知道……”阿木章依慌忙说。

“她在撒谎，我早就感觉到她有些不对劲了。如果我没有猜错的话，她应该已经受到了雾气中隐藏力量的侵蚀，内心的恐惧早已经被勾起。”敖雨泽淡淡地说。

怪不得阿木章依一直以来都表现得十分胆小，就算她身为女人，也不至于害怕成这个样子。如果真如敖雨泽所说，阿木章依是受到了雾气的影响，那么就说得过去了。

“你们知道什么？你们什么都不知道……我们祖祖辈辈都生活在附近，比任何人都知道这里吃人的怪雾的可怕。黑竹沟不是你们这些外来人探险的地方，是禁地，是只会带来死亡和恐惧的禁地……”阿木章依突然失态地吼道，最后竟然朝缓慢围过来的人群冲了过去。

谁也没有想到这一直表现得很是胆小的向导，不知是哪里来的巨大勇气，竟然主动迎着这么多不知道生死的雾傀儡冲了过去。

敖雨泽低骂一声，连忙跟上。好在敖雨泽的速度比起阿木章依来要快得多，很快就到了阿木章依的身后。

“停下，笨蛋！”敖雨泽大呼道，伸手去拉阿木章依，却只拉到她的外套。阿木章依冲出去的势头很快，而敖雨泽的力气本来就比普通人大许多——上次重生后更是有倍增的趋势——居然很是尴尬地将阿木章依的衣服撕破了一截，露出白皙的肩头。

但是在看似白皙的肩头上，隐隐有如同蛇类的鳞片生长着。虽然看上去颜色还比较浅，在雾气中也显得十分朦胧，但可以明显看出来并非文身什么的，而是真正从皮肤上生长出来的鳞片。

或许这才是一直以来阿木章依总是如同受伤的小兽一样显得懦弱害怕的原因，她的确已经受到了雾气的侵蚀。不仅仅是意识上，连身体都在发生某种变异，这种变异和蛇类有着莫大的关系。

这让我对这雾气产生的源头，再度疑惑起来。原本我以为这里的雾气，和张九红所说神秘的古神有着关联，可连同先前两个村民一起，在雾气中产生变异的人，都表现出某种蛇类的特征，这就更加显得古怪了。

敖雨泽还是没能拉住阿木章依。她冲入人群，很快就被眼中闪烁着红光的人群淹没。

这些人没有伤害她，更像是来迎接她的。

阿木章依停下后，转过身来，眼中也泛起和这些人几乎一样的红光。

敖雨泽冷哼一声，锋利的开山刀已经不知道什么时候握在了手上，但是在砍杀了两个接近的雾傀儡之后，却又停住了。

因为她看到其中一个雾傀儡，竟然是我们的一个熟人。

乌蒙，曾陪伴我们前往雷鸣谷的佣兵头目，来自缅甸边境，同样是彝族人。

只是当时敖雨泽被时光之沙封印，我和明智轩等人都失去意识，重新醒过来的时候已经回到了长寿村外的古井下。

那个时候我们都以为，乌蒙肯定是无法逃生，已经死在雷鸣谷当中。可我怎么也没有想到，居然会在这里重新遇到这个故人。

而且现在的乌蒙，和周围的人一样，双眼鼓出，眼球中泛着红光，脸上却保持着神秘而温馨的微笑，似乎正沉浸在某个美梦幻象中。

可是他身上的衣衫却破破烂烂，只是身上没有太明显的伤痕，很显然也是复生了无数次。衣服一直保持着最开始进入雾气中的样子，但身上的伤势反而随着雾气中的复活而恢复了。

不过我知道现在怎么都无法唤醒他，就算真的唤醒乌蒙，也不会有任何用处。被雾气吞吃掉意识的人，哪怕运气好没有成为植物人，依然会丧失掉大量的记忆。

一个人之所以是这个人而非其他人，除了本源意识的波动不一样外，最重要的就是他的记忆。人刚出生的时候，大脑和意识都一片空白，随着时间成长，记忆越来越丰富，世界观和人生观逐渐形成，最后形成独特的自我，和其他人从根本上区别开来。

如果说一个人已经失去了全部的记忆，永远没有恢复的可能，那么这个人或许从身体以及基因上说依然是这个人，但是从意识的角度上讲，只需要再过一段时间在新的环境形成新的记忆，那么他无疑已经是属于另一种人格了，和原来的人格有着本质的不同。

所以在一些电视剧中，也会有失去记忆的坏人因为环境不同性情大变成为好人。说起来虽然狗血，也是有一些道理的。

不过我最奇怪的不是乌蒙为什么会成为雾傀儡的一分子，而是他为何会出现在离雷鸣谷上千里之遥的黑竹沟。

“尽管曾经是并肩战斗的同伴，但是，现在最好的办法就是直接让他消失吧？”敖雨泽的声音在我脑子中响起。这是在有雾气的情况下，我第一次和她再度有所感应。

“我想乌蒙会理解我们，毕竟曾经的他也是一条顶天立地的汉子，绝对不愿意看见自己陷入这雾气当中，成为一具没有意识的行尸走肉，一个雾气的傀儡。”我在脑子里说道。

敖雨泽点了点头，手在开山刀上轻轻一抹，留下一线血痕。

那把开山刀吸收了敖雨泽的血液，如同我之前的血脉一样，有细不可察的金光泛起。接着敖雨泽的开山刀，猛地劈斩在乌蒙的心脏位置，用力之大，几乎将乌蒙的胸膛劈成两段。

我的心禁不住抖了一下。幸好出手的人是敖雨泽，如果换了我的话，恐怕没有这样的决断，能眼睛都不眨地砍向一个认识的故人。

乌蒙的身体明显僵硬了一下。和其他人被砍中后迅速地衰败腐朽不同，乌蒙的身体竟然还保持了好一阵原本的状态，而且被砍中的胸口也没有血迹冒出，只是有一条明显的裂纹。

这条裂纹就像是破碎的镜面，很细，但是笔直，似乎伤口所在的空间也被斩开。不过我知道这只是自己的错觉，在这个光怪陆离的雾气世界当中，一些现实世界既定的规则也失去了作用，而先前敖雨泽明显是使用了血脉的力量。

金沙血脉是所有血脉中最强大的，是五神血脉组合而成，只有张家人身上来自神秘古神的血脉才可与之媲美。敖雨泽身上本身就可能有着五神之一蚕女的血脉，加上之前我救她时让她融合了部分金沙血脉，这样的力量足以影响到雾气世界中的生命体。

乌蒙眼中的红光开始消退，接着鼓出的眼球也恢复了正常。脸上梦幻而神秘的微笑也消失了，取而代之的，是一种说不出的平静。

他脸上的肌肉依然有些僵硬，嘴唇微微开合。我能够读出来，他说的是两个字，谢谢。

乌蒙的身体以被砍中的那条线为中心，开始四分五裂，整个人如同裂开的瓷器一样破碎。但是没有血肉横飞的血腥景象，就像组成他身体的，本身就是瓷器碎片，而不是真正的血肉。

碎裂的身体还没有落地，就化为灰黑色的雾气消散。也不知道是被雾气吸收掉，还是和之前一样在等待着下一个雾气潮汐复生。

“他死了，真正地死了。”敖雨泽有些伤感地说，但是手中丝毫没有停，好几个村民打扮的雾傀儡被她还原成了雾气。

其他人也不甘示弱，开始组织反击。而这上百个雾傀儡明显缺乏攻击手段，不过是短短十几分钟，大部分都被消灭了。

我心底隐隐感觉到了不对，可是却不知道不对劲在什么地方。只知道如果再这么下去，我们会被困死在雾气中。

这些消散的雾傀儡，很快就会重生。或许只有乌蒙会是例外，毕竟他是被敖雨泽抹了金沙血脉的刀所杀死的。

面对这样诡异的情形，就算我们力量再强，最终还是会困死在雾气里。毕竟处于虚实之间的雾气世界，如果我们得不到补给，光是食物和水源的问题，就足以困死我们了。

大家开始聚拢到一起。这个时候才发现，场上还站立着的雾傀儡，只剩下七八个了。

站在最中心的，是双目赤红的阿木章依。她转过头来，但头颅一直低着，不知道在想什么。

她的表情，说不上狰狞，也没有那种让人不安的微笑，而是带着极度的漠然。似乎先前发生的事，根本就像是最平常不过，而她仅仅是一个看客。

“小康，这丫头的状况，有点不对劲。”敖雨泽脸色沉重地说。

“看出来了，阿木章依刚才跑出去后，就一动不动，我本来还以为是她吓傻了，刚好这些雾傀儡又幸运地没有伤害她。现在看来，她跑出去后是知道这个后果的，而且她也一直在等待这一个时间点。”我凝重地说道。

“你们都错了，其实，我根本不是阿木章依……”阿木章依缓缓抬起头来。我们这才发现，她赤红的双眼下，竟然已经流出一串血泪。

“阿木章依早就死了，在三年前她进入黑竹沟的那一天就已经死去。可她为什么不肯真正死去？为什么还要顽强地在识海中和我斗？现在好了，我回归雾海世界，我的力量，又回来了……”阿木章依缓缓说道，连声调都和之前有着巨大的改变。

“她说得不错，她不是阿木章依，而是雾气世界中诞生的生命——一个阴寒邪恶的雾灵。他们以其他人的意识和记忆为食，是从折磨智慧生命灵魂的游戏中所产生的极度怨念中诞生出来的灵体。”Five突然大声说道。

“你有什么资格说我呢？卑微的秽血者！”自我意识已经被挤压到脑海深处，已经化身雾灵的阿木章依说道。

听到“秽血者”几个字，Five的身体微微一抖，看得出她心中的不安和震惊。我想这几个字对于她来说一定十分重要，或许Five这样的实验体并非是新近才出现的，而是在古蜀国的历史上早有类似的记载。铁幕不过是重复了在金沙古卷中的某些实验，只是由于现代和当时截然不同的环境，才造成了失败。

“什么是秽血者？”我在脑子里问敖雨泽。

“秽血者就是混淆了神灵、动物和凡人血脉的实验品。确切地说，就是试图人为地制造出我们这样的血脉传承者来。只是这个过程极度血腥痛苦，我想你一定不会想要知道详细的情况。之前我也不知道铁幕中有这样的实验，还是这次休养恢复时，想起Five的存在，从谭欣然那里打听来的。”

“这个实验是她在主持？”我有些不安，在我眼里谭欣然虽然显得有些冷漠，但还算是一个可以信赖的朋友。

“不，她是这个实验中最成功的实验品。”敖雨泽沉默了一下说道。

我心中一惊，没有想到谭欣然的身份还有这样的来历。难怪有时候在她身上甚至看不到一丝人气，冷漠得如同一座没有理智的冰山。

“铁幕为什么需要血脉者的存在？我不会什么时候也被抓去当成实验材料吧？”我问道。

“当然不会，天生的血脉传承者有多么宝贵，铁幕的人当然也明白。除了当年的余叔外，我还没有看到有谁会傻到去研究天生的血脉传承者。”

“为什么？”

“因为反噬啊。血脉传承者身上流淌的毕竟是神灵的血脉，尤其是你身上的金沙血脉，是融合古蜀五神的血脉形成，比起其他人身上的血统来又要高明一筹了，对这样的血脉做实验，说轻了那叫渎神。在过去神迹不显的年代还没有什么，可随着二〇〇一年金沙遗址的出土，意识世界的壁垒已经越来越不稳定，五神的力量，时不时会显现一丝到现实世界的投影，对神血不敬的结果，就是会受到巨大的反噬。”敖雨泽白了我一眼说道。

看来她先前在铁幕中被软禁的日子也没有白待，还是被她掏出了不少有用的消息。不过当我明白了秽血者的大概来历，对于Five不禁又多了一分同情。这个差点毁容的女孩子还真的不容易，就是不知道这次阻止了秦振豪的阴谋后，铁幕是否会给Five自由。

“都不忙着逃走吗？太好了，我要吃掉你们，新鲜的人类灵魂，是最美味的食物……”已经化身雾灵的阿木章依说道。

可是下一刻，她的脸上现出一丝痛苦，口里断断续续地说：“快……走……控制不住……她了……”

这声音稍微温柔了一些，而且没有一开始阿木章依所表现出来的刻意压低了的声调，而是完全的女声。我能听出话语里的惊慌和坚持，知道这才是阿木章依的意识，正在识海中和雾灵争夺对身体的控制权。

“我们也想一走了之啊。”敖雨泽轻声说道，“可是这样一来，你就白死了呢。”

拖着巨大的开山刀，敖雨泽几乎是毫不畏惧地朝雾灵所在的地方扑过去。周围没有任何意志的躯壳，如同行尸走肉一样，连逃跑都忘却了，最后被连带着劈斩而死。

等敖雨泽到了雾灵的身前，雾灵已经再度取得身体的控制权，对着敖雨泽冷漠地一笑，轻轻竖起手指，朝她的眉心一点。

一团黑色的雾气，通过手指涌入敖雨泽眉心。敖雨泽冷哼一声，身上淡金色的光芒闪烁了一下，黑气中传出凄厉的尖叫，如同见到了阳光的鬼魂。

“找死，就算没有金沙血脉的加持，光是我自身被激发的蚕女神血脉，也不是一个区区雾灵能够对付的。”敖雨泽冷笑一声，手中刀丝毫没有停息，朝雾灵砍去。

雾气不停翻滚，凭空形成一双手的形状，将刀身牢牢架住。但是随着刀身上没有完全消耗干净的血迹不时泛起金色的光芒，雾气所化的大手不断崩溃又重新出现，刀锋一点点朝雾灵的脖子压过去。

这个过程极慢，雾灵的额头，似乎已经渗出汗水，脸上更是因为用力过度现出青筋来，显得无比狰狞。

眼看着周围的雾气中，似乎有无数的人影开始重新会聚。这些人影最开始是半透明的，接着雾气开始不断地转化为骨骼、血肉、内脏，甚至能看到无数的肌肉纤维依附着骨骼生长。只不过是短短一两分钟，原本被打散的人群就再度出现。

只是这一次，他们眼中的红色光芒要暗淡一些，似乎经过了一次死亡，不仅记忆会再度被磨灭一些，连意识本源也出现了损耗。

“我主，请赐给你仆人力量，让邪魔覆灭……”一个不和谐的声音突然传来，明明说的是英文，但是作为学渣的我，却听懂了其中的含义。

我估计这和现在我们所处的雾海世界有关，这里毕竟是一个规则混乱的物质世界和意识世界的交界处。或许所有的语言都是有着某些共同点，在这个世界的规则下，哪怕是不懂这门语言的人，都能直白地感受到里面隐藏的含义。

说出这句话的是施密特，一个虔诚的信徒。不过我知道他的信仰分为两层，表层是信仰的西方宗教中的上帝，但是里层所信仰的却是古蜀时期那个最为神秘强大的古神。

不管怎么说，那个神秘的比古蜀五神还要早近千年出现的神灵，似乎更像是没有留下任何具体的形象，是一种近似于大道无形的存在。

按照施密特之前和我们交流的说法，这个强大的古神，很可能是化身千万的一个神灵。在东方它是天道化身，也可能是玉皇大帝，是西王母，是老子，是天照，是佛陀，是梵天……

而在西方，它可能是上帝，是宙斯，是底比斯主神阿蒙，是太阳神伊察纳……

总之，它可能是任何一个人类文明中曾出现过的至高神，也可能仅仅是一个不起眼的小神。它似乎从来没有存在，又似乎无所不在，没有固定的形体。

只有古蜀五神这几个神灵，都有着在外人看来千奇百怪的身体和形象，并非是完全虚无的神灵。

巴蛇神的肉身，无疑已经在两千多年前陨落在了秦灭古蜀前夕，被十二世开明王杜卢身边的五丁力士杀死。最后其头骨还作为一座神秘法阵的中心，被汲取神力。

只可惜十二世开明王也有很大的可能是受到张家人的算计，被张仪说动，梦想得到长生乃至是直接获得神血成神，却最终便宜了秦国——让秦国将传承了两千多年的古蜀国一举灭掉，让后世史学界都唏嘘不已。

古蜀国不同于东西地区历史上任何一个国家，在极早的时候就建立起恢宏的青铜文明。这个时间段甚至比中原地区都要早上好几百年，可以说至少在青铜技术上，是领先于那个时代的。

最关键的是古蜀国的文字和历法，乃至器物的造型风格，都和中原文明有着明显的区别，却又自称是中原文明的一部分，都来自大禹等三皇五帝的传承。甚至连出身古蜀国的蚕女都是黄帝的正牌妻子，身份极为尊贵。

这也可看出古蜀国当年的强大之处，并非是什么山高皇帝远的地方自己给自己加的封号成为的草头王，而是有着悠久历史传承的。可就是这样的一个文明古国，可以和世界上任何一个青铜文明比肩的古老国度，最终被秦国给灭掉，大部分文明都湮没在历史的尘埃下。

直到一九二九年三星堆和二〇〇一年金沙遗址的出土，才向世人展现出那个传说中“不与秦塞通人烟”的古蜀国。它丝毫不逊色于中原文明，甚至在青铜制造技术上犹有过之。

在秦灭古蜀的过程中，不管是神话传说还是真实的历史，巴蛇这条可能是有史以来最庞大的巨蛇，无疑占据着举足轻重的地位。

五丁开山杀死巴蛇，听上去不过是十二世开明王杜卢贪财好色的结果，可巴蛇本身作为那个年代仅有的五个神灵之一，就算是死掉也留下了巨大的诅咒，更是让古蜀国失去庇护而灭亡。

自那以后，所有关于古蜀神灵的传说都似乎一下被冰封起来。不管以后的佛道二教又留下了多少关于神仙鬼怪的神话，但是在历史上都无法和古蜀五神的影响相比。

古蜀五神或许早就存在，但都是意识世界深处无意识的五团强大的精神力量。直到古蜀国先民开始广泛信仰和祭祀，才让这五团精神力量觉醒并获得记忆，最后根据不同时期和古蜀王朝的祭祀对象不同，各自显化出不同的具体形态。

巴蛇、蚕女、天眼、玄鸟、神树，是为古蜀五神。其中又以巴蛇为首，神树次之。传说三星堆出土的青铜神树，就是以神树为原型，其上有龙纹缠绕，因此青铜神树又被称为“龙树”。它是古蜀国最珍惜的青铜器，价值在不少精细的青铜祭祀器之上。

能和青铜神树相比肩的，就只有在金沙遗址中出土的黄金权杖和黄金面具以及太阳神鸟金箔。

作为古蜀五神来说，它们或许是无比强大的，唯一忌惮的就是那个可能无处不在的先天古神。但是先天古神存在的证据，却从来没有被找到过。

随着施密特虔诚的祈祷落下，我真的感觉到一股堪称恐怖的力量在形成。雾气上空出现巨大的旋涡，似乎那里有什么东西自虚空中涌现出来，连周围的雾气都被带动。

渐渐地，我看见在被雾气所笼罩的天空之上，出现了一只半透明的球体。球体就像是一只巨大的眼睛，中心甚至有着瞳孔，只是瞳孔的颜色是罕见的金色。

看着这只眼睛，我的脑子中不禁闪过一句流传了无数年的俗话：老天开眼了……

但我知道这不过是我心中的幻象，那只眼睛在现实世界并不存在，只是在雾气世界中才被具象化出来。而这只眼睛中所蕴含的力量，连整个雾海世界都开始颤抖，雾灵的脸上，也第一次现出恐惧的神色。

这个时候我才注意到，在施密特的手中，正握着一本残破的经文，他正是对着这卷经文在虔诚祈祷。而这卷经文依稀像是希伯来语写成的，只是写就经文的羊皮纸，和之前我们曾得到过的《金沙古卷》，几乎一模一样！

第二十三章

JINSHA ANCIENT SCROLLS

鬼蛇

“是《死海文书》的原本。他召唤出来的，是天意之眼。”敖雨泽看着施密特手中残破的羊皮卷，低声说道。

《死海文书》也称《死海古卷》，是泛称一九四七年到一九五六年间，在死海西北基伯昆兰旷野的山洞发现的西方早期犹太教、基督教的古代文献。文献是公元前二世纪到公元前一世纪期间（从耶稣诞生之前一百七十年到耶稣诞生之前五十八年）写成的，它们的发现被称为“二十世纪最伟大的考古发现”。从一九四七年开始，有近四万个书卷或书卷的碎片被找到。这些书卷大都储存在瓦罐中，大部分是以希伯来文写在羊皮上的。

如果只单纯地看待《死海文书》，或许不觉得有什么，可只要和《金沙古卷》的发现做一些对比，就知道两者之间明显有着神秘的联系。

都是在瓦罐或坛子中发现的，都是以古老的羊皮纸写成，并且上面的语言也是几千年前某个宗教繁盛的地区所使用的。只是一个是古希伯来语，一个是更加神秘的巴蜀图语。

并且《金沙古卷》的成书年代，比起《死海文书》来，还要早上一千多年。也就是说如果两者之间真的有联系的话，《死海文书》的存在，很可能是受了《金沙古卷》的影响。

当然，曾发现的泛称《死海文书》的文献，多达四万多卷，但实际上真正有着神秘含义的羊皮卷，却不过是其中寥寥可数的几十页而已。

而这几十页羊皮卷的珍贵程度，也不下于《金沙古卷》。它是整个《死海文书》最核心的原本，在被发现不久后就下落不明。现在看来，这些珍贵的原本是落在了世界树的手中。

关于《死海文书》的原本的记载，我曾在铁幕的资料库中看到过。当时是为了《金沙古卷》的事情去查阅铁幕的资料库，里面有一份研究记录仔细对比了两者的不同，同时推测有这么一份只有几十页的《死海文书》原本存在。

那个时候我对此并不是十分关心，所以看过后也就一笑了之，并不觉得对我们有什么用。

可现在看来，铁幕不愧是存在了数十年的庞大组织，有着极强的潜力，哪怕是一些明面上看来无用的资料，其实背后也付出了巨大的心血，在关键时刻还是有可能派上用场。

而施密特这样一个明显没有什么战斗力的人员，居然能够在雾气世界中利用《死海文书》的原本召唤出一只巨大的被称为“天意之眼”的眼球，并且这眼球偏偏和古蜀五神中的纵目神极为相似，也说明了《死海文书》和《金沙古卷》之间的确有着一定联系。

天空中那只有着金色竖瞳的眼球，几乎是第一时间让我想起了曾在五神地宫中看到的壁画和幻象。在那些画面中，无一例外都有着一只巨大的眼球状的神灵，作为古蜀五神之一的纵目神。

相传古蜀国第一任国王蚕丛王，就有着高额纵目的特征。在整个古蜀国五个王朝的历史上，纵目一直是备受推崇的面部特征。从三星堆、金沙等古蜀遗迹出土的各种青铜雕像和玉石雕刻的文物，都充分说明了这一点。

因此蚕丛王开国的时候，很可能是受到了纵目神的支持。我们了解了当年古蜀五神的信仰体系，几乎无一例外地肯定了这一点。

对于五神的崇拜，并不是一个非此即彼的事情。五神之间虽然有着一定的对抗和竞争，但并不是敌对关系，反而更像是五行那样相生相克的共存关系。

即便是中原的各个王朝，也有着对应五行的不同“德行”，比如秦朝尚黑，对应的是五行中的水德，汉朝则对应火德。

五神的存在以及对于古蜀时期五个王朝的意义，更多的是每一个不同王朝对应五神之一的主信仰。当这个王朝当政的时候，其余四个神灵的信仰会暂时陷入沉寂，但并不会完全消失，只是影响力会减弱。

这就像西方政治制度中执政党和在野党的区别。所以蚕丛王时期多对应着纵目崇拜，只说明了当时受到信仰影响的是纵目神。

也正因为纵目神的信仰是从古蜀王国开国的时候就流传下来的，经过几千年的发展，最终对于眼球的崇拜，演化成了虚无存在的“上天”是有着“眼睛”的意象。因此当遇到民不聊生的大灾年或者遇到无法对抗的势力强大的坏人时，民众只能哭喊着祈求“老天爷你开开眼吧”。

不过一直以来，这种老天开眼的说法，都不过是一种美好的愿望。在现实世界，是绝对不可能出现一只巨大的眼球悬浮在天空这种事的。

只有在意识世界，或者和意识世界交界的雾海世界内，这只巨大的眼球才有可能显化出一点投影。

或许是施密特的召唤和念祷的经文起了作用，那只巨大的眼球投影出现之后不久，就放射出淡金色的光芒。这些光芒照射在我们身上，不仅没有让我们受到伤害，反而使疲乏的身体也稍微恢复了些。

可雾傀儡就不一样了，所有被金色光芒照射的雾傀儡，几乎是马上燃烧起来。这种燃烧偏偏没有火焰升腾，只是血肉乃至骨骼，都快速碳化变红然后烧成灰烬。连还原为雾气的机会都没有，想来也不可能再度从雾气中复活。

只有被雾灵寄生的阿木章依，因为本身就有着实体的缘故，似乎面对纵目神投影发出的金色光线有着一定的抵抗力。尽管她脸上依然显出痛苦的神色，却并没有受到太大的实质性伤害。

施密特的脸色微变，念诵经文的声音更加急促，最后甚至一狠心，用一个小巧的银色十字架尖端刺入自己胸口。又用沾染了鲜血的银色十字架在《死海文书》上画下了几个古怪的符号。

这些符号尽管我完全不认识，可总感觉和巴蜀图语有着几分相似。

鲜血画就的符号，快速地渗透进《死海文书》，接着这一页文书燃烧起来。而天空中的纵目神投影，也更加凝实了一点，眼球中心的瞳孔，更是出现了类似十字的符号。

接着这个十字符号在雾气中被具象化出来，朝阿木章依砸过去。

阿木章依身边的雾气开始扭曲，不停地变幻着各种形状，试图阻止十字符号的落下。可雾气幻化出来的各种古怪的武器或道具，仅仅是稍微延缓了一下十字符号的降落而已。

阿木章依的脸上，终于出现了一丝惶恐，随即又被一丝狠厉所取代。她微微弯腰，肚子也收缩了一些，然后猛烈地吸气。吸气的时间大大超越了普通人能够承受的范围，似乎没有尽头。无数的雾气被阿木章依吸入，因为速度太快，最后竟然形成一个巨大的旋涡。

旋涡产生的吸力，让我们几个人都摇摇欲坠，最后不得不彼此手拉着手才勉强站定。

随着雾气的吸入，阿木章依的身上，开始出现无数的鳞片。这些鳞片和蛇鳞极为类似，但是每一片鳞片上面，都时不时有扭曲的人脸闪过。

每一片蛇鳞，赫然就是一只带着怨气的灵魂，也从侧面证实着这片雾气的形成，除了地势本身外，还掺杂着无数的人类灵魂。并且灵魂的数目，远远超过这些年失踪的人的数量。

“这里要么发生过大规模的屠杀，要么曾经是古战场，要不然不可能有这么多怨灵成为雾气的一部分。”敖雨泽咬牙说道。眼前的情况，也似乎超出了她的预料。

随着她话音落下，阿木章依发出一声凄厉到极点的号叫。她的双腿，在雾气的笼罩下开始扭曲生长，最后双腿并拢在一起，被鳞片覆盖后，赫然形成了一条两三米长的巨大蛇尾。

阿木章依的双眼变得通红，原本也算清秀的脸颊旁，出现两条细不可察的裂纹。如果她不开口还好，但是当她开始号叫的时候，脸颊旁的裂纹顿时张开来。这才发现她的嘴已经能够如同蛇类一样张开到极限，而且牙床上也生出数十枚层层叠叠的利齿，看上去十分狰狞。

如果她的身体两侧再多上十几对反关节的人类的手臂，和我们之前在五神地宫中看到的巴蛇神复制体，就几乎一模一样了。唯一的区别就是当时的巴蛇神复制体是男性，而眼前阿木章依吞噬了无数雾气后所化的是女性。

“果然，是万恶的蛇侍，是那条想要吞吃整个世界的恶魔的仆从！”詹姆斯在看到阿木章依摆动的尾巴时，脸上现出极为憎恶的表情。

天空中的巨大十字符号已经落下，阿木章依猛地抬起头来，双眼睁大。她眼中出现血红色的竖瞳，竟然和天空中的纵目神投影有着几分相似。

她的双手朝天空高高举起，指甲开始疯长，却在十字符号压下来的瞬间又寸寸断裂。但十字符号也在和指甲的摩擦中不断被消耗，渐渐从犹如实体变得微微透明，最后竟然变成了半透明的状态，更显得有些不稳定，随时都要崩溃的样子。

阿木章依的样子也极不好受，整个人差不多都有小半被压入地面。更是因为失去了双脚的支撑，只留下一条巨大的尾巴，让她弯下腰后就比常人矮了一截。

眼看着双方陷入角力的最后关头，敖雨泽冷笑一声，突然冲了出去，在离阿木章依还有几米远的地方停住，接着用刀割开自己的手掌，然后朝阿木章依所在的位置猛地甩了一下。一大蓬鲜血准确无误地将阿木章依和巨大的十字都覆盖了一部分。

血迹很快隐没在阿木章依的鳞片中。无数的人脸从鳞片中升腾而起，扭曲尖叫着被血迹抹杀消失。随着人脸的消失，那片鳞片也变得暗淡无光，失去了全部的生机。

更多的鳞片也因为同样的缘故变得暗淡，原本快要崩溃的巨大十字虚影却反而凝实了一些，最后绽放出近乎无穷的金色光芒。阿木章依在惨呼声中，身上的鳞片瞬间全部崩溃，就连蛇尾都出现好几处巨大的灼伤，黄绿相间的脓血从灼伤的地方流淌出来。

她依然保持着类似巴蛇神复制体的强大生命力，尽管受伤严重，可是伤口周围的肌肉组织还试图修复生长，更是在不停汲取雾气的力量来对抗十字虚影发出的金色光芒。

只可惜失去了鳞片上怨灵的加持，这种对抗已经是强弩之末。很快随着十字虚影的消失，阿木章依身上的鳞片和蛇尾都快速地腐烂，露出了阿木章依人类的双腿。

阿木章依身上的鳞片和蛇尾消失后，却没有如我预想的也跟着死去，反而露出原本的样子，只是脸色无比苍白，看上去十分虚弱。

不过看起来，寄生在她意识中的雾灵，似乎已经消失了。现在的阿木章依，又变成了当初那个有些胆小的向导。

天空中的巨大眼球渐渐隐没消失，施密特却“扑通”一声跌倒在地，手上拿着的《死海文书》也掉在地上。

我原本想要捡起来仔细看看的，詹姆斯警惕而快速地将《死海文书》收起，然后扶起了施密特。

施密特胸口的伤势早就没有流血了，但看上去竟然脱力了。可想而知先前念诵经文召唤纵目神投影，对他精神的消耗比胸口的伤势更加严重。

而且这种召唤明显不是没有代价的，我估计施密特就算是恢复了，都有可能因此折寿好几个月。

“看来你们对这雾气世界的规则，了解得不是一般的清楚。”我看着勉强清醒过来的施密特，淡淡地说。

“这种方法，的确也只能在虚实之间的世界使用。在现实世界，根本不可能真的召唤出天神的力量……”詹姆斯帮施密特回答。

“但是这天神的形态，似乎和古蜀时期的其中一个神灵十分相似。不知道对这件事你们是怎么看的？”我问道。

詹姆斯沉默了一阵，最后轻声说：“我主化身千万，无处不在。”

我翻了翻白眼，和这种宗教狂热分子交流，有时候说话的确费力且不讨好。

那边敖雨泽已经将阿木章依抱了过来。基本可以确认现在的她应该没有大碍了，只是先前被雾灵寄生并吸入太多雾气的时候，大量的生命潜力被快速消耗，估计今后要比普通人虚弱，而且寿命很可能也会减少好几年。

同时我也基本上发现一个规律，不管是那种红色的刺激生命潜力的药剂，还是这里的雾气，乃至施密特对这《死海文书》念诵经文的施法方式，都有着一个共同的特点，那就是换取超凡力量的代价，其实是自身的生命力。

这一点无疑是公平的。要获得什么东西，首先就要付出对等的代价。这世上从来就没有天上掉馅饼的好事。哪怕是古蜀时期的神灵，也绝对不会无缘无故地将力量赐给凡人，仅仅是起到某种程度的诱导作用。

而金沙血脉以及其他的神之血脉的存在，就在于能够大幅提升人的生命力，让这种代价可以勉强承受。但承受金沙血脉的人乃至家族，却也因此受到许多限制。而像张家这样的家族，甚至还因此受到来自血脉的诅咒，就更让我对血脉本身感到一丝警惕了。

雾气开始消退，想来是原本寄生在阿木章依身上的雾灵被消灭的缘故。不过按照雾气世界的规则，估计同样的雾灵很快就可以重新诞生出来。

而从雾灵刚才显现出来的形态看，黑竹沟内的雾气，明显是和巴蛇神有着莫大的关系。秦振豪选择这个地方试图沟通巴蛇神，也是有着一定的道理。

雾气如潮水一样散开后，那种整个世界都如同幻境的不真实感随之不见。我能感觉到那种和世界格格不入的错觉也同样消失。

现在我们所处的应该是现实世界，虽然在远处还是能看到薄薄的雾气，但是这种雾气应该是自然产生的，和那种能连通现实世界和意识世界的雾气有着本质的区别。

“我们接下来怎么办？是继续前进还是返回？前进的话，可能会再度遭遇这种古怪的雾气，被卷入到中阴界去；如果退出的话，我想我们趁着先前雾气世界受到一定损失，应该还是有机会的。”阿华皱眉说道。

“没有那么简单，雾气世界并非仅仅是一片诡异的浓雾那么简单。这是一个介于虚实之间的古怪世界，甚至有可能是无数死亡的意识的集合体诞生的超意识体。从某种程度上说它是有着生命的。这次虽然暂时退却了，但如果我们有逃脱的举动，我想它是不会这么轻易放过我们的。”我摇头说道。

“不错，我基本上可以确定，我们要找的最后的伊甸就藏在雾海深处。这里被恶魔的力量所覆盖，最后的伊甸才被隐藏起来。不过幸好，我能够在这里燃烧自己的生命召唤主的力量……”施密特虚弱地说。他已经清醒过来，虽然还要人搀扶着，但是精神貌似比先前好了许多。

“找寻我主存在过的伊甸，是我们毕生的使命，哪怕为此付出生命也在所不惜。”詹姆斯虽然没有表现出施密特一般的宗教狂热，最后却还是十分坚定地说。

阿华皱眉看向明智轩，明智轩耸耸肩说：“我无所谓，听雨泽和小康的。”

“这次我是偷跑出来的，就这么灰溜溜地回去，估计要受到组织的处分，严重的话被扔到非洲待几年都有可能。但是如果能揭破秦振豪的阴谋，我估计这点事就不算什么了。所以我肯定是赞成继续前进，找出黑竹沟的秘密。”敖雨泽认真地说。

“我也觉得最好不要这样放弃，毕竟千辛万苦来到这里，还死伤了好几个同伴。就这么放弃了，也太对不起牺牲的人了。”我也表示反对。

“如果继续前进的话，可能死伤的人更多。更何况，我们连前面会遭遇什么都不知道。”阿华说道。

“虽然不知道秦振豪带着神躯来到黑竹沟的真正目的是什么，却可以想象，如果真让他的图谋成功，那么到时候不仅仅是我们，怕是整个黑竹沟的人，甚至整个世界，都有可能遭遇到前所未有的危机。我从来不认为自己是可以拯救世界的英雄，可如果秦振豪要做的事情真的威胁到整个世界，我想我们不管抱着什么目的，哪怕是为了自己和亲友，也不能为了一时的安稳而放弃吧……何况，我有一种预感，就算我们想要离开，秦振豪也未必答应。”我对阿华说道。

自打上次从梓潼的地下石窟出来后，和我们一起冒险过的阿华因此也知晓不少关于古蜀国时期的秘密，被我们当成了自己人，分享了不少情报。他知道秦振豪以及被其带走的神躯，到底有多么重要。

“我只是担心辜负明老爷子的嘱托。出发前我可是向他保证过，要将少爷完完整整地带回去。”阿华苦笑道。

明智轩拍拍他的肩头，哈哈笑着说：“放心啦，我没那么容易死的。你问问雨泽和小康，上次在五神地宫的时候，他们两个都多少受了点伤，就我一个人完好无损。”

这家伙当时逃得比谁都快，当然完好无损，居然还大言不惭。我在心底不由得鄙视明智轩得了便宜还卖乖，不过只要一想到不久前，他宁愿自己被杀死也不出卖我，心中又是一暖。这个家伙在关键时刻，其实还是靠谱的。

大家商量妥当后，决定还是一起继续前行。好在阿木章依和施密特都相继醒了过来，虽然还是要人照顾，却能勉强行走了。

谁知道我们刚朝山谷深处走了一段时间，就发现地上有不少血迹，还散落着各种食物、装备和衣物。这些东西明显是先前李老这支队伍留下的。

“不好，李老他们出事了。”明智轩说道。

“还用你说，我们都能看出来。”我脸色有些凝重，想到先前应该阻止李老他们一队人离开。

地上的血迹已经微微凝固，看起来有些时候了。我们先前陷入雾气世界的时候，感觉不到时间的流逝，实际上在里面至少待了一两个钟头，因此这血迹如果是那个时候留下的，也至少有一个小时了。

沿着血迹四处搜寻，最后我们发现了甘弘毅和王若君的尸体。

王若君的尸体已经发生了轻微的变异，脸上和手臂上甚至有蛇鳞一样的斑点出现。只是发现他的时候，他已经断气多时。致命伤是胸口被一把利刃刺入，直接刺穿了心脏大出血而死。

而与之相比甘弘毅就惨多了，像是被什么东西活活咬死的。脸上少了几块肉，连牙床都露了出来，看上去比孙恒还要死得凄惨。

最关键的是，敖雨泽仔细查看过甘弘毅的伤口后，得出一个让我们毛骨悚然的结论，甘弘毅很可能是被某个人咬死的，是真正的人，而非是如同戈基人这样的返祖猿人。

等我们再度小心地向前摸索了一段距离后，在一个山坳里发现了扭伤了脚，正躲在一块大石头后面瑟瑟发抖的周楠。

“你们终于来了。疯了，他们都疯了……”周楠看到我们，一下扑到了敖雨泽的怀里哭诉起来。尽管昨天晚上她还表现得对冷酷的敖雨泽有些害怕，这个时候却已经把敖雨泽当成了最信赖的人。

在敖雨泽的安慰声中，周楠向我们讲述了他们这一行探险队的人离开后发生的事。

原来李老带着探险队的人离开后，却很快因为浓雾突然出现而迷失了方向，最后不仅没有走上退出石门关的路，反而深入到了这附近。

最后李老架不住其他人的强烈要求，决定暂时先找个地方休息，等雾散了再离开，却没有想到这个时候发生了意外。

最先是被咬伤的王若君突然之间发狂，想要制伏他的甘弘毅和另外一个力夫郑涛都被陆续咬伤打倒。眼看王若君就要伤害到李老，周楠情急之下用一把匕首刺进了王若君的胸口，正好刺入王若君心脏，让发狂状态的王若君直接身亡。

本来都以为这件事就这么过去了，周楠还在为自己误杀了同学而难过，却没想到不久后，被王若君咬伤的郑涛居然也跟着迷失了本性，开始攻击其他人。

好在这次其他人有了先前的教训，都纷纷及时躲开。最终还处于昏迷状态的甘弘毅却倒了霉，被咬得遍体鳞伤，还没来得及出现变异就被活活咬死。

这也是我们看到甘弘毅尸体的时候，敖雨泽发现他是被人咬死的原因。

其他人趁着发狂的郑涛在啃咬甘弘毅尸体的机会，慌忙逃开，但周楠却在逃跑的过程中扭伤了脚滚入路边的山坳里。不过这样一来她也因祸得福，发狂的郑涛没有理会山坳中的她，而是朝李老他们追了过去。

猛哥背着周楠，我们一起朝李老他们几个逃窜的方向追了过去，可前进了十几分钟都没有看到第二个人影。

就在我们以为追错了方向的时候，前方的草丛中却发出古怪的声响。等我们用开山刀劈开灌木草丛，发现一道细小的黑影从草丛中蹿出，很快就消失不见。

而在草丛里面，正躺着一具干瘪的尸体，眉心的位置更是多出来一个鸡蛋大小的血洞。

“是郑涛。”周楠强忍着恶心，看了一眼尸体说道。

“额头的致命伤不像是武器造成的，反而像是有什么东西，从他脑袋里面钻出来……”敖雨泽蹲下身子，仔细看了下郑涛的伤口，皱眉说道。

“而且这具尸体全身肌肉都开始萎缩，皮肤上有依稀的蛇鳞出现，显然是受到这里雾气的异化感染，但成为蛇侍的过程中却失败了，被耗尽了生命力。”我分析道。

“不仅如此，我想，我有些明白为什么蛇侍看起来和蛇类有着紧密的联系了。”敖雨泽突然用手在郑涛的额头伤口边上轻轻抹了一下，除了血迹和恶心的脑浆外，上面还有一丝黄绿色的黏液。

这种黏液总觉得有些眼熟，可又说不出来在哪里见过。

“还记得刚才逃窜的细小黑影吗？”敖雨泽问。

我想起先前那条疑似错觉的黑影，心中微动，问道：“刚才那条黑影，是一条细小的蛇？是它造成的这个伤口？”

敖雨泽点点头，神情多少有些凝重。

我想想也是，人类的头骨，可说是全身上下最坚硬的骨头，仅次于牙齿。一条看上去只有一尺多长，手指粗细的细小蛇类，居然能在人头骨上钻出一个鸡蛋大的洞，那这条蛇的力气该有多么可怕？

最关键的是，这个洞还是从内部形成的。也就是说，这条细小的蛇居然不知什么时候钻入了郑涛的脑子中，然后从内部钻出一个洞来逃跑了。

想想这个过程，就感觉到一丝寒意。而且这也似乎解释了为什么王若君和郑涛会突然发狂，难道说是这条小蛇钻入他们脑子造成的？

当我说出这个理由的时候，猛哥的脸色突然有些发白。我们下意识地离他稍微远了些，因为在我们这群人中，先前遭遇到雾气时，就只有猛哥有发狂的迹象，最后是被阿华打晕过去才中断了。

如果说他们在雾气中丧失理智的原因，不仅仅是雾气本身，而是和这条神秘的小蛇有关，岂不是意味着在猛哥的体内，也可能寄生着同样的小蛇，只是还没有发作而已？

“如果我没有看错，应该是鬼蛇。”Five突然插口说道。

“你认识它？”我问道。

Five点点头说：“我见过，鬼蛇其实不完全算是物质世界的生物，而是和刚才的雾气一样，介于两者之间，是属于中阴界特有的生命体。”

“也就是说，鬼蛇在处于雾气世界的时候，可以转化为虚无的状态进入人的脑子，然后重新凝聚出实体，控制这个人的行为……”我倒吸一口凉气，说道。

Five点点头，说道：“最可怕的是，当被鬼蛇寄生的人从中阴界出来进入现实世界后，鬼蛇因为不适应两个世界的不同规则，会变得暴躁不安，在人的脑子里扭动，最后利用自身巨大的力量顶开眉心头骨逃走。而且被鬼蛇寄生的人，在中阴界的时候还会主动攻击其他人。凡是被咬伤的人都有可能感染蛇神的力量，在雾气世界中凝聚出一条新的鬼蛇盘踞在脑部。”

“就像是生化电影中被病毒控制行为的丧尸一样？”

“差不多是这样。比生化病毒更加可怕的是没有能解除这种控制的血清；不过稍微好一点的是，如果在现实世界，就无须惧怕鬼蛇的存在。它们看起来，也就是一条黑白相间的小蛇而已，就是力量大一点，甚至还不如亚子蛇可怕。”

想起在梓潼遇到的亚子蛇，我不禁哆嗦了一下。那种古怪的双头小蛇的可怕我是真真切切地领教过，它的毒素甚至连我的血脉都无法完全消融。如果不是当初的神秘黑袍人给我留下的解药，估计我的伤势到现在都不一定能够完全好过来。

“有鬼蛇存在的地方，我想我们离秦振豪已经越来越近了。”敖雨泽说道。

“为什么这么说？”

“如果我们没有推测错的话，秦振豪想要做的，很可能是利用神躯的特性，打开两个世界的通道迎接巴蛇神降临。当然他真正的目的也可能是想要自己获得巴蛇神的力量。不过这都不重要，重要的是，所谓的鬼蛇，其实是保卫巴蛇神的蛇侍的前身。所谓的蛇侍，其实就是鬼蛇所控制的半人半蛇的怪物，也就是说度过了最初的狂躁期，最终和鬼蛇融为一体的人类躯壳。”敖雨泽冷冷地说。

“的确，蛇侍的身体虽然和人有关，但实际上起控制作用的，很可能就是鬼蛇。有鬼蛇出现的地方，其实离巴蛇神所在的意识世界的入口就很近了。”Five肯定地说道。

“你知道的东西倒是不少。”敖雨泽古怪地看了她一眼。估计她心中有些不平衡，毕竟在敖雨泽看来，Five的身份，不过是铁幕中的一个实验体，和她这样的核心成员比还是要差上不少的，可有些事Five分明知道得比她还要清楚。

“其实我的记忆一直就有问题，但是最近我才确认了一件事，那就是铁幕当初培育的五个实验体，其实并非是为了制造出接近神躯的怪物，也不是想要什么具有战斗力的人体兵器。铁幕真正想要的，其实就是我这样能够接收到意识世界部分信息的人。这样的人古蜀时期曾出现过，是对应血脉者的另一个方向，精神先知。但为此我们需要付出的代价，就是我们接收的来自意识世界的信息越多，我们失去的关于自身的记忆就越多，最终会完全被意识世界同化，彻底失去自我……”Five平静地说，似乎这并非是一件什么了不起的事情。

可阿华听到这样的话，原本镇定的脸上，却出现了一丝抖动，显然心绪有些不宁。

我暗地里叹了一口气。看得出阿华对于Five是有着好感的，但是两个人的身份差距实在太大，一个是被祖先誓言束缚的保镖，一个却是铁幕的实验品。即便Five没有丧失记忆和自我意识的劫难，两个人能走到一起的可能依然极小。

我突然感觉到，背心的位置传来一阵灼热，吓得我差点将背包扔掉。离开郑涛的尸体一段距离后，我取下背包，发现在背包中发热的，竟然是那一截如同玉质的蛇尾骨。

蛇尾骨有一尺长，微微弯曲，看上去晶莹剔透，是我们当初在梓潼地下石窟的时候获得的，很可能是当初巴蛇神的肉身骨骸所化。

只可惜巴蛇神这样的神灵，在某个未知古神的算计下，最终被忠于开明王的五丁力士杀死，连头骨都成为某个古怪法阵的核心，最终所起到的作用，却是便宜了敖雨泽。

当然，算计这一切的世界树也可能从中得到了自己想要的东西，其中就包括大量的时光之沙。这种古怪的物质，其珍贵程度甚至万倍于黄金，不管是世界树，还是和金沙文明有关三大的组织，都不肯轻易放过。

只可惜最后得手的还是世界树。而且不知道当时他们还有没有其他布局，秦峰和叶凌菲也在那次事件中失踪。我唯一能确定的就是两个人到现在为止应该没有生命危险，否则以我那灵敏的直觉，多少能够感觉到一些。

现在，这一截来自巴蛇神肉身的蛇尾骨发出的灼热，似乎在提醒着什么。我能感觉到它的热量，却不知道它到底要表达什么。

“它快要醒过来了。”看着我手中的蛇尾骨，Five说道。

“谁？巴蛇神？”我问道。

“是的，来自古蜀的蛇神，有可能也是这个世界上最大的蛇类，万蛇之祖，甚至可能是中华龙图腾的原型。当它沉睡的时候，依附于它存在的生灵才有生长的机会；可当它一旦醒来，那些曾经想要伤害它的人，都将要受到最严厉的惩罚。”Five的双眼，似乎一下失去了焦距，脸色带着茫然说道，如同在念诵来自神界的神谕。

“她果然能够连接意识世界，我还以为这不过是句玩笑。”敖雨泽喃喃地说。

Five的眼中渐渐恢复了清明，对敖雨泽笑了笑，没有说话。

我手中的蛇尾骨突然亮了一下。我心中若有所感，将蛇尾骨放在了地上。蛇尾骨头竟然像是被什么力量给推动着，指向了一个方向。

“它在指引我们前进？奇怪，它难道不知道我们是来阻止秦振豪的？”明智轩嘟囔了一句。

“我想，也许这古蜀的蛇神正希望我们阻止秦振豪。因为秦振豪很可能选择的是另外一条路，那就是利用巴蛇神的力量自己成神，而不仅仅是让巴蛇神降临到现实世界中。”我说道。

“说不定巴蛇神这个时候已经陷入了某种困境。如果没有我们的帮助的话，真让秦振豪成功，它所失去的就不仅仅是像两千多年前那样，只是一具可有可无的肉身了。”敖雨泽眼睛一亮。

我赞同地点点头。现在毕竟不是古蜀时期了，由于科技的高度发达，除了几大宗教的信徒外，人们早就对不知名的神灵失去了敬畏之心，何况是只存在于古蜀时期的几个神灵。

可偏偏只有古蜀时期的这几个神灵，无比幸运地在几千年前窃取了仅有的几个神位，占据着最广阔的几个意识世界，成为那些虚无世界中的神祇，却影响不到现实世界分毫。

这些神灵都在几千年前的某场变故中陷入沉睡，这场变故以古蜀国的灭亡和消失为标志。但是前兆在杜宇王传位给鳖灵，却没有让金沙血脉也随之传递时就已经出现了。

或许这一切都有那未知的古神在背后谋划，也或许是古蜀先民当中有人识破了几个神灵的存在对人类来说总体上是不利的。总之，当五个神灵相续沉睡后，才有了人类世界这几千年的飞速发展，不用再担心神的干涉。

现在，秦振豪在做的事情，很可能和当年的十二世开明王一样，是要利用神的力量让自己成为活着的永恒神灵。

尽管也有其他的可能，但可以肯定的是，不管秦振豪想要怎么做，可最终利益受损的，也包括古蜀时期的五个神灵，尤其是和这个意识世界密切相关的巴蛇神。

巴蛇神和这个世界最大的联系，除了那个神秘的象牙盒子中刻画的咒文外，就是我们得到的这一截蛇尾骨。如果它真的需要我们帮助，那么利用这一截蛇尾骨指引我们前行，也就说得过去了。

我们现在唯一需要警惕的，就是世界树的人。不知道这个早在梓潼的时候就开始布局的国外组织，除了詹姆斯和施密特两个摆放在明面上的人外，到底还有没有其他的布局。

第二十四章

JINSHA ANCIENT SCROLLS

蛇神殿

我们沿着蛇尾骨所指示的方向朝黑竹沟深处走去。如果说只是按照蛇尾骨指示的大概方向，我想我们早晚还是会迷路，根本不可能找到蛇尾骨想要指引的正确目的地。

好在之前张九红的父亲，铁幕中的张老头送过我一张手绘的地图。

这张地图在进入石门关之前其实没有任何用处，里面只潦草地画下了黑竹沟内部的地形。

先前起雾的时候，也无法分辨地图和周围的环境是否能够匹配，只有在现在这种雾气散尽的时刻，才能勉强分辨一二。

让我感觉到不对劲的是，地图和我们目力所及的区域，虽然有一些类似的地方，但也仅仅是类似而已。实际上区别还是挺大的，似是而非。

地图应该是十几年前画下的，时间并不长。这么短的时间，周围的地形当然不可能发生如此大的改变，唯一的可能就是当年张九红在画这张地图的时候出了错。

不管是她画错了，还是其他什么原因，总之在进入石门关不久后我第一次拿出这张地图时，就发现地图并没有之前想象的作用，因此也就没有太过在意。可现在，看着周围和地图上唯一能看清楚的这片区域的线条渐渐有了少许重叠，我终于发现之前为什么会感觉地图有些不对劲了。

这张地图中的山脉和路径，和我们看到的景象，竟然是反的。这种反并非是方向上的，而是周围景象全都画成了镜像。

就如同有人将周围的景象，用一面巨大无比的镜子反射了一遍，然后张九红对着镜子中的画面画下这张简陋的地图。

明白了这一点，我让敖雨泽拿出一面镜子，对着地图照射后，重新将镜子中的地图在携带的纸张上画了一遍，得到一张新的地图。

虽然和周围的景色还是不太一致，可至少，不管是山脉还是道路，总算能依稀看到一丝熟悉的样子了。

结合蛇尾骨的指示和这张新完成的地图，我们渐渐接近了地图上标注的一个红点。

当年张九红曾在这个红点旁边，画了一条小蛇的形状。

到了地图上红点标注的位置，这地方除了一片被藤蔓遮住的山石，却是什么都没有发现。

只有周楠因为是李老的得意弟子，认出来组成这片山石的是火山岩，里面含有大量的铁、猛、镁、硅等矿物质。这些矿物凝结在一起，加上地势特殊，是造成这里地磁异常的主要原因。

但我们知道，这不过是一个物理层面的原因。这个地方地磁异常的罪魁祸首，是因为处于存放世界运转冗余的特殊地带，空间并不稳定。

在那片诡异雾气的侵袭下，会和另外一个纯意识的世界产生联系。

可即便如此，我们翻遍了附近的藤蔓，也没有找到入口或者山洞什么的。

“要么是当年张九红画的地图有问题，要么就是她父亲张老头忘记了给我们一些更重要的东西。”明智轩嚷道。

“我倒是觉得，真正的原因是和这里出现的雾气有关。”我苦笑着说道。

“为什么这么说？”

“你别忘记了，这里的雾气虽然大部分时间是普通的雾而已，可一旦那种带有神秘力量的浓雾出现，可是能够连通意识世界，甚至连浓雾所至的地方，本身就处于两个世界的交界。”

“你的意思是说张九红在地图上标注的入口，是需要通过雾气世界才能进入？那这个入口到底通向哪里？难道能通向那神秘的意识世界吗？”明智轩不可思议地问。

“如果是这样，那岂不是意味着当雾气再度出现的时候，我们就能通过它找到消失的伊甸？”施密特已经恢复了不少，一脸惊喜地问。

“你也说了，那是意识世界，你以为我们的肉身能够进入那个世界吗？肉身顶多能够进入处于两个世界交界的中阴界。再往前，我估计唯一的结果就是变成没有意识的植物人。”我冷哼一声说。

明智轩吐了吐舌头，大概是认同了我的观点，没有反驳。

“说起来，当年的张九红也是人才了，居然能一路走到这里然后又返回。不过既然她都能够出来，我想我们就算进去，也一定有平安回来的办法。”敖雨泽毫不示弱地说。

虽然敖雨泽和张九红没有什么接触，只是听我们提到过这个神秘的女人，却不知为什么她对这个女人极为忌惮。

“我觉得可能没有那么简单，如果只是在迷雾出现的时候，就能进入那个未知的世界，这也未免太小瞧那个世界的诡秘之处了。如果是这样的话，黑竹沟的意识世界早就被人发现了，不可能等到现在。”明智轩说道。

“除了迷雾之外，我们还需要满足其他的条件？”我皱眉问。

“不错。还记得在蚕丛王墓的时候，你和秦峰曾进入过当地的一个小的意识空间，从中得到过一个情报，那就是身具五神血脉的人，其实是最好的‘观察者’吗？”

“你是想说，只有具有五神血脉的观察者来到这附近，才有可能让那道门在浓雾之中打开，如果是普通人来，即便是在浓雾中，他们看到的依然只会是一片山壁而已？”我诧异地问。

“是的，血脉很可能是进入那个世界的通行证。当然，这只是我的设想，也有可能是其他条件。总之，我感觉我们应该是符合这个条件的，这可能也是巴蛇神留在尾骨上的一丝残存的意念，为什么要帮助引导我们来此的原因。”明智轩说道。

“这么说来，巴蛇神还真有可能遇到了麻烦。可是，到底是什么麻烦，才会让巴蛇神都感觉棘手？它可是连一丝意念都能使真相派几百人同时晕过去的神灵。难道说秦振豪真的这么厉害，对巴蛇神的威胁比十二世开明王时期的五丁力士还要强？”我喃喃自语道。

“秦振豪当然不可能这么强，他很可能是在借势而已。只是这种‘势’的力量到底来自何方，需要我们去寻找。”敖雨泽冷笑道。她对JS组织，可能是我们所有人中最了解的，毕竟敌对这么多年，最了解对方的，往往是敌人。

“最大的可能就是那个神秘至极的古神。当年巴蛇神留在人间的肉身被十二世开明王麾下的五丁力士斩杀，背后不也有它的影子吗？”我沉吟了一下道。这个结果并不难猜，毕竟世界树所做的一切，很可能就是受到那个神秘古神的操控。

那次巴蛇神肉身的死亡，可是直接导致了古蜀国灭亡，从此华夏双政治宗教中心的格局也被改写，奠定了以后两千多年大一统的格局。

“对不起，我们一直很好奇，你们所认为的世界树信仰的古神，到底是谁？”施密特突然问道。看得出来，这个问题他已经忍了很久了。

“当然是你们说的‘主’，或许在这个世界的其他地方，它有着不同的名字。唯一相同的是，它或许是这个世界大多数文明所信仰的至高神……”我说道。

“我想你们有些事可能搞错了，世界树的信仰中心，并非是虚无的神灵，而是一棵树，一棵曾启迪了人类始祖智慧的神树。我觉得‘世界树’这个名字，已经很好地说明了这个问题。”施密特神色十分古怪地说。

我的心猛地抖动了一下。一直以来，我都觉得世界树这个古怪组织中的人，所信仰的是张九红所说的那个神秘的上古神灵。只是这个上古神灵化身千万，在不同文明中所出现的形象有所不同。

可现在听施密特的口气，他们真正核心的信仰，居然就是和他们的组织名字一致，真的是一棵名为“世界树”的参天大树。

这原本的确是一个简单至极的问题，人家连名字都堂堂正正放出来了。可因为先前张九红的误导，我们几乎是下意识地忽略了这个问题。

而古蜀五神当中，当然有这样一个真实存在的神灵，那就是扶桑神树，也被称为“建木”，或者“通天树”。

甚至，先前施密特还告诉过我们，在世界树组织中，有两件最重要的圣器。一件是从三星堆中出土的《坛中书》残页，也就是后世学者所认为的《金沙古卷》上卷的羊皮卷经文。

甚至我怀疑正是这卷《坛中书》给了当时的世界树创立者启发，让他在西方世界中到处搜寻类似的古老文献，最后还真让他找到了类似的羊皮古卷，也就是先前施密特在雾气世界中拿来诵经的《死海文书》原本。

只是上面书写的文字不是巴蜀图语，而是同样古老的闪米特语系的古希伯来文。

而另一件圣器，就是二十世纪三十年代三星堆文物第一次问世时，英国传教士董笃宜获得过的青铜神树顶端的智慧果实。

只是这枚青铜铸造外表鎏金的智慧果实连同一段青铜树枝，却被董笃宜在广汉当地所请的向导窃取，最后辗转卖给了另外一个外国人，从而导致了世界树的建立，并以此为名。

先前施密特和詹姆斯也曾提到过这个问题，但我以为这不过是当年世界树的建立者因为这段生长着智慧果的青铜树枝，随便给组织起的名字。

可现在看来，整个世界树的核心信仰，竟然真的和青铜神树所象征的古蜀神灵有关，很可能就是五神之一的扶桑神树。

“青铜神树顶端的果实，在西方文明的神话传说中很可能是启迪人类智慧的智慧果，可能因为外表鎏金的缘故，又被称为‘金苹果’。可按照三星堆出土的青铜神树上歇息的九只太阳神鸟的造型，我想古蜀人在铸造青铜神树的时候，并没有将顶端的果实当成是果实，而是一种真实存在的自然天体吧……”敖雨泽说道。

“古蜀人除了当年对五神这五个真实存在过的神灵信仰之外，其实真正最核心的信仰，是对太阳的崇拜。青铜神树上歇息的九只太阳神鸟是一例，金沙遗址中出土的翔鹭纹太阳神鸟金箔也是如此。那么真要说起来，这枚被世界树组织认为是智慧果实的东西，很可能还象征着现实中的太阳，是古蜀人太阳崇拜的表现。”我点头说道。

“是的，这一点我们也研究过，青铜神树顶端的金色果实，真正象征的是太阳。太阳崇拜在世界各个地区都有着久远的历史，可以说是最古老的信仰之一。

而整个人类文明，乃至于整个地球上的生命，也的确是因为太阳的存在才得以延续。”施密特感慨地说。

“也就是说，世界树内部真正信仰的，也不一定是古蜀五神中的扶桑神树，而是处于扶桑神树顶端，代表了世界树一切生命来源的太阳？”我问道。

“确切地说，世界树并非是一个完全宗教性质的组织，而是更加偏向学术化。组织中有部分学者是没有信仰的。但这并不重要，重要的是，通过对青铜神树顶端果实的研究，我们发现了一个巨大的秘密。”施密特很小心地说。

“什么？”

“那就是，或许整株青铜神树是古蜀时期的人类王室所铸造，但是尖端的智慧果实，绝对不是人造物。别说是几千年前的古蜀时期，就算是现代，也绝对不可能造出智慧果实来。”施密特用十分肯定的语气说。

“你不会是想说那是外星文明留下的吧？”明智轩开玩笑似的道。

“我们认为那是真正的神器，比传说中的圣杯还要珍贵得多的神器，是真正的神灵才能造出来的神物。至于它到底是神灵还是外星文明的造物，谁也没有办法确认。毕竟对于几千年前的人来说，哪怕是现代人开着飞机回到那个时代，也有可能被认为是神灵的使者。技术的代差太大了。”施密特说道。

施密特说的也有些道理。几百年前，当西方殖民者第一次踏上美洲的土地时，还在用独木舟打鱼的当地土著，看到西方船队都以为是神灵的使者，更不要说时间跨度达到几千年时古人面对现代文明造物的反应了。

就算是现代一个最普通的打火机，放在过去估计都会被认为是神物。以此类推，如果智慧果实的技术跨度大于现代文明几千年，怕是现代最杰出的科学家都无法完全理解其构造的原理，就如同北京猿人绝对不可能理解核反应堆一样。

其实在很长一段时间内，都有考古界的学者面对神秘的三星堆、金沙遗址等古蜀文明满含敬畏，认为那个时代不太可能出现如此灿烂的青铜文明。

尤其是古蜀文明中使用的太阳历和岁星纪年法，还有各种高鼻方脸纵目的青铜人像，都完全不像是华夏的原生文明。以至于有学者认为古蜀时期的统治者是外星人，纵目的形象是代表了类似望远镜的器物。

不过后来的考古发现并没有提供太多的证据，于是三星堆和金沙遗址所代表的古蜀文明是源自外星人的说法又很快沉寂下去。

说起来我们这群人，很可能是对古蜀文明的本质最为了解的人，自然不相信什么外星文明说。因为我们知道古蜀文明最大的秘密，还是和世界运转所产生的冗余，加上古蜀时期整个族群的集体本源意识以及信仰所形成的意识世界有关。

这直接导致了几个神灵从虚无中诞生出来，也或许是几个早就存在的纯精神生命因此被唤醒并拥有了意识。总之，古蜀文明和外星人什么的怕是没有半毛钱关系。

哪怕是西方传说中的圣杯，我们也曾在青铜之城中接触过，甚至敖雨泽还因此被封印了很长一段时间。

就在我们讨论这些问题的时候，天色渐渐暗下来。我们不得不在附近开始扎营。

之前我们都无比厌恶那让人伸手不见五指的雾气，可现在，为了找到进入另一个世界的入口，却又开始盼望着雾气重新到来。

可越是想要一件东西，这件东西反而没有那么容易得到。我们在附近待了一整晚，一直到第二天下午的时候，依然没有先前的浓雾出现。

“怎么回事，难不成是那片有生命的雾气受伤太严重，不敢出现了？”明智轩嘀咕了一句。

“不可能，那片雾气就算是有生命的，也是无数智慧生命的意识和怨念凝聚成的一个庞大的集合体，并非是个体生命。虽然施密特利用天意之眼杀死了雾灵，给予雾气重创，还不至于改变它出现的时机。雾气的出现是以世界运转的机理为原则的，它自身根本无法完全控制。”詹姆斯沉声说道。

“你们对雾气世界的研究，看来还真是不少。”敖雨泽冷笑道。

“彼此彼此吧。真要说起来，回归者组织在这方面取得的成果也不少。就算从纯技术的角度讲回归者组织比不上世界树，可是毕竟有着天然的地理优势，面对古蜀文明隐藏的秘密，取得的成果我想不会比世界树少。”詹姆斯淡淡地说。

这话也有几分道理。

JS对长生乃至成神技术的研究，铁幕所研究的世界本源意识链接，还有真相派对命运线和时光之沙的运用，都算是有着独到的成果。

只可惜这些成果都注定了无法量产推广，而且还多少涉及铁幕一直想要隐藏的一些关于古蜀文明的巨大秘密，否则连世界都有倾覆的危险。

而我们目前所推测的世界倾覆的可能性之一，就是意识世界中意识生命入侵现实世界，占据现实世界中的人类躯壳，从而造成两个文明的冲突和对世界的主导，并以此引发涉及全球的战争。

可不知道为什么，我总觉得这还不是铁幕所真正担忧的世界被倾覆的方式。似乎在暗中还隐藏着一个更加让铁幕畏惧的可能，只是这个可能就算是铁幕内部也是守口如瓶，就连敖雨泽都探听不到一丝口风。

甚至，铁幕这个组织的由来，也是为了保守这个秘密。铁幕和真相派最大的分歧也来源于此。为此原本同属于回归者的三个组织，不惜反目了数十年。

“回归者组织……真是一个久远的称呼。只是可惜，现在早就没有回归者这个组织了，剩下的只是被分裂成JS、铁幕和真相派三个彼此对立的组织。”敖雨泽幽幽说道。

“也幸好如此，如果回归者还是铁板一块的整体，我估计世界树这些年也不可能发展得这么顺利。”詹姆斯微笑道。

“我想你真正的身份，在世界树中怕不只是一个研究者那么简单吧？”敖雨泽的眼中闪过一抹寒光。

“不管我们有什么身份，从本质上说，我们只是一个想要探求世界终极真理的学者，一个虔诚的信徒。”詹姆斯大有深意地看了施密特一眼，说道。

“探求终极真理……听起来，和真相派的理念倒是多少有些相似。”我暗中嘀咕了一句，却没有将这句话说出口。

不过，我们对詹姆斯和施密特二人的怀疑，却也没有减少。哪怕我们目前还算是勉强合作，可世界树先前对我们的敌对乃至伤害，却是实实在在的。

尤其是明智轩，表面上看着笑嘻嘻的满不在乎，但我知道，差点死在世界树雇请的佣兵刀下的他，对两人极为警惕。

等到太阳快要落山的时候，我们期盼已久的浓雾，终于再度出现。

所有人都开始紧张起来，毕竟在浓雾所笼罩的世界当中，是处于虚实的交界，世界的规则都因此发生了轻微的改变。

谁也不知道雾气中的世界和现实世界到底有什么不同。除了那些曾失陷在雾气中的人不灭的意识形成的雾傀儡，还有被刻意培养出来的精英戈基人，到底还会碰上哪些诡异的怪物?

这些怪物很可能是人心中的怨念或恶意在雾气中被具象化出来，也可能本来就来自意识世界。总之如果被它们杀死，自己的灵魂也有可能成为雾气世界的一部分，然后陷入不死不灭的永恒痛苦当中，最后被磨灭掉全部的记忆，成为一个空白的灵魂从而被转化为意识生命的一分子。

这种转化很可能是不可逆的，并且从此会彻底站在人类的对立面上。我想只要是一个正常人，都无法接受这样的结果。

在渐渐泛起的浓雾之中，世界似乎也变得模糊起来，就像是始终隔着平静清澈的水面在看水底，因为水对光线的折射和轻微的阻挡，总有一种难言的朦胧感。

这种感觉已经不再陌生。尤其是我自己，对这种感觉已经称得上熟悉了。

之前在蓉城市区的时候，我还曾独自进入到一个类似的“鬼域”。

当然，那个时候我以为自己是“见鬼”了，并没有想到这是自己血脉的关系——让意识世界在脑子中产生了某种程度的投影。

不过从当初在鬼域中短短几分钟的经历可以看出来，意识世界虽然和真实世界有着各种不同，但是文明发展程度其实是差不多的，并非还处于文明萌芽的野蛮状态。

我只感觉奇怪的是，蓉城作为一个有着千万人口的大城市，应该不存在什么地磁异常之处，当初的我，又是怎么进入到意识世界当中？还是说意识世界和真实世界本来就是完全重叠的，虽然在蓉城不存在能让其他人进入的入口，可在意识世界里也同样有着一个虚幻的蓉城？

这种可能性并非不存在，毕竟蓉城可是金沙文明存在过的地方。在当初鬼影事件发生的时候，如果借助某些神像中携带的神秘力量，还真的有可能暂时打开那扇通向意识世界的门。

而这道门，普通人是看不见的，也只有我们几个寥寥可数的观察者能够看到。甚至连当时的敖雨泽，都必须要借助铁幕开发出来的那种古怪的大号墨镜，才能看到意识世界中偶尔具现化出来的生命体。

就在我胡思乱想的时候，周围的人突然一阵骚动，几乎目瞪口呆地看着我们扎营地的后方。

那里本来是一片布满了蔓藤的山壁，我们也搜索过，蔓藤的后面，根本就不存在隐藏的山洞或是其他机关。

可现在，蔓藤依附在山壁上，竟然突兀地出现了一道巨大的门。这道门的高度有三十米左右，整体都是青铜铸造而成，重量只怕有好几千吨。

这和我们曾在五神地宫中看到过的青铜之门，连上面布满铜锈的地方和门上古朴苍茫的花纹，都几乎一模一样！

当时的我就觉得奇怪，为什么在五神地宫，会出现一道和古蜀时期生产力极度不和谐的青铜大门。最关键的地方是，这道青铜之门出现后不久，又突兀地消失了。

要让一道高约三十米，重几千吨的青铜之门瞬间消失不见，这是任何现代科技都办不到的，除非造成这种奇观的，根本就不是科技。

而在雷鸣谷深处的丛帝墓中，我们在青铜王城中也看到过类似的青铜之门，只是那道门的高度要小上一些，但造型几乎一模一样。

现在，当这道青铜大门再度出现的时候，那种压迫感没有一丝一毫减少，反而由于出现得太过突兀，让我们有了一丝敬畏。

这的确不是人力能够造就的奇迹，而是真正的神迹。

“不要忘记了，当雾气出现时，黑竹沟深处的区域会处于虚实之间，任何东西都有可能因为强烈的执念被具象化出来。别说是一道约三十米高的青铜之门，只要你的意念足够强烈，又能控制雾气中隐藏的神秘力量，那么就算上百米高的青铜之门都有可能凭空出现。可是，这又怎么样呢？这道门就算能出现在现实世界，估计存在的时间也不可能太长。”敖雨泽看到我们震惊的神色，淡淡地说。

“不错，这道青铜大门虽然看着无比震撼，甚至在中原神话中守护天界的南天门，怕都是以此为原型。可这道门在现实世界是不可能长久存在的，它只是一个入口而已。当雾气退却的时候，它就会消失不见。”我认同道。

之前这道青铜之门，还曾在余叔的阴谋下，被我和秦峰的血打开过一次。好在当时运气足够好，才没有被青铜之门将我们血液中附带的力量抽干。

那时我们天真地以为，随着余叔的死亡，青铜之门应该不会再被打开了。可现在看来，就算没有我和秦峰的血作为引子，这道门依然有被其他人开启的危险。

小叶子的父亲叶暮然，或许是对这道门研究最为透彻的人，只可惜他已经死了多年。他留下的那个青铜箱子也被某个神秘的研究机构收藏，后来更是落入世界树组织的手里。

在那个青铜箱子里，无疑也藏着打开这道门的方法。而知悉内情的叶暮然，曾在留下的笔记中再三告诫获得笔记的人，千万不要试图进入青铜之门。

原本我们以为来到这里，需要进入的仅仅是一个类似丛帝墓的地方，就算百般危险，大家也会凭着丰富的经验安然度过。

可现在看来，我们要进去的根本就是另外一个世界。这个世界甚至有着不同于现实世界的物理规则，是统治着意识世界神灵的主场。

更让我们感觉到恐惧的是，青铜之门早已经打开了一条缝隙，虽然这条缝隙对于整个青铜之门来说不算什么，却足以容纳一个人通过。也就是说很可能在我们之前，已经有人进去过了，这扇门本来就是被打开的！

我们在五神地宫的时候，曾亲眼看到过，这扇门的背后，是无数跪拜的古人祭祀的场景。而祭祀的对象，就是古蜀五神之一的纵目神。

想起小叶子父亲在留下的笔记本中的告诫，面对打开了一条缝的青铜之门，我有些忐忑不安。

手中拿着的蛇尾骨又开始发热了，甚至能感觉到它轻微的颤抖，不知道它是否已经感应到青铜之门内的巴蛇神的意志。

“进去看看吧。既然各种因素推动我们走到了这一步，如果不进去的话，岂不是功亏一篑？”敖雨泽说道。

施密特和詹姆斯的眼中也闪过一丝期待，尽管这期待当中还带着一点对未知事物的畏惧。

我点点头，然后和敖雨泽一起，朝青铜之门走过去。当走到青铜之门的下方，才更加感觉到自身的渺小。

大门的缝隙有一人多宽，但是里面灰蒙蒙的，似乎也是被浓雾所环绕，根本看不清后面到底是什么。

我有些紧张。门后到底是上次看到过的古代祭祀场面，还是和现代文明类似的场景？我一点把握都没有。

进入青铜之门后，我的脑袋没来由地晕了一下。周围的光线不停变幻，就像行走在扭曲的时光通道之中一样，有不同时代的画面扭曲着飞速闪过。

从远古时期的类人猿举着石头追逐猎物，到穿着盔甲的两支军队的战争场面，再到一个充满了银灰色金属美感，但看上去孤寂冷清的陌生世界。

连我自己也说不清楚这段通道到底走了多久。当我从这种让人目眩的景象中彻底清醒过来的时候，才发现我和敖雨泽，正置身于一个空旷的石头大厅当中。而先前经历的一切，犹如幻觉。

在我们的身后，没有带着光怪陆离扭曲画面的通道，也没有青铜之门，只有一条由巨大的骨架支撑形成的通道。在骨架之外，是完全的虚无。而我们就是沿着骨架上的脊椎骨一路走过来的。

这骨架的形状看上去十分熟悉，我和敖雨泽对望一眼，然后脱口而出："巴蛇！"

这条一百多米长的骨架通道，赫然就是巴蛇的骨架，只是脊椎的位置朝下，而肋骨朝上。就像是巴蛇在死亡后被巨大的力量给翻了个面，肚子朝上形成的。

紧接着，一大群人的虚影，在我们走过的通道中逐渐显现出来。我们先是紧张了一下，可当这群人的虚影渐渐凝实，我们才发现这群人正是明智轩等人。

所有人在清醒过来后，发现所处的地方，都第一时间发出了惊呼。只有同样见过梓潼地下石窟中巴蛇骨骸场景的阿华和Five要好一点。

"为什么巴蛇的骨骸会出现在这个地方？"阿华好奇地问。

"谁知道呢？大概巴蛇神在自己的肉身死亡后，为了不让十二世开明王的企图得逞，故意将除了头尾外的骨骸带入了这处空间。"我说道。

当年巴蛇被五丁力士杀死后，只在现实世界中留下了如同玉质的尾巴尖和一个巨大的头颅，而其他部分，都已经腐朽甚至石化。可现在看来，当初我们所看到的石化骸骨并非是真正的巴蛇神肉身所化，这里的骸骨才是巴蛇所留下的。

沿着巨大的骸骨形成的通道前行，巨大的蛇骨上发出惨白的光芒让我们能勉强看清脊椎形成的地面，不至于一脚踏空掉入到看不清尽头的虚无空间中去。

几分钟后，近两百米的蛇骨通道走完，最后出现在我们眼前的，是一道石门。石门虽然没有高达三十米的青铜之门那么气势恢宏，可看起来也有六七米高。石门前放置着两具半人半蛇的蛇侍雕像，看上去极为威严。

石门的两边，是两个在燃烧的火盆。

也不知道火盆中燃烧的什么油类，居然能存在至今。火光勉强照亮了附近，也让我们能看清巨大的蛇骨其中一头，完全镶嵌进了山壁当中。

在石门的最上方，刻画着两个弯弯曲曲的符号。我依稀能认出这两个符号属于巴蜀图语，大概是蛇神殿堂的意思。

"是蛇神殿，传说中巴蛇神居住的地方。我们虽然进入了意识世界，但并没有到最里层的意识世界，而是到了蛇神的居所，最靠近中阴界的地方。"Five说道。

"也就是说，我们要进入意识世界，首先必须通过蛇神殿？"我问道。

“意识世界一共有六个入口，除了最神秘的一个未知入口外，其余五个分别是五神的神殿驻守，代表着上下和前后左右六个方位。”Five解释说。

“我们第一次见到的五神地宫，应该是纵目神所驻守，毕竟当时我们所看到的祭祀场景也是和纵目神有关的。而雷鸣谷中的丛帝墓属于蚕丛王所有，应该和蚕女神有关，而这里是巴蛇神的地盘。想来意识世界的其他几个入口，应该分别是属于扶桑神树、太阳神鸟和那个神秘古神了。”明智轩稍微计算了一下，说道。

“那个最神秘的未知入口，想来就是为五神之外的古神所驻守了？就是不知道那个古神所驻守的入口在什么位置。”我遗憾地说。

“还是先过了眼前这关，再考虑以后的事情吧。我觉得就算我们不进入蛇神殿，巴蛇神也不会轻易放过我们的。我们的到来，总感觉巴蛇神是完全知道的。”敖雨泽说道。

“世界蛇最终的目的是吞吃掉整个世界，只可惜它被自己的贪婪所害，才被我主降下神罚，扔入深渊。”施密特非常认真地说。

“如果你所信奉的主是世界树，也就是扶桑神树的话，我想它的力量，应该不会比巴蛇神更强，更不要说是用神罚来面对另外一个神灵了。”敖雨泽不屑地说。

“我主所拥有的力量是来自于智慧，而非绝对的破坏力。”施密特很是神秘地说。

我们没有理会他，面对眼前紧闭的石门，与其和一个狂热信徒争辩，还不如想想怎么打开它。

面对紧闭的石门，一群人研究了好一阵，却没有找到打开的方法。而看石门的厚度起码在四十厘米以上，加上六七米的高度，重达数十吨，就算用上我们携带的炸药也未必能一下炸开。

并且这个空间的物理规则很可能和现实世界有一定区别，炸药的威力是否能像现实世界一样大，谁也不知道。

“你们看这两个雕像。”詹姆斯在其中一具雕像前研究了一阵，对我们说道。

“你发现了什么？”

“左边雕像的眼睛是空的。”詹姆斯说道。

我仔细看时，果然发现左边蛇侍雕像眼睛和眉心的位置是三个呈品字形的空洞，什么也没有。只是由于这雕像比人要高一些，而且周围的光线很暗，刚才没有发现。

而右边的蛇侍雕像却是正常的，有着凸出的竖瞳眼睛，眉心也是朝外鼓出，犹如多出了一只眼睛。在火光照耀下，显得极为传神。

我看着空洞的蛇侍眼睛，心中一动，突然想起之前张九红在我出发前送给我的三个核桃。

这三个核桃是从大邑的高山古城遗址中得到的。而高山古城遗址的年代，甚至比三星堆还要久远近一千年，很可能是蚕丛王开创古蜀国之前就存在过了。

按照张九红的说法，这三个陪葬的核桃，其实是一件威力巨大的法器，所针对的更是强大的意识生命体。

换句话说，这三个核桃，甚至有可能给纯意识形态的神灵带来伤害。虽然不知道张九红的话有几分可信度，但这三个核桃我最终还是带在了身上。

现在，这具蛇侍雕像眼睛的三个空洞，其大小正好可以分别放入一个核桃。

抱着试一试的念头，我将三个核桃法器从背包中拿出来，分别放入左边蛇侍雕像双眼和眉心的空洞中。

过了十几秒，伴随着一阵咔咔声响起，像是什么机关被触发了，石门开始一点点朝上抬升，最后留出一个两米多高的通道。

所有人欢呼一声，见石门久久没有落下，终于开始试着朝石门内跑过去。

等所有人都跑进去了，我从蛇侍雕像上取下三个核桃，石门开始以肉眼可见的速度缓缓下落。

“小康，快一点！”敖雨泽和明智轩都喊道。我加快了速度冲过去，到达石门时已经只剩下半米左右了，最后不得不躺下，在石门落下的最后一刻翻滚着进入石门内。

刚松了一口气，这才注意到石门内部竟然整整齐齐地摆放着无法计数的罐子。

看着这些半人高的罐子，我总觉得有些眼熟，却一时间想不起来在哪里见到过。

不知道出于什么心理，我们谁也没有提起好奇心打开这些罐子。大概是这些罐子的出现太过诡异，谁也不知道打开它们后会发生什么。

就在我们小心翼翼地试图通过摆放着数以万计的罐子区域时，异变陡起。

第二十五章

JINSHA ANCIENT SCROLLS

六方铜棺

我们眼前数以万计的陶罐，开始发出有规律的破裂声。噼里啪啦的声音不停响起，连绵成一片，带着某种难言的韵律。

原本有些沉闷的空气中弥漫起一股浓烈的腥气。借着周围石壁上的火光，我们这才看清从破裂的罐子里面，正爬出无数半人半蛇的怪物。

这些怪物和我们之前看到过的蛇侍形态差不多，只不过它们都处于幼生期，就连上半身的人类形态，也是三岁左右小孩的样子。

看到这些上半身是孩子的蛇侍，我没来由地想起在大邑高山古城遗址时，看到过的祭祀坑。在那个祭祀坑中，曾出现过用小孩作为祭品的状况。而我背包中藏着的三个核桃，据说也是从祭祀坑中出土的，被张九红制作成了一件法器，也成为我们进入蛇神殿的钥匙。

可以说没有这三个核桃的话，我们连蛇神殿的大门都无法进入，因此高山古城的孩童祭祀和这里出现的幼生期蛇侍肯定存在某种程度的联系。

面对正在原地匍匐着前进，连眼睛都没有睁开的幼生期蛇侍，我们加快了通过的步伐。

不过幸运的是，这些幼生期蛇侍没有攻击我们，反而是在短暂地暴露在空气中后，身上原本薄薄的一层鳞片开始变硬，接着纷纷睁开了带着金色竖瞳的眼睛。

那是一只只闪烁着轻微金光的眼睛，眸子中透着的不是对这个世界的好奇，而是冷漠乃至残忍。

时间仿佛定格了几秒钟。接着这些幼生期蛇侍原本看上去有些粉嘟嘟的小嘴纷纷开始张大，脸颊两旁先是出现了一条细线，接着这条细线裂开。这让它们看似可爱的嘴巴顿时变大了五六倍，露出口腔中细密的牙齿。

这巨大的反差让我们心中升起一股寒意，顾不得是否会碰触到脚下的罐子唤醒更多蛇侍，我们在慌忙中加快了前进的步伐。

不过已经有些晚了。这些幼生期蛇侍已经反应过来有外敌入侵，开始朝我们扑过来，而这个过程又伴随着相互之间的厮杀甚至吞吃。

这些很可能是第一次睁开眼睛的怪物，竟然连自己的同类都要吞食。而吞食了同类的幼生期蛇侍，更是以肉眼可见的速度在生长变大。

也正是相互之间的牵扯吞吃给了我们逃离的时间，不过付出的代价就是殿后的猛哥被几头幼生期蛇侍咬伤。如果不是敖雨泽及时相救，恐怕他很快就会被蜂拥而至的蛇侍给撕成碎片吃掉。

我们不顾一切地朝蛇神殿深处跑去，后面至少有数百个幼生期蛇侍在追赶。破裂的罐子占据了十分之一的比例，差不多有一千多个。

可是大部分蛇侍都死于自相残杀，但也因此造就出了好几个接近成年体的蛇侍。长度从最初的七八十厘米，长到了骇人的两米出头。上半身的人形，看上去也差不多是十几岁的少年样子了。

与蛇侍的体型随之成长的还有这些小蛇侍的实力。如果说刚爬出罐子的蛇侍只是一个婴儿，就算是有牙齿，也顶多咬掉一小块皮肉，其战斗力也就和一条半米多长的半大狼犬差不多。

那么这些已经进阶到少年时期的蛇侍，战斗力尽管比不上完全的成年体，却已经超越了普通成年人。至少先前连猛哥这样的职业保镖，对上两个的时候就转瞬间受了好几处伤，差点被后续的蛇侍给淹没掉。

接着阿木章依也被一条爬上大殿顶部，然后猛然间扑落下来的蛇侍咬伤。虽然这条蛇侍很快就被阿华杀死，可这也让我们注意到在大殿的顶端，竟然还有数十只体型不大的幼生期蛇侍在四散爬行，看样子是要从其他方向堵截我们的去路。

几乎所有的热武器都被拿出来，朝着蛇侍不停开火。多数鳞甲还没有完全长成的蛇侍完全不是现代火器的对手，被打得血肉横飞，引得周围的蛇侍不顾一切地争抢，这也减轻了我们一些压力。

不过随着成长起来的蛇侍越来越多，鳞甲也变得更加坚硬。尽管子弹打上去会崩落一块鳞片，却不会被子弹穿透，反而因为受伤变得越发凶残。

眼看着再这样下去，就算是以敖雨泽战斗力的强悍也无法应对如此众多成长起来的蛇侍。而詹姆斯和施密特也紧张地表示，在短时间内他们绝对无法再次使用《死海文书》中的咒文，召唤来神秘的天意之眼。

我一咬牙，拿出一个作为法器的核桃。这枚核桃因为经历了数千年的时光，看上去黑黝黝的毫不起眼，可如果张九红没有骗我的话，它里面很可能蕴藏着意想不到的巨大力量。

我一咬牙用匕首在手上划开一道口子，心中哭笑不已。我身上明明有着异于常人的金沙血脉，在几千年前这不仅仅是王权的象征，更意味着强大的力量，是最接近神血的血脉，甚至能因此获得数百年的寿命。只可惜我一直没有找到运用这血脉力量的方法，以至于只能以最简单粗暴的方式，直接放血用血脉本身附带的神秘力量去攻击敌人。

不过幸好这次血液的作用不是攻击，而是以此作为引子来引发核桃法器的力量。

当流出的鲜血将其中一个核桃的外表全部涂抹完成，核桃的表面上无数凹凸不平的坑洼，竟然像是活了一样开始蠕动起来。自己的血像是沾染在了海绵上，被迅速吸收，随后核桃的表面上泛起一层暗淡的血色光芒，看上去分外诡异。

“你在干什么？”敖雨泽打空了一个弹夹，换弹夹的时候好奇地问。

“我来之前张九红送给我的一件法器，据说需要吸收金沙血脉才能使用……”

敖雨泽想了想，将枪抛给Five，然后也割开了自己的手掌说：“笨蛋，你的血脉上次已经剥离了三分之二，如果需要金沙血脉的话，已经不足以启动这件法器。”

随后敖雨泽将自己的血液也涂抹在核桃上，核桃吸收了敖雨泽的血液后，最表层的暗红色光芒，似乎更加妖异了。

“这玩意儿怎么用？”我看着手上发光的核桃，嘀咕了一句。

Five走了过来，将枪还给正往手上伤口喷涂药剂的敖雨泽，对我说道：“跟着我念，记住，一定要全身心地投入进来，否则没有用。”

接着Five开始以一种古怪的腔调念诵一段类似咒语的东西，这种腔调和四川本地的方言尽管有着类似的地方，但是发音又截然不同。

这种语言我无比熟悉，随即醒悟过来。之前旺达释比在念诵经文的时候，就用的类似的语言，和古羌语以及古彝语都有几分类似，又不完全一致。

而且之前我在鬼影事件中曾进入“鬼域”，也听到过里面的“人”使用类似的语言。而这种语言的来历，无疑和巴蜀图语有着莫大的关系。

可现在却不是想这些的时候。我凝神静气，仔细聆听Five念诵的咒文。好在这段咒文不算太长，我记忆力又还不错，听了两三遍后就基本熟悉了。

我照着她的节奏开始复述这段咒文，脑子里什么想法都没有。试了几遍后，我渐渐感觉到周身的血脉似乎在不停奔涌，血脉里面无数肉眼不可察的细小金色光点也被激活，融入到手上捧着的核桃里面去。

核桃的表面开始浮现金红两色的光芒，渐渐地金色的光芒开始朝中间汇聚，而如同鲜血的红光却被挤压在周围，让整个核桃看起来如同是一只有着金色竖瞳的眼球，只是这眼球上布满了血丝。

核桃震动了一下，竟然从我手上浮空而起，按照我的意图，落入到紧随而至的蛇侍群中。

追来的蛇侍只剩下三四十个，但是实力比先前的幼生期蛇侍强了无数倍。甚至有一两个蛇侍的面目，已经接近成年人了。

当核桃掉落进蛇侍群中，这些蛇侍鼓出的双眼中明显出现了一丝慌乱和惊恐，似乎遇到了最强劲的对手，发出蛇类遇到天敌般的嘶嘶叫声。

有部分蛇侍开始畏缩着试图后退，却已经晚了。随着我念出咒文的最后一个字，带着金红两色光芒的核桃猛地炸开，却没有碎片四射的感觉，而是在蛇侍群中出现了上百只如同眼球状的虚影，然后两个一组没入蛇侍的头颅。

被眼球侵入的蛇侍发出凄厉至极的嘶吼声，不停地在地上翻滚。大殿顶端挂着的蛇侍也纷纷掉落，摔得皮开肉绽，和其他蛇侍一起翻滚着。还有不少蛇侍用锋利的爪子去挠自己的脑袋，似乎想要将钻进脑袋的东西给抠出来。甚至有几只蛇侍连头骨都被利爪给抓得显露出来，爪子在头骨上发出瘆人的咯吱声，让人不寒而栗。

很快，数十只还活着的蛇侍软绵绵地瘫倒在地，双眼中冷漠而残忍的神光也消失——身上除了它们自身抓出来的伤口外没有任何伤痕，却集体失去了生命。

核桃重新掉落在地，但是上面的光泽却全部消失了。掉在地上的核桃顿时摔得四分五裂，露出里面因为时间太长已经完全萎缩几乎碳化的果仁。

很显然，碎裂的核桃已经失去了原本的力量，现在仅仅是一个存放了几千年的普通文物。或许在考古学家眼里还有一些学术价值，但对我们而言和路边的石头没有两样。

“此地不宜久留，走。”敖雨泽说道，当先朝蛇神殿深处走去。

其他人连忙跟上，谁也不知道后面的罐子是否会破裂，从里面再度爬出无数的蛇侍。按照这些罐子的数量，如果全部破裂，会是先前出现的蛇侍数量八九倍之多，估计就算我连续使用还剩下的两个核桃法器，也无济于事。

十多分钟后，我们进入一个类似迷宫的地方，这里如同蚂蚁的巢穴一样有无数条通道，通道的两端又偶尔会有一间石室。

石室之中有不少粗陋的物件，看起来之前似乎有人居住过。不过里面的东西或许是因为经历了数千年的时光，哪怕看上去完好无损的布匹，只轻轻一碰就完全化成了灰烬。

这让我们对蛇神殿的存在更加感觉到好奇。从我们进入蛇神殿的方式看，蛇神殿明显不是存在于现实世界的，更像是位于雾气世界的深处，很可能和纯意识世界相连。

这个时候，从张老头那里得到的那张简陋的地图竟然起了作用。里面一些先前我们看不懂的杂乱线条，赫然就是迷宫的通道。

按照地图的指引，我们有惊无险地通过了迷宫。正当我们感觉松了一口气的时候，断后的猛哥，却发出了一声惨叫。

猛哥搀扶着的，是周楠，她之前受伤一直没有恢复过来，身体十分虚弱，因此猛哥作为我们之中体格最强壮的，对她也比较照顾。

可是谁也没有想到，这个看似虚弱无比的女孩子，这个时候会突然发难，竟然一口咬在了猛哥的脖子上！

最可怕的是，周楠的脸颊也出现了两条细线，这是被鬼蛇寄生的人类，快要转化为蛇侍的征兆。

果然，随着她脸颊开始裂开，嘴巴更是张大到了极限，甚至能看到牙床上正不停地有细小的利齿在生长。

而周楠的两颗犬牙，早已经长出一寸多长，犹如吸血鬼一样咬着猛哥的大动脉。猛哥的身子不停抽搐，就算马上救出来，估计也活不了多久了。

“曾猛！”阿华悲愤地大叫一声。所有人当中，就他和猛哥的感情最好，两人共事了好些年。

他把枪口对准了周楠，毫不留情地扣下扳机。可是子弹却诡异地在周楠的脑门附近停住了，随后“叮当”一声掉落在地。

猛哥的脸上，露出一抹狠厉的颜色，尽管十分痛苦，却凭着毅力控制着自己的手，从腰带上取下一件东西，那是一颗手雷。

我能看出他快要失去光彩的眼睛里，在示意我们快走。除了敖雨泽和阿华，其他人看到手雷拿出来的一刻，也早已经本能地朝前走了十几米远，躲在神殿一处转角的蛇侍雕像后面。

我和敖雨泽拉着阿华也飞快地后退，猛哥大吼一声，拉响了手雷。随着一声轰然巨响，猛哥连同周楠一起，被巨大的爆炸威力炸成了碎片，周围的石质大殿都被血肉染红。

周楠美丽的头颅只剩下大半个，显得极为狰狞。这大半个头颅正好滚到我们附近。从头颅破碎的缝隙中，蠕动着爬出一条手指粗细的小蛇。

只是这条小蛇已经只剩下了一半，显然先前的爆炸太剧烈，连潜伏在周楠脑子中的它也被炸成两截。

“是那条鬼蛇！”Five咬着嘴唇说道。

看着依然在蠕动爬行的鬼蛇，敖雨泽的眼中寒光一闪，匕首猛地扔出，将鬼蛇的七寸位置钉死在地上。

鬼蛇不停地挣扎，伤口中渗出的血液却是罕见的绿色，就像是熔化的铜锈。可惜被匕首钉住要害的鬼蛇这个时候也失去了先前诡异的速度，很快挣扎的力度渐渐减轻，最后被敖雨泽拔起匕首砍成几截，然后一脚踩成一摊肉糜。

“想不到周楠不知不觉间被先前遇到的鬼蛇寄生，我估计应该是进入蛇神殿的瞬间，我们正好处于虚实之间的状态，被鬼蛇抓住了空子。而周楠又是我们之中实力、体质最弱的，也难怪鬼蛇会选中她。看来这个地方比我们想象中还要危险。”敖雨泽沉着脸说道。

我深吸一口气，周楠和猛哥的死让大家情绪都极为低落，甚至生出一股马上返回的念头。可是我知道，就算后面没有数千个装着幼生期蛇侍的罐子威胁，我们也没有其他退路了。

“走吧，不管我们能不能出去，猛哥的家人，我想明家都会照顾好的。”明智轩在阿华的肩头拍了拍，毕竟猛哥是他的保镖，最后如此憋屈地死在这里，他作为雇主多少还是有些难过。

我们前行更加小心，甚至彼此之间都多了一两步的距离。谁也不知道其他人有没有被鬼蛇寄生。

不过我和敖雨泽倒是没有这个担忧，毕竟现在我们两个的体内都流淌着金沙血脉，对于这种仅次于神血的血脉来说，鬼蛇根本没有寄生的可能。

在我们前方，出现了一座残破的大殿，构建大殿的巨石不少都出现了严重风化侵蚀的痕迹。可奇怪的是，蛇神殿明明是建在山腹之中，就算里面有着良好的通风设施，内部的大殿也不应该出现如此严重的风化痕迹。

“只有一个可能，那就是……时光之沙。时光之沙能够加快或减缓某个特定区域内的时间流速，虽然蛇神殿内没有风，可是哪怕是自然侵蚀，也会多少留下些痕迹。如果这里曾爆发过时光之沙的风暴，那么有可能这处大殿存在的时间就不止几千年，而有可能被延长到几万年甚至更长。”敖雨泽分析道。她曾被时光之沙封印了一两个月的时间，说起来是对这种特殊物质最为了解的人。

我注意到大殿的两侧，似乎有着不少的浮雕，只是这些浮雕也风化得十分严重，只能依稀看出浮雕原本的线条。

从残存的浮雕上看，竟然大多数都是表现的先民膜拜祭祀蛇神的景象。当然也有部分蛇神在指导先民耕种狩猎的图像。

而浮雕中的蛇神，无一例外的是人首蛇尾。

看上去最古老的一幅浮雕，更是一个女性人身的蛇神，在仿照自己上半身的模样捏着泥人。这幅浮雕估计任何一个华夏民族的传人都不会陌生，那是女娲造人的神话传说。

那么其余引导先民耕种狩猎的蛇神雕像的身份也呼之欲出了，很可能就是传说中三皇之一的伏羲。在历史上，也只有女娲和伏羲这两个传说中的上古人文始祖，才有着人首蛇身的特殊外貌。

如果说蛇神所代表的是上古时期的女娲和伏羲两个华夏民族的始祖神，那么巴蛇神的身份，很可能并不仅仅是我们先前推测的，只是属于古蜀国的神灵那么简单了。

它很可能是整个华夏民族的起源，从源头上对华夏文明进行了某种程度的引导。

面对这样一个让人不可置信的推论，我感觉到手脚有些冰凉，连身子都禁不住有些颤抖。

“下面的祭祀坑中，貌似有不少破损的青铜器。”明智轩突然说道。

祭祀坑是在浮雕的下面，因为光线太暗的缘故，我们先前没有发现这个坑的底部还别有乾坤。刚才明智轩扔下去一个火把，照亮了祭祀坑的一角，让我们看见祭祀坑中除了无数枯骨之外，还有成千上万的青铜器。

这些青铜器中有各种祭器、青铜兵器和青铜雕像，但是更多的却是各种青铜生活用品，从铜灯、铜碗、铜壶到类似锄头的生产工具都有。

但是无一例外的是，这些青铜器都是破损的。

这种破损不是自然形成的。和大殿中的石块不正常的风化侵蚀程度不同，青铜器都像是被人为砸坏的，然后又被堆放在柴草中烧制了一段时间。

可是这种烧制十分仓促，许多青铜器不过是被熏黑了表层，连铜汁都没有流淌，显然温度不够高。

如果非得要找个对比的例子，就像是一群起义的农民看到统治阶级奢华的生活物件，一怒之下将所有东西都砸了，然后慌忙点上一把火就扬长而去。

“你不觉得这个祭祀坑中的情况，有些眼熟吗？”我心中一动，说道。

“当然不可能忘记，在金沙遗址附近的地下，也有着一个类似的祭祀坑。唯一不同的是那个祭祀坑的规模，恐怕还比不上这里的十分之一。”明智轩苦笑道。

他说的是去年金沙遗址附近正在修建的地铁站深处的祭祀坑，在那里我们还曾见到过两具来自中亚地区的外国人尸体。现在看来那两个外国人，多半是属于世界树组织的人。

也就是说，去年引发了鬼影事件的真正幕后黑手，并非仅仅是余叔或者JS组织，而是世界树组织。

甚至我还怀疑，当时的余叔是背着JS组织和秦振豪希望用我和秦峰来进行血祭，那么当时的他是否早已经暗中勾结了世界树组织的高层？

虽然余叔已经死去多时，我们已经没有办法去找他证实，但是这个可能性，却是有的。

“当时那两个死去的外国人，曾通过一个神像引发了神力，甚至因此获得一粒具象化的丹药。虽然事后证明了那枚丹药是假的长生药，但至少也说明了在那个最接近金沙王宫的特殊地点出现的祭祀坑，和这里肯定是有着某种联系的。”敖雨泽说道。

“不错，当时我就怀疑，为什么两个外国人要选择在那个地方利用神像沟通神灵的意志。现在看来，很可能是和蛇神殿有关。而蛇神殿中，似乎也发生了不小的变故，才让守护蛇神殿的人匆忙退出，临走前毁掉全部的青铜器。”明智轩恍然大悟地说。

“也不一定是守护蛇神殿的人毁掉这里的青铜器，还有一种可能就是攻入蛇神殿的人。这些青铜器之间的枯骨，才是守护蛇神殿的人也说不定。也许，当年的巴蛇神曾遭遇到意想不到的敌人，哪怕它贵为神灵，面对这个神灵也不得不放弃信徒，让信徒被攻入蛇神殿的敌人杀死。”我说道。

“可是，要是什么样的敌人才能在意识世界和雾气世界交界重叠的区域让巴蛇神都闻风而逃？有这样力量的别说是人了，就连神灵中都没有几个。”敖雨泽皱眉问道。

“如果是另一个更加强大的神灵带头，就说得过去了。”我淡淡地说，有意无意地看了施密特和詹姆斯二人一眼。

施密特似乎被这句话刺激到了，脸色微变，最后低低说道：“我主无所不能。”却并没有否认这种说法。

蛇神殿是一个十分古怪的地界，处于虚实之间，和雾气世界差不多。也就是说在这个地方，神灵有可能以实体的方式出现。

但是神灵的实体也会被困在蛇神殿之中，无法通过外面的雾气世界和真实世界联系，最多只能让一丝意识降临到真实世界。

这是世界的规则对神灵的制约，也是物质和精神之间不可逾越的天堑鸿沟。

正如一个人的精神再强，也顶多造就他强大的意志力做出一番大事业来，却不可能以精神本身拿起哪怕一片微不足道的纸屑。

但是在雾气世界乃至蛇神殿中却不一样。现实的规则被扭曲和改变，神灵的躯壳可以在特定的世界中被具象化出来。

如果张九红所说的神秘无比的那个上古神灵真的存在，并与古蜀五神为敌的话，一旦它对上巴蛇神，甚至有可能从本质上对巴蛇神造成伤害。

那么当年攻入蛇神殿的敌人如果是被这强大的古神所蛊惑带领，在古神的压制下，还真有可能让巴蛇神重创。

而看着蛇神殿中的器物以及一些浮雕中的景象，我依稀感觉蛇神殿被攻破的时间很可能就是五丁杀死巴蛇那一年。

也就是说，当年在现实世界中五丁杀死了巴蛇神留在人间的一具躯壳分身，那是巴蛇神唯一能够短暂降临现实世界并施加影响的物质化身体。

与此同时，在同一个时间层面的意识世界内，巴蛇神所在的蛇神殿也被攻破。里面无数的蛇侍被封印在罐子中陷入沉睡，甚至因为某种诅咒而回到幼生期的状态，直到我们的到来才被唤醒了十分之一。

而巴蛇神自己的本体意识，也有可能随着外界肉身被毁掉和封印受到重创，加上神秘古神的攻入，巴蛇神不得不败退潜伏起来。

而攻入蛇神殿的除了古神本身，很可能还带领着自己在意识世界中的信徒一起进来。这些信徒不仅杀死封印巴蛇神麾下的蛇侍，还将里面的蛇神信徒也一并处死，更将整个蛇神殿的青铜器损毁然后丢弃到祭祀坑中，又点上一把火试图全部烧掉。

只是后来不知道发生了什么事，这群攻入蛇神殿的古神信徒又匆匆退出，只留下这里的满地狼藉。

看着周围被风化侵蚀严重的山体和石壁，我大概能猜测：当时很可能是有蛇神殿的祭师在临死前发动了时光之沙的力量，让蛇神殿在短短时间内经历了成千上万年的光阴，从而吓退了进攻的古神信徒。

不过事实到底是否如此，却是谁也不知道的事。尤其是牵扯到时光之沙这样连时间线都可能篡改的顶级宝物，尽管它无法做到穿越时空那么夸张，却足以扰乱后人对真相的揣摩。

“有点像铁幕的做法。”敖雨泽看出我心中所想，毕竟我们现在因为血脉的关系，存在某种程度上的心灵互通。

“你是说，使用时光之沙不仅仅是为了对付进攻的敌人，更大的目的是扰乱时间线，将真相彻底掩盖起来？”我在心底问道。

“是的。铁幕一直想要掩盖某个事情的真相，而真相派却恰恰相反。这些年铁幕的做法赢得了各大势力的默认，也因此得到了不少支持。但是就连铁幕内部的人也不得不承认，这种掩盖就像是用堵的方法去治水，总有一天要出问题。”

“堵不如疏，的确是这个道理。真相被掩盖的时间越长，当有一天万一爆发的时候，后果就越严重。我有时候真的觉得，尽管真相派的做法粗暴了一些，可是他们想要揭开真相彻底解决这件事的理念，却有几分道理。”我有些感叹地说。

“可惜，既然我们是在彼此对立的组织，有些事身不由已。现在我对肖蝶已经没有先前那么愤恨了，或许她也是因为接触到了我们之前没有注意到的隐秘，才下定决心叛出铁幕，加入真相派。”敖雨泽淡淡地说。

我点了点头，然后和大家一起，通过这座大殿尽头的一道暗门继续朝深处前行。

本来以为到了这里，差不多都到了蛇神殿核心区域，危险应该要小上许多，却没想到我们进入暗门后不久，耳边就传来轰隆隆的响声。

“是水声！”阿华侧耳听了几秒钟，脸上微变。

我看了看暗门内的通道，发现通道的边缘位置，的确开始变得湿润起来。

接着一声巨响，暗门被合拢。先前我们观察过，那是厚达半米的石门，而如此狭小的空间，根本不敢用为数不多的炸药重新炸开。

接着头顶的石板，开始出现裂缝，水滴不停掉下来。先前听到的水声，竟然是从头顶传来的。

“快走！赶紧通过这条通道，不然我们都要死！”阿华脸色大变，急匆匆地吼叫道。

所有人不用他提醒，都加快了脚步。可是头顶的裂缝不停扩大，就像天河被人捅了一个窟窿，大量的水倾泻而下，很快就淹没了膝盖，接着又到了大腿位置。

因为水中有着阻力和浮力，我们甚至无法开始奔跑，而就是短短几秒的耽搁，倾泻下的水更是已经到了胸腹的位置。

这个时候再靠双脚走已经不现实了，我们不得不深吸一口气开始游着朝前进。但是阿木章依突然传来的惊呼，又让我们感觉到了不对劲。

所有的火光都因为倾泻而下的巨量洪水淹没灭掉，只留下敖雨泽和阿华慌忙拿出来的防水电筒在水中发出朦胧的光亮。

借着细微的光亮，我看到水中似乎多了一条大腿粗细的黑影。接着阿木章依被这黑影卷住，朝上方石壁裂开的窟窿里拖过去，只留下一串水泡。

我和敖雨泽见状慌忙追了过去。这个时候整条通道都被水淹没，并且我们上方似乎就是一个巨大的地下湖泊，只是在黑暗中看不清大小。

“是一条水蟒。”在水下不能说话，还好我和敖雨泽有着奇妙的心灵感应。

当我们在黑暗中找到阿木章依的时候，她半边身子已经被巨蟒吞吃掉。她的身子看上去软绵绵的，如同没有骨头。

我知道这是水蟒缠绕着她，几乎绞断了她全身的骨骼，这样水蟒才能轻松吞吃掉猎物。

阿木章依还没有完全断气，嘴角不停有黑色的血水流出。大概连内脏都在先前的绞杀中破裂了。

她嘴唇轻微地张合，学过一点唇语的我能勉强读出来，那是要我们快走的意思。可是我怎么能就这么离开，哪怕和阿木章依完全不熟，也不能见死不救。

也许她有着不得已的苦衷，不得不前来黑竹沟为探险队当向导，很可能是和金钱有关。

我能够想象生活在山区的阿木章依家中一定不会富裕。可能是她的父母正被病痛折磨，也可能是她的弟弟妹妹上学需要一大笔钱。总之，这个原本胆子很小的姑娘偷偷跑了出来，想要冒险为探险队当向导来为家庭减轻负担。

可能在出发前她就知道这次探险危险重重，毕竟之前黑竹沟中无数人迷路，再也走不出去的传说，在当地人中口耳相传了几千年。

但为了承担起家庭的重担，她依然选择了这条路，直到被雾灵附体，好不容易捡回一条命，却终究在水道中被巨蟒杀死。

“浑蛋！”我暗骂一声，感觉到体内奔腾的血脉，似乎什么力量被唤醒了。这股力量比之前五神地宫中我遭遇到巴蛇神复制体时要弱小一些，毕竟我现在的血脉浓度已经大大减轻。

和上次不同的是，这次被唤醒的力量，我感觉到自己能够完全控制，尽管脑子中充斥着报仇和愤怒，却没有像上次那样完全丧失理智。

我游了过去，这个时候阿木章依除了脑袋外，已经整个被巨蟒吞下。她眼中的神光渐渐暗淡下去，生命在这一刻彻底离她而去。

巨蟒因为刚吞掉一个人的缘故，行动没有先前那样迅捷，虽然感觉到不妙想要逃走，可是身体却不怎么灵活。

我冷着脸，没有用任何武器，只是拉着巨蟒的上下颌，使劲地一掰。巨蟒本来就张开到极限的嘴，更是因此被撕开，身子几乎本能地卷曲缠绕过来。我能感觉到巨蟒巨大的力道，可这力道在体内奔涌的血脉下显得微不足道，就像是穿了一件稍微紧身点的衣服而已。

我怒吼一声，双手再度发力，巨蟒的下颌被巨大的力量生生撕开，而另外一只手更是抠入巨蟒的眼睛，将两颗乒乓球大小的眼珠抠了下来。

巨蟒失去了全部的生命和力气，蟒血在湖水中散开，很快染红了一大片。

我将一只手放在阿木章依无神的双眼上，轻轻一抹，将她的双眼合上，然后略微吃力地将阿木章依的尸体从巨蟒撕成两片的口中拔了出来。

湖水中传来轻微的水响，接着敖雨泽警惕地游了过来，拉着我选了一个方向游过去。

先前巨蟒尸体掉落湖水中的地方，出现大量的水花，无数长着蛇头和利齿的怪异鱼类疯狂地啃食着巨蟒的身体。这些古怪的鱼类身体外竟然还长着一层坚硬的骨骼，看上去黝黑发亮。

只是几分钟的工夫，巨蟒的尸体就只剩下一副光溜溜的骨架。

“是蛇骨鱼，习性比南美洲丛林的食人鱼还要凶猛。该死的，现实世界中早就绝种了，这地方怎么还会有？”敖雨泽脸色微变。

而这些一尺长的怪异蛇骨鱼似乎还不肯罢休，紧随着我们追过来。看着这些长满利齿的诡异鱼类，我用先前割开伤口的手猛地捏碎了一个核桃。

鲜血浸入核桃之中，或许是因为我目前正处于激发血脉的状态，这次竟然不需要敖雨泽帮忙，一片熟悉的金红色的光芒在湖面泛起。

我们也借此看到整个地下湖大概有一百多亩大小，湖面和头顶的山壁有六七米的距离。而我们按照目前的方向游过去，再过一百多米就会到岸边。

被金红色光芒笼罩的地方，无数蛇骨鱼开始嘶叫着不停挣扎，溅起大团大团的水花。可惜它们本身比起蛇侍来还要脆弱许多，只是数量远远超出。很快在湖面上出现了大片翻着肚子死去的蛇骨鱼，看上去密密麻麻，起码有上万之多。

我和敖雨泽到了岸边之后，敖雨泽抱怨似的说我不应该如此就用掉一个核桃法器，毕竟这件法器是消耗品，用一个少一个。现在我们只剩下最后一个了。

到了岸边，这里明显经过人工修缮，有一条阶梯通向黑暗深处。

我和敖雨泽浑身上下都湿透了，衣服全都贴在身上，很不舒服。

好在敖雨泽先前拿在手上的防水电筒没有丢掉，我们总算不用全部陷在黑暗之中。

敖雨泽曼妙的身材却因为衣服变得贴身而显现出来，让我一时间有点失神。敖雨泽见我目不转睛地盯着她，白皙的脸罕见地稍微红了红，微微转身，没有像第一次见面的时候那样明目张胆地戏弄我。

我干咳了一声，和敖雨泽一起沿着石质阶梯走过去。这个过程中我拿出张老头送的地图，发现在地图中这是一片未知的区域。很显然当年的张九红并未深入到这个地方来，应该在先前出现祭祀坑的地方就折返而去。

我们沿着弯弯曲曲的阶梯走了许久。在电筒的电量只剩下不到五分之一，身上的衣服都开始半干的时候，终于在前方看到了一点光亮。

这是一个半天然半人造的大厅，似乎是在一个天然洞穴的基础上，加入了各种各样的蛇类雕像。而大厅的顶部，竟然零零散散地密布着无数的发光萤石，让整个大厅都犹如处在漫天繁星之下。

虽然光线并不算充足，却足以看清楚里面的一切，尤其是大厅中央位置一口巨大无比的青铜棺材。

棺材的六个方向，都有手臂粗细的铜链延伸出去，一直刺入大厅的石壁之中。因此铜棺是完全悬空的，并且上面的棺盖已经打开了大半，只是由于高度的原因，看不清棺材内到底是什么。

一条头上长角的巨大铜蛇，将棺材紧紧缠绕住，似乎在镇压着什么。

铜蛇雕刻得栩栩如生，鳞甲鲜明，只看上一眼都感觉寒气森森，似乎它随时都会活过来。

棺材的长度有四米左右。别的不说，光是铜棺本身就比号称最大的单个青铜器后母戊鼎还要大上几倍了。

而这巨大的铜棺中躺着的到底是谁？棺材盖子被打开，是否意味着铜棺中藏着的秘密已被人发现？

打开铜棺的人，九成九可能是比我们至少早了一个月来此的秦振豪。他付出了JS基地被倾覆的代价也要带着神躯来此，其目的是否和这个铜棺有关？巨大的疑团扑面而来，我的心怦怦直跳——知道我们越来越接近真相了。

第二十六章

JINSHA ANCIENT SCROLLS

蛇侍之谜

就在我还在为眼前巨大的六方铜棺惊奇的时候，敖雨泽已经攀爬上附近的山壁，沿着铜链朝铜棺爬过去。

铜棺离地面的高度大概是十二米，几条铜链绷得紧紧的，将铜棺悬浮在半空中，因此敖雨泽攀附在铜链上，就像一只巨大而身形优美的蜘蛛在蛛网上移动着准备捕食。

很快，敖雨泽到了铜棺上方。看她神情戒备的样子，大概她自己也生怕铜棺里面有什么危险的东西。

可是当她小心翼翼地将脑袋探入铜棺上方，朝里面看了两眼后，脸上却只是露出一丝吃惊的神色。

“里面是什么？”我在下方喊道。

敖雨泽没有回答，而是从铜棺上吊下一根绳子。我顿时明白她的意思，将绳子绑在自己腰上，然后示意她可以拉动了。

之前敖雨泽就是一个力量远超普通人的怪力女，自从上次在梓潼地下石窟中被解除时光之沙的封印后，或许是吸收了我的血脉的缘故，她的力量比以前还增强了许多，至少到现在为止我还没有看到她的极限。

因此从十二米的高度拉起一个人，这种对于普通人来说十分吃力的举动，敖雨泽做来简直称得上是不费吹灰之力。

我上了铜棺后，或许是因为两个人的重量都压在上面，铜棺晃动了一下，差点让我跌倒下去。还好我及时拉住了什么东西。

当我意识到的时候，却感觉到手心一疼。原来我拉住的是铜棺上那条巨大的铜蛇嘴里的獠牙。

铜蛇的嘴巴张开，足以吞下一个人的脑袋，獠牙长有十几厘米，十分尖锐。而我的手心，正是被铜蛇的獠牙划破。

敖雨泽皱眉拉了我一把，让我保持住平衡。这个时候我才来得及朝铜棺里面看去。

那是一具干尸，血肉和皮肤已经萎缩，呈现灰黑色，紧紧贴在皮肤上，但依然能够看出干尸主人生前一定十分健壮。

干尸完全是人类的样子，唯一和人类不同的是，这是一具比人类要大上两圈的尸体。只粗略估算了一下，我就知道干尸生前至少有三米四五高。

怪不得要用长度超过四米的棺材，不是这样大小的棺材，根本就装不下如此巨大的尸体。

干尸生前似乎穿着皮甲，只是由于经历了不知道几千年的缘故，皮甲已经腐烂得差不多了，只能依稀看出原貌。

这是一个十分古怪的现象，皮甲已经腐烂，但是尸体本身却只是失去水分成为干尸，并没有一同腐烂剩下骸骨。

我和敖雨泽对望了一眼，都看出了彼此心中的震惊。这样的尸体我之前在梓潼的地下石窟中见到过，那是传说中“五丁”的遗骸。

五丁在古蜀传说中是一个十分重要的存在。他们曾为了蜀王迎接秦国美女劈开了封锁古蜀国的大山天堑修建了蜀道，他们曾杀死了神秘而强大的巴蛇，但自身也死于巴蛇临死的反击，最终被崩塌的山石掩埋。

无一例外的，在所有的传说当中，五丁都是力拔山兮的异人。或许没有任何神通法术，但光是能和上百米巨蛇抗衡的力量，在那个时代就已经是绝顶的武力威慑了。

以至于五丁一死，当时的秦国就马上派遣张仪和司马错发动了灭蜀的国战，只因没有了五丁的蜀国，就没有任何威胁。

之前我们一直以为，五丁不过是偶然出现的五个身形特殊的巨人，是神秘的古神运用自己的力量改造出来的。可现在看来，被改造的巨人或许远远不止五个。

并且还存在一种可能，那就是五丁这样的巨人，或许本身就属于一个两千多年前就快灭亡的种族，一个具有神灵血脉的巨人种族。而五丁就是这个种族最后的五个族人。

敖雨泽突然“咦”了一声，然后将电筒固定在铜棺上，戴上橡胶手套，俯下身子朝铜棺中的干尸头部摸了过去。

“小心点。”我提醒道，生怕铜棺中干尸万一诈尸什么的。

敖雨泽点点头，手上的动作没有停下。

因为铜棺太深的缘故，最后我不得不抱着敖雨泽的大腿，让她半个身子都探入铜棺中，这样她的手才够得上干尸的头部。

这暧昧的姿势让我老脸禁不住一红，还好敖雨泽看不见。

敖雨泽将那足足有脸盆大小的头颅侧向一边，最后还曲起手指敲了敲头骨。

头骨发出空洞的声音，想必干尸的脑部已经完全萎缩或者腐化。

她重新在铜棺上站好，脸色古怪地对我说：“干尸的脑子是空的。”

不等我回答，她接着说：“最古怪的是，干尸的太阳穴位置，明显被从内到外钻出一个鸡蛋大小的洞。我估计这也是干尸的死因。”

从脑子里面到外面钻出一个洞？我顿时想起那古怪莫名的“鬼蛇”。鬼蛇具有在特定条件下让自身虚化，然后进入人体脑子中的能力。

被鬼蛇寄生的人，身体会渐渐被蛇类基因同化，最终会转变为蛇侍。

蛇侍的力量我们早已经见识过了。成年期的蛇侍可以说是刀枪不入，除非是大威力的火器，一般的枪械都没什么用，最多打下几块鳞片。

而且成年的蛇侍还有着恐怖异常的愈合力。面对这样的敌人，除非是将其逼到一处然后重火力覆盖，否则成建制的普通士兵用枪械都难以消灭。

这还仅仅是普通人类转化而来的蛇侍，我不敢想象五丁这样本身就具有神灵血脉的巨人种族转化而来的高阶蛇侍有多么强大和可怕。

之前在五神地宫的时候，我们曾误以为余叔操控的怪物是巴蛇神的复制体。现在看来，很可能仅仅是这种高阶蛇侍的复制体，只是当时遇到的巴蛇神复制体身体两侧的诡异手掌又无从解释。

余叔所掌握的资源和力量，还没有资格和能力去直接复制巴蛇神，毕竟巴蛇神的肉身本体是长度达到数百米的巨大蛇类。

“真是有趣，蜀国的五丁力士杀死了巴蛇神留在现实世界唯一的肉身，而在意识世界中，巴蛇神制造高级蛇侍的原料，却是和五丁一样的巨人种族。难道说五丁所属的巨人种族，其实最早是和巴蛇神有关联的？”我喃喃地说。

“我倒是觉得或许存在一个可能，那就是五丁所在的巨人种族，或许本来就是继承了巴蛇神的力量而来的，但代价就是需要付出一定数量的族人成为高阶蛇侍。不过后来这个巨人种族大概不想继续这样受奴役的日子，加上那神秘古神的挑拨和支持，最终在人间的五丁背叛了巴蛇神，杀死了它的肉身，从而导致了蛇神殿中的巴蛇神本体意识不得不躲避起来并陷入沉睡。”敖雨泽推测道。

我表示赞同。敖雨泽又翻看了铜棺中的巨大干尸，见没有其他发现，将电筒从铜棺上移开。

电筒光线晃动的时候，却正好照射到铜棺的内壁。我们几乎同时发现在铜棺的内壁刻画着不少字符和图案。

这些字符全是巴蜀图语写成的。敖雨泽作为铁幕负责各种古蜀国有关的神秘事件的特工，本来就能读懂一小部分。我这段时间也恶补了一阵这种神秘的语言，能勉强认识百来个字符。两相对照，加上铜棺内壁的图画，我们大致能将铜棺内壁的字符和图案表达的意思推测出来。

按照上面字符的意思，大概是说铜棺中的巨人，是巴蛇神为自己制造能行走于现实物质世界神躯的实验体。只是实验失败，巴蛇神未能制造出能容纳神灵强大意识降临的躯壳，即真正的神躯，最后反而是弄出一个具有神灵血脉力量的巨人种族。

这个巨人种族又被它利用鬼蛇改造成更加可控，力量也更强大的高阶蛇侍。

高阶蛇侍最后成为巴蛇神行走人世间的使者，以至于后人曾一度误认为这些高阶蛇侍就是巴蛇神本身，却忘记了巴蛇神的本体实际上是一条数百米长的巨蛇。

最古怪的地方是，高阶蛇侍第一次出现的时间点，和我们的认知有着极大的不同。

一直以来，我们都觉得古蜀五神的出现，应该是和古蜀国的宗教活动息息相关的。或许古蜀五神作为纯粹的意识生命早就存在，但却没有觉醒，一直陷入沉睡。应该是古蜀国的王族不知道何时掌握的神秘力量，通过信仰和祭祀，让这些隐藏在意识世界深处的强大意识生命进化成了传说中的五神。

可按照铜棺内壁的一幅图画来看，其中一个女性的高阶蛇侍，赫然在用泥土对着自己的样子捏着人形的玩偶！

我想只要是华夏子民，都对这幅画不会陌生。人首蛇身的女性神灵，捏土为人，除了女娲造人的传说还能是什么？

之前我们就曾怀疑过，巴蛇神创造的蛇侍的形象，和华夏民族神话传说中的女娲、伏羲太过相像，可是一直没有什么证据来证明这一点。

而不管是从旺达释比还是叶教授那里得到的资料，都显示古蜀五神的出现时间最早只能追溯到三星堆文明时期。而三星堆文明的时间跨度是三千年到五千年前，很可能并非是蚕丛王朝时期的遗址，而是泊灌和鱼凫王朝的。

正因为如此，我们最终只是对伏羲、女娲两个传说中的神灵即蛇侍这个推论有所怀疑，却没有想到，问题竟然出在古蜀五神的出现时间上。

古蜀国的第一任国王蚕丛，按照现有资料考证应该是出生于公元前三千四百七十六年六月二十四日。即便按照蚕丛是四十岁才登王位计算，古蜀国的建立时间应该是公元前三千四百三十六年前后，距今差不多五千四百年。

要知道中原地区第一个大统一王朝夏朝的建立，也仅仅是公元前二千一百年左右，比蚕丛称王晚了一千三百多年。

“蚕丛，其目纵，始称王”这句话不是白说，蚕丛在五千多年前就称王。这个“始”，很可能是整个华夏地区的第一个国王，在当时的年代，身份地位可能仅次于三皇五帝。

按照史料记载，在蚕丛王朝末期，甚至还和中原地区的黄帝部落有过战争。最终战败分裂，这才有了后续的泊灌、鱼凫王朝代表的古蜀三星堆文明的兴起。

因此蚕丛称王的时间点，比起三星堆文明差不多要往前推进了六七百年。

当然也有可能是对古蜀时期的三星堆遗址的挖掘还不够完善，未能挖掘到更古老年代文物的缘故。

根据古籍推算，伏羲氏和女娲氏存在的年代可能是一万年前，属于新石器时期。如果在一万年前的伏羲、女娲就保持着人首蛇身的蛇侍造型，那么巴蛇神出现的时间，很可能还在古蜀文明之前。

而在接下来的图案中，我们看到一场堪称震撼的景象。那是一幅蘑菇云的图案，更有一条疑似蛇形的生物在蘑菇云中挣扎。蘑菇云下方是仿若剧烈爆炸的火光。

现代人对于这种图案，哪怕刻画得十分简陋，也不会陌生。这是核爆时候的场面。

更加诡异的是，在印度等其他古老文明的传说中，的确曾记录过万年前发生过一次类似核爆的情景。

比如印度的神话史诗《摩诃婆罗多》中曾记载：

“在敌人的上方产生并放射出密集的光焰之箭，如同一阵暴雨，包围了敌人……一个浓厚的阴影迅速地在番答瓦上方形成，黑暗中所有的罗盘都失去作用。开始刮起猛烈的风，烟云平地呼啸而起，带起灰尘、沙砾，鸟儿发疯地叫……似乎天崩地裂。太阳在天空中晃动。大地震动，被这种武器产生的可怕而猛烈的火烤焦。大象在火中疯狂地来回奔跑……在广大地域内，其他动物都变形而死得满地。”

“最后几个字符的意思，大概是说，这是第一次神战，神受到重创陷入沉睡，等待信徒和子民的唤醒。”敖雨泽看着图案旁边的巴蜀图语字符，脸色有些苍白。

“也就是说，古蜀五神最早很可能在万年前就存在和苏醒过了，而且也不限于古蜀地区，很可能是……整个人类文明！只不过是过了四千年后，古蜀国时期的祭祀和信仰，才重新唤醒了五神而已。”我也有些不可置信地咋舌说道。

怪不得连源自中亚希伯来的西方文明所属的各个宗教，也有着类似的传说故事。甚至连《死海文书》的原本经文，都有着在雾气世界中召唤神灵之力的作用。

詹姆斯和施密特所代表的世界树组织，对前来黑竹沟找寻意识世界如此重视，怕是真的如他们所推测的，意识世界是西方传说中消失的伊甸，人类文明初始时期的天堂。

“从图案中看，那一次神战，应该还使用了疑似核武器的武器。两大对立的神灵，就是五神和隐藏在历史深处的神秘古神。”我叹了口气说道。

“古蜀五神，一直以来最想要的就是能以实体的方式长久生活并统治现实的物质世界。神躯的由来也是如此，那是能容纳神灵强悍意识降临的躯壳，而肉体力量越强的躯壳，估计能容纳的意识生命也越强大。但是肉身在物质世界是能够被摧毁的，或许当年的神战，彻底摧毁了所有统治人类的神灵肉身，让它们不得不潜入到意识世界中休养生息。也正是从那个时候开始，人类文明才得以真正发展。”敖雨泽说道。

看着铜棺内壁诡异的图案，我说道：“但是神灵当初统治人类的情景，却依然根植于先民的脑子中，于是有了类似《摩诃婆罗多》这样的史诗，也有了关于女娲造人、伏羲创立八卦的传说。或许所谓的造人不过只是一种借指，实际上所要表达的，是神灵创造了人的意识，或者说赐予了人类智慧，让人能够从本质上区别于一般的动物。”

正当我们还要翻看下铜棺中还有没有其他线索的时候，铜棺猛地一震。我和敖雨泽不过是站在铜棺的棺盖上，这样剧烈的震动，顿时让我朝后仰去。

好在敖雨泽及时拉住了我。我们在最后关头跳入铜棺中，也顾不得这样踩着铜棺中的干尸老兄是否有所不妥。

铜棺剧烈地抖动着，我们紧紧抓住铜棺边缘。但是铜棺的盖子却依然在抖动中掉落下去，将地下砸出一个大坑。

大坑中渐渐出现水迹，颜色竟然是诡异的红色，就像是重达好几百斤的棺盖这一下掉落，将地面给砸伤了一样。

紧接着支撑铜棺悬浮在十二米半空中的铜链先后崩断，我们脸色异常苍白，本能地俯下了身子彼此抱在一起。仅仅是两三秒后，铜棺也掉落在地。一阵巨响之后，我感觉脑袋撞到了什么东西，整个人都一下蒙了。

额头有鲜血流下，滴落在铜棺内的巨大干尸上。因为情况紧急我并没有太过在意，而是查看敖雨泽怎么样了。

敖雨泽刚才脑袋也撞在了铜棺内壁上，并且比我还要严重。以她的体质居然都晕了过去，在她的后脑位置，正不停冒着鲜血。

血液顺着头发滴入铜棺中。这个时候我才发现，不管是我的血还是敖雨泽的，滴落到干尸的皮肤上，竟然很快就诡异地消失了。

而干尸的这一块皮肤，竟然像是充气一样渐渐舒展开来，如同沉睡了几千年的老吸血鬼在吸食鲜血后一样，有了几分生机。

我顿时醒悟过来，铜棺中的干尸，当年可是巴蛇神制造出来的有着神灵血脉的种族，可以说是最接近神灵的生命体，其体内所蕴含的神血浓度，怕是还在我和敖雨泽之上。

而我和敖雨泽身上，都流淌着同样神秘的金沙血脉。这血脉从浓度上讲或许比不上干尸生前，可对于已经成为干尸的躯壳来讲，依然算是十分难能可贵的补品。

只是干尸如同巨人般的体积，估计就算是我和敖雨泽的血液都放干，也无法让它重新复活。更何况干尸的脑子似乎已经被鬼蛇吞噬一空，就算身体恢复机能，最后复生的最多也只是一具躯壳。

不过我们的血液也并非完全没有用。在干尸部分皮肤的褶皱因为获得血液而重新变得平顺并恢复正常的颜色后，我发现干尸胸口的皮肤上，似乎有着一幅刺青。

为敖雨泽做了简单的包扎，我咬牙重新撕开自己额头的伤口，将血液涂抹在干尸的胸口，那幅刺青图案渐渐显露出来。

这似乎是一个立体的迷宫，造型极为复杂。我心中一动，艰难地取出背后的匕首，准备将干尸胸口的皮肤割下来。

干尸皮肤的坚韧程度远远超出我的想象，甚至比起老牛皮来都要坚韧许多。我几乎用尽了吃奶的力气，才将干尸胸口的皮肤揭下三分之一。

好在这个时候敖雨泽醒过来了。她摸了摸脑后的伤口，见我正费力地割着干尸胸口恢复正常的皮肤，也看到了那幅诡异的立体迷宫地图，顿时明白了这幅地图很可能是一件十分关键的道具。

敖雨泽清醒过来后，脑后的伤口因为血脉的力量很快就止住了流血，也拔出匕首刺入干尸的胸口。

她的动作远比我麻利，加上力量也大上不少，很快我们就合作将干尸胸口那块皮肤割下来。

这块皮肤尽管比先前恢复了不少，可依然十分干硬。不过好在这样一来没有任何血迹在上面，并没有令人恶心的感觉。

我们慌忙将这块皮肤收好，这才发现地下竟然如同融化的奶酪一样开始沉陷，铜棺已经有近一半陷入地下。

这样的情景让我想起在五神地宫的时候遇到的太岁王和那诡异的玉琮。玉琮或许是因为吸收了太岁王精华的缘故，能够熔化变形，也能够成为玉质的固态。

地面先前明明是石头，可现在却变成了半液态的黏稠物质，这样的景象比起玉琮这小小的物件来又要震撼许多。

敖雨泽没有任何犹豫，双手支撑着铜棺两侧，然后双脚也抬起并踩在铜棺边缘之上站起来。她飞快地从背包里拿出一副飞爪，挥舞着甩向了对面的石壁。

飞爪牢牢卡在石壁之上，敖雨泽拉了拉绳子试试坚固程度，然后跃出铜棺，正踩在只剩下一点顶的棺盖上。

我也慌忙从铜棺中爬出来，顾不得头脑还有些昏沉，拉着敖雨泽伸过来的手跳上棺盖。

敖雨泽让我紧紧抱住她，然后双手用力，朝石壁飞快地跑过去。尽管每跑一步双脚都会陷下去不少，可是有了飞爪的绳子借力，却并没有随着变软的地面沉下去。

到了对面的石壁，找了个能够落脚的地方，我们这才惊魂未定地转过身，看着渐渐沉下去的铜棺。

短短几分钟的时间，铜棺和棺盖都已经沉入黏稠的液态岩石之下，就像地面突然变成一个巨大的黏土怪物，将铜棺整个吞噬掉一样。红色的血水依然会偶尔冒出一些，等地面恢复了平静，看上去就像地面长满了红色铁锈。

这个时候我才注意到，我们落脚的地方，是当时锁着铜棺的一条青铜链钉入墙体的位置。而这个位置随着青铜链被拔出了少许，露出里面一截可能是固定铜链用的青铜部件。

我用力敲了敲露出的青铜部件，发现里面是空心的，厚度应该不超过一厘米。敖雨泽用背包后一个小巧的合金铲费力地除掉青铜器表面的岩石，我们这才发现铜链连接着的，是一个有六七十厘米直径的犹如铜镜的圆形青铜器。

“看上去像个井盖。”敖雨泽神色古怪地说。

我认同地点头，试着去搬动这个青铜井盖，发现井盖竟然真的可以旋转着移动。我和敖雨泽一起，在将青铜井盖旋转了三四圈后，终于提着青铜链将井盖取了出来。

那是一条光滑的青铜做成的通道，刚好能够容纳一个人钻进去。我和敖雨泽对望一眼，没有什么犹豫，一起钻了进去。

青铜通道大概呈四十五度一直向下。在通道中滑行了有半分多钟，我突然感觉身下一空，已经滑出通道。接着屁股一疼，我感觉自己摔到坚实而冰冷的地上。随后敖雨泽也掉了下来，正好压在我身上，让我差点眼珠子都鼓出来。

敖雨泽有些不好意思地翻身起来。我龇牙咧嘴地拍着屁股站起来，发现我和敖雨泽沿着通道进入了一座完全是青铜铸成的大殿。

大殿长二十多米，宽十五六米，高十二三米。周围有不少蛇形青铜兽首顶着巨大的油灯，将大殿照得灯火通明。

我们出来的通道，其实是一条蛇类青铜雕塑张开的大嘴。

可最显眼的，是在大殿的中央位置，有一个五六米直径的圆形池子。池子里面全是淡金色的液体，更是被一条S形的蛇形青铜装饰分成两部分，看上去就像一幅太极图。

而在池子被分开的两个部分，正头脚相对地分别躺着一对男女，并且这两个人我都认识——他们是失踪了好些日子的秦峰和叶凌菲！

两人的双眼都紧紧闭着，但是能看清脸上的肌肉不时会抽搐一下，似乎正遭受着某种痛苦。

我正想要过去唤醒两人，敖雨泽制止了我：“别过去，他们的情况有些不对劲。”

我仔细观察四周，并没有发现其他人。可是当我的目光移向池子中间的蛇形装饰的时候，才发现这条蛇形青铜装饰的眼睛部位，的确泛着让人心悸的光芒。

铜蛇的双眼，似乎是两块黑色宝石镶嵌上去的，但是宝石中间又带着金色的竖瞳。如果不仔细去看还没什么，可当我的目光陷入这金色竖瞳的时候，却感觉到一股发自内心的敬畏乃至恐惧，身不由己地就想要跪下去顶礼膜拜。

这种感觉，估计就像是信徒看到了自己信奉的神灵，就算理智告诉他神灵不太可能真的在眼前出现，但是潜意识的本能举动却早已经出卖了自己。

我艰难地将目光移开。几乎不用多加考虑，我也明白过来这条铜蛇恐怕不是什么装饰，而是一具另类的神像。

没有人类形体，仅仅展现巴蛇神本体且带有神力的神像，光是目光就几乎让我匍匐在它面前。

我想只要我真的屈从于这股意志那样干了，恐怕会不由自主地成为巴蛇神的虔诚信徒，从而失去自我，成为一具傀儡。

既然离着七八米的距离都能被巴蛇神的神像影响，那么秦峰和叶凌菲呢？他们是否已经被巴蛇神控制？

就在我思考这个问题的时候，哗啦啦的水声响起。秦峰所在的那一半池子中，突然升起一条一米多长，二十多厘米粗的蛇尾，无意识地晃动了一下，又垂了下去，溅起大团的水花。

“池子里有一条蟒蛇！”我忍不住喊道，想要不顾一切地冲过去，却被敖雨泽一把拉住。她脸色古怪地说：“你看清楚，那不是蟒蛇，是……”

不等她说完，我已经反应过来了。那的确不是蟒蛇，而是一条蛇尾——长在秦峰身上的蛇尾！

此时的秦峰，微微抬起身子，我这才看清他腰部以下的部位，已经化为了蛇形。

半人半蛇，和蛇侍一样的形象，也可以说和人文始祖女娲、伏羲一样的形象。

当我将目光移向叶凌菲的时候，发现叶凌菲也是一样，只是蛇尾要更加纤细一点。

我的脸色顿时变得苍白。除了敖雨泽之外，秦峰和叶凌菲以及明智轩，几乎是我最重要的朋友。可是现在，这两个人都被诡异地转化成为蛇侍。

和先前在雾气世界以及蛇神殿门口遇到的蛇侍不同的是，他们上半身的人形更加完整，裸露在外的皮肤上也没有蛇鳞的痕迹。

似乎我们的到来惊动了他们，两人相继睁开眼来。

秦峰的目光先是呆滞了一阵，继而像是认出了我们，眼中透出一丝惊喜的光芒来。可这惊喜马上又被痛苦所取代。我能感觉到他没有完全丧失神智，因此才更加痛苦。

不管怎么说，一个正常的人，突然变成半人半蛇的怪物，哪怕这怪物和传说中的始祖神灵极为相似，估计也没有办法接受。

“杀了……我，杜小康，敖雨泽，杀了我！”秦峰艰难地说道。他挣扎了一下，但能动的幅度不大，似乎并不能离开池子。

“他们身上好像钉着几枚钉子。”敖雨泽说道。

我沿着她的目光看过去。果然，透过半透明的金色池水，依稀可以看到两人靠近腰部的蛇尾部分，都呈品字形钉着三枚鸽子蛋粗细的铜钉。一丝带着金色的血液沿着伤口不停流淌出来。

血液中的红色很快消失不见，但那丝金色却成为池水的一部分。

“怎么……怎么会这样，是谁干的？是秦振豪吗？”我愤怒地问。

“不，不是他，毕竟他是我叔叔，还不至于这样对我。是尸鬼婆婆，姬巧玉……”秦峰虚弱地说。

“姬巧玉，怎么是她？她不是说要和我们合作对付秦振豪吗？”我惊呼道，随即明白过来，“她想要获得纯净的神血复活自己的儿子，而你们两个身上，也带着神灵的血脉。可是，为什么要用如此残忍的方法……”

“蛇侍的形态虽然是半人半蛇，但很可能是最接近神灵的形态。只有这样的形态，血脉的力量才会被全部激发。”敖雨泽在一边说道。

“不仅如此，真正的神血需要分别属于古蜀五神不同的血脉——巴蛇神、扶桑神树、蚕女神、纵目神、太阳神鸟，只有集齐分别代表古蜀时期不同神灵的血脉，才有可能合成神血。”叶凌菲似乎也恢复了部分意识，在一边说道。

我突然想起先前地面突然熔化，我和敖雨泽差点陷入其中，但在那之前，我和敖雨泽的血液已经流入青铜棺之中。

如果先前发生的一切是姬巧玉在幕后操控，那么她很可能据此得到了我和敖雨泽的血脉。若是再加上明智轩的血液，那么五神的血脉，很可能已经被她全部搜集齐全。

我们和明智轩等人失散了这么久，很可能他们已经遭遇到危险。而明智轩如果落入姬巧玉之手，那么获得他身上的血脉想必不是难事。

在古蜀五神当中，除了神秘的扶桑神树外，真正留下过神躯的强悍神灵其实就只有巴蛇神一个。巴蛇神是古神最为忌惮的神灵，甚至比神秘的扶桑神树还要受古神猜忌，也是那个古神处心积虑最想要除掉的目标。

从先前铜棺中的图画看，发生在一万年前的神战，很可能就是古神和以巴蛇神为首的古蜀五神之间的。那次神战中双方就已经受到重创，只是古蜀五神在五千年前受到古蜀国的信仰和祭祀率先一步苏醒而已。

可在古蜀国末期，也就是两千多年前，那神秘古神也苏醒了一丝意志，还联合张家人一起，引诱巴蛇神苦心培养的五丁家族为了自由而背叛，最后在秦灭古蜀国前夕，于梓潼五妇岭一举杀死巴蛇神留在人间的唯一肉身，从而让神灵的踪迹彻底从现实世界绝迹。

直到二十世纪三十年代三星堆出土，二〇〇一年金沙遗址现世，几个因为金沙古卷从而知悉内情的神秘组织相继建立，为了各自的利益彼此倾轧，又试图借用神灵的力量，这才让陷入沉睡的神灵意识因为微弱的祭祀恢复了一星半点元气。

而巴蛇神因为是唯一能稍微干涉物质世界的强大神灵，率先将培育蛇侍以及和蛇侍相关的自愈、长生等方法透露给当初的回归者组织。

恐怕连巴蛇神自己都没有料到，在科技高度发达的今天，人心也发生了巨大的变化。面对神灵，这个组织的某些野心家所想的已经不只是要复活神灵那么简单，而是想要剥夺神灵的血脉和力量，自己成神，最终也因为理念的不同，分裂成了JS、铁幕和真相派三个不同的派系。

“那秦振豪呢？你们有没有见过他？”我问道。

“我叔叔……他可能已经，死了。”秦峰有些沮丧地说。

“死了？怎么可能！”我一怔，惊呼道。

要知道抓捕秦振豪，阻止他彻底唤醒巴蛇神让巴蛇神降临物质世界，是我们的最终目标。现在秦峰居然告诉我们说秦振豪已经死了，这怎么可能？

秦振豪可是能够看透命运线的几个人之一，JS这个庞大组织的创立者，甚至能将自我的意识投射到数十年前的历史线中影响过去从而改变现在，手上还有着神躯等众多底牌。

这样的人物，怎么可能说死就死了？

“只是可能。或许可以换一种说法，他的身躯已经死了，这一点可以确定。”秦峰艰难地说道。

我问道：“他是被姬巧玉杀死的？”

“当然不是。他是在将自己的意识转移到神躯的过程中出了问题，自己原本的身体已经彻底坏掉。”

“神躯到底是什么？是不是和蛇侍的形态类似？”我心中一动，问道。

“的确，唯一不同的就是，神躯的身体两侧，还有十几对反关节的大小不一的人类手掌。蛇侍本来就是制造神躯的过程中出现的失败品，甚至，所有的血脉者的来历，也不过是一个血腥而污秽的实验……小康，我们的先祖，或许曾无比风光，但是在神灵眼里，其实都只不过是一具实验品啊……”

“那具神躯呢？你们又为什么会遭遇姬巧玉？”

“神躯失去控制，最后闯入蛇神殿的深处。不过我有种感觉，叔叔的意识应该还在神躯内，正和神躯本身的意志交战。而姬巧玉……确切地说，在梓潼地下石窟的时候，我就遇到她并被控制起来。”秦峰说道。

“我也是一样。”叶凌菲补充道。

“先将你们救出来再说。虽然身体形态变了，但是只要意识还是你们自己，我想，我们还是一条阵线的。”我淡淡地说。

“我想没有这么简单。钉住我们的是姬巧玉制作的图腾钉，在不榨干我们体内的神血之前，是没有办法取出的，否则我们可能会直接死掉。”秦峰苦笑道。

这个时候，铜殿的大门，突然传出剧烈的爆炸声，接着铜殿被人从外面暴力打开，露出几张熟悉的面孔来。

先是阿华和施密特，接着是明智轩、詹姆斯和Five。

“我去，你们两个怎么进来的？”明智轩进入铜殿后，惊奇地看着我们几个嚷道。

我心中一动，问道：“姬巧玉没有抓住你？”

“没有啊，为什么这么问？”明智轩回答道。

“因为不需要抓他，他这不是自投罗网了吗？”一个熟悉的声音说道。

我心中一紧，看向铜殿中的一具雕像。说话的，正是这具雕像！

第二十七章

JINSHA ANCIENT SCROLLS

烛龙

铜殿当中的青铜雕像，一共有十二具。每一具都高两米出头，分布在大殿四周。每一面铜墙下面有三具雕像。

雕像无一例外是方面大耳，高鼻纵目，典型的古蜀文明的风格——在三星堆和金沙遗址中都有出土，被称为“青铜大立人像”。

这十二个雕像除了面部看上去差不多外，形态却各不一样，如同十二个正手舞足蹈的舞者。

发出声音的，正是朝北的方向中间那具雕像。直到雕像身上的青铜碎块不停崩裂，露出里面一具干瘪的尸体，我们才悚然惊觉，这十二具青铜雕像里面，很可能封印着十二具尸体。

那具尸体外部的青铜全部崩裂，我们才发现，原来青铜只覆盖了外面薄薄的一层，大概两毫米的厚度，里面是类似黄泥的土块，再里面就是一具干尸。

干尸身上的衣服怕是早已经腐化，但能发出声音这一点，依然让我们惊惧不已。尤其是这声音竟然有几分熟悉，是一个苍老的女人声音。

“姬巧玉！”敖雨泽低声说道。

那具干尸朝前走了几步，动作无比僵硬。很显然这的确是一具尸体，并没有复活，但看起来也不像是僵尸，更像是一具提线木偶。

我猛然间想起姬巧玉的绰号。她尽管看起来是一个十分慈祥的老太太，可是在长寿村的时候，却是被称为“尸鬼婆婆”的人物。

姬巧玉最擅长的，不是什么古怪邪恶的法术，而是操控尸体。

毫无疑问，眼前这具干尸，不过是被姬巧玉所操控。而姬巧玉的本体，应该就藏在附近。毕竟这种操控也是有距离限制的，她不可能躲得太远。

敖雨泽已经不动声色地取出枪支，对准了被姬巧玉操控的干尸脑袋。以她的枪法，这个距离完全能够做到一枪爆头。

“你到底想要干什么？”我看看四周，问道。如果说十二具青铜雕像中都藏着干尸的话，那么姬巧玉最好的藏身之处，怕是就在这十二具青铜雕像之中，只是我无法确定到底是哪一具雕像。

不过可以肯定的是，哪怕我们将眼前的干尸干掉，姬巧玉完全能够另外附身在其余的干尸上。

而且秦峰和叶凌菲貌似还受她控制，在我们找出她真身所躲藏的位置之前，她完全有可能利用图腾钉直接杀死两人。

投鼠忌器之下，我们不敢轻举妄动。

“上帝啊，我看到了什么？一具会说话的木乃伊？”詹姆斯看着眼前的干尸，夸张地喊道。

“那不是木乃伊，那不过是魔鬼的代言人附在干尸的身上，这种情况被称为……意识投射。传说拥有这种本领的人，不仅能将意识投射到尸体或活人的梦境中，更有可能穿越时间，将意识投射到历史线上的其他节点影响人的记忆。”施密特很是紧张地说。

我听到施密特的话，突然想起在长寿村居民的描述中，当年的秦振豪，曾带着小时候的秦峰一起，出现在二十世纪三十年代的场景中。

这当然不是秦振豪拥有穿越时空的本领，而是他自身就是和姬巧玉一样，拥有意识投射的能力，并且已经到了极为高明的境界，能间接影响到过去的时间线。

只是这种影响同样有着限制——只能是和古蜀文明有关的时间节点，并且最早也不会早于二十世纪三十年代，也就是三星堆第一次被发掘的年代。

“我想要的东西你们应该很清楚，我需要神血。而且当初我借给你们噬魂灯的时候，你们也曾答应过我这个条件。现在，是你们兑现诺言的时候了。”干尸的口中，继续传出姬巧玉的声音。

“神血……秦振豪不是死了吗？如果神躯落在你的手上，那么一滴神血又算得了什么。”我冷笑道。

“之前我的确以为，神躯中流淌的血液就是真正的神血。可惜直到我进入蛇神殿才明白过来，神躯中的血液也只是神血的一部分。真正的神血需要补完，而补完神血的对象，我想不用我说，你们心中也有数……”

我心里顿时“咯噔”一下，听姬巧玉的口气，所谓的神血需要补完，那自然是指我们几个人的血脉，毕竟我、敖雨泽、明智轩、秦峰和叶凌菲五个人，分别代表了古蜀五神之一。

不过先前和张九红交流的时候，她一再地提醒我说，我身上的血脉和其他四个人不一样，是和张家的血脉差不多的纯正神血后裔。

如果说非得按照血脉的高级程度来划分的话，大概真正的神血属于最高级的，我身上的金沙血脉和张家血脉次之，而明智轩等人身上的五神血脉再次之。

这样说起来的话，我身上的血脉，似乎并不是古蜀五神的血脉之一，而是要比古蜀五神的血脉高级那么一点。这样计算的话，古蜀五神的血脉似乎还差一种。

之前在从帝墓我们被秦振豪抓住的时候，曾推测认为秦峰身上的血脉对应的是太阳神鸟，敖雨泽对应蚕女神，明智轩对应巴蛇神，叶凌菲对应纵目神，而我身上的血脉对应的是扶桑神树。

现在看来，我身上的血脉如果和五神无关，那么对应扶桑神树的就应该另有其人了。

我的目光，不由得看向了施密特。先前的他分明能够在雾气世界中使用神秘的力量发动《死海文书》的咒语，而施密特作为一个狂热的信徒，同时又是世界树的成员，身上应该有着某种和我们接近的血脉力量。

“你身上有着扶桑神树的血脉力量？！”我脱口而出。

施密特先是愣了一下，随即沉默地点了点头。

见他承认了，我顿时明白他在世界树组织中的身份也怕是远比他所说的要重要得多，很可能是类似于“圣子”之类的角色，是未来世界树的掌管者。

想不到这样的人物，居然会只带着一个詹姆斯就独自来到黑竹沟内，难道说其中有着我不了解的内情？按理说以世界树先前的行事规则，比起真相派来还要肆无忌惮，也暴力许多，身具世界树血脉的圣子，不太可能会如此冒险的。

大概是看出我心中的疑惑，施密特犹豫了一下，淡淡地说：“我本来也不太认同父亲的做法。确切地说，我身上的血脉来源其实是一种罪孽，你不会想知道到底是怎么来的。最重要的是，我是个和平主义者。”

我差点一个踉跄。不过想到如今西方世界“左倾”圣母的确越来越多，几乎成为一种社会风潮，若施密特的血脉来源真的曾带给他无数痛苦不堪的回忆，他的思想发生如此转变还真不是不可能。

“神血补完需要的血脉不是五种，而是七种，分别是对应五神的血脉，以及更为重要的张家血脉和金沙血脉。秦振豪在获得神躯时，就得到过你们五个人的血脉，加上张家血脉我在二十年前就从一个弟子那里得到过，现在真正还差的，不过是扶桑神树的血脉。幸运的是，这种血脉就在眼前了。”姬巧玉的语气当中，明显带着一丝激动。而这些话从一具干尸口中说出来，更加让人寒毛都快立起来了。

“既然如此，那为何还要抽取他们两个身上的神血？”我看了看被钉住的秦峰和叶凌菲两人，问道。

“你难道不知道，他们两个人，本来应该是兄妹？”姬巧玉突然说道。

“什么意思？”我感觉到了一丝不对劲。

如果只是想要抽取神血的话，似乎不需要这么麻烦。而且她刚才也说过了，我们五个的血脉，其实早在从帝墓的时候，秦振豪为获得神躯就已经都抽取过了，根本不需要重复抽取，所差的不过是施密特一人的血脉而已。

当初也正是因为差了施密特身上的扶桑神树的血脉，才让秦振豪带走的神躯并不完美。

姬巧玉更是早就获得过张九红身上的张家人血脉。当初在丛帝墓的时候，这应该就是两人合作的最大基础，只是后来秦振豪棋高一着，独自带着残缺的神躯逃离，摆了姬巧玉一道。

可惜风水轮流转，秦振豪似乎因为什么原因失去了肉身。我估计这原因很可能是和缺少的扶桑神树的血脉有关，很可能姬巧玉在这个关键问题上欺骗了秦振豪，让他误以为我身上怀有的就是扶桑神树的血脉。

实际上如果不是先前施密特也承认了他的确是拥有扶桑神树血脉的话，就连我自己也一度以为金沙血脉和青铜神树血脉就是同一种。

可现在看来，这一局明显是姬巧玉赢了。若真的被她收集齐全七种血脉，那么最终的后果很可能比我们想象中还要可怕。

“因为他们两个，都是不属于这个世界的人啊。只是他们自己都忘记了这一点而已。在另一个世界，他们本来是一对兄妹，甚至在遥远的古代，这对兄妹的先祖还有两个响亮到极点的名字——伏羲，女娲……”姬巧玉说道。

我吃了一惊，却无法相信姬巧玉的话。

“当然，那只是神话传说。实际上，所谓的神，不也正是被人的想象力和信仰所造出来的吗？谁又规定了，完全失去神力和记忆的神，就不能转世为人并留下后裔了？”姬巧玉控制的干尸怪笑着说道。

“一派胡言。真要论起神话来，整个华夏民族，十三亿人口，不都是伏羲和女娲的后裔吗？怎么会是他们两个凡人？”敖雨泽冷冷地说。

“那是我们所在的物质世界的神话。可是在另外一条时间线里，在另外一个和物质世界对立的意识世界之中，秦峰和叶凌菲，就是那个世界最重要的一个人物的儿女。或者确切点说，现在的两人，虽然身体和基因、血脉都完全是两个毫不相干的人，但是意识真灵，却是来源于另一条时间线里的兄妹。他们两个的血脉不仅仅是五神之一那么简单，还是代表着一阴一阳的两个极端，连通两个世界的纽带。要不然你觉得为什么当初秦振豪一定要抓住叶凌菲带往雷鸣谷中？那是因为没有她的话，秦振豪根本不可能连通两个世界获得神躯……”

我们不禁大为惊讶。之前我们就一直觉得这一点十分奇怪，如果只是想要引诱我们前往雷鸣谷的话，秦振豪完全没有必要如此大费周章。可如果叶凌菲和秦峰两人本来就是连通两个世界的关键人物的话，这一切就讲得通了。

也难怪当时余叔虽然抓住了秦峰和我，但是最终进行的祭祀却失败了，原来还缺少更加关键的叶凌菲。

所有人看向叶凌菲的眼神都有些变了。之前我们只知道秦峰的灵魂很可能是来自另一个纯意识世界，却没有想到叶凌菲也同样如此。

我突然想起叶凌菲小时候曾生过一场怪病，这场怪病很可能是秦振豪所造成的。这也让叶凌菲的父亲叶暮然不得不带着妻女前往黑水县的一处墓葬，从墓葬中取出了一个神秘的青铜箱子。

在那次事件中，当年考古队近二十个成员几乎全灭。青铜箱子被取出后也一直被一个神秘机构所保管，只是在不久前才被世界树的人潜入其中打开过一次，获得了召唤巴蛇神意识降临现实世界的咒文。

据说那个青铜箱子中，还藏着更多的秘密，即便是世界树组织的人，也付出了极大的代价，才从中取出了一件东西。而在青铜箱子当中隐藏着的更深的秘密却是连世界树和铁幕都不得而知。

这么算起来，作为关键人物的秦振豪，怕是早就将这一切情报与尸鬼婆婆姬巧玉分享。而姬巧玉却一直对我们隐瞒了这一切，直到现在她的目的快要达成了，才和盘托出。

“施密特，你还等什么呢？你想要见证的伟大奇迹，就在眼前了。”干尸突然说道。不知道为什么，我总感觉干尸发出的声音中，带着一股魅惑人心的味道。

“是啊，我千辛万苦来到这里，不就是为了见证奇迹的吗？”施密特双眼闪过一丝茫然，朝前走了几步。

接着他取出一把匕首，割开自己的手腕，让自己的血滴落在池子中。

“快阻止他。”Five突然大喊道。我们反应过来，现在姬巧玉只差属于扶桑神树的血脉了，而施密特是在场所有人中，唯一拥有扶桑神树血脉的人，当他的血也汇聚在池子中，谁也不知道会发生什么事。

敖雨泽最先反应过来，正要向施密特扑过去，不料其他几具青铜立人像突然扑了过来，速度竟然比敖雨泽还要快。

尽管最接近敖雨泽的青铜立人像被敖雨泽一拳轰得四分五裂，可破碎的也仅仅是表层的青铜外壳而已。里面的干尸坚硬程度竟然比青铜还要高，仅仅是被这一拳震退了几步，马上又扑了上来。

干尸的双手，以肉眼可见的速度长出一寸多长的指甲，闪烁着幽蓝色的光泽。谁都知道如果一旦被抓伤，怕是后果非常不妙。

其他人见姬巧玉动手了，也不敢坐以待毙，分别迎着一具被干尸操控的青铜立人像而去。

大概是分心操控十二具干尸太消耗精力了，除了面对敖雨泽的干尸动作灵活外，其余人面对的干尸动作要僵硬许多，这也给了我们能够还手的机会。

只可惜现在大家手上的热武器几乎没用。先不说子弹穿透青铜外壳后剩下不了多少动能，难以伤到里面的干尸，就算能做到这一点，在这只有几百平方米大小的铜殿当中，谁也不知道会不会被跳弹击中。因此只有阿华和詹姆斯开了几枪后见效果不大，就都放弃了这无用的举动。

不过对于敖雨泽来说可以轻松打破的青铜外壳，对于其他人而言就成了难以破坏的装甲。并且我们每个人都要面对至少两具干尸，一时间十分狼狈。

“小康，你还等什么？将核桃扔出去。”敖雨泽用匕首削断了干尸的几根手指，又一脚将另外一具干尸的青铜外壳踢碎，抽空对我喊道。

我反应过来自己的背包中还剩下最后一枚核桃法器，这个时候已经是图穷匕见，还不用反倒是浪费了。只是不知道专门针对意识体生命的核桃法器，是否会对这些干尸有用。

慌忙间躲开几具干尸的袭击，我最终还是被其中一具扫中了胸口，顿时被击飞了两三米远，胸口也隐隐作痛，咳出一口血来。我估计至少断了两根肋骨。

可这一来也将我潜藏的凶性彻底激发出来。将核桃取出来后，我朝伤口狠狠打了一下，一口血再度喷出来，将整颗核桃都涂满。

核桃上的鲜血转瞬间被吸收。我正要将其抛出，Five的声音响起：“抛到池子中去。”

我一愣，随即反应过来，池子中很可能已经汇聚了五神加上张家人和我身上的金沙血脉，几乎要形成真正的神血，那么对核桃法器来说，能最大限度地发挥其威力。

瞄准了池子，使劲将正发着金红二色光芒的核桃法器抛过去，却不料一直守在池子旁边的干尸突然上前，将核桃法器一把抓住了。

“张九红这个孽徒，我早就知道她不会安好心。”姬巧玉控制的干尸发出一声冷笑，正要将核桃法器毁掉，却不料突然间刀光一闪，捏着核桃的手竟然被刀光给砍断了。

刀光钉在对面的铜殿上，是一把只有尺许长的弯刀，弯刀的刀柄上，还有一张正在燃烧的符箓。想来就是这符箓的力量，让这把弯刀拥有着异乎寻常的速度和锋锐。

核桃掉在地上，滴溜溜转了几圈，然后滚落到了池子中。

进入池子的核桃，先是上面的光芒暗淡了一下，接着金色的光芒大盛，猛烈地爆开。所有人都不由自主地闭上了眼睛。

与此同时，姬巧玉控制的干尸发出一声不甘的惨叫，接着没了声息。

等我们再度睁开眼睛的时候，才发现我们眼前的干尸和青铜立人像，都保持着最后的攻击姿态，却一动不动，就像时间凝固了一样。

敖雨泽皱眉一脚踢开眼前的一具干尸。那具干尸却没了先前的坚韧，而是像破麻袋一样摔开，连脑袋也和身体分家了。

这个时候我们才注意到，大殿门口竟然站着一个身穿黑袍的神秘人，和先前在梓潼的时候送我亚子蛇解药的人打扮一模一样。

“你是谁？”我有些警惕地问。虽然对方两次救了我，可是我总觉得这个神秘的家伙背后似乎另有所图。

黑衣人轻轻拉下头顶的斗篷，露出一张苍老的脸来。当我们看到这张脸的时候，都呆住了。

旺达释比，竟然是失踪已久的旺达释比！在雷鸣谷深处的青铜之城中，我们一直以为旺达释比胸口中枪，很可能已经重伤不治，所以在我们出来几个月后才没有和我们会合。怎么也没有想到能在这里看到他。

而且在梓潼的时候，旺达释比分明已经找到了我们，却没有和我们相认，只是在我被亚子蛇咬伤的时候，留下了一瓶解药。

“旺达，我早该猜到是你。”叶凌菲的口里发出苍老的声音。

我悚然一惊，看向叶凌菲，却发现她脸上的神色极不自然，双眼变得一片茫然，只剩下了一片眼白，连瞳孔都收缩得完全看不见。

姬巧玉竟然控制了叶凌菲，或者换句话说，她将自己的意识投射到叶凌菲的脑子中，代替了叶凌菲说话。

“我也早就知道，你的执念已经让你变成了魔鬼，甚至在雷鸣谷的时候，也是你引来真相派的吧？”旺达释比淡淡地说。

“是啊，复活我的儿子的确是我的执念，可对于一个老年丧子的母亲来说，这有什么错？”叶凌菲的口中继续冒出姬巧玉的声音。

“这本身没有错，错的是这个过程可能会让更多人死去。甚至，有可能危及整个世界……”

“如果我的儿子都不能享受这个世界的阳光，那么这个世界就算变成另一个模样，又有什么关系？”姬巧玉冷漠地说。

这个老女人，果然是疯了。我的心底闪过这个念头。

以牺牲一个世界为代价来拯救死去了差不多三十年的儿子，我简直无法将眼前性情乖戾的老女人，和当初在长寿村时看到的那个慈眉善目的老太太联系起来。

或许这才应该是姬巧玉的本来面目。毕竟三十年来，她为了复活自己的儿子，不惜将精力投入到和尸体有关的各种邪术当中去，以至于原本身为回归者组织高层的她，最后有了一个“尸鬼婆婆”的可怕绰号。

“不过可惜，你们用张九红那孽徒提供的法器切断了我和这十二具干尸的联系又怎么样？七种不同的神之血脉我已经收集齐全，还有着意识属于另一个世界的伏羲和女娲兄妹作为沟通的桥梁，我很快就能凝练出真正的神血。”姬巧玉借助叶凌菲的身体继续说道。

随着她的话音落下，池子中原本淡金色的血水开始不停地翻腾。而叶凌菲和秦峰浸泡在池子中的蛇尾部分，皮开肉绽起来。

两人发出凄厉的惨叫，就连镇定的旺达释比，脸色也变得苍白无比。毕竟在池子中受苦的，是他唯一的外孙女。

而沸腾的池水当中，渐渐凝聚出一滴金色的血液。这种金色和黄金几乎没有区别，所不同的是完全是液态的，呈现完美的圆形，表面反射着诱人的光芒，正缓缓飘浮在池水上空。

这就是真正的神血了，就连金沙血脉与之相比，也不值一提，因为金沙血脉也不过是在血脉之中带着一些金色的光点而已。

“神血！”姬巧玉的声音再度响起。接着铜殿的一侧裂开一道缝隙，伴随着铜殿的一角发出轰隆隆的响声。姬巧玉跌跌撞撞地从裂开的缝隙中走了出来，在她的怀里，抱着一具已经腐烂了一半的尸体。

让人感觉胆寒的是，这具尸体尽管腐烂了一半，但另外一半却依然栩栩如生，看上去就是一个二十多岁的年轻男子。

几乎不用多想，我也明白过来这具半腐烂的尸体应该就是姬巧玉三十年来苦心想要复活的儿子，她和叶教授的儿子。只是谁也不知道她到底使用了什么方法，让这具尸体的状况如此诡异。

叶凌菲眼睛一翻，突然晕了过去。我明白这应该是姬巧玉切断了和她的意识联结，被姬巧玉占据意识的这段时间，也让她的脑部受到了部分损伤。

旺达释比连忙赶过去，用羊皮纸制成的符箓贴在叶凌菲头上。叶凌菲脸上痛苦的表情渐渐消失，最后沉沉地睡了过去。

随着神血的成形，池子中的淡金色血水也变得透明起来。而钉住秦峰和叶凌菲的几枚铜钉，缓缓地冒出两人体内，最后被旺达释比取了出来。

姬巧玉的手朝池子中间悬空飘浮的神血抓过去，神血立刻朝着她所在的方位飘了过去。

我们当然不可能让她得逞，纷纷朝姬巧玉攻击过去。但是谁也没想到攻击的动作只进行了一半，一股莫大的无形威压突然传来，似乎有一条巨大的蛇类生物虚影，充斥了人的整个精神世界。

这让所有人都禁不住停下了手中的动作，甚至连姬巧玉自己也不例外，就连她手中抱着的半腐烂的尸体，也跌落在地。

不过这也让我们明白过来，发出这恐怖威压的，并非是姬巧玉，而是其他更加可怕的东西。

紧接着水池中间的那条青铜蛇类雕塑，竟然像是活了过来一样，尤其是雕塑的眼睛，散发着莫名的幽光。

金色的神血晃了一下，最后没入铜蛇雕塑的口中，很快就消失不见。

“不！”姬巧玉发出凄厉到极点的惨叫，慌忙扑了过去。可是铜蛇已经闭上了嘴巴，任凭她将双手在铜蛇头部的鳞甲上蹭得鲜血直流，也没有张开过。

“神血被一条铜蛇吞掉了？”明智轩目瞪口呆地惊呼。

“不，应该是螳螂捕蝉，黄雀在后。而这个黄雀，我想我们都认识。”我苦笑着说。

我所说的黄雀，自然就是秦振豪。除了借死遁去的秦振豪，我实在想不出谁还有这样的心机和实力。

不过先前那庞大到无边无际的威压，却明显不是秦振豪能够拥有的，很可能是蛇神殿的主人，也就是巴蛇神降临下来的一丝意志。

接着铜殿开始不停地晃动。伴随着巨大的齿轮运转的声音，铜殿的顶部和四壁朝四周散开来，而底部却不停地朝下方沉降。

所有人都东倒西歪地站立不稳，好在沉降只持续了半分多钟的样子。我估算了下沉降的速度，我们大概比先前的位置沉下了至少两百米。

铜殿已经完全消失，我们的脚下只剩下几百平方米的一个铜制的平台。能支撑着如此沉重的平台整体下降的，我完全无法估算到底是什么样的机械力量，就算现代社会要造出这样的平台也要花费不小的代价。

平台的三个方向都是空旷的，除了正前方外完全悬空。在平台上甚至能感觉到偶尔有来自地底的寒风吹过，和之前在雷鸣谷青铜之城时完全是一冷一热两个极端。

而正前方靠近山壁的地方，是一个巨大无比的头颅骨骸。其形状和蛇类的类似，但大小比起我们在梓潼地下时看到的巨蛇头骨还要大上好几倍，光是高度就达到了二十米左右。

最让人惊讶的是，这蛇类头骨的头顶，还生长着两根有数十个分叉的角状物。带有分叉的角状物看上去又像是两根不规则的树枝。

“这才是巴蛇神的本体。它留在人间的躯壳，不过是一具只有其五分之一大小的分身而已。我想你们应该也听说过，巴蛇神还有一个名字，那就是——烛龙！”旺达释比对我们说道，搀扶着自己的外孙女，眼中露出一抹哀伤的神色。

这就是传说当中的烛龙本体吗？不过可惜，它已经化为一堆枯骨。纵然巴蛇神有着无比强大的力量，现在也只剩下了一缕意识，甚至连这缕意识也不知道藏在何处。

看着巨大的蛇类头骨，詹姆斯的眼中闪过一抹狂热，高声呼喝着说：“来自地狱深处的贪婪之蛇，我们的神能够杀死你一次，也能再次杀死你。”

詹姆斯似乎因为极度的激动而身子发抖，从背包中取出一个银色的金属盒子，盒子的材质和之前我们看到过的活性金属没有差别。

他的手哆嗦着打开盒子，从里面取出一小段枯枝。这枯枝弯弯曲曲，已经失去了全部水分，甚至还有虫蛀形成的孔洞，似乎用手一捏就能成为粉末。

詹姆斯突然冲了出去，将那一截枯枝刺向施密特的胸膛。原本看上去一碰就会断掉的枯枝，竟然毫无阻碍地刺入施密特的心口位置，枯枝顿时被施密特的血液染红，然后猛烈燃烧起来。

施密特双眼中的茫然顿时消失。可当他看到心口的枯枝的时候，脸上却露出不可置信的神色：“詹姆斯，你……”

但他已经说不下去了，因为吸收了血液的枯枝竟然变得饱满苍翠起来，上面更是长出了新芽。而施密特的胸口，也出现无数蜈蚣状的凸起，仔细看去才发现，那竟然是正快速蠕动生长着的树根。

施密特身上的血肉，以肉眼可见的速度急速枯萎，而吸收了他血肉的枯枝，这个时候已经变成了一株两米多高的小树。

“神说过，如果必要的话，就连圣子也是可以牺牲的……”詹姆斯看着死去的施密特，带着狂热喃喃地说，似乎在为自己的行为寻找心理安慰。

跌倒在地的施密特，完全成为一具干尸，比封印在青铜立人像中的干尸看上去还要干枯得彻底一点，就像是只剩下一张裹在骨头上的人皮。而从他的口鼻和眼眶之间，还有无数的根须生长出来。

多出的根须，朝水池蔓延过去，接着像是贪婪的蛇类遇到了美味的食物，不管不顾地一直朝水池中钻。哪怕前方第一层根须因为受不了沸腾的水池中残留的神血力量不停被腐蚀干净，后面的根须依然悍不畏死地过去，终于在池子中扎下根来，开始吸收带着神血的池水。

“扶桑神树的残根？怎么可能，扶桑神树不是在上万年前就已经死亡了吗？这世上怎么可能还有扶桑神树的根须存在？”姬巧玉的口中发出一声尖叫。

吸收了池水的树苗再度开始疯长。无数的根须朝巨蛇头骨延伸过去，很突兀地，却在离它只有一米的距离停住了。

所有人都感受到那股难以言说的威压再度升起，只是没有先前霸道，却更加让人生不起反抗之心，仿佛有神祇正在静静地看着我们。

接着天空中垂下一个巨大的蛇类头颅虚影，接着是身长起码有上千米的巨蛇虚影。虚影很快和山壁融为一体，或者更确切点说，是渐渐朝巨大的蛇骨沉降下来。

那是巴蛇神的意志，在这诡异的蛇神殿空间内以肉眼可见的形式显化出来。

这巨大的蛇类虚影深处，似乎有一个忽闪忽灭的光点。看着这个光点，我总觉得这是比巴蛇神意志本身更加恐怖的东西。

果然，在巴蛇神的意志完全沉入巨大的骨骸之后，那个光点开始爆发开来，接着巨大的骸骨之中，开始凭空生长出血肉来。不过是短短的半分钟时间，一条带着苍茫和神圣气息的巨蛇就在我们面前凭空生成。随着它的身子微微翻动，附近的山石不停掉落，犹如深处山崩地裂的地震带一样。

面对这样的庞然大物，要说不紧张那绝对是骗人的。可是不知道为什么，在旺达释比的脸上，却看不到一丝惊恐，他似乎早就料到了这一切。

巨蛇渐渐立起自己的前半截身子。哪怕只是轻轻地抬头，也有七八十米的高度，我们只能看到它下颌的青黑色鳞片。

它重新低下头来。在它的头顶两个树杈状的角之间，竟然还生着一个两米多高的花冠状肉瘤，和之前曾咬伤我的亚子蛇头上的肉瘤极为相似，只是要大上数百倍。

肉瘤突然如盛开的花冠一样绽放，露出里面一具蜷缩着的身体比例接近完美的男子来。或者说这不能算是男子，只是拥有接近男性的外貌，但是没有任何两性特征。

男子缓缓地站起。我们这才发现他高度达到三米出头，和之前遇到的五丁遗骸也差不多高了。

高大男子长发一直拖到脚踝处，皮肤带着微微的金色，看上去却一点儿不显得粗犷，而是让人觉得亲切而神圣。

面对这全身的肌肉线条都近乎完美的高大男子，我的脑子里闪过一个词，神躯！

这才是完美状态的神躯，根本没有我们之前遇到的蛇侍那样半人半蛇的形态。而是以巨蛇作为骑乘，在巨蛇头顶站立着拥有最完美比例的巨型人类。

“神血，神血一定是被你吸收了。只要杀了你，就能获得神血了……”姬巧玉喃喃地说道，双目中放出的光芒，像是恨不得要将巨蛇头顶的完美巨人吃掉。

“真是了不起的一群人啊，如果不是你们帮忙，我想我还在和神躯当中残存的巴蛇神意志作斗争。不过还好，吞吃掉那一滴完美的神血后，现在的我，已经完全占据了巴蛇神遗留下的完美神躯。现在的我，就是神灵本身。”巨人冷漠地说道。

“你是……秦振豪！”姬巧玉终于反应过来，吃惊地说，“你不是已经死了吗？我亲眼看到你死去，连尸体都被毁坏，怎么可能复活……要知道你进行意识投射的可是神躯啊，就算你拥有和我一样的本事，也不可能长久占据一具完美状态的神躯……”

“那还要感谢你啊，要不是你收集齐全七种神灵后裔的神血，我也没有办法让这完美的神躯出现，甚至让巴蛇神的本体都作为我的骑乘复活。现在，我终于能够打破两个世界的壁障，回归到我来的地方了……”占据巨人神躯的秦振豪微笑着说道。

“叔叔，放手吧。”秦峰看着高高在上的秦振豪，轻声说道。

“真是可怜的孩子啊。”秦振豪手一挥，巨蛇的芯子突然探出，正好轰击在那株还十分幼小的世界树上。世界树顿时成为齑粉。

詹姆斯眼中露出不可置信的神色，同时他的七窍不停地有鲜血喷射而出，最后无力地摔倒在地，再也没有起来。

看着他瞪大的双眼，似乎到死都没有想明白，威力巨大的世界树是怎么被眼前的巴蛇神一击给毁掉的。

接着秦振豪曲指一弹，两滴淡金色的细小血珠分别没入秦峰和叶凌菲的身体中，让他们身上的可怕伤势以肉眼可见的速度在复原。

“神血，是神血！给我一滴，我只要一滴就能复活我儿子……给我一滴神血，我做什么都可以……”姬巧玉疯狂地对着秦振豪说道。

“好啊。”秦振豪的脸上，露出一丝诡异的微笑，竟然真的将一小滴淡金色的神血弹入姬巧玉抱着的半腐烂尸体当中。看这滴神血的色泽，明显和先前被铜蛇吞吃，最后被秦振豪得到的神血差了不止一筹。

腐烂的那半边尸体，开始不停流出浓黑的污浊血水，而血肉却在重新生长，只是新生长出来的血肉，看上去十分娇嫩脆弱，犹如婴儿的肌肤一般。

“谢谢，谢谢……儿子，你终于要活过来了……”姬巧玉的脸上，所有的狰狞和疯狂都消失了，只是怜爱地看着自己怀中的儿子，听着他渐渐坚实起来的心跳。

她怀里的年轻人猛地睁开双眼，没有任何迷茫或者痛楚，反而是如同蛇类的冰冷竖瞳。

姬巧玉似乎感觉到了不对，可是不等她有所反应，一只手已经穿透了她的胸膛。而那只透背而过的手上，正捏着一颗怦怦跳动的心脏，手的主人，是她正紧紧抱在怀里的儿子。

姬巧玉的脸上先是露出一丝痛楚，继而又变成了安宁。她轻轻抚摸着自己儿子的脸，喃喃地说着：“孩子，孩子啊……”

她的头一歪，眼中的神光飞快地消失。这个能够看透命运线，能够操控尸体的神秘女人，最终死在了一直想要复活的儿子手中。

她至死也没有真正看透自己的命运。

“你看，我答应了你的要求，给了你神血——不过可惜，神血不是普通人能够消受的，而无福消受神血的人，只能变成高阶蛇侍。”秦振豪微笑着说道。

随着他的话音落下，姬巧玉的儿子身上飞快地长出鳞片，双腿也开始合并形成粗壮的蛇尾，数十对手掌从身体两侧生长出来，整个人也变得狰狞恐怖。

“不过可惜，蛇侍这样的玩意儿，放在几千年前还能吓唬人，至于现在嘛，不过是个丑陋的怪物。”秦振豪淡淡地说。接着从巨蛇的口中喷出一大团绿色的黏液，正好笼罩在新生的高阶蛇侍身上，转瞬间将它化为一团泛着泡沫的烂肉。

而不远处的阿华，更是被一小块绿色的黏液溅射到，顿时发出惨叫。被溅射到的血肉飞快地腐化，速度甚至比遭遇王水腐蚀还要快。

旺达释比冷哼一声，手一挥，阿华被溅射到绿色黏液的手臂顿时被刀光斩断，很快掉在地上化为一摊脓水。

“拿来吧，杜小康，我还欠缺最后一样东西。”秦振豪没有理会阿华和旺达释比，突然对我说道。

“什么？”我一愣，说起来我手中已经没有任何能对秦振豪构成威胁的东西了。

三枚核桃法器都被用完，而且就算三个核桃都在，我也不觉得它们能够对付眼前的巨蛇和已经拥有完美神躯的秦振豪。

“蛇神尾骨。我知道那东西在你那里。说起来我还要感谢你和世界树组织，是你们共同携手才将这玩意儿从梓潼地下石窟中取出来，还顺带拿走了鳖灵童尸，这才让我有机会占据神躯，成为活着的神灵。因为鳖灵童尸不仅仅表明当年的十二世开明王想要和我一样占据神躯，那也是镇压巴蛇神遗骸大阵的阵眼。”

“活着的神灵？难道你觉得你能够不顾世界的规则，走出蛇神殿，回到现实世界？”旺达释比大喝道。

“为什么要回到现实世界呢？”秦振豪控制的神躯古怪地笑着，“我只需要彻底打开两个世界的通道，这样意识世界的一切，都会在现实世界中具象化出来。能够任意穿梭两个世界的神躯，将成为两个世界的主宰，就连那隐藏了几千年的神秘古神，也不会是我的对手。这才是真正的回归。难道你还以为，我只是想要回归到我曾经生活的那个混乱无聊的意识世界中去吗？”

“叔叔，你不会成功的。”秦峰缓缓站了起来，似乎那一小滴神血就已经让他完全恢复过来。

“我当然会成功，毕竟你和你妹妹，在意识世界里可是‘他’的子女。只要你们两个在，我就能重新打开两个世界的通道。”

“我说过，你不会成功的。”秦峰的脸上露出古怪的笑容，继续说道，“因为你控制的烛龙还缺少蛇神尾骨，所谓的完美神躯，也不过是个笑话。”

我已经将那完全如同牛角的蛇神尾骨取了出来，它似乎也正在颤抖着想要回归本体。

“当年的巴蛇神，不过是用这一截尾骨，就在人间再度生长出了一具被称为巴蛇的分身。这分身的真正力量，并非是集中在头骨上，反而是最重要的尾骨。只可惜五丁居然从古神那里知晓了这个秘密，一起联手将蛇神尾骨封印，否则即便只有一百八十米长的巴蛇，也不是五丁这样血脉稀薄的巨人能够杀死的。”Five在我耳边小声说道。

“你怎么什么都知道？”我郁闷地问。

“因为我从生下来那一天起，就在等待这一天。”Five拿过我手上的蛇尾骨，朝我们淡淡一笑。

“什么？”

“我的使命啊。世界树的手中藏着一小截扶桑神树的根须，连JS组织的头领，都能拥有完美神躯和接近于神灵的力量，你真的以为铁幕这么多年来只是个打酱油的组织吗？当然不是啊，虽然以前只是小打小闹的，可是在关键时刻，还是会有底牌的啊。”Five笑着说，不过她笑的时候，眼中分明闪烁着泪光。

“Five，你要干吗？”见Five如同在说着遗言，我感觉到了一丝不对劲。

“很高兴认识你们……还有阿华，你少了一只手，以后就不要那么逞强了吧。这是我的命运，从一开始就知道，我不会怨恨谁，唯一的遗憾就是不能继续陪着大家了……”Five微笑着将蛇尾骨刺入自己的胸口，晶莹剔透的蛇尾骨顿时被鲜血沾满。

不知道为什么，我总感觉Five身上流出的鲜血，带着一股不祥的征兆，似乎在血液之内，还隐藏着难以计数的冤魂，带着妖异的暗红色。

Five一把取出沾染着自己血液的蛇尾骨，一边咳嗽着，一边用力将蛇尾骨朝巨蛇抛过去。而她自己也软软地瘫倒在地，被只剩下一只手的阿华流着泪接住。

Five想要伸出带血的手去抚摸一下阿华的脸庞，最后却无力地垂下。这个一直以来透着神秘的铁幕实验品，就这么莫名其妙地用蛇尾骨自杀而死。而她脸上透着的欣慰，似乎表明这本身就是她想要的结果。

巨蛇的长度几乎有五六百米，就算是换敖雨泽来，也未必能将蛇尾骨抛到巨蛇的尾部。可是这蛇尾骨和巨蛇的尾部似乎相互吸引，蛇尾骨加速的速度越来越快，很快就再也看不见。而在远方，几秒钟后隐隐传来骨骼接驳响动的声音。

“烛龙最后的尾骨也补全了？只是这傻女人以为沾染自己的血能破坏什么？秽血者，传说能扰乱神之血脉的秽血者，这就是你们的底牌吗？”秦振豪嗤笑道。

“当然不只是这样啊，叔叔。”秦峰淡淡地说，“在梓潼地下石窟的时候，我曾看到她被一条巨蟒吞下，然后我做了一点手脚呢。”

“什么？”秦振豪似乎也感觉到了一丝不对劲。

“我在她的身上，种下了一种蛊虫。我想这蛊虫你不会陌生，因为你自己本身也是用蛊的大行家。”秦峰说道。

“是……是金蚕蛊？你果然和你的父亲，我那心性凉薄的哥哥一样，都有一副狠毒的心肠。也不枉我这么多年来一直将你带在身边……”

“你保护我，最终的目的是为了自己的回归吧，以胜利者的姿态，而不是以一个被驱逐者的身份回归。不过很遗憾，不仅仅是金蚕蛊呢，里面还有纵目神的诅咒。我想你应该明白，纵目神在某种程度上是天道的化身，代表着天意之眼，中了这种诅咒的人就算最后没有出现纵目死掉，也会被两个世界交互时的时空弦落差产生的力量杀死。而我们现在所处的蛇神殿就修建在两个世界交界的地方，我想你现在只有两条路可以选择，要么彻底返回意识世界再也不要出来，要么完全进入现实世界。不过那样一来，你梦寐以求的神躯和烛龙，是不可能长久存在于现实世界的，它们都会在不久后虚化，就像之前小康遇到过的戈基人战士一样。”秦峰说道。

“你从一开始，就在谋划这一天了？”秦振豪的声音终于带上了一丝愤恨的波动，不再如先前那样冷漠得近乎机械。

“没有。”秦峰沉默了一下，最后说道，“是从我最心爱的女人被你的神创计划伤害之后。”

我自然知道秦峰所说的最心爱的女人是谁，那是我之前的邻居廖含沙——自从被突兀出现的戈基人刺伤之后，至今没有醒过来，哪怕是以铁幕中谭欣然医生的医术居然都无能为力。

“就算是纵目神的诅咒又怎么样，哪怕巴蛇神只剩下一缕残魂，作为古蜀五神中最强大的存在，也不是意识已经完全消散，只剩下本能的纵目神能够比拟的。秦峰，我现在就打开两个世界的大门，我倒是想要看看，我那目空一切的哥哥看到我拥有完美的神躯之后，到底是什么表情。”秦振豪大吼一声，突然朝秦峰和叶凌菲两人凌空一指。两人顿时离开地面，朝半空中飘浮。

“凌菲！”旺达释比惊慌地喊道。我也想要去拉住叶凌菲的脚，却连自己都差点被带了上去。

接着，一道我们曾见过好几次的青铜大门在虚空之中出现。虽然仅仅是一个虚影，但我们却能从中看到大门外的景象。

那是数以百万计密密麻麻的军队，尽管这些军队都是手持冷兵器，可是在军队之中，居然还有着无数相貌各异的巨大怪兽存在。

这些怪兽都是被驯服的，谁也不知道它们如果真的在现实世界中具象化出来，到底会造成什么样的破坏。

而这样的画面只闪烁了一下，这里的军队又变成了穿戴着古怪青铜装甲，甚至还有无数高达数十米的青铜机关人在军营中走来走去的情形。

再以后这些军队都变成了接近现代的装束，只是所有的军人竟然都多多少少有着腐烂的部位。这完全是一支会使用枪支的僵尸组成的不死军团……

“这是……存在于可能之中，无法被确定下来的历史线，每一种都是历史的一个可能……”敖雨泽脸色苍白地说，这一幕让连一向胆大的她也被吓住了。

而在青铜大门的另一面，我们看到了和我们生活的现代社会一样的景象，那分明是真实的物质世界。而两个世界的界限，却渐渐变得模糊起来。

“两个世界就要被打通了，我很期待，最后坍缩成为固定世界的历史线到底是哪一条……”秦振豪冷笑着，骑乘着巨大的烛龙朝虚化的青铜之门冲过去。

“我说过，不会让你得逞的。”秦峰咬牙切齿地发出这样的声音。接着他的嘴角不停流淌出黑色的污血，惨笑着说：“我可没说我将金蚕蛊和纵目神的诅咒只施加给了Five的血脉，包括我自己也是一样。所不同的是，我能够自己控制诅咒发作的时间，而以我和叶凌菲的意识作为支撑形成的青铜之门，在我死后自然不会继续存在。”

就在这个时候，原本处于山腹深处的天空中，居然也有云团出现，接着一只巨大的眼球凭空浮现在天空之中。随着这枚眼球的出现，巨大的青铜之门附近电芒不停闪烁，出现了一条条裂缝，随时都有崩裂的可能。

然而烛龙的神躯太长了，至少有上千米。尽管高三十多米的青铜之门能够勉强容纳烛龙通过，可这个时候烛龙也才通过了一半的距离。

并且烛龙的尾巴处泛起一阵阵黑色的雾气，不停地腐蚀烛龙的血肉，不管烛龙如何挣扎也无济于事。

如果青铜之门没有问题，或许它还能以壁虎断尾的方式放弃尾巴部分，可是现在，它正处于两个世界的夹缝之间，完全无法摆脱来自尾巴的诅咒力量。

终于，青铜之门完全崩溃掉了，时间仿佛在这一瞬间停滞。接着烛龙像是转瞬间经历了上万年的光阴，整个身体的血肉都快速地风化而去。就连原本坚硬无比的骨骼都开始朽坏，自天空中不停崩落下来。

秦振豪在青铜之门崩溃的瞬间，发出了凄厉异常的惨叫。原本让他引以自傲的神躯也承受不了两个世界缝隙撕裂的力量，被瞬间撕扯成了无数的碎片，连同记忆和意识都是一样。

在他被彻底撕碎之前，天空中只传来阵阵疯狂的大笑："傻小子啊，你真的以为你最爱的那个女人是我派人刺伤的……"

秦峰似乎呆了一下，却找不到语言反驳。

"不错，真是个傻小子啊。"天空中传来一声叹息，接着一股莫名的力量落在秦峰身上，他原本奄奄一息的身体，居然开始恢复生机。尽管看上去依然虚弱无比，却总算是保住了一条命。

"那是……父亲！"秦峰和叶凌菲缓缓掉落在铜制的平台上，两人望着天空，几乎异口同声地说。

叶凌菲说出这句话后，脸色在一瞬间变得苍白无比，似乎连她自己都不明白为什么会冒出这样一句话。

旺达释比同样呆呆地看着她，良久之后，才喃喃地冒出一句："我明白了，你不是她……"

后记

我们所处的蛇神殿，在青铜之门碎裂后不久，也开始崩塌。由于崩塌的速度过快，更是形成了一个巨大的旋涡。

我们都被吸入这个旋涡。原本我们以为大家都在劫难逃了，但是当我们醒来后，发现自己正横七竖八地躺在黑竹沟的那片山壁之前。

如果不是醒过来的人中突然多了秦峰、叶凌菲和旺达释比三人，而周楠、阿木章依、猛哥、Five以及詹姆斯和施密特等人已经失去了心跳呼吸，并且阿华的一只手也完全没有了知觉的话，恐怕我们都会以为先前所经历的一切都是大家的集体幻觉。

施密特并没有变成干尸，但是从死亡的征兆来看，像是被渴死的。这似乎也意味着我们先前经历的一切，的确只是存在于意识世界中。

旺达释比一直保持着沉默。不知道为什么，他看向叶凌菲的眼神，总是隐隐带着一丝戒备。

只有尸鬼婆婆姬巧玉算是彻底消失了，没有任何痕迹，仿佛她从来没有出现过。

我们唯一能庆幸着确认的，就是现在所处的总算是真实的物质世界了。

尽管这个世界还有着许多血腥和不公，还有着诸如环境污染、动植物大量灭绝等种种问题，但总的来说还算平和。

这是我们所熟悉的世界，也是我们所喜欢的世界，它并没有被改变。

但是我们知道，来自意识世界的威胁还没有被真正消除掉。不管是那个世界中残存的神灵还是最后关头出现，却连面都没有见到的秦峰的父亲，都不会轻言放弃。

因为留给他们的时间，已经不多了。

最后的战役即将开启，而危险，或许将来自于我们从来没有注意的地方。